遠藤周作文学全集

10 評伝 I

新潮社

1975年1月　東京・玉川学園の自宅にて（撮影・道正太郎）

遠藤周作文学全集　第十巻　目次

堀辰雄覚書 7
鉄の首枷《くびかせ》　小西行長伝 47
銃と十字架 205
解題 339

遠藤周作文学全集　第十巻　評伝Ⅰ

堀辰雄覚書

認識の浄化（死のかげの谷）

一

一つの不当な誤解が堀辰雄の上に加えられている。人々は『風立ちぬ』が生からの逃避であり、それは吾々の現実に何ものも語りかけないと語る事によってこの作品を批評しようとした。然し『風立ちぬ』を小説的見地から眺めるのでなく詩的見地から眺める時、かかる批評は極めて皮相的なものとなる。この作品は何故《なぜ》詩であるか。理由はいたって簡単であろう。第一にこの作品から僕たちは堀辰雄の詩人的認識論を「詩人は如何《いか》にして見る事を学ぶか」（マルテの手記）の問題を容易に見出す事が出来る〔註一〕。第二にこの作品は死のみを考えていた堀辰雄が一層 Subspecies mortis（死の相のもとに）取り扱った作品である〔註二〕。そして最後にこの全篇を神秘的雰囲気が支えている〔註三〕。

〔註一〕　ランボオの Lettre du Voyant を考えよ。更に吉満義彦氏は、詩は視（discover）であるといみじくも語られた（詩人の友に与へる手紙）。即ち詩とは存在を覆《カバー》えるものを除《ディス》く事によって存在の根元に肉迫する事に外ならぬ。

〔註二〕　コクトオはノワイユ夫人の死を悼んで書いている。「詩人のみが死について語る」「詩は詩人をその住家に投げ入れる」、そして堀辰雄は初期の詩から今日の作品まで常に死の相のもとに書いた。彼の親しい師《メートル》たちコクトオ、プルースト、リルケは常に死のみを考えた。

〔註三〕　この点は特に強調されるべきである。詩的認識は神秘的認識と類比《アナロジイ》を持つ。マリタンの詩論を見よ。コクトオもまた次の如く書いている。「詩は超自然的なものに裏づけられる。詩が僕等を包む神秘的雰囲気は僕等のひそかな感覚を強くする」（Le Rappel á L'Ordre, p. 219. stock 1926）

ここでは『風立ちぬ』を分析する紙面を持たない。それ故吾々は何故この作品が堀辰雄の認識論であり、如何様に死がここで語っているか。また如何なる神秘的形態がそこに存するかを分析しない。然し『風立ちぬ』の結実である『死のかげの谷』を読むためには駆足で今述べた事柄を語っておこう。

『風立ちぬ』の主人公である詩人は『美しい村』の主題、光の中の生の讃歌を再び担って僕等の前にあらわれる。「おお、太陽よ、おれも昨日までは苦痛を通して死ばかり見つめてゐたけれども、今日からはひとつこの黒眼鏡を通してお前ばかり見つめてゐてやるぞ！」（恢復期《かいふくき》）。この日から堀氏に始まった新しき生の歌頌《かしょう》、太陽の中の生のアダジオは、さながらシューマンの華麗なソナタに似て、持続はなめらかに『美しい村』を流れ、転調はかるやかに、『風立ちぬ』の第一節に結ぶ。太陽の中の生のアダジオ、そこにあって堀辰雄はもはや死を見ない。そして『風立ちぬ』の主人公も、死を生から拒み排除する事によって無限の悦びと夢とに充ち溢《あふ》れている。この限りない夢が一つの詩句に変容され詩人の唇を衝《つ》く。

風立ちぬ。いざ、生きめやも（ポール・ヴァレリイ）、この生きめやもは溢るる光のアダジオ、急速なアレグロであり、一見、地上の全面的肯定かと見える。然しそれは仮托《かたく》の地上肯定であり、真の讃歌ではない。何故ならこの主人公は光のみを見て死の翳《かげ》を拒絶した。彼は、よし生を脅かすにせよ、生の糧であり、それなくしては生を知る事を得ないあの死を視《み》ないからである。従って彼の詩人としての視は未《ま》だ熟してはいなかった。出発点はここにある。『風立ちぬ』はこの視に於《お》いて未完成の詩人が光に昏《くら》んだ、仮装の「生きめやも」から真の「生きめやも」の決意に至るまでの発展小説である。それは仮象の存在から、死に裏づけられた存在の根源を見るまでの「見る事を学ぶ」認識論である。一人の少女を愛する事によって。「すべて彼女を支配する者に素直に身を委《まか》せる少女」〔註一〕であるこの節子は、それらの日、夏の高原で偶然出会った彼にも従順であった様にやがて彼女を訪れる死をすら拒まない。彼女は抗《あらが》う事なく死の声を聞こうとし、それと対話する。愛という同化作用により節子は婚約者から生の多を学び〔註二〕、詩人は「死の少女」節子から徐々に死を受容する。「節子の魂がおれの眼を通して、そしてただおれの流儀で、夢みてゐ」（風立ちぬ）るように、彼もまた、節子の死の眼を通して存在を眺める事を学んで行く……。

嘗《かつ》て光の讃歌であった「風立ちぬ。いざ生きめやも」にここで全く新しい意味を帯びて来る。それはもはや光の陶酔による地上肯定でなく、深い詩的視による、死からの生への決意である。今や詩人は影を通して光を見る。寧《むし》ろ影が一層光を強調する。影がある故に光は一層せつなく、永遠である。それは「すべてのものは影の中にあつて、……さういつた内部より発して、外部にまで輝やき出づるところのレムブラント光線」（夏の手紙）であり「秋の午前の光、もつと冷たい、もつと深味のある光」（風立ちぬ）であった。

「風立ちぬ。いざ生きめやも」の光を通してと、死を通してとの二つの意味の変化、この視の発展を、婚約者に教え、節子は死者の世界に去る。今は孤独の詩人は、深き大極の山を登りゆかねばならぬ。恐らく節子がこの地上で果しえなかった営みを彼は果さねばならぬ。もっと深く、もっと冬の雪の中に分け入らねばならぬ。何処《どこ》に？　「死のかげに」、『死のかげの谷』に。そこでは詩の究極であるすべての存在の根源が見出されるであろう。

ひとり、彼、大極の哀しみの山深く登りゆく。
跫音《あしおと》すら音なき運命の地より谷にかへる事なし。
されど彼等、永劫《えいごふ》の死者、我等に比喩一つ喚覚《よびさ》ませし
に非ざるか

…………………………………

かくて、ひとり登りゆく幸福《しあはせ》のみ
思へる我等心ふるへ
ほとほとに打ちまどひぬべし
幸福なるものありて今降りゆくを見れば
（ドイノの悲歌　No.10）

『風立ちぬ』はかくて「愛と死と視」の小説である。

〔註一〕　節子に象徴されているこの人生への受動的姿勢を堀辰雄は高貴なものと考える。それはまた今日までの彼の姿勢であり彼の植物的作家の本質を語るものであろう。（神《じん》西《ざい》清氏、摂取と純粋、参照）

「人生といふものは、……何もかもそれに任せ切つて置いた方がいいのだ。……さうすればきつと、私達がそれを希《ねが》はうなどとは思ひも及ばなかつたやうなものまで、私達に与へられる」（春）

「その鮮やかな（女性の）心像は……最初から諦《あきら》めの姿態をとつて人生を受け容れようとする、その生き方の素直さといふものを教へてくれた」（更級《さらしな》日記）ライナ・マリヤ・リルケによって耕された堀氏は『ドイノの悲歌』のリルケの能動的地上肯定をこの受動的姿勢に屈折させ『花あしび』に於て受身的地上肯定に変容している。確かにそこには、ヴァイタル・フォースに欠けるという常識的一般的非難は一応通ずるかも知れぬがそれは妥当でない。この姿勢は東洋的汎神《はんしん》の本質要素である故に吾々もまた血液の奥に持っているのである。若《も》しそれを非とするなら、何故非であるか、如何にしてこの血液を浄化するかを考えねばならないであろう。この血液を認めたが故に堀氏は『花あしび』に於て汎神の世界に深く、はいられたのである。

〔註二〕　堀辰雄の認識論にあって夢みる《トラウメン》という事は追憶すると共に大きな役割を占める。夢みる事は堀氏にとって酬われてはならぬ無償の夢であらねばならぬ。より高き超自然に郷愁を持ちつつ、その郷愁は充たされてはならない。そして夢は現実の可能性ではなく高次の世界と現実を結ぶ無償の祈りである。

「夢の純粋さ、その夢を夢と知つてしかもなほ夢みつつ、……」（更級日記）

「それらの日々は、私のもつて生れたどうにもならぬ遥《はる》かなるものへの夢を、或は其処《そこ》の山々に、或は牧場に、……寄せながら、自分で自分にきびしく課した人生を生きんと試みてゐた」（同）

今日吾が国の自然主義的系統の作家の最大欠陥はこの永遠性への思慕の失われている事である。そして今日の青年のうち永遠的なものに眼を向け始めたものには、堀辰雄は他の作家にまして読みかえされる。その意味で堀辰雄はよしそれが無償の夢であるにせよ、夢を強調する限りまた準宗教作家である。彼の今後を耕すものは恐らくノヴァーリスやプラトンであろう。

かくして『風立ちぬ』が生からの逃避であるという皮相な見解は今日の青年には不思議にさえ思われる。これは現実と生からの逃避ではなくて生の浄化であり生の純粋化の作品である。この純粋世界に於て、日常の曇れる眼差《まなざ》しが見るを得なかった存在の根源が透明になり始める。死のかげの谷は存在がそこで透明化する世界であり（何故なら死のみが存在を明らかに啓示する）、それは堀辰雄の決着点の一象徴であろう。僕等はこの堀氏の純粋透明世界が如何なるものかを次に考えてみたいのである。そしてまた詩はミスティクの参与であるならば堀辰雄が夢み思慕する超自然の影が既にこの死のかげの谷に光を与えている。だがこの超自然は堀辰雄にとって如何なる超自然であるか。彼のひそかなミスティクは如何なるミスティクであるか。

二

(1)「……ずゐぶん昔から、いまのやうに、かうしてただ雪の山のなかにゐること、――それだけをどんなに自分は欲して来たことだらう」「自分の雪に対するそれほど烈しくもない、といつて一時の気まぐれでもない、長いあひだの思慕のやうなものが、いつ、どうして自分のなかに生じて来たのだらうかと考へ出してみると、……」（橇《そり》の上にて）

雪は堀辰雄にとって重大な役割を帯びている。彼の全作品を通読する時、雪は丁度ジュリアン・グリーンの作品で「夜」が象徴的意義を持つ様に、僕等の記憶に深く痕《あと》を残す。試みに『菜穂子』のクライマックスが、雪の場面で如何なる意味を有していたかを甦《よみがえ》らすと良い。旅路の果てその生を賭《か》けて都築《つづき》明は雪に憬《あこが》れた。一九四三年、堀辰雄は『斑雪《はだれ》』と『橇の上にて』の二作の中で存在の死と生を雪を透して純粋化しようとした。一九四六年、長い沈黙を破って一つの対話形式の短篇を発表したが、それは、あのドビュッシイの曲『雪の上の足跡』と同じ題名であった。そして今から僕等の読もうとする『死のかげの谷』の最初の一行もまた次の様である。

殆ど三年半ぶりで見るこの村は、もうすつかり雪に埋まつてゐた。……

『死のかげの谷』雪に埋もれたこの谷に孤独の生活を送ろうとする詩人にとって雪は如何なる意味を持っているのだろうか。

雪の持つあの物々の浄化、純粋化 purification について考えよう。雪は物々の何を浄化するだろうか。そして浄化され純粋にされた時、僕等の眼に何が啓示されるのだろう。

詩は視なのだと僕たちは既に考えた。あの『ヘルダルリーンと詩の本質』の中でハイデッガーは次の様に語っている。「詩とは物々の存在をあらわにする事……それによって日常の一切のものから歩み出る」

日常性に覆われた存在を透視する事が詩であるならば、存在物から存在を被《おお》いかくす、一切の不純なものは浄化されあらわにされねばならない。日常の偽《いつわ》りの時間から存在物を抜け出させ、それを純粋時間に置く時存在はあかるくすきとおるに違いない〔註一〕。

「さういふ時間から抜け出したやうな日々にあつては、私達の日常生活のどんな些細《ささい》なものまで、その一つ一つがいままでとは全然異つた魅力を持ち出すのだ」（風立ちぬ）

日常の生の時から抜け出す事は堀氏にとって生からの逃避ではなく生の純粋化であり、純粋化の第一歩である。『風立ちぬ』の主人公が既に雪に埋もれた谷に在る事は彼が真の存在を覆うものを抜けて厳しい純粋空間に入った事を意味している〔註二〕。雪は一切の樹も谷も林も浄化した。そして主人公がこの純粋空間の中で彼の存在を再び考えるための準備をなしているのである。

〔註一〕 存在物の純粋化(purification)と存在物の聖化（sanctification）を混同してはならない。純粋化への意志はまた永遠的なものへの意志に他ならないが、それは宗教的意志ではなく準宗教的意欲であるに過ぎない。例えばハイデッガーの実存的詩論は（リルケもまたその様な意味で）存在の純粋化を考えその聖化に無関心である。一方マリタン夫妻やマルセル・ド・コルト等の如き人の詩論にあっては存在の聖化（フォルムの光の顕示）が詩の目的であると力説する。従って堀辰雄はこの聖化には『死のかげの谷』に於て無関心であり単に日常性から抜け出す事のみを考え、存在を更に純化より聖化へ、より高次の存在に止揚する事を欲しない。然しこの聖化こそ……ランボオやクローデルの考えた事なのである。

〔註二〕 純粋空間への堀辰雄の憬れは雪を通して根底的な意慾となっている。神西清氏のみがこの堀辰雄の秘密を語っていられる（新潮昭和二十二年一月号）。リルケの言葉がその中で引用される「Dinge——この言葉をわたしが言ふうちに（お聞きでせうか）ある静寂が起ります。物《ディング》のまはりにある静寂。すべての運動はしづまり、輪郭となり、そして過去と未来の時から一つの永続するものが、その円を閉ぢる、——それが空間です。無に追ひつめられた Dinge

の、偉大な鎮静であります」

⑵「すべての運動はしづまり、輪郭となり、そして過去と未来の時から一つの永続するものが、その円を閉ぢる、——それが空間です」堀辰雄は彼自身の究極の存在もまたこの純粋空間の中に至り着く事を目指している。彼はそのためにプルーストから学んだ追憶《スヴニール》の力が存在物を徐々に純粋存在とする事を考えた。彼の作品の中で如何にこの追憶が屢々《しばしば》引用されている事であろうか〔註〕。『風立ちぬ』の光の村は今再び主人公が追憶により純粋化するために帰って来た村である。彼が節子と共にその下で夢みたあの白樺《しらかば》の樹を再び訪れる。然し既に純粋化されつつあるが故に節子はその頃のままでは甦って来ない事に注意したい。

「昔、お前とよく絵を描きにいつた、真ん中に一本の白樺のくつきりと立つた原へも行つて見て、まだその根もとだけ雪の残つてゐる白樺の木に懐しさうに手をかけながら、その指先が凍えさうになるまで、立つてゐた。しかし、私にはその頃のお前の姿さへ殆ど蘇《よみがへ》つて来なかつた」（死のかげの谷）

そしてまた堀辰雄も彼自身の存在が純粋化され純粋空間の中で「もはや其処より出づる事なき時間と空間との永遠」に存在する事を夢みている。

「ただすこし慾をいへば、ほんの真似だけでもいい、——真白な空虚にちかい、このやうな雪のなかをかうして進んでゐるうちに、ふいと馭者《ぎよしや》も馬も道に迷つて、しばらく何処をどう通つてゐるのだか分からなくなり、気がついてみると、同じところを一まはりしてゐたらしく、さつきと同じ場所に出てゐる——そんな純粋な時間がふいと持てたらどんなに好からう」（橇の上にて）

僕等は今から少し、この『風立ちぬ』の主人公がそこに住まおうとし、また堀辰雄がひそかに願う純粋な透明な空間の構造について考えてみたいと思う。

〔註〕『美しい村』から『風立ちぬ』或いは『菜穂子』の中で同じ場面同じ風景が追憶され、繰りかえされている。（例えば、白樺の場面、バルコンの場面）堀氏が耕されたプルーストは勿論《もちろん》またリルケその人もこの追憶の意義を重視した。（例えばアンローズはそのリルケ論でリルケの反覆追憶を力説している）この追憶は堀辰雄の中で如何なる意味を持っているのだろうか。

「私は、いつかの初夏の夕暮に二人で……眺め合つてゐた、……それ等の山や丘や森などをまざまざと心に蘇らせてゐたのだつた。そして私達自身までがその一部になり切つてしまつてゐたやうなさういふ一瞬時の風景を、こんな具合にこれまでも何遍となく蘇らせたので、それ等のものもいつのまにか私達の存在の一部分になり、そしてもはや季節と共に変化してゆくそれ等のものの、現在の姿が時とする

と私達には殆んど見えないものになつてしまふ位であつた」(冬)

⑶この透明な空間に於て主人公は何を見るのだろうか。この時、僕たちはこの「風立ちぬ、いざ生きめやも」の詩人ヴァレリイが『死のかげの谷』で主人公が読むレクイエムの作者リルケについて語った言葉を思い出すのだ。

「純粋時間の中に閉じ籠っている様に私に思われた親愛なリルケよ、来る日も来る日も、何の変哲もない日々を透して死を判然と窺わせる様な……此の透明さ」

此《こ》の透明さをヴァレリイはリルケの為《ため》に恐れる。何故ならあの日常性に覆いかくされていた死の顔は、今、余りに純粋な、余りに透明なこの空間の中で僕たちの眼に容赦なく透視されるからだ。無に追いこまれた存在物はその厳しい存在と死との結合様相を僕等にあらわにする。この純粋空間「自然のぎりぎりの限界」(斑雪)、「人々がもう行き止まりだと信じてゐるところ」(風立ちぬ)では詩人のみが死と対決する。そして人々はあのハイデッガーが語る様に、言い知れぬ不安からこの場所に入る事を避け、死を直視する事を拒絶する。

『風立ちぬ』の主人公もまたこの死の不安を感じている。節子によって、またあのサナトリウムの死の世界の中で、嘗ての彼の光のアダジオは砕けたが、今なおこの死への恐れから彼は逃れられない。然し彼は一つの決意を以《もつ》てこの彼が住む谷の名、彼が語らねばならぬことをつぶやこうと試みる。

「私はそれを何かためらひでもするやうにちよつと引つ込めかけたが、再び気を変へてたうとう口に出した。死のかげの谷」(死のかげの谷)

余りに透明な空間を通して余りに死は、はっきりと彼の眼にその姿をあらわす、時として彼は「かうして孤独で」死と対決する事が「溜《た》まらないやうに」思われる(同)。彼はかつての光のアダジオで抱いた夢、死を拒んだ充足の生の肯定のもろい光の中に逃れようとさえする。「さう云へば、本当にかう云つたやうな山小屋で、お前と……暮らすことを、昔の私はどんなに夢見てゐたことか!……」(同)「私は恰《あたか》もお前が小屋の中に居でもするかのやうに想像して」(同)「昔、お前とよく絵を描きにいつた、真ん中に一本の白樺のくつきりと立つた原へも行つて見て、まだその根もとだけ雪の残つてゐる白樺の木に懐しさうに手をかけながら」(同)

この夢の中に逃避する度に彼は死を失う。死を失う事によって生も失う。死の少女節子は、その時彼と異なった世界に在って彼の心に甦って来ない。何故なら彼は死を失おうとするからだ。

「この数日、どういふものか、お前がちつとも生き生きと

私に蘇つて来ない」（同）「しかし、私にはその頃のお前の姿さへ殆ど蘇つて来なかつた」（同）

然し死を失う事によってかえって詩人は生を失うのだ。節子はそんな苦しがっている婚約者をかなしげな眼で何処かから眺めている。「そのとき殆ど同時に、私は自分のすぐ傍に立つたまま、お前がさういふ時の癖で、何も言はずに、ただ大きく目を瞠《みは》りながら私をぢつと見つめてゐるのを、苦しいほどまざまざと感じた」（同）

「そんなときだけ、ふいと自分の傍らに気づかはしさうにしてゐるお前を感じる」（同）

節子は嘗て彼女がこの世で使命としたあの仕事、愛する者に死を教えるあの仕事を今でさえ再び死者の世界から詩人のもとに訪れて果さねばならないのだろうか。死を失おうとする彼に死を教える為、地上をさまよう彼女の平和を半ば失わねばならない。その事を彼女は心から悲しみ乍《なが》らも彼のもとに帰って来る。

「そのとき不意とそんな……私に寄り添つてくるお前が感じられた。が、私はそれにも知らん顔をして、ぼんやりと頬杖をついてゐた。その癖、さういふお前をこれまでになく生き生きと――まるでお前の手が私の肩にさはつてゐはしまいかと思はれる位、生き生きと感じながら……」（同）

只お前――お前だけは帰つて来た。お前は私を掠《かす》め、まはりをさ迷ひ、何物かに衝《つ》き当る……（同　リルケ、レクイエム）

然し生者のもとへの復帰は死者を裏切るのだ。「それがお前のために音を立てて、お前を裏切るのだ」（同　リルケ、レクイエム）

鎮魂曲とはこの節子の悲しみを鎮めてやる詩なのだ。節子を死者の中で静かに住まわしてやる事に他ならぬ。もう詩人は、死を自分で自分のものとせねばならない。死を拒む事によって死者たちの中に住む節子を悲しませてはならぬ。詩人は独りで死を生の糧とし、詩人の視を完成せねばならぬ。その決意を徐々に彼は学びはじめる。「未《いま》だにお前を静かに死なせておかうとはせずに、お前を求めて止《や》まなかつた、自分の女々しい心に何か後悔に似たものをはげしく感じ」（死のかげの谷）はじめる。

この決意に到達した時、『風立ちぬ』の主人公はあの光のアダジオから遂に真の詩人の視を完成したのだった。そして節子の苦しい地上での使命も彼女に代って果したのではあるまいか。今や、節子はもう死者の間で憩いえよう。そしてその世界からこの地上の詩人を静かに眺めえよう。そしてこの決意を得た詩人の唇から、あのレクイエムの数行が節子に送られる。

帰つて入らつしやるな。さうしてもしお前に我慢できたら、死者達の間に死んでお出《いで》（同　リルケ、レクイエム）

(4)この時彼が住む死のかげの谷、余りに透明であった純粋空間の中に死が徐々にはいり込む。そして死のかげの谷は、雪明りの微光にも似た死の幽《かす》かな光にうっすらと白み乍ら半ば翳る。死の光は詩人の眼の昏む程烈しくなく、むしろ、詩人の眼を愛撫《あいぶ》しつつそれに存在の秘密を見させようとするのだ。この不思議な暗さの中で詩人は生と死とは区別されるべきものではなく、生は死を宿し、死の微光を絶えず、散らばされている空間の中で生きるのだ。生は死と溶け合い生の中に死が影を与え、死の中に生が光を与える。詩人は今迄《まで》気づかなかったこの生の中に死の微かな光が、「あつちにもこつちにも、……散らばつてゐる」(死のかげの谷)のを知るのだ。死の光は「たつたこれつ許りだと思つてゐるが、……おれの思つてゐるよりかもつともつと沢山あるのだ。さうしてそいつ達がおれの意識なんぞ意識しないで、かうやつて何気なくおれを生かして置いてくれてゐる」(同)

生と死と、一見対立したこの二存在は生の内部に集まり溶け合うという考えは、確かに『時禱書《じとうしょ》』の頃のリルケの思想であり、またリルケの若き日の師、ジンメルの『レンブラント論』の中に僕たちが見出すものではないだろうか。堀辰雄がこの生と死との一致をその頃リルケから学んだとは考えられないにしろ、彼もまたこの死と生とが混じ合った純粋空間を人生の本質として憬れているのではないか。彼は神西清氏に与えた手紙の中で、あの僕等の古代人の前宗教的なこの死と生との無区別の時代に憬れの言葉を述べていられる。(花あしび)

『死のかげの谷』の最後で死の微光に変容された純粋空間の中で詩人の視もまた完成される。すべての存在は死を中核としているが故に、詩人が死を通して存在を見る時、その存在もまた親しく彼の眼を愛撫する。

「さうやつてしばらく私が見るともなく見てゐるうちに、それがだんだん目に慣れて来たのか、……いつの間にか一つ一つの線や形を徐《おもむ》ろに浮き上がらせてゐた。それほど私にはその何もかもが親しくなつてゐる」(死のかげの谷)

再びあのリルケのロダン講演の言葉を思い出そう。「物《ディンゲ》のまはりにある静寂。すべての運動はしづまり、輪郭となり、そして過去と未来の時から一つの永続するものが、その円を閉ぢる」(岩波文庫版、高安氏訳)

「本当に静かな晩だ」(死のかげの谷)詩人は、今の、すべての運動のしずまった静寂の中に憩っている。「此処《ここ》だけは、谷の向う側はあんなにも風がざわめいてゐるといふのに、本当に静かだこと」(同)

死は最早恐れではない。ヴァレリイがリルケの為に怖《おそ》れた厳しい純粋空間の透明さも死の翳に和らげられ鎮まる。死はかえって無限の静寂を存在にもたらし存在はかえって一つの憩いに入る。堀辰雄はこの究極の憩いを無性に夢みている。「僕は、いま、その頃の自分にはとても実現せられさうもないやうに見えてゐた、こんな雪の中にはひり込んで来てゐるのだと思ひながら、さて、べつにどうといふ感慨もなかつた。悲壮のやうなものはいささかも感ぜられなかつた。寒さだつて大したことはない。むしろ、雪のなかは温かで、なんのもの音もなく、非常に平和だ。さう、愉しいといつたはうがいい位だ」(橇の上にて)

　ここでは未来も過去も一つとなり永遠の純粋時間のみが静かに流れて行く。詩人はその中で無限の安息と平和とをえるのだろうか。そして堀辰雄はこの無限の静寂と安息と憩いを生涯夢みているのだろうか。

　されども、生を超ゆるものはすべて過ぎゆかざれば、
われは夢む、この暮れなんとする夕空の下に、汝《なんぢ》のも
　はや其処より出づることなき
　時間と空間との永遠を。(生けるものと死せるものと)

(5)時間と空間との永遠を夢みる故に堀辰雄はまた宗教作家の要素を持っていないか。微妙な彼の心理作家としての彼方《かなた》に彼は死と生を考え永遠を夢みる宗教作家である。彼が夢みるこの静謐《せいひつ》な永遠の集中をハイデッガーの有名な言葉から考えよう。

「詩に於て人間は自己の現存在の根拠の上に集中させられる。人間は詩の中で静寂に到達する。しかし、それが無活動と無思索の意味でのみせかけの静寂ではなく、そこに於て一切の力と関係が活動しているようなかの無限の静寂である」

　然し堀辰雄の静寂は一切の力の終止の静寂ではなかろうか。何故ならハイデッガーの場合死は究極まで生を脅かす存在であり、この生を脅かす死に無償の決意を以て戦いを挑む嵐の前の静寂がここで語られているのだ。ハイデッガーの無神論的詩論の静寂に対し、カトリック詩論ライサ・マリタン夫人の詩の静寂についての言葉を聞こう。

「詩体験の与える精神の集中は何らの緊張も予想しない、静寂な平和な集中である。魂はその憩いに入り一切の感情に優《まさ》る平和の場所に入る。そこで魂はその高き所に於て再び再生せんためである。今や精神は再び力を得、生気を得て、すべて瞬間的に、又外から与えられる如くに見える程溌剌《はつらつ》とした幸いなる活動に入る」(Raissa Märitain Situation de la poésie, p.46 Desclée de Brouwer 1938)

　この詩のもたらす二つの静寂の解釈を堀辰雄のそれと混同してはならない。ハイデッガーは無論の事、カトリックの詩論に於ける静寂は次の戦いのための準備としての詩人の集中なのだ。人はその例を例えばサン・ジャン・ド・ラ・クロワやアヴィラの聖テレジアの中に戦いと静寂との連続的神秘道程に見出すであろう。静寂は彼等にとって終

結的なものではなく人間的戦いの前の一瞬の全存在の内部集中である。

『風立ちぬ』の静寂はかかるものでなく、それは人格が事物に還元された事物存在の静寂である。彼はその中で憩い眠る事を願う。何故『風立ちぬ』の詩人は覚めて更に前進しないのか。それは、彼が死を最後に於て戦わず、死と生との溶解の中に死を親しみ死の友になった事のためである。死は恐怖されねばならぬ。最後まで人間はそれに戦わねばならぬ。物々と共に死によって生を吸収される事、死の中に或る愉しさを感じさえする事、それは東洋の神々の世界の一つの秘密である〔註〕。そして堀辰雄はこの吸収とこの死の愛撫の眠りを既に『死のかげの谷』の中で語っている。彼はその眠りのために神々の世界に赴くであろう。神々の世界ではすでに地上に於て眠りと愛撫とがもたらされる。然し神の世界では地上に於て人間は夜の果てるまで死と戦わねばならない。

僕等はこの作品の中にミスティクを認める。然しそのミスティクは、存在の純化としてのミスティクであり、存在の聖化（sanctification）としてのミスティクではない。マリタンはこの二つのミスティクを自然的ミスティクと超自然的ミスティクとに区別した。存在は純化されるだけでは足りない。存在は更に聖化されねばならぬ。カトリックの詩人はこの純化の地点に留まらず、更に純化から聖化へ上昇し戦いつづけ、高貴の詩人の視力を得ようとする。僕等は堀辰雄に彼の詩人としてのあの高貴な眼差しが純化から更に聖化に向けられ、発展する事を望むのだ。

然し堀辰雄はまた彼のこの地上での死との和解から脱けようと試みる。後年彼はグレコの受胎告知を烈しい決意を以て語っている。人間と神との戦いを、彼はグレコのあの絵の中で認めたのだ。彼はそれ故に死と和解しない一人の人間、恐らくは彼自身と全く同質的な人間が『死のかげの谷』とはまた別の戦いを死に挑み最後まで死と和解しなかった場合の運命を『菜穂子』の中で描こうと試みた。僕等はこの決意に充ちた第二の堀氏、都築明の生を賭けた旅を、次に眺めて見度いと思うのである。

〔註〕　僕等は汎神論と一神論の探究を『花あしび』を考える時、分析する事にしよう。僕たちはただ『死のかげの谷』に汎神的方面の発芽を認めるのである。

実存の悲劇（都築明の旅）

立原道造をモデルにしたと言われる都築明の生の旅はあの巴里《パリ》に於けるマルテ・ラウリッツ・ブリッゲのかなしい生の旅を思わせる。恐らく堀氏が都築明に勝利を与えず、かなしくも美しい敗北に至らしめたのは、リルケがブリッゲをかなしい失落に陥《おと》したのと同じ心理であろう。リルケその人がマルテをして自らの分身として敗北せしめマルテの苦しみを貫いて『ドイノの悲歌』の第九の地上肯定を歌いあげた如く、堀氏は自己と同血液的な都築明を亡ぼす事によって堀氏自身を神々の世界に救おうと試みたのであった。最初、都築明は堀氏にとってその運命の必然性を感じさせ、その没落に共鳴さすために全く一致した存在にならなければならなかった。然し次に堀氏は都築明を過度に越え過ぎてはならなかったのだ。堀氏が神々の世界の裡《うち》に「すべての歌を歌い出す為に」都築明は亡びねばならぬ土台であったのである〔註〕。

〔註〕『菜穂子』を小説的にモーリヤックの影響の下にここでは考えない。然しモーリヤックは堀氏によって非常の屈折を以て受け入れられている事だけは一言したい。堀氏は小説家《ロマンシエ》モーリヤックのみを考え、カトリック者モーリヤックを受け入れない。然しモーリヤックの作品は小説家モーリヤック対カトリック者モーリヤックの激闘の結実である。

一、明に於ける実存意識

悪とは何であるか。聖トマスの形而上《けいじじょう》学に依れば善《ビャン》は存在《レエトル》の完成に他ならない。樹が成熟し花を咲かせ、果実を結ぶ事、即ち樹そのものの「存在を完成さす」事は樹にとって善である。花にとって善とは何であるか。それはその花にとって最も美しい色と馨《かお》りとを果し群がる蜜蜂《みつばち》に蜜を与え果実を結び媒介と職能を終え少女を楽します事である。個々の存在物のその固有の存在フォルムを完成さす事が善である。悪とは従って、聖トマスに依れば存在者の存在の欠除、存在の下降、フォルムの不毛を意味する。一切の存在をして欠除と下降と不毛に至らしめるものは悪である。従って善とは如何《いか》なる社会的契約や人間の日常的契約によっても計られず「存在」そのものによって計られる。存在者人間の完成を開花するものは善であり、それを不毛たらしめるものは悪である。従って悪は存在者にとって死――肉体と共に精神の死を意味する。存在者にとってその存在を脅かす悪は常に死の相貌を帯びる。都築明が建築事務所で「心からそれを楽しいと思」（菜穂子）わず「お前はこんなところで何をしてゐる」（同）というハイデッガーの問う者《フラーゲン》としての現存の声を聞かねばならなかったのは存在を脅かす日常性（今後この言葉はハイデッガー的意味で使う）が「死の相貌」をとって彼を脅かした事を意味する。都築明を脅かしたのは日常性そのものではなく、日常性がその表面である所の「存在の死」即ち悪である。然し都築明の場合、悪は倫理的人間存在を脅かすのではなく単に生の衝動的肯定を脅かすものに過ぎなかった〔註〕。

〔註〕『菜穂子』を裏づけている所のハイデッガー的人間実存構造が人間存在の全面的把握ではなく論理的実存性の人間条件《コンディション・ユウメヌ》を忘却している事は特に注意せねばならない。世界をその共生的 Co=Paissance 様式に見たクローデルが、樹木と人間との類比を次の如き比較を以て語っている事に注目せよ、「樹は縦に伸びると共に横に拡がれり」。都築明の生の探究は死への上昇のみを目ざし横への拡がりを忘却している事は認めねばならぬ。
　僕たちがパスカル、キェルケゴールに見出すものはこの肉体の死によるハイデッガー的実存意識と共に魂の死による論理的実存意識である。

二、日常性から脱却

或る冬の夕暮、銀座街頭に菜穂子と邂逅《かいこう》するまで明の存在の死（トマス的悪）は日常性の裡に曖昧なる状態《ツヴァイドイテッヒカイト》であらわれていた。彼はその現存の声に促されていたがその夕暮の一瞬まではそれを明確に意識しなかった……。
　その夕暮の一瞬、夫とつれだって歩いていた菜穂子の「宙に浮いた眼差《まなざ》し」が明の中に「奥深く眠っていた眼を呼びさました」。明は菜穂子の痛々しいような眼差しによって彼自身が気づかなかった「自己の死の相貌」を感じたのである。彼は菜穂子を媒介として彼自身の日常の曖昧《あいまい》におおわれている不安を意識した。然し「自らの中に宿っている死」（マルテの手記）を直視しえなかった明は「（菜穂子の）宙に浮いた眼ざしを支へ切れないやうに、思はずそれから目を外らせた」（菜穂子）。彼は死のかもす不安と絶望とを予感もし感じもした。然しそれを直視しえなかった。この直視しえなかった事は後に書くように明の第一の旅の失敗の理由である。「おれがこれまでに失つたと思つてゐるものだつて、おれは果してそれを本気で求めてゐたと云へるか？」（同）
　菜穂子の「宙に浮いた」痛々しい眼差しは死の不安と共に明にまた別のもの——既に明に「失われてしまった」少

年時代――（死の翳のない純粋統一の生の季節）を菜穂子を媒介として明に呼びさましたのであった。丁度『失われし時を求めて』の主人公が茶に浸したマドレーヌの菓子から少年時代を甦らしたように……〔註〕。

菜穂子の眼差しから自己の内部に覆いかくされていた死の不安と純粋統一の生としての少年時代が――死と生との対立が同時的に明の中に呼び覚された一瞬は決定的であった。

「かうして人込みの中を歩いてゐるのが、突然何んの意味も無くなつてしまつた……何時間もから云ふ銀座の人込みの中で何と云ふ事もなしに過してゐたのが、今までは兎も角も一つの目的を持つてゐたのに、その目的がもう永久に彼から失はれてしまつた……」（同）

明の存在を覆っていた日常性はこの瞬間、明によって否定され砕かれたのである。

〔註〕　堀辰雄がプルーストの影響を受けたのは周知の事実である。菜穂子を媒介として明が少年時代の純粋統一としての生を蘇らしたと解釈するのは不当であろうか。……然しリルケのマルテと幼年時代との関係をプルーストの無意識的記憶から解釈する批評家がいる。

三、第一の旅

菜穂子によって、自己の裡に死と生との対立を明は呼び覚された。然し彼は死そのものを未だ直視することが出来なかった。それ故に彼は、死そのものから逃れて光を求める。丁度堀氏自身が（『恢復期』一九三二）に於ける死の翳から（『美しい村』一九三三）の光のアダジオに逃れたように……。

菜穂子と共に明の少年時代の象徴であるO村は、また死そのもののない生の象徴である。このO村で明が邂逅する二人の女、早苗《さなえ》とおえふは明に死ではなく生の様式を教える。一方は、死を克服する愛の力を借りて、一方は、リルケの所謂《いわゆる》（開かれた世界）父なる世界の『ふるさとびと』としてである。このO村と早苗とおえふは、『菜穂子』にあって、明や菜穂子と対立する生の象徴である。明や菜穂子が翳であるならば、前者は光である〔註一〕。然し、明や菜穂子がそれを再び求めるとしてもそこに住むことの出来ない世界である。明はそれら光の中から、既に死を負った彼の生の様式《モード》を学ぶであろう。然しその様式は学ばれるだけであって、明はそこに住む事が出来ない。何故なら彼は既に死を知ったから。

僕たちはここにこの三つが代表する、少年時代、愛、ふるさとびとが、リルケのマルテの中で如何様な位置を占めているかを詳論する暇はない。『ドイノの悲歌』の第八のエレジイに於て、僕たちはまた、リルケ的存在の秩序を見出すであろう。そしてその秩序は『ドイノの悲歌』にあって、死の相のもとに Sub species mortis 構成づけられている。母なる世界（カスナーの父の世界）は死のない世界である。これに対立して形象の世界（カスナーの子の世界）は死のある世界である。この母の世界と形象の世界との間に存在者が配列される。『菜穂子』にあって、おえふは母なる世界（O村）に直属する。死の意識が未だ発芽せず、生そのものに直接開かれた少年時代母なる世界を持った人、その人たちはたとえ、死そのものに対してもそれに抗《あらが》わず、それをその儘《まま》に受け入れる〔註二〕。彼等は、母なる世界に抱かれ、その裡に生れ、その裡に帰ることによって、存在の開花と果実とを果す。彼等の存在はその根を深く――母の地におろしているのだ。そしてまた、形象の世界の住人がその存在の秩序を上昇し、死を克服するための手段の一つは、愛の業によってである。彼は永遠に燃えつきる事のない愛の炎によって死を克服しようとする。都築明はO村への旅によってこの母なる世界と、母なる世界の住人と、生の純粋状態である幼年時代に逃れる。彼は、彼がその赫《かがや》かしい少年時代を過したO村の三村夫人の別荘を再び求めるのだ。そしてまた、牡丹屋《ぼたんや》のおえふの中に、母なる世界（開かれた世界）を、離れず、その裡にあって、「抗ひがたい運命の前にしづかに頭を項低《うなだ》れ」（冬）乍《なが》ら耐えるおえふを眺める、早苗との邂逅に於て、彼はこの恋人を通して、恋人の「もつと向うにあるものを見」（菜穂子）ることを学ぶのだ。

〔註一〕　序編に於て既に指摘した如く、堀氏もまた死の相のもとに存在を眺める。彼が一九四二年に『幼年時代』と『ふるさとびと』とを同時に発表したのは非常に意味のある事である。堀氏はその前年の『菜穂子』に於て、彼の課題となったこの母なる世界の二つの生の様式を根本的に考察しようとしたのだ。僕たちはここにまた堀氏やリルケの、死の相のもとに構成づけられた「存在の秩序」を聖トマスの存在の秩序と相比べる時、後者が上昇と共に存在の完成に至るに対し、リルケや堀氏のそれは、秩序の段階的上昇がかえって存在を脅かす構成になっていることに注意したい。存在者はこの秩序の段階を昇れば昇る程存在を脅かす死そのものを直視せねばならぬことは聖トマスと全く反対である。それ故に上昇を運命づけられた存在者が、自らを悲しき決意性のヒロイズムに於てしか救えないことにハイデッガーやリルケの悲劇がある。

〔註二〕　母なる世界の人が、「抗ひがたい運命の前にしづかに頭を項低れ」て耐える事は堀氏にとって、『風立ちぬ』以来の課題であった。死そのものにさえも抗わず、それをそのまま受け入れる事。

（1）お前のすべてを絶えず支配してゐるものに、素直に身を任せ切つてゐる……「節子！　さういふお前であるのなら、私はお前がもつともつと好きになるだらう。……」（風立ちぬ）

（2）この不為合《ふしあは》せな女、前の夫を行きずりの男だと思ひ込んで行きずりの男に身をまかせると同じやうな詮《あき》らめで身をまかせてゐたこの惨めな女、この女こそこの世で自分のめぐりあふことの出来た唯一の為合せである……。（曠野）

（3）（菜穂子、）私との不和がお前から奪つたものをはつきりと知つた。……それは人生の最も崇高なものに対する女らしい信従なのである。（楡の家）

堀氏にとっては、これらの不倖《ふしあわ》せな女たちは、その「死後さういふ皮肉を極めた運命をも超えて彼女らの生《いのち》のはげしかつた一瞬のいつまでも赫きを失せない」（七つの手紙）が故にかえって運命に抗いつづけた孤独の女達（かげろうの女性、菜穂子）よりは為合せに見えるのであった（更級日記）。堀氏はこれらの母なる世界の女性たちにリルケの「生は運命より高い」の言葉を捧《ささ》げている。

四、出　発

死の形相から一応、母なる世界に旅した明は、母なる世界に留まることを許されない。何故《なぜ》なら、彼は上昇することを運命づけられているからだ。母なる世界は、おえふや早苗のみがその裡に生きかつ死ぬ独自の故郷であるが、明はその故郷に生れたのではないのだ。彼はただその馨りを嗅《か》ぐ事だけが許されている。

「おえふと初枝とがいかにも何気ない会話や動作をとりかはしてゐるのを、明は傍で見たり聞いたりしてゐるうちに、其処《そこ》から突然O村の特有な匂のやうなものが漂つて来るやうな気がしたりした。彼はそれを貪るやうに嗅いだ」（菜穂子）

従ってたとえおえふや早苗の中にその生の充足した形態を見出すにしろ、彼はおえふとも別れ、早苗とも別離せねばならないであろう。明は、彼と彼女達が違った存在者である事、違った世界に住んでいる事をはっきりと知らねばならぬ日が来る。

「此《こ》の人達にはそれほど自分の村だとか家だとかが好いのだらうか？……『だが、そんなものの何んにもない此のおれは一体どうすれば好いのか？……』」（同）

今こそ、彼は嘗《かつ》て直視し得なかった、菜穂子の眼差しを、はっきりと支えねばならないであろう。最早母なる世界に「顔を埋めて、思ふ存分村の匂をかぎながら、……慰められ」（同）る安易な季節は終ったのだ。新しく明は「母なる世界」ではなく、「形相の世界、死の世界」に上昇せねばならない。死を直視せねばならない。絶望を直視せねばならない。

「自分が本気で求めてゐるものは何か、おれはいま何にこんなに絶望してゐるのか、それを突き止めて来ることは出来ないものか？　おれがこれまでに失つたと思つてゐるものだつて、おれは果してそれを本気で求めてゐたと云へるか？」（同）

おえふよ、早苗よ、お前たちはその母なる世界に帰るがよい。俺は、お前たちから離れ「誰にも附いて来られない……道を一人きりで」（同）歩かねばならないのだ。俺がお前たちを求めたのも、

「云つて見れば……失ふためにのみ……求めたやうなものだ。いま、……去られる事はおれには余りにも切な過ぎる。だが、その切実さこそおれには入用なのだ。……」（同）

五、第二の旅

都築明にとって、第一の旅が「母なる世界」への旅であったに対し、第二の旅は「形相の世界」への旅である。前者が光への逃避であったのに対し、後者は翳への投入 Werfen である。光への逃避に於て切実に直視し得なかった死を怖れる事なく眺めねばならない。

今彼にとっては、サナトリウムの中、「世の果てのやうな（山の療養所で殆ど）自然の牢《ひとや》にも近いものの中」（菜穂子）に住んでいる菜穂子は、彼が、今こそ直視せねばならぬ死の姿である。嘗てその菜穂子の空をみつめる様な眼差しの死の相貌を支えきるには余りに決意の乏しかった自分は、今こそ菜穂子をまともに眺めねばならない。

十二月の曇った底冷えのする日、山々が何日も続いて雪雲に蔽《おお》われている様な或る日、都築明は、菜穂子の裡に嘗て自分が見つめる事の出来なかった死に、今こそ対決するために彼女を訪れた。「目を思ひ切り大きく見ひらいて」（同）……目を思いきり大きく見開いて、明は菜穂子を直視するだろう。少なくともたとえ、その日菜穂子の眼差しに耐えかねて、「狼狽《うろた》へ」「目を外らせ」（同）ざるをえないとしても、明は目を大きく見開こうとするのだ。

この、僅かの再会ではあったが、死を宿す菜穂子と、死を超えんとする明の決意とは、死そのものを媒介として触れ合った。嘗て……例えばあの最初の邂逅に於ても明にとって理解しがたかった菜穂子の不安も、たとえそれが如何に複雑を極めたものであれ、「今ならば……何処までも自分だけは……ついて行けさうな気がした」（同）

死に対決した明は、冬空を過《よぎ》る一つの鳥のように、その死を超えるために、再び菜穂子に別れて旅に出る。死に対決した事、死そのものをみつめた事は、人間の実存的存在を知ったとしても、死を超えたことにならない。都築明が、

死の相のもとに構成された形相の世界の上部に昇れば昇るほど、死はその相貌を愈々《いよいよ》明らかにしてくるのだった。その重圧に潰《つい》えざらんためには如何様に生きるべきであろうか。厳然たる死との対決は、実存者にとって出発点に過ぎない。問題はこの人間の実存的悲劇を如何様にして超えたかである。死との対決は、実存者にとって第一命題である。実存者にとっては、それから如何様な解答を出したかが重大となってくるであろう〔註〕。

〔註〕 実存者の存在構造を解説したハイデッガー哲学者は、一つのプロテスト（抗弁）として、例えばヘーゲル的小市民的観念論の安住を破砕するものとして、大きな役割があるのであるが、それは依然として、実存の構造を明らかにしたに過ぎずそれを超えたものとはならないであろう。この点デルプなどのカトリック的ハイデッガー哲学の解説に僕は賛同する。

勿論《もちろん》その実存的構造の限界のぎりぎりまで探究する事なしに何等かの逃避や曖昧に逃れる事は許されない。菜穂子が「不為合せなりに、一先《ひとま》づ落ち著《つ》くところに落ち著いてゐる」（同）一種の安住の態度に対し、明は、「彼女よりももつと痛めつけられてゐる身体《からだ》でもつて、傷いた翼でもつともつと翔《か》けようとしてゐる鳥のやうに、自分の生を最後まで試みよう」（同）としたのであった。

この生のぎりぎりの明の旅の描写は、『菜穂子』の二十章から二十一章に亘《わた》って、作品中で最も中心となり最も美しいカデンツを奏でる場面である。

熱のある体、乱れた呼吸、背中の悪寒……そうしたものに必死に耐えながら、冬の村までの森の中を歩いて行く明には二つの旋律が「交錯しはじめた」（同）。底知れない冬冷えの森の中を息切れしつつ歩いている自分……それに対立して赫かしい少年の日々が甦って来る。一方は、彼がそれに克たねばならぬ死、一方は、既に失われてしまったが、遠くから彼を呼ぶ「母なる世界」。

明はその彼を呼ぶ「母なる世界」の声に負けようとさえするのだ。

「おれは又どうしてこんどはこの村へやって来るなり、そんなとうの昔に忘れてゐたやうな事ばかりをこんなに鮮明に思ひ出すのだらうなあ」（同）

そして「母なる世界」嘗て第一の旅で明がその匂いをかいだ早苗やおえふの世界は「この世ならぬ優しい歌の一節《ひとふし》のやうに彼を一瞬慰めた。……しかし彼の方でもうそれを考へなくなつてしまつてからも、その記憶は相変らず、……彼を何かしら慰め通してゐた」（同）

彼はその最後までの上昇の宿命を捨てて、中途にしてこの死に克たんとする旅を放擲《ほうてき》しようとさえ思うのだ。

「このまんま死んで行つたら、さぞ好い気持ちだらうな」(同)

然し「母なる世界」は、「形象の世界」の住人である明には生の様式であり、象徴であるにしても、そこに住む事は許されないのだ。彼はそこから、彼の上昇の……無限の上昇の夢を学ぶだけだ。この「母なる世界」からの誘惑に対して、彼は再び新しい決意を以てそれを捨て去る。

「お前はもつと生きなければならんぞ……」「お前はもつと生きなければならんぞ」(同)〔註〕

〔註〕「お前はもつと生きなければならんぞ」この明の決意性は、ハイデッガーの哲学の決意性 Entschlossenheit や、リルケの『ドイノの悲歌』の、地上への肯定を想起させるのである。(例えば『存在と時間』の本来的存在可能の生存的証明と決意性並びに『ドイノの悲歌』第九番)

然し、リルケが『ドイノの悲歌』で、母なる世界から形象の世界の様々の存在、(虫、小鳥、少年時代、軽業師、愛)を貫き第九の悲歌に於て、

　地よ、吾は汝《なんぢ》を愛す、吾は汝を愛す!

と語る地上肯定、生への「然り《ウィ》!」の叫びと同一のものが、都築明の「生きなければならぬ」という言葉の中にあるとは思えない。リルケの地上への讃歌に対し、明の決意は、讃歌ではなく悲歌の相貌をとっているのである。明には、勿論、死に克たんとするヒロイズムを認めるのであるが、死そのものは明のその決意とヒロイズムを破砕するほど強力であった。明のヒロイズムも、遂に死の重圧に潰えた事は明が堀氏にとって、マルテがリルケに対してあった同じ位置を占めている事を示すのである。堀氏は、リルケに耕されると共に、リルケよりは寧《むし》ろマルテ的運命を自らに感じ、マルテの如く自らの滅びざらんため、都築明にその使命を托《たく》したのであった。

六、敗北

死と対決する事は実存者にとって出発点であり、対決そのものは死を克服した事にならない。その存在の秩序が上昇すれば上昇するほど死を直視すべく構成され、而《しか》も下降して「母なる世界」へ逃避する事は出来ず、上昇を運命づけられた都築明は、生の決意!そのものによって死を克服せんとしたのであった。然し、この決意の何処からか苦しい絶望の響きがやっぱり響いて来る。明のヒロイズムの中にはやっぱり幻滅的なものが附き纏《まと》う。明は自分の冬の旅のせつなさを思い、その美しさに浸り乍ら、やっぱり自分の決意の空《むな》しさから逃れる事は出来ないのだ。

「しかし……もつと生きなければならんぞ」……そうした

決意を独りごちながら、苦しい絶望はその口から洩れて来るのだ。「どうして生きなければならないんだ、こんなに孤独で？　こんなに空しくつて？」（菜穂子）

明はヒロイズムのみを信ずる事によって、そのヒロイズムと死との闘いの勝敗を計算していなかった。彼は唯ヒロイズムのために「暗黒に向つて飛び立つ夕方の蝙蝠《かうもり》のやうに、……夢中になつて飛び出し」（同）たに過ぎなかった。彼は人間存在の条件が、天使のそれでも、まして神のそれでもない事に気がつきさえしなかった。

「おれはたうとう自分の求めてゐるものが一体何であるのかすら分らない内に、何もかも失つてしまつた見たいだ。……おれは此の旅では只おれの永久に失つたものを確かめただけではないか」（同）

彼がそこから脱出せんとした死は、彼にとって余りにも闘うに強力な無限存在であった。何処まで行っても、何処まで上昇しても、死は彼から遅れないのだ。いや、かえって死は彼の前にたちはだかり、益々彼を潰やそうとするのだ、寂しい諦念《ていねん》が明の唇から洩れて来る。明は、自分のせつないかなしくも美しい敗北を今こそ知ったのだった。……寂しい諦念が彼の唇から洩れて来る。彼だけではない、すべての「神を失える」人間が存在の決意に促されて上昇しようと試みて遂に洩らさねばならぬあの諦念の言葉を……。

「それがおれの運命だとしたらしやうがない」（同）

自分がそのすべてを賭けた此の痛々しい旅、そして、その旅によって死を超えんとした自分の決意と勇気と……それらはすべて空しかったのだろうか。病床を横たえた牡丹屋の部屋の窓から、雪煙が風に送られた冷たい炎のように走って行く。そしてそれが何処へともなく消え、その跡の毛立ちが残されると、その上を冷たい炎が走って行く。

「おれの一生はあの冷い炎のやうなものだ。――おれの過ぎて来た跡には、一すぢ何かが残つてゐるだらう。それも他の風が来ると跡方もなく消されてしまふやうなものかも知れない」（同）

すべては空しかった。彼の生を賭けた真摯《しんし》そのものも、誰がそれを知り、誰が傷ついた彼の苦悩に、泪《なみだ》ぐみながら手を差し伸べるであろう。彼がこの難渋な生を真摯に生き抜くためのその真摯性によって受けた美しい傷を、彼がそのたびに頬に「人知れぬ涙の痕《あと》をにじませ乍ら」（黒髪山悲劇について）耐え抜いたその涙とを誰が拭ってくれるであろう。誰も拭ってくれない。誰も彼の孤独な生に泣いてくれない。明はまさしく孤独である。而もそれは如何な慰めもない永遠の孤独であり、一すじの黎明《れいめい》の光も洩れぬ夜の果てである……。

かばかりの誠実さを以て生に挑みながら、遂に潰えねばならなかった明と、実存的苦悩を何によって解決するか遂に知りえなかった菜穂子を眺める時、僕たちはそれが論理的にまさしく当然であると思うのである。何故ならば第一に、彼等がその中に上昇しようとした「存在の秩序」が上昇すればする程、死と対決を余儀なくされ、而もその死はますますその面貌を明らかにし、重圧を強めるからである。既に僕たちが眺めた如く、この人間中心的な実存者的「存在の秩序」が、聖トマスの「存在の秩序」とまさしく反対であること、後者が上昇と共に存在の完成と讃歌に至るに対し、前者は上昇と共に存在の潰滅《かいめつ》と悲歌とに到着するのである〔註〕。

〔註〕人間絶望のニイチェ的ハイデッガー的ニヒリズムがまさしく聖トマスの存在の類 Analogia Entis の形而上学的基準を失った結果であるとするカトリック哲学者の（西洋といわず故吉満教授の如き）意見を、たとえ、その当否は別としても深く考える必要があるであろう。

第二にこの人間中心的存在秩序に於て、実存者は倫理的実存の構造を忘却し、唯生の肯定的衝動に駆られる事によって方向と目的とを失っている事、――もしくは方向と目的そのものを見出す事の出来なかった事である。その人間的苦悩と切実さと誠意さとは、まさしく美しいものとしても〔註〕、それがやはり聖トマスの「しかあるべき場所」に置かれざる限り、それは善（完成《ペルフェクション》）とはならない。然もその方向と目的は正しく秩序づけられねばならなかったのである。

菜穂子がその実存的脱出の情熱にかられて、その情熱を如何《いかん》とも処理しえなかった結果はまさしくこの点に由来する。

〔註〕都築明は美と真とを混同する。それはまた堀辰雄氏の欠陥である。この似而非《えせ》プラトニズムの影響は、堀氏が一つの思想家として僕たちの前にあらわれる時、僕たちが考察せねばならぬ事であろう。今日若い僕たち世代にとって、実存者の生に対する無償の犠牲、かなしくも美しい詩人の悲劇性ほど魅力あるものはないであろう。然しそれを乗りこえる為には、まさしく存在者をして存在の条件に則せしめる思考が必要なのである。

第三に、この人間中心的な存在の秩序の構成から、人間の微弱な存在条件に、天使のそれの如き強力な条件をおき、人間自身をして天使そのものの如く死を「自らによって」克服せしめんとする。かかる人間の天使主義《アンジェリズム》は却《かえ》って人間の微弱さを顕《あら》わし、遂に思いがけざる敗北に至るのである。都築明の最大欠陥は自らの存在を天使のそれと混同した点にある。

僕たちはこの三点を眺める時、都築明と黒川菜穂子との物語が何故結末がないかを知る事が出来るであろう。彼等はまさしく人間の条件を忘却している。彼等の悲劇的敗北が心理的でなく論理的に当然であったのはまさしくこの人間の条件を無視した点に存する。

黒川菜穂子や都築明の悲劇の背後に依然として堀辰雄氏は存在する。堀辰雄氏は、彼の体から、彼の魂から生れたこの作中人物に対して如何なる位置を占められるのであるか、僕たちは、堀氏の明に対する関係は、リルケのマルテに対する関係と同様であることを先に指摘した。

まことにリルケがマルテ・ラウリッツ・ブリッゲをして、巴里《パリ》の死の重圧に死せしめた如く、堀氏は都築明をしてその人間的、実存的悲劇性をになわせることによって、自らの崩壊を逃れたのである。堀氏は何処に去ったか。リルケがマルテの死を土台として、マルテの死によって彼自身『ドイノの悲歌』の如き地上肯定を歌った如く、堀氏も地上を明と同じ道を貫いて肯定されたのであるか。堀氏は何処に去ったのか。堀氏に受けつがれたリルケの積極的地上の「然り《ウィ》」の叫びは、堀氏の中に受身的な「然り《ウィ》」として屈折されたのである。リルケの「能動的然り《ウィ》」が英雄の世界に通じたのに対し、堀氏の「然り《ウィ》」は受身的なものであるが故に、それは神々の世界に通じて行くのである。『花あしび』（一九四六年）はこの神々の世界の探究のエチュードである。今や僕たちは、黒川菜穂子の苦悩を「神々」に委《ゆだ》ねるという堀氏の声を聞くのであろうか。モーリヤックが、テレーズよ、汝《な》が苦しみを「神」に委ねよと祈った如くに……。

ここから僕達には新しい課題が起って来るであろう。「神々と神との対立」、「汎神《はんしん》論と一神論との対立」を……果して人間的苦悩を十字架の上に知り給うたキリストがテレーズの苦しみを引き受け給う「神と人間との仲保者」として神の無限の恩寵《おんちょう》を示すに対し、神々は如何にしてかばかりの切実さを持った永遠の孤独の女性菜穂子の苦悩を鎮めるのであろうか。

花あしび論（汎神の世界）

一、鎮魂曲《レクイエム》

愛と死と夢とをうつくしく彩りながら若き日の堀氏が『風立ちぬ』に於《おい》て夢みたものは生の純粋化であり存在の浄化であった。然し今日ほど、生と存在とが不純化されその根元を見喪《みうしな》っている日はない。詩人はただ夢みること以外に見失われたものを如何ともするすべも持たないであろうか。存在が彼の失った故郷《ハイマート》に還り、その生命と息吹きを甦《よみがえ》らす事は恐らく不可能なのであろうか。堀氏にとって都築明のあの冬の曠野《こうや》の苦しげな旅はこの存在の問題を托《たく》した捨身の使命を持っていた。然し……都築明は滅びた。今日の難渋な日々にあっては存在の故郷への旅は中途で挫《ざ》折《せつ》せねばならなかった。堀氏が都築明のかなしくもうつくしい敗北の死から獲たものはただ無償のヒロイズムと実存の決意とのせつない赫きのみであった。だが堀氏自身は都築明と共に亡んではならないのだ。都築明の死を哭《こく》すれば哭するほど堀氏は生きなければならぬのだ。ウェルテルを死なしめよ。然しゲーテはデモーニッシュな力から生きねばならぬ。堀辰雄の精神の師、ライナ・マリヤ・リルケにとって巴里でかなしく亡びたマルテの苦悩は、それを貫いてあの『ドイノの悲歌《エレジイ》』の生の頌《しょう》を生んだのだ。一九四三年「婦人公論」に『大和路・信濃《しなの》路』と題して書きはじめられたこの一見さりげないスケッチ風の書簡集は、もはや一部の批評家が誤解した様な古代の懐古趣味でもなく、一人の詩人の精神発展の重要な宿駅《エダプ》を象するものなのである。「如何にして今日存在は可能であるか。都築明の死と敗北とは今日如何にして克服されるか」この問題の重要な投射は『花あしび』の中に苦しい痕を残している。この問題の解答を解くため〔註〕に堀氏は『花あしび』を書かねばならなかったのであり、この問題を考える事なく僕たちは『花あしび』を読む事は出来ない。

〔註〕　勿論『花あしび』がこの問題の解答であるという意味ではない。読者は後になって僕等がそれを指摘する如く『花あしび』に於て堀氏はこの苦渋な課題に解答を与えなかった事を知るであろう。然しこの問題を背負い、それに答えんと試みる苦しい堀氏の姿を僕たちは『花あしび』の中に見出すのだ。

然しこの課題の苦しげな解答を獲んために堀氏が何故

「徐《しづ》かに古代の文化に心をひそめるやうに」（古墳）なったのであるか。「それまでは信濃の国だけありさへすればいいやうな気のしてゐた僕は、いつしかまだすこしも知らない大和の国に切ないほど心を誘はれるやうになつて来」（同）た精神遍歴を今言った点から考えてみようではないか。今日が存在を喪失した日であること、存在はその本来の故郷に果てしれぬノスタルジイをおぼえつつそれに向って悲しげな泪《なみだ》を頬ににじませ旅せねばならぬ日であること、二十世紀の文学は結局この存在の故郷の郷愁の文学であること。プルースト的な言い方をすれば、今日は且《まさ》しく「失われし存在を求めて」の日である事をこの詩人はつとに考えて来た。この「存在の喪失」の苦悩を尤《もっと》も切実に苦しみ、その喪失を各々《おのおの》の生の姿勢で人々は恢復《かいふく》しようと試みている。堀辰雄の愛した、あれらの師たち、コクトオも、プルーストも、リルケも、要すれば、「存在の喪失」をおのがじし苦しむ人々の姿であった。否彼の師《メートル》のみではない。彼自身の作品の主人公たちも、また彼自身の若き日の弟子たちも「失われし故郷」を求めて、もっとも切実にもっとも純粋に悶《もだ》え苦しんで来た人々である。だが「失われし存在を求めて」……切実であればある程、純粋であればある程、都築明の苦渋な旅は果てる事なかったのではないか。切実であればあるほど、純粋であればあるほど、菜穂子の相貌は悲劇的な翳を帯びて来るのではなかったか。これらの人々の悲壮な決意を思えば思うだけ、詩人は彼等の敗北と死の前に或る義務を課せられるであろう。

如何なる義務を……。よし、あの苦渋な課題に解くすべを持たぬとしても、文学はまた他の一つの使命を持っている。失われた存在は求める人々の苦悩と泪とへの共感だけではない。共感の彼方《かなた》に人々の苦しみと切実な死とを鎮める旋律がなければならぬ。勿論鎮魂曲《レクイエム》は、人々の苦しい叫びの解答ではない。然しそれは苦しめるもの、死せるものの裡にあって（Dans）、その苦しみと死とを静かに共感しようという仕事なのだ〔註〕。堀辰雄は自分自らも未《いま》だ果しえぬ「失われし存在」への旅の途中、足をとめて、相共に彼とこの旅を旅し、然しその切実さの故に遂にほろびた人々の死を鎮める事を文学の一つの本質だと考え始めた。「僕は数年まへ信濃の山のなかでさまざまな人の死を悲しみながら、リルケの『Requiem《レクヰエム》』をはじめて手にして、ああ詩といふものはかういふものだつたのかとしみじみと覚つたことがありました。――そのときからまた二三年立ち、或る日万葉集に読みふけつてゐるうちに一聯《いちれん》の挽歌《ばんか》に出逢ひ、ああ此処《ここ》にもかういふものがあつたのかとおもひながら、なんだかぢつとしてゐられないやうな気もちがし出しました」（同、神西清氏宛書簡）

〔註〕既に堀辰雄氏は四〇年頃極めて興味ある文学発生の小

論を発表している。彼は『伊勢物語』や『万葉集』挽歌に於て見受けられる詩または文学の鎮魂的形態を、リルケの『ドイノの悲歌』の第一番の音楽の発端がギリシャ神話の夭折者《ようせつ》リノスの死を悼んでの物々の慟哭《どうこく》より生じた一句と比較しつつ、文学の本源的なるものがこの鎮魂的な使命を持っていた事を指摘している。僕等は此処に極めて興味ある近代文学者の一つの心理、アンリ・マシスがジイドを評しつつ語った「近代に於て文学は宗教の代用となりつつある」という言葉を思い出すのである。（伊勢物語など、参照）

然し鎮魂の意味は堀氏にとって更に「近代の鎮魂」の意味でもある。何故なら近代は一言にして言えば《存在の根元を喪失した日》であり《欠無の日》であるからだ。それは完全《ビヤン》ではなく、（聖トマス的表現を借りるならば）欠無《ネアン》の日である。それはゆたかなひろびろとした充足の生を失った《死の時代》なのだ。まさしく近代は死の時代である。近代のすべてのものには死の翳が漂っている。そして若し近代の苦悩という事が何を示すかと言えば、苦、それは死の苦悩であり、この死の苦悩から再び生をとり求めようとする苦悩である。本来の存在が喪失されたこの苦しみは人々を駆って存在の恢復に実存的決意に追いやる。実存的苦悩であり実存的決意は生の恢復の決意である。この《死の日》に人々の焦燥的な死の苦悩を、よしそれが恢復するべき力を持たないにしろ、この死から超えんとする人々の泪と傷とにそれを和らげしめようとする事が、新しく堀氏の心に甦る。そしてかかる静謐《せいひつ》な宗教的な本質的営みが今日の文学に如何に欠けているか。堀氏に従えば嘗《かつ》て文学を発生せしめたもの、そして文学そのものに他ならなかったものは、この慟哭的な、本質的な人間の魂の営みであったのだ。堀氏はそれを、『万葉集』の中に認め就中《なかんずく》彼が敬愛して止まない折口博士への傾倒により徐々に学んだ。この頃に於けるあの折口博士が僕等の詩人の上に投げた影響は大きい。今こそあの芸術を発生せしめたものは二重の意味を持っている。文学の根元を恢復することと近代の死の苦悩からの消極的《ネガティフ》な超克と。堀辰雄は既にこの事を一九四〇年に書いている。「文学といふものの本来のすがたを屢々見なほしてみたりする事は、あまりに複雑多岐になつてゐる今日の文学の真只中に身を置いてゐる自分のごときものにとつては、時として、大いに必要なことではないか……少くとも、僕は、さういふ古代の素朴な文学を発生せしめ、……てゐるところの、人々に魂の静安をもたらす、何かレクヰエム的な、心にしみ入るやうなものが、一切のよき文学の底には厳としてあるべきだと信じて居ります」（伊勢物語など）

ここで僕等は堀氏にとって鎮魂曲が二つの意味を持っている事に気づくであろう、一つは近代に対する鎮魂による消極的超克、他は鎮魂的なものが芸術の発生の根元であるという意味で《根元的なものを捉《とら》えようとする》試み――此の二つについて考えてみよう。近代的消極的超克としての鎮魂曲《レクイエム》と僕等がいうのは、堀氏にとって第一の意味でのレクイエムは決して近代の超克という積極的な意味を持っているのではないからだ。それは一つの祈願の形であり、いやます苦悩の増大から身を守るブレーキである。例えば同じ万葉や天平の時代に復帰しようとした日本浪漫派の人々、亀井勝一郎氏のような近代の否定からの超克ではなく、堀氏にとっては近代の苦悩を肯定し、然しその苦悩に一つの制禦《せいぎょ》と憩いを与えるという消極的な使命である。堀氏自身が何故レクイエムを求めたかについて言えばそれはあの都築明の烈しい苦闘と共に堀氏自身が亡びる事を防ぎ、このレクイエムによって彼が都築明から受けた傷から恢復し、新しく戦うための憩いなのである。その意味でそれは堀氏自身もいう如く「時として必要なのであり」この第一の意味でのレクイエムは堀氏にとって近代の超克という意味ではない。堀氏にとっては存在の純粋化の闘いの象徴は信濃であったが、今大和はこの信濃に再び新しい気力を以て還るための憩いの地、自己制禦の地であった。

然し第二のレクイエムの意味は今のべた第一の消極的な意味とは非常に異なって来る。それは堀氏の精神的発展の本質的なものだ。若き日より存在の純化を願ったこの詩人にとって第二の意味でのレクイエムはすべての芸術の《根元《ラシーヌ》》把握として大きな意味を持っている。堀氏が今、ここで鎮魂曲に求めるものは「人々に魂の静安をもたらす」レクイエムの意義ではなく「文学を発生せしめている」《根元的》な本質としての意義である。存在の浄化の堀氏の意慾は、近代の日に生き、《此の存在を喪失した日》に再び原初の文学に厳としてある《存在本来の姿》、存在の根元に遡《さかのぼ》ろうとする実存的意慾なのだ。堀氏が今ここでレクイエムに求めるのは単に芸術だけではなく存在の《根元》なのだ。第一のレクイエムの意味が消極的であるとするならば、これは積極的であり能動的である。この根元を求めて再び堀辰雄はかつて都築明の行った存在への純粋意志を継続する。《根元的なもの》を求める事によって堀辰雄は大和の古い寺々に心惹《ひ》かれ始める。

従って僕等は、堀辰雄がその存在の根元として求めたものが、如何なるものであったかを結論に於て考えるであろう。根元に遡るということはそれは結局宗教的な課題にふれて来るであろう。根元の日は、神的なるものの支配した日であったが故に、この神的なるものが如何なる宗教的本質を持っていたかを考える事なく、堀辰雄の『花あしび』を考える事は出来ない。

僕等は先に『「風立ちぬ」論』で堀氏が宗教性作家である事を指摘した。寔《まこと》に彼は、現実を形而上的現実に求めたあの『不器用な天使』の日からまた時間と共に永遠の思慕を忘れぬ『死のかげの谷』の日から宗教性作家（宗教作家ではない）であった。彼のその頃からの宗教性的な魂の夢は結局、存在の根元の日に入らずば充たされないであろう。そこでは神的なるものが人間的なものを支配していた日である。そしてこの「鎮魂曲」についてのエッセイを書きはじめた頃から堀辰雄はますます宗教性作家としての相貌をとっているのだ。

然し彼が求める宗教性は――僕等はそれを後に分析するが――決して一神的《モノテイスム》ではなく汎神的《パンテイスム》であったこと、アウグスチヌスの「神の国」でなく「神々の国」に対してであったことを知ろう〔註〕。

〔註〕堀氏は元来「神々の国」の血液者であるが故に我々東洋人のもっとも本質的なものに還ったという事が出来よう。そして本来僕等もまた汎神的な血液を有する故に堀氏のこの魅力的な誘いに限りない愛着を感ずるのであろう。

二、十月

十月十日――十二日午前

都築明が堀氏に残した課題「失われし存在を求めて」の実存的な闘いが敗れ去った後如何にして生を恢復すべきか。

都築明の苦渋な悲劇は堀氏の心に苦しい痕跡《こんせき》を残した。この痕跡は二つの危険性を堀氏に与えている。一つの危険は都築明と共に堀氏は亡んではならない。都築明の敗北を貫き、それを越えて堀氏は生を恢復せねばならない。再び何等かの形で『恢復期』を書かねばならぬ。

然し、それと共に今一つのもっと怖《おそ》ろしい危機がある。本質的に審美的であり、従って汎神的な堀氏はあの都築明のかなしくも美しい悲劇にあやしく魅力を誘われた。悲劇美の根底は人間の魂の底にあるヒロイズムの陶酔である。かなしくもうつくしい自己の悲劇的な真摯な生の旅をかえり見て都築明は自己の敗北を認めつつも然し、寂しい諦念の美しさに僅かに自己を保った。「それがおれの運命だとしたらしやうがない」（菜穂子）

限りない生の苦闘、余りにも美しいヒロイズムに疲れた人の魂にこの諦念は怪しい魅惑である。人はこの諦念によって生を能動的ではなく受身的に肯定する。僕等は先に堀氏がフローラ的な受身的な本質であり、またそれ故に彼が汎神的である事を考えたのであるが〔註二〕、堀氏にとってはこの受身的生の肯定、都築明の諦念に限りなく心を誘われる。

然し堀辰雄は都築明の諦念に誘われてはならないのだ。諦念は生の受身的肯定であれ、受身である限りやはり生の讃歌、生の能動的な肯定ではない。よし都築明の悲劇が如何に、悲壮なうつくしさを持っているとしても、堀辰雄は「このまま此の悲劇のなかにはひり込んでしまつては、もうこんどの自分……はそれまでだ」（十月）――この危険を彼自身も知っているのだ。

と同時に他方都築明の苦闘を果てしなく続けるとしても、堀氏は一応、自己の生の気力を恢復せねばならぬ。再び今、恢復期を書かねばならぬ。『花あしび』の意図は堀氏のこの恢復期にあたるべきものであった。

十月十日から十二日午前までの書簡、古都を前にして心は浮き浮きとはずむ。堀氏は「未だ死に脅かされぬ純粋生」としての幼年時代にかつて生形式の象徴を見出したが、今は「思ひきりうぶな、いきいきとした生活気分」（同）の古代の根元的生形式を把握することに於て、都築明の死から恢復しようと志す。

この生の肯定の気分を古代人の牧歌的な生の中から、類比《アナロジャ》として受けとめること――勿論それは類比《アナロジャ》或いは一つの表象であるとしても〔註二〕――それによって都築明の悲劇的敗北から受けた打撃を恢復することが出来るであろう。十日から十二日午前まで、詩人は、この期待に充ち充ちて小禽《ことり》のように楽しげでさえある。

〔註一〕　受身的であること、反抗のないこと、神西清氏の所謂《いわゆる》「植物的の姿勢」は堀氏の本来の生の姿勢であり、また彼の作中人物の理想的典型として描かれていることは既に『「風立ちぬ」論』で指摘した。然し受身的であること、生への能動的反抗と或いは神への反抗の否定は容易に汎神的な世界に通ずる。何故なら後に考察するであろう如く汎神世界は神的なるものは人間的なるものの拡大延長である故に、人間的なるものは神的なるものに、直接的に吸収されることを願い、何らの反抗も異質的なものの克服のための戦いもない。汎神論者は自己と存在同質的な神的なるものに反抗する必要をみとめない。フランソワ・モーリヤックはいみじくも言っている。「東洋人は神を必要としない。何故なら彼は神に反抗しないから」

〔註二〕　都築明が『ふるさとびと』の中に充足した生のにおいをかいだとしても、彼が『ふるさとびと』でありえぬ故にこの充足した生は、一つの表象として類比《アナロジャ》として彼の生の旅に痕を残したことに注意せよ。堀辰雄は十二日の手紙で牧歌《イディル》について次の説明をしている。「イディルといふのは、ギリシア語では「小さき絵」といふほどの意ださうだ。そしてその中には……素朴な人達の……自足した生活だけの描かれることが要求されてゐる」

従って牧歌は『恢復期』のための一時的の肯定の場所である。堀辰雄はこの牧歌の中に都築明の苦悩と悲劇を全面的に超克しようとしたのではなく、その悲劇に相共に傷ついた堀辰雄自身の傷を恢復さすための手段としてのみ求めたのだ。

十月十二日午後

その小禽の如く浮き浮きした文体《スタイル》が十二日の午後から全く喪われ、次第に反省的な、幾分苦しげな文体に代りつつある事を僕等は気づくのだ。何故堀辰雄は当初の期待を失ったのか。堀辰雄は如何なる精神的障碍《しょうがい》にぶつかったのか。

僕等は先に堀辰雄が都築明から受けた二つの危険性を指摘した。一方は都築明と共に滅びる危険、他方は都築明である悲劇の美を審美化する事によって、悲劇のかなしくも美しい魅力をもって堀辰雄を誘う――その心理的な危険なのだ。

堀辰雄はこの危険、この怖るべき誘惑を知っている。彼は「此の悲劇のなかにはひり込んでしまつては、もうこんどの自分の仕事はそれまでだ」（十月）と知っている。然し法華寺《ほっけじ》村の海龍王寺の前にたって詩人は一つの廃墟《ルイン》の魅力に敗れようとする。「自然を超えんとして人間の意志したすべてのものが、長い歳月の間にほとんど廃亡に帰して、いまはそのわづかに残つてゐるものも、そのもとの自然のうちに、そのものの一部に過ぎないかのやうに、融け込んでしまふやうになる」（浄瑠璃寺《じょうるりじ》の春）廃墟の美――それは、かつて最もうつくしく、真摯であったものが抗《あらが》い難い運命に自らを委《まか》せている悲劇的な魅力なのだ。この「優れた典型の流産」（若菜の巻など）の悲しい美しさは、都築明の悲劇の美しさと同じなのだ。かつて自然を超えんとした古代人の意志も、都築明の意志も、今堀辰雄の前に、運命に敗れた姿で、然し、一種の悲痛な美しさを保ったままたっている。都築明の諦念の美は今、形を代えてこの海龍王寺を通して堀辰雄を魅惑する。廃墟の美は一言にして言えば人間の運命的なものに対する受身の美なのだ。都築明の持った無償のヒロイズムの純粋さも、そしてその美しい闘いの末ファータルなものを遂に諦念を以《もっ》て受け入れたあの悲壮な美しさも、悉《ことごと》く今大和のこの廃都と廃跡の美に変容している。この廃跡の美を肯定することは、都築明のあの生の諦念を受け入れることである。堀辰雄はこの美を肯定してはならない。何故ならこの美を肯定することは、彼が都築明と一致するからだ。詩人はそれを知っている。この美は中世的な美だ。中世の例えば『伊勢物語』の主人公の諦念の美しさなのだ〔註〕。堀辰雄はこの諦念の美、廃跡の魅惑から脱《のが》れようと試みる。都築明の誘いを拒否しようとする。「……駄目だ。……どうしてかうおれは中世的に出来上がつてゐるのだらう。……こんな小つちやな寺の、しかもその廃頽《はいたい》した気分に、こんなにうつつを抜かしてゐたのでは。……」（十月）

〔註〕諦念の美は『伊勢物語』の美しさであるというのは独断であろうか。例えば『伊勢物語』の最後の歌「遂に行く

道とはかねてききしかど、昨日今日とは思はざりしを」こうした歌をよんで自分の死を素直に受け入れた一人の男の物話は堀氏を魅惑する生の受身的姿勢ではないか。

諦念は生の受身的な肯定として、自然なものへの吸収の魅力であり、それは汎神的である。一神論は超絶を神的なものへ、人間的なものの間におくことによって、この神的なものへの人間的なものの吸収《アブソルプション》を認めない。一神論では神的なるものへは人間的なものが能動的に参与克服するのであり、それは能動的生の姿勢であって受身的吸収ではない。

そして汎神性の魅力は人間的なものの延長、拡大の自然が人間を吸収しようとすることによって生ずるのであり、堀辰雄もこの魅力に打ち負けようとする。

「その白みがかつた光の中に吸ひこまれてゆくやうな気もちがせられてくる」(十月)

十月十三日――十四日

この悲劇的な美と諦念の魅惑は、詩人がこの日ソフォクレスをホテルの一室でよむ時、一層はっきりと心の閾《しきい》の上にのぼりはじめる。苦しい流浪の旅の果て、老人は神さびた森の中を見出し、その森が彼の終焉《しゅうえん》の場所であるのを予感し此処にこのまま止まる決心をする。――この老人の流浪の旅を都築明は行わなかったか。この老人の寂しい諦めを都築明はその生の果て、雪の炎《ほむら》を眺めつつ昏から洩らさなかったか。このソフォクレスの悲劇を通して都築明はまたしても堀辰雄を誘う。……然し堀辰雄はこの美とソフォクレスとを肯定してはならぬ。

「僕はしかしそのときその本をとぢて、立ち上がつた」(十月)。だがやはりこのソフォクレス劇は彼が今得ようとしている生の決意、また彼が志した、古代美の生の能動的な肯定を妨げ、詩人を自らの方に惹き込もうとする。「薄曇つたまま日が暮れる。夜も、食事をすますと、すぐ部屋にひきこもつて、机に向ふ。が、これから自分の小説を考へようとすると、果して午後読んだ希臘《ギリシヤ》悲劇が邪魔をする」(同)

この魅惑はいよいよ堀辰雄の心を一杯にしめてくる。彼は必死になってそれから脱れようとする。「このまま此の悲劇のなかにはひり込んでしまつては、もうこんどの自分の仕事はそれまでだ……」(同)

然し本質的に汎神的であり受身的な生の姿を愛した堀辰雄にとって、此の闘い、この悲劇的魅惑との戦い、都築明の諦念への拒否は余りに苦しい。彼は負けそうになる。

「ゆうべは少し寝られなかつた。さうして寝られぬまま、仕事のことを考へてゐるうちに、だんだんいくぢがなくなつてしまつた」(同)

この生の諦念の魅惑に抵抗すること――「僕はこのままそれに抵抗してゐても無駄だらう」(同)。そうした言葉さえ堀辰雄の口から洩れているのだ。時として堀氏はこの魅力、この生の諦念の魅力、この大和の廃墟の悉くが、彼をひきつけるあの都築明の運命の果ての寂しい諦めの中でじっとしていることが何か楽しい気さえするのだ。「僕はそれでもよかつた。……それだけでも僕はよかつた。何もしないで、いま、ここにかうしてゐるだけでも、……」(同)

然し、それは何時《いつ》までも良い事ではないのだ。諦念は生の能動的な肯定ではないのだ。存在を喪失した人間の苦しみが再び恢復するためにはあくまでも上昇せねばならない。新しく恢復し、再び生と戦わねばならない。堀氏はその決意を再びとりもどそうとする。

「だが、かうしてゐる事が、すべてのものがはかなく過ぎてしまふ僕たち人間にとつて、いつまでも好いことではあり得ないことも分かつてゐた」(同)

都築明は確かに敗北した。然し彼のあの純粋な生、一切の日常性からおおわれ喪失した存在を再びとり戻そうとしたあの無償のヒロイズム、あの健気《けなげ》な生の旅程は例えば小禽の翼のあとが一すじ空の中に残るように、その生の痕を失っていないのではないか〔註〕。そしてその都築明の純粋への意志にほかならぬこの古代の人々の純粋への意志も、やはりこれら廃墟の中にその必死の痕を残していないか。若《も》しそうだとすれば、堀辰雄自身は或いは諦念の魅惑から脱れ再び純粋な存在意志にたちむかえるかもしれない。詩人はその痕を、嘗ての純粋な存在への意志の痕が未だに亡びずに残っている事を必死で祈願する。疲れ果てた堀辰雄は十四日の午後唐招提寺の金堂石段を歩きまわる。それら存在への意志の痕が亡びもせずに残っていることを――それによって最早ひき込まれそうなあの弱さからたちなおろうと。

金堂も講堂もその他の建物もまわりの松林と共にすっかりもう蔭っていた。そうしてあたりはひえびえとした中で白壁だけをあかるく残して、軒も柱も扉も一様に灰ばんだ色をして沈んで行こうとしていた。

「僕は……円柱の一つに近づいて手で撫《な》でながら、その太い柱の真んなかのエンタシスの工合を自分の手のうちにしみじみと味はうとした。僕はそのときふとその手を休めて、ぢつと一つところにそれを押しつけた。……さうやつてみてゐると、夕冷えのなかに、その柱だけがまだ温かい。ほんのりと温かい。その太い柱の深部に滲《し》み込んだ日の光の温かみがまだ消えやらずに残つてゐるらしい」(同)

堀辰雄の心は「異様に躍った」。たとえそれが一時の慰めであるにしろ、この柱を通して古代の人の生の純粋化への意志は亡びもせず失われもせず、堀辰雄の手に通じた。

「僕はそれから顔をその柱にすれすれにして、それを嗅いでみた」(同)

〔註〕　堀辰雄はリルケを通して長い間「生は運命より高い」（或女友達への手紙）によって人間の生の純粋化の意志を支えて来た。然し都築明のかなしい問いが、また今運命の廃墟とかした嘗ての生の純粋の意志を前にして、堀辰雄のこの思念は受身的諦念に崩れていく。

唐招提寺のエンタシスの励ましは法隆寺の壁画模写を眺めることによって自分の心の中にも「此の世から消えてゆかうとしてゐる古代の痕を……必死になつてその儘《まま》に残さう」（十月）とする心の葛藤《かつとう》となる。そうする事によって堀氏はあの諦念や悲劇美の誘惑から脱れようとするのである。然しこれらの涙ぐましい詩人の努力に拘《かかわ》らず、諦念と悲劇の美しさ、ソフォクレスの主人公の流浪の感傷性は結局堀辰雄の心を捉えてしまうのだ。諦念の魅惑、とこれを捨てて更に「fatal」なものとの戦い（雪の上の足跡）との間にあって堀辰雄の意志が更に生の上昇を欲したのに拘らず、彼のその意志を超えて何かが彼を諦念に導く。

もともと、この大和に来ての詩人の計画は、万葉的な生の主体的な明るい肯定によって自己の痛んだ心を恢復する事にあった。都築明の死から自己自身を恢復さす事にあった。然し思いがけぬ心理的罠《わな》が詩人を待ち受けていたことを僕等は今までに考えた。この罠を罠と知りつつ堀氏はそれに身を委せてしまう。堀氏がこの大和の旅から得たあの『曠野《あらの》』というものがなしい物語の結末は、何と最初計画された万葉的なイディルと異なっていたか。

『十月』の第二部は彼がこの心理的な罠、あの諦念の魅力の中に徐々にはいり込む過程を示している。

当初彼は百済《くだら》観音を否定すべき心構えだった。然し、今、堀辰雄はもはや、何の抵抗もなく百済観音を受け入れる。彼は最早百済観音の持つあの流浪の寂しい諦めの美に何の反撥も拒否もしない。彼はその諦めの美を素直に受け入れる。この「流離といふものを彼女たちの哀しい運命としなければならなかつた、古代の気だかくも美しい女たちのやう」（十月）な此の像を黙って肯定する。詩人の心にはすべて純粋なもの、すべて美しいものは、かなしい運命をたどらねばならぬのだとさえ考えられる。あの都築明もその純粋の意志故に、そしてこの百済観音も「その女身の美しさのゆゑに」「さすらは」（同）ねばならなかったのだ。

大和で堀辰雄は二つの観念の間に苦しいもだえをした。彼は、この廃墟のかなしい美を、またソフォクレスの老人の終焉《しゅうえん》を、海龍王寺の荒れ果てた魅力を——これら一切の彼方からそれらと共に堀氏を誘うあの都築明の諦めから脱れんと試み自分自身の意志を更に fatal なものとの戦いに向けんと志しながら、この意志をこえて遂にあの『曠野』の一章、「この不為合せな女、前の夫を行きずりの男だと思ひ込んで行きずりの男に身をまかせると同じやうな詮らめで身をまかせてゐたこの惨めな女、この女こそ……自分のめぐりあふことの出来た唯一の為合せである」を書かねばならなかったのは何故であるか。堀辰雄は何故この諦めを肯定したか。そして彼の努力、彼の意志をこえてこの諦めに彼を導いていったものは何であるか。僕等は次にこの課題について考えよう。

三、古　墳

　生の諦念と言い生の受身的肯定と言い、それは今この大和に於て始めて堀氏の心を誘ったのではなく、元来堀氏の生に対する姿勢は受身的であった。神西清氏のいみじくも語られた如くそれは植物的であった。僕等は『「風立ちぬ」論』に於て堀辰雄の理想的な人間姿態について語った。例えば『風立ちぬ』の節子、『物語の女』の三村夫人、『ふるさとびと』のおえふ……こうした女性を始め、『更級日記』や『かげろふの日記』の女主人公などには一貫した生の姿勢がある。彼女たちは悉《ことごと》く「抗ひがたい運命の前にしづかに頭を項低《うなだ》れ」(冬) その運命的なものにさからわず、それを黙って受けることによって彼女の生を運命より高く赫《かがや》かせた女たちなのであった。こうした生の受身的な姿態は堀辰雄の本質的な姿勢であり、こうした本質的な姿勢と異なって fatal なものに反逆し戦った、別の作中人物、菜穂子や、都築明は堀氏とは異質的な人間であろう。この様に、もともと運命の前に生得の高貴さを失わずそれを受けいれる姿、堀氏と同質的なこの生の受身的な姿勢は、いま大和の廃墟そのものの現在の姿の中にも、百済観音の如き哀愁の仏像の今の姿の中にも、そっくり認められるのであり、堀氏はそこに節子や『更級日記』の女性や、否、自分自身と同じ共感を感じたのであった。勿論堀氏は存在を純化するための戦いを、その決意を菜穂子や都築明から受け継いでいる。《存在の根元》を今日のような死の日にあって獲得するための烈しい戦いは堀氏の決意に迫ってくる。然し堀氏は少なくとも『花あしび』に於ては自分の克服せねばならぬ生の受身的姿勢に再び還っている。

　受身的な姿勢が堀氏にもともとあり、またその姿勢が古代の仏像の中に認められたことはもっと詳しく考察する必要がある。今ここで僕たちが濫用《らんよう》した受身とか諦念という意味の(少なくとも堀氏に関して)本質的なものを考察する必要がある。その点を『花あしび』第二章の古墳と題する神西清宛《あて》の書簡はこの考察の材料なのだ。

　堀氏は昭和十四年、神西清氏と共に大和を歩かれたが、その時の、菖蒲池《あやめいけ》古墳の家屋様式の石棺を見てそれを次の様に語っている。「あの古墳に見られるごとき古代の家屋をいかにも真似たやうな石棺様式、――それはそのなかに安置せらるべき死者が、死後もなほずつとそこで生前とほ

とんど同様の生活をいとなむものと考へた原始的な他界信仰のあらはれ……でありませう」（古墳）

更に堀辰雄氏はこの古代の素朴な死者についての観念の痕が『万葉集』にも残っている事を指摘し、人麻呂の挽歌や巻七の雑歌《ぞうか》中の一つの歌「秋山の黄葉《もみぢ》を茂み迷はせる妹《いも》を求めむ山路知らずも」「秋山の黄葉あはれとうらぶれて入りにし妹は待てど来まさず」を引用しつつ、この死と生との混同を、死者を生者の如く眺める観念について語っている（同）。従って僕等は、堀氏が文学の《根元》を見出すと共にすべての存在の根元を見出そうとしたこの古代のレクイエムと言い、また『伊勢物語など』に書かれた『伊勢物語』の一章と言い、これら古代のレクイエムは、生者が自己の存在条件（la condition d'être）をそのまま死者に与え、生と死とを分離せしめず（la mort dans la vie!）生者の死者に対する直接的な対話である事に注意しよう。

即ち死者と生者とが同一の存在条件に於てこそ始めて生者の死者に対する対話も鎮魂曲も可能なのであり、またこの死者と生者との存在条件の同一性から両者間の直接的対話が可能なのである。存在条件の同一性の肯定により、生者は死者の魂を鎮めるために如何なる第三者の介在も彼等両者間の間に認めない。僕等がこの介在というのは、例えばカトリック・レクイエムに於て生けるものは死せる者の魂を鎮めることを神に於てのみ可能と認める、また神へ向って死者のために祈るという存在条件の非同一を設定しないという意味である〔註〕。

〔註〕 グレゴリアン聖歌に於けるカトリック・レクイエムの根本形式は、常に Súscipe, Domine, preces Nostras pro ánima Famili tui N……である。それは神を通して（per Dominum）のみ初めて可能である。ここには生ける者と死せるものとの存在条件の同一性は認められない。自己の存在条件と異なる死者に対して、生者は彼等への直接的な対話が可能であると考えない。

この存在条件の同一性は更に堀氏が仏像に於ても認めていることである。仏像は堀氏にとって《人間的なもの》の理想化であり、人間存在の純化された姿勢である。それは常に人間の本来の存在を模して造られ、《人間的なもの》から何等超絶（transcendance）していない。少なくとも堀氏は仏像から人間を超えたものを認めず、そこに人間的なものの純化され聖化された姿態に憬《あこが》れを感ずる。この事は広目天や月光菩薩《がっこうぼさつ》の前にたった、或いは百済観音に対する詩人の感想により知れるであろう。

「ともかくも、流離といふものを彼女たちの哀しい運命としなければならなかつた、古代の気だかくも美しい女たちのやうに、此の像も、その女身の美しさのゆゑに、国から国へ、寺から寺へとさすらはれたかと想像すると、この像のまだうら若い少女のやうな魅力もその底に一種の犯し難い品を帯びてくる」（十月）
　この百済観音は、堀氏のあの愛すべき生の受身的な姿勢、節子や『更級日記』の女性や『曠野』の女性の純化され聖化された姿なのだ。
　この存在の同一性、神的なものを人間的なものを基体として、その人間的なものの純化、拡大したものと考え、神的なものと人間的なものの間に如何なる存在の超絶（transcendance）をも認めない――これが堀氏が宗教性作家であるとしても宗教作家でない所以《ゆえん》であり、堀氏の魂の宗教的欲求は、常に人間的なものを超えた神的なものには反撥し、人間的なものの存在条件と同じ存在条件を持つ神々に心ひかれる所以である。若き日から宗教性的であった堀氏は現実を超えた世界を夢や病の中に直接的に把握しようとした。この直接性は常に自然的なものと超自然なものとの存在条件の同一性をよし無意識的であれ肯定した点である。若き日より堀氏はかかる意味で、人間的存在条件の絶対を信じ人間中心的であった。そしてこの存在条件の同一性を土台として宗教性的な魂を持ったが故に、堀氏は『花あしび』の神々の世界、汎神の世界に夢を追ったのである。何故ならいまさらいうまでもなく一切の汎神性《パンテイスム》は自然的なものと超自然的なものとの間に存在条件の超絶を認めず（従って汎神論では超自然は厳密の意味で存しない）、それらは相互に直接的に対話し融合しえるのである。正確を期するために更に言おう。神的なものが自然的なものを土台としてその拡大、或いは延長であり、自然的なものは神的なるものの、同一存在条件に於ける部分である――この意識的無意識的肯定は一切汎神的《パンテイスム》である〔註一〕。
　一神論ではかかる神的なものと人間的なもの、超自然的なものと自然的なものとの存在条件的な同一性を認めない。前者は常に後者に対して存在条件的に超絶（transcendance）である〔註二〕。

〔註一〕　僕等はここで如何なる神学的分類をなす能力も意志もない。僕等はただ堀辰雄に則してパンテイスムを考えるのみである。
　パンテイスムに於て①自然的なものの延長が神的なるものである（スピノーザ、エチカ）。②自然的なものは直接的に神的なるものを把握しうる（ウパニシャッド、アートマン＝ブラーマン）ことに於てその性格を認められるであろう。

〔註二〕　一神論に於ては存在条件の相違が神的なるものと人間的なものの悉くにおかれる。例えば聖トマスの存在の類比《アナロジヤ・エンテイス》について考えればよくわかる。例えば天使の純粋霊的存在条件と人間の霊肉の存在条件との相違。

従って堀氏が汎神的であることとは、十月十九日、詩人があの一神論の文学者クローデルの戯曲『マリアへのお告げ』をよんだ時の心理的距離感によって更に実証されるのであろう。詩人はその日かつて信濃の冬孤独でよんだこの戯曲を再び手にした後、戒壇院の松林の中で静かに今よんだ作品について考える。

「僕は歩きながらいま読んできたクロオデルの戯曲のことを再び心に浮かべた。さうしてこのカトリックの詩人には、ああいふ無垢《むく》な処女を神へのいけにへにするために、ああも彼女を孤独にし、ああも完全に人間性から超絶せしめ、……ことがどうあつても必然だつたのであらうかと考へて見た。さうしてこの戯曲の根本思想をなしてゐるカトリック的なもの、ことにその結末における神への讃美のやうなものが、この静かな松林の中で、僕にはだんだん何か異様《ことざま》なものにおもへて来てならなかつた」(十月)

堀氏が何故クローデルのこの無垢の少女に対する態度と、この戯曲に対するカトリシスムに何か異様なものを感じたか。

それは堀氏の文学精神やクローデルのそれを超えて、堀氏の裡の汎神的宗教感情とクローデルの一神的宗教感情の対立である。それは更に東洋人の血液があのキリスト教に対する戸惑いである。神的なるものを人間的なものの拡大或いは純化の総体として眺めるこの堀氏の汎神的血液は、このクローデルの戯曲を人間性の否定と認め〔註一〕、その神的なるものの人間的なものへの超絶(transcendance)を血液的に受容する事が出来なかったのである。堀氏の汎神的血液はこの神的なものと人間的なものへの超絶の前にあって苦しげに叫ぶ〔註二〕。

「ああも彼女を孤独にし、ああも完全に人間性から超絶せしめ、……ことがどうあつても必然だつたのであらうか」(同)

〔註一〕 既に神西清氏が指摘された如く、植物的姿態の堀氏は人間の罪ということに関心を持たぬ。況《いわ》んやこの『マリアへのお告げ』に流れている人間の原罪の苦悩は、堀氏の汎神的血液に実感されえない。その点、堀氏のこの作品感想は美事に、汎神対一神の対立をついたものとして敬服すべきものがあるが、勿論それはカトリック側から言えばクローデルはそのカトリシスムに於て人間性を否定したとしても、それはジャンセニスム的な一切人間本質の否定ではなく、救いと恩寵に参与すべき人間性の聖化の営みを少女ヴィオレーヌの犠牲に認めたのであり、その意味でヴィオレーヌの人間性は否定されるどころか、かえってマリタンが充足的ユマニスム Humanisme intégral と呼んだものに融合したのであった。

〔註二〕 第一回目に『マリアへのお告げ』をよんだ感想はこの四年前信濃の国に於てであった。その時堀氏はこの戯曲に苦しさを感じなかったのは「人間的なものと神的なものと――の美しい挨拶」(七つの手紙)を見出し、「人間性への神性のいどみ」(十月)を認めなかったからであり、この点は興味ある事であろう。

僕等が今まで考察した如く少なくとも堀氏の汎神性に於ては、神的なものと人間的なものとの間には存在条件的に超絶はありえず、人間の存在はその存在条件的に神的存在と同一であり神的存在の部分なのである。従って人間的存在は神的存在に如何なる抵抗も、如何なる反逆も、如何なる戦いもなく吸収《アブソルプシヨン》されえる。この反逆も抵抗もなく吸収されえる魅力は、少なくとも堀氏の汎神的血液があの月光菩薩の前に感じた魅力である。

「月光菩薩像。そのまへにぢつと立つてゐると、……その白みがかつた光の中に吸ひこまれてゆくやうな気もちがせられてくる。何んといふ慈しみの深さ」(十月)

ここにはあのクローデルの作品を前にした堀氏の苦しさはない。堀氏は彼の本質である受身の姿勢を生かしつつ、この神的なものに吸収されることが出来る。堀氏は彼が今感じているこの魅力が神的なるものへの反逆のない汎神性の故であることを知っている。

「一日ぢゆう、たえず人間性への神性のいどみのやうなものに苦しませられてゐただけ、いま、この柔かな感じの像のまへにかうして立つてゐると、さういふことがますます痛切に感ぜられてくる」(同)

堀氏の受身の姿勢はもともと汎神的生の姿勢である。何故なら、それは神的なものに如何なる反逆も抵抗もなく従順に吸収されるに余りに適合しているからだ。再びフランソワ・モーリヤックがいみじくも『小説論《ロマン》』の中で語った言葉、東洋人は神を必要としないのは彼等が神に反逆しないからだという言葉を思い出そう。この作家の信ずる一神論、カトリシスムにあっては、神的なるものは存在条件的に人間に超絶するが故に人間的なるものは神と戦うのだ。その戦いは例えばこのモーリヤックや、その他のカトリック作家の如く神の裡に於て戦うにしろ、またあの自らを神として、神と戦ったニイチェやランボオの如く戦うにしろ、一神的な世界の西欧では神に対して常に戦っていたのだ。この自己と神との前に厳としてある存在の超絶に人間が抵抗し反逆したのは、この一神論の構造によるのだ。

然しこの東洋の汎神世界にあっては(少なくとも堀辰雄の汎神性に関する限り)、神的なものと人間的なものは、やさしく融和するが故に、神的なるものの人間的なものに対する超絶が存しない故に、そこには抵抗も、反逆も、戦いも――悉くのヒロイズムが充たさるべきものがない。人は容易に直接的に、反逆と抵抗もなく神に一致する。

然し都築明は、堀辰雄に戦いとヒロイズムを教えた。都築明は堀辰雄の心に、今日は戦わねばならぬ日であること、たとえよしそれが無償であれ、生と存在の純粋を必死で守るためにはヒロイズムとの戦いが必要であることを教えた。

この都築明から受けた戦いの決意とヒロイズムの欲求は、受身的な抵抗のない反逆のない堀氏の汎神世界と対立する。一言にして言おう。僕等が先に分析したあの『花あしび十月』に於て堀氏が脱れんとしたものは、ソフォクレスの悲劇の魅力、大和の廃墟と廃寺、それら悉くが堀氏を誘う、この汎神性《パンティスム》であったのだ。堀氏はそれに抵抗しようとした。苦しく悶えた。僕等はそれを見た。不幸にして堀氏は都築明のこのヒロイズムよりも神々の呼び声に従った。神々の呼び声、それは神の呼び声ではない。少なくとも『花あしび』に於て堀氏は神々の世界にはいった。然し都築明のあの戦いとヒロイズムは堀氏の良心の声として響く。堀氏は再び出発しようと志す。堀氏は再び決意のもとに彼の裡の、彼を憩わす、この神々の声、この汎神の血液に勝とうと志している。何故ならば、堀氏は、エル・グレコの絵を見て来ねばならぬと神西氏に語っているのだ。

「あすは朝はやく奈良を立つて、一気に倉敷を目ざして往くつもりです。……こんどはどうあつても僕はエル・グレコの絵を見て来なければなりません。なぜ、そんなに見て来なければならないやうな気もちになつてしまつたのか、自分でもよく分かりません。僕のうちの何物かがそれを僕に強く命ずるのです」(古墳)

エル・グレコのあの受胎告知の絵、あの大原美術館を訪れたものが忘れることの出来ないあの受胎告知の絵を堀氏は何故見ようと志すのか。この絵を見たものは、そこにガブリエルとマリアとの戦いを、クローデルの戯曲的なものを、神的なものの人間的なものへの挑みを、神的なものが人間的なものの上にたつあの超絶を、人間の神的なものに対する反逆を、堀氏自身の言葉を借りれば「この抒情的な画題に対していだいてゐる僕たちの観念がものの見事に粉砕せられ」(斑雪《はだれ》)る人間的と神的のあの一神論の超絶を認めるのだ。堀氏はこの一神的な絵を見ることによって、自己の汎神性に再び苦しい戦いを続けようと決意しているのだ。そして再びあの都築明のヒロイズムを自己の生に生かそうとするのだ。僕等はこの稀《まれ》なる詩人がそこから何を成熟するかを待とう。

(1947. Février)

鉄の首枷《くびかせ》　小西行長伝

一　堺―序にかえて

今日、堺を訪れる者には自由都市として知られた十六世紀のこの街の姿を思いうかべることはむつかしい。大阪を貫く高速道路がきたない大和川をこすと堺市がはじまる。だがそこから大都会の面影は次第に消え、むしろ大阪の衛星都市という印象を受ける。

高速をおりると高いビルの林はなくなり、そのかわり地方都市によく見られる昔風の家に小さなビルがまじった路がつづく。フェニックスが植えられたその道路もこの町の特色を出すというよりは、むしろ趣味のわるい無駄な飾りものとしか見えぬ。かつての貿易都市としての空気は神戸を知っている者の眼には感じられぬし、実際、港に行ってもそれほどの船も停泊していないのである。一言でいえば旅人には堺は旅愁や興趣も与えねば、そこで一泊して歩きまわろうという気分さえ起さぬ街なのである。

第二次大戦の空襲は、かつてまだ残っていたこの街の古い家々や寺を焼き、そのかわり味けないセメントの建物を作った。街のどこを歩いても正確に十六世紀時代の華やかな堺の面影を伝えるものはほとんど残ってはおらぬ。港にはあまたの舟がつながれ、中国に向う船や時には異国からの船も停泊し、豪商の邸がならび、その外廓に濠をめぐらした独立自由の都市の雰囲気はもうどこにもない。のみならず、無趣味な街のたたずまいを見ると、ここが利休をはじめ金田屋宗宅、竹倉屋紹謫《しょうてき》、今井宗久のような茶人が住んだ文化の地とはどうしても思われぬのである。それをわずかに伝える南宗《なんしゅう》寺のような寺を訪れても、これも空襲によって当時の建物の半ばを失って、かつての面影は消えているのだ。

ただ、戦災をまぬがれた北旅籠町の通りが旅人に昔の堺を想像する手がかりとなる。ここだけは格子戸を持った古い家が狭い道をはさんで両側に続いている。昔ながらの香を売っている商家もあれば、先祖代々の看板を出した仏具屋もある。特に北旅籠町にある井上家は鉄砲鍛冶屋敷の面影をそのままに残した家で、現代の住宅からは想像もつかぬほど内部は暗くて寒いが、それでも鉄砲を製造した工房も職人たちの使った吹子《ふいご》もそのまま置かれている。部屋の壁にはそれらの鉄砲を註文した各大名の札が並んでいる。

庭は荒れてはいるが昔の繁栄を思わせる倉も一つ残っている。この井上家を見ることで我々はどうにか、かつての堺の商人や職人の活動を偲ぶことができる。

だがそれでも小西行長の一族がそこに住んだ十六世紀の堺を空想することのできるものがこの街に二つ残っている。一つは今は工場にとりかこまれ、小さな貨客船が浮かんでいる旧堺港であり、もう一つはさきほど触れた南宗寺のそばを流れる環濠の跡である。

当時の堺の地図は我々の手にはないが、ただ文久版のこの街の大絵図をみると街の北には井上家のある北旅籠町や北半町がみえ、その南端には南宗寺が位置している、それから察すると十六世紀の堺は現在の堺市の三分の一にもならぬ狭さだが、その港は現在の旧堺港と同じ位置にあり、その形もほとんど変っていない。

だから旧堺港の岸にたって旅人は四世紀前、小西一族がここで貿易を営んだ頃のこの港を空想することはできる。褐色の水にまだ石をつんだ船着場が二つ、うち捨てられたように残っているが、それがいつの頃のものか、わからない。だが悲しい声をあげて水鳥が飛んでいる鉛色の港湾の向うに昔と同じ海がひろがっている。

この海から文明十五年(一四八三)、幕府の御用船三隻が南に航路をとり中国(明)に向けて出発した。それらの費用をまかない、その利潤を幕府と共に得ることができたのはもちろんこの堺の商人たちである。三年の後、これらの船が無事に帰還した時は、街の市民たちはこぞって黒山のように集まって迎えたという。

続いて、細川氏がこのあたりを支配した明応二年(一四九三)、ふたたび三隻の船が、永正三年(一五〇六)、一隻が、明に向けて出発し、それぞれ堺に戻ってくる。

遠い中国にたいしてだけではない。この港からは朝鮮との貿易を求めてしばしば高麗にわたる商人も多かった。琉球へ出発する船もあった。合法的な貿易だけではなく、時には倭寇と同じように武装して海に乗り出すものもあった。中国から戻る貿易船には絹、白糸、茶碗、書画、書籍、墨、筆のような贅沢品が満載され、なかでも悦ばれたのは砂糖と薬材である。小西一族のなかにはその薬草をあきなう薬問屋もあった。日本から輸出されるのは銅、硫黄、刀剣のたぐいで、これらを向うで捌くため堺の商人たちのなかには中国の言葉を解すため平戸に赴いてこの言葉を習う者も多かった。

旧堺港の岸壁にたつと、文明十八年(一四八六)、三年の海旅ののち、ここに帰着した幕府の御用船三隻を迎えた市民たちのどよめきや歓呼の声がまだ聞えるようである。

その貿易からの莫大な利潤で堺は当時のいかなる町よりも富んでいた。市街は南と北とにわかれ南荘、北荘と呼ばれ、南荘は北荘より繁栄し、その境界の大路には商取引きの市場や湯屋町とよばれる遊び場もあった。それは日本の他の城下町のように領主のための町ではなく、商人と町人とのための町であった。

戦国時代の他の大きな町――それは誰でも知っているように、京都を除いてほとんどが宿場もしくは領主の城を中心にして作られている。まず城があり、城を守るために濠が掘られ、土塁がきずかれ、周囲を家臣団が守り、更にその外側に商人たちが住む。近代的な都市として信長が計画した安土町でさえ、その方法からはずれてはおらぬ。秀吉の大坂でさえ同じである。町は結局、城の附属物にすぎなかったのだ。

十六世紀の堺はそういう意味では日本的な城下町ではない。むしろその周りに城壁をきずき、市民全体を守る場所を町と言ったような西欧的な町である。平安時代の末から鎌倉の初期にかけては熊野街道の宿場にすぎなかった堺は徐々に発展するとやがて応仁の乱で、大内氏が貿易港、兵庫をとるや、それに対抗する細川氏の手で対明貿易の根拠地となった。そしてそのゆたかな収入は堺を商人と町人の自治都市に変えたのである。

商人や町人の町であるため、そこには領主の城はなかった。町の自治はここを訪れた切支丹宣教師ヴィレラが書いているように「ヴェニスのごとく執政官たちによって治められて」いたのである。執政官たちとは町を代表する富裕なる者たちの集まり――即ち会合衆《えごう》をさす。そしてその会合衆のなかに小西一族の何人かもまじっていたのである。

小西行長が堺のどこで生れたか、どのように育ったかを示す確実な資料は現在までない。彼がいつ生れたかについては確実な証拠はないが『絵本太閤記』には天正七年（一五七九）に彼が二十一歳であったとのべ、のちに朝鮮の熊川城で文禄四年（一五九五）に行長と和議を論じた朝鮮側使者は彼がこの時三十八歳だと語っている（『宣祖実録』）。したがってそれから推量すると、行長は一五五八年頃生れたということになる。その名が史書にはじめて出るのは彼が既に青年になってからであり、宇喜多直家と豊臣秀吉の調停に加わる時からである。

にもかかわらず彼の生き方や行動を見る時、私たちはこの堺の会合衆の生きざまと共通したものを感じるのだ。会合衆の智慧は行長の人生の智慧の根底になっており、会合衆の事の処し方が行長の処し方になっているように思われる。その本質的な一致点を考えると、行長がどのくらい堺で育ったかはわからぬにせよ、彼の発想法や処世術には会合衆だった小西一族の経験や処世術が大きな痕跡を残していると思わざるをえない。

高尾一彦氏や豊田武氏の労作によると文明の頃、会合衆は十人をもって構成され、のちに三十六人に増加したらしいとのことである。三十六という数は月行事三人が当番でそれから十二カ月で三十六人という数となるというのが豊田、高尾両氏の説である。

会合衆たちは町の長老であり、代表であったが、彼等は戦乱の富裕な商人であったから、事あれば私兵を集める力さえ持っていた。有名なイエズス会のヴァリニャーノが天正九年（一五八二）、豊後から堺に来る途中、海賊に追われたが、この時、堺の貿易商、日比屋了珪《りようけい》の部下三百人が銃を手にして守ってくれたというのも、その事実を示している。

だがこうした私兵を持っていたとしてもそれは堺をとりまく下剋上の血みどろな戦いにたいしては蟷螂《とうろう》の斧《おの》に等しいものであった。応仁の乱以後も畿内には平和はこなかった。逆に軍兵の叫び声と村々を焼く火とは絶えまなく続いた。家臣は主君に反逆し、子は父を討ち、力を持った者が力を失った者を放逐する下剋上の時代がはじまったからである。畿内でも支配者、細川氏は四国、阿波から出現した三好氏と争い、その三好氏が勢力を握るや、三好氏とその家臣だった松永氏とが闘いはじめ六角氏がそれに加わる。堺はその毎度、権力者の血みどろな戦いを町の内外で見なければならない。戦う者たちの倫理の要《かなめ》は力であり、力ある者が正義であり、力を失った者が悪である。下剋上のそういう力の倫理が押しつ、押されつしているなかに堺という町は孤立していた。なぜならこの町は武力とは関係のない商人の町だった。貨幣と富がそのエネルギーであって、他の場所のように兵士と剣がすべてであるという町ではなかったからである。

たとえ多少の私兵を持っていても堺の会合衆たちは商人である。富と貨幣の力に依存する商人である。彼等は堺という町が外に拡がる世界とは根本的に違っていることを自覚していた。

海によって富を得た堺。その意味で堺の商人は農村を地盤として成長した土着的な武士や地主とちがい「水の人間」であると言える。彼等はそれぞれ年貢を取る所有地を農村に持ってはいたが、本質的には堺が生活の場であり、海がその活動の場所であった。しかし堺の外で日夜、戦っている武士たちは農村から生れ、農村に土着し、ただ農村を支配することで勢力を張った「土の人間」である。水の人間である堺の住民たちにとって、町の外に生きる者は土の人間だった。水の人間は土の人間と根本的に相なじむことはできぬ。のみならず商人と町人との共同体であるこの町と、農民とその支配者の集団である武士勢力とはその考え方においても対立するものがある。

堺の会合衆はそういう意味でも堺の思考法の代表者だった。堺の市民は「土の人間」たちがこの「水の人間」の共同体である堺に乱入し、これを全面的に支配することを望まなかった。会合衆たちはこの二つの対立した人間群にくっきりとした境界線を引かねばならなかった。土の人間たちの侵略を防ぐために。ここからはお前たちの世界ではないということを宣言するために。

　南宗寺のそばを歩く旅人は堺の商人たちのこの強い意志を示す環濠を今日でも見ることができる。今はその幅も狭められ、セメントで両側を固められてはいるが一直線に黒々と環濠は残っている。

　文久版の堺大絵図を見る時、なによりも眼を引くのは町の四方をくっきりと囲んでいるこの環濠である。それはもちろん、戦国時代の環濠ではなく江戸幕府以後、堺再興の折、作られたものだが、十六世紀のものとほぼ変りはない。当時ここを訪れた宣教師ヴィレラは、市街の三方は「ふかき堀にかこまれ、常に水みつ」と書き、同じ宣教師フロイスもこの環濠について記述している。その環濠は天正十四年（一五八六）、秀吉の手で埋められた。

　町をとりまく環濠こそ、堺の市民と会合衆が土の人間たちとおのれを区別する一線だった。環濠は堺を防備するためと同時に、市民たちの強い意志を見る者に感じさせる。水の人間と土の人間との国境線がここだということを環濠は町の外にいる者たちに教えているのだ。

　水の人間と土の人間——後年、小西行長と加藤清正との対立に私たちはこの二つの人間の相剋を感じざるをえない。尾張中村に育った加藤清正は根っからの土の人間である。彼の画像を見るものはそこにあくまでも土の臭い、農村の臭いを嗅がざるをえない。土の人間清正は水の人間小西行長を生涯理解できなかった。たとえ朝鮮戦争における二人の功名争いや心理的暗闘があったにせよ、清正の小西にたいする憎しみは異常なものがある。それは面貌や風習のちがった異民族の憎悪を我々に感じさせる。行長の面貌を伝える肖像画が我々の手もとに残されてはいないが、たとえそれが手もとになくても土の容貌をした加藤清正と根本的に対立した顔を思い描くこともできるのだ。

　水の人間たちである堺市民は下剋上とそれに続く戦国時代の悽惨な戦いの渦中で町を守らねばならなかった。商人であり町人であった彼等は土の人間たちのように武器をとって他を侵略し、権力をかち取る欲望はなかった。彼等は自分たちの富の集積場である港と町とが戦火からまぬがれることしか願わなかった。細川、三好、松永たちの大名の戦いに会合衆たちが中立の態度をとったのは当然である。もちろん彼等は時には権力者に反抗的な姿勢を示すことはあったが、それは偽態であって、本心はあくまでも中立であり、戦いの圏外にたって、第三勢力となることであった。時には会合衆は進んで、戦う者たちの調停役をかって出ることがあった。天文十四年（一五四五）、三好長慶が細川氏綱に包囲されるや、会合衆は堺を戦火から守るため、調停に乗り出して成功しているのもそのためである。

　会合衆は水の人間の持つ政治感覚で土の人間である封建領主たちの弱点を見ぬいた。その弱点とは堺をもし戦火にさらし、街を灰燼にすれば、当の領主たちは戦費を調達する経済的地盤を失うということである。戦いにあけくれる相手はその都度、兵を養う軍費を必要とする。堺はその軍用金の供給地ともなりうる。したがって堺をたとえ軍事的必要から攻めても、それを焼き払うことは領主たちにとっても得策ではない。

　その弱点を会合衆も利用した。三好三人衆が永禄九年（一五六六）、堺にたてこもる松永久秀を包囲した時、会合衆の能登屋、臙脂《べに》屋たちが三好勢に名目的勝利を与える条件で撤兵を要求したことがある。そしてこの要求が入れられぬ時は堺は松永勢に加勢すると威嚇した。三好三人衆はこの申し入れを受け入れたが、それは堺市民の反感を買うのは「将来、軍用金の融通などについて不利になると考えたためである」（豊田武『堺』）。

　こうした会合衆の処世感覚で堺はかりそめの中立を得ることができた。町はともかくも戦いの圏外にたち、非武装都市、中立都市として敵味方の緩衝地帯となった。当時ここを訪れた宣教師ヴィレラは「イエズス会通信文」中にこう書いている。


「日本全国のうち、この堺ほど安全な場所はない。敗者も勝者もこの町にくると、すべて平和に生き、相和し、他人に害を与える者はない。街に争いはなく、市民また、敵味方の差別なく、礼を尽して応対している」

「戦いが終ると、敗者、勝者共に堺市内を平和時のごとく安全に通行し、たがいに礼儀正しく相語っている。だがその彼等も市外に五歩出れば、たちまち場所の如何を問わず闘うのだ」

　このようなふしぎな町を我々は戦国時代、他に見つけることはできぬ。都の京都でさえ、貪欲な権力者たちによって次々と戦火にさらされている。そういう時代、堺のような中立都市が存在しえたのは奇蹟だが、しかし、その平和な街は領主たちが莫大な利潤をあげる堺の港を温存したいためであり、もしその港に収益あがらず、商人に富の蓄積がなければ他の町と同様、軍馬に蹂躙されることも明らかだった。そこに中立都市、堺の限界があり、この限界を会合衆たちも感じていた筈である。

　小西家はその会合衆に加わる堺の富裕な商人一族である。既に書いたように家の系譜も明らかでないし、いつ頃から、どのようにしてここに住みついたかもわからぬ。

　今日、その規模は縮小され、往時の盛大さはないが堺史誌に欠くべからざる開口《あくち》神社の文書は天文年間における小西家の活動をわずかに我々に伝えてくれる。天文六年（一五三七）、石山本願寺が細川勢によって破壊された堺の坊を再建する計画をたてた時、小西宗左衛門なる者が酒、竹木を整えてこれに力を貸したため本願寺に招かれているし、更にその翌年、この宗左衛門は堺が大内、細川の争いで跡絶えさせられていた明との貿易を再興するための本願寺の尽力に対して木屋宗観と石山に礼に来ている。本願寺は堺から経済的資力を仰ぎ、堺は本願寺の畿内における政治的権力を利用して、たがいに助けあっていたのである。小西宗左衛門が本願寺と堺との相互扶助に重要な役割を示した会合衆の一人であったことがこの文書でわかるのだ。

この小西宗左衛門が行長とどういう関係にあるかはわからない。小西一族は小西党とよばれるほどあまたの縁者を持っていたと推察されるからである。宗左衛門が石山本願寺門徒であったとするならば、それにたいし、当時フランシスコ・ザビエルからもたらされた基督教にも敏感な小西の一員がいた。行長の父ともいわれる隆佐がそれである。天文十九年（一五五〇）の暮、九州布教ののち、ザビエルが瀬戸内海を渡って都にのぼろうとした時、その途中、ある人から堺の豪商、日比屋了珪の父に宛てた紹介状をもらった。この好意を受けて京にのぼることができたザビエルは堺の繁栄にも注目し、マラッカ総督ペトロ・ダ・シルヴァに商館をこの町に置いて東西貿易の地にすべきことを勧告している。

ザビエルは都にのぼり、更に日本最大の仏教大学のある比叡山を訪れることを熱願していた。日比屋了珪はその願いを実現するために当時、京にいる小西隆佐に紹介状を書いた。その紹介状をたずさえたザビエルを小西隆佐はおのれの従僕一人をつけて坂本に案内させた。小西一族が基督教と接触したのはこれがはじめてだった。

ザビエルが天文二十年（一五五一）に日本を去ったのち、永禄二年（一五五九）に宣教師ヴィレラたちが豊後から堺に来た。ヴィレラは一度、京にのぼったが二年後、堺にくだり、四年間ほど滞在した。その時、日比屋了珪の家族と四十人の市民たちとが洗礼を受けている。

隆佐の洗礼の時期は我々には正確にはわからない。シュタイシェン神父の『キリシタン大名』によると隆佐は行長と共にこれから二十二年後の一五八三年に大坂城で高山右近の感化を受けて改宗したと書いているが、一方、フロイスの一五六九年六月一日付の書簡は既に「隆佐は当地方における最も善良な基督教徒だ」と明言している。フロイスは永禄八年（一五六五）、松永久秀が将軍足利義輝を殺し、京の宣教師を追放した時、隆佐によって三箇まで手あつく保護されながら逃れたことがある。またそれから三年後、安土の織田信長に布教の自由を求めて京に来たフロイスを安土まで送り、知人の家に泊らせ、自分の息子に世話をさせたのもこの隆佐である。したがって我々は一五六五年から一五六九年までの間に隆佐とその家族たちが受洗したと一応は推定することができる。

小西隆佐の受洗の動機は何であったか。宣教師たちを手厚くもてなしたとは言え、我々は日比屋了珪や隆佐一家を必ずしも宗教心に溢れた堺商人だとただちに断言はできぬ。逆に当時の堺商人は現世的で快楽主義者の多かったことは石山本願寺の蓮如上人ものべているし、このフロイスでさえ「堺に建てられた教会では一カ月の間、日夜話をきく者が絶えなかったが、これは他国者で市民ではなかった。市民は傲岸で罪ぶかく神の尊くきよき話を聞く資格はない」と歎じているくらいである。

おそらく日比屋了珪や隆佐の受洗の場合も最初は純粋な宗教的求道心からではなく、商人としての功利性から発していたと考えるほうが妥当である。堺商人たちはやがて実現するかもしれぬ南蛮貿易の利益を敏感に感じていた。ザビエルは堺が東西貿易のよき港となるとマラッカ総督に書き送っている。ザビエルを世話した日比屋了珪がその日のために手をこまぬいていた筈はない。南蛮と堺との貿易をなめらかにするためにはまずおのれたちが受洗することが便宜だと彼が考えなかったとは言えぬのだ。それは九州の大名が南蛮船の入港による利をえるため宣教師たちを厚く保護し、時には自分も洗礼を受けたのと同じ心理である。もともと彼等は貿易商人として異人には馴れている。水の人間として土の人間よりも精神の柔軟性がある。自分の土地にしがみつき、その風習や生活をまもり、ともすれば排他的な土の人間とちがって彼等堺の水の人間にはより合理的な面があったのだ。

同時にこのことは日比屋了珪や小西隆佐が受洗した時勢の背景をみるとわかる。それは織田信長が尾張から次第に群雄を撃破しつつ京に攻《のぼ》ってきた時期である。了珪はともかく、京に住む隆佐は茶人で堺出身の豪商、今井宗久のように信長の天才的軍事才能を知っていた。フロイスを通してこの英雄が仏教を嫌いそのために基督教宣教を許すという宗教政策をとりはじめていることにも気づいていた。信長が畿内を統一すれば必然的に堺がそれまで頼っていた石山本願寺の勢威は衰えるであろう。そしてそれに代って南蛮貿易や鉄砲をもたらす宣教師の布教は更に信長から歓迎されるだろう。この見通しが貿易商人である隆佐になかったとは絶対に言えないのだ。当時の宣教師たちはともすれば自分たちに味方するものを過大評価するが、フロイスがどうほめたたえようと隆佐が彼等を手厚くもてなしたことと、その宗教心とは必ずしも結びつきはしまい。

いずれにせよ、小西隆佐は彼の妻子と洗礼を受けた。もし行長がこの時、父と共に受洗したとしても、その年齢からみて彼がこの異国の宗教を心から理解したとはどうしても私には思えぬ。父が便宜的な改宗者ならば、子はその父や母に従って受洗したにすぎぬであろう。西欧の基督教の家庭に生れた子供と同じように彼は自分の思想的な悩みからこの宗教に帰依したのではなく、おのれの人生的な解決をこの基督教に見出したのでもない。率直にいえばこの時期、本当の意味での信仰はやがてそれが本物となる日がくるまで行長にはなかったのだ。だがいずれにしろ彼はこの日、父と同じように神とかかわりあってしまったのだ。その日洗礼を受けた彼はさほど神を問題にしなかったかもしれぬ。だが神はこの日から彼を――アゴスティーニュ（アウグスチヌス）の霊名をもらった彼を問題にするのである。

　こういう考え方は小西行長を最初から敬虔な信仰者とみる人には反対を受けるかもしれぬ。だが基督教の信仰というものは多くの場合、長い人生の集積をさすのであって、普通、考えられているように改宗、もしくは受洗した日から一挙に心の平安や神への確信が得られるものではあるまい。神はその人の信仰が魂の奥に根をおろすまで、陽にさらし雨をそそぎ、さまざまな人生過程をあたえられる。行長が父と共に受けた便宜的な洗礼の水はこの日から彼の人生の土壌に少しずつしみこんでいくのだ。彼はそれを知らないしそれに気づいていない。人生の出来事の意味はその死の日まで誰にもわからない。その死の日まで――そう、行長もその死の日までこの受洗の意味が何だったか、一度、神を知った者を決して離されぬことを知らなかった。行長の生涯を調べれば調べるほど、我々は神が彼の人生にひそみ、その人生の最後に彼に語りかけられたことを感じるのである。

　それはともあれ、細川、三好、松永たち近畿の群雄をたくみに操り、中立と自治とを保ってきた堺が過信におぼれはじめた時、遂にその傲りが破れる日が近づいてきた。晴れていた空が翳りはじめたのである。永禄八年（一五六五）、松永久秀が将軍義輝を殺し京を占領すると、その弟、義昭は岐阜の織田信長を頼って、永禄十一年（一五六八）、救援を求めた。信長の精鋭部隊は義昭を擁して近江六角氏を亡ぼし京に侵入した。久秀はその大軍に怖れをなしてくだり、三好氏もまた二派に分裂して京を捨てた。さしたる抵抗なく都に入った信長は十月、摂津、和泉、奈良に軍用金（制札銭、家銭《いえせん》）の調達を命じた。堺にも二万貫という割当てが行われたのである。

　堺の会合衆三十六人はただちに協議した。かつて松永、三好が争った時、それを調停した能登屋、臙脂《べに》屋が中心になり、その対策を協議した。信長に屈従するか。堺の誇りを守るか。京にいる小西隆佐たちとはちがい堺の会合衆は今井宗久たちを除いて信長の実力をまだよく知らなかった。畿内の眼からみればこの男は美濃の一梟雄《きょうゆう》にすぎなかった。

会合衆たちは今日まで市の内外で攻めあう群雄を巧妙に制禦してきた経験と自信がある。京を捨てた三好三人衆も三好政康を中心にしてふたたび兵をたてなおし失地恢復を狙っている。彼等の軍費は堺が供給すればよい。のみならず信長にも弱点があると会合衆たちは見ぬいていた。信長の背後には武田信玄の大軍がそれを威嚇している。また堺と縁のふかい石山本願寺もまた信長から五千貫の矢銭《やせん》を課せられて、それを恨みに思っている。中国の毛利もまたその石山を助けるであろう。都を占領し将軍を擁立したとは言え信長には堺を攻める自信はあるまい。

　会合衆たちは強硬派と和睦派にわかれて談合したが遂に強硬派が結論を出した。信長の課税には拒絶の返事を与えることである。同時に三好三人衆に援助を与えることである。彼等はただちに近隣の貿易商末吉一族の支配する平野の町に「織田上総介、近日馳せ上り候」といった書出しからなる檄を発して同盟をむすび、同時に街の防備にとりかかった。市民たちは街をかこむ環濠を深くして、櫓《やぐら》をあげ、浪人を集めた。

　信長の要求に反抗したのは堺のみである。見透しは一応あたり、信長はその反抗に沈黙した。彼は将軍にただ堺に代官をおくことを求めただけで、そのまま岐阜に引きあげたからである。堺の中立はまた救われ、会合衆たちは愁眉をひらいた。

　だが誤算はそのあとからはじまった。信長の弱みを過大視した三好三人衆は敵側にまわった松永久秀が岐阜に信長をたずねた留守に堺に結集し、あけて翌年正月、京都を急襲、将軍義昭を囲んだのである。

　急をきいた信長は折からの大雪をおかして京に進軍した。文字通り雪の進軍である。三好三人衆の軍勢は惨憺たる敗北を喫し、本国の阿波に遁走した。頼みとした三人衆が壊滅した以上、堺はもはや街を守る武力的背景を失った。堺が集めた浪人の雇兵だけでは信長には手も足も出ない。街は混乱に陥り、市民たちは家財を持って逃走する。フロイスはこの日の堺の模様を次のように描写する。「いずれもわが身、家族、財産の安全を求めて、ここかしこに逃れ、その途中、掠奪にあった」（フロイス、松田毅一・川崎桃太訳『日本史』）。

　信長は堺の反逆をきびしく詰問した。街も焼き払い、老若男女を撫切《なでぎ》りにすると威嚇した。堺は遂に長い自治の誇りを棄てて屈さねばならなかった。

　フロイスによればこの時、信長は麾下《きか》の重だった将校五人を派遣して降伏条件を示したと言う。堺は先の二万貫の課税を出し、今後、三好の者どもに一味せず商人が私兵を持たぬことを約束させられた。信長は更に会合衆をふくむ商人に莫大な年貢を課した。この莫大な年貢に堺は十人の代表者を尾張、安土に送り、軽減を哀願したが、怒った信長はこの使者たちを獄に投じた。二人だけが堺に逃げたが、これも斬首され、堺、北ノ口で曝し首にされた。

この苛烈な処置はおのれの経済力に自信を抱いていた堺を震えあがらせた。群雄たちをあやつって自立と中立を保っていた自治都市、堺の限界がここではじめて露呈された。その上、彼等はこの時、同じように矢銭を課せられそれを拒否した尼崎の運命も見ねばならなかった。信長は同じ年の二月二十九日に尼崎を攻め、ことごとく町を焼き払ったのである。

信長がこの時、堺の秩序を恢復するために派遣した五人の将校のなかに秀吉が加わっていたかどうかわからない。『絵本太閤記』には天正七年、信長が中国経略のため中国に派遣した羽柴秀吉と、宇喜多直家が使者として送った小西行長とが会見した時、

「永禄十二年、堺荘官《しょうかん》、信長公に背き籠城の結構候いし時、君未だ木下藤吉郎と申し、堺の津へ入来《じゅらい》ありしを、某《それがし》その時十一歳、御茶の給仕に罷出《まかりい》で、我は見知り奉りたれど……」

そう行長が言ったと書いてある。これはもちろん、事実とは考えられぬが、いずれにせよこの信長との対決で堺市民は群雄割拠の時代が次第に天下統一に向う足音をはっきりと聞いた筈である。もう堺は従来の会合衆による自治都市ではなくなった。信長の直轄地として、その臣、松井友《ゆう》閑《かん》に従う町になった。機をみるに敏な商人たちも信長の天下統一を予想して、これに款を通じた。信長もまたこの堺の港を訪れ、伊勢の九鬼氏に作らせた鉄船六隻を見ている。秀吉もまた堺に来たことは疑いない。行長の父、小西隆佐もこの時、政治の動きがどうなるかを、いち早く計算したのだった。

〔註〕第一章の「堺」については、多くの研究に依ったが、特に豊田武氏の『堺』に教えられることが多かったことを附記する。

二　商人から軍人へ

〈行長、二十二歳から二十五歳〉

こうして永禄十二年（一五六九）、その威嚇の前に屈した堺の商人たちはやむをえずこのあたらしい英雄、信長に款を通じた。自治都市としての誇りと独立性を失った今、彼等は自分たちにとって最も有利な支配者と結びつかねばならぬ。天下が畿内の小群雄たちの錯綜した争いから、その統一をめざす実力者の時代に変りつつあることを彼等も認めざるをえなくなったのだ。

だがその最終的な支配者に誰がなるのかはまだ決まっていない。信長か。それともその信長に今や敵意を燃やしつつある石山本願寺か。あるいは甲府の武田信玄か。それとも西国に大勢力を持つ毛利が進出してくるか。堺の商人はさしあたりそのなかから本願寺と毛利と信長の三勢力を選ぶ。一応本命となるのは自分たちの町を屈服させた信長である。しかし、その信長とて確実に安定した賭けの対象とはならない。今日の支配者が明日の敗者となるきびしい現実を堺はこれまで幾度となく目撃してきた。そして石山本願寺は毛利と結び、その信長を討とうとしている。

危険な賭けのなかで堺の商人たちはともかくも信長に骰を投げた。彼等は信長と自分たちを結ぶ線を一つには鉄砲という近代的武器を供給することと、もう一つは武器ならぬ茶や茶器によって引いたのである。

鉄砲は天文二十二年（一五五三）の頃から堺では製造されていた。今日でも我々は既に書いたように堺の町の井上宅でこの堺の鉄砲鍛冶屋の工房をそのまま見ることができる。暗い工房には吹子や煙の出し口があり、ここで多くの職人が裸になって働いたにちがいない。堺の職人たちは種子島から鉄砲を持ちかえった橘屋又三郎から製法を学んだと言われている。堺は信長に軍資金と共に鉄砲を供給し、それはやがて天正三年（一五七五）の長篠の戦いで武田王国の壊滅をもたらすことになる。

商人たちはまた信長の茶道具にたいする欲望を充した。茶器は既に戦国の領主たちにとって土地と同じ価値のあるダイヤモンドに変りつつあった。信長は堺の名器を買い集め、そのすぐれたものを戦功をたてた家臣に恩賞として与えるようになった。

商人たちのうち今井宗久や津田宗及、千宗易などが茶の湯を通じて信長の寵を得ることに成功した。とりわけ薬種商を営む今井宗久は永禄十一年（一五六八）、信長最初の上洛の折に人に先がけて信長に接触し、所蔵する名器を献上し、そのかわり堺近郊五ヶ庄の代官職と同庄の塩・塩相物の徴収権を得ている。堺商人と信長家臣団とは茶会というサロンを通じてたがいに知りあい、交流しあうようになった。信長自身も堺を通過する時こうした商人たちの宅に寄りその接待をうけ、彼等を安土城の茶室びらきに呼んだ。

　行長の父、小西隆佐がそうした信長に款を通じようとした堺商人の一人であったことは疑いない。京に住む彼が今井宗久のように直接的に信長と交渉を持ったかは疑わしい。彼は今井宗久や津田宗及に立ち遅れたようである。しかし少くともその家臣団、とりわけ、この頃から頭角をあらわした羽柴秀吉と少しずつ接触していたことは、その後の彼の動静から窺えるからである。

　だが隆佐は果して今井宗久のように信長に全面的な骰を投げたか。この慎重すぎるほど慎重な男はこの時期まだ信長の天下統一に全面的信頼をおいていなかった。「信長の代、五年、三年は持たるべく候。……左候て後、高ころびにあおのけに転ばれ候ずると見え申候」と信長と毛利との調停交渉に当った安国寺《あんこくじ》恵《え》瓊《けい》はのちにそう書く。信長の倨傲、その自信過剰は恵瓊だけではなく彼を見た者に「あおのけに転ぶ」不安を起させた。京に住んだ小西隆佐がその危険に気づかぬ筈はない。「日本においては人の世のはかなさとその流れの速さを思わすものはあまりに多い」と書いた宣教師フロイスを切支丹の彼は知っていた。信長もまたその速き流れに巻きこまれるかもしれぬ。

　流れの速さのなかで隆佐は選ぶことの危険を知っていた。まだどちらの側にもつく時期ではない。第一、彼の一族のなかには小西宗左衛門のように石山本願寺の信徒であり、その恩顧を受けている者もいる。信長の横暴を憎む石山本願寺の背後には中国の毛利の強大な勢力が控えている。いずれは信長もこの本願寺と勝敗を決し、毛利と対決せねばならぬ。それまで結論を出さぬことだ。じっと待つことである。堺の商人が伝統的にとった中立という狡猾な処世術を隆佐もまたその血液のなかに持っていた。彼は一方では親信長派の堺商人の茶のサロンを通して信長の有力家臣たちと親しくしながら、他方では石山本願寺と毛利からも決定的には離れはしない。なぜなら彼の持船は毛利の支配圏にある瀬戸内海をいつも通過していたからである。

　隆佐がこの時に思いついた方法は、強大な二大勢力にはさまれた弱小領主たちが当時とった処世術と同じだった。弱小領主たちは家名と所領を守りつづけるためには合戦の場合、二大勢力の一方だけに味方することをやめ、一族を二分して両陣営にそれぞれ参陣する時があった。信州真田氏のように父と子とが敵味方にわかれたような例さえ少くない。こうして一方についた者が敗れても、他方に味方した者が恩賞によって祖先伝来の家名と所領を守りえたのである。

隆佐もまたこれと同じ方法をとる。彼は長男如清《じよせい》と共に信長に款を通じ、その要求に協力することを惜まない。しかし信長の将来の大敵にもいざという場合に備えて手をうっておかねばならぬ。彼は幸い、瀬戸内海を往復する持船から中国の情報を集めることができた。そのさまざまな情報のなかから彼は備前の梟雄《きようゆう》、宇喜多直家に眼をつけた。

宇喜多直家——備前、美作の領主、浦上宗景《むねかげ》の家臣だったにすぎぬこの陰謀家は次第に術策をもって封内の諸豪を倒し、やがてその主君、宗景まで讃岐に追い払い所領を奪った男である。妙善寺合戦のほかはほとんど男性的な戦いを行わず、罠をかけ謀殺を行うという女性的な方法で備前、美作をおのれのものとした男である。

隆佐は一方では信長陣営に接近し、他方では宇喜多直家の動向をじっと見ている。やがて信長と毛利とが遂に対決せねばならぬ時、この直家の動物的な勘がどちらに転ぶかを知りたかったのである。直家の動きが二大勢力の決戦を占う目安になることを隆佐は予感していたのだ。隆佐が次男を直家の城下町、岡山に住まわせた理由を我々に伝える資料はないが、我々はこの慎重な男が意味なくそのようなことをしたとは思えない。

隆佐の次男——後年の行長——『絵本太閤記』によれば岡山に住む魚屋《なや》弥九郎の養子になったという話は有名だが、別には呉服商人の養子となったともあり定かではない。ついでであるが松崎実氏はこの魚屋弥九郎なる人物は堺の商人、納屋助佐衛門の一族ではないかと推定されている。けだし納屋氏はまた魚屋とも称した。魚屋とは豊田武氏の御教示によると倉敷業のことである。

だが我々にとって、隆佐がその次男をどのような形で岡山に住まわせたかは問題ではない。我々に興味のあるのはこの事実から浮かびあがる隆佐の処世術である。彼はすべてがはっきりと決定づけられるまでは選択をしない。同じ堺商人でも今井宗久のように信長一辺倒にはならなかった。この慎重な性格がのちに信長の死後、彼をして今井宗久を追いぬく幸運をもたらすのである。

彼が慎重すぎるほど慎重でも無理なかった。事実、永禄十二年（一五六九）、堺と共にその威嚇の前に屈服した石山本願寺もその翌年の元亀元年（一五七〇）、一度、敗退して阿波に退いた三好党の京都奪還を助け、遂に信長と戦うことを決意したからである。信長はその時、浅井、朝倉の同盟軍と戦い、また伊勢長嶋の一揆に悩まされている最中だった。

この元亀元年から天正二年（一五七四）までは信長にとって最も苦しい時期である。本願寺の顕如の決意に応じ、近江、伊勢、北陸四国の一向宗徒たちは蹶起し、その団結力と戦意の前に信長軍も長期の戦いを強いられた。更に武田信玄は信長の同盟軍、徳川家康を三方ヶ原に撃破して三河を侵そうとしている。

それら苦しい時期、堺の商人たちはその軍資金と鉄砲の生産とによって信長を助けた。特に天正三年（一五七五）の長篠における武田の騎馬戦術と信長の鉄砲戦術の戦いは後者に決定的な勝利と天下統一の大きな足がかりを与えた。信長は勢にのり、一度、和議した本願寺とふたたび翌年、戦端を開くこととなった。

この結果、小西隆佐の予想通り信長と中国の毛利とが戦端を開く日がようやく近づいた。石山本願寺はそれまで彼等と同盟していた浅井、朝倉を失い、更に信長を脅かす武田の滅亡にあって、遂に毛利元就の孫、輝元に救援を求めざるをえなかったからである。天正四年（一五七六）の夏、織田、毛利の両軍は最初の戦端を開く。毛利輝元は児玉就《なり》英《ひで》の率いる三島水軍を大坂に派遣し、石山本願寺に食糧を入れた。これを妨げようとする信長の兵船三百艘は二倍の毛利水軍に火矢、炮烙《ほうらく》をあびせられて木津川の河口で惨憺たる敗北を喫した。

毛利水軍の実力をこの時、信長ははじめて知った。近代的なこの男は土における戦いと共に水における戦いの重要性を知ったのである。彼の持つ水軍は九鬼嘉隆を主軸とするものだったが、それだけでは毛利が制海権を持つ瀬戸内海を制圧するには不足だった。水軍の必要は信長の武将たち――特にやがて中国征討を命ぜられる秀吉も痛感したのである。

惨憺たる木津川での敗北を喫した以上、信長はやがての毛利との決戦に備えて水軍の強化を感じた。だが信長の将兵はその大半が土の人間であり、水の人間ではない。彼等は船の操り方も水路も知らない。水の人間にして、戦う能力のある者の出現を信長の家臣たちもひそかに待っていたのである。

我々はこの頃、父、隆佐の命令で岡山に居住していた魚屋弥九郎が宇喜多直家の城中に自由に出入りし（『備前軍記』）、その軍用金も調達し（『絵本太閤記』）はじめていたことを知っている。シュタイシェン神父は彼が既に直家の家臣になっていたと書いているが日本側の資料にはそのような記述はない。いずれにしろ、弥九郎は宇喜多家に深い接触を保っていたようである。

岡山市史編纂部の『宇喜多直家墳墓考』に直家の木像写真がのっている。田舎くさくしもぶくれの顔であるが決して陽気ではない。その顔には信長の鋭さも秀吉のような個性もない。木像から窺える印象はこの男が中国地方の一群雄以上の力量ではないということだ。

直家が岡山城主、金光宗高を滅ぼしてこの地に城を築いた天正元年（一五七三）の頃は、岡山も「人家アリトハ見エジ」と『吉備前鑑』に書かれたほどの寒村だった。移城と共に彼は領内の領民をここに移住させて大いに町の発展を計ったが、それとて信長の作った安土の町にもとより比ぶべくもない田舎町であろう。そのような町に次男を住まわせた小西隆佐の意図については既に簡単にふれた。隆佐は次男、弥九郎が宇喜多直家と接触することを望んでいたろうが、しかしそれは備前の梟雄にすべて賭けたからではない。直家の力量がどの程度のものかは隆佐もよく見ぬいていたのである。やがて行われる信長と毛利との対決では宇喜多直家の帰趨が大きく物を言うことを隆佐は予感し、直家が小さいながらもキャスティングボートを握ることを知っていたからにすぎない。

直家もまた隆佐と同じように信長と毛利との二大勢力のはざまにあって選択に迷っていた。天正五年（一五七七）、信長は遂に中国征討を決意し、羽柴秀吉を将として播磨《はりま》に軍を進めさせ、一方、明智光秀、細川藤孝に命じて丹波、丹後に進撃させる。

『備前軍記』によればその年の十一月、はじめて秀吉と直家とは上月《こうづき》の城をめぐって戦う。備前の小土豪とのみ争っていた直家はこの時、絢爛たる装備を身につけた秀吉軍を眼のあたりに見るのである。大会戦こそ両者の間には行われなかったが、直家は実力のあまりに大きな差を骨の髄まで感じたに違いない。十二月三日、上月城は陥落し、彼は岡山に逃げかえった。

彼の動物的な勘はこの戦いで織田、毛利の最終的な対決のいずれに軍配があがるかを、予知した。その後の彼の挙動は文字通りカメレオン的となる。毛利から出兵を求められれば一応は応じ、家臣こそ差し出すがおのれは病と称して出陣しない。やがて秀吉軍に申し開きをする口実は作っておくのだ。そのくせ彼は播州に在陣する信長の長男、信忠に密使を送り、毛利を裏切ることを申し出る。更にこの直後、さきに陥落した上月城を毛利軍が逆襲包囲するや、厚顔にも病いえたと称し、小早川隆景の陣を訪れてその勝利を賀すのである。

自分の運命を行動に賭けなかった男。謀殺と毒殺と裏面工作でのし上った男。しかし女性的な勘だけは人一倍、鋭かった男。その男はその後もしばらく洞ヶ峠的な態度を続けたのち、遂に秀吉に和睦を乞う決心をする。播州でも毛利側の別所氏が守っていた三木城が落ちたと聞いた時である。

『備前軍記』や『絵本太閤記』はこの時、直家が秀吉に送るべき使者を家臣と協議したのち、領内に住み、「軍用金を調達し、町人ながら城中を心のままに往来」していた二十二歳（『絵本太閤記』によると二十一歳）の商人、魚屋弥九郎（小西行長）を選んだと記している。だがこの講談風な記述は必ずしもそのまま信ずることはできない。一国の運命を左右する講和を領内の若い商人に托するのはあまりに無謀だからである。秀吉とて信長から派遣された中国征討軍の司令官である。そのような未知の商人を通じての和平の取りきめに応ずる筈はあるまい。

我々はこの宇喜多直家と秀吉との談合の背後に小西隆佐の存在を感じる。隆佐がその一人である堺商人は長い間、群雄たちの争いの調停役をやってきた。三好と松永との争いを和に導いたのも堺の会合衆である。その血液をうけて隆佐がこの時、かねてから接触していた秀吉に何らかの形で連絡しなかったとは考えられぬ。秀吉ももとよりこの和平交渉の前から、隆佐の次男が宇喜多領内にいることを熟知していたであろう。彼にとっても戦わずして宇喜多直家を味方につけ、岡山に進駐するほうが得策である。ひそかな裏面工作が宇喜多側はもちろんのこと、秀吉、隆佐側からも行われていたと我々は考える。

いずれにしろ天正七年（一五七九）九月、小西弥九郎はこの和平の使者として平山に在陣する秀吉の前に伺候する。

「秀吉、『汝が云う所、一理なきにあらず。されども浮田家、備前美作《みまさか》の領主なれば、臣下に人なき事はあらじ、何ぞ腹心股肱《ここう》の輩を使者とせずして、汝ごとき匹夫、偽りを以て人に対する町人を用いぬる直家が腹中、偽心ある事顕然たり。我よく汝を見知ったり、有りの儘に申さば此降参承引すべし。偽らば軍勢を差向け微塵《みじん》になさん』と、声を励し叩《しか》りければ、さしもの弥九郎大に驚き、席を下って低頭し、しばらく言句も出でざりしが……」

『絵本太閤記』に描かれたこの会見の状況はあまりに芝居げたっぷりで現実味にうすいが、それはむしろ両者狎れあいの演出だと思えば納得もいく。あるいはそこには『日本西教史』がのべる若年の頃の「倨傲な性格」の弥九郎の姿も見ることができるかもしれない。

我々が和平工作の蔭に小西隆佐という影の人物を感じるのは、その後、秀吉が隆佐を側近として近づけているためである。たんなる側近というより自らのブレインの一人として登用している事実は、隆佐の能力をこの天正七年九月の岡山への平和進駐で認めたことを裏づける。そしてこの出来事は隆佐にとっても毛利を見棄てて織田にすべてを賭けたことを意味している。小西父子はこの時から織田につながる羽柴秀吉に身をあずけ、運命を共にせねばならない。

「秀吉、弥九郎が器量抜群なるを心中に甚だ感じ」（『絵本太閤記』）たが、弥九郎が「はげねずみ」と信長にからかわれた小さな、猿のような男をどう見たかは我々にはわからない。

和平条件の一つには直家が人質として嗣子、八郎を差し出すことも加えられた。八郎は幼少であったため秀吉はこれを養子とし、やがて一門衆に入れた。

宇喜多直家の講和を一応、聞き入れた頃の秀吉には悩みがあった。水軍の不足である。前年二月から彼は一度は織田につきながら寝返りをうった播磨の別所長治を三木城に攻めた。その折、彼は城を孤立させるため、周辺の神吉、志方の両城を陥し、その補給をたつため明石と高砂の間にかけて番所を設けて毛利の船が食糧を運ぶのを妨げようとした。

だが水に馴れた毛利の船は紀伊の一向宗徒たちの応援を得て巧妙に海上から糧秣を三木城に搬入した。秀吉はこの時もおのれの水軍の弱さを痛感したのである。彼の将兵は「土の人間」たちから組織され「水の人間」に欠けていたのである。

のみならず彼は三年前の天正四年（一五七六）七月の木津川口で信長がかり集めた三百艘の兵船が二倍の毛利水軍に惨憺たる敗北を喫した事実を知っていた。信長はその後、九鬼水軍に兵船の増強を命じたが、瀬戸内海の制海権はまだ毛利に握られている。

瀬戸内海では讃岐塩飽《しあく》諸島に宮本、吉田、妹尾の小豪族たちが、小豆島には寒川氏、直島には高原氏などがそれぞれの要衝を根拠地として船を動かしていた。

この頃、秀吉は安芸能美島の乃美宗勝、あるいは毛利水軍の中核をなす村上武吉を味方に引き入れようと試みて失敗している。水軍はともかく、中国征討に必要な海上輜重部隊を作ることも彼にとっては必要だったのである。

彼の家臣たちはそのほとんどが「土の人間」によって構成されている。仙石権兵衛（秀久）のように一時、海上部隊の指揮を命ぜられた部下もいたが、この権兵衛も美濃の出身で、必ずしも「水の人間」とは言えない。

秀吉が隆佐の子、弥九郎を必要としたのは「その器量抜群なるを心中に甚だ感じた」からだけではない。平山の陣屋での会見で彼はこの傲岸不遜の青年が麾下の「土の人間」たちとちがった「水の人間」であることを一目で見ぬいたからである。

信長や家康や他の武将とちがい譜代の家来を持たずに出世した秀吉は周知のように身分家門にかかわらず能ある者を抜擢した。信長にもその傾向があったが、その信長が眉をひそめるほど秀吉は有能なる青年を麾下に入れた。加藤虎之助がそうである。石田三成も伊吹山麓の寺の小僧だった時、秀吉から小姓に取りたてられた。だがこれらの家来たちは「土の人間」であって、陸上戦闘の訓練は既に受けているが、海戦いや海上輸送には馴れてはいない。秀吉は、弥九郎を必要としたのである。

一方、隆佐にとっても次男を秀吉の幕下に入れることは今までとちがった関係を織田家と結ぶことになった。おのれの子を秀吉に差し出すことで堺の他の商人たちより更に強い絆が彼と秀吉との間に生れたのだ。やがてそれは信長の信任あつかった今井宗久にかわり彼が堺の代官となるという結果になるだろう。堺が信長に征服されてから会合衆たちは経済的援助、鉄砲の供給、茶のサロンを通じて織田家と接近したが、そのなかでその子弟を軍人として参加させたのは、小西隆佐のみであった。この慎重な男は遂に骰を投げたのだ。

商人から軍人への転向。しかしこの時代はまだ戦う者とそれ以外の者との区別は、のちにくらべればまだ曖昧な下剋上の風が残っていた。農民も時には武器をとって戦いに参加したし堺のような商業都市でさえも豪商は海賊の掠奪に備えて多少の私兵を所有していた。岡山の商人、弥九郎が秀吉の麾下に加えられ、軍人に変身することは必ずしも奇異な出来事ではなかった。十八世紀の仏蘭西青年、ジュリアン・ソレルにとって軍人（赤）になるか、聖職者（黒）になるかのいずれかが出世の道であったように、二十二歳の弥九郎にとっても秀吉の軍人となることが織田の武力に屈した小西党を再興するただ一つの方法であったにちがいない。

この時、彼や隆佐にとってかつて入信した基督教はどのような意味を持っていただろうか。それを知る資料は国内はもとより宣教師たちの書簡にも見当らない。見当らぬということは一面、小西父子にとって信仰はこの時期、まだ眠っていたということを示している。この時代には、基督教の宣教師たちは現代のそれのように愛と戦争の矛盾という問題に悩まなかったように思われる。むしろ彼等は伝統的に「聖戦」なるものを肯定していた観すらある。聖戦とは異教徒にたいする基督教徒の戦い、あるいは正なる立場に基づいた戦いを意味する。切支丹大名たちが戦いによって人を殺すことに疑いをはさまず、宣教師がそれを非難しなかったのは、後者が政治の外にあって中立を保ちつつ布教を行おうとする方針であったためでもあるが、更にその根底には必ずしも戦争否定の強い意志が上司から出ていなかったからでもあろう。軍人になること、武器をとって戦うことと信者であることとは小西弥九郎のなかにさしあって問題ではなかった。それよりも栄達の赫《かがや》かしい二文字が彼の脳裏に焼きついていたのだ。

宇喜多直家が秀吉に屈した天正七年（一五七九）、『絵本太閤記』は彼の年齢を二十一歳（『宣祖実録』からの逆算によると二十二歳）と書いている。その時、同じ秀吉の幕下にあった加藤虎之助（清正）は十八歳であり、石田三成は二十歳である。三成はこの中国征討の折、秀吉への諸将の奏聞を取りつぐ奏者を勤めていた。一方、清正は直家軍の守る上月城や別所方との戦いに加わり、敵将、垂井民部を討ちとるという功を立てた。

ほぼ年齢のちがわぬこの三人は平山の秀吉の陣営で顔をあわせたかもしれぬ。奏者の三成は司令部付の士官、清正は福島正則と共に土と汗とによごれる最前線の将校であり、そして小西弥九郎行長は堺商人をバックにした海上輸送隊の主計士官候補生だったと言える。彼等はそれぞれの資質、能力のちがいを若者たちの敏感な嗅覚でさぐりあったであろう。三人の間にそれぞれ引きあうものと反撥しあうものとがなかったとどうして言えよう。実戦経験者の十八歳の清正が戦うことのない司令部付の石田三成にどういう感情を持ったか、そして土の人間としての清正が商人出身のくせに自尊心の強い行長をどう見たかも推測できる。やがて反目し、憎み、争わねばならぬこの三人の宿命の岐路はこの時、既にはじまっていた……。

商人から軍人への転身。秀吉はこの小西弥九郎をとりあえず宇喜多直家の嗣子八郎秀家の麾下に入れ、高松城攻略までの小規模な戦闘のなかで訓練していく。

だが陸上での戦闘では「水の人間」である弥九郎行長はその能力をまだ発揮することができない。彼はその点では最前線で鍛えた体質的にも日本陸軍の原型ともいうべき加藤清正にはるかに劣っている。彼が商人から軍人になってのち最初の戦《いくさ》である冠山《かむりやま》城の攻略は天正十年（一五八二）四月、開始された。彼は秀家軍に加えられてこれに参加したが〔註一〕、『中国兵乱記』や『備前軍記』には清正の華々しい戦ぶりを記述しても行長の名は載せてはいない。清正は禰屋《ねや》一族のたてこもるこの城の侍、武井将監や秋山新四郎を討ち取っているが、そのような陸の白兵戦は行長の得手ではなかった。

もし彼にそれに続く高松城水攻めの戦場がなければ多分、行長はいつまでも海上の物資輸送の任につくか、主計将校としての仕事しか果せなかったであろう。だが秀吉が高松城の周辺に巨大な人造湖を作り、水攻めを試みた時、行長ははじめて船を操る水の人間としての能力をわずかにみせることができる。彼は秀吉の下知で浅野長政と共に三島水軍が海上で使う戦法を城攻めに適用する。船と船との戦いで相手にうちこむ火矢や炮烙《ほうらく》のかわりに彼等は数艘の船に大筒、小筒をおき、そこから城に小規模な砲撃を加える。更に海賊たちが筒錘を使って敵の船腹をつき破る作戦を適用して熊手を城壁にかけてそれを破ることも試みる。作戦は敵に心理的な威嚇を与えただけで決定的な被害は与えなかったが、この作戦は瀬戸内海水軍の戦法を陸の城に使ったという意味で行長は秀吉麾下の将校とちがった能力を少しはみせることができたのだ。のちに彼はこの戦法を秀吉の雑賀《さいが》、根来《ねごろ》攻めに際しもっと大規模に使うのである〔註二〕。

少しずつ、こうして彼は商人から軍人に変っていく。そして秀吉も行長が彼の家臣団のなかで数少い水軍の指揮者に成長することを望み、その活用の道を考えはじめる。行長が他の一門のなかでも新参者であったにかかわらず、いつの間にか加藤清正をはじめとする子飼の家臣と同じスピードで出世していくのもそのためである。

高松城の水攻めは功を奏し、城内は日ましに糧食、弾薬ともに乏しくなっていった。城主、清水宗治はこの戦国時代には珍しい節操ある人物であり、やがて部下将兵の命を救うためにこの人工湖上で自刃する。もちろん、その時、本能寺の光秀反逆のこと、信長の横死を宗治は知らない。

宗治は自決の前日、城兵に命じて城中を掃除させ、武具を銘々、持口に飾らせ、註文帳をおき、当日の朝、念仏を唱えて城の虎口から船に乗り、秀吉の陣前に漕ぎ出させるや、そこで切腹した。おそらくこの光景を加藤清正も石田三成も小西弥九郎も目撃したであろう。

三成や清正にとって――特に清正のような男の眼には――この清水宗治の自決は闘う者の最終的な美しさとうつった。この時期には忠義、忠節の武士道的な思想は江戸時代のように完成はされていなかったが、男らしく死ぬことと勇気をもって死ぬことは既に軍人の美意識にもなっていた筈である。屈辱の縄目を受けるより自刃することが闘う者のより高い道と考えられ、まして宗治のように城兵を救うために一人、切腹する行為に秀吉側も礼をもってこれを見ているほど感動したのだ。

だが城をかこむ秀吉軍のなかで味方と共にこれを目撃したであろう小西弥九郎だけは少くとも基督教の受洗者だった。彼の信仰はまだ眠ってはいたが、少くとも自決がこの宗教で禁じられていることは知っていた筈である。なぜなら基督教では神が人間に与えたもうた命を自分で断つことは、十字架を背負って苦しみのすべてを味わおうとしたイエスと離反することだと考えるからだ。

弥九郎行長が清水宗治の自決の光景を眺めながら何を考えたかは、いかなる野史さえも語っていない。しかし商人から闘う者に転向してまだ三年にもならぬうちに、彼は軍人であることと切支丹であることの矛盾を、考えねばならぬ場面にぶつかった。軍人である限りやがて自分にも清水宗治と同じ運命が来ぬとどうして言えよう。その時、この節操ある武将のように敵味方が讃える死に方を行長はできない。おそらく清正などが蔑むにちがいない屈辱の縄目にも耐えねばならぬのである。この問題はおそらくこの時、彼の胸中を去来したにちがいない。もちろん彼にはやがて京の六条河原で鉄の首枷をはめられ、信者として宣教師にも会わされず、はずかしめられた死をとげねばならぬ自分の死を、この清水宗治の最期から予想することはできなかったろうが……。

〔註一〕池永晃『中世界を代表する俊傑・小西行長』による。
〔註二〕フロイス、松田毅一・川崎桃太訳『日本史』による。

三　主計将校の孤独
〈行長、二十五歳から二十八歳〉

「早朝のミサを行うため、服を着替えていた私に向い、やがてやってきた切支丹が、宮殿（本能寺）の前で騒ぎが起り、重大事件と思われるから、しばらく待つようにと言った。やがて銃声が聞え、火があがった。次に喧嘩ではなく、明智が信長に叛いて彼を囲んだという報せがきた」（「キリシタン宣教師カリオン神父の手紙」松田毅一訳）

人間の一生には一度はまたとない好機が来る。そういう俗的な言葉を笑う者も、天正十年（一五八二）六月二日の本能寺の変の報を備中高松城で幸運にも毛利側より先に得た秀吉を考える時はこれを否定することはできぬ。

「殿が天下とらるる好機が到来」

参謀だった黒田官兵衛が秀吉の耳もとにこの時、そう囁いた。この智慧者にそう言われなくても秀吉も瞬間、同じ思いをしたにちがいない。

同じ思いは秀吉麾下の家臣たちの心にも起ったであろうが、ここに家臣たちとはやや事情を異にしながら胸震わせたであろう一人の商人がいる。弥九郎の父、隆佐である。

既に書いたように彼の秀吉にたいする急激な接近は宇喜多直家の信長への帰属から急速に深まっていた。この岡山の梟雄を秀吉に帰順せしめる蔭の存在となった彼は、秀吉が播磨網干郷の英賀《あが》に塞を築く時、その監督のために赴く（「網干郷文書」）ほど実際的な支援までするに至っていたのである。

秀吉がもし信長にかわって「天下をとれば」その恩恵に浴するのは秀吉直属の家臣や麾下に加わった武将たちだけではなかった。武将たちがたがいに戦功によってその恩賞を求めるように堺の商人たちの間にも眼にみえぬ暗闘があった。

隆佐たち堺豪商は既に信長に款を通じ、それぞれの功績によって利益を得ようとしていた。そのうち最も信長に親しいグループはたとえば今井宗久や津田宗及のような茶人たちであり、彼等はそれぞれ信長の信任を得ていた。隆佐はその慎重さのあまり、信長に接近することに遅れ、このグループの圏外にたっていた。言いかえれば今井宗久、津田宗及たちは小西隆佐にとっては遅れをとったライバルだったのである。

今井宗久が信長に近づいたのは他の堺商人よりも早い。堺が信長の威嚇にあう前から彼はわざわざ美濃を訪れ、松島という茶壺を献上するなど将来の布石をうっていた。ために信長が京に上るや、摂津欠郡五ヶ庄、その他の代官職を任命され、塩の徴収権を与えられるなど織田政権を支援する堺衆の代表者となったのである。事実、浅井、小谷城の合戦の折に鉄砲、火薬を羽柴秀吉に調達したのも、この今井宗久である。

津田宗及は津田宗達の息子、一時は石山本願寺側について織田側に与《くみ》しなかったが、やがて今井宗久などと共に茶会を通じて信長と接近、信長が堺を訪れた折、その接待を勤めたほどである。

隆佐がこの親信長グループとどれだけの関係があったか我々には資料がない。だが天文二十三年（一五五四）から天正九年（一五八一）までの今井宗久の『茶湯書抜』を見ても織田信長やその重臣たち主催の茶会に小西隆佐はそれほど出席はしていない。

それは隆佐がこの年間、いつ「あおのけに高転びする」やもしれぬ信長にすべてを賭ける決心を持つまでには至っていなかったことや、あるいは今井宗久、津田宗及のような信長密着グループからはじき出されていたことを暗示しているようである。はじき出された彼がようやく接近の糸口を見出したのは羽柴秀吉によってであった。

天正十年（一五八二）六月三日。たしかにそれは秀吉にとってと同じほどに小西隆佐にも幸運な日だった。秀吉はその翌日、高松城主、清水宗治を自決せしめ、講和した毛利氏の動きを一日、窺うや、六日、急に高松をたち、折からの暴風雨をついてすさまじい速度で姫路に引きかえす。世にいう「中国大返し」である。

姫路についた秀吉は堀秀政に「このたび大博奕《ばくち》を打ってお目にかけよう」と豪語する。明智光秀を討ったのち、天下をとるという宣言である。

小西隆佐はこの秀吉にすべてを賭ける。彼は自らの予感に自信を持っている。彼は早くから宇喜多直家の動きによって毛利、織田の勝敗が決まると考え、その予感を的中させたが、この時も秀吉勝利に疑いを持たなかったであろう。もしそうなれば信長グループの今井宗久、津田宗及たちの堺商人は後退し、秀吉を支援した自らの進出がはじまる。この希望が隆佐の脳中を去来したにちがいないのだ。

隆佐がこの予感に震えた時、その次男、弥九郎も幸運に恵まれたのである。彼が秀吉の家臣となってわずか三年。その主人は今、天下の覇者となるべき機会を思いがけず掌中に得たのだ。弥九郎はその主人の幸運についていけばよい。秀吉は「土の人間」ではない「水の人間」であるこの若者を今、必要としているからだ。栄達の階段は今、たやすく眼前におろされた。戦いらしい戦いもせず、死命を賭けた戦場で功績一つたてないでこの若者は今この階段をのぼろうとする。

だがすべての幸運がそうであるように、この栄達の道は同時に彼の不幸になる。秀吉の近習たち「土の人間」の嫉妬はこの時からはじまるのだ。とりわけ、今日まで最前線にたち、命をかえりみず秀吉のために働いてきた加藤虎之助（清正）や福島正則のような青年将校たちは自分たちと同じように死命を賭して戦わなかった者の掌中に同じ幸運や栄達が入ることを決して悦ばないであろう。土の人間たちは往々にして偏狭である。清正と行長の対立は眼に見えぬ形で種まかれている。

秀吉が備中高松から姫路に雨中をついて戻り、ここで兵を集めて山崎に待つ明智光秀軍めざして進撃した七日から十三日の間、その直属部隊に加藤虎之助や福島正則が加わったことは確かである。山崎の合戦で加藤虎之助が光秀軍の進藤半助と一騎討ちをやったことも知られている。福島正則もこの戦に加わっている。だが小西弥九郎がこの戦に参加したという記述は甚だしく疑わしい。

のみならず、山崎の合戦後、清洲の会議でリーダーシップを握った秀吉がその後、反目する柴田勝家を亡ぼすまでの戦記に我々は小西弥九郎の名を一度も見ることはできぬ。一方、加藤虎之助の名は天正十一年（一五八三）二月の伊勢攻めにおいても亀山城の佐治新介の臣、近江新七との一騎討ちや賤ヶ岳の合戦の折の山崎将監との組み討ちなどで華々しい功名を残しているし、福島正則も有名な「七本槍」の一人として三千五百石を恩賞として与えられるほどの手柄を立てている。

これら山崎の合戦や賤ヶ岳の戦いに小西弥九郎が加わらなかったとすればそれはなぜか。彼の名が見えぬのはなぜか。池永晃氏はその労作のなかでこれらの戦いに行長が秀吉近習として活躍したと書いているが、我々はその確実な資料を持たない。

周知のように行長資料に関しては彼が関ヶ原の戦いで西軍方に与《くみ》したためにそのほとんどが抹殺されたが、にもかかわらず切支丹大名として彼を過度にほめたたえる切支丹宣教師側の資料にさえもこれらの戦いに彼が加わったとは書かれておらぬ。我々はこの時期、小西弥九郎が宇喜多秀家と共に中国にとどまったのか、それとも秀吉の近習としてその幕下にあったのかもほとんど知ることができないのだ。

だが、ここにこの曖昧な時期における弥九郎の動きをかすかに暗示するただ一つの文書がある。それは天正十年（一五八二）十二月に、姫路から取り寄せた材木船が其方の手前にまだ来ないそうだがどうしたか、と問いあわせた一通の手紙である（「紀伊壱岐文書」、豊田武『堺』による）。豊田博士はこの文書から其方というのはあるいは堺を指し、

「行長はこの頃、もはや堺に引きあげ」ていたのかもしれぬと推測されている。

もちろん我々には其方が何処かはつかむことはできぬ。しかしこの手紙が書かれた天正十年十二月といえば秀吉が柴田勝家の義子、勝豊を長浜に包囲し、更に信長の子、信孝（神戸）を岐阜に攻めた時期だとは知っている。それゆえこの手紙は少くとも小西弥九郎が秀吉のいた長浜や岐阜に遠い海近い地点にいたことを示しているのだ。同時に材木船という言葉で小西弥九郎が加藤虎之助や福島正則などとはちがった活動――つまり輜重部隊の指揮官をやっていたことも我々に教えてくれるのである。

事実、この推測を裏うちするように秀吉はまた後年の九州進攻に際しても小西弥九郎を実戦部隊ではなく輜重部隊の指揮官として使っている。天正十四年（一五八六）八月十四日に黒田孝高《よしたか》（官兵衛）、宮木宗賦、安国寺恵瓊宛の七箇条の指令でも、「兵糧のことは小西弥九郎に命じ赤間関まで運ばせる」と言っている（桑田忠親『豊臣秀吉研究』所載）。

一方、秀吉は山崎の合戦以後、九州進攻までの間に決して毛利側の動きを閑却していたわけではなかった。「中国大返し」の前々日、彼は安国寺恵瓊の外交的手腕を利用して毛利、吉川と講和条約を結んだが、彼等の動向は無視できなかった。彼のこの時の当面の宿敵、柴田勝家はそのころ毛利家の客分として備後の鞆に亡命していた足利義昭の重臣に書状を送り、毛利軍の援助を得て北と西から秀吉を攻めることを提案していたからである。

そのような微妙な時期、秀吉が瀬戸内海の情報を集めやすい堺商人、小西隆佐やその次男、弥九郎を活用しない筈はない。資料こそ我々の手には残っていないが、秀吉が同じ近習でも加藤虎之助や福島正則とちがった任務を弥九郎に与えたとしてもふしぎではない。少くとも弥九郎は秀吉に従って実戦に参加はせず、瀬戸内海に近い何処かにあって輜重部隊と情報収集の役を行っていたと我々は確信をもって推測する。

輜重部隊の指揮官は多くの場合、実戦部隊の将校には尊敬の対象にはならぬ。主計将校を幼年学校や陸士出将校たちがむしろ軽侮の眼で見たのは日本陸軍の伝統である。いわば幼年学校や陸士出身の加藤虎之助や福島正則には、生命を賭けた戦場にも出ずに輜重部隊の指揮をとる主計将校弥九郎が軍人として考えられなかったとしても当然であろう。のちに加藤清正は行長のことを「あれは商人だ」と吐きすてるように言う。清正にとって軍人とは白兵戦の猛者でなければならず、敵と一騎打ちをした経験者でなければならなかったからである。事実弥九郎行長はその生涯、一度も清正が数多く経験したような白兵戦も一騎討ちも行ったことはなかった。

賤ヶ岳の戦いのあと秀吉の戦いは徳川家康を相手に弥九郎行長を必要としない陸戦である。小牧・長久手の戦いに加藤清正は尾張、加賀井城を攻め、城主、加賀井重宗を戦死せしめる功をたてる。だが弥九郎行長の名はこの戦いにも記載されぬ。秀吉は水軍指揮者としては既におのれの麾下に加わった九鬼嘉隆のほうを活用する。もちろん、陸戦が主体であるこの戦いでは九鬼嘉隆もさしたる活躍はなかったし、敵を心理的に威嚇させる効果があっただけにすぎない。

輜重部隊の指揮官であることが前線将校たちの軽侮を受けることとぐらいは小西隆佐も弥九郎もよく承知していたであろう。にもかかわらず直接戦闘に加えられなかった事情は秀吉がまだ彼を必要としなかったためであるが、それは形式的にも切支丹信徒として当人には幸福であった。なぜならこの時代の切支丹宣教師たちにとって戦争が神学的に肯定されるのはそれが「聖戦」である場合のみだったからである。神の正義を具顕する戦いを神学者たちは「聖戦」とよんでそれを認めた。

切支丹の武将たちが基督教の愛の教義と戦争との矛盾についてどれほど苦しんだかはふしぎに資料がない。にもかかわらず彼等がこの問題に悩まなかったという証拠もない。だがこの時期の宣教師たちが切支丹大名の戦争を「聖戦」として肯定したのは簡単にいえばその勝利によって布教の範囲が拡がり、教会が力を得、そのために改宗の機会が日本人に多く与えられると考えたからである。この時代の宣教師たちは現代の懐疑多き宗教家とはちがい、甚だしく現実的で政治的な部分があった。たとえば彼等がのちに「日本占領計画」を立案し、日本が基督教国になるためにスペインによる占領を考えたことは慶應大学の高瀬弘一郎氏などの研究によって最近、知られた事実である。

ともあれ、輜重部隊の指揮官と主計将校として実戦に参加しえなかった小西弥九郎にその機会が遂に与えられた。

秀吉は小牧山の戦いが一応終るや、天正十三年(一五八五)三月、かねてから考えていた一向一揆との戦いを開始し、弥九郎行長にも出陣を命じたからである。信長に反抗し、小牧の戦いでは家康側についた根来寺の僧徒と雑賀衆にたいする徹底的な掃討である。

一向一揆の戦いは必ずしも宗教戦争だけではない。それは「侍」と「農民」との全面的な闘争でもあった。「諸国ノ百姓、ミナ、主ヲモタジトスルモノ、多クアリ、百姓ハ王孫ノ子孫ナレバナリ」。農民たちは気概を持って侍に反抗したのである。

下剋上の風潮は侍と農民との境界を曖昧にした。農民たちは武器を持ち、名主、領主と争うことで自分たちの力を再認識した。この自覚は「百姓ハ主ヲ持タヌ王孫」という意識に転換する。信長はこの意識を弾圧し、侍による、侍が農民を支配する天下統一を夢みた。この彼の夢に農民が反撥しない筈はない。一向一揆のエネルギーの裏には宗教的闘争と共に侍対農民の烈しい対立がひそんでいる。

秀吉の天下統一はこの信長の夢の継承にほかならぬ。彼もまた侍による、侍が農民を支配する秩序の恢復を狙っていた。やがて彼がきびしい検地と刀狩りと農民制約の指令をだしたのはその具体的な政策のあらわれなのだ。

だが秀吉にとって一向一揆鎮圧がそのような農民支配の政治的意図を持っていたにせよ、切支丹大名である小西弥九郎や高山右近にとっては別の意味がそこにあった。即ちそれは異教徒との戦いなのである。一応は切支丹である彼等はかねてから宣教師たちがこれら一向一揆の仏教徒が勝利を得れば「勝ちほこった僧兵が畿内の基督教教会をすべて破壊するかもしれぬ」と怖れているのを知っていた。右近はもちろん、小西弥九郎にとってもこうした宣教師の危惧はおのれの戦争参加を正当化するに充分な理由になったにちがいない。行長はまだ本当の信仰に目覚めていなかったが、目覚めなかったがゆえに、たやすく自らの行動を正当化できたのである。切支丹の彼にとってほとんど初陣ともいうべき、この根来寺の僧徒、雑賀の一揆との戦いはまさしく「神の正義を具顕する聖戦」となったのである。

聖戦。異教徒との戦い。かつての十字軍の将兵のように高山右近も小西弥九郎も、この戦いの意味をそれ以上に考えはしない。彼等が本当の基督教の意味を理解するのはもっと後になってからであり、神はこのような時、決して人間には語らない。神が本当に語るのは右近が秀吉にやがて追われ、行長が関ヶ原の戦いにやぶれて鉄の首枷を首にはめられる時なのである。

「当（一五）八五年の聖週間の水、木、金曜日に秀吉は先遣隊として三万の兵を堺に近い和泉国、岸和田城に送って自分（の到着）を待つようにと命じ、聖土曜日には大坂をたち、正午には十万人を越すと言われる大軍を率いて堺を通過した」

とフロイスは書いている。この宣教師で歴史家であった神父は堺を通過した秀吉軍の華麗な行進をいきいきと描写したのち、行進の後方から黒い馬にまたがり、白い着物に濃紅色の短い道服をまとい、緋色のビロード帽をかぶった秀吉が通ったが、そのそばに小西隆佐が秀吉と何か「言葉をかわしながら」歩いていったとのべている。

この戦いには秀吉のそれまでの戦いとは本質的に違う一面がある。それは従来「人を殺すことは好かぬ」と言い、城攻めにおいて信長のような徹底的な虐殺を敢行しなかった彼が、人も動物もことごとく火と鉄とにゆだねよと厳命した。一揆方の千石堀城では弟秀長および三好秀次に命じ、敵の城中の火薬庫に火をかけ戦闘員のみならず、老幼婦女五千人を焼き殺しにしたのである。今日でもその焼け残った跡の残る城跡に立つと、信長以来、一向一揆がどれほど武将たちを苦しめていたか、「侍による、侍の支配する」天下統一に百姓たちの反抗がどれほど妨げになっていたかを考えさせる。秀吉はあたらしい秩序を創るために、最後の強烈な決着《けり》をこの大虐殺の敢行でつけようとしたのである。

　フロイスによれば根来寺のあと雑賀攻めにおいて最も主要な太田城が残った。秀吉はここでも高松城や冠山城と同じ戦法——彼の得意とする土木工事と水攻めとを実行した。しかも、その規模においてはこれら二城の比ではないほど大規模な湖水を城の周囲に作ったのである。城の周囲六里を堤でかこみ、紀ノ川の水をここに引いたのである。和歌山市郊外の鳴神、西和佐出水と黒田を結ぶ線がこの人造湖の規模である。秀吉は小西弥九郎に命じ、この大人造湖に船を浮かべ城を攻撃することを命じた。

　この時、秀吉以下、数万の将兵は堤の上からこの小西弥九郎の戦いぶりを「まるで桟敷から芝居をみるように見物した」とフロイスは書いている。

「（小西）アゴスティーニュは、多くの十字架の旗をかかげた船（を率いて）入って来た。そして（敵の城にむかって）進出し、土居近くに達したが、船からは土居（の中）が見えず、城中の者が身を守ろうとして放った火、鉄砲、矢、石、その他の火器の一斉攻撃を上方から浴びることになった。一方（小西）の軍勢は船にモスケットなど大筒の鉄砲を多量に搭載していたので、それが大いに効力を発揮して、敵を少からず悩ませた。

……我等の主は（小西）アゴスティーニュが戦死をまぬがれ、更に彼の兵士の損失がわずかなものに留まるよう、執成《とりな》し給うた。兵士たちは網をかぶることによって実に巧みに消火に励んだが、煙や焔が物すごく船舶を掩ったので、二度といわず羽柴（秀吉）も既に船は焼滅し、兵士らは戦死したものと信じ込んだほどであった。

もはや兵士たちは疲労したので羽柴（秀吉）は戦闘を中止して引き揚げるようにと命じた」

　フロイスのこの描写はこの二、三時間にわたる戦闘の情景を眼に見えるように伝えてくれるが、我々がこの記述で興味のあるのは、この小西弥九郎の戦いぶりを秀吉以下全員が堤の上から観戦したという部分である。「桟敷から芝居をみるように」この戦いを見物した将兵のなかにはもちろん、加藤虎之助清正や福島正則たちも加わっていたにちがいない。弥九郎の父隆佐もまじっていたかもしれぬ。秀吉はこの戦いで毛利水軍の総動員を命じ、小早川隆景に全船のこらず動員して岸和田に集結し、船大将、中村、仙石、九鬼の指示に従うことを指令していたが、小西弥九郎はそのうち船奉行の地位を与えられていたのである。

水上輜重部隊の指揮官としてこれまで直接戦闘には出なかった男が今、眼前ではじめて戦いぶりを見せる。それは清正や正則たち前線将校だった者には恰好の見ものであった。フロイスは書いている。「武将たちはたがいに顔を見合せながら、今まで日本でこれほど、見ごたえのある戦闘に臨んだことがない、と語りあった」。

この武将たちの言葉にはフロイスがどう考えようと我々に皮肉な刺《とげ》を感じさせる。戦を知らぬ商人出身の男がどのように戦うかを彼等は多少の侮蔑と好奇心で見物したからこそ「たがいに顔を見合せた」のであろう。土の人間が水の人間に持つ嫉妬と冷笑。生命を賭けて戦場を駆けまわってきた現地将校が主計将校に抱く侮蔑感。そうした眼のなかに小西弥九郎は曝される。彼は戦う。しかし決定的な打撃を敵に与えることはできない。なぜならこの太田城は水攻め一ヵ月後に陥落したからである。フロイスでさえ「敵を少からず悩ませた」と書くだけでそれ以上は語っていない。兵士が疲労したので秀吉は退陣を命ずる。清正や正則たちはおそらくうす笑いをうかべながら引きあげる弥九郎を見たであろう。

商人から軍人に変りながら優れた戦士にはなりえなかった小西弥九郎。彼にもし堺という町と父、隆佐というバックがなければ秀吉もあれほど抜擢はしなかったかもしれぬ。堺の町を行進する秀吉のそばに隆佐が一人、ついていたと言うフロイスの記述はこの点、非常に象徴的である。秀吉子飼の近習将校たちがおのれだけの努力で出世していった時、弥九郎は父や兄や堺という一種の共同体の後押しをたえず受けていたのだ。しかも商人から軍人に変りながら徹底的な軍人にはなりえない男。軍人でありながら同時に商人としての任務をたえず秀吉から命じられる男。そういう男がおのれの腕一本で功績をたてていく加藤虎之助ら近習たちからどういう評価を受けたか想像するに難くない。

そういう状況のなかでこの秀吉軍のなかに切支丹の高山右近がいることは彼にとって救いであった。おそらく山崎の合戦にもそれに続く幾つかの陸上戦にも参加しなかった弥九郎行長は今日まで戦場でこの高槻の青年城主と顔を合せることはできなかったにちがいない。二人がはじめて交際を結んだのはいつ頃からか確実な資料はない。シュタイシェンは、天正十一年（一五八三）に大坂城でこの両者は知りあったと書き、海老沢有道博士は、この頃、右近邸で行われるイルマン、ロレンソの説教に小西弥九郎も参加していたとのべている。天正十一年の八月、イエズス会のオルガンティーノが右近たちの世話で大坂城を訪問した時、秀吉は奥の間で小西隆佐と右筆の安威了佐だけを交えてこの南蛮神父と歓談した事実がある。

二人の接触がその前からはじまっていたにせよ、この根来、雑賀の戦いで右近が弥九郎にとって救いであったことは我々にはたやすく推測できる。近習出身の青年将校たちと肌があわず、その無言の侮蔑をたえず感じている弥九郎にとっては、同じ切支丹であるという理由だけでもこの年上の右近に友情を求めたことであろう。

高山右近――秀吉の幕僚のなかでこの高槻城主はたしかに特異な存在だった。彼は一時の感情や功利的な動機で受洗した初期の切支丹大名とちがい、基督教の信仰を平生のおのれの全生活の規準として生涯、守りつづけた侍である。彼は自分が信仰者であることを秀吉やその家臣のなかで言葉にも態度にも、はばからずあらわした。某日、秀吉麾下の武将たちが猥雑な話をしていた時、その一人がふと右近の存在に気づき、あわてて同輩たちに眼くばせをすると、ただちにその猥雑な話はやんだというほどだった。

秀吉麾下の武将たちも右近を切支丹であるゆえに侮ることができなかった。なぜならこの男が山崎の合戦でどれほど勇しく闘い、賤ヶ岳や小牧の戦場で誰にも引けをとらなかったことを皆知っていたからである。

小西弥九郎行長が右近とはじめて戦場を共にしたこの時、彼の信仰はまだ眠っていた時期である。行長の洗礼は幼い頃であり、受洗動機は必ずしも純粋でなかったと我々は想像する。

だが戦場で鍛えあげた年齢の近い秀吉近習出身の将校のなかでともすれば「商人」として侮られた彼がおのれの友を探したとしてもそれはふしぎではあるまい。同じ切支丹の受洗者であるという理由だけでも高山右近は他の者よりは小西弥九郎に親近感を感じさせたであろう。右近の周囲には既に少数ではあるが、切支丹グループともいうべき侍たちが集まりはじめていた。信長の娘をもらい秀吉麾下の有力な武将だった蒲生氏郷がそうである。氏郷ははじめは右近の信仰を敬遠したがこの雑賀、根来の戦いの頃はその感化を受けて熱心な信徒になっていた。秀吉の参謀だった黒田官兵衛もそうである。

領主であった頃の右近の思想はおのれの領国に「神の国」を実現することだった。宣教師を招き、領民を改宗させ、教会を建てた彼の治国方針はたんにその熱烈な信仰のあらわれだけでなく「神の王国」を少くとも自らの領地内に創りあげることだったのである。やがて明石に転封された時、彼の「神の王国」実現の悲願はますます烈しくなる。彼は寺をこわし、領民に改宗を命ずるという強い態度さえとる。秀吉はその危険を感じる。「神の王国」と「秀吉の王国」とは対立せざるをえないからだ。秀吉にとってはこの日本に自分が支配する以外の国が――たとえそれが神の王国であっても許すことはできぬ。やがて秀吉が右近を追放せざるをえなかったのは、たんに切支丹弾圧という宗教政策以上に、この二つの王国の対立感を感じたからなのである。

我々はこのことを第五章で詳しく考えよう。ともあれ、この天正十三年（一五八五）の根来、雑賀の戦いで行長は同じ宗教を共にする右近や蒲生氏郷を陣中に見出した。フロイスによれば太田城水攻めの時、行長はクルスの旗を船にかかげて仏教徒たちを攻撃したという。クルスの旗をかかげたというのは彼が右近や氏郷と共にこの戦いを古い基督教のいう「聖戦」だと解釈したことを意味する。異教徒たちの手から畿内の全教会を守る戦いだという気持はこれら切支丹の将校や武将にはたしかにあったであろう。

だが先に述べたようにこの戦いは右近や氏郷にとってさえもそれまでの戦いとは違う一面があった。「人を殺すことは好かぬ」と主張していた秀吉が千石堀城でたてこもる戦闘員のみならず五千人に近い非戦闘員まで焼死させたからである。一向一揆がたんなる城攻めや領主間の戦いとちがって思想戦であることを秀吉は痛感していた。それは一向宗による百姓王国を願う者たちと、侍による、侍の支配する王国を具顕する彼との決定的な闘争だった。秀吉が人も動物もことごとく火と鉄とにゆだねよと命じたのはそのためである。

もちろん千石堀城の戦いには高山右近は加わっていない。彼の軍隊は根来寺を攻撃したからである。根来寺は真言宗新義派の本山だが、僧侶たちは自らの手で寺に火をつけこれを燃やした。彼等は争って深い一つの井戸に身を投じて自殺を計ろうとした。フロイスの記述によれば、この時、右近は部下に命じてその一人を救い、着物や食料を与えたという。

だがそれにしてもこの戦いは武士対武士の戦争ではなく武士対百姓の戦いであるゆえに多くの非戦闘員を殺傷せざるをえなかった。右近や氏郷や行長はこのような事実をどう受けとめただろうか。我々にはそれを知る資料がない。この場合だけではなく軍人であることと切支丹であることの矛盾を切支丹大名たちがどのように解釈したかは切支丹資料にはほとんど触れていない。我々が推測できるのは彼等が根来や雑賀の戦いを聖戦と考えたであろうということである。少くとも右近の場合、「神の王国」をこの地上に創るためのやむをえざる過程と考えたのである。彼の領主としての治政方針はおのれの領土のなかに「神の王国」の具顕を計るということだったからである。「神の王国」のために異教徒と戦わねばならぬという感情が右近をしてこの破壊や非戦闘員の焼死に眼をつぶらせたであろう。しかし彼が軍人であることと切支丹であることとの矛盾に悩まなかったともいえない。我々はこれから二年後、秀吉の命令にもかかわらず、軍人であることを放棄して切支丹だけの道を選ぶにいたった彼の心情にその矛盾を見つけるだろう。

小西弥九郎行長の場合――この矛盾はどう彼の人生に痕

跡を与えたか。この時期、それはまだ曖昧である。その人生を彼と共に追うにしたがって、それは少しずつ解明されるかもしれない。

四　危険なる存在

〈行長、二十八歳から三十歳〉

根来、雑賀攻めをおえて、侍による、侍の百姓支配に決定符を打った秀吉は九州、関東、四国、奥羽などの制圧には絶対の自信を持っていた。三河の徳川家康の反抗だけが悩みになっていたものの、この家康さえ掌握できれば、他の地方群雄の制圧は彼我の動員兵力や軍備の比較からみて、圧倒的な差のあることを熟知していたからである。

日本国の征服は彼にとって第一段階にすぎなかった。周知のように日本を制圧したのち、彼はそれをステップとして果すもっと広大なる野望を夢のように抱いていたからである。不幸にして情報不足と誤った認識から生れたこの誇大妄想ともいうべき夢は更に軍を進めて朝鮮を先導にして大陸に侵入することにあった。野望がいつ頃から徐々にその心に芽ばえたかはわからない。かつて信長が中国地方制圧の暁はそれを秀吉に与えようと言った時、自分は唐天竺《からてんじく》がほしいと答えた話や、その信長も宣教師フロイスに大陸侵攻を洩らしていることからみると信長の夢を継承したものかもしれぬ。

ともあれ天正十三年（一五八五）六月、彼はまず第一ステップを果すため四国の制圧を企てた。土佐を本拠とする長曾我部は敗戦を覚悟で果敢に反抗した。だが兵力、兵備ともに秀吉精鋭軍にはあまりに見劣りがする長曾我部軍はたちまちにして敗走、秀吉にとってははじめから勝敗を予想できた戦いだった。彼にはこの四国征服も、かつての中国征伐で一応は帰順させた毛利軍の消耗を計り、その実力を見るチャンスにすぎなかった。同時にここを制圧することで瀬戸内海の絶対支配権を確立することが本当の目的だったのである。

あっけないほど簡単に片づいた長曾我部征服のあと、彼は北陸の佐々《さつさ》成政《なりまさ》を攻める。成政ももちろん彼の相手ではない。この作戦も成政がかつて小牧の戦いで気脈を通じようとした徳川家康を孤立させるための一手段にすぎぬ。家康との正面決戦を避けている秀吉は三河の雄の手足を次々ともぎとるため、一応は帰伏はしたが反逆の可能性もある毛利を四国攻めで充分消耗させ、次に佐々を討ったわけである。

天正十三年はこのように秀吉にとっては目まぐるしいほ

ど忙しく、権力者としての地位をかためた年でもあった。彼は関白に任じられ、姓を藤原に改める。関白に反抗する者は同時に朝敵である以上、家康もこの既成事実の前には首を垂れざるをえぬことを見通していたであろう。

四国、北陸のこの両戦に小西行長が何をしたかは、わからない。大村由己《ゆうこ》の「四国御発向并北国御動座記」をみてもこの輸送指揮官の名は見当らぬからである。おそらく行長は四国征伐の折も海上輸送の任務を与えられて活動はしたが、直接戦闘には一度も加わらなかったであろう。北陸の佐々攻めでは参戦の機会さえ一度も与えられなかったと思われる。なぜなら、この戦いは海上輸送を必要とせぬ純粋な陸戦であり、倶利伽羅《くりから》峠を中心とした小規模な局地戦しか行われなかったからだ。

にもかかわらず、この翌年の天正十四年（一五八六）、いささか奇異なことが起った。行長は抜擢されて小豆島、塩飽諸島および播磨の室津の支配を委せられたからである。

十四年の夏、秀吉はかねての構想にしたがい、畿内、北陸、四国の国分け、国替えを行った。前記の大村由己をみると秀吉はおのれの近習や股肱の武将に瀬戸内海に面した地方を分割し、たとえば淡路は脇坂安治と加藤嘉明に、讃岐は仙石秀久に、播磨は福島正則、中川秀政、高山右近に与えた。だがそこに小西行長の名はみえない。

しかし『肥後国誌』や切支丹側の文献によれば行長はこの時、既に小豆島、塩飽諸島を所領としていたと言う。一体、それがいつのことなのかを確証する資料は我々にはない。シュタイシェンは秀吉と宇喜多との講和における行長功労の恩賞として、直後に与えたと書いているがこれはまったく疑わしい。

だが翌年の天正十五年（一五八七）、秀吉に追放された切支丹大名の高山右近が行長の手で瀬戸内海のいずれかの島か、小豆島に匿われたことが切支丹資料に記述されている以上、これらの島々は行長の所領であったことを示している。さまざまな事情からみて天正十四年の秀吉のこの国分け、国替えの折に、行長ははじめて領主としての地位を得たのであろう。

だが時期がいずれにせよ、その支配地が知行一万石ほどの瀬戸内海の小島と港であったにせよ、この抜擢は我々にはふしぎに思える。なぜなら、天正十四年に恩賞を与えられた近習たちはいずれも早くから秀吉の股肱となって数々の苦しい戦いに加わった者たちである。中川秀政や高山右近は天王山での明智光秀との戦いで抜群の働きをなし、仙石秀久は信長時代の淡路島占領や今回の四国攻めに功をたて、福島正則や脇坂安治は賤ヶ岳で眼を見はらすような功名をあげている。これにたいし主計将校として、輸送部隊の指揮をとったにすぎぬ行長がいかに宇喜多家の帰伏に功があり、太田城水攻めに加わったとはいえ、小豆島や塩飽諸島、そして室津まで支配権を附与されたのはやはり格別の抜擢だと言わねばならぬ。余談だがこの時期、彼と年齢の差もそれほどなくあれだけ戦功をたてた加藤清正でさえ三千石にすぎなかった。清正が行長の抜擢をどのような思いでみたか、想像に難くない。たんなる主計将校、輜重士官として蔑んでいた行長が自分より秀吉に遇されたことは決して清正に愉快ではなかった筈である。

　いずれにせよ行長にたいする秀吉のこの思惑は一体、どこにあったのか。謎をとく一つの手がかりはその同じ年に彼が行長の父である小西隆佐にたいしてとった処遇である。

　宣教師フロイスはこの年の堺について次のような書簡をインド管区長ヴァリニャーノに送っている。「堺市においては切支丹にとって大いに悦ぶべきことが起った。同市の領主（奉行）が関白殿の怒りにふれて職を奪われ、奉行が二人おかれ、これに代ったが、一人は異教徒で、他の一人は隆佐と称し、切支丹の名をジョウチンという人である」（イエズス会『日本年報』）。

　このフロイスの書簡のうち「同市の領主が関白殿の怒りにふれ」という部分は、信長以来の堺の代官だった松井友閑が不正事件を起し、罷免されたという『多聞院日記』の記述と合致する。

　松井友閑に代って堺の代官となった奉行は日本側の記録によれば石田三成であり、切支丹側の文献によれば三成と小西隆佐の二人である。この奉行としての二人の地位については、豊田武、アルヴァレスの両氏の間に多少の意見の食いちがいがあるが、朝尾直弘氏はその論文「織豊期の堺代官」のなかで小西隆佐は三成と同等の地位にある奉行だったと推定している。いずれにせよ、隆佐は秀吉の利益を計るために堺の代表者に任命されたのである。今や、彼は今井、津田など他の豪商を追いぬき、遂に堺の代表となりえたのだ。信長時代は同じ会合衆には遅れをとり、出しぬかれたこの男は、長年、忍耐づよく手をうち、秀吉に接近し、秀吉に骰を投げ、ようやく他の豪商たちに差をつけることができたのだ。武将たちの競争と同じように堺商人たちにも眼に見えぬ暗闘があったが、その暗闘に、今、隆佐は勝ったのである。

　堺の代表者として父の隆佐が、瀬戸内海の諸島と室津の領主に子の行長が、同じ天正十四年に抜擢されたのは秀吉が自己の野望のために二人を一体《ブロック》として使おうとしたことを意味している。彼はさしあたって貿易港、堺と瀬戸内海とを結ぶ海上通商と保安の任務を小西父子に与えたのであり、現代的な言葉で言えば父親は通産省の高官に、子は運輸省と海上保安庁の責任者の一人に抜擢されたのだ。抜擢の理由は言うまでもない。秀吉はやがて行う朝鮮や大陸攻略の前進基地として九州を考えており、その攻略には軍兵、兵器、兵糧の海上輸送が必要であることを知っていたからである。行長が瀬戸内海の島々の領主に任ぜられたのもその布石のためである。

小西父子ももちろん自分たちが秀吉からこのような格別の地位をなぜ与えられたかを充分知っていた。なぜなら秀吉は天正十三年（一五八五）九月、関白になった直後、家臣の一柳市介に大陸侵略の意志を朱印状の形ではっきり公表したし、翌年の三月、在日本イエズス会副管区長のガスパル・コエリュが大坂城で秀吉に謁見を許された時（その斡旋者は高山右近や小西隆佐たちだった）、この宣教師に朝鮮と中国との征服計画を語り、充分に艤装した欧船二隻の斡旋を家臣たちの前で依頼したからである。謁見には高山右近も隆佐も同席したが、大坂城をくまなく案内した秀吉は私室において、九州を占領した時は右近と隆佐とに肥前国を与えるつもりだと冗談のようにコエリュに語っている。

言いかえればこの天正十四年には他の家臣と同様、隆佐や行長も秀吉の今後の当分の行動が朝鮮と大陸征服という大目的のための準備であることを既に熟知していた。そしておのれの栄達もその大目的と不可分に関係しており、自分たちはこの大目的のためのそれぞれの歯車にすぎぬことも承知していたにちがいない。

だが歯車であることは自分の意志を棄てることである。なすべきことと、やらねばならぬことは、すべて大坂の城塞の暗い部屋で猿のような顔をした男が決定する。それに忠実に従う時、栄達が約束され、それに逆う時は破滅か、死が与えられる。歯車となった秀吉の家臣たちがそれをどう考えていたか、わからない。切支丹である高山右近や小西父子がこの権力者の意志と自分の信仰がいつか対立する日のくることを予感していたかどうかもわからない。この点、我々が注意するのは秀吉が大坂城で前記の宣教師コエリュと会談した際、もし大陸の征服が成功すれば、その時は彼の地に「切支丹の教会を建て、中国人たちを皆切支丹になるよう命じた後に帰国しよう。また日本の半分もしくは大部分を切支丹にさせよう」と語ったという切支丹側の報告である。このあまりに現実離れのした甘言をコエリュや通訳のフロイスが信じたかどうかは別としても、同席した隆佐や右近が悦んだ筈はない。なぜなら、彼等はこうした際の秀吉の大袈裟な表現を知りすぎるほど知っていたし、その真意が大陸侵攻に必要な軍船を宣教師の斡旋で手に入れることだけだと見通していたからである。むしろ彼等はこの甘い言葉をコエリュに囁く秀吉の心境がいつ変るかもしれぬことを怖れていた。秀吉が宣教師たちを自分の野心や治政に利用できる限りは許し、利用できない以上は冷たく棄てるであろうことを右近も隆佐も熟知していたからである。秀吉の利益と宣教師の行動が一致する限りはこの権力者は切支丹に寛大であろう。だがこの二つの歯車が少しでも狂った場合はどうなるだろう。

少くとも隆佐や右近の見通しでは秀吉の寛大な感情は九州進攻までは変るまいという点で一致していた。なぜなら老獪なこの権力者が切支丹大名や信徒の多い九州に無駄な反抗を起させる拙策を採る筈がないからである。偶然にも九州ではその切支丹大名の有力者大友宗麟が薩摩の島津義久に圧迫され、秀吉に救援を求めていた。秀吉が宗麟を助けることは当時、衰退した切支丹大名の勢力に梃子を入れることであり、それは宣教師にとっても右近や隆佐にとっても当面悦ぶべきことであったにちがいないのだ。

だが九州を占領したあとはどうか。それは右近にも隆佐にも予想できなかった。もし大陸侵攻に宣教師たちが協力するか、あるいは宣教師の助力による海外貿易がこの権力者に莫大な利益を与えるならば、切支丹は保護され、布教の自由は認められるかもしれぬ。右近や隆佐は、おそらく後者の穏和な方法を熱望していたであろうが、彼等も権力者の道具にすぎないのだ。いずれにしろ、すべてはこの小さな「決して立派とはいえぬ容貌の」(フロイス)男が決めるのである……。

こうして天正十五年(一五八七)、秀吉は九州に大軍を進めた。口実は島津に突きつけた九州和平案の条件に義久が応じなかったためだが、そんな口実など彼にはどうでもよかった。また島津との戦いの帰趨について苦慮する必要もなかった。「太刀も刀もいらず、手つかまえたるべく候」とこの時、彼が豪語したように彼我の実力の差はあまりに明らかだったからである。

島津攻略が副次的な目的とするならば、この作戦の真の狙いはやがて敢行すべき大陸侵攻の予行演習だった。兵糧の調達や道路の整備、大陸侵攻基地としての博多の再興、すべてそれらはこの作戦を利用した大陸遠征への準備だったのである。

秀吉の思惑とは別に宣教師たちはこの九州作戦を「聖戦」とみた。彼等を保護した大村、有馬の切支丹領主たちは既に龍造寺隆信によって衰微せしめられ、大友宗麟もまた島津のため圧迫されていたからである。秀吉の力を借りてこれら切支丹大名たちの勢力をもりかえすことは宣教師たちにとってもこの上ない悦びにちがいなかった。宣教師たちが秀吉麾下の切支丹武士、とりわけ高山右近の軍勢に祝福を与えたのは、この戦いが同じ信仰を持つ者を助ける聖戦とうつったからである。右近の兵はこの時、七百人の動員しか行われなかったが、クルスの旗をたてて出陣した。

秀吉も、クルスの旗をたてた兵士を軍勢に加えることは大村、有馬のような九州の切支丹大名や数多い九州切支丹信徒を協力せしめる上で効果あるぐらい承知していたであろう。彼はこの九州制圧に関して二つの異なった宗教勢力を味方に加える必要性を痛感していたからである。異なった二つの宗教勢力――一つは九州に当時、多くの信徒を獲得していた一向宗であり、今一つは切支丹である。一向宗にたいしては信長時代から血みどろの戦いを続けねばならなかった秀吉にはこれを今更、敵にまわす愚を行いたくはなかった。彼が出陣に際し本願寺光佐（顕如）に随行を命じたのは九州門徒にたいするデモンストレーションだったが、果せるかな、工作は功を奏し、一向宗門徒は進んで秀吉軍の薩摩出水の上陸作戦に協力している。今一つの宗教勢力、切支丹にたいしては切支丹側資料は他ならぬ小西行長が大村、有馬の領主たちの帰順工作を秀吉から命ぜられて功あったと述べている。行長はこの作戦の途上、長崎（大村領）、口ノ津（有馬領）に寄っているのである。

九州作戦は小西行長にとってはじめてその能力を秀吉から問われた戦いだった。勝敗の決まっている島津征伐は二十万の大軍を動員したにせよ副次的なものだったし、真の狙いである朝鮮と中国大陸侵攻演習の大作戦ではおびただしい兵糧や馬糧を畿内から九州に運ぶことが重要課題だった。天正十四年（一五八六）の十二月、軍勢三十万人分の兵糧米と二万頭分の馬糧とが尼崎と兵庫とに集められた。島津征伐だけには不必要な多量の兵糧は明らかに次の朝鮮と大陸侵攻のための準備であり、その調達には畿内の豪商が動員された。

堺奉行の小西隆佐も石田三成、大谷吉継たちのこの前代未聞の大作戦に必要な軍需品や兵糧の補給に当った。出動を命ぜられても軍勢に兵糧や武器が足りぬ武将は秀吉から供給をうけた。隆佐たちが集めたこのおびただしい兵糧や軍需品は兵庫、尼崎から瀬戸内海をへて赤間関（下関）まで昼夜兼行で輸送され、その指揮をとったのが行長である。隆佐と行長とは文字通り一体となって九州作戦の立役者となった。

今まで戦闘の背後にあって華々しい功をたてるチャンスのなかったこの輜重隊長がこの時ほど重要視されたことはない。彼を軽蔑していた加藤清正も福島正則もこの作戦には行長ほどの活躍を見せてない。のみならず秀吉は輜重輸送の任務が終っても行長には次々と新しい仕事を与えた。

それはまずやがての朝鮮上陸のための玄海灘渡航計画の立案とそしてこの九州作戦中に帰順の意を表した対馬の宗氏に朝鮮国王の朝貢を交渉させる任務である。行長がこうした特殊任務を秀吉から命ぜられたのは、おそらく秀吉家臣団のうち最も朝鮮通と見なされていたからであろう。元来、小西家は堺の薬種問屋と言われているが、当時の薬草のうち最も貴重なものは朝鮮人参であり、したがって小西家の持船がたびたび渡航した可能性はありうるし、隆佐や行長が当時の日本人のなかでは朝鮮について一番、知識を持っていたと思われていたからである。

切支丹である彼はまた秀吉の命をうけ、大村、有馬の領主と接触した。同じ信仰を持つ領主たちの説得に当るためである。

これらの任務が終ったあと、息つく暇もなく行長は直接戦闘部隊に加えられた。島津軍の総帥、島津義久は既に降伏条件を認めていたが、これを肯んじない川内の平佐城がまだ抗戦を続けていたため、彼は加藤嘉明や九鬼嘉隆、脇坂安治らの秀吉水軍に参加し、この城の攻撃に当った。

だが輸送司令官や外交交渉では堺の「水の人間」としての才能をみせた行長も実際戦闘では清正のような能力はない。城主桂忠昉《ただあき》の死守するこの平佐城は行長たちの攻撃には屈しなかった。城はようやく島津義久の説得で降ったのである。

九州作戦は部分的な島津側の善戦はあったが二カ月にして終った。秀吉にとっては朝鮮と大陸に侵攻する基地の確保がみごとに完了したのである。六月七日に筑前の筥崎《はこざき》に凱旋した権力者はここで論功行賞ともいうべき九州国分けを諸将に言いわたした。行長には何らの恩賞はない。一年前、秀吉は宣教師コエリュを大坂城で謁見したさい、戯れのように「九州を征服したのちは肥前をここにいる高山右近と小西隆佐とに与えるつもりである」と語ったがこの国分けでは右近にも隆佐にもあれほどの活躍をした行長にもなにも与えられていないのである。(行長に関する恩賞は切支丹側の資料のなかには、「九州南西の沿岸地の頭となった」という記述もあるがこれは信じられぬ。)

宣教師コエリュに切支丹の右近と隆佐とを肥前に封じようと言った秀吉の気持はその場の思いつきだったのか。我々には半ばそうであり、半ばそうでないものも含まれているようにみえる。一年前、この発言のあった状況では、秀吉の構想には朝鮮、大陸侵攻には九州切支丹大名たちをできるだけ利用しようという考えが含まれていたにちがいない。これら切支丹大名は海外との交流にも馴れており、また彼等の親しい宣教師を通して南蛮船の使用や秀吉軍の弱点である水軍の補給も考えられたからである。その意味で九州切支丹大名の抑えとして同じ信仰をもつ右近と隆佐とを肥前におくことは軍事面と経済面との要《かなめ》になったからである。

この構想が今、なぜ変ったのか。国分けでは切支丹大名では黒田如水(孝高)のみが豊前におかれ、有馬、大村のような土着大名の知行だけがわずかに認められたことはどう考えればいいだろう。この国分けは秀吉の切支丹にたいする気持が変化したことをはっきり示しているのだ。

九州作戦は秀吉麾下の切支丹家臣たちにとっては「聖戦」でもあったが、同時に「不安な戦」でもあった。秀吉の頭には信長以来のあの一向一揆の執拗な抵抗の思い出がある。信心や信仰にもえた庶民たちが団結した場合、権力者にどのような反抗を示すか信長も秀吉も嫌というほど知らされた筈である。そのなまなましい記憶が九州切支丹の実体や宣教師の過半数の動きをその眼で見ることによって秀吉に蘇らなかったか。今まで利用できるゆえに寛大だった基督教に彼が一向宗門徒にたいすると同じ疑惑と嫌悪を感じないか。こうした不安は作戦に参加した切支丹武将たちの心に当然、起った筈であり、彼等は秀吉の一向一揆の記憶が切支丹の上に再現しないことを切に願った筈である。

我々は秀吉がこの九州で切支丹について何を見たか、確実な資料を持たぬ。だが秀吉の随行には本願寺光佐や一向宗の実力者、下間頼廉《しもつまよりかど》が加わっている。島津攻略にこの一向宗門徒の協力があったことは既述した通りだが、これらの門徒たちはまた反切支丹であることも事実である。彼等の切支丹宣教師にたいする感情は当然、秀吉の耳にも入ったであろう。切支丹門徒の社寺破壊や南蛮船の奴隷買いは当然、訴えられたであろうし、更に不幸なことには大村純忠から植民地のような形で委託統治されていた長崎と茂木とのイエズス会領も九州に来た秀吉の眼には一向一揆の武装地域を連想させたであろう。兵を進めるにつれ、秀吉の切支丹認識には大坂に在城している時とは別の——おそらく右近や隆佐や行長たちの怖れていた要素が、次から次へと加わっていったのだ。

切支丹家臣たちにとって「聖戦」でありながら同時に「不安な戦」は六月七日の筥崎凱旋まではまず何事もなく終った。秀吉はまだ切支丹には何の指示も命令もくださなかった。それは嵐の前の静けさに似ていたが行長たち切支丹家臣もまだ何も予感していなかったのである。

(事実、この一カ月半前、行長は長崎から宣教師コエリュやフロイスやデ・モウラや平戸に停泊中のポルトガル船員たちを乗せて八代に赴き、彼等を秀吉に伺候させているが、その時も秀吉は前年、コエリュにのべたと同じことをくりかえした。)

七日以後、秀吉はかねてから構想していた博多復興計画を行長や長束正家ら五人に命じた。長年の戦乱で荒廃したこの貿易港を堺と同じように再興し、大陸に向う基地にもするためである。行長がこの委員に任命されたのは九州に送られたおびただしい兵糧、馬糧と都市再興に必要な資材を水路で運送させるためであろう。復興する博多には神谷宗湛や島井宗室のようなこの町の豪商のみならず堺の富商も住む計画も立てられていた。

宣教師コエリュは筥崎を訪れ、博多に教会を建てる許可を秀吉に願いでてこころよく許された。そこまでは何もなかったし、何も起らなかった。周知のように切支丹にたいする秀吉の禁止令はそれから七日目に出たのである……。

宣教師コエリュはポルトガルのポルトに生れ、一五五六年、イエズス会に入会して元亀元年（一五七〇）に渡日、その後、九州の布教長として、大村領に滞在、天正九年（一五八一）には巡察師ヴァリニャーノの下で日本副管区長となっている。

我々はこのコエリュに秀吉が突如として切支丹禁止令を突きつけた理由を詳しく分析する能力を持たない。それは多くの学者によって議論されてもいるし、また松田毅一博士の『秀吉の南蛮外交』のような名著に詳述されているからである。今日、慶應大学の高瀬弘一郎氏の研究などによって当時の宣教師たちにはスペインによる日本占領によって日本を基督教国にする計画を持っていた者のいたことは判明したし、それがたとえ宣教師たちの烈しい布教情熱から出たとしても秀吉たち切支丹ならざる日本人の眼には日本植民地化とうつったのは当然である。筥崎を訪れたコエリュが武装したフスタ船を所有し、それを誇示するように秀吉に見せたことは、大坂城でくりかえし、くりかえし「日本にいるバテレンの意図することは基督の教えを説き、これをひろめること以外に（目的が）ないことを認め、称讃する」とこの宣教師に自分の寛大さの理由を説明し、将来を警告した秀吉の気持を甚だしく傷つけたにちがいない。

この気持は当然、長崎や茂木を教会領にしているイエズス会のあり方に疑惑を持たせ、かつての武装した一向一揆の団結を秀吉に連想させたのである。のみならず、このコエリュを通じ平戸にいるポルトガル船を博多に回送せよとの秀吉の要請を船長モンテイロが航海上の危険を理由に鄭重に拒絶したことは、博多を貿易港に復興しようとするこの権力者の夢を傷つけたにちがいない。

そうしたさまざまな理由がそこに列記できるが、直接には秀吉がもはや朝鮮と大陸の侵略に宣教師の援助を必要としなくなった気持が作用している。切支丹宣教師たちは彼にとってもはや利用価値がなくなったのである。まず軍事的にはコエリュのフスタ船を実際に目撃した秀吉はこの二百トンに幾門かの砲を備えたアジア製の櫓漕の船が日本の軍船にそれほど勝っていないことを知った。

また侵攻基地に考えた博多湾が南蛮船を入れるに不可能であり、船の操作が日本人たちには到底不可能だとポルトガル船長に聞かされた秀吉はその購入の斡旋を宣教師に依頼する必要なしと認めたにちがいない。その上、彼がその反乱を危惧した九州土着の切支丹小名連合体が国分けによってもはや怖れるに足らざるものとなったこともある。要するに秀吉が基督教と宣教師に従来、寛大であったのはそれが九州占領と大陸侵攻に役にたつと認めたからであったが、今、その利用価値が失われ、怖れるものがなくなった以上、むしろ弊害のほうが浮かびあがり、これを追放することに踏み切ったのだ。

六月十九日の夜、秀吉は右筆の切支丹、安威五左衛門(了佐)と小西行長の家臣一名をフスタ船にいるコエリュに送り、海岸に連行させて詰問、あわせて二十日以内に全宣教師の退去を命じさせた。同時に博多に近い宿舎にいた高山右近に基督教を棄てるか、否かの詰問状を出した。

こうして秀吉麾下の切支丹家臣たちにとって「聖戦」であると同時に「不安な」九州進攻は遂に怖れていた結果を生むにいたった。六月十九日、コエリュが詰問を受ける前日、この秀吉の決定は切支丹の家臣たち――少くとも小西行長には、はっきりと伝えられたにちがいない。

コエリュはこの追放令が出るや、長崎に急使を送った。長崎は不安に襲われ、宣教師たちは教会の品々を船につみこみ平戸に送らせた。コエリュ自身も秀吉に六カ月の帰国猶予を乞い、平戸に赴いて、続々と集まってくる同僚たちと度島《たくしま》で事態を協議する緊急会議を開いた。席上、フロイスとコエリュは強硬案を提出し、日本の切支丹領主を集めて秀吉に反乱させ、イエズス会はそのための軍資金や武器を集めることや、スペイン軍を日本に導入し、軍事要塞を作ることなどをのべたが否決された。

一方秀吉麾下の切支丹家臣側についてはこの追放令直後の情勢について確実な資料がない。資料がないのみならず、我々には解きがたい幾つかの謎がそこにある。

その謎の大きなものはこのきびしい秀吉の処置が切支丹家臣のうち、高山右近にのみ集中したように見えることである。信仰を棄てて余に仕えるか、否かという二者択一の命令は右近に突きつけられているが、行長や黒田孝高や蒲生氏郷、牧村政治《まさはる》たちにも同じほどのきびしい詰問がなされたか、どうかは我々には確実にはわからない。フロイスによれば秀吉は全切支丹に棄教するよう強制し、拒否する場合は宣教師と共に国外に追放すると威嚇したが、実際にはただ、二、三の諸侯に棄教を勧告したにすぎず、黒田や小西のような人物には教えを棄てるようにしむけることはなかったという。そしてこの矛盾した処置が一時は混乱し、動揺した宣教師側に安心感を与え、日本にひそかに残留することさえ考慮させたとフロイスはのべている。

フロイスの言うことがもし事実ならば、おぼろげながら秀吉がこの切支丹追放令でとった処置のからくりが我々にも想像できる気がする。老獪なこの権力者は、神のことは知っているが人間をあまり知らぬ宣教師が誤解したように、たんなる怒りによってこの処置をとったのではなかった。政治家である彼はわが身に利益になることと不利益になることの区別は当然、冷徹に計算した上で手を打った筈である。

秀吉は九州征伐の過程で大坂城にいた時には気づかなか

ったある危険を予感しはじめていた。それはもし切支丹禁制を行えば宣教師たちが九州切支丹領主たちを連合させただちに反抗的姿勢を示すかもしれぬということである。(事実、そのような計画は前述した通りコエリュやフロイスによって立てられた。)そしてそのような事態が生じた時、高山右近が宣教師たちの最も頼りとなる人物であり、反乱の中心に置かれるかもしれぬということである。なぜなら右近だけが切支丹家臣のうち利害得失を離れて宣教師の味方となる人間であることを秀吉はよく知っていたからだ。

これが秀吉をして筥崎の国分けの際、右近をはじめの計画通りに肥前に封じなかった理由であり、追放令の犠牲と生贄にした最大の事情でもあった。右近は九州作戦終了後、秀吉にとって「危険なる存在」になったのだ。危険をはらむ存在は早く除去せねばならぬ。十九日の夜、博多近くの右近の陣に詰問の使者が送られたのはそのためである。

だがフロイスの記述は逆に読めば蒲生や黒田や行長は右近にくらべ切支丹対策に関しては「危険なる人物」ではなかったということになる。言いかえればこれら三名は秀吉の害になる可能性を持たぬ程度の信仰者だということである。事実、蒲生氏郷はその後、棄教している。行長の場合は、六月十九日の夜、フスタ船で眠っているコエリュを引きだしたのは彼の家臣である。秀吉の威嚇の前にはただちに屈服した行長とやがて明石の領地を信仰のためすべて棄てた右近とを比べる時、秀吉が信者としての小西父子を甘く見ていたことは容易に推測できる。我々がこの幼年洗礼者のアゴスティーニュ行長の信仰がこの頃まで便宜的、功利的なものであったことをくりかえしのべてきたのも一つにはそのためである。六月十九日の秀吉の追放令はある意味で麾下の切支丹家臣たちにとって自らの信仰をためす踏絵であったが、少くともその踏絵を前にして敢然と首をふったのは右近だけだったのである。

いずれにしろ宣教師側の解釈とはまったく反対に秀吉は冷徹な計算の上に右近のみに踏絵を突きつけた。宣教師追放令も充分、おのれの利害損得を考慮した上で実行した筈である。でなければこの当日の朝、筥崎の陣所に招かれた博多の商人、神谷宗湛や島井宗室に秀吉がまるで何事もなきかのごとく、

「茶ヲノマウカ」

と晴れやかに誘わなかったであろう。

五　最初の裏切りと魂の転機

〈行長、三十歳の頃〉

高山右近はこの時、三十六歳である。

陰暦六月十九日の暑い夜、秀吉の陣営から詰問の使者が来た時、彼は驚愕よりも、むしろ来るべきものが来た、という気持を持ったろう。九州作戦の間、彼はたえず秀吉の切支丹認識が変ることを危惧していたからである。

右近は秀吉麾下の他の切支丹家臣と共に、宣教師たちが関白を刺激しないよう、関白に好ましからざる疑惑を持たせぬよう、たえず気をくばってきた。「日本にいるバテレンの意図することは基督の教えを説き、これをひろめることと以外にないことを認め、称讃する」とくりかえし宣教師たちに言いつづけた秀吉の意図は彼にわかりすぎるほど、わかっていた。求められざる限りは政治に介入しないこと、ただ純粋に布教だけを行うこと——これが秀吉が宣教師たちに要求したただ一つのことだった。その要求を守る限りでは権力者は宣教師に寛大であろう。彼等は保護もされ、安全に守られるだろう。右近たち切支丹家臣はそれを知っていたのである。

にもかかわらず、これら切支丹家臣の危惧を気づかぬ宣教師過激派のグループが九州にいた。副管区長コエリュ、前日本布教長のカブラル、そしてフロイスなどポルトガル人グループがそれである。彼等は巡察師ヴァリニャーノや、都教区長オルガンティーノたちイタリア人グループの穏健派とは異なり、日本を植民地化して布教を行う考えさえ持っていた。

不幸なことに過激派グループの代表ともいうべきコエリュがこの九州作戦の間、秀吉と一番、接触している。秀吉を最も刺激し、疑惑を持たせるこの宣教師が秀吉と二度も会見したことは右近たちには不幸だったのである。

前述したようにコエリュは海賊の攻撃を防ぐために武装したフスタ船を持ち、筥崎にいる秀吉を訪問した。武装した船を宣教師が私有していることは、純粋布教のみを望む秀吉には不快と疑惑を持たせる無神経な行動である。右近や行長は不安にかられ、コエリュに、この船は関白に贈るために作ったものであると申し出るように忠告した。だがコエリュはこの意見を聞かない。聞かないのみならず、無思慮にも船を博多湾上に浮かべ、関白にそれを誇示した。

あまりにも無神経なコエリュやフロイス。彼等は秀吉の怒りを予感さえしていなかった。右近は六月十七日に彼等の楽観主義を警告したほどである。しかしその警告も無視された。事態は六月十日から十七日の間に急激に悪化していったのだが、その悪化さえコエリュは気づかなかったのである。

怖れていたことが遂にやってきた。運命の十九日の夜、博多郊外の宿舎で関白の使者を迎えた右近は来るべきものが遂に来たという気持で、使者の口上を聞いたであろう。

口上は追放のための口実にすぎぬ。秀吉は右近の高槻、明石領における宗教政策を責め、寺社を毀し、家臣に改宗を強制したことを非難した。結論は信仰を棄てるか、明石六万石の領有を放棄するかであった。

口上は口実であってもその背後には秀吉と右近との治政方針の根本的な対立がかくれている。秀吉は中央集権化の確立のためにも戦国時代の領主の領民の私有を極力、排除する必要があった。家臣たちに恩賞として与える国分け、国替えもその家臣がそこに根をおろし、領民を絶対的に私有するという一時代前の形ではなく、いわば「総督」や「知事」のように秀吉から委任統治を托しているにすぎないとの観点に立っているのである。「知行は一時、百姓は永久」という考えは百姓が他国に気儘に移住することを許さぬ反面、それを支配する領主がそこに土着化することも認めない方針の上に成立している。したがって領主が切支丹であるからと言って、領民にその宗教を強制することなどは権力の濫用であるとみなし、身分ある者（二百町、二千貫以上の知行人）が切支丹になることは「許しをえねばならぬ」が、それ以下の身分賤しき者は本人の自由だという宣言を六月十八日に布告さえしている。

一方、切支丹の右近にとっては領土を持ち、領民を支配することは「神の国」の地上における具顕だという考えがあった。この頃の基督教の国家観は王たる者の義務は神の教えと栄光とをおのれの支配する国にあらわすことだという考えから成立していて、この思想は宣教師たちから右近もたびたび聞かされていたであろう。信仰に忠実で真面目そのものである明石の領主がおのれの信じる理想の「神の国」を領内に実現しようと考えたとしても、それはふしぎではない。彼がもし「神社仏閣を毀ち、領民に切支丹信仰を命じた」としても、それは彼等の幸福がそこにあると素直に考えたからである。重だった家臣が切支丹になる誓紙を右近に差し出した時、彼は「秀吉から全国を賜わったより嬉しい」と語っているのもその気持からである。高槻を領有していた頃、彼とその父ダリオとは教会をたて宣教師を招き住民の貧者の葬式にさえ列席してその棺をかつぎ、寡婦や孤児にたえず慈善を行ったとフロイスは書いている。そのフロイスの言葉に誇張があったとしても、右近の領内政策の基本方針が「神の国」の地上実現にあったことはうかがえるのだ。

中央集権を狙い、領主の土着支配をあくまで排除しようとする秀吉と、おのれの信仰から領土に「神の国」を創ろうとした右近とは、ここで根本的に対立した。真面目すぎるほど真面目な三十六歳の領主が秀吉のこの意図を早くから見通していたとは我々には思えない。秀吉自身も無用な摩擦を避けるため、この領主政策や宗教方針を九州作戦完了までは明らかにしなかったからである。だが切支丹対策の必要性に迫られた彼はここではじめて、はっきりとおのれの意図を布告したのだった。

来るべきものが来たという気持で関白の使者の詰問を受けた右近は、ほとんどためらうことなく答えた。信仰は棄てぬ。領地は秀吉に還すという回答である。同席していた右近は毅然としてこれを拒んだ。切支丹資料によれば、関白はこの返答を予想しなかったとみえ、再度、翻心して自分に仕えるよう説得の使いを送り、妥協案として今後も切支丹である以上は、明石領は没収するにしても肥後に国替えを命ぜられた佐々成政に帰属するよう提案したが、右近は考えを曲げなかったという。

たしかに右近にとってこの返答は曲げることができなかった。彼にとって領地、領民を持つことは「神の国」を地上に具顕することに他ならなかったからである。おのれの出世欲や家門の栄達などから領主になることを望んだ他の武将とちがって、右近はこの時代には珍しくおのれの思想に生き、おのれの主義に殉じた侍である。秀吉がその「神の王国」の具顕を政策として許さぬ以上、彼はもはや領主である意味を失ったと思ったにちがいない。返答は明瞭であり、その意志は固かった。

当時の領主、大名のなかで、この右近ほど領土執着のない侍は見当らぬ。なぜならこの追放令のあった天正十五年(一五八七)から九年前、当時、荒木村重に属していた彼は村重の信長反乱という突発事件にあい、切支丹を保護する信長と主人の村重への義理との間に苦しんだ結果、領主としての地位を棄て、僧侶のように切支丹信仰のみに生きようとして家臣団に別れを告げたこともあったからである。

その苦しい思いを九年前に味わった右近はもはや二度と権力者の道具、一つの歯車になることは耐えられなかった。領主という名誉や栄達も結局は秀吉という大権力者の野心を遂行するために与えられているにすぎぬ。彼はこの六月十九日の夜、それをはっきり知ったのである。権力は肉体を奪えても自由は奪えない。彼はおのれの信仰の自由を選択した。数ある切支丹大名のうち、右近ほど純粋な信仰で生きた者を我々は他に知らない。彼は日本人的であるというより、むしろ新しい西洋人的な自我を持った男である。

「右近殿は使者をかえした後……大刀小刀を捨て、自ら関白の前へ出て、かねて久しく、かかる事態に備えていた言葉をのべ、基督教についての所信をのべようとした。しかし家臣やその場に居合せた友人たちは引きとめ、そうすれば激怒した関白に殺されるであろうと阻止された。それは右近殿にとっては有益でも、他の切支丹をますます苦しめる機会を暴君に与えるものだと言った」（プレネスティーノ「ローマ・イエズス会文書」）

これらの友人たちのなかに黒田、蒲生、そして小西行長がまじっていたかどうか、は記述されていない。しかし、この場面の描写は右近という侍の烈しい性格と同時に、同じ切支丹でありながら彼ほどの勇気のなかった他の武将たちの心の動きをいきいきと我々に伝えてくれる。博多郊外の右近の宿舎。そこにはゆらぐ燭台をかこんで不安な面持をした切支丹大名たちがつめかけている。興奮した右近は殉教を覚悟で秀吉の陣営に赴き、おのれの信念を披瀝しようとする。それを必死で引きとめる者たち。「それは右近殿にとっては有益でも、他の切支丹をますます苦しめるのだ」というのが彼等の言い分である。同じ切支丹でも信念を貫こうとする者と信念なき者との劇的な対立がはっきり窺える場面である。この右近の宿舎での信念なき者のなかに行長もまじっていたことを、ほとんど確信に似た気持で我々は考えるのだ。

なぜなら……行長は黒田孝高や蒲生氏郷たちと同じようにその前日、秀吉に既に妥協していたからである。彼等の妥協の理由は、秀吉の布告のなかに百姓たちの切支丹信仰は自由だが、それ以上の者は許しを求めねばならぬという箇条があり、また領主たるものは切支丹信仰を領民に強制してはならぬという項目があったからだろう。つまり言いかえればこれらの二項目を守る限り、秀吉は自分たちの信仰を認めるのだ、と彼等は解釈したのである。

おそらく、この夜、右近の宿舎でこれら妥協派の切支丹家臣は右近に以上の二項目を認めることで秀吉に従うよう説得したにちがいない。しかしそのような妥協は領主たる者は「神の国」を地上に実現する義務があると考える右近には納得いかぬものだったであろう。説得工作は失敗し、十九日の夜はあけた。

朝がきた。右近は家臣たちに自らの決意を披瀝した。

「余の一身に関しては、いささかも遺憾に思うことはない。ただ、汝等にたいする愛ゆえにのみ、悲哀と心痛をおぼえるばかりである。余は汝等が余のために戦いにおいて共々、うち勝ってきた大きな危険に生命を賭したことを忘れず、その功に報いたいと望んでいる。にもかかわらず現状では汝等は余の手から現世の報いはできぬから、限りなく慈悲ぶかいデウスが、その栄光の御国において永遠、完全なる報いを汝等に厚く与えることを……信じている」と（プレネスティーノ「ローマ・イエズス会文書」)。家臣たちはこの言葉に号泣し、髪を切って共に追放の苦しみを味わいたいと誓った。右近はただ三、四人の者だけを連れていくことを明らかにした。

切支丹資料のおかげで、十九日夜から二十日朝にかけて、我々はこのように右近については劇的な状況を見ることができる。だがその切支丹資料も行長の心の動きや行動についてはは何も語ってはくれない。語ってはくれないが、このような状況で関白の威嚇に屈した彼や蒲生氏郷など他の切支丹家臣のうしろめたい気持や自蔑の感情が、どんなものであったかは想像することはできる。

いかなる場合でも弱い人間は自己弁解をする。この時も行長や氏郷たちは「誰かが残らねば」日本では宣教師や信徒たちはことごとく国外追放になり、それを保護する者がいなくなると右近に弁解し、おのれの妥協を正当化したであろう。にもかかわらず彼等は右近の烈しい行為の前に、それができぬ自分にうしろめたさと恥ずかしさとを同時に感じたにちがいないのだ。そしてその良心の補償のためにも彼等は右近を保護せねばならぬと思うようになる。

うしろめたさを償うために彼等は右近のために「その武士の大部分を扶養することを引き受け……その夜のうちに金銀を彼に送った。……右近殿は一同にかくも深い愛を感謝すると共に、これを必要としないとのべ、その僅かを受けた」。

右近が博多湾上のわびしい孤島に逃れ、それから瀬戸内海の淡路島に逃れることができたのは、おそらく小西行長のひそかな援助によってであろう。一方、右近追放の報を受けた彼の所領、明石は驚愕と混乱の渦に巻きこまれた。家臣たちの家族は家財道具を運ぶ馬車や手押車や小舟をさがすため、深夜まで明石の城下をむなしく走りまわった。右近の弟、太郎右衛門は教会を訪れ、自分たちは兄のこの行為を悦び、名誉と思っていると司祭たちを励ました。教会に別れを告げた父子は一族と共に右近の逃れた淡路島に向い、長い流転の旅の第一歩を踏みだしたのである。

先ほども述べたように右近事件が小西行長に与えた衝撃、不安、心の動揺についてはこの事件を比較的、詳しく報じている切支丹資料も触れてはいない。しかし、その後の行長の行動を一つ一つ見ると、我々にもこの幼少に洗礼を受けて右近ほどの烈しい信仰を持てなかった男の性格やこの時の怯えや苦しみが読みとれるのだ。今まで書いてきたように行長には神をほとんど問題にしなかった長い時期があったが、神はいつも彼を問題にしていた。神はこの右近追放を踏み台にして行長にもおのれの内面を見るよう仕向けたのである。

右近追放の直後、九州の教会は大部分、閉鎖され、破壊された。イエズス会が大村純忠から委托されていた長崎、茂木、浦上も没収されたこの地方の宣教師は船で平戸に逃れ度島《たくしま》で緊急会議の結果、ともかくも可能な限り日本滞在を引きのばすことを決定した。

秀吉の命令は畿内にも及んだ。有名な京都南蛮寺をはじめ、畿内の全教会は次々と倒された。右近が追放された今、畿内の宣教師たちの頼みの綱は、九州から堺に帰還した小西行長だった。京にいた都教区長のオルガンティーノと大坂のセスペデス神父、プレネスティーノ神父、コスメ修道士、堺のパシオ神父たちは、ともかくも行長の所領である播州の室津港に集まった。行長の保護がほしかったのである。

だが行長は堺から動かない。彼は怯えていた。それだけではない。この室津の信徒たちまでが行長の意向を受けてか、宣教師たちの宿泊を拒絶し、一日も早く退去せよと迫ったのである。まもなく堺から行長の命を受けて弟がやってきた。これ以上の助力は自分に不可能だから、すぐにも立ち去ることを伝えるためである。まもなく秀吉が大坂に凱旋することを知っていた行長は、その怒りを怖れていたのである。

万策つきた宣教師たちは、ともかくも殉教を覚悟したオルガンティーノと二人の日本人信徒を残して室津港から九州に去ろうとした。その時、淡路島から右近の父ダリオと弟の太郎右衛門をのせた船があらわれた。行長とはちがって彼等は宣教師たちを励まし、慰め、生涯、信仰を棄てぬことを誓ったのである。

勇気ある右近一族と弱い行長とのこの対照的な行動。それは必ずしも切支丹宣教師の筆の誇張ではあるまい。オルガンティーノのみならず、フロイスもまたこの時「行長は宣教師たちに冷たかった」と書いているからである。

たしかに行長は怯えていた。彼の信仰は今までたびたびくりかえしたように真実、心の底に根をおろしたものではなかった。六月十九日の夜、蒲生氏郷などと共に関白の威嚇に屈服した彼は今、自分も右近と同じ運命をたどることがこわかったのである。そのくせ彼は毅然たる右近——この勇気ある信仰者に転び者が殉教者に感じたようなうしろめたさと恥ずかしさを感じていた。そのくせ自分の領地である室津に宣教師が集結することを怖れ、これ以上、宣教師たちの悲劇に巻きこまれたくなかったのだ。

室津に二人の日本人信徒と残留したオルガンティーノは行長を説得するため、この室津に来た切支丹商人の日比屋了珪に手紙を托した。了珪は既にふれたように小西家と親類関係になっていた堺の豪商で、その父はフランシスコ・ザビエルがはじめて堺に来た折、京にいる行長の父、隆佐に紹介状を書いた。

怯えた行長は了珪が持参したこの手紙さえ受けとらない。むなしく了珪はふたたび室津に戻り、その旨を神父に報告した。

　オルガンティーノはふたたび了珪に言伝《ことづ》てを頼んだ。もし行長が室津に来ぬなら、自分が堺に赴き、隆佐とお前とに会おう。そして切支丹として告白の秘蹟を受けぬ限りは堺を立ち去らぬつもりだと言う言伝てである。

　堺にふたたび戻った了珪からこの言伝てを聞いた行長は烈しく迷い悩んだ。オルガンティーノが堺にくれば事態は一層、悪化し、自分に累が及ぶだろう。彼は河内岡山の領主だった結城ジョアンの伯父ジョルジ弥平次を伴ってオルガンティーノに九州に去るよう説得するため、遂に室津に赴いた。

　今日、室津には行長や切支丹の名残を留めるものは何一つない。オルガンティーノがその時、どこを宿舎にしていたか、この神父と行長と何処で烈しく議論したかわからない。にもかかわらず、かつては栄え、今日はわびしい漁港となったこの町は我々の主人公の再改宗の場所なのである。

　神父と行長との間には激論がかわされた。おそらくオルガンティーノは秀吉の怒りと宣教師の安全を主張する行長にふたたび信仰の決意を促したのであろう。にもかかわらず行長の動揺は消えない。神父は遂に自分は九州には決して戻らぬと宣言した。自分は殉教を覚悟でふたたび京に戻るか、大坂に帰るつもりだと語った。この言葉を聞くと行長は泣きはじめた。彼は右近を思い、今、オルガンティーノ神父の不退転の決心におのれの勇気なさを感じたのである。一言も答えず行長は部屋を去った……。

　この時、行長が泣いた、という切支丹側資料の報告は我々の胸をうつ。その時のこの男の心情が手にとるようにわかるからである。

　六月十九日のコエリュ詰問と右近追放事件からこの日まで彼が苦しまなかった筈はなかった。いや、この男も右近とは別の形で苦しんだ筈である。関白の威嚇の前に屈した自分の不甲斐なさへの慚恥や自蔑の念と、秀吉への怖れとを交互に嚙みしめながら、悶々と九州から堺まで引きあげてきたのである。彼が秀吉に威嚇された時、どの程度の約束を強いられたかはわからない。しかし彼がオルガンティーノにこの時、おのれの罪の告白（基督教信者の行う告悔の秘蹟）を求めたという記述をみると我々にはある疑惑さえ起るのである。「転んだ」とまでは言えなくても、それに近い妥協を関白の前でしたのではないかという疑惑である。いずれにしろ彼は六月十九日、負けたのだ。その負けた苦しみを行長はその日以来、嚙みしめ続け、そのために泣いたのであろう。

「行長は連れてきた結城弥平次ジョルジと三時間、一室にとじこもった」

結城弥平次ジョルジは先にも書いたように河内の小名で小牧山の合戦で戦死した結城ジョアンの伯父である。天正九年（一五八一）のイエズス会『日本年報』には「彼は日本のうち最古参の最もよき切支丹の一人」と書かれている。

三時間の間にこの二人が語りあったことは、はっきり言えば秀吉にたいする裏切りである。秀吉の眼をかすめ、秀吉をだまし、いかにオルガンティーノを自分の領内にかくし、切支丹信徒たちをひそかに助けるか、その経済的援助はどうするかを彼等は議したのである。

この時、淡路島の高山右近はオルガンティーノの急を聞いて、今は行長の家臣となっている三箇マンショと室津に舟で向っていた。京都の切支丹信徒代表もこの宣教師を近江にかくすために駆けつけてきた。

右近は室津に到着するや、行長たちに向って我々が今日まで行ってきた数々の戦争がいかに無意味なものであったか、そして今後、行う心の戦いこそ苦しいが、最も尊い戦いなのだと熱意をこめて語った。それは地上の軍人から神の軍人に変った右近の宣言であり、彼は今後、どんな権力者にも仕えないことを誓ったのである。

こうして行長と右近たちは協議の結果、次のことを決めた。オルガンティーノと右近とは小豆島にかくれること、小豆島は行長の領地であり、切支丹の三箇マンショが代官であるから、二人の住居はあくまで秘密にされ、誰も近づかぬようにすること。神父と右近とは二里はなれて別々に住むが、万一の場合はこの室津に近い結城弥平次の新知行地に逃げることなどである。

だが右近やオルガンティーノにとってはもちろんのこと、行長にとってこれは危険な冒険である。既に国外退去命令の出た宣教師を集合地の九州ならぬ小豆島にかくまい、その援助をするのは明らかに秀吉にたいする反逆だったからである。

六月十九日事件以後、あれほど弱く、卑怯で、怯えた行長が今、このような危険に身を曝すようになった心情には、秀吉の野心の傀儡《かいらい》にはもうなりたくないという気持が含まれていたにちがいない。思えば彼は今日までの栄達を、この大坂城の権力者の人形であることによって、その道具となって働くことで獲得してきたのだ。

しかし秀吉の野心は止まることを知らない。朝鮮や中国大陸侵略という夢のようなプランさえ自分たちの前に示されている。堺出身の行長はこの野心が無謀なことを、その時から感じていた。誰かがどこかでブレーキをかけねばならぬのだ。少くとも彼はこの野心の道具になることはやめようと思ったのである。

右近が永遠の神以外には仕えぬと室津で語った時、行長は友人とはちがった「生き方」をしようと決心した。それは堺商人がそれまで権力者にとってきたあの面従腹背の生き方である。表では従うとみせ、その裏ではおのれの心はゆずらぬという商人の生き方である。その商人の生き方を行長はこれから関白にたいして行おうとするのだ。関白をだますこと。関白に屈従しているとみせかけて、巧みにだますこと――それがこれからの彼の生きる姿勢になる。切支丹禁制に屈服したように装いながら、宣教師をかくまうことは秀吉を「だます」ことだ。それはある意味で裏切りであり、反逆でもあった。しかしその「生き方」を行長はこの夜、遂に選んだのである。やがてその彼は朝鮮侵略においても秀吉を「だまし」、和平工作を行うにいたるようになるだろう。

身のほど知らぬ反抗。無謀な裏切り。いや、必ずしもそうではなかった。行長は関白の弱点を知っていたからである。言うまでもなく秀吉の弱点――それは国内には通じているが、国外には暗いという点である。「土の人間」出身の秀吉やその家臣団は日本の国内については調べあげ、知りつくしてはいる。だが国外の情勢や事情については行長のような「水の人間」ほどわかってはいないのだ。宣教師たちを助けるためには行長にはこの秀吉の弱点を利用するよりほかにはなかった。

資料には書かれていないが、関白をだますというこの重大な行動に踏みきった室津で、オルガンティーノ、行長、右近たちがこの秀吉の弱点と宣教師の救済との方法を論じなかった筈はない。

右近はともかく、オルガンティーノや行長は関白の望む南蛮貿易が今日まで宣教師の介入なくしては成立しなかったことを知っていた。それまで南蛮船で渡来したポルトガル商人たちは日本通の宣教師の話をまずきき、その忠告で取引きを行ってきたからである。オルガンティーノの属するイエズス会は南蛮船の生糸貿易に投資し、その利益で日本布教費をまかなっている。

秀吉は今、その宣教師を国外追放し、彼等をぬきにして南蛮貿易の利益を独占しようとしている。しかしそれを可能ならしめてはならぬ。宣教師がおればこそ、ポルトガル商人との貿易も円滑に成立するのだという事実を関白に知らしめねばならぬ。そうすればやがて関白は嫌々ながらも切支丹布教を黙認し、一時は追放しかかった宣教師の滞在を許すかもしれぬ。行長やオルガンティーノがこの方法を協議したことはほとんど確実といっていい。

資料的にはまだ解明されてはいないが、この行長、オルガンティーノの対策はその後、宣教師が関白にたいしてとった作戦でもある。自分たちの援助や仲介なしでは南蛮船の商人は日本人と取引きをしない事実を秀吉にわからせるよう宣教師たちは日本滞在を続けるためにもマニラやマカオの教会に手をうったに違いない。この工作はとりもなおさず、面従腹背の方針を決心した行長が秀吉と戦うただ一つの武器でもあった。

無言の、そして眼にみえぬこの宣教師対関白の闘いは、今後学者たちの努力で少しずつ明らかになるかもしれない。我々はとりあえず二つの事実をあげよう。まず天正十六年（一五八八）、秀吉は、長崎に入港したポルトガル船から生糸の買占めを行おうとした。生糸投資による収益が日本イエズス会管区の財源であると知ったからである。この財源をとめるために秀吉は二十万クルザードという大金をだして生糸のすべてを買いとろうとしたのだ。

皮肉にもこの時、この交渉を命ぜられたのは行長の父、隆佐である。隆佐がこの交渉役に選ばれたのは秀吉の老獪な智慧だったか、それとも他の商人では不適格だったからか、わからない。だがポルトガル商人たちには不満きわまるこの交渉が成立したのは、隆佐が宣教師の協力を得たからである。秀吉は思い知らされたのだ。更に、天正十九年（一五九一）には鍋島直茂や森吉成の代官が「宣教師ぬき」でポルトガル船から直接に金の買占めをしようとする。ポルトガル人たちはあくまでもイエズス会の仲介を主張してこれを拒否した。秀吉はまた負けたのである。

生糸買占め事件に小西隆佐が交渉役になったという事実の背後には秀吉に宣教師たちの存在意義と価値を再確認させようとする行長たちの計画を我々に感じさせる。果せるかな秀吉は少しずつ折れはじめた。最初は教会の破壊やイエズス会所領の没収を命じていた彼は宣教師の哀願を入れ、その出航を一年まち、更にそれが有耶無耶に葬られた理由や事情は今日でもよく分析されてはいない。だがおのれの威信に関するこの宣教師追放の不首尾を秀吉が黙認したことは、その背後にそれだけの理由がなければならぬ。明らかに秀吉はマニラやマカオとの貿易では、これら宣教師の援助がなくては実行できぬことをさまざまな角度から知りはじめたのであろう。彼もおのれの弱点に気づいたのだ。

関白がどこまで、この裏面にある工作を嗅ぎつけていたかはわからぬ。その工作に行長や隆佐が一枚、嚙んでいることに気づいたか、どうかも我々にはわからない。しかし、いずれにしろ嵐は一応去ったようである。関白は宣教師たちの残留を公然とは認めなかったが黙認という形をとりはじめる。行長たちは勝ったのである。

一度は平戸に集まった宣教師たちはふたたび天草、大村、五島、豊後に秘密裡に散っていった。彼等はこの潜伏期間を日本語の習得にあて次の飛躍に備えた。小豆島にかくれたオルガンティーノも変装して扉をとじた駕籠にのり、信徒たちを励ましに歩きまわった。

室津で行長がオルガンティーノの決意の前に泣いたことは彼の生涯の転機となった。その正確な日付は我々にはわからぬが天正十五年（一五八七）の陰暦六月下旬から七月上旬であったことは確かである。ながい間、彼は神をあまり問題にはしていなかった。彼の受洗は幼少の時であり、その動機も功利的なものだったからだ。にもかかわらず彼はこの日から、真剣に神のことを考えはじめるようになる。そのためには高山右近という存在とその犠牲とが必要だったのである。

今日、室津には行長をしのぶ、一つの碑もない。室津の人もここが行長の魂の転機となった場所だとは知らぬであろう。

六　欺瞞工作のはじまり

〈行長、三十歳から三十二歳〉

右近やオルガンティーノ神父を小豆島にかくまったその瞬間から行長は二重生活者になった。面《おもて》には秀吉に服従するふりをしながら、心では自らを守ることをおぼえた。

思えば彼と父、隆佐――つまり小西一族の出世はそれまで秀吉に従属し、秀吉に忠実であることで獲たものである。秀吉の栄達と小西一族の出世とはたがいに支えあい、たがいに依りあってきた。小西一族は秀吉のために働き、秀吉も彼等を堺の一豪商から引きあげた。かくて父の隆佐は大坂城のブレインの一人に任ぜられ、堺奉行の地位にのぼり、子の行長は小さいながらも瀬戸内海の島々を支配する領主にとりたてられた。

だが、九州作戦が終った時から、その均衡が破れた。両者を支えあっていた支柱に罅《ひび》が入ったのである。次第に翳《かげ》りはじめる行手の空を見て不安そうに足をとめる旅人のように隆佐も行長も秀吉と共に進むことに危懼を感じはじめた。その政策や野望にそのまま従うことに怖れを抱きだしたのである。

彼等は秀吉の性格がわかってきた。相手が利用できる時は寛大だが、利用できなくなった時は冷酷にこれを棄てるという権力者特有の性格である。この性格はそれまでかくされていたが権力を握るにしたがって関白のなかに次第に露骨にあらわれてきたものである。隆佐も行長もこの秀吉の性格を九州作戦終了後の宣教師追放に見、高山右近事件に見ることができた。秀吉の栄達のためにあれほど粉骨砕身した右近が敝履のように棄てられた時、他の武将と同じように隆佐も行長もおのれも「棄てられる」日がいつか来るのではないかと不安を感じたであろう。

小西父子の場合も今日まで秀吉が自分たちを引きたててきたのは一族の持つ水上輸送力と財務能力と、そして堺という貿易都市を背景にした財力によるものだと彼等はよく承知していた。水上輸送力があるゆえに行長は瀬戸内海諸島の管理権を与えられ、九州作戦に有効に使われた。財務能力と堺をバックに持つゆえに隆佐は大坂城のブレインに昇進し、堺奉行に抜擢された。

だが九州作戦が終了したあと、秀吉が命じた博多復興の命令は堺商人のみならず、小西一族にとって、暗い予感を与えた。

南蛮貿易はともかく、琉球、朝鮮などとの近隣諸国の貿易で博多や兵庫を抑えていた堺を関白は見棄てるのではないかという予感である。もし、その予感が当るならば、秀吉が政治の中心とした大坂が商業都市としても進出してきた現在、ただ一つの拠りどころである貿易を博多に奪われることは堺商人たちに大きな打撃だった筈である。

だがそうした思惑を無視して筥崎に凱旋した秀吉は長らく戦火に荒廃していた博多の復興を命じた。その構想のなかでは復興した博多は対朝鮮・大陸作戦の前進基地になる筈であり、やがて彼が占領するこれらの国々や東南アジア諸国との貿易中心地になる筈だった。堺にとっては強力なるライバルとなる貿易都市が、今、関白の命令で作られることになったのである。

資料の欠如はこの時の堺商人たちの不安感を我々に伝えてくれない。しかし博多の町づくりは彼等を動揺させたことは明らかである。堺奉行の小西隆佐にとっても子の行長にとってもこの博多の町づくりは必ずしも手放しで悦ぶべきことではなかった。果せるかな、秀吉はこの復興都市に博多商人と堺商人とが共に居住する区域を作らせたが、その前後から眼にみえて博多商人を優遇しはじめている。神谷宗湛や島井宗室のような博多商人は九州作戦の直前から秀吉に接近しようと試みていたが、筥崎や博多の茶会で親しく伺候することができ、天正十五年（一五八七）十月の有名な北野大茶湯にも招かれて宗湛は九州から聚楽第に駆けつけている。林屋辰三郎教授はこうした博多商人の優遇のかげには「すでに利用しつくした堺にかわって、博多を重視し、やがて朝鮮・大明への構想を練っていた秀吉が浮かび上がる」と言われているが、この指摘は同感である。堺から博多へという秀吉の移り気はやがてあの隆佐とは別の意味で堺商人の代表者であった利休の断罪によってもはっきり窺える。さまざまな素因はあっても、利休が死を命じられた時、秀吉は堺の利用価値をもはや認めなくなったといっていい。利休の死の背後には昔日のように堺を必要としなくなった秀吉の計算がかくれているのだ。

時勢の流れに敏感すぎるほど敏感だった隆佐や行長がこの秀吉の移り気に気がつかなかった筈はない。秀吉から棄てられぬために、自分たちが生きのびるための手を打たねばならぬ。彼等はその準備にとりかかった。

その不安と危懼のなかで思いがけぬことが生じた。九州の一角に一揆が起ったのである。九州作戦完了後、三カ月にして肥後の国衆たちが、あたらしい支配者である佐々《さっさ》成政《なりまさ》に背いた。

九州国分けでこの地の新領主に任ぜられた佐々成政は、

地元の国衆を刺激するなという秀吉の指図にもかかわらず、手痛い失敗をしてしまった。彼は国分けを強いられた土豪、国衆たちの不満を鎮めるかわりに、支配地に検地を強行した。田地面積、収穫量、作人を調査した「指出《さしだし》」の提出を命令した。

本領安堵の約束を信じていた国衆たちはこの強制に反抗した。肥後は元来、支配者にたいして反抗する気質の国である。彼等は成政の命令を、認められた自分たちの権利侵害とみた。隈府の隈部《くまべ》親永《ちかなが》が反乱を起し、他の国衆たちもそれに呼応した。燎原の火のように一揆は肥後から筑前に、筑前から肥前の一角にまで及んだ。成政の手におえぬと見ると秀吉は小早川秀包《ひでかね》を将として筑後、肥前の諸将にこの鎮圧を命じた。八月から翌年閏五月までの十カ月間、戦いは各地でくり展げられ、国衆はよく戦ったが遂に屈服せざるをえなかった。

関白から失政の責任を詰問された佐々成政は尼崎に幽閉されやがて自決を命ぜられる。成政は秀吉にとってかつて柴田勝家と共に、あるいは徳川家康と共に自分に矢を向けた相手である。それらの罪をすべてまとめて自決を命じたのかもしれぬ。

秀吉の国分け、国替え処置には、不用な武将、危険な大名を次の作戦に消耗さすために作戦予定地に近いところに置くか、あるいは治政困難な遠隔地に移して、その失政を理由にこれを滅ぼすという方法がよくみられる。毛利軍を九州作戦で出血させたのもそのためである。のちに家康を三河、駿河から関東の荒廃地においたのもその失政を狙っていたためである。

成政の場合も九州の肥後という一揆の起きやすい地に移封されたのは秀吉のこの意図のためだとは資料的に断定しがたい。しかし、少くとも、九州作戦後の九州国分けはやがて行うべき大陸侵攻派遣部隊をそこにおくためであったから、成政もその目的にそって肥後に配置されたことは確かである。秀吉はかつてこの男が家康と結んで自分に反旗をひるがえしたのを忘れなかった。忘れていなかったゆえに関白が成政にかつてその男と組んだ家康のいる三河、駿河からは遠い肥後においたのであろう。そして国衆を当分、刺激するなと指示したのも、これら国衆を大陸侵攻の先遣部隊に温存しておきたかったからであろう。にもかかわらず成政にはこの意図が見ぬけなかった。

このことは成政を自決せしめた後、その軍隊や武器装備をそのままにするように、大坂から送った検使団に命じていることでもわかる。成政は自決させても秀吉にはその兵力や武器は捨ててはならぬものだった。

一揆が鎮圧されると大坂から検使団が送られた。検使団にはやがて、その肥後の領主となる加藤清正と小西行長の二人も加えられている。検使団は隈本につくと皮肉にも改めて肥後国の検地を行った。成政の自決はおそらく、この検地施行中に清正や行長の耳に入ったであろう。まがりなりにも切支丹の行長がこの武将の自決をどのような思いで耳にしたかはわからない。我々に推測できるのはこの事件で「役にたたぬ者は容赦なく切る」という権力者の性格を行長が見ねばならなかったということである。関白の政治の世界では役にたつことが善であり、役にたたぬことは悪である。行長はこの秀吉の方針を宣教師追放、右近の処罰、そして更に佐々成政の自決ではっきりと認識した筈である。

もはや役にたたぬ成政は自決させたが、その兵力や武器は有用である。秀吉は成政の兵力と武器をそのままにした。後任領主に与えるためである。兵力、武器を与える以上、後任領主は何も有力武将でなくてもよい。それゆえ、関白は信頼できる直参家臣のなかから、大陸侵攻に有能な者をここに知行しようとした。加藤清正がまず抜擢されたのは、この男が彼にとって最も信じられる子飼の直参であり、幼少から陸戦経験で叩き上げた第一線将校だからである。『絵本太閤記』によればこの抜擢には秀吉の正妻で清正を我が子のように可愛がっていた北政所の推挙があったと言われる。

肥後の北半国、二十六万石を清正の知行地とすると関白はこの直参家臣とはまったく違った能力を持った小西行長を南半国の支配者として頭にうかべた。清正が陸戦将校ならば、後者は輜重、輸送の能力を九州作戦で示している。大陸作戦にはおびただしい兵力、兵糧を海をこえて経由地、朝鮮に運ばねばならぬ。そのためにも行長を肥後の南半国におくのは悪くない。のみならず天草の切支丹国衆たちを抑えるには、まがりなりにも同じ信仰者の者がいい。秀吉の計算と北政所に対抗する淀君の口ぞえで、行長は塩飽、小豆島など瀬戸内海諸島の小領主の地位から二十五万石の大名に抜擢されることになった。

秀吉はこの頃、行長の面従腹背の生き方に気づいてはいなかった。こうして肥後の国はほとんど同年輩でありながら水と油のようにあい合わぬ、違った資質と性格の二人の男が背をあわせて支配することになった。一方は「土の人間」、他方は「水の人間」。清正が日蓮宗の熱狂的な信者ならば、行長は切支丹である。二人はこれまで長い間、秀吉の麾下にありながら決して結びあうことはなかった。清正は行長をひそかに軽蔑し、行長は行長で清正に近よらなかった。秀吉は二人の対立した感情に気づいていたが、気づいておればこそ、彼等を競《きそ》わせるために肥後で隣りあわせにしたのである。

破格の抜擢がなぜ自分に与えられたかを行長はもちろん知っていた。彼は複雑な気持で国分けの朱印状と目録を受けた。彼はまたしても秀吉の野心の道具となることを命じられたのである。その道具となる限り彼の身分も生命も栄達も保証されるにちがいない。しかし道具であることは自分自身を棄てることに他ならぬ。彼はその点、同時に同じ名誉を与えられた清正のように手離しで純粋に悦ぶことはできなかった。清正の場合はひたすらに秀吉の道具となることを生き甲斐としていたからである。

天正十六年（一五八八）六月十三日、清正は大坂を舟出して二十二日、豊後の鶴崎に着き、同二十七日隈本に入った。

同じ六月十三日、二十五万石の新領主の行長も大坂を発ち、二週間の旅ののち、肥後の宇土に入った。清正が隈本に入った翌日である。フロイスは行長がこの時、小豆島にかくした右近や、その右近やオルガンティーノ神父をかくまうことを共に画策した切支丹の結城弥平次を供につれたとのべている。滅亡した佐々成政の家臣は清正と行長に仕官することを許され、その武器もゆずり渡された。行長はとりあえず領内の隈荘の代官に弟の隼人をおき、矢部城は結城弥平次にまかせた。

宇土についてまもなく、行長と右近とは肥前、有馬領にいるコエリュ神父をたずねた。行長が肥後南半国の領主に任ぜられたニュースは、追放令によって意気阻喪した宣教師たちにとって大きな悦びであったにちがいない。だが行長や右近のコエリュ訪問の目的は宣教師たちがその悦びのために行きすぎた行為をとらぬよう警告を与えることにあった。イエズス会日本通信は六名の召使しか連れなかった右近が数日、コエリュたちのもとに滞在して、今後の切支丹問題について語りあい、神父たちに人目をひかず、服装を変え、反抗を起さないよう忠告したと伝えている。

佐々成政の悲劇を見ている行長には、国衆を刺激することと、宣教師たちの行きすぎとを何よりも警戒せねばならなかった。コエリュやフロイスのような過激派がふたたび関白に反抗的な行為を企てれば一応は切支丹追放令を不問にした秀吉の怒りはふたたび燃えあがり、徹底的な迫害が行われるかもしれない。行長はのちに宣教師たちが自分の所領地となった天草の上津浦にささやかな教会をたて、志岐、栖本、大矢野に伝道所をつくることは許したが、それ以上の活発な活動は当分、望まなかったにちがいない。野史のなかには当時宇土で行長が切支丹の信仰を強制し、神社仏閣を破壊したようにのべているものもあるが、これは信じがたい。

かつての右近とは違って同じ切支丹大名でも行長はこの九州のおのれの所領に「神の王国」を創ろうとは考えなかった。右近のように自分の思想を領国に具顕する危険をこの二重生活者は充分、心得ていた。行長が新領地で切支丹のみを優遇し、神社仏閣を破壊したという説は後年、この宇土を滅ぼした加藤清正側の宣伝によるもので、そのような事実のなかったことは今日、『宇土市史』のなかで井上正氏が明らかにしている。切支丹たちが神社仏閣を破壊したことが秀吉の反基督教感情の原因になったことを充分すぎるほど熟知していた彼がこのような愚挙にでる筈はなかったのである。

それは、行長が反徳川であったためすべて彼の行為が誹謗された江戸初期でも、細川家家臣、渡辺某の著わした『拾集物語』に行長のこの頃の政治が「御慈悲に御座候て、無理非道、之無きように御紕被成御欲心に無御座候」「年貢、課役さりとては裕福なる御領主にて和らしく思《おぼ》しめされ、百姓の色目を国代より直し候」と記述していることでもわかる。

行長に随ってこの肥後に来た高山右近も信仰を同じくするこの友人の穏和政策に従おうとした。だが右近が肥後に姿をあらわしたことは、いち早く大坂城に報告され、関白の右近にたいする勘気は既にとけ、近く伺候を許されるであろうという噂が宇土に届いた。右近の身に危険の起ることを不安に思った行長はひそかに肥後で米二万駄を与える申し出をしたが、この信仰あついかつての武将はもはや、誰かに仕えることを望まなかった。関白にさえ奉公をすることを拒んだ右近は、もし行長の麾下に入れば、秀吉がどのように不快に思うかを知っていたのである。天正十六年（一五八八）の六月から翌年の春まで、行長の治政は穏健であり、彼は佐々成政の悲劇をくりかえすことはないようにみえた。

だがその春、行長はかつて宇土一族が拠っていた宇土城の防備的欠陥を補うため、ここに築城を思いたった。計画に従えば三階の天守閣をもつ本丸は東西二十七間、南北十九間、城門を五カ所におき、城前面の沼地を外濠にかえ、宇土川を改修して第一線防備とするものだった。

築城の計画がたった時、予想もしなかった出来事が起った。天草の国衆たちが行長のこの指令に反して築城の公役を拒絶したのである。二年前、佐々成政が蒙ったと同じ国衆の反撃を行長も受けたのである。

天草の国衆とは大矢野、志岐、上津浦、栖本、天草の五人衆である。彼等は秀吉の九州作戦後、それぞれ本領を安堵された豪族たちだがその本領安堵を行長の支配の外にあるものと考えていた。行長の天草指揮権を彼等はよく了承していなかったのである。宇土城普請の公役は行長から見れば指揮権の行使であったが五人衆たちの眼には秀吉直参家臣の越権行為とうつった。彼等は宇土からの命令をはねつけ、これを拒否した。狼狽した行長はただちに大坂に事態を報告し、関白はこれら国衆の武力弾圧を命じた。佐々成政の失敗と同じ局面に行長はぶつかったのである。

行長軍は九月、兵を動員して海路、袋ノ浦に上陸し、富岡の志岐麟仙を叩こうとした。輸送指揮官の弱点である実戦の拙劣さがここでも露呈した。先遣部隊はほとんど全滅状態になり、指揮者の伊知地文太夫は戦死し、敗兵は宇土に逃れた。事態はますます悪化し、天草は五人衆たちの連合軍の意のままになった。行長はピンチにおちいったのである。

これより先、行長と同じように肥後北半国に入国した清正は佐々の家臣三百人を召しかかえるや、彼等から一揆の事情をきくと、まだ抵抗の姿勢を示す伊津野将監を玉名郡、小森に攻めてただちにこれを制圧している。

そのような清正には、行長の天草における敗戦はおのれの優越感を満足させ、相手への軽蔑を抱かせるに充分であったろう。清正にとって行長は実戦をほとんど知らぬ主計指揮官にすぎず、後年、彼が侮蔑をもって口に出したように「商人の子」にほかならなかった。その「商人の子」がさしたる戦功もなく、ただ兵員、兵糧の輸送と父、隆佐の能力で、自らをぬき出世したことは決して愉快ではなかったにちがいない。

一方、行長はやむをえずその清正に援軍を頼まねばならなかった。自分を軽蔑しているこの同僚に救いを求めるのは彼にとって屈辱的な行為だったが他に方法はなかった。

ふたたび袋ノ浦に十月十三日上陸した行長軍は志岐麟仙のたてこもる志岐城を囲んだが、相変らずこれを抜くことはできなかった。一方、清正はこれを静観しつつ川尻から坂瀬川附近に上陸し、志岐城に近い仏木坂で、五時間にわたる白兵戦を行い、敵軍を撃破した。この折、清正は志岐軍の猛将、木山弾正と一騎討ちを行い、これを突き刺している。清正にとっては誇るべき、行長にとっては無念な戦いだった。

志岐を落したのち、清正、行長の連合軍は本渡の本渡城に拠る天草種元を攻め、その頑強な五日間の抵抗を制圧し、他の国衆たちの降伏を促して作戦を終了した。

この戦いは行長にとって別な意味でも不利だった。天草の五人衆たちは彼と信仰を同じくする切支丹だったからである。切支丹が切支丹と戦う時はそれはもはや「聖戦」ではありえなかった。天草における行長の戦いぶりはその実戦能力のなさもあったが、この同じ信仰者と争わねばならぬというためらいが感じられる。清正の敏速な行動にくらべ、行長の戦意がみうけられぬのはそのためである。そのような躊躇も清正にとっては戦う気力のない「商人の子」とうつったにちがいない。天草の反乱は清正の行長にたいする侮蔑の感情をかえって深め、両者の溝を更に深めたようである。佐々成政の失敗にはあれほどの厳罰をもって臨んだ関白はふしぎに行長のこの手落ちに懲罰を与えていない。理由は明らかである。成政はもはや関白にとって不用になった存在だが、行長はまだ必要だからである。大陸侵攻作戦の輸送指揮官として彼を使わねばならぬ。だからその前に朝鮮を帰順させる交渉をもこの男にさせねばならぬ。役にたつ限り、それを利用するのが関白の方針である。

九州作戦の準備を開始した天正十四年（一五八六）六月の頃、秀吉は対馬の宗義調《よししげ》に書状を送り、この作戦の終る頃は準備のなり次第、朝鮮出兵を行うことを告げ、その時は従軍するように命じていた。

我々には秀吉の大陸侵攻の真意が何処にあったか、わからない。たんなる征服欲なのか、それとも屈服させた日本の領主たちの力をこの侵略で消耗させて豊家の安泰を計ろうとしたのか、あるいは貿易上の利益を狙ったのか、我々には見当がつかない。見当がつかぬのは彼の海外認識があまり甘く、その計画は幼稚だったからである。秀吉麾下の諸将、文官たちも、九州作戦までは関白のこの計画が実現性のないものと見ていたことはその後の彼等の動揺、狼狽、画策などを見ても窺えるのである。

いずれにせよ、突然に指示を受けた対馬は混乱と不安の渦に包まれた。山多く、耕地少く、漁業と製塩以外になすべきことがない対馬は朝鮮側からみても「四面みな石山にして、土は瘦せ、民は貧しく、煮塩、捕魚、販売にて生活す……産物は柑橘《かんきつ》、楮《こうぞ》のみ」（『海東諸国紀』）であって、日本よりも朝鮮との通商にのみすがり、それによって生きてきた島だからである。対馬海賊は長い間朝鮮と密貿易を行い、時には対馬をすてて彼の地にわたたって帰化し、場合によってはその沿岸をかすめることもあった。もっとも朝鮮も一四一九年、飢饉のため大挙して沿岸を掠奪した対馬海賊に報復するための、一万七千の大軍を送って対馬を征伐したこともあったが、伝統的方針としては懐柔政策を長い間、採ってきている。彼等は対馬を朝鮮の属州と考えていたからである。島主の宗氏は代々、朝鮮国王からその島主としての権利を認める図書を授給され、経済的な援助を仰いでいた。十五世紀のはじめから、宗氏は朝鮮から毎年、米、豆などの支給を受け、この頃から日本の貿易商人の船は、朝鮮の指定した薺浦《せいほ》（熊川）、富山浦（釜山）、塩浦（蔚山《ウルサン》）の三浦の町に入ることのみを許され、したがってこの三つの町に定住する日本人の数も三千人を越すようになった。宗氏はこの三浦に代官を派遣し彼等から税金をとりたててきた。

このように日本本土よりは朝鮮に依存し、朝鮮側がおのれの属州と考えていることを容認してきた宗氏は彼等との貿易を失うことを最も怖れた。一五一〇年、三浦で日本人が反乱を起したため、一時、対馬との通商は跡絶えたが、一五四七年からふたたび貿易が復活し、釜山のみを指定港として年間、二十五隻の船を出すことが認められた。その二十五隻の船が更に三十隻に増えたのが秀吉の時代である。

　こうした対馬と朝鮮との長い間の関係をまったく無視して秀吉の宗氏にたいする命令がくだされた。周章狼狽した宗氏は一方では関白の威嚇に屈しながら、他方では朝鮮を敵にまわすことはできなかった。一年の間、宗氏の重臣は苦慮討議した揚句、妥協案をつくった。天正十五年（一五八七）、つまり一年後、宗氏の重臣、柳川調信《しげのぶ》、柚谷《ゆたに》康広らは薩摩、川内に在陣する関白に伺候し、出兵のかわりに調（貢物）と人質とを朝鮮に求める案を示した。秀吉の朝鮮にたいする認識は毛利や島津を相手にした時と同程度であったから、この宗氏の妥協案は蹴られ、あくまで朝鮮国王の入朝を要求するよう厳命をくだした。

　今まで実現性のないものと高を括っていた大陸侵攻の計画がこうして具体性をもった時、関白麾下の諸将は狼狽した。彼等はこの大陸侵攻の動員がどのように自分たちの領国を疲れさせ、荒廃をもたらすかを予感したからである。

　諸将たちだけではない。秀吉の財政的バックとなっている堺と博多の商人たちにも不安を抱く者が多かった。朝鮮との貿易はかつてほどの盛況はなくなったとは言え、元来、博多は東南アジア貿易の中心となり、ここを経てさまざまな染料、香料、薬材、銅、錫などが朝鮮に送られていたからである。博多には朝鮮人も住み、中にはここに帰化した者もいたにちがいない。彼等は対馬と同じように朝鮮との貿易によって利潤をあげることができたから、その朝鮮を敵にまわすのは必ずしも得策ではなかった筈である。

　小西一族もまた薬種商として朝鮮と取引きを行っていたであろう。朝鮮が日本に輸出したものは木綿布や麻布であるが、人参、蜂蜜、松子のような薬材も送られていた。逆に中国医学に必要な薬材は必ずしも朝鮮に見つけられなかったから、これを日本から買いつけていた。堺の小西一族はそれらの薬材を輸入、輸出することで朝鮮と関係していたであろう。

　大陸侵攻作戦の前提として朝鮮占領案が関白の頭で具体化するにつれ、博多に在住する商人の反応を的確に把えることはむつかしい。この出兵によって起る軍需景気による博多の利益を考えた者もいたであろう。あるいは島井宗室のようにこの出兵が朝鮮との断絶をもたらし博多に不利であると考えた者もあったろう。同じ博多商人でも宗室は敢然と秀吉に反対論を出して疎んぜられ、神谷宗湛たちは関白の命令に従って兵糧を集め、武器を製造し、軍用小判を作ることに奔走している。いずれにしろ堺や博多の豪商は朝鮮への侵攻で自分たちにのみ独占できた貿易を、軍需景気を求めて集まる他の町の商人たちに奪われることは怖れていた。軍需産業による利益と侵攻作戦で受ける貿易の打撃とを彼等は天秤にかけねばならなかった。

　隆佐と行長の立場も微妙だった。彼等も彼等のバックである堺も、元来、博多商人との相互協力によって日本の海外貿易を抑えてきた。島井宗室や博多宗伝のような博多商人は茶会を通して堺商人と密接な関係を続けてきた〔註一〕。博多商人が侵攻作戦でもし打撃を受けるならば、それは堺商人の打撃にもつながっていた。朝鮮や大陸の侵攻作戦は少くとも堺商人を背景とする小西一族には利益をもたらすよりは、不利な状況を生むように思われた。

関白がその隆佐や行長の気持をどこまで推察していたか、わからない。だが皮肉にも行長は肥後南半国の領主として出兵の前陣を承る立場に任命されている。のみならず関白はその行長に宗氏の朝鮮交渉を推進させる監督官の仕事も与えている。こうして行長は矛盾に追いこまれたのである。

矛盾に追いこまれた時、この男はいつも二重生活者となる。かつて右近追放事件以来、切支丹の彼は秀吉にたいして面従腹背の姿勢をとった。一応は関白の切支丹禁制令を納得するふりをとって、右近をかくまい、オルガンティーノをかくした。今は朝鮮出兵の計画にたいしても、行長は面従腹背の態度をふたたびとる決心をした。表面では秀吉に服従しながら、その出兵計画を背後で挫折させるか、曖昧にしてしまうのである。

決心が徐々に行長の心にできたのか、それともある決定的な動機がそこにあったのか、資料はまったくない。しかし彼がおのれの娘をほかならぬ宗義智と結婚させた時、この決心は既に踏みきられていたのである。この娘の実名は不明で、ただマリアという霊名しか我々には伝わっていない。婚姻が行長側から申し込まれたのか、あるいは宗氏の側から要請があったのかも曖昧である。

いずれにせよ、この婚姻は小西と宗との連合を誓う意味で起請文の役割になった。朝鮮にたいして利害関係の一致した小西一族と宗一族とはここで手を結び、関白を裏切るひそかな約束ができあがったのである。彼等の目的は朝鮮との貿易をあくまで続けるために、秀吉の過激な朝鮮外交をゆるめることにあった。ただ彼等はその反対を関白に直言できぬことを知っていたから、裏にまわって工作せねばならなかった。

行長はこのブロックを強化するために、同じ気持を持つ博多商人たちを味方に引き入れねばならなかった。秀吉の朝鮮出兵に反対したため疎んぜられるようになった島井宗室と行長の接近はこの時からはじまる。宗義智が天正十八年（一五九〇）、この宗室に起請文にひとしい手紙を送り自分や対馬に関することの指示を仰ぎ、その言葉は決して外部に洩らさぬと誓っているのはこの三者の間に強い同盟が結ばれていたことを示している。

更に行長は平戸の松浦党とも結束を固くする。九州における貿易ルートを自らの支配下にすべて置くためである。森山恒雄氏の研究はこの小西―松浦―博多商人の強固な貿易権に加藤清正がいかに楔《くさび》を打ちこもうとしたかを示すものだが、清正と小西の対立はこの九州貿易権をめぐって更に深刻化していたのである〔註二〕。

このブロックの頼みの綱は秀吉の日本統一がまだ完了していないことだった。いずれはその膝下に伏するとしても関東には北条が、東北には伊達やその他の群雄がまだ関白に帰順せず残っていた。その征服作戦が終らぬうちは全国的な規模を必要とする大陸侵攻は不可能である。彼等は関東、東北作戦の期間中に秀吉の過激な計画が緩和されるよう何らかの手をうつ必要があった。

関白の厳命は朝鮮国王の入朝にある。だが明の兄弟国と自負し、対馬を更におのれの属州と考えている朝鮮国王が入朝を肯定することなど宗義智たちには考えられもしなかった。のみならず彼等が怖れたのはこの高圧的な命令を伝言することで、怒った朝鮮が対馬との貿易を停止しないかという点にあった。朝鮮との貿易がやめば、それに依存する対馬は飢死せねばならぬ。久しく絶えていた通商をようやく恢復させていた対馬としては朝鮮を刺激することは避けねばならない。

だが関白の厳命は威嚇的である。苦慮した宗氏はここで国王にかわって特派大使（通信使）の来日を朝鮮側に求める案を思いつき、そのために偽って宗氏の家臣、柚谷康広をあたらしく日本国王となった秀吉の使節と称して赴かせる通達を朝鮮におこなった。

石原道博教授の「朝鮮側からみた壬辰丁酉の役」によると、この通達に朝鮮政府は意見が二つにわかれ、論議は紛糾した。秀吉の使節と偽って渡海した対馬の家臣、柚谷康広たちは京城にのぼり、日本の国情を説明したが成果はえられなかった。

秀吉は宗氏のこの苦慮も欺瞞工作も知らずただ交渉の遅滞に不満を抱き、宗義調の子、義智自身が渡海して国王入朝を促すよう厳命した。やむをえず、義智はかねてから親しかった博多の仏僧、玄蘇を正使節としておのれは副使となり釜山浦に向った。

使節団の焦燥感はこの釜山浦での交渉で、ただ特派大使（通信使）の訪日のみを必死で懇願していることでもわかる。にもかかわらず朝鮮王室ではあるいは渡日航海の困難を理由としたり、秀吉を逆臣としてこの要請に反対する議論が強かった。交渉は難航し、それを知らされた小西行長は島井宗室を派遣して義智や玄蘇を助けることにした。

だが、いずれにしろ国王の来朝を特派大使の訪日にすりかえることは関白を瞞《だま》すことだった。その欺瞞工作を知っていたのが行長と宗ブロックのほか、秀吉政府のなかで誰がいたか、我々にはまだわからない。しかしもしこれが暴露された時は、関白からどのような厳罰がくだるかもしれぬ危険な工作だったことは確かである。にもかかわらずこの工作を敢行せねばならなかった対馬の事情はともかく、行長の動機については現在の資料では曖昧である。我々はあとでその動機について大胆な仮定を出すつもりである。

こうして行長と宗義智は秀吉の朝鮮出兵を食いとめるため共犯者となった。対馬はこののちもたえず権力者に面従腹背の姿勢をとりつつ、欺瞞を行う政策をとりつづけ、やがて徳川幕府の時代には将軍の国書まで偽作するようになる。だが行長の場合は秀吉にたいする二重生活は宣教師追放令の時からはじまっていた。彼は宗義智の行ったからくりを黙認していただけでなく、ひそかにそれと協力さえしていたのだ。

大坂にあって、関白は何も知らない。何も気づかない。宗義智の希望を入れて出兵を一時思いとどまった関白はとりあえず国内全統一のため、関東の北条氏との戦いの準備をはじめていた。

関白だけでなく、行長と背を隣りあわせにして、宗氏の交渉を促進するよう命ぜられていた加藤清正もまだこの欺瞞工作を見ぬいてはいなかった。難航した交渉はその年の九月、ようやく打開して朝鮮政府は特派大使の派遣を承諾した。

〔註一〕　泉澄一「博多宗伝と以心宗伝」（『史泉』44、45号）参照。

〔註二〕　森山恒雄「豊臣期海外貿易の一形態」（『東海大学紀要』第八輯）参照。

七　朝鮮戦争における行長の真意
〈行長、三十二歳から三十五歳〉

我々はここで「小西行長の生涯」のむつかしい問題にぶつかった。その問題とは前章でも少し触れたように、宗一族と行長たちの欺瞞計画がどうして成立しえたのか、ということである。

秀吉の朝鮮侵略――つまり文禄・慶長の役は戦争の推移を横におくと、小西たちがどのようにして秀吉をだましつづけたかという経過を分析せねばならない。経過の分析は多くの史書によって説明はされているが、その欺瞞と謀計がなぜ行われえたかの理由はあまり解明されてはおらぬ。謀計はもしそれが暴露されるならば、秀吉の烈しい怒りをかい、死を与えられるほどの危険な試みであったにかかわらず、小西たちはきわめて大胆にこれを行っているのだ。なぜ彼等が大胆にこの企てを敢行できたのか、背後の理由はまったくと言っていいほど論じられていない。我々が行長の生涯をこの章まで書きすすめて、筆をおき、悩むのはその謎のためなのである。

前章でものべたように、対馬の宗家と小西とは一体となって、秀吉から命じられた朝鮮国王の入朝という要求を通信使（特命派遣大使）の派遣にすりかえた。宗家は小西行長の了解のもとに家臣、柚谷康広を秀吉（日本国王）の国王使と偽って朝鮮に送り、その答礼として朝鮮からも通信使を送ることを要請した。朝鮮側ではこれにたいし議論百出し、最後には要請に応じぬこととなって柚谷康広はむなしく帰国した。

秀吉はこのような交渉の真相をまったく知らない。この間、宗家から秀吉に送った報告がどのようなものだったか資料的にはわからぬし、朝鮮側の記録では柚谷康広は交渉不成立の責任を問われて罰せられたと言い、宗一族の記録ではその功を秀吉に賞されたとあって判断がつきにくい。いずれにしろ秀吉は行長と宗一族の偽計に気づかず、事の真相を知らされなかったということだけは確かである。

天正十七年（一五八九）六月、秀吉のきびしい催促をうけて宗家の新領主、宗義智が博多の僧、玄蘇たちと直接、朝鮮に渡り、三カ月の交渉ののち、九月、遂に通信使派遣の約束をとりつけた。小西行長はこの交渉にたいし、心を同じくする博多の豪商、島井宗室を朝鮮に送り、使節団を助けさせている。

通信使派遣は承諾したが、もちろん朝鮮側はこれを日本への帰順だとは夢にも考えていない。たんに秀吉の日本統一を儀礼的に祝し、隣好を修める使者としか考えていなかった。だが秀吉はこれが朝鮮国王の入朝に代るものだと信じた。この時も彼は宗・小西ブロックの偽計をまったく知らなかったからである。

くりかえすが、行長たちの偽計は危険きわまる賭けであった。通信使がやがて日本に送られ、秀吉に会い、国書を提供すれば、そこには入朝や帰順の言葉は一語も書かれていない筈である。それに気づいた時、秀吉がどのような反応と態度を示すかは火を見るより明らかであろう。激怒した権力者が宗家と小西とにいかなる懲罰を与えるかも当然、わかっていた筈である。

にもかかわらず彼等はこの欺瞞計画をあえて実行にうつした。実行にうつしたのは、それが一時的な糊塗策にしろ、秀吉をだましうると信じたか、万一、暴露した場合も事態を収拾できるという自信があったからにちがいない。それらの自信と楽観とは一体、どこから生れたのか。朝鮮作戦における小西外交の謎はそこにある。だがその謎は多くの史書にも、まったく触れていない。我々が当惑するのはそのためである。

宗、小西をしてかくも大胆にさせ、かくも危険な行動を促したものは何か。我々にはそれを客観的に知ることはできない。できるのは主観的な推測のみである。

我々がその推測をするためには、まず大陸作戦の計画が具体化しはじめた頃の日本国内における反応を土台にせねばならない。宣教師フロイスは、この戦争計画が発表されると、日本中に「不安と慨歎が充満した」と書いている。

「じつは人々はひどくこの（征服）事業に加わることを嫌悪しており、まるで死に赴くことを保証されているように考えていたのである。それがために、婦女子たちは孤独の境地に追いやられたことを泣き悲しみ、もはや再び、自分たちの父や夫に相見えることはできまいと思っていた。その多くは後には現実のこととなり、事実、日本中に不安と慨歎が充満し、そのために強力な武将が関白に向って叛起するに違いないと感じられていた。そして一同はそのように希望し、誰かがそれを実行することを期待していたのであるが、結局は、猫の首に鈴をつけることを自ら名乗りでる鼠は一匹も現われはしなかった」（『日本史』）

フロイスのこの記述は多少の誇張がある。なぜなら、諸将のなかにはたとえば鍋島直茂のように進んで中国への転封を望む好戦派もいたからであった。しかし、奈良興福寺の『多聞院日記』が「抑、南蛮、高麗、大唐ニハ異国ノ取向様ニ震動、貴賤上下迷惑、浮沈思イ遣リ不便《ふびん》々々」とこの企てに批判的な眼をむけているように、同じ感情を持った者は秀吉麾下にも一般民衆にも多かったのである。民衆は長い戦乱とそのたびごとの公役に疲れ、諸将もまた相つぐ動員に飽きかけていた。「輝元（毛利）土佐侍従（長曾我部元親）薩摩侍従（島津義弘）……この面々は、高麗にて本国かわり候事、迷惑がり申べく候」と当時の書状には多くの大名が本国を離れることを厭っていたことに触れているし、見知らぬ異国で戦わねばならぬ武将たちの不満は、たとえば家康がこの作戦に出兵を命ぜられた時、黙して一言も発しなかったという話でも窺えるのである。

　事実、戦争がはじまってからだが、島津家中の梅北国兼らの地侍が動員令に反対して反乱を起し、加藤清正の領内に攻め入った時、町人、庄屋、百姓以下まで反乱軍に味方をしている。この事実は武士と共に日本民衆の大陸作戦にたいする感情をよく示している。

　したがって我々はこの感情が豊臣政権の中枢部にもひそかに生れていたと考えざるをえない。資料的にはそれを明らかにするものが見当らないにせよ、この大作戦の成行きを危惧する者たちが秀吉のブレイン内にもいたことは確かである。彼等はおそらく無謀な大作戦のため、ようやく樹立しかけた豊臣政権に罅《ひび》の入ることを怖れ、できればそれを有耶無耶にするか、豊臣政権に打撃を与えぬ形で終らせたかったであろう［註一］。秀吉の計画には敢えて反対しなくても心中、この大作戦に消極的な気持を持つ者は少くなかったと思われる。

　大胆な想像を許してもらえるならば、小西や宗家の欺瞞外交はこうした秀吉ブレイン内の憂慮派の暗黙の了解の上で行われたと我々は考える。でなければ彼等が柚谷康広を秀吉の使いと偽って朝鮮に送ったり、朝鮮からの通信使派遣をあたかも朝鮮帰順の意を示すもののように関白の前に連れていけた筈はなかったからである。暗黙の了解は小西行長と秀吉ブレインの誰か——おそらく文官派の誰かとの間にある時期からついていたと思わざるをえない。

　天正十八年（一五九〇）の四月、長い交渉の末、ようやく釜山を出発した朝鮮の通信使は対馬にしばらく滞在したのち、宗義智、小西行長に迎えられて、七月下旬、京都についた。折から秀吉は奥羽経略のため不在であったから、彼等は三カ月待たされ、ようやく十一月七日にあたらしくできた聚楽第で謁見を許された。

　朝鮮側の記録によると秀吉は紗帽を戴き、黒袍をまとってあらわれたがその「容貌は矮陋《わいろう》、面色は皺黒」にみえたと言う。酒がまわされたあと、ほとんど略式にみえる儀式が終り、秀吉は一時、退去して、やがて子供を抱いてあらわれた。淀君との間にでき、まもなく死んだ鶴松である。鶴松に粗相をされて衣服をよごされた秀吉は笑って侍女を呼んだ。傍若無人と朝鮮側は書いている。

　もちろん秀吉はあくまでこの通信使の来日を朝鮮帰順の

意志表明と受けとった。通信使たちは秀吉の答書には「一超直チニ大明国ニ入リ、吾朝ノ風俗ヲ四百余州ニ易《か》エ」と露骨に大陸侵入の野心をのべ、朝鮮にたいしては「貴国先駆而入朝」「方物如目録、領納」という文字の書かれているのを見て愕然とした。入朝とか方物（貢物）とかは明らかに朝鮮の服従と明にたいする裏切りを求める言葉だったからである。彼等は答書の訂正を迫ったが許されなかった。

この謁見の場には小西行長はもちろん宗義智も参列していないが（『晴豊記』）、行長は謁見に先だつ二カ月前に駿府に赴いて秀吉に会い、朝鮮交渉のことについて協議している。彼はもちろん通信使について宗義智を助けるような言葉を言ったにちがいない。一方、義智も謁見の前に朝鮮交渉の功を賞せられて京都にいた。行長や彼にとっては、謁見は一種の賭けであった。だが今、その賭けは失敗したのである。彼等は通信使の来日によって、秀吉の朝鮮にたいする恫喝が緩和されることを願ったが、逆にそれは権力者の自信をますます高める結果になってしまった。のみならず通信使たちも来日して、はじめて事の真相を知るにいたったため、秀吉と朝鮮との両方に二重工作を続けてきた宗義智たちは窮地に追いこまれるにいたった。

翌年の二月、義智は通信使に家臣、柳川調信や僧、玄蘇をつけて朝鮮に送り届けたものの、当然、朝鮮側の詰問をうけて釈明せざるをえなかった。玄蘇は「貴国先駆而入朝」という秀吉の答書も実は朝鮮を先駆として日本が中国・明に朝貢する意味だと苦しい弁明をしたが、事実を知った通信使たちに反駁され、結局は中国に侵入するために朝鮮に道をかりる所謂「仮道入明」の要求を突きつけざるをえなかった。もともと秀吉の命令では朝鮮が日本軍の道案内をして大陸作戦を助けるということだったが、それを緩和して「仮道入明」という要請に切りかえたのである。朝鮮がこんな要請をのむ筈はなかったのである。

その後、一年――天正十九年（一五九一）の終りにかけて行長と宗義智が朝鮮にたいし、いかなる工作を続けたかは曖昧である。秀吉の大陸侵攻の意図は一向に衰えず、加藤清正に命じて兵糧米を集めさせ、沿岸諸国に兵船を造らせ、全国的な動員令をくだし、九州作戦の折、前進基地と定めた博多が港湾の浅さのため不便であることを知ると、肥前名護屋に座所、名護屋城を普請するため行長と清正、寺沢に地勢の調査を命じるなど準備を着々と行っていた。

行長と宗義智のこの間の心境は複雑だった。彼等が最も怖れたのは彼等のひそかな工作がやがて暴露される日が近づきつつあるという点である。もし出兵の暁、たとえば加藤清正のように秀吉の意志を絶対視している武将が先発部隊となり、朝鮮に上陸するならば、過去の事情はいっさい看破され、ただちに秀吉に報告されるであろう。それを妨げるためには誰よりも先に行長、義智らが朝鮮上陸を敢行して、一切を曖昧にしておかねばならない。彼等はそのために更に結束して手をうつことにした。行長の娘婿である宗義智が天正十八年（一五九〇）、京都にのぼって洗礼を受けたのは（フロイス）、両家の結合を血族的のみならず信仰的にも強めるためであったろう。彼等はやがて出兵の命がくだれば同じ軍団に所属されるように当然、こういう処置を講じたのである。

　果せるかなこの努力は実を結んだ。秀吉がその出兵命令を諸将に与えたのは文禄元年（天正二十年＝一五九二）の正月、京都においてであった。発令された陣立てには松浦、大村、有馬、五島を第一軍団としてそれに宗を加え小西行長を軍団長としている（『武家事紀』による）。第一軍団は三月一日に出兵し、第二軍団は加藤（清正）、鍋島、相良を指揮者と定めてそれに続くように指令されている。

　陣立てを見ると先遣部隊として小西行長を総司令官として主として切支丹大名を編入した軍団がまず出兵の第一軍として指定されているが、この選択の背後には明らかに行長、宗の朝鮮外交の欺瞞工作を黙認した秀吉ブレインの配慮が我々には感じられるのである。

　池内宏博士の推測によれば京でこの命令が発せられた時、折から正月出仕で都にいた行長と宗義智とは諸将が京都を離れるのを待って太閤秀吉に進言をした。つまり諸将出兵の前に彼等二人を交渉部隊として先に朝鮮に上陸させ最後の折衝にあたらせてほしいと願いでたのである。行長、義智の真意はかつての欺瞞工作が暴露しないよう、彼等だけで彼の地にわたって手をうつことに他ならなかった。もちろん彼等は秀吉にはその真意をかくし、煮えきらぬ朝鮮の態度を徹底的に調べたいと言上したことはのちの文書で明らかである。秀吉がその真意に気づかなかったことは、三カ月ののち、浅野幸長などに「高麗儀、対馬守、小西摂津守、罷渡、出仕之儀、相究之由、言上候付而被差遣候」と申しわたしたことでも明らかである。

　何も知らぬ太閤はこれを許可した。いや、行長たちと暗黙に連繋している側近ブレインの意見もきいた上で許したのであろう。秀吉とても朝鮮でいたずらに兵力を消耗するより、これを味方にするほうが得策だったからである。

　行長は他の武将よりは——いや、とりわけ隣国の加藤清正よりは一日も早く朝鮮に上陸せねばならなかった。それは長い間、彼を実戦を知らぬ者として軽蔑していたこの「土の人間」にたいする「水の人間」の個人的な対抗意識からではなかった。彼には諸将に先がけて朝鮮に渡らねばならない秘密があったからである。

出陣の前から行長は他の武将たちよりもこの作戦の成功を疑っていた。彼の師事する宣教師たちが同じ感情を持っていたことはフロイスの次のような意見を見ても明らかである。

「日本人はもともと他国民と戦争することでは訓練されていない。中国への順路も、航海も、征服しようとする敵方の言語や地理も、彼等にはまったく知られていない。

この企ては、海路、軍団を（派遣すること）になるが、内陸の（海から）隔たった地に住む領主や武将たちは、船舶も水夫も、航海に際して必要とする他の手段も持ちあわせていなかった。

たとえ財力によって船舶その他、装備に必要な武器、食糧、弾薬を購入することを望んだとしても、彼等にたいして定められた期日はあまりに短く限られていた」（『日本史』）

フロイスが列記しているこのような作戦不成功論の疑惑はそれは海外に領土進出を計画したポルトガル人の観点から言えば当然のことであろう。この宣教師たちの悲観論は当然、行長も聞かされていただろうし、行長を通して秀吉ブレインのある者にも伝えられていただろう。だが彼等もそれを秀吉に直接、具申することはできなかった。「しかし、あらゆる領主や武将たちの関白にたいする不思議なほどの遠慮と畏怖の念は、まったく信じられぬほどで、一人として、いかなる場合にも……関白の意見や決定にたいし反対する勇気や自由を示す者はいなかった。それどころか、彼の面前では多くの言葉を弄し、かくも崇高で道理に叶い、時宜を得た企画を決行することは……永久に記念さるべき偉業であると述べ、その決定を賞讃してやまなかった」（フロイス）。

そのような雰囲気のなかで行長は宗義智たちを率いて出陣しなければならなかった。彼は上陸後、あの通信使事件を覆いかくすためにあらゆる手を打たねばならなかった。次にやむをえず、戦端を開かねばならぬとしても味方の有利な状況で講和をすることが一番、望ましいと考えたことであろう。それらを遂行するためにも彼は上陸作戦はもちろん、上陸時の進撃でも第二軍団の加藤清正より主導権を握らねばならなかったのである。出発前から彼は自らにとって本当の相手は朝鮮ではなく、この加藤清正だと考えていたにちがいない。なぜなら文字通り太閤の子飼の家来でその意志に背くことのない清正が、もし作戦の立役者になれば、日本軍は最後まで戦いをやめることができないからである。

秀吉の麾下に加わって以来、十三年の間、能力的にも、その生き方においても異質なものを感じつづけてきた清正と彼とが遂に対立せねばならぬ時が来た。行長は直接の戦闘では自らが清正にはるかに劣っていることを知っていた。

天草の反乱でも失敗した自らを心中、嘲りつつ援軍を送り相手をうち破った清正に、行長は当然、コンプレックスを感じていた筈である。軍人としての能力、戦う才能ではこの相手が優れていることも熟知していた筈である。その清正とこれからは戦場において競わねばならぬのである。

商人の血を持ち、切支丹である行長は根来のような異教徒との戦いならばともかく、敵意を持ちえぬ朝鮮と戦うことは、やはり気が進まぬことだったにちがいない。それは決して基督教的な「聖戦」ではなかった。太閤の野心を遂行するための侵略だった。心進まぬ戦いに加わらざるをえないのは彼が今もって秀吉の操り人形であるためである。行長がこの時、軍人であることを放棄した同じ切支丹の右近をひそかに羨んだとしてもふしぎではない。彼はあの室津の辛い夜、右近が彼に語った次のような言葉をまだ憶えていた筈である。

「日本で行われた戦争で十万人が悪魔への愛から、そして現世的な僅かな利益のために死んだ。そして彼等はただ空しく死んだのみならず、その家族も破滅した。……それに反して今や、我々が日本で行う戦いは……キリストと共に勝利を告げ、その力のもとに家族たる日本教会を保護する戦いである」(ラウレス『高山右近』)

だが行長にはこの右近が非難した「悪魔への愛から、そして現世的な僅かな利益のため」の戦いに加わることを秀吉に拒否する勇気も力もなかった。後年、行長はその死の直前、これらの一切が「基督教の教えを辱しめること」だったと洩らしているが、まこと、心からこの戦いを基督教的行為とは思っていなかったようである。

このような時、行長は、右近のごとく決然として一方を棄て、他を選びはしない。たびたび見てきたようにその生き方の姿勢はあくまで「面従腹背」であり「二重生活」である。切支丹追放令の時、彼は秀吉に屈従しながら右近やオルガンティーノ神父をひそかにかくまった。朝鮮侵略の命令がくだされるや、彼はそれに従うとみせ、宗氏とくんで、通信使来日にすりかえた。その「面従腹背」「二重生活」の姿勢を今、目前に迫った異国での戦いでも行おうと行長は決心する。秀吉の命に従って戦うとみせかけながらひそかに和平工作を計ること。加藤清正と助けあうようなふりをして実は彼とは別行動をとること。これらのことを出陣の前に既に彼は決めていたにちがいない。

第一軍団、一万八千人は太閤の出兵命令に従って文禄元年(一五九二)三月十二日、宗義智の支配する対馬に集結した。七百余隻の上陸用兵船も用意された。彼等はそこから対馬北端の大浦にそれぞれ移動し、総指揮官、小西行長の指示を待った。だが上陸作戦の指示はまだ下されない。

池内宏博士の説によれば行長と義智はその時、この対馬から最終的な説得を朝鮮に試みたようである。僧、玄蘇ほか五人の使者が再度、朝鮮に送られ「仮道入明」つまり朝鮮に道を借りて明に入る最後の交渉に当ったと池内氏は言う。「仮道入明」は言いかえれば朝鮮には戦意を持ちたくないという行長たちの意志表明である。使節が向うで誰と会ったとも、この最後の交渉の過程も不明だが、むなしく彼等が帰ったことは『西征日記』の四月七日の項に「自朝鮮、送使之船二隻来、一隻二人一隻三人、合五人」という記事のみあって、あとは何も書かれていないことでも推測できる。

この折衝を行長、義智の最後の和平的な意志のあらわれと見るべきか、いや、だが彼等とてこの「仮道入明」の要請を朝鮮が受諾できぬことは既に知りすぎるほどわかっていた筈である。承知していながら無駄な使節を兵船、軍団ことごとく対馬に集結したのち、送ったのは、第一には秀吉にたいするジェスチュアにすぎぬ。と同時に想像をたくましくするならば朝鮮側に日本軍のなかで小西行長、宗義智のみが彼等に敵意なく、停戦和平の交渉の用意が常にあることを知らしめるためとしか考えられない。言いかえればこの三月から四月の間の玄蘇たちの渡海の目的は、朝鮮側に停戦和平の交渉は小西、宗のルートだけしかないことを通達させることにあったと我々は考える。この通達が朝鮮をへて中国・明にも入ることを行長は期待していたのである。言いかえればそれはまた停戦交渉が第二軍団の加藤清正の手に握られぬために打たれた手であったのである。

四月七日、玄蘇たちはむなしく対馬に戻った。いや、それは必ずしもむなしくではなかった。「仮道入明」は拒絶されても行長に停戦和平の意志あることがひそかに朝鮮、明側に通ずれば充分だったからである。

四月十二日、行長は上陸作戦の命令を遂に第一軍団の将兵に下した。辰刻（午前八時頃）、大浦から七百余隻の船は一万八千の兵を乗せて釜山に進撃を開始する。大関定祐の『朝鮮征伐記』によるとこの対馬から釜山までの進撃の途中、船団は嵐にあい水主、梶取たちが引き返そうとした時、行長が加藤清正に追いつかれるなと全員を叱咤したという。事実の有無は別としても、この話は行長の心情をよくあらわしている。

十二日の朝は晴れていた。釜山鎮僉節制使の鄭撥《ていはつ》はたまたま絶影島に猟に出ていて日本軍の兵船を発見。しばらく戦ったが、まもなく海を覆う第一軍団の船団に圧せられて釜山城に退いた。朝鮮側の資料によれば日本軍はすぐには攻撃せず、宗義智が鄭撥に「仮途入明」の文書を送って拒絶された。日本軍の城攻めは翌暁からはじまったという。

フロイスはこの朝鮮側資料よりも、もっと詳しく戦況を説明しているが、それは信頼のおけるものと思われる。行長は上陸後、城の周辺をことごとく焼いたのち、使者を送って助命を約束して投降を勧告した。戦いは翌朝の午前三時と四時の間にはじまったが、釜山城にたてこもる朝鮮兵士六百人は果敢に抵抗した。城のまわりには深い濠がつくられ、鉄刺がはりめぐらされていたが、日本兵は板を濠にかけてこれを渡り、城塞に侵入した。城内には三百あまりの人家があったが、女たちは鍋釜の墨を顔にぬり、泣きながら日本兵に投降した。子供たちはわざと足を曳きずったり、狂人の真似をしたりして難を逃れようとしたが、いずれも捕えられた。僉節制使の鄭撥は日本軍の銃弾をあびて戦死した。

釜山城が陥落すると行長は翌十四日、釜山城に近い東萊《とうらい》城に進撃した。ここは朝鮮側の南部拠点であり、二万の手兵がたてこもっていた。兵力の劣勢を感じた行長は舟子、人夫も動員して夕刻から城壁に梯子をかけて城内に突入しようとしたが、朝鮮側は「雨のように矢をふりそそぎ」日本軍もかなりの負傷者を出した。二時間にわたる激戦ののち、城将、宋象賢は戦死、東萊城も陥落。朝鮮側は五千人の死者、それにたいし日本は百人を失った。

釜山、東萊の二城が占領されたという知らせを聞くと、附近の五つの城（梁山、密陽《みつよう》、清道《しんどう》、大邱《たいきゅう》、仁同）は戦わずに兵を引きあげた。朝鮮海軍守備隊の守る左水営、右水営の司令官も一戦もまじえず遁走した。

実戦には弱い行長が緒戦において見ちがえるばかりの快進撃を続けえたのは朝鮮側に防備態勢ができていなかったことや、その兵が寄せ集めであり、日本軍の新兵器である鳥銃の威力に屈したことなどの理由がふつう言われている。

だが、それ以上にあとから上陸する第二軍団の加藤清正たちに朝鮮作戦の主導権を握らしめまいとする行長と宗義智の必死の感情がこの勝利をもたらせたのであろう。行長と義智のブロックにとって加藤清正は秀吉の意志の忠実な実行者だった。「秀吉、日本国事ハ申スニ及バズ、唐国マデ仰付ラレ候心ニ候」という太閤の野心を最後まで遂行しようとするのが加藤清正ならば、行長と義智はこの清正に作戦の主導権を外交的にはもちろん、軍事的にも委ねてはならなかった。もし清正が主導権を握れば、あの通信使来日の裏面工作も当然、知られるからであり、またこの戦争は果しなく続くからである。裏面工作を知られることはその当事者の行長や義智にとって自分たちの破滅を意味するし、戦争が果しなく続くことは行長、義智たちのような貿易重視主義者にはおのれの基盤を喪うことになるからである。（清正は文禄・慶長の役の間、遂にこの通信使来日の裏面工作に気づかなかった。彼がその事実を知ったのは慶長二年〈一五九七〉来日した朝鮮の僧、松雲〈惟政〉によって教えられたからである。）

資料的な裏づけがない以上、勝手な想像は慎まねばならぬが、出兵直前から行長と義智との心には中国と戦う意志は、あまりなかったように見える。朝鮮には致し方なく進撃するにしても、国境をこえて大陸に侵入する無謀を彼等は知っていた。彼等としては朝鮮の南半分を占領すれば、それを秀吉にたいする口実として和平工作に乗りだしたい気持だったようである。それはのちに彼等が中国・明のほとんど一方的な要求を受け入れている事実でも推測できる。

では一体、行長の真意は何処にあったのか。行長を中心に朝鮮戦争を考える時、我々が資料不足のために悩む箇所はまた、そこにある。彼はたんにこの作戦の無謀を知って和平工作に乗りだしたのか。それとも彼や義智の利害を考えて戦争の早期終結を望んでいたのか。あるいは秀吉ブレインのある派の暗黙の指示と了解で講和を進めたのか、我々にはほとんどわからない。

だがその謎の一端を解くひとつの資料がある。それはのちにさまざまな紆余曲折をへて彼が明との間に妥結した、文禄の役の講和に際して明政府が秀吉はじめ日本武将に与えた冊封の請願書である。この冊封請願書は行長と共にこの講和条件をまとめた沈惟敬が小西家の家臣、内藤如安を北京に伴った時、如安が提出した草案であるが、そこには行長の要請と希望との反映が当然、一部うかがえると言ってよい。原文には日本名に誤りがあるので中村栄孝博士の訂正、整理されたものの一部を更にわかりやすく直すと、次のようになる。

一、関白豊臣秀吉を封じて日本国王と為（中略）さんことを乞う。

二、小西行長、石田三成、増田長盛、大谷吉継、宇喜多秀家

以上五員は、大都督に封ぜんことを乞う。独り行長は世《よよ》西海道を加えよ（中略）。

三、釈玄蘇は日本禅師に封ぜよ。

四、徳川家康、前田利家、羽柴秀保、羽柴秀俊、蒲生氏郷、毛利輝元、平国保（未詳）、小早川隆景、有馬晴信、宗義智

以上十員は、亜都督に封ぜんことを乞う。

五、前田玄以、森吉成、長束正家、寺沢正成（広高）、施薬院全宗、柳川調信、木下吉隆、石田正澄、源家次、平行親、小西末郷

以上十一員は、都督指揮に封ぜんことを乞う。（以下略）

この冊封請願書を一覧して、まず気づくことは中村栄孝博士が指摘されたように加藤清正とその派閥がそこにはほとんど見当らないことであろう。

だが、それと共に小西、石田、増田、大谷、宇喜多の五人が日本国内においては彼等よりはるかに有力大名であり公儀の地位も高い徳川家康、前田利家などよりはるかに優

遇されて大都督（大将）に推されているにかかわらず、後者は行長の第一軍団に属する有馬晴信や宗義智ら小名と同列に並んでいることに注意されたい。

これは一体、何を意味するのか。石田、増田、大谷は言うまでもなく秀吉から派遣されて小西と講和条件の協議をした三奉行である。宇喜多秀家は第八軍団の軍団長であると共に第一次派遣軍の総司令官であるが、同時に行長の旧主君でありその連繋は他の武将より強かったとも考えられる。

したがって大都督に推された五名は一見、この文禄の役の講和に特に尽力した者たちとも考えられるが、しかしそのような恩賞を決めるのは行長にとっては主君の太閤であって、決して中国・明の側ではあるまい。にもかかわらず、この恩賞とも言うべき冊封を行長やその家臣、内藤如安が秀吉の認定なしに気儘に明に要請するのは筋が通らないのは当然であろう。

したがって我々はこの請願書がたとえ試案であり、形式上のものであるにせよ、行長個人の意図か、行長の背後にある秀吉ブレインのある者たちの工作を感ぜざるをえないのである。そのある者たちとは大都督の候補者五名の誰か、もしくは何人かである。そして彼等はその意図を太閤の許しを経ずに、中国・明の認定の上で実現しようと試みたのである。

ここまで書けばこの冊封請願書の裏にひそむ事実はおのずと明らかであろう。行長をふくめてこれら五人のある者たちは戦争がやがて終るか、老太閤が死ぬ日の近いことを想定し、その死後の豊臣政権の新体制をこの請願書に表現したのである。すなわち、老太閤が死に、豊臣政権が幼い秀頼に継がれた場合も実権は大都督に任じられた五人、もしくは五人中の何人かが当分は握り、政権の中枢部につくという意図がこの請願書から我々には窺えるのだ。

とりわけ、我々の注目をひくのは「独り行長は世《よ》西海道を加えよ」という請願書の一節である。これは言いかえれば行長のみが西海道（九州）の統治を任せられるということである。これは太閤の死後、豊臣政権は朝鮮と同じように明を宗国としてその認定の上で藩国となり、朝鮮に近い九州は行長がすべて支配するということに他ならない。一方、のちに五大老の席につらなる家康や利家などは、たんなる国内大名として中枢部に従属するにすぎない。したがって冊封請願書の官位の優劣は秀吉の死後、合議制による連合軍事政権から、秀吉ブレインの文官を主体とする政権移行の構想を示しているのだ。

我々はもちろんその後、五奉行のほかに五大老がおかれて豊臣政権の維持を計る制度の行われたことを知ってはいるが、それは太閤の意志がそこに作用している以上、請願書から窺える構想と食いちがうのは当然と言えよう。五大老、五奉行制度とこの請願書の根本的な違いは前者が秀吉の認定によって成立するのにたいし、後者は中国・明の許可で成り立つものである。言いかえればこの請願書の新体制は秀吉の独立政権を無視して、中国・明を宗家とするあたらしい国づくりを想定して考えられているのである。もっとはっきり言えば、この新体制は秀吉の死後、その後継者が成長するまで明の権威を基盤として国内秩序を保とうとしたものなのである。

明政府が秀吉をはじめ、日本武将に与えたこの冊封の請願書は今日までそれほど重要視されていないが、我々はそこに朝鮮戦争中にひそかに生れた秀吉ブレインの動きを看破する上で見逃すべからざる資料のような気がしてならないのである。少くとも小西行長の心理を探る上では無視できぬ材料に思われるのだ〔註二〕。

つけ加えるならばこの請願書で優遇されている者、破格の抜擢を受けている者が、あの関ヶ原で西軍に味方していることに注目すべきであろう。関ヶ原の戦いはこの請願書に表明された新体制構想にたいする反対派の反撃とも考えてよいほどである。関ヶ原の戦いは秀吉の死後、生れた三成、家康の拮抗だけによるものではなく、その原因は既にこの朝鮮作戦に早くから尾を引いていたと言っていいのである。

いずれにせよ、我々は第一軍団長、行長の朝鮮における行動には中国侵略の意志は表面は別として、その底にはなかったと考えざるをえない。いや、むしろ彼の真意はある段階から戦争終結後、秀吉が死ねば、その明政府の認可と支持で新しい体制が生れることを予感し、それに協力しはじめていたと思われる。やむをえず中国軍と戦火をまじえても、それは彼の本意ではなかったのである。

〔註一〕 我々がこの大胆な推測をするのは、たとえば島井宗室が秀吉に朝鮮作戦について考えを問われた時、朝鮮は満州につづき日本とは様子がちがう。出兵のことは断念されたほうがいいと答え、その不興を買ったがその答えはあらかじめ石田三成に教えられたものであったという（田中健夫『島井宗室』〈人物叢書〉一五八頁）話などがたとえ後世、創作されたにせよ、三成のような秀吉ブレインが必ずしもこの作戦に賛成していなかったことを示しているからである。こうした反対派の無言の協力がなければ小西、宗だけが関白に背いて独走はできなかったであろう。

〔註二〕 我々がこの大胆な推理をするのは、小西行長が封貢の先例として隆慶五年（元亀二年・一五七一）に明に順義王に封ぜられることによって通貢を許されたモンゴルのアルタンのことを考え、それを真似ようとした（中村栄孝『日鮮関係史の研究』中巻、一六四頁）事実などをみると、朝鮮作戦中に小西をはじめとする諸将は明のアジアにおける権威をはじめて知り、明と戦うことを放棄したとも考えられるからである。したがって、作戦開始前と作戦中における武将の明にたいする認識には大きな変化があったと考えたほうが妥当ではなかろうか。もちろん〔註一〕の問題を含めて、まったくそれを裏づける資料がない以上、拙論は仮定の域を出ないことは確かである。識者の御意見をうかがいたい。

八　空虚なる戦い

〈行長、三十五歳の頃〉

四月十二日に釜山浦に上陸してここを占領した小西軍団は、十四日には東萊城を抜くと、続いて梁山城（十六日）、密陽城（十七日）、大邱城（二十日）を陥落させ、文字通り疾風のように北進した。

　国内ではあれほど陸戦の不得手だったこの男がこの朝鮮では目のさめるような電撃作戦を示したのは朝鮮側にほとんど防禦の準備がなかったことと、日本軍の使用する鳥銃にたいして矢で戦わざるをえなかったことなどが普通、あげられている。「幾世紀かの太平になれて柔弱になった朝鮮人は、数においても武器においても勇気においても遥かに勝った敵を撃退するに兵は弱く、装備は薄弱だった。真相をうちあければ朝鮮の軍隊とは帳簿の上で存在するばかりだった」（シュタイシェン）。朝鮮側もたしかに善戦したが、それは大人と子供との戦いに似て彼我の勝敗ははじめからわかっていた。行長のように戦争の不得手な男にも比較的、楽な作戦だったのである。行長が戦いに弱いことは日本武将たちも既に感じていたから、行長のかつての主君であり寄親だった宇喜多秀家も「小西が先陣を進みしを心もとなく思い」後を追って、これを助けようではないかと家臣に相談しているほどだった。

　だが行長にはこの先陣をどうしても敢行せねばならぬ理由があった。彼の欺瞞工作が暴露されぬためにも誰よりも先に朝鮮政府と外交を折衝する主導権を握らねばならなかったからである。小西軍団の快進撃には、そういった行長と宗義智たちのあせりがかくされていたことは既にのべた通りである。

　四月二十四日、彼等は巡辺使、李鎰《りいつ》の守る尚州城に迫った。尚州ではわずか千名足らずの寄せ集め兵が、山にこもって応戦したが、一万七千の小西軍には敵すべくもあらず、またたくまに陥落した。この陥落の翌日、行長は長束正家、木下吉隆を通じて太閤に書状を送り、そのなかで九百の敵を二万と誇張し、大将五、そのほか千名以上の者を討ちとったと誇大な報告をした。

　こうした誇張だけではなくこの書状で彼はほとんど信じられない虚偽的な報告を太閤におこなった。それは尚州城の捕虜敵兵のなかに日本語を話す景応舜なる通詞があり、この通詞は京城の朝鮮国王から派遣された者で、それによれば国王は情勢が不利になるなら、日本に人質を出し、明に入る道案内をすると申し出ているというのである。したがって自分としてはこの求めを入れ、京城を破壊しないでおきたいとも具申している。

秀吉へのこの報告が虚偽であることは、当時の朝鮮側の情勢とその資料によって明らかである。朝鮮側では尚州城陥落の頃、文字通り日本軍の侵略に呆然自失し、議論百出していたが抗戦論が主流をしめ、決して降伏や日本側の「仮道入明」の要求をのむ結論などは出ていなかった。『宣祖実録』『宣祖修正実録』などによれば、尚州で捕虜となったこの通詞の景応舜は決して朝鮮国王から派遣された講和の使者ではなく、逆に行長から講和の書契を托されて朝鮮政府との橋わたしを求められた者にすぎない。したがって、行長は自分から講和交渉を朝鮮に求めていながら、太閤には朝鮮側からそのような申し出があったと言いかえているのである。

『宣祖実録』や『宣祖修正実録』は更に行長が東萊城の陥落の時から捕虜となった蔚山郡主の李彦誠《りげんせい》を通じて講和を申し込んで朝鮮側から黙殺されていることを記述している。東萊城や尚州城を攻略した後も行長軍は北進して一城を抜くたびに同じような和平の申し込みを行っているのだ。

行長が朝鮮に提示したこの和平の要求は言うまでもなく「仮道入明」である。すなわち朝鮮に道を借りて明に入ることを承認してほしいという要求である。もし朝鮮側がこの要求を入れてくれれば我々は戦う意志はないというのが行長の講和条件である。このことは六月九日、はじめて大同江で行長軍団から派遣された宗家の柳川調信や僧、玄蘇が朝鮮側の李徳馨と船上で交渉を開始した時、玄蘇が「日本、貴国と相戦うに非ず。東萊、尚州、竜仁の地において、みな書契を送れるも、貴国答えず、兵を以って相接し、遂にここに至る。国王を奉じて地を避け、わが向遼の路を開け」と言った言葉でも明らかである。

だが「宗主国（明）攻撃を藩属国（朝鮮）に承認させようという、まことに虫のいい要求」（中村栄孝『日鮮関係史の研究』中巻）が朝鮮側に入れられる筈はない。一城を抜くごとに行長が時には捕虜を使者とし、時には木に書を懸けて自分たちの本意を知らしめようとしても、それらがすべて水泡に帰したのは当然である。「中朝（中国）はすなわち我が父母の邦、死すとも聴従せず」と拒否した李徳馨の言葉が朝鮮側の強硬な決意を示している。

おそらく行長はこれほどの強い拒絶を朝鮮側から受けるとは当初、予想しなかったにちがいない。緒戦において彼の軍団が圧倒的な勝利をしめれば、それに威圧されて朝鮮は和平交渉の申し込みを受け入れるだろうというのが彼の考えだった。

にもかかわらず、朝鮮側は敗退を続けながらも抗戦をやめない。破竹の進撃を続けながら行長がこの時、焦躁感にとらわれたことは明らかであろう。尚州城陥落直後の彼の太閤宛の書簡には、近く朝鮮国王の屈服も可能なような虚偽の報告がなされているのは前述した通りだが、この頃の虚偽の報告にはまだ行長の楽観的な予想が感じられる。しかしこの楽観的な予想はその後、日を重ね、戦いを重ねるにしたがって裏切られていった。

尚州を落したのち、四月二十六日、小西軍団はそこから遠からぬ忠州に進撃した。忠州は朝鮮側が頼みとする防衛拠点で、日本軍を迎えうつため三道都巡察使となった申砬将軍が八千人の兵を集めて死守している。これまでのほとんど無抵抗にひとしい相手とはちがい、小西軍がはじめて遭遇する本格的な敵軍である。

忠州は前面に鳥嶺、竹嶺の天険がある。この天険をこえて忠州を占領すれば、あとは一気に首都、京城までおりられる。

したがってこの忠州をめざして北進してきたのは小西第一軍団だけではなかった。首都の一番乗りを狙う第二軍団の加藤清正軍もここをめざして進撃していた。清正は行長に五日おくれて釜山に上陸してから、東道を北上して彦陽《げんよう》城や慶州を陥落させたあと、同じ忠州に向ったのである。

両軍はこの忠州の前面で遭遇した。小西軍の先鋒隊長、小西作右衛門と清正軍とはその主導権をたがいにゆずらず、激しく口論したとフロイスは伝えている。それは忠州城をどちらが先に陥落させ、武功をたてるかという単純な問題ではなかった。行長にとっては、もし作戦のリーダーシップを清正にとられ、京城突入とその後の交渉をこの「土の人間」にゆずれば、今までのすべて——太閤にたいする彼の報告をも含めて、ひそかに行った欺瞞工作が発覚するかもしれぬのである。行長としては、どうしてもこの主導権を相手に渡せないのである。

そのため彼がこの戦に必死になったのはフロイスの報告でもわかるし、この忠州攻略の前後に行長と清正の露骨な口論があったことがさまざまの書物に書かれているが、それらの根底には、たんなる先陣争いではない、もっと深い事情がかくされているのである。

清正軍がすべて集結しない前に行長は麾下の将兵に忠州城外の西北一里、漢江を背後に布陣する敵主力の攻撃を命じた。小西軍は敵の前面をうけもち、松浦と宗の両部隊が左右に敵軍を包囲する態勢をとり、三日月型に兵列を敷いた朝鮮軍の攻撃を待った。騎兵を中心とする朝鮮軍は槍と矢とで突入してきたが、日本軍から銃火をあびせられ退かざるをえなかった。敵が総崩れになった時、日本軍は白兵戦に移った。後方の漢江に追いつめられた朝鮮軍は争って河に飛びこみ、総司令官、申砬将軍も溺死、部下将兵も戦死する者と溺れる者とは三千という敗北を喫せねばならなかった。ここでも朝鮮軍は銃にたいして矢をもって戦わねばならず、勝敗は明らかだった。

忠州が四月二十七日に陥落すると小西軍より一日おくれてここに入城した清正は行長と郊外で会し、京城攻略を協議した。諸書はこの時、この「土の人間」と「水の人間」との間に京城進撃の先鋒、進路について争いがあり、鍋島をはじめ諸侯が仲裁したと伝えている。清正が行長を堺の薬屋とからかったとも言われ、あの天草一揆のことを忘れたかと侮辱し、また行長が清正に真剣勝負を挑んだというような話はにわかには信じがたいが、しかし長い歳月の間くすぶっていた二人の反目がこの時、なんらかの形であらわれたことは確かである。我々に漠然と想像できることは清正が行長の破竹の進撃を快からず思うと同時にその行動に疑惑を抱きはじめるような発言がこの際、清正側からなされたのであろう。フロイスの報告は行長がこの時、加藤清正の第二軍団と合同して京城に突入することを拒絶したことを暗示している。そして清正はその夜、行長をだしぬいて進軍を開始したとも書いている。

いずれにしろ忠州陥落の翌々日、第一軍団と第二軍団はたがいに反目しあい、競いあった形で京城に北上した。行長としては清正より一足でも早くこの都に入城し、朝鮮朝廷と講和を開始せねばならなかった。彼が部下と離れ離れになったにかかわらず、将兵より先に入城していたというフロイスの報告はその真偽は別としても行長の焦躁感を我々に伝えてくれるのだ。

五月三日、京城に突入した両軍団はそこに死の町を見た。町は静まりかえり、王宮からは黒い煙がたちのぼっている。景福宮も別宮も、歴代の宝物、書籍もすべて灰となり、ただ鼓を鳴らして時をつげる漏院という建物のみが残っているだけだった。それは国王自身の命令であったが、同時に国王が都落ちした後の乱民たちの暴動によるものだと言われている。

忠州陥落の悲報が当日の夕べに、京城に伝わるや、朝廷は混乱の極に達し、京城死守を主張する者、平壌に遷都することを唱える者の二派に別れたが、国王、宣祖は第二子、光海君琿を皇太子となし、兄の臨海君珒と第六子の順和君𤣰とをそれぞれ咸鏡道、江原道に派遣して勤王募兵の任に当てることに決め、四月二十九日の早朝に雨をついて西大門から西に逃れた。一行が沙峴にいたってふりかえると、すでに乱民の掠奪放火がはじまり、炎上する王宮の煙を見た。

無人にひとしい町と煙たちのぼる王宮を見て清正はともかく、行長は愕然としたであろう。なぜなら彼は京城において、ようやく朝鮮政府との和議を直接交渉できるものと考えながら北上してきたからである。上陸以来、彼はさまざまな方法を使って講和の申し込みを朝鮮側に行ってきたが、すべて失敗に終った。頼みの綱としたのは国王宣祖とその朝廷であり、それと直接に接触をするためにも京城の一番乗りを急いだのである。この気持は太閤への手紙に「都を破壊から救うべきだ」と具申している言葉でもうかがえる。彼としては京城を攻撃せずに国王と交渉したかったのである。

他の日本軍はともかく、このような奇怪な作戦は小西軍団に限り、他になかった。彼等は相手を撃滅するために追撃しているのではなく、講和を結ぶために相手を追いかけているのだった。だが当の相手は追いかけても追いかけても遠くへ去っていった。それは近づけば離れ、接近すれば消えてしまう砂漠の蜃気楼に似ていた。

それは日本軍にとっては国内における戦争とまったく形相を異にしていた。日本国内における戦争は、その出城や支城を陥落させたのち本城を落せば終焉した。それがたとえ四国や九州や関東のような広い地域でもこのあり方には変りがなかった。戦いの終結は本城の落城といつも結びついていた。

だがこの朝鮮では本城——都とその王宮を占領しても戦いは一向に終らなかった。国王は日本の領主のように自決もせず降伏もせず、更に北方に逃げていった。その北方に日本軍が進撃すれば、国王と政府とは更に国境をこえて大陸に移るだろう。

むなしい追いかけごっこに似たこの戦争の形態に行長がはじめて気がついたのは静まりかえった京城王城内に彼等が突入した瞬間だったにちがいない。戦争の終結を誓わすべき相手は何処にもおらず、あるのはくすぶる煙と灰となった宮殿の残骸だけだった。その瞬間、彼は心理的にこの戦争に言いようのないむなしさを感じたであろう。朝鮮は個々の戦いでは敗れもしたが、別の意味では彼に大きな打撃を与えたのである。

京城占領の報告はまず加藤清正から二週間後の五月十六日には名護屋大本営に届いた。狂喜した太閤秀吉はその当日、大坂の妻、北政所、母の大政所にこの悦びを知らせた有名な手紙を送った。文中、九月の節句は明国の都で迎えると豪語し、やがては唐の国でそなたを迎えるつもりだとものべている。また彼は関白秀次に書状を送り、天皇を北京に送り、日本は羽柴秀保か、宇喜多秀家に任せるなどという具体案まで示し、夢は果しなく拡がるだけであった。

だがその太閤の狂喜と幻想とはまったく裏腹に京城占領軍のなかには暗いペシミズムが生れつつあった。上陸以後、わずか二十日で朝鮮の首都を占領できたにかかわらず、このペシミズムは五月二十六日に第七軍団長であった毛利輝元が太閤宛に送った、「さてさて、この国の手広きこと、日本より広く候ずると申すことに候。このたび、御人数にては、この国御治めは、なかなか人が有まじく候間、成らざることに候。少々の大なることにてはなく候。お察し給われ候」などという言葉でもうかがえる。輝元のこの国は「広い」と洩らした歎きの言葉の背後には戦いは際限なく続くかもしれぬという不安の気持がにじみでている。追っても追っても敵は遠くへ逃げる。その終局の見つからぬあせりをひしひしと伝えている。同じように行長も「仮道入明」という講和への口実がもはや意味のないことは、今、切実に感じさせられたにちがいない。「仮道入明」は明らかに朝鮮への平和進駐を意味するが、その平和進駐がもはや無理であることはこの京城の空虚な占領によってはっきりとわかったであろう。

今はどこかで、朝鮮国王と接触し、少くとも交渉の糸口をつかむことだけが彼に残されたただ一つの目的になる。だがその思いを彼はもちろん、第二軍団長の加藤清正に同意させることはできぬ。この秀吉にひたすら忠実な男があくまでも戦争の続行を主張することは行長にはわかっていたからである。

五月六日、五月七日、行長と清正に遅れて北上した第三軍団(黒田長政)、第四軍団(森吉成)、第八軍団(宇喜多秀家)が陸続として京城に入城した。これら将兵たちもここに来てはじめて国王の遁走と戦争終結の遠いことを知ったのである。

ただちに各軍団長は京城郊外に集まって今後の対策を協議した。ともかくも平和進駐と朝鮮における戦争終結を第一とする行長のひそかな意図は、あくまで大陸侵攻を主張する清正の気持に対立し、談合は長く続いた。諸将たちはもとより戦争の早期終結を内心では望んだであろうが、それは太閤の意志を裏切るものである以上、清正の意志を真向から否定することはできない。

妥協案が出された。それは今一度、行長たちが朝鮮軍と講和交渉することを認め、その結論が出るまでは各軍団は京城に残留することにすること。だが太閤の意志に従うため大陸侵攻作戦にそなえて、各軍団が今後、朝鮮の八道を分担して経略、巡撫を行い、不足しはじめた兵糧、馬糧を確保することの二つである。こうして行長と清正との対立した意志を調和さす形で軍団長会議は終った。

行長はそれでも講和交渉のリーダーシップをあくまで握る気持を棄てなかった。八道の分担(国分け)についても彼は朝鮮国王がおそらくそこに逃れるにちがいない平安道に自分が進駐することを各軍団長に承認させている。平安道が行長の分担になったことは彼の意志と主張によるものと考えてよいであろう。

だがこの軍団長会議の結論に清正は不満の気持を抑えることができなかった。行長の講和交渉は時間の浪費であり、太閤の意志を裏切る結果になると彼は思った。その感情をこの頃、彼は長束正家に宛てた書簡で露骨にのべた。

「都が落ちてから、九州、四国、中国の諸衆はここに集まり、談合と称して、長々と逗留している。拙者にはこれは迷惑……」

彼は心中、ひそかに行長の講和交渉を妨害することとさえ考えたようである。

五月十三日、行長の命を受けた僧、天荊と宗義智の家老、柳川調信は京城から十里離れた臨津江に先鋒部隊と共に赴いた。対岸にはさきに京城防衛司令官に任ぜられながら遁走した金命元の率いる朝鮮軍が集結していたからである。天荊と調信とはこの朝鮮軍に講和交渉の書簡を渡し、朝鮮軍は三日後の回答を約した。だがこの交渉の結論を見ぬ翌五月十四日に清正の先鋒軍は行長の意志を無視して敵軍を挑発したのである。

挑発に憤った朝鮮軍は交渉を拒否し、十八日、突如、対岸の日本軍を攻撃してきた。守備していた黒田、小西の先鋒隊はやむをえず咸鏡道に向いつつある清正軍の応援を求め、岸に捨ててあった老朽舟をこわして筏を作り渡河作戦を開始し、朝鮮軍をほとんど戦わずして敗走させた。


こうして軍団長会議で取りきめた行長の講和交渉案は挫折した。京城に待機していた各軍団の主力部隊はそれぞれの分担地域に向って北進を開始した。むなしい、空虚な戦いがふたたび続行されたのである。


むなしい空虚な戦《いくさ》。各軍団長のなかでいち早くこの戦いの悲劇を嗅ぎとっていたのは行長だった。北進を続けながら彼は太閤の妄想とも言うべき野心の操り人形にやむをえずさせられた自分のみじめさをまたもひしひしと感じたにちがいない。この戦いのむなしさを名護屋の大本営にいる秀吉は毫も知らない。京城陥落に狂喜した太閤は、第六軍の小早川隆景に、まもなく渡海し、京城に赴くが、到着後、大陸侵攻作戦を開始すると書き送っている。

行長は少くとも、この時期大陸作戦などとてもできるものではないことを確信していたようである。延びきった兵站線。現地徴発の兵糧は限界に達し、はじめは協力的だった朝鮮人のなかからも次第に抗日義兵の機運が起りつつある。やがてくる冬。この冬に行長は恐怖を持っていた。冬にたいする準備は各軍団ともほとんど、できていないのだ。

そのためには講和交渉を一日も早く結ばねばならぬ。それが太閤の怒りをかうとしても、誰かがこの権力者をあざむき、戦争を終結せねばならぬ。この気持はもはや京城出発後の行長の胸のなかに動かぬものとなっていたようにみえる。

資料的には不足しているが、行長の心情は当然、秀吉のブレインに伝達されていたにちがいない。「さてさて、この国の手広きこと、日本より広く候ずると申すことに候」と秀吉に訴えた第七軍団長、毛利輝元の手紙は当然、行長との相談の上で送られたであろう。秀吉ブレインの石田三成がこの頃、しきりに太閤に渡海を奨めたのは、普通、考えられているように大陸作戦を強力に押しすすめるためではなく、逆に太閤に「このたび、御人数にては、この国御治めは、なかなか人が有まじく候間、成らざることに候」という輝元の歎きを現地で認識させるためであり、この作戦の無謀さを老いて頑固一徹になった老人に実感させるためだったであろう。その太閤の渡海は、六、七月は玄海灘が荒れるという理由で中止になったが、事実はこの頃、既にこの玄海灘の制海権が朝鮮に握られて渡航が危険だからである。陸戦とは反対に日本水軍は李舜臣の率いる朝鮮海軍に大打撃をうけていた。この太閤の渡海に一番、反対したのは前田利家と徳川家康だが、利家はともかく家康もこの朝鮮出兵にはひそかに反対の気持を持っていた。彼はもし太閤が渡航すれば、自分もまた関東経営を棄てて朝鮮に渡らざるをえないことを怖れていたのである。

戦いのむなしさを噛みしめながら早期講和の交渉のために朝鮮国王の行方を追う行長と、あくまで大陸侵攻のために北進を行う清正とは京城からそれぞれの思惑を胸に抱きながら開城で黒田長政の第三軍団と合流、金郊まで同じ道を進んだ。第一軍団と第二軍団とはここで別れ、清正は咸鏡道に、行長は長政と共に朝鮮国王を求めて平壌に向った。

六月七日、両軍団の先鋒隊は大同江の南岸に達した。巨大な大同江は舟を持たぬ彼等の前進を阻み、対岸に陣する朝鮮軍との睨みあいが続いた。行長はそれでも最後の希望を棄てなかった。六月九日、行長は大同江の東辺に「木を立て、書を懸けて去っ」た。書には「平行長、平調信（柳川調信）、平義智（宗義智）ら、和を議せんと欲し、且つ李徳馨と兵器を去りて船上に対話せんことを要《もと》む」と書いてあった。

李徳馨は先に忠州城陥落の折、行長が乞いを入れて、和議の条件を聴こうとして果せなかった相手である。待ちのぞんでいた交渉が上陸以来、はじめて行われた。李徳馨はこの時、平壌にいたが、この求めに応じ、「単舸を以って江中に会し」行長の使者である柳川調信や玄蘇と酒をくみながら話しあった。

だが行長の使者はこの交渉で大事な一点を忘れていた。彼等は朝鮮に敵意がないことのみを強調して、この国が中国（明）にどのように依存しているかに気づかなかったのである。仮道入明の要請は一蹴された。「日本、貴国と相戦うに非ず」という行長の釈明も中国に攻め入る道を貸せという求めがある以上、「中朝はすなわち我が父母の邦」と言う李徳馨には信じられなかったのである。

あれほど待ち望み、せっかくつかんだこの和議は決裂した。李徳馨は味方の陣に戻り、六月十四日、兵馬節度使、李潤徳の率いる朝鮮軍は、突如、兵舟で小西軍に攻撃をかけてきた。行長の第一軍団は黒田第三軍団の応援をえて、ようやく、これを撃退、敗走する敵を追って大同江の浅瀬を渡った。朝鮮軍は壊滅して敗走、翌十五日、行長は長政と共に平壌に入った。

平壌も空虚だった。ここにも行長が求めた国王の姿は見えなかった。王は四日前に既にここを去っていたのである。臨津江の敗戦を知った国王は一度は平壌を固守することも考えたが、ついに退避を決めて寧辺に向っていたのである。

和議の決裂は行長に深い反省を与えたようである。彼は日本軍が大陸侵攻を標榜する限り、朝鮮側は決してこれに応じないことを改めて苦い思いのうちに知らされたのである。本心では中国（明）との戦いは無理であることを知りながら太閤の命令を表向き守るために考えだした「仮道入明」は苦肉の策であったが朝鮮側はその背後にある欺瞞を見破った。行長としてはおのれの本当の気持を相手に訴ええない苦しさがあった。本心では中国侵攻は不可能と考えながら、それを朝鮮側に伝えられぬところに行長の弱みと苦渋があったのである。

どうすればいいのか。この時、彼にはまだその突破口を見つけられなかったようである。行長はもうそれ以上、朝鮮国王を追おうとはしない。追っても無駄であることを痛いほど知らされたからである。

第二軍団の清正軍が前進また前進しているにかかわらず、彼が平壌に兵をとめて動かなかった理由はそこにある。まだ六月だというのに行長は麾下の第一軍団の将兵に命令を出して、ここで冬を送ることを告げ、城と城外にいくつかの砦とを築かせた。名目は不足してきた兵糧を集め、次の作戦に備えるということにした。だが一方では清正が咸鏡道を北進し、豆満江中流域の国境に接した会寧まで占領している間にも、彼がまだ充分兵糧の残っている平壌にふみとどまったのは、この戦いの意味のなさをはっきりと知ったからであろう。

さきにも触れたように破竹の進撃を続けた陸戦とはまったく反対に朝鮮と日本とを結ぶ海の制海権は五月下旬以来、まったく朝鮮水軍に握られた。全羅道左水使の李舜臣が率いる水軍は泗川《しせん》、唐浦、唐項浦、栗浦のそれぞれの海域で日本兵船を破り、七月七日、見乃梁《けんだいりょう》で両海軍はその総力をあげて決戦を行ったが、脇坂安治、加藤嘉明、九鬼嘉隆の日本連合艦隊は李舜臣の装甲船と大砲を活用する圧倒的な戦力と巧妙な作戦に大敗を受けた。「閑山島沖の戦い」と世に言われるこの海戦の敗北のため、日本軍は以後、制海権を失ったのである。

制海権を失った以上、朝鮮を進撃する陸軍の兵糧は以後ままならず、本国からの輸送よりも現地調達に重点をおかざるをえなくなった。その現地調達もやがて底をつきはじめ、日本軍は次第に飢えに悩まされるようになる。

のび切った兵站線と兵糧の不足と共に行長が最も怖れたのはやがて訪れる冬将軍だった。行長はこの朝鮮の冬に日本軍がなんの準備もしていないことを知っていた。寒波のきびしさは到底、日本の比ではないことをこの頃はもう日本軍の将兵は現地に来て気づいていた筈である。食料もなく、冬への備えもないのにこれ以上、奥地に進撃することは無謀である。にもかかわらず、その事情をまったく無視した太閤からは明への進撃を矢のように催促してくる。

一方、朝鮮側は中国にたいして救援を必死に求めていた。寧辺にたどりついた朝鮮国王、宣祖は自分が遼東に入って直接援兵を乞う決意をきめ、皇太子の光海君に国事を権摂させることにした。宣祖はこの時、光海君に、「予は、生きて亡国の君となり、死して異域の鬼とならんとす。父子相離れて、さらに見るべきの日なからん」という辞を送った。

こうした朝鮮側の要請に応じ遂に明も国境にいる副総兵の祖承訓の軍隊を南下せしめる方針をきめた。朝鮮軍騎兵四千をまじえた明軍は義州をへて南下し、七月十六日、平壌を包囲し、その七星門から夜中突入した。

『吉野日記』によれば当夜は雨と風で敵の気配に日本軍はまったく気がつかず、朝方、その喚声に驚き、あわてふためいたという。しかし、ここにおいても日本軍の鳥銃の威力と、騎兵を主体とした敵軍が雨中の市街に駆けまわることができなかったためどうにか撃退することができた。苦戦した小西軍のなかで行長の弟、ルイスは敵に捕えられ斬殺された。

「（敵の）軍勢は、一夜、平安城に接近し、警備の隙に乗じて石の城壁を突破し、気づかれることなく、全軍は内部に侵入した。……アゴスティーニュ（行長）は部下の兵士を通じてこの動静を察知すると、突如とび出し、全力をあげて敵対した結果、彼等を城壁外に放逐することができた。内部に残った三百人あまりの敵はすべて殺された」（フロイス）

この戦いはある意味で非常に重要な意味を持っていた。なぜならばこの明軍との最初の交戦で勝利をしめたため、行長はある幻想を抱いたからである。明はこの戦いで日本軍の実力を知り、和平交渉に応ずるかもしれぬ。彼等はもはや朝鮮国王の乞いを入れて出兵しないであろう。この楽観的な気分が、のちに明との外交での錯誤をつくり、平壌を失わしめるにいたるのである。

しかし明が朝鮮に兵を送らぬことと、大陸に侵攻することの困難さとは別である。冬は既に迫り、将兵の疲労と帰郷の願いは手にとるようにわかる。行長はこの時、さきに渡海を中止した秀吉の代りに石田三成、増田長盛、大谷吉継の三奉行が京城に到着し、現地視察にあたっていることを知った。三奉行は一応、部隊の編成替えと行長、清正軍など九州軍団を主力とする明国進撃の命令を伝達にきたのだが、彼等もまた現地の実情を知るにしたがい、この太閤の命令が無謀であることを認識したにちがいない。彼等の報告によって七月十六日、命令は変更され、明国への侵入は春まで延期された。そして釜山から京城にいたるまで、八里ないし十里ごとに城塞が築かれ（フロイス）、防備を厳重にすることが要求された。

八月一日、平壌は巡察使、李元翼の率いるゲリラ部隊の襲撃を受けたが撃退した。この頃、平壌だけではなく朝鮮人の義兵たちのゲリラ活動が活発となり、釜山、京城の兵站線もしばしば侵されるようになっていた。

行長は京城に赴き、各軍団長や、三奉行と対策を協議することにした。その真意は太閤が渡海し、直接、明国進撃を命令する明春までにこの愚劣な戦いに終止符を打ちたかったのだ。彼は諸将のなかにも毛利輝元のように戦を厭《いと》う者のいることを知ってはいたが、また同時にその連中も太閤の怒りを怖れてそれを口にせぬことを予想していた。

軍団長会議で黒田孝高は明軍の出兵に備え、分散した日本軍の兵力を京城に集めることを主張したが、行長は頑《かたく》なにこれに反対した。彼はさきにも述べたように明軍の出兵はもうありえぬと楽観していたからである。

この会議の間、おそらく行長は三奉行には自分が明との和平交渉のイニシアチブをとる許可を求め、暗黙の了解をえたようである。なぜなら、フロイスによれば会議のあと、彼の実弟のジュアン（小西隼人か、与七郎のいずれかであろう）を本国に帰還せしめ、秀吉に「現地の情勢を報告し、多くの理由を挙げて」中国遠征の不可能な旨を進言させたからである。

だが、この間、行長の予想とはまったく反対に明は大軍を朝鮮に送る決心をかためていた。それはちょうど、昭和二十五年に三八度線を突破した国連軍が中共軍の越境について楽観的であったのとよく似ていたのである。

九　行長、哀を乞う
〈行長、三十五歳から三十六歳〉

平壌に戻った行長はここで冬を過すことを決めたが、真実、途方にくれていた。和平交渉の相手がつかまらぬからである。朝鮮国王は既に手の届かぬところにあり、あくまで抗戦の気持を棄てない。祖承訓軍を撃滅した行長は明はもう攻撃をしてこないだろうという楽観的な自信を持っていたが、その彼等とどのように接触をえることができるのか、目当はまったくなかったからである。

一日も早く彼はこの戦争に終止符を打ちたかった。もはや、この戦争を拡大することは不可能に近かったし、続行することは無謀である。それは行長はもとより加藤清正を除いた諸将が、ほとほと感じていたことである。彼等は自分たちが点だけを占領したにすぎず、点と点を結ぶ線をまったく確保していないことを知っていた。朝鮮でさえ、このように制圧困難なのに、まして計りしれぬほど広大な明を征服するなど夢のような話だった。

京城に来た三奉行たちもこの現実を明春、渡海する筈の太閤に認識してもらうことしか方法はないと考えていた。それまでは現在、占領した地域を維持するより仕方がないという結論に達していた。

こうした状況下で三奉行や行長が太閤の死について考えなかった筈はない。太閤がもし死ねばこの無謀な作戦は自然的に終結するからである。彼等は既に太閤が老い、死がまもないことを感じていた。かつての明晰な頭脳が失われ、客観的な判断力を失いつつあるこの権力者の日常を見れば、それは当然、現実感となって彼等に迫っていた。

だが太閤が死ねば戦争は終結するとしても、日本はふたたび混乱する。老いたりとはいえ、太閤は日本の秩序の強力な支柱である。もしこの強力な支柱が倒れれば、豊臣政権はあるいは崩壊するかもしれず、もし崩壊すれば、太閤の力をバックにした三奉行や行長のような家臣はその位置と力とを失うことも確かだった。

太閤の死による戦争の終結と、太閤の死による自分たちの力の崩壊という矛盾はこの時、三奉行と共に行長を悩ませる問題になった。従来、この問題は文禄、慶長の講和問題を論ずる場合、まったく考えられてはいないが、我々はこれをぬきにしては講和交渉の行長の心理を分析できないと考える。この朝鮮戦争の過程のなかで石田三成を中心とするあるブロックに行長が徐々に接近していったのも、それはこの問題が彼等の心に共通して存在したからに他ならない。

行長があせり、途方に暮れていたこの年の八月下旬、思いもしなかった出来事が起った。かつて倭寇の一味でもあり、日本語をよくする沈嘉旺と称する男が突然、平壌の小西軍陣営にあらわれ、講和交渉の打診をしたのである。その説明によると、彼は明国の講和交渉を委任された沈惟敬の使者である、本人の惟敬は既に順安にあって自分の返答を待っているという。

思いもかけぬ申し出に狂喜した行長はしかし、一応は相手の真意を探った。彼は捕虜の張大膳をしてこれを応接させ、この男から相手の目的を聞かせた。張大膳に、かつて足利時代、中国が日本との通貢を約しながらそれを実行しなかった例をあげ、今回もまた同じことをなすのではないかと訊ねさせた。沈嘉旺はこれを強く否定し、ここで行長もその主人、沈惟敬との会見を承諾した。

八月三十日、約束通り、沈惟敬は四人の部下をつれ平壌郊外、降福山に姿をみせた。行長は軍勢をつれて麓で待機している。朝鮮軍はこの交渉を大興山から見物していた。麓に集結した日本軍の数は多く、その剣光が雪のようにきらめいたという。やがて惟敬は馬からおり、日本軍の陣営に入った。

さて沈惟敬がこの交渉に来た背景は次のようなものである。さきに祖承訓の率いる遼東軍が平壌で行長軍に大敗を喫するや、明朝廷はその報に驚愕し、日本軍上陸に備えて登莱、天津、旅順、泔陽などの危険なる海岸の防備を命じ、兵部尚書の石星は朝鮮回復の策を一般に公募する有様だった。この時、浙江省の産で弁舌の才にたけた沈惟敬が日本との交渉を買って出た。彼は石星に自分が日本通であると主張し、日本軍の真意は明との通商貿易にしかないのであるから、これと戦うよりは、まずその本意を探るべきだと進言したのである。石星はこの進言を入れて沈惟敬を遊撃将軍に任じ、平壌に赴かせ、日本軍との交渉に当ることを許した。

石星から許しをえるや、惟敬は沈嘉旺など十数人を従えて、義州に赴き、朝鮮国王に謁見したのち、単独交渉の必要を説いて、平壌に向った。中国側の記録によると惟敬は「長髯偉幹」と描かれ、朝鮮側の資料には「貌寝《かたちやせ》」と書かれているが、いずれにしても弁舌の巧みな男だったようである。

行長の営中に入った彼はここで行長、宗義智、僧の玄蘇たちと会った。惟敬ののちの報告によると、彼はまず明軍百万が朝鮮国境に集結していると威嚇し、僧玄蘇に僧侶のくせになぜ逆夷に従って朝鮮を侵したのかと詰問した。玄蘇はこの時、自分たちの真意は朝鮮に道を借りて明に封貢を求めにきたのだと弁解したという。

この会議の模様は沈惟敬側の報告に基づくのであるから、必ずしも事実を伝えてはいまい。だから我々はすべての交渉と同じように、さまざまな駆引きがこの時、両者側に行われたものと当然、考えていいだろう。明と戦う意志のない行長は、それを言葉に出さず、またこの交渉の成立を自分の栄達の手がかりと考えている沈惟敬も両者の妥協点を見つけるため、あるいは威嚇し、あるいは相手をなだめたであろう。

行長の気持としては、天から与えられたこのチャンスを逃してはならなかった。このチャンスを利用して戦争に終止符を打たねばならなかった。そのためには今後の交渉はすべて自分と、沈惟敬との間で継続されることを望んだ筈である。行長は自分が日本側の講和交渉のリーダーシップをとり、戦争続行の気持のある加藤清正たちは排除しなければならなかったのである。

講和交渉に朝鮮を加えるべきか。行長は今までの経過から朝鮮の強硬な態度を知っていた。彼等は戦いに敗れても決して屈服はしなかった。沈惟敬も平壌にくる前、義州において朝鮮側の君臣に会い、彼等の講和条件のきびしさと徹底抗戦の意欲を聞いた。朝鮮を講和交渉に加えればその成立が難航することは明らかだった。行長と惟敬とはこの点でまず意見が一致した。

こうして朝鮮を講和交渉の圏外におくことに、両者、同意したのち、大陸作戦の不可能なことを感じている行長は明にはまったく挑戦の気持はなく、通商を求めるだけだと主張した。即ち、足利義満の時にはじまり、天文年間（一五三二〜五四）から跡絶えている日中通商と貿易の復活が我々の目的だと主張した。だが行長をはじめ同席した日本人にとって通商を求めることは中国側からみれば封貢を乞うことであり、それを許されることは明の藩国の一つになることだと、この時どこまで理解していたかはわからない。おそらく行長はここで名を棄てて実をとることを考えたのであろう。通商を求めることが中国側から封貢と言われようと実質においてはそれは貿易に変りはないからだ。封貢という名を認め、明からその藩国の一つと考えられようが、実質的なものを取ればよいのだ。彼はその代償として大同江以北は明の領土とし以南を日本領とすることを主張した。これはおそらく行長にとっても、ぎりぎり一杯の要求であったろう。

我々は交渉の経過をこのように想像するが『両朝平攘録』にはこの時、行長は七箇条の要求を惟敬にしたとのべている。だがその七箇条の要求が何であったか、わからない。

いずれにせよ、この第一回の交渉の結果、惟敬と行長とは五十日間の休戦を約束し、その五十日以内に惟敬が明から回答を持ってくることが承認された。行長は惟敬の求めに従って鎧、甲のほか日本の武器——朝鮮作戦においては最も有力な効果をあげた鳥銃まで贈った。こうした諸般の様子からみると沈惟敬は行長に自分だけが明との和平交渉の糸口であることを信じさせたようである。行長としても今はこの惟敬だけが戦争終結のためのただ一人の相手である以上、その努力に期待せざるをえなかった。行長のその弱みを沈惟敬は握ったのである。

　第一回の交渉はこのようにして終ったが、それは太閤の本意を無視したものであった。なぜなら内心はともかく、表向きにはこの頃、太閤はまだ大陸侵略の野望を放棄することを麾下の軍団長たちには布告していなかったからである。たとえ三奉行との暗黙の了解があったとはいえ、行長は自分だけの判断で沈惟敬に明と戦う意志はないとのべた。彼は上陸以後、いつもそう報告したように、自分が申し入れた条件を明側が求めたものとして太閤に報告し、それを呑ませるよう工作するつもりだったのだろう。右近追放事件以来、彼は太閤をだますことには長い間馴れていた。面従腹背の姿勢は彼の権力者にたいする基本的な姿勢になっていた。服従するふりをしながら、それをひそかにだますこと、それがただ一つ、行長にとって太閤の操り人形になることからの逃げ道だった。そしてそれはまた彼の太閤にたいするひそかな挑戦でもあった。これ以後、彼の本当の敵は明でも朝鮮でもなく、太閤という権力者となる。惟敬を頼りにしたあまり、五十日間、行長は約束を守って、なんら、軍事的行動を起さなかった。斥候も偵察も出していない。『吉野日記』によるとこの八月下旬から十月中旬まで、平壌の行長軍は米も塩、味噌もなく、粟と黍とを食べて生きていたという。それは行長が惟敬との約束に従って諸兵が食糧調達のため城外に出ることを禁じたためである。病人も出てなかには死んでいく者もあった。たまに城外に出た者は朝鮮のゲリラの襲撃を受けねばならなかった。『吉野日記』の吉野甚五左衛門はこういう城内の模様をのべたあと「かかる憂き目を見給いて、十月二十日も過行けど、更に訪れなかりけり」と歎いている。五十日の約束期限は過ぎたがしかし沈惟敬はあらわれなかったのである。

　やがて姿を見せたのは沈惟敬ではなく、その家来の沈嘉旺だった。行長は大いに悦び、これを優遇はしたが、惟敬の現われざるを怪しみ城中にとどめて外に出ることを禁じた。だが沈嘉旺に同行した婁《る》国安《こくあん》が平壌に来て、事情を訴えた後はその行動を自由にした。婁国安は惟敬が老骨のため到着が遅れていることを説明し、十一月二十日前にはここに来るだろうと言った。

　惟敬が行長陣営にふたたび現われた正確な日付はわからない。おそらくそれは十一月下旬であったろう。

第二回の和平交渉の内容も曖昧だが、惟敬がのちに朝鮮側におこなった説明をみると、この時、行長はふたたび大同江以南を日本領にすることと、もし日明の通商が再開して、日本の貿易船が浙江省に到着した時、全軍を撤兵すると主張したようである。そして朝鮮側が惟敬を通して要求した二王子の返還に関しては（京城占領後、開城を抜いたのち、小西軍と別れた第二軍団の加藤清正は更に北進を続け、咸鏡道に行った。七月下旬、彼は国境ちかい会寧を攻めて朝鮮国王から派遣された臨海君、順和君の両王子を捕虜とした。清正がこの両王子を長い間、優遇したことはあまりに有名である）これは清正の権限であり、自分の一存では叶わぬとものべたようである。

これにたいして惟敬がどのように答えたかは資料的には不明だが、その後、一ヵ月の間、行長が相変らず新しい軍事行動も起さず、敵情を偵察していないところを見ると、希望的観測を彼に与えて、惟敬は平壌を去ったものと思われる。

だが惟敬がどこまでこの和平交渉の成就に心を傾けていたのかも曖昧である。なぜならこの第二回の交渉の直前、彼は朝鮮国王と竜湾館で会い「五十日の休戦は日本軍のためにするのではなく、明軍の平壌攻撃のために時間をかせぐためである」と弁明していたからである。

こうして第二回目の会談が行われてから一ヵ月近くの間、日本軍は敵軍が鴨緑江をわたり、南下しつつあることに気づかなかった。矢と弓とで日本軍の鳥銃と戦わざるをえなかった今までの朝鮮軍にくらべ、この明と朝鮮の連合軍は朝鮮人を祖先にもつ武将、李如松に率いられ、その数、四万三千、火箭《かせん》や投石砲や大砲さえ準備していた。

日本軍が惟敬の言葉を信じきっていることはこの李如松もわかっていた。彼は部下の部隊長の査大受なる者に命じて沈惟敬が講和の吉報をたずさえて順安に到着しているという贋の報告を日本軍に伝えさせた。行長はこの報告を信じて、沈惟敬を迎えるべく、馬廻りの竹内吉兵衛など三十騎を順安に派遣した。吉兵衛は順安で最初は鄭重にもてなされていたが、次第に従者から引き離された時、待ちかまえていた明軍に逮捕された。それでも行長は疑心を抱かなかったようである。

文禄二年（一五九三）正月五日、連合軍の先鋒は平壌の西郊外に到着した。第一軍団の主力である行長は松山の城と彼等がよんでいる牡丹台の城塞にあったが、野も山も埋めつくした明の大軍を見て急遽、平壌内の宗義智軍に合流した。彼としては沈惟敬にあざむかれたのをこの時知ったのである。こうして両軍の戦いがはじまり、宗義智軍はその夜、敵に夜襲をかけた。小ぜり合いが続けられたのち本格的な連合軍の総攻撃は七日早朝からはじまった。

行長の兵は一万五千である。李如松の率いる連合軍はその三倍の四万三千。七日の午前八時頃、前進を開始した連合軍は、「多数の無台の射石砲による威嚇射撃」（フロイス）を行ったのち太鼓楽器をならして平壌城に迫った。一方、日本軍は「陴上に於て、多く、五色の旗幟を張り、長槍大刀を束《つか》ね、刃をひとしゅうして」（『宣祖実録』）待ちかまえていた。明・朝鮮連合軍はまず大砲と火箭の攻撃をあびせたが、その「響き万雷のごとく、山嶽、震揺す。火箭を乱放し、烟焔、数十里にみなぎり、咫尺分たず、ただ吶喊の声、砲響に雑《まじ》わるを聞く」という有様だった。

連合軍は平壌の含毬門と普通門から侵入しはじめた。彼等は梯子を城壁にかけてそれをよじのぼってくる。平壌城内には既に火の手があがっていた。日本軍は鳥銃を乱射し、湯水、大石を城壁に迫る敵軍に落し、長槍、大刀をふるって力戦、一時はこれを撃退したが、城外に敵を追いやることはできなくなった。明軍は鋼鉄製の鎧で武装し日本兵の刀や槍はこれに損傷を与えなかったとフロイスはのべている。外城を陥れ内城に侵入した連合兵はそこに蜂の巣のように作られた土塁と銃眼をみた。その銃眼から日本軍は雨のように発砲してくるのである。連合軍も日本軍も死傷者がふえはじめた。『吉野日記』をみると、日本軍ははじめは、相手を「いつもの手並み」と侮っていたが、その猛攻にやがて「精根つきた」とのべている。城塞の外にあった飯米倉も陣所もすべて焼き払われたのは痛手だった。兵糧がなくなった以上、これ以上の抗戦は無駄である。行長は蔚山城の清正のように全軍玉砕まで戦う猛将ではない。彼は麾下の将兵を集め、平壌城の一角からその夜、撤退をする決心をした。

まず手負いの者、病者は棄てられた。疲れのために道に這い伏す将兵もいた。彼等は一日分しか旅の用意をしていなかったし、まわりはただ雪である。「食べる草も見出すことができず、雪を口にして飢えをしのいだ」とフロイスは書いている。敗走する兵は雪に手足をはらし、華やかな武将も山田のかかしのように痩せ衰えて京城に向って遁走したと『吉野日記』も伝えている。李如松軍が追撃しなかったのが幸運だった。李如松軍も負傷者を多く出していたからである。

「一日路ごとに城あれば、これを味方と思いつつ、心づよくも来てみれば、これさえ先に落ちければ、力なくして力もつかれ、親を討たるる人もあり、兄を討たるる者もあり」（『吉野日記』）

敗走した第一軍団は平壌から十四里の鳳山《ほうざん》にたどりついた。鳳山は大友宗麟の長男、義統の守備する城である。だが義統は明軍南下を聞いて臆病風にふかれ既に城を去って遁走していた。やむをえず、そこから七里、黒田長政軍のいる竜泉城にたどりつき、ここで明軍の追撃を受けながらも、入城し、長政と白川城で落ちあうことができた。行長はこの時「具足をも捨て、具足下ひとつの体《てい》」で、長政から衣服を与えられたという有様だった。一万五千の兵は八千に減り、その兵も手負いの者、鳥眼の者など「さんざんの体《てい》にて引き候」だったという。

小西軍の敗走と四万三千の明軍の南下を知った三奉行は平壌、京城間にある各部隊に京城を最後の防衛拠点にすべくそれぞれの城塞から撤退を命じた。三奉行はまず諸部隊を開城に集結させ、更にそこから全軍を京城に引きあげさせたのである。

行長の責任は大きかった。彼はさきの軍団長会議において、ひとり明軍不戦の説をとなえ、沈惟敬との講和交渉の成立を主張してやまなかったからである。軍団長のなかには黒田孝高のように明の援兵が必ず来ると警告した者もいたが、彼はその意見も退け、講和交渉をおのれに一任させるよう計ったからである。

行長がこの責任をなぜ、責められなかったのかはふしぎである。「関白は（平壌敗北の）報に接し、行長に何らの怒りも示さなかったばかりか、寡兵よく三日も強大な敵をもちこたえ、最後には自発的に全軍を整然と退去せしめたと言い、大いに賞讃した」とさえフロイスは書いているが、これが真実でないにせよ、秀吉は平壌敗戦を聞いても特に行長を詰問せず、退いて開城を黒田勢と守ることを命じただけだった。この文禄二年（一五九三）二月十六日付の命令は総部隊が京城に撤収したため守られなかったが、それにしても行長に責任をとらさなかったのは、三奉行が彼のために弁解すること大きかったからかもしれない。

敗兵をまとめて京城に入った行長はおそらく、朝鮮上陸以来、最も惨めな絶望的な気分を味わわされたであろう。彼は諸軍団の先鋒として破竹の進撃をつづけながら、しかし、その間、戦争終結の希望をたえず持ちつづけ、その機会を求めてきた。しかし今、その希望も機会も決定的にくつがえされたのである。一縷の望みを托していた沈惟敬は現われず、出現したのは明の大軍だった。自分の平壌における無残な敗北のために勝に乗じた明は講和を欲せず、日本軍の徹底的殲滅に自信を持ったであろう。加藤清正がこの自分の敗走をどういう眼で見るかは火を見るよりも明らかだった。

京城に撤収後の行長の行動については明らかではない。彼がもはや諸将のなかにあって発言権を失ったためであろう。撤収後の日本軍にも意見がわかれ、小早川隆景を軍団長とする第六軍団の小早川秀包、立花宗茂などの師団長はあくまで明軍との抗戦を主張したが、行長の故主だった第八軍団長の宇喜多秀家は京城にたてこもって城を守ることを計った。おそらく行長はこの時、秀家と意見を同じくしたであろう。かくて京城に迫った明軍は、正月二十四日から日本軍と接触し、二十六日、有名な碧蹄館の戦いで立花宗茂、小早川隆景、小早川秀包などの第六軍団に徹底的な敗北を喫した。日本軍も二千の死傷者を出したが、その三倍の痛手を明・朝鮮連合軍に与えて、これを敗走させた。

この碧蹄館の勝利はふたたび、沈滞していた日本軍の態勢を挽回した。敗北した明軍は、はじめて日本軍の強さを知り、戦うことを怖れだしたからである。平壌の戦いに勝に驕っていた明軍のなかに停戦の気分が生れたのもこの時からである。

行長はこの碧蹄館の戦いにはもちろん参加していない。彼の兵は既に疲れ、その多くを失っていた。行長がようやく、その軍勢をまとめて実戦に参加したのは碧蹄館の戦いから一カ月半たった幸州城の攻撃の時である。彼は三奉行や宇喜多秀家たちとこの京城から三里ほど離れた城攻めに加わった。実戦には弱い行長がいたせいではなかろうが、この攻撃は失敗した。朝鮮軍を主力とした敵兵は猛烈な反攻を示し、日本軍はやむなく引きあげねばならなかった。

にもかかわらず発言権を失った行長はふたたび、在朝鮮の日本軍にとって必要な存在となる。碧蹄館の戦いに敗れた李如松はもはや戦意を失い、平壌に退いて京城を攻めようとはしなかった。停戦の機運が明軍にも日本軍にも生れつつあった。日本軍もまた冬の寒さと食糧の不足に悩まされつつあった。将兵は玉蜀黍しか食べるものがなかったのである。のみならず蜂起した朝鮮ゲリラ部隊は京城、釜山の連絡をますます困難にしている。

李如松はそこで李藎忠《りじんちゅう》なる者をひそかに京城に送り、諸軍より遅れて京城に引きあげた加藤清正に接触させた。清正はこの時、幕屋において人質としている朝鮮二王子とともに李藎忠と会った。彼は二王子をいかに厚遇しているかを語り、威嚇的に講和の可否を問うている。

威嚇的にせよ清正でさえ講和を要求したのは日本軍がいかに停戦をあせっていたかを示している。一方、行長も例によって三月から、連日封貢を求めるという沈惟敬宛の文書を敵に送っている。こうして講和の切っかけは日本側からも明側からも同時に作られたのである。

李如松は一時、遠ざけていた沈惟敬をふたたび前面に出さざるをえなかった。沈惟敬が舞台にたつことは発言権を失った行長を登場さすことでもある。三月中旬、沈惟敬は京城に姿を見せた。兵糧不足に悩み、なおも玉砕を覚悟してきた日本軍にとっては思いがけぬ出来事だったが、今まで彼に裏切られていた日本軍は半ば疑惑の眼で彼を迎えた。行長はふたたび彼と龍山で会見した。沈惟敬の言に裏切られつづけた行長であったが、今はこの男に和平の望みを托するより仕方がなかったからである。

この龍山での会見の内容は明らかではない。『吉野日記』

は沈惟敬の和議申し込みを「真《まこと》しからねど」と日本軍は疑ったが「小西どの、とても逃れぬことぞとて、二つにかけて受け給う」と書いているのを見ると行長は和戦両様のかまえで交渉に当ったのであろう。

かねてから行長の講和態度に不安を抱いていた清正は自分も沈惟敬と話しあいたいと申し出たが、惟敬から拒絶されている。惟敬と行長の間には平壌での交渉以来、この二人だけで講和を進めるという密約ができていたためである。

フロイスによると、沈惟敬は明軍の平壌攻撃は自分の本意ではなく、北京から派遣された指揮官たちの独走であると弁明し、さきの竹内吉兵衛事件も自分の提案ではないと語ったという。朝鮮側の資料から推察すると沈惟敬はまず行長に日本軍の速やかな京城撤退を要求したようである。

「惟敬、密かに行長に言って曰く。汝が輩、久しく此に留まりて退かずんば、天朝、更に大兵を発し、已に西海より来りて、忠清道に出て、汝の帰路を断たん。此の時、去らんと欲すると雖も得べからず。我、平壌より汝と情熟す。故に言わざるに忍びざるのみと」（『懲毖録』）。

また、清正が捕えている二王子の返還も二人の間で論ぜられたことは確かであろう。『続本朝通鑑』は、この時、行長が王子の返還は秀吉の許可がなければ不可能だと言い、京城撤兵の件は三奉行に決定権があると答えたとのべている。更に行長は、さきに大同江以南を日本に割譲することを変更して「漢江以北を以て中国と為し、以南を倭地と為さん」（『懲毖録』）と提案したようである。平壌で破れた日本軍としてはこれ以上の領土要求はできなかったからである。

いずれにしろ惟敬は協議の内容を明側と相談することと、そして日本に送る講和の予備交渉使節を四月八日に京城に伴うことの二つを行長に約束した。行長は自分と三奉行との考えが清正のそれと対立していることをうちあけ、三奉行も釜山浦に撤兵する気持のあることを語った（『続本朝通鑑』）。こうして惟敬は四月八日の再会を約して漢江をくだり明軍の集結している開城に戻った。

行長の報告を聞いた三奉行は京城撤退の気持を固めた。彼等の意見具申に太閤も遂に折れざるをえない。四月七日、京城の日本軍にようやく秀吉の撤退許可の朱印状を持った使者が到着した。

四月八日に講和の予備交渉使節を伴って再交渉に来ると約束した沈惟敬はその日になっても姿をみせなかった。日本軍は、また欺かれたかと思っていたが、十日、船に乗って沈惟敬が徐一貫、謝用梓なる二人の男をつれて姿を見せた時は諸将「悦び給いて、人質を賞翫あること浅からね」（『吉野日記』）というほど嬉しがったのである。

四月十八日、日本軍は全軍、京城を撤退しはじめた。空虚になった京城は飢えのため死んだ男女牛馬の死体が城内に散乱し、その臭気が耐えがたいほどだった。ほとんどの家は灰燼に帰し、京城にはただ日本軍の駐留していた崇礼門より以東にやや家が残っているだけだった。

この京城で行長がたびたび講和を求めるの書を沈惟敬宛に敵陣に送ったことは明側の資料に何度も記述されている。「倭奴、連日、書を沈惟敬に与え、封を乞う有り」「行長、すなわち詞を卑くし封を乞う」「倭中平行長、屢々、書を沈惟敬に与え、哀懇封を乞う」「倭酋行長等、罪を悔い、哀を乞い、国に回《かえ》らんことを願求す」「倭奴、詞を卑くし、哀を乞う」

これらの表現はそれが明側によって書かれたものであるから、必ずしも文字通りに取るべきではなかろう。にもかかわらず「詞を卑くし、哀を乞う」という文字は少くとも当時の行長の停戦講和を求める焦燥した気分を充分あらわしている。同じように講和を欲しながら相手にたいして威嚇的だった清正とはあまりに違うのである。

行長はなぜそこまで——秀吉の意志を裏切ってまでも——この戦争を終結させたかったのか。幾度も書いたように、それが朝鮮侵略作戦における謎の一つとも言えるであろう。

まがりなりにも切支丹だった彼は、この戦いに聖戦の意味をまったく見つけることができなかった。無意味なる殺傷、無意味なる破壊、無意味なる危険と浪費しか、彼は感じなかったのである。それらはただ名護屋にいる権力者の野心を充すだけのための戦いだったからである。切支丹としても彼はこの戦争を聖戦と信ずることができなかった。第二に小西一族の代表者である行長は、戦国時代の終結と共に自分が秀吉政権にどういう位置を占めるかを当然、考えたであろう。戦国時代の終結は同時に秀吉の軍事活動の終結を意味する。太閤の麾下にあった軍人はその時、当然、その存在価値を失う。清正や福島正則たちのような根っからの軍人たちはもはや武器をとって戦う相手を持たなくなり、色あせていくであろう。戦国時代が終焉する時、次に来るのは商業であり、海外貿易であることは行長もその父、隆佐も予感していた筈である。秀吉が海外貿易によって豊臣政権の基盤を固めようとする野心のあることを行長はもとより知っていた。隆佐も行長もその秀吉の貿易政策の中枢部に位置することを心から夢みていたにちがいない。それは九州占領後、博多の復興を秀吉が命じた時、彼は一時はおのれのバックである堺の衰退というピンチを感じたが、すぐさま次の手をうったことでもよくわかる。朝鮮と最も関係のある対馬の宗義智に娘マリアを嫁がせたのが、そのあらわれである。対馬の宗氏を自分の勢力圏内におけば、朝鮮貿易は行長がすべて支配し、指図できるからである。

娘マリアと宗義智との縁組はそのような行長の政治的意図のあらわれでもあった。

その意味で宗氏は言うまでもなく、彼も朝鮮との通商をあくまで保っておきたかった。行長と義智の率いる第一軍団が上陸後、たえず、仮道入明という名目で朝鮮に敵意なきことを単独で示そうとしたのもそのためである。彼等はその時、かくも朝鮮国王が頑強で徹底的な抗戦を続けるとは考えもしなかったのであろう。

彼等はやがて態度を変え、一方ではこれを軍事的に威嚇しながら、他方では切ないほど講和を朝鮮に求めた。しかし、その希望はすべて水泡に帰した。

明の大軍がこの戦争に介入し、沈惟敬が登場した時、彼は朝鮮に絶望し、これを除外して明との単独和平を結ぼうと焦《あせ》った。朝鮮は明の藩国である以上、やがてはこれに従うことがわかったからである。ただ彼が怖れたのは日本との貿易を再開不可能にするほどの憎悪が朝鮮や明に残ることだった。もし今後、通商を拒絶されれば豊臣政権下における小西一族の存在理由《レゾン・デートル》が失われるからである。行長は秀吉を信じてはいなかったが、その貪欲なまでの貿易利益の欲望は信じていた。秀吉の死の間近いことを予感していた彼は、太閤死後の豊臣政権で大きな力を持つのは海外貿易の担い手であることを感じていたのである。自分と小西一族の目的はそこになければならぬと知っていたのである。

一方、清正は清正で豊臣政権が戦争を続ける限り、軍人としての自分の価値は高まると承知していた。戦争の全面的な終結は軍人としての彼を色あせさせるからである。

この二つの野心のちがいが、明との講和にたいする両者の態度の差ともなる。行長は貿易再開のためには、憎しみが残らぬ前に講和を結ぶべしと考え、清正は相手の屈服しか考慮しなかった。

講和交渉における行長の卑屈な態度や太閤にたいする危険な賭けの背後には、このような彼の野心もかくされていたと見るべきである。切支丹とはいえ、行長もまた戦国時代に生れ、育った野心家の一人であった。ただその野心は戦争や征服に向けられず、戦国時代の終りと共にはじまる新しい時代に向けられていたのだった。

十　太閤の死を望みながら……

〈行長、三十六歳から三十七歳〉

前章にのべたように、三奉行たちの懸命な説得に太閤もやむなく現実に眼を向けざるを得なかった。この権力者は強気ではあったが、一応は各軍団に京城を棄て釜山浦を中心とする朝鮮南海岸に撤退することを許可したのである。後退する日本軍を明軍は急追撃しなかったのが幸運だった。彼等もまた、碧蹄館の敗戦にこり、出血を怖れたのである。

釜山、蔚山、西生浦、東萊、金海、熊川の防衛線に退いた日本軍は「山に依り、海に憑り、城を築き、塹を掘り」(『懲毖録』) 持久戦の態勢を整えた。

行長の第一軍団は多くの兵を失っていたが熊川の海ぞいの峻山に城塞をつくり、そこを司令部とした。その城跡の石垣は往時を充分、偲ばせるほど現在も残っていて、陣地の雄大にして堅固なことがはっきり想像できるのである。

当時、この陣地に行長を訪問したセスペデス神父は「城は難攻不落を誇り、短期間に実に驚嘆すべき工事が施されています。巨大な城壁、塔、砦が見事に構築され、城の麓に高級の武士、アゴスティーニュ (行長) とその幕僚、ならびに連合軍の兵士らが陣取っています。彼等は皆、よく建てられた広い家屋に住んでおり、武将の家屋は石垣で囲まれています。ここから一レーグアほど距たった周囲には多数の城砦が設けられ、その一つにはアゴスティーニュの弟、ペドロ主殿介殿がおり、他の一つには娘マリアをめとっている婿、対馬殿ダリオ (宗義智) がいます」(松田毅一・川崎桃太訳) とその書簡に書いている。

また、のちに講和交渉のためにやはり、ここを訪れた遊撃将軍、陳雲鴻の随員も、「営は海岸の一山を占め、山勢甚だ峻にして、繞らすに石を以てし、城上に木柵を添え、周囲六、七里ばかり。山を切りて池となし、鱗次、屋を架し、海を塡めて城を築き、星列、門をうがつ」と語っている。

行長だけでなく、各軍団はそれぞれ釜山浦周辺にこのような堅固な城塞を築いたが、それは名護屋の大本営にいる太閤の狡猾な指令によるものであった。太閤は麾下の将兵とは異なり、まだ本心から戦意を棄ててはいなかった。彼は日本軍の不利な形勢は朝鮮のきびしい寒さと兵糧の不足のためだから、冬が終るまで持久戦に持ちこみ、春になれば大攻勢をかけようと単純に考えていたのだ。太閤が一応、明の使節を日本に迎えることを認めたのも、一つにはそのために時間をかせぐ手段であり、敵をあざむくために他ならなかった。

大本営のこの命令に行長は苦しんだ。彼はその命令に従って、一応は熊川に持久戦に耐える城を築いたが、心には戦う意志はなかった。今、彼が戦わねばならぬ相手は明軍ではなく、ほかならぬ彼の主人の太閤秀吉だった。もちろん、他の武将と同様に秀吉の麾下の一軍団長にすぎぬ彼にも表立ってこの権力者にクーデタを起すことはできない。彼には彼の生き方である面従腹背の姿勢をとるより方法はなかったのである。

更にこの頃、彼の心を鳥の翼のように横切る大きな不安があった。それは彼と対立する加藤清正が和平工作に介入しはじめたことである。気質においても、育ちにおいても彼とはまったく異質の人間であり、この朝鮮作戦以来、ますます溝を深めた清正が行長とは別に明との交渉ルートを持ったのである。

京城引きあげの前の二月五日、清正の陣に明の特使と称する馮仲纓、蘇応昭なる人物が訪れている。彼等はさきに清正が捕虜とした朝鮮二王子の返還を要求し、そのかわりに日本軍の安全帰国を保証するという和平条件を持ちだした。清正はもちろん、この条件を一蹴したが、その折、小西行長を罵倒し「行長は日本堺の浦の町人なり。日本太閤の本之《まことの》武将とは加藤清正なり」とのべたという。

更に前章にふれたように清正は龍山で行長と沈惟敬とが会見した折、自ら惟敬と二度も接触しようとして拒絶されている。行長としてはこのように和平工作に介入してくる清正は迷惑だけではなく、この男に惟敬との秘密工作の裏面を知られることを怖れた。今日まで太閤をあざむいてきた彼としては清正にそれらを察知されたくなかったのである。

いや、それよりも彼は絶対に清正やその派閥に講和交渉の主導権を奪われたくはなかった。なぜなら行長の目算では、やがて太閤が世を去ったあと、豊臣政権下で自分が占める位置を考えていたからである。彼の見とり図のなかでも次期の豊臣政権では清正のような純粋軍閥は力を失う筈だった。かわりに勢力を占めるのは石田三成のような内政派と、自分のような外交貿易の担当者だった。行長はその貿易——朝鮮と明との通商の主導権を自分が握るためにも、これらの国に自分の存在価値を認めさせておく必要があった。彼が清正の講和交渉の介入を嫌ったのはそのためである。

だがその清正にたいして彼は弱みがあった。交渉の重要な眼目となりはじめた捕虜の朝鮮王子をあの男が握っているのである。王子の返還問題については、それを人質とした清正に発言権があるのは当然で、その発言を無視することはできない。それが行長の清正にたいする弱みの一つでもあった。そうした弱みのためにも行長は言行不一致の沈惟敬だけに頼らざるをえず、また沈惟敬を突き放すことができなかったのである。

行長たちが京城を撤退して二週間目の五月一日、名護屋大本営から太閤の講和条件なるものが三奉行に伝達されてきた。行長はその内容を見て、彼我の現実認識の差と講和交渉のこれからを思い、暗澹としたことであろう。それは明や朝鮮がおそらくは受諾すまい箇条が含まれていたからである。

一、明国皇女をわが皇妃とすること
二、明国との勘合船恢復のこと
三、明国大臣と日本有力大名の誓詞交換のこと
四、朝鮮の四道を日本に割譲し、京城と他の四道を朝鮮に返還すること
五、朝鮮王子一人、大臣一人を人質として日本に渡すこと
六、先に清正が捕虜とした朝鮮王子は沈惟敬にそえて返還すること
七、朝鮮は永代、日本にたいし誓詞を提出すること

行長はこの内容をあらかじめ知ってはいたものの公式の形で発布されたのを見て気が重かったにちがいない。彼はもとより沈惟敬との交渉でこれらの箇所のうちの幾つかを（領土割譲のことや通商、王子返還などについて）論じてきた。しかし行長はその経験で明国がその大国の矜持にかけても皇女を日本に送ったり、明国大臣が日本諸大名と誓詞を交換するなど不可能であることを既に感じとっていた。しかしそんな条項よりも彼を困惑せしめたのは太閤のこの高圧的で勝利者のような要求であった。それはなんとかして大国、明の矜持を認めつつ、和平工作を成就しようとする行長の方法とは百八十度、ちがったのである。

この五月一日から数日間、行長は三奉行と、いかにして太閤の一方的な条件を明の誇りたかい感情にあわせるべきかを協議したであろう。もとより結論が出るはずはない。残された方法は妥協案というよりは一時的な弥縫策で、太閤の無知を利用してその場、その場で辻褄《つじつま》をあわせることだったであろう。彼等は釜山浦で待機している明の予備交渉使をあたかも日本への謝罪使のように仕立てて名護屋の大本営に送ることに決めた。そしてその欺瞞工作のため使節に先だって行長だけが名護屋に赴くことになった。

（おそらく）五月六日、行長は釜山浦を出発、一年ぶりで故国に戻った。たった一年であったが彼には十年も二十年ものように感じられた戦争だった。それは不馴れな陸戦を

戦い、多くの兵を失い、和平を画策し、そのため、太閤をだましてきた一年でもあった。

名護屋で彼は父、隆佐に会い、兄、如清に会った。太閤に謁見した行長が何の話をしたかはほぼ推量できる。彼は太閤の戦意が一向に衰えぬのをその眼で確認するより仕方がなかった。翌日、行長はあわただしく名護屋を発し、釜山浦に戻った。

その後、沈惟敬だけをその釜山に残して三奉行と行長とは明の予備交渉使節と日本に向けて出発した。もとよりこれらの二人の使節は自分たちが三奉行や行長によって謝罪使に仕立てられていることを知らない。それどころか、彼等は逆に上司である宋応昌から「朝鮮国土を還す」「捕虜とした二王子とその陪臣らを返還する」「秀吉に謝罪せしめる」の三条件をもって講和交渉の原則とするよう命じられていた。だから彼等は自分たちを太閤にその意志があるかを聴聞する使者と思っていたのである。

名護屋に迎えられた彼等はそれぞれ、徳川家康、前田利家の邸にあずけられた。二人が日本語を理解できず、日本人接待者が中国語を解さなかったのがある意味で幸いであり、不幸だったかもしれぬ。もし両者が言葉が通じていれば、接待者も使者もたがいに自分たちの誤解に驚愕したにちがいない。彼等をあくまで謝罪使と思いこんでいる太閤は五月二十三日に上機嫌でその引見を行い、六月十一日には豪奢な茶室で茶会を催してやった。

接待員のなかには行長の兄、小西如清や行長の重臣も加えられていたが、当の行長はその間、既に朝鮮の熊川に戻っていた。使節が太閤から鄭重な接待を受けていることは当然、彼も知ってはいたが、その心は出発前よりも重く暗かった。

なぜなら六月二日、太閤は七箇条の条件にある通り加藤清正が捕虜とした朝鮮二王子を返還する許可を与えたが、同時に在朝鮮の各軍団長に晋州を攻略する戦闘準備をせよという秘密指令を出していたのである。太閤の真意が講和にあるのではなく、劣勢の日本軍の態勢をたて直すまでこの交渉を利用して時間をかせぐことにあると行長は見抜いたのである。

くりかえすが彼には現在の段階ではこの交渉はまったく実現不可能だとわかっていた。やがて二使に太閤が与えるであろう講和条件は、さきに三奉行たちに示した七箇条とおそらく変りあるまい。それを知らされた時の使節たちの驚愕と困惑とが眼に見えるようだった。更に加藤清正たちが命令に基づいて晋州城を攻撃すれば朝鮮側は更に、抗戦の意志をかため、明は日本にだまされたと考え、いかなる行長たちの努力も疑いの眼で見るであろう。

手を打たねばならぬ。いかなる手段を使ってもこの平行線を何処かで交わらせねばならぬ。行長は苦慮し、考え、もがき、自分の陥っている泥沼から這い上ろうとしたのだ。
おそらく常識では考えられぬ非常手段を行長はこの時、思いついた。発覚すれば彼と彼の一族が破滅するような方法を彼は決行したのだ。この危機を救うためにはほかに手段がなかったからである。それはまた、彼が考えに考えぬいた最後の賭けだったのである。

彼は日本軍の晋州攻撃の近いことを沈惟敬に教えたのである。しかもそれを明と朝鮮とに連絡せよとさえ指示したのである。そして晋州城の住民、兵士をあらかじめ撤収させておくならば、日本軍はむなしく引きあげるだろう、とさえ進言した。たとえ相手が沈惟敬であれ、敵側に作戦の秘密命令を伝えるのは明らかに内通である。裏切りである。終戦を待ち望むのは在朝鮮日本軍の軍団長では必ずしも彼一人ではなかったが、このような（日本軍にとっては）背信行為を敢行したのは朝鮮作戦中、この行長一人だけであったろう。

「行長は本府の言詞、切迫せるを見……我が日本、晋州に往くの兵馬三十万、恐らくは当る能わざらん。まさに書を修め、密に報じ、本府の民をして、予《あらか》じめ其の鋒鋭を避けしむべし。彼れ城空しく、人尽くるを見ば、即ち兵を撤して東に回《かえ》らん」（『宣祖実録』）

この内通を日本軍の将兵は誰も知らない。六月二十四日、太閤の厳命にやむなく出動した日本軍は宇喜多秀家、毛利秀元を司令官として、明軍の援助も受けず、さまざまな朝鮮義兵のみによって守られた晋州城を攻撃した。行長の進言を朝鮮側は聞き入れなかったのである。孤立した晋州城は日本軍に包囲され五日の間、すさまじい戦闘が展開された。加藤清正がこの時、亀甲車という皮をはった車を作って城を攻めたという話はあまりにも有名だが、朝鮮義兵軍もまた必死で応戦した。

行長はこの時、やむをえず先鋒軍に加えられたものの、黒田長政がのちに太閤に提出した手紙には「晋州御攻候刻も、小西事は各々より遅れ候て、攻め落し申候あと参候て……」と書いてあるように戦意がまったくなかった。彼はもう無意味な戦いなどしたくなかったのだ。

一方、名護屋にあって日本軍の晋州攻撃など知らされない明の使節は太閤の歓待を次々と受けたが、その帰国前の六月二十七日に、太閤は突如彼等に自分の本意を示し、明の今日までの非礼を非難する条目を与え、翌二十八日にはあの七箇条の威圧的な講和条件を示した。使節の驚愕は言うまでもない。彼等は太閤に謝罪と朝鮮返還の意志があるかを問う予備交渉使として渡日したのだが、そういう意志など日本側にまったく、なかったことがこの時、はじめてわかったのである。

晋州作戦のあと行長は釜山の沈惟敬を熊川によんで局面打開のため、最後の手段を協議した。今はもう、他には方法はない。彼等はここで内通以上に怖ろしい裏切り行為をやってのける。まず太閤の七箇条の講和条件をまったく無視したのである。その代りおそらく明側が納得するであろう新条件を考えた。更にこのたびの戦いは太閤が明から藩王の名号を欲したために起ったのだという太閤の謝罪文を偽作したのである。この偽作の謝罪文は彼が前もって北京への特派大使として平壌まで送っていた内藤如安に托されたが、この点については後に詳細に考えたい。いずれにせよ、この行為を三奉行がどこまで黙認したのかは資料的には明らかではない。我々にも行長が何を頼りにこの大それた行動に踏みきれたかわからない。しかし、もしそれが三成たちに黙認されたとするならば、この非常手段なしには戦争は泥沼に入ることを三奉行も知っており、と同時に、太閤の寿命もそう長くないという予想が彼等や行長の心に無言のうちにあったからにちがいない。

「万暦二十一年十二月二十一日、日本関白臣平秀吉、誠惶誠恐、稽首頓首、上言請告す」という書出しからなるこの偽作の謝罪文は「冀《こいねがわ》くは天朝の竜章を得て、恩錫《おんせき》以て日本鎮国の寵栄と為さん。伏して望む、陛下日月照臨の光を廓《おお》いにし、天地覆載の量を弘め……特に冊封藩王の名号を賜わらんことを」という言葉で明皇帝に阿諛しながら冊封の要求を折りこんでいる。

沈惟敬のこの偽作降表にどの程度まで行長の意向がもりこまれたかは我々にはわからない。しかし惟敬が独断でこの文書を作る筈はなく、当然、その内容は行長と相談の上で書かれたものであるから我々の心には重大な疑問が起きてくる。

その疑問とは、太閤には決して明から藩王の称号を受ける気持など毛頭ないことを行長は熟知していたという点である。むしろ、そのような屈辱的な処置は太閤の自尊心を傷つけ、激怒せしめるのみであることさえ、百も承知していたという点である。太閤は明の征服者たらんとしていた。明の認可する日本の藩王になろうとは夢にも考えていなかった。

にもかかわらず、いかに泥沼のようなこの戦争に終止符を打つためとはいえ、このような屈辱的な条件で講和を結ぼうとした行長の真意は何処にあったのか。我々はこの偽作降表を見る時、その疑問を感ぜずにはいられない。

だが答えは明瞭である。行長はひとつの賭けをしたのである。その賭けとは太閤の死がやってくるという賭けである。太閤の死は遠くはない。その死までに、明の怒りをまず、この形でなだめよう。なだめながら太閤の死を待つ。問題は太閤の死後の豊臣政権である。その豊臣政権はもはや行長にとって国内戦争のための政権ではなく、明や朝鮮との外交、通商の政権であるから、彼等と国交を恢復し、貿易の利潤をあげるためには冊封を受ける必要がある。そして、その貿易を一手に支配するのは日本側では自分でなければならない。

この意図はもちろん、この偽書のどこにも露骨には出ていない。しかしこの行長の意図をぬきにしては、その内容を理解することはできぬ。言いかえれば、この偽作の内容もその後の行長の明との折衝も、第一には太閤の死を前提とし、第二にその死後の豊臣政権のあり方とそこにおける自分の地位を目的として考慮されていると言っていいのである。

この一年以上の間、多くの日本軍将兵は朝鮮作戦が権力者の死がなければ終らないということを切実に感じはじめていた。国内でも国外でも口にこそ出して言わね、太閤の死を待つ気持が拡がっていたことは既にくりかえしのべた。行長がそれについて鈍感であった筈はない。彼はおそらく五月六日、名護屋に一年ぶりで帰国した時、太閤の肉体的、精神的な衰えに注意したであろう。そして彼なりにある印象を持ったにちがいない。それでなければ、このような不敵な賭けを行える筈はないからである。

先にも少し触れたように、この偽作降表が作られる約半年前に行長は、既に特派大使として重臣のなかから内藤飛騨守如安を選んでいた。のちに高山右近と共にその基督教信仰のため家康からマニラへ国外追放となった武士である。その家はかつて丹波八木の城主で足利義昭の家臣であったが、信長と義昭との争いからその領土を失った。行長は切支丹の彼を今日までひそかに保護していた。彼に眼をつけたのは如安の学識教養のゆたかなためでもあろうが、同じ切支丹としてたがいに心を許しあうところがあったためであろう。

大本営の太閤にはこの如安をして名護屋から帰国途上にある明の使節たちと同行させ、北京で七箇条の和平条件を折衝させたいと具申した。真相を知らぬ太閤は一も二もなく、これを許可した。「このたびの二使には御暇、被レ遣候而、即内藤飛騨守殿に唐迄送り届け、その帰国之時、唐より天使を同道して可レ参之由、被ニ仰付一」（「服部侍衛門覚書」）はこれが太閤の意志のように書かれているが、行長の案を太閤が認めたというほうが正しい。

この内藤如安に前もって行長は何を指示していたか。もちろん、記録がない。しかしその後に如安が北京にあって兵部尚書の石星に宛てて出した請願書を見るならば、そこに行長が彼に与えた指令を我々は、はっきり窺うことができる。

「日本国差来の小西飛騨守藤原如安、謹んで天朝兵部尚書太保石爺の台下に稟《もう》す。小的日本、封を求む……今、議封の時に在り、特に本国一応の人員姓名を将《も》って開報す。伏して乞う。老爺、例に照らして後縁を開き、由って施行せば、挙国、安きを得、万代、恩を頂かん。謹んで計開を稟す」

　この言葉からはじまる如安の請願書は、関白豊臣秀吉を封じて日本国王となすことを乞い、同時に、行長と石田三成、大谷吉継、増田長盛、宇喜多秀家の五員を大都督に封じ、特に行長には「世《よよ》西海道を加え、永く天朝治海の藩籬と、朝鮮と、世々好《よし》みを修めん」ことを求めている。

　既に我々はこの内藤如安の請願書の持つ意味の重さを指摘した。なぜならこの請願書には、少くとも行長の意図があまりにもはっきり出ているからである。

　一言でいえばこの請願書のなかで重大な部分は太閤を日本国王になすという明の冊封の箇所ではない。そのような冊封だけでは太閤が満足する筈はなく、かえってその自尊心が傷つくぐらい、行長は百も承知していた。百も承知していながら、わざと如安をして明朝廷にこれを請願させたのは太閤が死んだあと豊臣政権下での明にたいする自分の地位を確保したかったからなのだ。三奉行と共に自分にも大都督という最高地位を保証されること、更に自分だけに西海道の権利を持つことを認めさせること——それが彼の本心であり狙いだったのだ。

　請願書にはさきの太閤の七箇条の講和条件など一顧も与えられてはおらぬ。行長も如安もまったくそれを無視した。彼が今、賭けているのは太閤死後の日本だった。太閤死後の明や朝鮮との貿易支配だった。彼が今、ひそかに待っているのは太閤の死だった。太閤さえ死ねば泥沼に入ったこの戦争は終る。彼はこの請願書を朝廷が受諾するまでに太閤が死ぬことを願っていたのである。それでなければ大本営のまったく知らない、大本営がそれを知れば驚愕するような請願書を明皇帝に提出する筈はないからである。内藤如安の派遣も、如安に指示したこの請願書の内容も「太閤の死、遠からず」という行長の予感の上に立てられているのだ。

　こうして行長の講和交渉の最後の脚本はできあがった。太閤がまったく知らぬこの脚本の筋書きに従って、如安は沈惟敬と六月二十日、釜山を出発、京城に向った。

　だが行長はある男の動きをまだ怖れていた。その男とは言うまでもなく彼のライバルである加藤清正である。長い間、たがいに友情を持つことのできなかったこの二人は朝鮮戦争の間、ますます対立を深め、離れていった。その清正だけが行長のからくりを予知し疑惑を持ちはじめていた。行長の動きに胡散臭さを感じていた。そのため、清正は行長とは別なルートで明と接触していたのである。

　朝鮮や明側もこの日本軍の二軍団長の確執に気づいていた。彼等は二人の仲を更に裂くことによって日本軍の分裂を計ったこともある。徹底抗戦を主張する朝鮮は沈惟敬が自分たちを抜きにして日本と講和を計ろうとしていることに大きな不満を抱いていたし、他方、明の朝鮮派遣軍も沈惟敬が日本にだまされているのではないかと疑いだしていた。なぜなら彼等は惟敬の献策に従って使節を名護屋まで送ったにかかわらず、日本軍は依然として朝鮮南海岸に駐屯し、撤兵の模様なく、あまつさえ晋州を占領したからである。

明軍の将軍、劉綎は日本軍が晋州を攻撃した時、清正と接触をはかり、その真意を探ろうと計画をたてた。更に朝鮮国王は年があけると朝鮮の僧、松雲を派遣して、清正の西生浦の陣営を探らせることにした。陣営を訪れた松雲はその居城の堅固さに驚き、日本軍に撤退の意志のないことを知った。のみならず、彼は清正の口から、内藤如安が北京に赴いたことなどは関知しないと言われ、更にはじめて太閤の講和条件なるものを告げられ、それが沈惟敬たちの語ったものと、あまりに違っているのに愕然とした。しかも清正は傲然と行長を「絶島の塩売りの人間」にすぎぬと侮蔑し、自分の条件のみが太閤と日本大本営の主張するものだと語った。

西生浦の陣営の清正に朝鮮の僧侶が派遣されたというニュースは熊川にいる行長の耳にすぐ入った。彼がこのニュースに狼狽し不安を感じなかった筈はない。自分と沈惟敬とがようやく考えぬいたあの最後の手段が今、そのために発覚する危険があるのだ。清正にすべての真相を知られる怖れがあるのだ。どんな手をうっても清正の介入を防がねばならない。

行長は急いで劉綎に書簡を送った。

「清正、朝鮮に通ずるもの、蓋し是れ両国の大事を妨げざるや。故に僕、速に太閤殿下に奏せんと欲す。庶幾《こいねがわ》くは清正の書を賜い、之を験《しるし》となさん。もし暗にこの事を殿下に奏するも争《いかで》か、之を信ぜんや……」

彼は今、恥も外聞もかなぐり棄てた。清正から講和交渉に関するすべての発言権を奪わねばならぬ。彼は敵にたいし、清正の今度の行為は越権だとさえ言いきったのである。

「王子を出せしは清正の為すところに非ず。すなわち行長の為すところ也。何が故に和を我輩に議することを為さざるや」

この手紙には明らかに行長の不安と狼狽が窺える。彼はもちろん、清正の有利と自分の不利とを知っていた。清正が秀吉の七箇条の条件を堂々と主張しているのに対して、自分はそれを無視し、別個の妥協案を北京に持たせていたからである。当然彼には太閤に清正の越権を訴えることはできる筈はない。だから彼がとった手段は清正の感情的な落度を見つけ、それを大本営に報告することだった。

こうして二人の対立は政治的なものよりは、むしろ個人的感情の争いにさえなってきた。行長が秀吉に清正の越権行為と自分にたいする不当な侮辱（清正は、僧、松雲に行長などは堺の商人にすぎぬと言った）を訴えれば、清正は行長がひそかにセスペデスなる宣教師を朝鮮によび、禁制の基督教を部下に布教させていると報告した。

清正の報告は事実だった。行長は第一軍団の駐屯地である熊川に宣教師セスペデスを招き、麾下の切支丹将兵の告悔をきかせ、ミサにあずからせていたのである。セスペデスはかつて細川ガラシヤこと細川たまに洗礼を授けた神父だったが、行長の乞いを入れて文禄二年（一五九三）の冬から対馬を経て熊川に滞在した。彼の書簡はこの熊川の日本軍の生活をいきいきと語っているが、寒さと食糧の不足、そして疾病のため日本軍は想像も及ばぬほどの苦しみをなめており「あまりにもひどすぎる」とさえ書いている。

清正の報告に行長はセスペデスを呼んだのは彼から近く日本に来るポルトガル商船のことを聞くためだったと弁解した。太閤はなぜか、それ以上、追及はしなかったが、そのため、神父は一年にしてここを去らねばならなかった。

余談だがこの頃、朝鮮南海岸にたてこもった日本軍の軍団長たちは朝鮮人男女をあまた日本に送っていた。開戦以来、彼等の領土は軍兵と農民徴発とのため人手不足で苦しんでいたから、領内の労働力を補う必要があったからである。切支丹の行長でさえ、この悲しむべき行為をやっていたように思われる。

行長の宇土領は彼が領主になった頃は、「年貢、課役さりとては裕福なる御領主にて和らしく思しめされ、百姓の色目を国代より直し候」（『拾集物語』）という善政が布かれていたが、朝鮮作戦以来、「軍備に追われた宇土は社寺領の没収も増税もやむなきに至った。……堺の商人は行長を評して『小西摂州、肥後にて知行二十万石を取られけれ共、未だ銀子一貫目も溜り申さず、との沙汰なり』と言ったと伝えられる」（『宇土史』）というような困窮状態になったのである。

そのような領国に行長はやむをえず朝鮮人の男女を送ったのであろう。彼等のなかで有名なのは朝鮮貴族の娘、ジュリアおたあである。彼女は行長の妻の侍女として宇土に送られ、切支丹の信仰を頼りに生き続けた。行長の死後は徳川家康の侍女となったが禁制の基督教を棄てなかったため伊豆諸島に流され、神津島で一生を終っている。またフロイスは行長は対馬にいる彼の娘マリアのもとに国王の秘書の子と貴族の子の二名を送ったが、マリアは彼等をあわれみ、その一人を神学校に入学させたと報じている。

行長がこうして熊川の第一軍団司令部に滞在しながら清正の講和交渉の介入を警戒しつつ、太閤の死をひたすら待ちのぞんでいる間、彼の特派大使である内藤如安は沈惟敬と共に京城に滞在していた。彼等がただちに北京に向えなかったのは、あくまで抗戦を主張する朝鮮側を慰撫し、また和戦両派にわかれて結論の出ない北京朝廷への工作のために時間をとったからである。北京ではもちろん、内藤如安が京城、のちに平壌で待機していることを知ってはいたが、彼等は秀吉の高圧的な七箇条の講和条件をうすうす知っていたし、秀吉の降表が持参されぬことにも不満を持ち、また日本軍が容易に朝鮮南海岸から撤兵しないのを見て、その疑心は決して消えていなかった。沈惟敬を抜擢して講和交渉に当らしめた大司馬石星のみがこの時、和戦両様の構えで、この内藤如安の入京を許し、彼を訂審することを主張した。

　石星の意見は明の神宗皇帝に容れられ、それに力を得た講和派はあくまで抗戦を主張する朝鮮国王まで一応、動かすことに成功した。こうしてようやく平壌を出発した内藤如安は釜山出発以来、一年四カ月ののちに遼陽に入り、明の遊撃、姚洪に迎えられて北京に向うことができた。

　一年四カ月の間、如安がこのように足踏みをしていた間、行長はこの彼の最後の賭けが失敗に終るのかと不安に駆られ、沈惟敬にその誠実を問う督促状まで送っている。しかし如安がやっと北京に向ったことを知って彼は愁眉を開いたにちがいない。

　今、彼はただ加藤清正を講和交渉からはずすことに専心した。如安が京城を発ったあと、彼は朝鮮側の代表者、金応瑞に書を送り、半ば威嚇的に講和を求めながら、そのなかで次のように書いた。

「仄《ほのか》に聞く。清正、語を貴国に伝えて曰く。婚を天朝に結び、貴国を割地し、然る後に退去せんと。これ則ち、もと関白の意に非ず。而も私《ひそ》かに自ら言をなし、この和議を阻むなり」

　それは太閤の七箇条の条件を不敵にも無視した発言だった。この時、行長は完全にあの権力者を裏切ったのであり、太閤にたいする面従腹背のその姿勢は遂にここまで来たのである。彼はもう太閤を本心では問題にしていなかった。あの老人はまもなくこの世から去るであろう。去ったあとの状況こそ、彼の今の最大の関心事だった。彼の信ずる切支丹の宣教師たちも、この頃、ひそかにこの基督教圧迫者の暴君の死をねがったと言うが、行長もまた同じ気持だったのである。

　その予想通り、この頃、権力者の肉体はその放縦な生活のため、少しずつ蝕まれていた。文禄二年（一五九三）の夏、太閤の養子であり、関白職を継いだ豊臣秀次は秀吉側近の木下吉隆に次のように書いた。

「太閤御方、有馬御湯治之所、御咳気、又、御腹中、被㆑煩之由、尤無㆓心元㆒思召候」

　文禄三年（一五九四）の七月には太閤の衰弱を知らせる

手紙が三奉行から鍋島父子に送られている。死は少しずつ、確実にこの権力者を捕えはじめていた。しかも、明の朝廷が和議を成立させる前に死が権力者を襲うことを行長はどれほど祈ったであろう。……

十一　夢の砕かれる時……

〈行長、三十七歳から三十九歳〉

こうして行長がひたすらに権力者の死の来るのを待ち続けた文禄三年（一五九四）の暮、彼の使者、内藤如安は遼東から北京への長い長い旅を続けつつあった。そして如安は一年半の歳月を経たのち、十二月六日、目的地にたどりついたのである。

　入京を許可したものの、明の朝廷はまだ日本の真意を疑った。行長はあくまで秀吉が冊封のみを求めると主張しているが、その主張は清正の提出した条件とは食いちがっている。如安は明朝廷できびしい査問を受けねばならなかった。

　査問に先だって明の兵部省は如安に誓約書を書かした。それは、三箇条から成っていて、第一に朝鮮から日本軍は全面的に引きあげること、第二に明から封を受けても通商を求めぬこと、第三に二度と朝鮮を侵略しないという約束だった。如安はこの誓約書を受け入れた。

　二週間後、兵部尚書の石星を議長とする査問委員会が開かれた。諸僚環坐のなかで十六項目にわたる、追及と質問が次々と彼に浴びせられた。それはたとえば日本軍侵略の理由やその意図、更に日本の国内事情についての質疑であったが、如安は時には弁解し、時には沈黙を守った。

　如安はどうやら査問委員会にパスしたようだった。委員長の石星は先に東闕で如安に誓わせた三箇条の誓約を履行することを条件にして、秀吉に日本国王の名称を与え、正月以内に冊封使を日本に送ることを諸僚に提案したからである。

　年があけた。日本では文禄四年（一五九五）である。如安は石星にかねてから行長の指令によって作成した請願書を送った。これは言うまでもなく、我々がその重要さをたびたび指摘したあの日本側の冊封請願書である。

　今一度、その請願書の主要なる部分をここに引挙する。行長の意図がそこに露骨に出ているからである。

㈠　日本国王は有ること無し。挙国の臣民、関白豊臣秀吉を封じて日本国王と為し、妻、豊臣氏を妃と為し、嫡子を神童世子と為し、養子秀政（秀次）を都督と為し、仍って関白と為さんことを乞う。（傍点、遠藤）

㈡　豊臣行長（小西行長）豊臣三成（石田三成）豊臣長成

（増田長盛）豊臣吉継（大谷吉継）豊臣秀嘉（宇喜田秀家）、以上五員は、大都督に封ぜんことを乞う。独り行長は世《よよ》西海道を加え、永く天朝治海の藩籬と、朝鮮と、世々好《よし》みを修めん。

㈢ 釈玄蘇は日本禅師に封ぜよ。

㈣ 豊臣家康（徳川家康）豊臣利家（前田利家）豊臣秀保（羽柴秀保）豊臣秀俊（羽柴秀俊）豊臣氏卿（蒲生氏郷）豊臣輝元（毛利輝元）平国保（未詳）豊臣隆景（小早川隆景）豊臣晴信（有馬晴信）豊臣義智（宗義智）、以上十員は、亜都督に封ぜんことを乞う。

七項目からなるこの請願書を見ると、我々は幾つか奇怪なることに気づく。一目瞭然としているのは、この冊封は三奉行と行長にのみ大都督の地位を与え、国内では彼等よりも地位の高い家康や利家が亜都督という低い地位にすえられていることだ。のみならずこの七項目には加藤清正の名はどこにも見当らぬのである。理由について我々は再三にわたってのべてきた。結論はこの請願書は秀吉死後における豊臣政権の設計図であり、見とり図であり、三奉行と行長が支配する豊臣政権の腹案がそこに露骨に書かれているためである。

だがそれと共にもう一つ、興味あることにここで気づく。それは我々が傍点をふった、「嫡子を神童世子と為し、養子秀次を都督と為し、仍って関白と為さんことを」という箇所である。

この箇所は明らかに秀吉死後の豊臣政権継承者に関する部分である。この請願書が作成され、そして一年半後の文禄四年、正月四日に如安の手で北京朝廷にそれが提出された頃、日本国内ではまだ秀吉の後継者は養子の関白秀次と定められていた。文禄二年（一五九三）八月に秀吉は淀君との間に実子拾丸（秀頼）をもうけたが、しかしそれより早く、公式には秀次が後継者となることは天下、これを疑わなかった。

このことを考えながら、今一度、如安の請願書を読みかえすと、三奉行や行長は大都督に任ぜられることを要求しているのにたいしてそこには傍点の箇所のように「養子秀次を都督と為す」ことは求めているが、現関白であり、公式的に豊臣政権の後継者である秀次はこの冊封請願書のなかでは軽視されているのである。

いかなる理由で？　もちろんこの請願書は行長と沈惟敬とが作成したものであり、太閤の同意や許可を得たものではない。だが秘密の文書であるだけにそれは行長の意図を露骨に示していると考えてよい。行長はここで秀吉死後の豊臣政権の見とり図を書いた。だがその見とり図には関白秀次の存在を彼は独断で軽視しているのだ。

この越権的な行為をどう考えてよいのか、わからない。もちろんそこからある想像や推定が心に思い浮かぶのであるが、それを裏づける資料がない以上、大胆な結論を出すことは差し控えたい。だがこの見とり図はその後の秀次の運命も見透しているのだ。

　この文禄四年の正月、秀吉は吉川広家に手紙を送り、文中「来年　関白殿、有二出馬一」と書き、後継者である関白秀次が来年は朝鮮日本軍の総指揮をとることを予告している。もっとも秀次出馬については既に京城陥落の報を受けた時から太閤が決定していたのだが、その後さまざまな事情で実現を見なかったのである。

　だがその太閤と関白秀次との間にはこの文禄四年の四月頃から実はひそかな軋轢が生じつつあった。表面的にはこの四月、秀次は伏見城に太閤の御機嫌を伺い、太閤もその頃死んだ秀次の弟、秀保の死を慰める使者を出すなど、一応は円満なる関係を装っていたが、五月にいたり、秀次の反乱の噂がながれ、六月二十六日（『川角太閤記』による）、太閤は三奉行ほか富田左近、徳善院の五人を使者として、その真否を詰問し、秀次に起請文を差し出すよう命じている。

　七月にいたって秀次は太閤から伏見に召喚され側近の木下吉隆の邸にあずけられた。そこから更に高野山に押しこめられ、七月十五日、切腹を命ぜられている。またその眷族、姫、妻妾ことごとく三条河原で極刑に処せられた。

　あまりに有名なこの秀次抹殺の大事件は拾丸（秀頼）を得た太閤が養子の秀次を後継者にする気持を失ったためであり、また秀次の私生活が乱脈をきわめたためでもあるとも言われている。だが、この秀次抹殺の大事件と、さきほどの如安の請願書の内容を照らしあわすと、我々にはそこに繋《つな》がりがあるような気がしてならない。

　もちろん、それ以上の想像は裏づける資料がない以上、我々は勝手な想像は慎まねばならない。しかし、この頃、秀次抹殺事件の背後には行長と親しい石田三成の策謀があったという噂がながれ、また、もし関白が朝鮮派遣軍の総司令官になるならば、行長の講和交渉は進捗しなかったろうと考えるならば、我々はやはりこの請願書の秀次無視にはこだわらざるをえないのである。

　いずれにしろ、こうして内藤如安の講和交渉が軌道に乗りはじめた文禄四年、行長はどれほど秀吉の死を願ったであろう。彼は如安の交渉が成立し、明がその冊封使を日本に派遣するまでに太閤がこの世を去ってもらわねばならなかった。もし、太閤がその冊封使という講和大使を謁見するならば、すべては発覚し、彼の今日までのからくりは白日の下に曝されるからだ。冊封使が日本に到着するまでにできるなら太閤は死んでほしい――行長はそう考えた筈である。

「太閤様、去十五日之夜、……御覚なく小便たれさせられ候」（『駒井日記』文禄四年四月十七日）

太閤の肉体は衰弱しつつあった。だがこの時期、彼はまだ病床に臥すほどにはいたらず、行長の頼みとする三奉行が政務をすべて代行しているのではなかった。行長は太閤の死を待ち望んだが、それが現実になるよりも北京における講和交渉のほうが早く進み出していた。彼の計算は誤ったのである。

北京では内藤如安の査問が終り、その請願書は受け入れられた。石星たち講和派は反対派を押しきって日本に冊封使を送り、この戦争に決着をつける諸準備を進めはじめた。しかし彼等といえども日本軍が依然として南朝鮮に駐屯していることは許せなかったのだ。日本軍の全面的撤退が冊封の前提条件だった。講和論者は行長にこの条件を伝えるべく、使者、陳雲鴻を熊川の第一軍団司令部に送った。

行長は陳雲鴻を迎えて狼狽した。日本軍の撤退というその要求に狼狽したのではない。講和交渉が彼の計算よりもあまりに早く進み、冊封使が近く北京を出発すると知らされて狼狽したのである。太閤はまだ死んではいない。彼が死ぬ前に冊封使が日本に到着すれば、行長の作った偽の降表も一切のからくりも発覚してしまうのである。

冊封使の派遣を待ちながら、他方ではあまりに早いその渡日を怖れた彼はここで矛盾に追いこまれた。彼と陳雲鴻の交渉経過をみると、その苦慮がはっきりわかるのである。追いつめられた行長は窮余の一策を思いつく。それは冊封使を朝鮮のどこかに留めて、できる限りその日本への出発を引きのばすことである。このほか、この矛盾を切りぬける方法はない。そのためには日本軍撤退を餌《えさ》にするのがよい。だから、「もし、天使（冊封使）、京城あるいは南原等の処に来到せば」行長のブレイン、玄蘇は陳雲鴻にこう提案する。「まさにことごとく撤回すべし」。

冊封使が朝鮮に入ればもうしめたものである。明政府はよほどの事情のない限り一度出した命令を引っこめる筈はあるまい。あとは日本軍撤退をできるだけ滞らせ、時間をかせげばよい。その間には太閤は病のため、政務を見ることができなくなるかもしれぬ。そうなれば行長と通じている三奉行が政務の代行をするから（関白秀次の抹殺はこの時、まだ行われていなかったが、この点からみても行長はそれを予知していたと我々は考えるのである）すべては発覚せずに講和は成立する。

この計算のもとに陳雲鴻に、行長はこう主張する。「我等、あに早く帰るを欲せざらんや、ただ大事、未だ完《まった》からず、軽々しく退くべからず。天使（冊封使）近くまさに出で来るべしと云うといえども、而も従前、天朝（明政府）吾を欺く甚だ多し」あるいは「今、天使、出で来ると云うといえども、また安《いずくん》ぞ、実と不実とを知らん」。

冊封使が本当に北京を出発したのかどうかが確実になるまでは、撤兵には応じられぬ。それが撤兵を遅延させる行長の口実だった。如安が北京に入京するまで一年半もかかったことを考え、冊封使の渡日を引きのばすことを行長は謀ったのであろう。

このように時間をかせぎながら、その間にうつべき手は何か、と行長は考えた。その後の彼の行動は、明や朝鮮に自分が日本軍の撤兵に懸命に努力していると見せかけながら実は一年の遅延を謀っている。そこにも彼の面従腹背のやり方があらわれている。明の陳雲鴻に続いて、今度は朝鮮政府の使者、朴振宗が熊川にやってきた。（朝鮮としては藩主国の明が講和を承諾したとすれば、泪をのんで同じ態度をとらざるをえなかったからである。）その朝鮮の使者にも行長たちは撤兵は冊封使が京城、南原に到達してからだとくりかえした。

だが、計算はまた失敗した。時間をかせぐという彼の作戦とは反対に北京の講和交渉が予想以上に早く進展したからである。冊封使は既に北京を出発していた。しかも彼等はその旅を遅らせることなく四月には沈惟敬や内藤如安と共に京城に到着する手筈になっていた。

これを知った時の行長の狼狽は計りしれないものがある。彼は冊封使が京城に到着するまでは、まだ余裕があると思い、その段階で日本軍は全員撤兵すると明にも朝鮮にも約束してきたのである。このように早く、すべてが進むとは彼は考えてはいなかった。彼の気づかぬ間に情勢は一時的な弥縫と誤魔化しを許されぬ段階になっていたのだ。

一体これはどうしたのか。行長は自分の共犯者だった沈惟敬に事情をきき相談するほかはなかった。あわてた彼は朝鮮政府に次のような書を送り、日本軍撤兵を協議するため冊封使に先だって沈惟敬の来訪を待つと乞うた。「先ず沈惟敬を差し、営に入りて相議し、天使、営を進めば、すなわちこれ貴国平安、倭兵還国の良策なり」。

沈惟敬はこの求めに応じて、京城に向う冊封使より先だって行長のいる熊川にやってきた。この明の策士と面従腹背の男とは情勢を綿密に再検討する。冊封使を遅らせることはもうできぬ。できぬとすれば日本軍の撤退を太閤に認めさせることしかない。と同時に二人がうった芝居を太閤に知られることなく、終幕まで持っていくより仕方がない。それが彼等のだした結論だった。

しかしここにその芝居の嘘とからくりを気づきはじめた男がいた。その男とは言うまでもなく、加藤清正である。行長にとってはどうしても肌のあわぬこの「土の人間」はこの芝居にある疑わしきものを嗅ぎつけ、それを立証するために朝鮮と単独に接触を続けている。彼は既に、今日までの行長たちのからくりと嘘を朝鮮側に問いただすことでどうやら感づいたようである。もしこの男が冊封使の渡日に際し、太閤にすべてを報告し、訴え出るならば、今日までの苦心も講和交渉も音をたてて崩れるのだ。

その男を太閤から遠ざけねばならぬ。その男をとり除かねばならぬ。追いつめられた行長は沈惟敬との協議の末、そう決心した。もし清正にすべての発言権を失わさせれば、太閤は何も知らず、何もわからぬまま、冊封使を明の降伏使者として引見するだろう。あとの諸条件は交渉の複雑さに名をかり、時間をかせぎ誤魔化せばよい。そのうちに、衰弱した太閤は病に倒れ……。

この時、行長は腹をきめた。彼は太閤に日本軍撤兵のやむをえざる事情を説明するため、更に清正を遠ざけるために、帰国する決心をしたのである。清正を遠ざけるためには、讒言という卑劣な手段を用いても今はやむをえなかった。

四月二十七日、彼は沈惟敬を釜山におき、一人日本に戻った。彼がどのように太閤に日本軍撤兵の必要を説明し、その許可を求めたかは資料がない。資料がないが、彼がここでもこの権力者をだましたことは明らかである。それが行長の当初からの腹案であったか、それとも太閤が認めたのかは不明だが、とにかく日本軍の過半数の撤退が許可された。

行長は清正の非行を訴えた。日本側資料をみると、それは、清正がたびたび自分を敵にたいして侮辱し、その侮辱がどのように講和交渉に妨害を与えたか、また清正が許しなく豊臣朝臣と称し、越権行為を行った点などを指摘したのである。日本軍撤退とこの讒言が成功したのはもちろん石田三成たち三奉行の口ぞえと支援とがあったためである。その後の清正の三成にたいする憎悪はこれによって決定的になった。

しかし、清正の件はともかく、日本軍撤退が秀吉にとってすぐ許可されたわけではなかろう。さきの帰国とちがい、行長は二カ月ちかい日数を日本に滞在せざるをえなかった点をみても、行長が三奉行を通して、さまざまな苦心努力をしたことが想像できるのである。

行長は力をつくして、ようやく日本軍の過半数の帰国の許可を得た。更に妨害者であり警戒せねばならぬ加藤清正を太閤から引き離すことにも成功した。こうして目的を果した六月二十六日、行長は釜山に戻っている。

全面撤退を主張する明は日本軍が一応は兵を返しながら遅々として進まずその軍隊の一部をまだ残していることを非難したが、行長の弁解と沈惟敬の確信ありげな報告に基づいて、ともかくも京城に待機していた冊封使の副使楊方亭を釜山に往かしめた。続いて、正使の李宗城も九月五日、京城を発し、十一月、釜山に入った。熊川の司令部を引きはらった行長はこの釜山に移っていたのである。

　こうして十二月一日、冊封使は行長たちに謁見した。行長は寺沢志摩守や僧玄蘇、および麾下の諸将と共に礼をつくしてこれを迎えた。正使の李宗城は行長たちに冊封の内容を明らかにし、太閤に与える明皇帝の金印と誥勅を示した。

　行長たちは「皆、跪いてこれを聴き」「皆笑い、踊躍《ようゆう》して出で、相与《とも》に語りて、頗る喜色を示」（『宣祖実録』）した。

　おそらく行長は感無量であったにちがいない。思えば長い長い努力と辛い思いとで、やっとここまでたどりついたのである。彼と宗義智とだけがこの和平交渉のために工作を続け、太閤をだまし、危険を犯して、ともかくもこの日を迎えたのだ。脳裏には京城や平壌に入城した折の廃墟の街が蘇ったにちがいない。あの時の彼は和平をはかるべき相手をそれらの街に見失ってしまったのだ。それから平壌での無残な敗戦がつづき明軍の攻撃がはじまった。雪のなかのみじめな敗走。講和の望みが絶たれた日々。

　だが今、冊封使が示したこの金印と誥勅は太閤を日本国王に封ずることを証明している。いや、そんなことは問題ではないのだ。行長が満足だったのは明が彼の努力を認め、彼と三奉行とに大都督の称号を与え自国と朝鮮と外交面では彼の全権資格を認めたことである。今、行長のまぶたには太閤死後の豊臣政権で自分が坐るべき場所が、はっきりと見えたのである。対外外交と貿易の統率者。外務大臣と通産大臣との二つの椅子が明の認定によって保証されたのである。

　その上、加藤清正の発言権は奪っている。行長の讒は成功し、太閤は清正に帰国と謹慎とを命じたからである。当面の妨害者がこうして姿を消した以上、自分の芝居は成功するかもしれぬ、と行長は考えたにちがいないのだ。今その最後の幕は、あげられようとしている……。


　だがその最後の幕までの時間が長い。冊封使の日本到着からはじまる第三幕の幕がなかなか上らない。それは、一つには日本軍の全面撤退が相変らず進まず、第二には朝鮮側にまだ講和反対の声がくすぶっていたためである。冊封使はそのために釜山にとどまったまま、日本に赴くことができなかった。一時は光のさしはじめた空がふたたび鈍い雲に覆われた感がある。

　行長は必ずしもこの状態を悲観しなかった。彼は太閤の健康がこの間、更に衰えるのを期待していたからである。そして権力者の肉体はこの年の終り頃から急速に弱くなっていった。

　十一月十七日　依二太閤御不例一　政所より不動法被レ行云々

十一月二十七日　依二太閤御不例一　御神楽有レ之　出御
（『小槻孝亮日記』）

講和が成功するために、それが半年のびるぐらいは今の彼にはもう気にならなかった。彼はただ明のように講和使節を派遣することをためらっている朝鮮とは折衝はしたが、日本軍の全面撤退には積極的ではなかった。彼は沈惟敬に名護屋に赴き、太閤に謁見することを協議したが、もちろんそれは明にたいして見せるポーズであり形式的努力にすぎなかった。沈惟敬が日本にわたっても太閤が今更、日本軍の半数撤退以上を認めぬことを行長も惟敬もよく知っていたのである。沈惟敬も太閤と面接不可能であっても、そこまでやった以上は冊封使を出発させるより仕方がないと明政府に語っている。こうして惟敬と行長とは冊封使接待の準備をするという口実のもとに翌年の慶長元年（一五九六）正月、日本にわたった。

一方、使節を送ることをあくまで渋る朝鮮にたいしては行長のブレインであり宗義智の家老から抜擢されて秀吉の外交顧問となった柳川調信が妥協案を示した。妥協案は行長や義智がこれまで再三にわたって太閤をだました同じ方法だった。使節と言っても別に高官でなくてよい。「住近の一官員を得、仮《か》りに通信使と称し、数日の内に営中に進来せば、則ち我輩……以て通信使已に到ると為すと云わば、則ち、彼（太閤）必ず之を信じ」（『宣祖実録』）るであろう。これが柳川調信の提案だった。

ここにいたって朝鮮も、渋々とこの妥協案をのんだ。最後の幕をあげる準備は一点を除いてここにできあがったのである。

その一点については不幸にして我々はそれが事実であるか、どうかの確実な資料を持っていない。起った事件の真相についてはいろいろな想像があって、どれが事実か、立証できぬのである。その事件とは行長と惟敬とが日本に渡って三カ月後の四月二日、突然、冊封使の正使だった李宗城が「夜半、微服を以て」釜山の日本軍司令部から遁走したことである。『再造藩邦志』によれば真夜中、李宗城は家丁の一人だけを連れ、微官に変装し、顔を布でかくし、日本兵をだまして城門を開かせ脱走した。彼等は山谷にかくれ、三日間、飲まず食わずの後、慶州から京城に向った、と言う。

理由がどこにあるのか、わからない。ある説は李宗城が行長の娘であり義智の妻であるマリアに手を出そうとしたため、義智の怒りをかい、身に危険を感じて逃れたと言い、別の説は日本軍は内心では彼を冊封使としてではなく人質として日本に送るという風説を耳にしたため、怖れて脱走したという。しかし他方、こうした恐怖感を李宗城にわざと与えたのは他ならぬ沈惟敬だったと『両朝平攘録』や『武備志』は伝えている。

かりにこの正使脱走事件が沈惟敬の意識的な工作であったとするならば、我々はその理由を次のように推論するより仕方がない。沈惟敬は冊封使が渡日後、何も知らぬために北京政府が錯覚している彼等の講和条件を、そのまま太閤に伝えることを怖れていた。それゆえまず正使を追い、自分がその冊封使の一人となるようにひそかに計画したとも考えられるからだ。

事実、この驚くべき事件のあと、狼狽した北京政府はとりあえず、副使の楊方亨を正使にして、沈惟敬を副使にせざるをえなかった。それらの事情から見ると、この事件の背後には沈惟敬と行長の工作が考えられぬこともない。

ともかくも準備はほぼ完了した。あとは最後の幕があがるのを待つだけである。最後の幕で彼等が行うであろう芝居を邪魔する者たちも既に排除された。行長の讒言と石田三成たちの工作は効を奏し、加藤清正は太閤の勘気を蒙って四月、日本に召還の命令を受けて帰国せざるをえなかった。正使の李宗城は逃亡して、そのかわり沈惟敬が副使に任ぜられた。

行長や沈惟敬の考えでは終幕の舞台は次のように進行する筈だった。明の冊封使は日本に到着後、謝罪使という名におき変えられるであろう。言葉のちがいと相互の誤解をあくまで利用してこの誤魔化しを最後まで押し通さねばならぬ。太閤が何も気づかず、何もわからず彼等を引見するように運ばねばならぬ。

引見が成功すれば、一応は安心できる。もちろん最大の危懼は太閤がおのれの提出した七箇条の条件を履行することを命ずる点にあるが、それは時間をかせぐことによって糊塗するより仕方がない。時間をかせぐうちに太閤は死ぬだろう。後継者だった関白秀次は既にこの世にはいない。秀頼はまだ幼い以上、この問題は三奉行の手によってすべて有耶無耶にできる筈である。

それらが行長の第三幕にたいする演出プランだった。もとよりプランは必ずしも彼の満足いくものではない。彼の最初の計画では冊封使が日本に向う前に、太閤に死んでもらいたかったのだ。その点、彼の予想ははずれていた。死はまだあの権力者を摑んではいなかった。

だが、事情がこうなった以上はこのような形で終幕をあけねばならぬ。幕が無事におりるか、否かについて行長にどこまで自信があったか、我々にはわからない。おそらく彼はそれを五分、五分と見ていたであろう。もし、すべてが裏目に出れば……行長はあるいは死を覚悟していたかもしれぬ。

正使となった楊方亨を釜山においたまま、沈惟敬は日本に滞在した。おそらく彼の目的は終幕を成功裡に終えるための下準備と工作とにあったであろう。彼が伏見において太閤の側から饗応を受けていたという事実は、その工作がともかくも進められていたことを意味している。

こうして六月十五日、釜山に残っていた正使、楊方亨も日本に向けて出発することになった。二十二日、堺に到着、伏見にのぼった。あとは朝鮮側の使者を待つだけだった。幕はまさにあがろうとしていた。

誰がこの時、大地震を予想していたであろう。誰がこの時、最終の舞台を狂わせるものが、人間ではなくて天変地異だったと予知していたであろう。それは前例のないほど大きな地震だった。しかもその地震は長年にわたる行長と沈惟敬の工作、苦心の上にも苦心を重ねた仕上げまでゆすぶり、ひびを入れたのである。

閏七月十三日未明午前三時地鳴りがした。大地が震えた。冊封使たちが謁見を受ける伏見城の天守閣は音をたてて崩れおちた。天守閣だけではなく、城を形づくるすべての建物も庖厨を除いて大破した。城内の多くの男女が死に、城下町の諸将の邸、ほとんどの民家も崩壊した。地震は伏見だけでなく京、大坂にも及んだ。京都でも「死人その数を知らず。鳥部野の烟は断えず」という有様だった。余震は翌日から数カ月も続いてやまなかった。

伏見城にあった太閤は危く助かり、しばらく、ただ一つ残った庖厨にいたが、平地は危いと見て、山上に薄板をめぐらした小屋を作らせてそこに逃れた。

地震が起った十三日の朝方、勘気を蒙っていた加藤清正は三百人の足軽に梃子を持たせて出仕し、中門の警備にあたった。秀吉はこの時、庭にうずくまった清正のやつれた顔を見て落涙し、怒りを解いた。

言うまでもなく、これは「地震加藤」で名高い場面であり『高麗陣日記』にも書かれている出来事だが、それがどこまで事実を伝えているかはわからぬにせよ、この地震のために清正は太閤の勘気を解かれたのである。行長が終幕の舞台に決して登場させたくなかったこの「土の人間」が、ふたたび発言権を得たのはこの時からである。

行長と沈惟敬とはこの地震を夢にも予想してはいなかった。まして地震によって彼等がやっと太閤から引き離した男が名誉と力とをとり戻すなどとは思いもしなかった。彼等がそれを知った時、どれほど狼狽をしたであろう。

大地震によって思いがけなく勘気を解かれた清正が太閤にたいして行長と沈惟敬の工作のすべてを訴えたという資料はない。だがこれをぬきにしては、九月一日から大坂城で行われた明使謁見の場面で太閤が講和を破裂させた事情の一端は考えられない。またその謁見の許可も明使だけに許され、朝鮮使節には与えられなかった事情も解くことはできぬであろう。

地震は閏七月十三日に起り、清正は翌日、許された。八月四日に朝鮮の使節も堺に到着し明使と合流をした。そして明使だけの謁見が九月一日に大坂城で行われた。この二カ月にちかい間に清正が腕をこまぬいて何もしなかった筈はあるまい。

だが、いずれにしろ、大坂城で明使だけが謁見を許された。朝鮮使節にたいしては太閤はまったく黙殺の態度をとった。彼等が卑官であるということがその理由であり、また朝鮮使節のなかにさきに日本側が釈放した二王子が加わっていなかったことも太閤の気持を害したのである。九月一日、明の正使、楊方亨と副使の沈惟敬とは行長と宗義智たちに先導されて大坂城の大広間に入った。徳川家康をはじめ諸侯次の間に正座するなか、近習に刀を持たせた太閤があらわれた時、金印を持した「惟敬は匍匐《ほふく》し、方亨も」これに随ったという。秀吉は彼等に労《ねぎら》いの言葉を与えたが両使はこれを「己れを責むるものと」受けとったと『続本朝通鑑』はのべ、明側資料は「大いに責譲《せきじょう》の語あり」と書いている。

沈惟敬でさえ、太閤の労いの言葉を非難の言葉と誤解したのはもはやこの最後の芝居に自信を失っていたためであろう。この時、行長が「足ふるえ、口ごもる」両使を促して、冊封の金印と封王の冠服を捧げさせた。諸侯にも冠服が贈られ、夕べにいたって明使に饗応あって第一日の謁見は無事に終った。

だが太閤が怒りを見せるのは多くの場合、抜きうち的である。九州作戦の折、宣教師コエリュは秀吉と謁見したその夜、突如として切支丹禁制の告示を受けている。第二日も猿楽が催され、昨日、贈られた赤い冠服をまとった太閤は機嫌よく酒盃を使節に与えたが、第三日、彼等と三度目の謁見を行っていた時、彼は突然、朝鮮出兵を宣言した。

この理由については従来、三つの見方がある。一つは三日目の謁見において冊封の国書朗読を僧、承兌《しょうだい》に読ましめた時「爾《なんじ》を封じて日本国王と為す」という言葉に激怒したという説であり、もう一つは、秀吉は明にたいしてではなく、朝鮮が使節と称して卑官を送り、しかも自分の提示した条件をまったく履行していないことに怒りを発したという説である。三番目の説では謁見の儀が終ったのち、堺に戻った使節が朝鮮からの日本軍撤兵と駐屯地の破棄を要望したため、太閤は突然、憤激したと言う。

我々はこの三つのいずれが事実かはわからない。これについては多くの史家が議論しているが確実な結論は出てはいない。

だが確かなことは、さきにも触れたように太閤が来日した明使には謁見しているが、朝鮮使節にはその到着以後一顧も与えていない点である。朝鮮使節と会う意志のなかった彼が少くともこの使節が堺に到着した時から彼等と講和を結ぶ意志を持たなかったと考えるほかはない。

我々はそこに行長のライバルであった加藤清正の介在を見る。太閤にたいし、ひたすら忠実である清正が伏見の大地震で勘気を解かれたのち、行長たちの瞞着に沈黙していたとはどうしても思えないからである。清正は少くとも日本に来た朝鮮使節が秀吉の要求するような王子や大臣クラスの高官ではなく、急ごしらえの卑官であることは暴露したにちがいない。太閤はこの時既に、明とは一応の妥協をしながら朝鮮には再度の出兵を考えていたであろう。つまり彼のこの時の気持には明を征服するなどということは消え、ただ朝鮮の八道だけはわがものにしたいという考えがあったのであろう。

我々は今日まで江戸時代の資料から、太閤が謁見の席上、突如として激怒し、感情の赴くままに再出兵を命じたととかく考えがちである。しかし太閤ほどの老獪な男が計算なしに行動を起す筈はない。切支丹禁制令の時もそうであったように、彼の「抜きうち的」な指令には、考えぬかれた計算がかくされているのだ。もし太閤が謁見三日目に激怒したとしても、この時は既に朝鮮使節にたいしては講和を結ぶ気持はなかったと見るべきである。

彼は清正と行長との対立する報告の真偽を確かめるために明使との謁見を許した。そして三日間の謁見の間、彼は清正の意見の正しさをはっきり感じた。

老獪な太閤はここで明の使節にわざと寛容な態度を示している。寛容な態度を示すことで相手に気を許させ、その本心と真意を暴露させるためである。彼は謁見後、堺に戻った使節たちに四人の僧侶を送り、その望むものを叶えたいと言わせたのである。この甘い餌に沈惟敬ほどの男がひっかかったのは太閤の術策があまりに巧みであったからだろう。沈惟敬と楊方亨は、朝鮮にある日本軍城塞すべてを撤去してほしいと答えた。

これで清正の報告の正しかったことは、はっきり確認された。行長の欺瞞があかるみに出たのである。太閤は激怒した。「小西奴を呼び出せ、首をはぬべしと詈《のの》しり給う」(堀杏庵『朝鮮征伐記』)。

行長はこの太閤の憤激から、どうして免れえたのか。本来ならば処刑されてしかるべき裏切りにたいし「行長、大いに恐れ、全く一人の致すところにあらず、三奉行申合ての事也とて、数通の証文を出す。此によって小西不㆑及㆓子細㆒」(『武家事紀』)。またこの時、淀君や前田利家が太閤をなだめ、「淀君がこの事件の張本人はこの自分であると告白」(シュタイシェン『キリシタン大名』)した、と言われている。太閤はこの欺瞞の背後に行長だけでなく三奉行、その他の有力な支持〔註一〕があったことに気づき、愕然とすると共に、彼等を処罰することの波紋と不利に気がついたのであろう。

いずれにしろ、こうして行長の工作は発覚し、暴露された。長い長い間の苦労のつみ重ねも今、一挙にして水泡に帰した。太閤は国外再出兵を命ずるであろう。すべてはふり出しに戻ったのである。

ふたたび明や朝鮮を敵にすることは行長にとって野心が終ったことを意味した。彼の夢は太閤死後の豊臣政権下で最も中枢部を占める外交と貿易を支配することであった。切支丹である彼は南蛮貿易に有利な地位を持っていたが更に明と朝鮮とから外交代表と認められれば野心は果されるのである。彼が明に大都督に任ぜられることを要請したのもそのためだった。だがその夢は今、消えた。

この時、行長の深い挫折感には怒りと恨みとの感情も烈しく起った筈である。彼は自分の夢を一挙に砕いたもの、智慧と術策の限りをつくして作りあげた終幕の舞台を蹂躙したものを呪わなかった筈はない。彼はひそかに復讐と報復とを心に誓った。文禄の役につづく慶長の役で行長が何をしたかを見ると、この復讐と報復の心がはっきりわかるのである。

〔註一〕 森山恒雄氏は『宗及茶湯日記』や『利休百会記』から行長の背景に利休を頂点とする堺商人団と、住吉屋宗無のような宥和派の御伽衆の存在していたことを指摘されている。したがってこれらの商人団、御伽衆たちも行長をこの時、支持したのかもしれない。

十二　復讐と報復

〈行長三十九歳から四十一歳〉

だが、この講和条約が破裂した直後に日本切支丹史の上で見逃すべからざる事件が起っている。フィリッピンを発しメキシコに向っていたイスパニヤ船「サン・フェリーペ号」が台風に巻きこまれて流され、土佐の浦戸湾に流れついたのである。この報告は慶長元年（一五九六）の九月四日、つまり講和が破裂した直後に土佐からの急使によって太閤の耳に達した。世に言う「サン・フェリーペ号」事件がこれである。

　この船の処置をめぐってその後二カ月の間に複雑な経過が続くが、太閤はこれを日本を侵略する武装船と見なして、船荷のすべてを没収し船員を留置せしめた。更に彼はこの事件を利用して、今まで寛《ゆる》やかにしていたさきの切支丹禁制令を強化することを決心し、十月十九日、京都に黙認の形で在住していたフランシスコ会の宣教師たちをことごとく捕縛し、処刑することを命じた。この背後には日本布教をめぐってのイエズス会とフランシスコ会との勢力争いがあったと言われるが、その真相を解くことが本書の目的ではない。

　この事件は今までひそかに信仰生活を守りつづけていた太閤の切支丹家臣たちに大きな衝撃を与えた。ある者は殉教を覚悟し、ある者は宣教師をかくまうために全力をつくした。

　この十月十九日事件の折、行長はたしかに大坂か堺に滞在していたと思われる。太閤家臣のなかでも右近追放以後は切支丹武将の代表者とみられていた行長がこの事件にどのような反応を示したかは、資料は語っていない。彼はこの時、講和の決裂と太閤の怒りという苦境にたたされていたのである。彼が捕えられた宣教師たちのために何を行ったかは、我々にはわからない。

　だが我々はこの逮捕事件が、やがて宣教師処刑の命令にいたる間に、切支丹ならざる石田三成が前田利家と共に太閤の怒りを和らげるために、並々ならぬ努力をしたことを知っている。まず彼は太閤がフランシスコ会のみならず、イエズス会の神父たちも捕縛することを命じたのを巧みに反対し、これをフランシスコ会だけに限ったことや、その残酷な処刑方法もできるだけゆるめるよう計っている。できれば三成としては、宣教師の助命も行いたかったのであろうが、太閤の怒りの前では、これが精一杯だったのであろう。

三成のこの切支丹たちのための努力はおそらく、行長のひそかな要請に応じたものであろう。あるいは苦境にたたされている行長への同情から出たものかもしれぬ。だが、いずれにしろ、それを裏づける資料はどこにもない。

ただ、逮捕されたフランシスコ会宣教師と日本人信徒二十四名は十一月五日に京の街を引きまわされ、耳をそがれ、更に処刑の地と決められた長崎に送られていったが、この間、行長が大坂か、堺にまだ滞在していたことは確かであると言いそえておく。

一方、太閤は朝鮮と明との使節の退去を命ずるや、再出兵の準備にかかった。自らの威信を保つためには引くに引けなかったからである。

その再征軍に行長はふたたび加えられた。本来ならば一族と共に処刑されて然るべき彼が一命をとりとめ、その領土と地位を認められたのは、まことにふしぎである。おそらく太閤は行長を処罰することによって起る波紋を怖れたのであろう。第一に行長を処罰すれば、当然その背後にあった石田三成ほか三奉行にもなんらかの処置をとらざるをえない。それは自らの手で豊臣政権の機能を麻痺させることになる。第二に行長を処置することはおのれが今日まで彼等にだまされていたことを内外に認めさせることになる。老獪な太閤はそれらの損得を考慮した上で一応、行長の裏切りに眼をつぶり過去を償わせることを要求したのであろう。

だがこの男をこのように寛大に許したことが太閤にとって果して正しいことだったか。太閤がこの男はもう二度と自分を裏切ることはあるまい、と考えていたとすれば、それはあまりに甘かった。行長の面従腹背の生き方は決して変ることはない。たとえ彼が自分の運命に諦めをつけ、人生に疲れきったとしても……。

たしかに行長はもう自分の世俗的な野心については諦めていた。彼の世俗的野心とは太閤死後の豊臣政権下に明と朝鮮から支持された外務大臣、通産大臣になることだった。そのために行長はその智慧と術策の限りをつくして、どうにか講和の成立までたどりついたのである。だがすべてが土壇場で決裂した瞬間、何もかもふり出しに戻った。第一歩からやり直さねばならなくなった。その野心も夢も音をたてて崩れたのである。

この時、行長のうけた打撃と落胆はどれほどだったか、そして恨みはどんなものだったか。それを抜きにしては以後の彼の行動を考えることはできまい。力をつくして作りあげたこの講和の仕上げと最後の舞台とを突然、蹂躙し、土足にかけたものに行長は心からの哀しみと恨みとを抱いた筈である。切支丹ではあったが、同時に世俗的でもあったこの男は高山右近のように静かな諦念の境地を持ってはいなかった。彼が恨んだものとは何か。それは清正であり、太閤であり、そしてその太閤が面子《めんつ》のためにふたたび行う戦争だった。

恨みと哀しみとは往々にして復讐の気持に変るものだ。この男もその日から清正と太閤とそして再度の戦争とに報復しようと考えたとしてもふしぎではない。

だが、どのようにして？　どのような手段によって？　行長は権力者にたいして反旗をひるがえしたり、堂々と再出兵に反対をのべることなどはしない。それは不可能であり、失敗は眼にみえてわかっている。彼の本質は面従腹背であり、その面従腹背の才能が彼のただ一つの武器になるのである。

文禄の役における彼の面従腹背には少くとも戦争を終らせ、講和を成立させるという大義名分があった。それは彼の個人的野心も伴ってはいたが、少くとも我々にも納得できる何かがあった。だが再度の戦い——慶長の役ではその面従腹背はひたすら彼一人のための復讐にそそがれる。彼がこの日から戦う相手は明でも朝鮮でもなく、清正であり、太閤であり、太閤の戦争だった。

講和を破裂させた太閤もすぐさま、疲れ果てた将兵をふたたび朝鮮に送ったのではなかった。彼もまた国内の疲弊と諸侯の厭戦感情を知っていたから、再度の出兵を行うためには一応の大義名分をたてる必要があった。彼はさきに釈放した朝鮮二王子が日本に謝罪に来るべきであると主張し、もしそれが入れられぬ時、再出兵すると宣言した。そしてその交渉に行長と清正とを当らせた。命令を受けた時、行長は秀吉にこう答えたという。「もし交渉で不可能なら、戦って二王子を連れて帰るより仕方ありませぬ。が、その勝敗は予想できませぬ」。太閤は行長の答えに立腹した。

戦いの勝敗は予想できませぬ。この行長の答えの裏にあるものを太閤は気づかなかった。太閤はたんにそれを行長の自信のなさ、勇気のなさのあらわれと考えて腹をたてた。だがやがてわかるように、行長はこの言葉に、太閤にたいする挑戦をこめて口にしたのである。ただ表情だけは従順を装いながら……。

命を受けた行長は再出兵に先だって単独で釜山に渡った。大坂での講和が決裂して二カ月後のことである。釜山にはむなしく帰国していた朝鮮使節が滞在していたが、その使節に彼は秀吉の意向を伝えた。彼はこの要求が拒絶されるぐらい、もちろん知っていた。彼が朝鮮に伝えたかったのはこの実現不可能な命令ではない。その時、つけ加えて言った次の言葉である。

「あなたたちはいつも前の侵略に私が賛成していたと思っておるようだ。そうではなく関白の命令に違反できぬからやむをえず出征したのだ。……このことは自分の女婿である宗義智の場合も同じである。この事実を朝鮮朝廷に御伝え願いたい」

　朝鮮側の資料である『再造藩邦志』の伝えるこの話が事実とするならば、それはまことに奇怪な発言だった。やがて戦うべき相手に向って自分の立場を釈明し、了解を求めることをいかなる軍人がなしたであろう。敵側にたいして自分には敵意も戦意もないことをこの武将は戦う前からはっきりと宣言したのである。宣言をした以上はそれを相手側に立証せねばならぬ。行長はこの時、それさえ約束するつもりだったのだ。彼の清正や太閤にたいするひそかな報復は既にはじまったのである。

『再造藩邦志』は大意、次のような奇怪きわまる記録を残している。

　この時「行長はその部下、要時羅《ようじろ》（梯七太夫）なるものを慶尚左兵使の金応瑞の陣に送り……行長の言伝《ことづ》てとして、今までこの和平の成らぬのはすべて清正のためである。自分は彼を深く憎んでいる。清正はかくかく日、海をわたって、この島に宿る筈である。水戦をよくする朝鮮側がこれを海で攻撃すれば勝利を獲るであろう、と」。

　これは清正暗殺のための情報を行長が提供したという記事である。朝鮮朝廷はただちにこれを協議したが、かつて日本水軍を全滅させた李舜臣将軍のみ、日本側の謀略として反対した。だが、行長の提供した情報は決して嘘ではなかった。情報の示した日に加藤清正はその島に到着したからである。朝鮮側は絶好の清正襲撃の機会を失った。

「要時羅はふたたび金応瑞に恨みをのべてきた。清正は既に上陸してしまった。あなたたちはどうして海上で彼を攻撃しなかったのか、と」（『再造藩邦志』）

　この結果、反対を唱えた李舜臣はその職を奪われた。李舜臣を失った朝鮮水軍は牙を失った虎にひとしく、やがて日本水軍のため大きな打撃を受けるようになる。

　したがって朝鮮側はこの行長の情報をことさらに日本軍が苦手とする李舜臣将軍を陥れるための策謀と考えているが、それは結果論にすぎない。その後の行長の行動を見れば、この情報が事実に基づき、しかも謀略ではなく、行長の本心から出たことは明らかである。

　清正を暗殺する手段を教えた彼は次々と重要な軍事機密を敵将に教えた。しかも一回ではなく、幾度も。機密だけではなく、その対策さえ示したのである。

「清正軍は慶州から、あるいは密陽、あるいは大邱を通って全羅道に向うであろう。自分は宜寧、晋州に進撃をする。

だからその通過する路の老弱者はあらかじめ避難させ、壮丁を選んで山城で応戦するがよい。また慶尚右道から全羅道にかけては野を清め、穀物をとり入れて待つがよい。そうすれば日本軍は退却しようにも野に掠《かす》むところなく、兵は糧食がなくなるだろう。全羅道をすべて占領せぬうちに兵を回《かえ》さざるをえなくなるだろう」

あるいは、

「日本軍は常に朝鮮の城には美女宝物が多大だと言って涎をながさんばかりである。もし城を攻略して略奪品が多ければ、更に貪欲の心を生じ、ますます城攻めに努めるだろう。だから城を攻略しても何の利もないとするならば、あとは必ずしも力攻しなくなると思う」

「だから軍糧軍器、牛馬老弱すべてを海島に移すか、深僻の場所にかくし、ゲリラ戦と夜襲を行うがよい。……日本軍の指揮官の悩みは兵糧の窮乏である。もし進撃途上で兵糧を現地調達できなければ、十余日にして退却するだろう。慶尚辺地は畠は耕され、禾穀《かこく》が豊かであるから、これをかり入れておくことだ」

それは完全な内通であり、完全な裏切りだった。行長はこの内通によって彼自身の復讐をする以外、何も望んではいなかった。上陸した日本軍団の将兵は自分たちの指揮官の一人がこのような情報を敵軍に送っているとは考えもしなかった。しかも自分たちの最も弱点とする兵糧の不足を教え、その戦意が喪失する手段を具体的に呈示しているとは夢にも思ってはいなかった。

そう。この慶長の役では行長は朝鮮や明とふたたび戦うために上陸したのではなかった。彼はあの長い自分の努力を一挙にして無にしたものに報復するためにこの国にやって来たと言ってよい。

「近いうちに新しく日本兵が上陸すれば自分は馬山浦に陣を移すだろう。自分と竹島の指揮官とは気脈を通じている。が、しかし、その私も既にきめられた作戦をやめるわけにはいかない。近いうちに安骨に駐屯する日本軍は夜に乗じて威安、晋州、鎮海、固城の境に進撃する筈である。だからその地の住民を避難させるがいい……自分は出陣する日でも、ことごとく、かくさず教えたいと思う」

『再造藩邦志』のこの記録がもし事実ならば、そこには行長の目的とするものがはっきりわかる。まず加藤清正の死である。次にこの慶長の役の失敗である。そしてその失敗によって引き起される太閤の権威失墜である。

「だが、もし私のこの献策が日本軍に流入して、関白（秀吉）の耳に入れれば、私の一族は滅亡する。ねがわくは、すべてを秘密にして頂きたい」

このような奇怪な行動を行った日本武将は歴史にあるまい。かつての和平工作では三奉行も彼をひそかに支持していたが、この内通は行長ひとりの単独行為だった。しかも日本人の誰も知らず、日本軍指揮官の誰も見ぬかなかったのである〔註〕。

二王子を日本に送れという秀吉の要求は、もちろん一蹴された。慶長二年（一五九七）一月、太閤はあらたに編成した軍団を次々と朝鮮南岸に上陸させた。行長は文禄の役と同じように大村、有馬、宗たち切支丹軍を中核とする軍団の軍団長に任ぜられた。

「しかし、その私も既にきめられた作戦をやめるわけにはいかない」

内通の文書で行長は敵将の金応瑞にそう釈明した。それは彼もまた、やむをえず大本営の作戦命令には従わざるをえないことを弁解したのだった。

再出兵後、上陸した日本軍はただちに慶尚南北道の各地を占拠した。水軍はかつて惨敗を喫した閑山島沖で、李舜臣を左遷した朝鮮水軍に大勝を博した。日本軍は勢に乗じて南原を攻略する準備を整えた。

南原作戦では行長は宇喜多秀家を総司令官とする第一攻撃軍に編入され、この作戦に従わねばならなかった。一方、加藤清正は毛利秀元を司令官とする第二攻撃軍に加わり別の方向から共に南原を衝くことになった。

宇喜多軍の先鋒を命ぜられた行長は、ほとんど無抵抗の泗川、南海を占領した。一方、清正も草渓、威安を通過して南原に肉薄した。

五万の日本軍にたいして、南原にたてこもったのは三千の遼東軍を主体とする雑軍にすぎなかった。行長軍は八月十三日、城下に達した。日本軍は石火矢、大弓、大筒で抵抗する敵軍に鳥銃を使い、稲を切って濠を埋め、木を切って梯子を作り、城内に突入しようと試みた。十三日からはじまった戦いは十五日夜の総攻撃をもって終った。

これがこの慶長の役で行長が行った二つの戦いの一つである。彼としては戦いたくはなかったのだ。だがおのれのあの復讐を果すためには味方をあざむかねばならぬ。彼は進撃した。しかし敵側には戦いに敗れても戦争で勝つ方法はちゃんと教えていたのである。なぜなら南原を陥落させたのち、ふしぎにも日本軍は京城に向けて進撃するのではなく、ふたたび撤退をして基地に戻っていったからである。その理由は明らかである。朝鮮側が徹底的な兵糧攻めを日本軍に加えたからなのだ。禾穀はすべてとり入れられ、野は焼かれていた。兵糧を現地で調達するつもりの日本軍にとってこれほどの痛手はなかった。「もし進撃途上で兵糧を現地調達できなければ、十余日にして退却するだろう。慶尚辺地は畠は耕され、禾穀が豊かであるから、これをかり入れておくことだ」。行長のこの敵側にたいする内通の通り朝鮮側は稲をかり、野を清めていた。文禄の役でくるしい飢えを味わった日本軍は、南原を攻略しても、もう北上できなかったのである。

朝鮮側が日本軍の最大の弱点を見抜いて兵糧攻めにしたのが、果して行長の献策に従ったためかどうかはわからない。しかし南原から京城に向う当初の目的を放棄して撤退せざるをえない日本軍を眺めながら、行長は疼くような悦びを感じたかもしれぬ。彼の報復には誰も気づいていない。復讐は成功したのである。

以後、行長は慶長の役が終るまで軍団長たちのとりきめに従って順天を彼の部隊の駐屯地にしている。この朝鮮南岸の要衝はもともと小早川秀秋や藤堂高虎たち四国、中国勢が占領したものだが、今後は行長が受け持つことになったのである。彼は南原攻略作戦からここに戻ると城の普請につとめ、ほぼ三カ月でこれを完成した。

日本軍を兵糧攻めによって撤収させたものの南原の陥落は朝鮮側にとって痛手だった。その朝鮮の要請に明は和平派だった石星を処罰したのち、ようやく五万の救援派遣軍を送ることを決定した。派遣軍は三つにわかれ、一万二千の朝鮮軍と合体して南下してきた。

順天城とほぼ同じ頃、普請のできかかった蔚山城が、この南下する明・朝鮮連合軍に慶長二年（一五九七）の暮から包囲された。世に言う蔚山の戦いがこれである。行長ならおそらく退却したであろうが、加藤清正は兵糧も水も尽きたこの城を死守して苦戦ののち、年があけてようやく救援にきた日本軍と共に敵軍を壊滅させた。

日本軍はもはや文禄の役のように破竹の進撃を行うことはできなくなっていた。兵糧の欠乏もさることながら、彼等が第二に怖れる朝鮮の冬将軍がまたやってきたからである。日本軍はその冬のために前進もできず、ただ防衛線に蝸牛のようにとじこもるより仕方なかった。

行長の報復はこうして気づかれることなく少しずつ成功していった。明軍南下の報が次第に伝わった時、彼はむしろこの城を放棄して釜山に移ることを諸将に提案したが、加藤嘉明の反対にあい、更に太閤から死守をきびしく命ぜられた。

兵糧の不足、きびしい寒気のなかで慶長二年から三年の冬が終った。蔚山の惨敗から立ちなおった明はあらたに十万と呼称する派遣軍を編成し、今度は行長の順天城と島津義弘の守る泗川城とを攻略すべく南下してきた。

行長は苦境に追いこまれた。彼としては明や朝鮮に戦意はもうなかった。できることなら戦わずにすませたかった。彼は明や朝鮮が自分の内通を認めず、あくまで敵として眺めていることに不満だったが、どうすることもできなかった。

もし、この時、彼にかすかな希望があったとすれば、それは太閤の死より他にはなかったであろう。彼の耳にはこの頃、待ち望んでいた権力者の死が近づきつつあるニュースが入っていたからである。

この年の春三月、その権力者は秀頼や一族近臣、諸大名をつれて有名な醍醐寺の花見を行った。だが花見のあとから、とみに衰弱し、伏見城で臥す身となっていた。梅雨に入って衰弱ますます甚だしく、食べものも咽喉に入らぬ様で、七月十五日には東西の大名をそれぞれ伏見、大坂に集め、十一箇条の遺言を与える段階になっている。

この七月中旬、明軍はかつて文禄の役でも日本軍と戦った劉綎を将として順天城に迫ってきた。だが下旬、順天に到着した劉綎は日本軍を怖れて容易に攻撃を開始せず、両軍、対峙したまま睨みあっていた。行長も決して自分からは攻撃しなかった。彼は太閤の死をひたすら待ちながら城に閉じこもっていたのである。

八月に入ると秀吉の死はもう確実なものとなり、五大老、五奉行はさきの十一箇条の遺言にたいし、起請文をしたため、血判を押し、あの有名な末期の手紙をしたためた。

「返すぐ〜秀頼事、たのみ申候。五人の衆たのみ申べく候。いさい五人の者に申わたし候。なごりおしく候。以上。

秀頼事、成りたち候ように、此の書付け候衆を、しんたのみ申。なに事も此のほかには、おもいのこす事なく候。かしく」

明軍と対峙した順天城の日本将兵は、秀吉の病状は聞いてはいたが、七年にわたって自分たちを異国の戦野に駆けまわらせたあの六十三歳の老権力者がかくも気弱な、かくもあわれな遺言を書いたとは知らなかったであろう。八月十八日、太閤は伏見城の一室で遂に最期の息を引きとったのである。

遂に太閤は死んだ。その死の報告が八月のいつ、行長の耳に入ったかわからない。だが行長にとっては長い長い間、待ち望んでいた死である。それが遂に訪れたのだ。

思えば、自分の人生を支配し、その野心の操り人形として自分を駆使した老人はもう、この世にはいない。どのような感慨と思いとが行長の胸に去来したことであろう。深い疲労感と共にすべてがやっと終結したのだという感情が胸にこみあげたのであろうか。あるいは言いようのない空虚感も同時に嚙みしめたであろうか。家康たち五大老と三成たち五奉行とは太閤の薨去のあと、在朝鮮将兵の動揺をおそれその喪をかくした。そして在朝鮮将兵の撤退準備にとりかかった。八月二十八日ようやく撤兵令が伝達され、九月四日には、諸将に、次の条件で敵側と和議を整え、本国に帰還するよう命令が出された。

その条件とは、できれば朝鮮王子を人質とするがそれが不可能な場合は日本軍の体面を維持できるような貢物で充分だということである。しかも「御調物多少之段者、不レ入事候間、各々、相談候べく候」とあり、いわば空手《からて》でも無事に引きあげることを暗示しているようなものである。

日本の体面さえ保てれば、どのような形でも講和を結んでいい――この五大老の指令は行長の乾いた心に一時的ではあったが、ふたたび希望を与えたようである。この条件ならば、ひょっとすると自分はふたたび明と朝鮮との講和を成立させられるかもしれぬ。もし妥結点が見つけられれば彼等と、外交と貿易とを恢復できるかもしれぬ。太閤なきあとの対外外交と貿易とを握るのが長い間、彼の夢だったことはくりかえし、のべた通りである。今、太閤が死に、五大老や五奉行がここまで講和の条件を寛大にした時、行長がふたたび、かすかな希望を持ったとしてもふしぎではない。

この日からの彼の動きを見ると、行長の心理がはっきりとわかる。行長は早急に講和を求めた。そのあせった心情を敵は見すかした。明はともかく朝鮮側は抗戦の意欲を一向に棄てていなかったのである。

行長は早速、順天をとり囲む敵将の劉綎に和議交渉を申し込んだ。敵軍はそれを一応、承諾したのち、これを利用して謀略をたくらんだ。すなわち行長が交渉のため城を出た時、伏兵をもって襲うことにしたのである。幸い、行長は危くこの暗殺をまぬがれ、急いで帰城したが、この小事件にさえもそのあせりと、そのあせりを利用した敵側の作戦とがよく出ている。

太閤が死んだという噂は当然、明・朝鮮連合軍の耳にも入った。日本軍の戦意喪失を狙って彼等は九月から十月にかけて総攻撃をかけてきた。その大部隊は九月二十七日、島津義弘の守る泗川城に迫り、十月一日の朝方から猛烈な激戦が展開された。だが一日つづいたこの戦いで、連合軍は島津義弘の率いる薩摩兵の猛攻撃を受けて敗退している。

その翌々日の十月三日、順天を囲んでいた劉綎もようやく攻撃を開始した。それまであまり戦意のなかった城内の日本軍が必死になって応戦したのは、自分たちにやっとなつかしい故国に戻れるという希望ができたためである。『宣祖実録』は「賊の弾丸、雨の如し。提督、終《つい》に旗をふせて戦いを督せず」と書いている。一方、海上から李舜臣の率いる朝鮮水軍も明の水軍と合体して城に弾丸をあびせた。だが劉綎は尻ごみをして城内に突入しえなかった。

戦闘は十月十二日まで続いたが、かなり間歇的で途中、中断のあったことは日本から五大老から送られた徳永寿昌、宮木豊盛などが帰陣の方法を泗川城からこの順天に伝えに来ていることでもわかる。しかも十二日に劉綎の軍が城の周囲から退却しはじめ、日本人の使者をたてて講和を申し込んできた。この日本人はかつて加藤清正の陣から脱走して敵軍に投降した阿蘇越後守という男である。

もちろん行長はこれを拒む筈はなかった。彼はこの申し込みを聞くとすぐさま泗川城に赴いて島津義弘、寺沢志摩守と相談をした。折も折、その泗川城にも敵側から龍添《りゅうてん》なる者が和議の申し込みをしており、日本側も協議の結果、和議を受諾する方針をかためた。

　行長は順天城に人質を要求し、足利時代と同じように朝鮮国王が変るたびに、通信使を日本に送ることを条件に撤兵することを約した。だが彼はこの時も敵に謀られたのである。彼はこの交渉が劉綎単独の行動であって明と朝鮮の連合水軍があずかり知らぬことに気づいていなかった。そのあせりが、また、ここに出たのである。

　二十五日、両軍相互の人質交換があった。順天城の本丸も敵軍に渡すことに決まった。だがそれは停戦交渉であって、国交の恢復ではなかった。行長としては更に、戦後の外交、貿易の復活のためにも確実なる講和の保証を取っておきたかったのはもちろんである。撤退を待ちのぞむ将兵の思惑とは裏腹に彼はまだぐずぐずとしていた。「早々、引取可レ申処、摂州（行長）如何にもべんべんとして被レ居候。家中衆、何れも不思議なりとて口々に中候」（『征韓録』）という島津側の記述は他の軍団長たちと行長の意図の違いを我々に教えてくれる。

　一方、劉綎の単独講和とは反対に敵の水軍はまだ抗戦の意欲を失っていなかった。とりわけ、ふたたびこの方面の水軍司令官に復帰した朝鮮の名将李舜臣は撤退する日本軍を海上で撃滅する作戦をたてていた。

　何も知らぬ行長たちは十一月十日に順天から撤退と定め、九日の夜から乗船を開始した。長い戦いからやっと解放された将兵たちは悦びのあまり「手拍子を打ち、終夜、歌いつ舞いつ、酒宴遊興、斜めならず」という有様だったが、夜があけ、船の碇《いかり》をあげ、纜《ともづな》を解いて出発しようとし、沖を見ると、敵船が雲霞の如く浮かび、待ちかまえているのを見て驚愕した。ふたたび城に戻った日本軍に、明・朝鮮連合水軍は使者を送り、順天城の本丸を劉綎に明け渡すなら二の丸を自分たちが占拠することを要求した。さすがに行長もこれを拒絶、そのかわり、宗義智のいる南海城と瀬戸城を放棄することで妥協した。

　こうして行長と敵水軍との間には一応、撤退の条件が成立したが、敵水軍がこれで満足する筈はなかった。ひそかに機を狙っていた彼等は行長撤退の遅れを怪しんで迎えに来た泗川城の島津義弘の舟に、十九日朝襲いかかった。世に言う露梁津の海戦がこれである。

　戦いは早朝からはじまった。義弘の舟は小さく、潮の動きもわからぬままに整備された敵船に立ち向わねばならず、すこぶる苦戦だった。敵は熊手で日本の舟を引き寄せ、烟硝壺に火を入れて投げこみ、半弓で射るという作戦をとった。しかし義弘の舟もこの戦いで敗れはしたものの、朝鮮の副総将を倒し、更に李舜臣将軍を戦死させている。義弘がようやく虎口を脱して逃れられたのは幸運だった。

この海戦のおかげで行長たちは順天を脱出できた。彼等は宗義智の守っていた南海の沖に敵船が集結しているのを見て、麗水海峡から外洋に逃れたのだった。

危険を脱出できたものの、この海戦は行長に明・朝鮮との本格的な講和の望みを遂に諦めさせたようである。彼はもう疲れきっていた。以後の行長はそれ以上、明・朝鮮側と本格交渉を行うことをしない。そのまま釜山から日本に戻っているからである。

前後七年にわたる愚劣にして、犠牲の多かった朝鮮侵略の戦争はようやく、これで幕をとじた。海戦に敗れて日本軍集結の場所、釜山に引きあげる島津義弘たちは海上から、次のような光景を見たのである。「ここにおいて和将の城々を見れば、余煙、空を掩《おお》い、営塁、焦土となんぬ」。

日本軍が守りぬいた城はすべて日本軍の手で焼かれていた。義弘は兵を出し、それらの城をひそかに偵察させたが、もはや日本兵一人も残っていなかった。

十一月二十六日、行長は日本に向けて彼の麾下の将兵と釜山から乗船した。彼と長い戦いの間労苦を共にした宗義智、有馬晴信、大村喜前たち切支丹大名も帰還の途についた。

朝鮮海峡の黒い海を見つめ、去りゆく朝鮮半島をふりかえりながら、行長は何を考えたであろう。この時ほどむなしさという言葉が実感をもって胸に去来したことはなかったであろう。何という愚劣な戦い。意味のない消耗と出血と徒労。それらすべてはただ六十三歳で死んだ老権力者の命令によってなされたのだった。そしてその長い戦いが終るためには行長のいかなる工作も術策もむなしく、結局はただ、その老権力者の死を待つほかはなかったのである。

行長はまたこの七年にわたる戦いの数々の出来事を思いうかべたであろう。上陸以後、破竹のような進撃を続けながらも、彼は戦うためではなく講和の相手をむなしく探し求めながら平壌までたどりついた日のことを思いだしたであろう。だがその相手は追えども追えども遠くへ逃げ去る流れ水のようなものだった。そして平壌での敗戦。雪のなかの敗走。術策と忍耐の限りをつくした沈惟敬との交渉。それら一つ一つが走馬灯のように彼の眼をかすめたであろう。すべての苦労は水泡となり、今、彼の掌には何も残っていない。

彼はこの時、あの別れた高山右近のことを羨ましく思ったかもしれぬ。右近はあれ以来、自分とちがって世俗的野心をすべて棄てた。行長が宇土領主となって以後、前田利家の保護を受けた右近は、以後、信仰と茶道との生活に生き、ふたたび領土を持ち、武将となる野望は持たなかったからである。太閤が名護屋大本営にある時、右近は突然、その秀吉によばれ、茶会に招かれた。長い間の勘気が解かれたのである。宣教師たちはこの出来事を悦んだが右近は巡察師ヴァリニャーノに手紙を送って、自分はもはや軍人になることも秀吉の下で働くことも望まぬと書いた。その言葉通り、その後も彼は信仰ひとすじに生き、あの「サン・フェリーペ号」事件が宣教師処刑にまで発展した時も殉教の覚悟をして「今や神のお憐みが明らかになった」と叫び、恩になった利家に形見として高価な二つの茶壺を贈っている。

その右近にくらべ、行長はその宣教師処刑の時でさえも、ひそかに石田三成に宥和工作は要請しても、ふたたび再征軍に加わらざるをえなかった。彼は世俗という鉄の首枷をはずすことはできなかったのである。世俗という鉄の首枷から解脱した右近の人生を行長はこの帰国の船でどれほど羨ましく思ったであろう。この時、小西行長は四十一歳だった。

〔註一〕　行長と和平交渉に努力した沈惟敬は講和の挫折で本国に戻れず、南朝鮮にかくれ、釜山の行長の陣営に逃れようとした折、明軍に捕えられた。

十三　鉄の首枷をはずす時
――最後の戦いとその死
〈行長四十一歳から四十三歳〉

慶長三年（一五九八）の秋、長い朝鮮侵略の戦いから行長は日本に戻った。それから二年後の慶長五年（一六〇〇）に関ヶ原の戦いに敗れ、京都の六条河原で処刑される。

この二年の間、小西行長が何処に住み、何をしたかの確実な資料を我々はほとんど見つけることはできなかった。したがって僅かな断片的記述から行長の晩年を推測するほかに方法はないのである。

確かなことは彼が関ヶ原の戦いに巻きこまれたという事実である。この戦いに参加することが運命であったにせよ、どこまでそれが彼の本意であったか、不本意であったかも我々にはよくわからない。たとえ本意だったとしてもそれが彼のかつての主君、宇喜多秀家や朝鮮戦争の間、陰となり日なたとなって行長を援けた石田三成への義理だてだったのか、それとも彼に彼自身のある野心や意図があったのかを知る資料もない。だからその心理は朝鮮作戦終了の時の彼の心理から推しはかるより仕方がないのである。

朝鮮から九州の土を踏んだ時、行長の心はその肉体と共に疲れきっていたことは確かである。他のいかなる将兵よりも疲れきっていた。彼ほど術策と精力をしぼり、この無意味な戦争を終結させようとした者は日本軍のなかにいなかったからである。だが戦いが終ったのは、その術策、その努力のためではなかった。彼の努力がすべて失敗した時に、老権力者が死に、その死によって長い戦争に終止符が打たれたにすぎぬ。

そのような彼の心理はあの昭和二十年の我々の心に似ているかもしれぬ。よごれきった疲労感と言いようのない空虚感である。今は彼の野心も挫折した。秀吉なきあとの豊臣政権のなかで外交と通産の支配権を一手に握ろうとした夢も、中国と朝鮮との国交恢復が絶望的となった以上、すべて消え去ったのである。朝鮮と明との通商が跡絶えた現在、堺の小西一族をバックにした彼には自分の特色を発揮する場所がなかった。

知行地の宇土も荒廃していた。「小西摂州、肥後にて知行三十万石を取られけれ共、未だ銀子一貫目も溜り申さず……長崎の陶安は知行とらずとも銀子十貫目余、持ちければ武士ほど何の益もなきものはなき」と堺の町人が嘲ったほど行長の所領地の財政は長い戦争のために疲弊しきっていたのである。

彼はおそらく、もう自分の人生はこれで終ったと考えたにちがいない。四十歳をこえたばかりの年齢は当時としてはもはや老境に入る。

その老境の心境のなかでまがりなりに切支丹である彼が世俗の夢、世俗の野望のむなしさを噛みしめたとしてもふしぎではあるまい。「むなしき望みを抱くにすぎず」(「コリント後書」三、一二)「むなしき誉を求むるべからず」(「ガラチア書」五、二六)という思いはやがて彼の心に「汝等むなしき神々を恃むなかれ」という反省をもたらせる。それは他ならぬ彼の心友、高山右近が生きた信仰だった。

当時、右近は前田利家の庇護のもとに加賀にあった。秀吉があのサン・フェリーペ号の事件から京都にいるフランシスコ会の宣教師たちを処刑しようとした時、右近もまた日本人信徒として捕縛されることになっていた。彼はこの知らせを聞くと悦び勇み、殉教の覚悟をきめ、伏見に滞在していた前田利家に別れを告げに来ている。

この右近処刑は利家と石田三成の反対によってとりやめとなった。三成がかくも切支丹たちのために働いたのはおそらく朝鮮にいる行長の切なる願いによるものであろう。しかし右近はこの時もこの世のすべてを棄てて神のためだけに命を捧げようとしたことは事実である。

だが行長はその右近のように生きることができない。それはあの秀吉の切支丹禁制の布告の時にみせた行長の決断力のなさのためと言うよりは、今の彼には自分一人の意志では動けぬ柵《しがらみ》があまりに多くその体にまつわりついていたためでもあろう。

そう。行長はもはや、一人ではなかった。彼は朝鮮戦争を終結させるために、あまりに緊密に、あまりに強く、秀吉中枢部の五奉行団に――とりわけ石田三成に結びついていた。のみならず秀吉の死後、次第に形づくられてきた三成と徳川家康との対立から彼だけが圏外に置かれる筈はなかった。

彼は右近が政治的権力を失ったあと、切支丹宣教師たちからいつの間にか、日本布教のために頼るべきリーダーと見なされていた。彼がもし右近のようにその地位も力も棄てて信仰生活のみに没入すれば、これら宣教師たちは豊臣政権のなかで自分たちの保護者を失うことになる。行長には一人の意志では動けぬ柵があまりに多くその体にまつわりついていたのである。

太閤が死んでからほぼ一年の間、豊臣政権ではまだ波瀾の兆《きざし》はそれほど見えなかった。外征軍の帰還、太閤の葬儀などの雑事に忙殺されている間はまだ無難だった。だが帰還した各軍団長の戦功が問題になると、人事の不満や恩賞の不平が政務の局にあたった石田三成に集中しはじめた。清正と行長の長年にわたる確執がこの問題を一層、複雑にした。清正や福島正則、細川忠興、池田輝政、加藤嘉明、黒田長政は三成が朝鮮に派遣した四人の目付を弾劾し、その報告の虚偽を訴えたが、三成はこれを退けた。彼等の三成にたいする憎しみは当然、三成と結んだ行長にも波及し、行長の戦闘能力のなさやその懦怯《だきょう》があらためて清正から訴えられもしていた。一五九九年のヴァリニャーノの書簡によると、反三成派は五奉行の一人だった浅野幸長を中心に集まり、一方、三成派には行長、大村、有馬、毛利（秀包）、寺沢などの切支丹武将が味方についたと言う。

家康はこれら三成派と反三成派の確執を見のがさなかった。彼の老獪な動きはこの両派の確執を巧みに利用して着々と自分の勢力を拡げつつあった。

そうした状況のなかで行長はもう、高山右近のように、ただ「信仰」だけに生きるわけにはいかなかった。世俗という首枷は彼の首をしっかりと締めつけて離さなかったのである。

戦後処理の問題が一応かたづいた頃から家康の動きが少しずつ活発になった。彼が最後に行ったのは有力諸大名との間に血縁関係を結ぶことである。大名同士の縁組は秀吉の許可なく行うべからずという文禄四年（一五九五）の五大老の取りきめを無視して家康は福島正則の嗣子、忠勝におのれの養女を配し、蜂須賀家政の子、至鎮には自分の養女を与え、更に伊達政宗の娘と息子、忠輝との婚約を取りきめた。言うまでもなく、これは秀吉直参である福島、蜂須賀の両家を味方に引き入れるための最初の手段だったのであろう。

切支丹資料は家康が行長にもこの手段を用いようとしたことを記述している。パジェスによると家康は自分の曽孫である女の子と行長の長男（兵庫頭）との結婚を申し出た。パジェスはこれを行長が拒絶したと言い、他は豊臣家への忠誠を条件として受けたと言う。いずれが正しいかわからぬし、また松崎実氏のようにこれを蜂須賀家政の子と家康の養女、万姫の縁組と混同した誤伝という人もいる（『改造』昭和八年三月号）。いずれにしろ家康はやはり切支丹大名グループをやがては自分の味方にするためには行長をおのが陣営に引き入れることを考えたのであろう。

文禄四年の取りきめを無視し、縁組によって勢力拡大を計ろうとし露骨にその野心を見せはじめた家康に石田三成は警戒の念を抱いた。三成は家康と共に五大老の重鎮である前田利家を通してこの縁組問題について抗議を申し込んだ。三成をあまり心よく思っていなかった利家も、家康の横暴を見のがすわけにはいかなかった。利家と家康との対立はこうしてはじまり、諸侯もまた両派にわかれ、一時は両者、兵備を固めるという緊張した状態となった。

行長はこの時、旧主君だった宇喜多秀家や婿の宗義智たちと共に反家康側、つまり前田利家と石田三成の側に加わっている。

一触即発だったこの対立は浅野幸長、細川忠興、加藤清正らの必死の調停で一応は鎮火した。家康は利家の老衰を知ってこれと戦うよりは、その死を待つほうが得策であると考えたのである。

石田三成は前田利家から懕《うと》んじられていたが、この時期、家康に対抗するには利家を総帥とするほかはないと考えていた。けだし利家は五大老のなかで家康に拮抗できるただ一人の人物であり、太閤もまた生前、家康の勢力を抑えるためにも利家をできるだけ優遇してきたからである。

だが家康の予想通り利家の健康はこの両者の対立の前後から次第に衰弱していた。利家を押したてようとした三成側にとってこれは重大な打撃だった。

『前田家譜』『関ヶ原覚書』などによるとこの時、三成派では当時、大坂の藤堂高虎の邸に泊った徳川家康の暗殺を小西行長の邸で計画している。計画は三成の重臣、島左近の献策によって行われたが、この案に賛成したのは行長ただ一人で、五奉行の前田玄以も増田長盛も消極的だった。

一方、家康も万一を怖れ藤堂邸に加藤清正、福島正則、細川忠興らの兵を集めて警戒を怠っていなかったので、三成たちも遂に襲撃を思いとどまったと言う。

この話がもし本当ならば我々は計画に賛成した三成や行長の心理をある程度、推察できる。

藤堂邸襲撃という方法を三成や行長が考えたが、これが正々堂々の戦いでない非常手段であることを彼等は百も承知していたであろう。つまり利家が病死すればもはや自分たちに勝味は薄くなり、家康と正面切って戦っても敗北するかもしれぬという予感があればこそ、三成も行長もこうした非常手段に賛成したにちがいない。

とすると、彼等はこの時期既に、利家の後楯《うしろだて》がなくなれば自分たちが敗れることをある程度、自覚していたのかもしれぬ。敗れることを知りながら家康と戦う準備をその後も続けたとすれば、それは一体、なぜか。

この点で思い出される『名将言行録』にあるひとつの挿話である。関ヶ原に出陣する時、三成は茶人の渡辺宗庵に次のようなことを語っている。

「太閤殿下が御逝去の秋、食事をとった時のことだ。食事が終って近習が銚子を持ってきたが自分はぼんやりして飯椀を出した。近習に酒であると言われて、あわてて盃をとった。あの時、大いに恥ずかしかった。しかしこの大事を考えて数年になる。寝食の間も忘れたことはない。今、自分はその恥をそそごうとしている」

この話から考えると三成という男は物事の順序や取りきめを違えることをひどく嫌ったようである。食事のあと彼は茶事の順序を間ちがえ、酒になったのに茶椀を出した、それを恥じたのである。彼はこの話に托して太閤の死後、家康の横暴は順序と取りきめを無視した行為であることをのべ、あわせて、この関ヶ原の戦いには敗れるかもしれぬが、それは歴史の締めくくりをつけておくために敢行するのだと言ったのであろう。

また、関ヶ原で敗れて処刑される前にこんなことも語っている。「自分は追手の一人か、二人を殺して自決することは容易だったが……合戦の日は忙しく、人々がどうなったかわからず、各人の働きぶりを教えてくれる人があれば亡き太閤殿下に泉下で御報告しようと思い生きながらえたのだ」。

この言葉も三成の結末《けり》を大事にする性格をあらわしている。戦いは敢行した。しかし総司令官として戦いの模様と各人の働きぶりを確認するのが締めくくりであり、敗れたとしてもそれを疎かにはできぬ、というのがその主張なのだ。

そんな三成だからこそ太閤の死後、順序や約束を無視した家康に反抗したし、たとえ敗れると思ってもその取りきめを守るために戦わざるをえなかったのだ。

このような歴史にきちんとした結末《けり》をつけるためには、たとえ敗れる可能性があっても家康と戦わねばならぬというのが三成の心理だったとすれば、一方、小西行長の気持はどうだったのか。

彼が世俗的野心のむなしさをあの戦争によって思いしらされたことは既にのべた。秀吉なきあとの豊臣政権下で海外貿易を支配する地位を狙っていた行長の夢はことごとく挫折したのである。

秀吉が死んだ翌年の慶長四年、行長の婿の宗義智は五大老の一人である家康の許しを得て朝鮮との友好を恢復しようと試みた。彼は家臣の梯七太夫をこの目的のため渡海させたが、もとより日本のため国土を蹂躙された朝鮮側がこれを受ける筈はない。梯七太夫も、続いて使者となった吉副左近も捕えられて戻ってこなかった。義智はこれに懲りず、更に翌年、武田喜兵衛、柚谷弥助たちを送った後、最後に石田甚左衛門を派遣して、ようやく返書をえることができたが、その返書は日朝の修好にはまだ、ほど遠いことを示す内容のものだった（『対馬島誌』）。

一方、行長もこの慶長五年（一六〇〇）の二月に寺沢広高や宗義智と朝鮮国礼曹に講和を求め、捕虜百六十名を送還したが、もとよりそれによって両国友好が恢復する筈はなかった。

明や朝鮮との間に国交断絶が続く限り、行長は豊臣政権下にあってもその力を発揮することはできぬ。彼の軍事的無能力は清正の指摘によっても明らかだった。行長が行長であるのは軍人としてではなく外交と通産の面においてである。だが明と朝鮮とは日本と外交、通商を行うことをもう望んではいない。

彼の野心はむなしくなった。というより彼はあの戦争を通して人間の意志が大きな運命の前ではどんなにもろいかを身にしみて味わったのである。朝鮮や明と戦うことは彼の本意ではなかった。だが大きな運命の流れのなかで彼は出陣せねばならなかった。老権力者に引きたてられた行長にはこの老権力者はまた彼を左右する運命でもあった。その運命の操り人形とならぬために行長は面従腹背の姿勢をえらび、はかない抵抗を試みたが、その抵抗がむなしかったことは彼自身が今、一番知っていることだった。

老権力者は死んだ。しかし運命はそれで終ったのではなかった。あたらしい運命が今、また地平線の向うに不吉な、黒い雲のようにあらわれ、好むと好まざるとにかかわらず行長をそこに巻きこもうとしている。運命に抗《あらが》うことの無意味さ、むなしさを彼はもう知っている。

家康と戦ってもおそらく勝ち目は薄い。しかし戦うのが運命である。一方で、三成が歴史に結末《けり》をつけるために利家なきあとも家康と決戦を試みたとするならば、行長は野心のためでなく運命に身を委ねるために、この「勝ち目なき戦い」に加わったのである。

三成や行長が家康に対抗する勢力として前面に押しだした前田利家は、慶長四年閏三月三日に死んだ。年六十二歳である。

この利家が死んだ夜、かねてから三成を憎んでいた加藤清正、福島正則、細川忠興たちが三成を襲撃しようとした事件が起った。三成は皮肉にも家康の保護を求めて、辛うじて助かり、その代り佐和山に引退することを命じられたが、ヴァリニャーノの書簡によると、この時、行長が三成と共にすべてを棄て運命を共にすることを願い、同行を願ったが、三成はそれを辞退したと言う。このヴァリニャーノの報告は当時の行長があたらしい野心のために反家康の陣営に加わったのではなく、ただ三成への友情と義理だてでこの派閥の争いに巻きこまれたことを示している。

地平線の向うにあらわれた運命という不吉な黒雲はこうして小西行長を巻きこんだ。三成派は利家のかわりに五奉行の末座にある毛利輝元を総帥として慶長五年七月、十三箇条からなる弾劾の文書を家康と諸大名とに送った。いわば宣戦を布告したのである。

挙兵の檄文に応じて毛利輝元の占拠した大坂城に西日本の領主を主枢とした諸将と九万七千の兵が続々と集まった。

行長は切支丹大名のリーダーとしてかねてから同じ信仰の武将たちに西軍参加を奨めていた。だがその声に切支丹大名は必ずしも耳を傾けたとは言えぬ。行長がその家臣の千束善右衛門を派遣して説得を試みた松浦鎮信、大村喜前、有馬晴信らは唐津の寺沢広高と協議して、ひそかに家康側につくことを決めていた。これらの諸将はかつて行長を軍団長とする第一軍団に配置され、共に飢えを凌ぎ生死の苦労をわかちあった仲間である。その彼等に行長は裏切られたのである。

彼等でさえ行長を敵とする立場についたほどだったから同じ切支丹大名でももともと反三成派の黒田孝高、浅野幸長、京極高知などは明らかに東軍側に加わる意志をかためた木下勝俊、前田左近、牧村政治などは中立を守った。行長と共に三成側についた切支丹大名のうち主な者は織田秀信、毛利秀包にすぎない。

行長は既に切支丹大名グループのなかでも勢望を失っていたのである。かつて信仰を共にして朝鮮の寒さと飢えのなかでセスペデス神父のミサを共にあずかった第一軍団の同志と行長は今日から戦わねばならない。

皮肉な運命に巻きこまれ、勝ち目のうすい戦いに加わった行長の行動を見ると、我々はそれが形にあらわれぬ自殺と考えざるをえないのである。

そう。それは行長にとって緩慢な自殺的な行為に似ていた。しかも我々には彼はそれを意識していたように見えるのである。もとより切支丹であるこの男には自殺は禁じられている。かつて彼は若い頃に高松城水攻めの折、城主、清水宗治の潔い自決を見た筈である。宗治の男らしく潔い自決はこの時代にも美しいものとして賞讃を受けた。自決は敗れた侍にとって美学とさえなりつつあった。だが、軍人でありながらも切支丹の信者である行長にはどんなに希望がなくなり屈辱的な状況でも自殺は許されない。それは彼の信ずるイエスが最後まで重い十字架を――人生の苦しみを背負っても決して自殺しなかったからである。しかし他の多くの切支丹大名がさまざまの功利的な計算の上、家康側についた時も、行長があえて勝ち目うすき西軍派に身を賭けたのは三成への義理やそうならざるを得ぬ事情もあったろうが、我々には彼が無意識に世俗的世界の野心や功利の渦から離れようとする気持とひそかに死を願う心を抱いていたような気がしてならないのだ。長い朝鮮戦争で行長は疲れ果てていた。彼の首をしめる世俗的な野望の渦――この鉄の首枷をもう取り除きたいという願いはあの朝鮮戦争のあとから彼の胸に去来していた。朝鮮戦争の挫折は彼にこの世で何一つ頼るもののないこと、すべてがはかないことを教えたのである。もともと軍人ではない彼はこれ以上、戦い、殺し、血を流すことに疲れたのである。切支丹である彼は朝鮮戦争にも聖戦の意味を見つけることができなかったが、今度の東西両派の争いにも、派閥の野望のみにくい争い以外に何も見出せなかった筈である。にもかかわらずその渦のなかに巻きこまれねばならなかったところに彼の悲劇がある。

三成の出動命令に従って、行長は彼の居城である宇土を弟の小西隼人に守らせ、二千九百人の部隊と四千人の与力とを参加させることに決めた。この行長をまじえた西軍派はまず東軍の鳥居元忠のたてこもる伏見城を攻撃した。七月十九日からはじまった伏見城の戦いは西軍、四万にたいし、伏見城の鳥居軍わずか千八百だったが、八月一日までよく戦いぬいたあげく、城主、鳥居元忠は自殺し、城兵千八百余人はほとんど戦死している。だがこの戦いで行長とその軍勢がどのような働きをしたかは記録がない。ただ参加部隊のなかにその名が見つけられるだけである。

伏見城の次に東軍の丹後の拠点である田辺城を抜いた西軍は尾張を決戦場として東軍を迎えうつ作戦をたてた。そのため総軍を三軍団にわけ伊勢口、美濃口、北国口の三方向に進撃を開始した。小西軍は石田三成、島津義弘、織田秀信などの諸部隊と共に美濃口に向うことに決まり、この計画に従って大垣方面に前進している。これ以後、行長は関ヶ原にいたるまで三成と行動を共にして、共に作戦をねった。

だが東軍の進撃は急速だった。上杉景勝を攻めていた家康は三成の宣戦布告を聞くと江戸城に戻り、しばらく悠々と江戸に待機していたが九月一日、三万二千余の旗本を率いて東海道をのぼり、十四日ののちには三成たちが無血占領した大垣城の近くまで迫っていた。

東軍の先鋒は岐阜城を落し、更に墨俣《すのまた》川の上流、合渡川まで進出した。三成はこれを食いとめるため行長と共に大垣城を出て沢渡村に陣を敷き、島津義弘と共に作戦を協議した。義弘はあくまで応戦を主張したが、なぜか三成は一応、退却して大垣に全軍を集結させることを陳《の》べて義弘を説きふせた。

この時、三成も行長も内心では諸部隊の士気が衰え、味方に一致結束の欠けていることを知っていたのである。その上、彼等は総司令官となる筈だった毛利輝元があまりに弱気な点に悩んでいた。この頃、三成が増田長盛に宛てた書簡をみると、味方の萎縮を歎き、大津の京極高次の裏切りを怒り、小早川秀秋の動向を疑い、そして毛利輝元の自重ぶりを批判している。そして現在のままだと、味方のなかにも内通や裏切りが出ると行長ものべたと書いている。

このように戦いに勝利おぼつかなきことを三成も行長も見通していた。見通しながらこの二人はそれから二日後、決戦場の関ヶ原に向けて出発せねばならない。一人は歴史に結末《けり》をつけるために、一人は緩慢的な自殺のために……。

九月十四日の夕方、大垣城に四千八百名の兵を残して石田、島津、小西、宇喜多の部隊は折からの雨の関ヶ原に向った。四面暗黒のなかを敵に悟られぬため松明《たいまつ》もつけず、四里の山道を歩いた。石田部隊は午前一時頃、小関村に到着し、島津勢は午前四時頃、石田軍を隔たる一町半の小池村に陣地を作った。行長の部隊は島津勢につづいて天満山の麓に前隊、本隊の二段構えの布陣をした。このあと宇喜多秀家、大谷吉継、小早川秀秋、毛利秀元たち西軍の諸将が続々と集結した。

一方、東軍も福島、黒田の部隊を先頭に加藤、細川、藤堂の諸部隊が関ヶ原に北上していた。雨と濃霧のため、敵味方の区別はつかず時には福島勢の兵が宇喜多勢と接触したり、交錯したりする有様である。こうして八万二千の西軍と八万九千の東軍は四平方キロにたりぬ関ヶ原に布陣を終り、朝の来るのを待った。

その朝が来た。夜来の雨はあがり、霧も晴れると午前八時、戦いの火ぶたが切られた。

午前八時、東軍の松平忠吉の軍勢が宇喜多隊に攻撃を開始すると福島正則もこれに応じて銃撃を行った。この銃声が両軍の戦争開始の合図となった。

東軍の藤堂、京極の両部隊は西軍の大谷を攻め、三成にたいしては黒田長政、田中吉政、細川忠興、加藤嘉明の諸部隊が攻撃にあたった。そして小西行長の陣にはまず織田有楽、古田重勝、猪子一時、佐久間安政の部隊が切りこみをかけた。秀吉、のち秀頼に仕えた太田牛一の記録によると、

「敵身方押分て、鉄炮はなち、矢さけびの声、天をひびかし、地を動かし、黒烟立て、日中もくらやみと成、敵も身方も入合、錏《こ》を傾け、干戈をぬき持、おつつまくりつ攻め戦う」

そして小西陣を攻めた諸部隊については、

「織田有楽、子息河内守、古田織部正、猪子内匠助、船越五郎右衛門、佐久間久右衛門、弟源六、七人見合、一同にどっと乗込み、割立、つき伏、つき倒し、かけ通り思々の高名あり」と書いている。豊臣方の太田牛一の記録でさえ、小西勢には迫力がない。

これらの諸部隊につづいて東軍に属した唐津の寺沢広高の二千四百名の部隊と戸川達安の部隊が天満山の小西軍に突入する。山の傾斜地を利用して二段にかまえた小西軍の前隊は浮き足だったので行長は三町ばかり退かせ、叱咤して敵に銃射をあびせた。しかし急追する寺沢は本隊に突入、ために小西軍は混乱の状態に入ったが、まもなく寺沢軍は宇喜多軍に攻撃の方向を変えた。

小西軍と戦った寺沢広高も他ならぬ切支丹の信徒である。秀吉の命令で長崎奉行となった頃、彼は最初は切支丹を憎み教会を破壊していたが、やがて宣教師にたいする感情を変え、心をかえて信者となった。あのサン・フェリーペ号

事件の折、京都のフランシスコ会宣教師と信徒が処刑されることとなった二十六聖人殉教事件の時にその指揮を命ぜられたのは彼だったが、広高は三成と共にこれら宣教師の厳刑を寛大な罰に変えようと試みている。したがって小西軍と寺沢軍のこの戦いは基督教の信仰を共にする者が敵味方にわかれて戦い、殺しあったとも言える。その意味でも関ヶ原の戦いは、長い間、結束をかためていた日本切支丹大名のグループが分裂し、殺戮しあった戦いだったと言っていいのだ。行長は同志を敵にせねばならなかった。彼の戦意が衰えたのは無理もない。

　寺沢の攻撃が一応やんだ午前十時、三成の命令が天満山に届いた。狼煙をあげて松尾山、南宮山にいる小早川秀秋、毛利秀元に出撃を促せというのである。もとより行長は使者を小早川隊に送ったが一向に要領をえない。

　正午、形勢を見ていたその小早川秀秋の軍に家康の旗本と福島隊が銃撃を向け、東軍に参戦させた。この銃撃に怯えたか彼の軍勢は、山をくだり西軍の大谷吉継の部隊を衝いた。吉継の軍勢は小早川勢を五町あまり追いまくったが、側面を支えていた味方の筈の朽木、小川、赤座の諸軍が突然、東軍に内応したのである。兵は乱れ吉継は自決し、部下もほとんど玉砕した。このため行長の軍勢が崩れた。宇喜多軍も三成の軍も退却を開始した。ひとり踏みとどまり、奮戦したのは島津義弘部隊のみである。

遁走する部下にまじって三成は西北の山に逃げた。行長もまた夜来の雨で歩行困難な伊吹山の東北の方角に向って落ちのびた。彼に何人、従ったかはわからない。

　わかっているのは行長が逃げた道が今日、車も通行するのが難儀な間道になっているが、やがては糟賀部村にたどりついたことである。おそらく従う者もなく、この山道をたどってこの炭焼きでのみ生計をたてていた山村に到着したのであろう。今日でも山あいの谷に藁ぶきのまま残っているこの村の一つの寺には、彼がかくれていたという言い伝えが残っている。三成は大坂に落ちのびて再起を志していたと言うが、行長にまだその気持が残っていたかどうか。いずれにしろ、『武徳安民記』や『関ヶ原始末記』によると、行長は進んで縛についたのである。九月十九日、すなわち戦いが終って五日目に彼はこの寺の僧と林蔵主という関ヶ原の住人におのれの名をうちあけた。

「邪にかくれていて東国方の雑兵に見出され縲絏の辱を得んよりは速やかに自殺して名を残さんと思えども、某《それがし》、年来、ヤソ宗を信じ自害すること勿れとの彼の宗の戒めを深く守るなれば、夫さえ心に任せぬ也。某を伴いて内府に献じ給わば、恩賞最も重かるべし」

　また家康の侍医だった板坂卜斎《ぼくさい》がこの林蔵主から聞いた話を『慶長年中卜斎記』に書いているが、それによれば、

「慶長六年の秋、某、城和泉守父子と同道、木曾路へ掛り

江戸へ下り関ヶ原庄屋所に宿を借り、城和泉守古き人にて候えば……亭主六十余の入道なり。其時地下の人共落人の事を如何にも委しく物語いたし候。小西殿をば当所の地下人、草津へ同道申候か如何と尋ねられければ、小西殿を御供申候は某にて候と、夜も長く候、その節の事、委細語り候えとかたらせ候。際限もなき落人にて候。某は在処の年寄にて候えば、落人を剥取、侍を軽しめ申事有るべからず、大形にいたし候えと在所の百姓共に下知仕候。……近所の山にてそこなる人来候えと御申候御方御座候。不入《いらざる》拙者へ御用と仰せられ候わんよりは、何方へなり共忍び御落候えと申しければ、是非共近く来候えと御申候。達って不入《いらざる》御事と申候え共、必近く来候え、頼候わんと御申候。近くへ参り何の御用と申しければ、吾は小西摂津守なり。内府へ連れて行き、褒美を取れと御申候。沙汰の限り勿体なき御事、少しなり共早く落ちさせられ候えと申しければ、我等は自害するも易けれ共、根本吉利支丹なり。吉利支丹の法に自害はせずと様々仰せられ候。在所の百姓も聞候儘、さらば御供申すべしとて我宿へ御供申し、家康公様御本陣へ小西殿を御供申すに、自然道にて人に奪われ候ては如何あるべきと存じ、竹中丹後守殿家老を呼び……」

『卜斎記』によれば行長は林蔵主の家に連れていかれたのちに馬に乗せられ、草津の家康の家来である村越茂助の宿所まで連行されていった。村越茂助はここで行長に縄をかけ首に枷をはめた。林蔵主には黄金十枚が与えられ、竹中丹後守にも家康から感状が贈られた。イエスがユダに僅かな金で売られたように行長も林蔵主に黄金十枚で売られたのだった。

他方、石田三成も伊吹山をめざして逃げ、従う家臣とも別れて、ただ三人の従者のみつれ、近江浅井郡の草野谷と小谷山とに潜伏、その後三人に別れ古橋村（現在の木之本町）にある母の菩提寺の三珠院にかくれていた。やがてそれも村民の知るところとなり、身体も衰弱していたため進んで村民の一人に命じて東軍の田中吉政に連絡をさせている。

三成と行長とはこのように別々に捕縛されたが大津の家康の陣の矢倉に同じく京都六条で縛された安国寺恵瓊と共に留めおかれた。前記の『卜斎記』はこの時の行長の模様を次のように書いている。

「大津の矢倉に小西と安国寺を置申候。小西は座敷真中に首がねをはめられ、番の者と咄《はな》す。安国寺は脇に障子を立て、其中に置申候。某《それがし》（卜斎）参候えば、面目なく候、此仕合はと申され候。小西は首がねの扣《おさえ》、直《すぐ》にて寝起はアマリ不自由に候。迚《とて》も存命候わん身にてはなけれ共、一日も存命候内は身の安きように首がねの扣《おさえ》をくさりにと、番の衆へ口説き御申候。番衆申候は、町中焼け、鍛冶屋壱人もなく候と申候えば、京へ御申遣候わば、唯今の御威勢にては即時に出来申すべく候、ならぬ事は有間敷と申候」

　鉄の首枷をはめられ、その辛さに耐えて死を待ちながら行長は何を思ったか。イエスは他人《ひとびと》のために十字架を背負った。思えば彼の一生は自分のために鉄の首枷をいつもはめられたようなものだった。彼は秀吉にその首枷をはめられて朝鮮で不本意な、長い戦いを行わねばならなかった。彼は自分の世俗的な野心のため我と我自らで首枷をはめてきたのである。右近のようにその首枷を投げ棄て信仰ひとすじに生きるにはあまりに弱すぎたからである。

　だが今、死が確実に迫っている。行長がはじめておのれの信仰を孤独のなかで嚙みしめる。長い間、彼の信仰はその俗的な野心のため、必ずしも純粋とは言えなかった。右近追放後、彼は切支丹宣教師のために力を貸し、助けもしたがその気持には世俗的野心もまじっていた筈である。だが今、死刑を前にして信仰以外に何に頼り、何を支えとできるだろう。切支丹である彼がこの自分を十字架を背負わされゴルゴタの丘に歩かされるイエスと比べて、そこに慰めを見出さなかった筈はない。

　この大津で彼が黒田長政に告白の秘蹟を受けたいので神父を呼んでほしいと頼んだ。これは当時日本にいてのちに殉教したイエズス会のカルバーリュ神父の一六〇〇年の書簡に書かれている〔註一〕。告白の秘蹟とは基督教信者がおのれの罪を司祭に打ち明け、神の許しを求める行為である。

「『この死が決まった人生でただ一つだけ私のために取り計らって頂きたい。それは切支丹の教義に従って罪を告白するため司祭と面会する機会を与えてほしいことです』。甲斐守（長政）はその点、内府さまにできるだけお願いしてみようと約束されました。……」とカルバーリュ神父はのべている。「しかし内府さまはつめたい素振りをされ、不必要にアゴスティーニュ（行長）の請願を受けることにたいし不興の意を甲斐守に示されました。……数日後、アゴスティーニュは多くの人々に取りまかれて大坂に護送されましたが、彼はそこでもおのが魂の汚れを告白の秘蹟で浄めようとの意志を変えませんでした。この件について彼は我々の同僚に依頼の書簡を送りましたが、その数通は内府さまに抑えられました。……内府さまは立腹され、以前よりも監視をきびしくし我々司祭が彼に近づかぬよう見張番に厳命されました。そこで我々はあらゆる手段を講じてみましたが、彼の望みをかなえさせることができませんでした」。

　彼はこの日々、領国の宇土が加藤清正の軍勢に包囲されていることを知っていただろうか。彼の生涯のライバルだった清正は八千五百余の兵をもって関ヶ原の戦いが終って五日後、隈本を発し、宇土に侵入、城をとりまいたのである〔註二〕。だがその知らせを受けたとしても囚われた行長にはもはやなすすべはない。彼はおそらく城兵のために祈るより仕方なかったであろう。

処刑は十月一日と決まった。「獄中で彼はおのが罪を辛い思いをもって反省し、聖母のとりなしを願いつつ、教義に従って祈りをとなえました」とカルバーリュは書いている。九月二十八日になると、三成と行長と恵瓊との三人は、家康の家臣、柴田左近、松平重長に護られてまず大坂に連れていかれた。大坂と堺とで街で引きまわしの屈辱を受けるためである。当日、裸馬に乗せられ、首には鉄枷をはめられ、顔には蔽いがかけられ、三成、恵瓊、行長という順で決められた路を引きまわされている。辻にくると行列がとまり、罪状が大声で読みあげられる。

三成や恵瓊にとってはともかく、堺は行長にとっては小西一族の地盤とした都市である。彼がそこで育ち、父、隆佐が奉行格で豪商たちを支配した街である。さまざまな思い出がそこに残っている。そのさまざまな思い出の堺の街で今、敗者の姿で引き廻されたのである。

堺と大坂で引き廻されたのち、三人は京都に連れていかれた。所司代、奥平信昌が彼等を引きとってその邸に閉じこめた。

処刑当日の十月一日、記録によると快晴だった。馬の代りに三台の荷馬車に乗せられた三人は堀川出水の所司代邸から当時の慣例に従って一条の辻、室町通、寺町を経て刑場の六条河原に向った。この時も三成、恵瓊、行長の順番だった。群衆は沿道にも河原にも集まっていた。その数、数万人だったと言われる。

カルバーリュ神父は、この時の模様をかなり詳しく書いているが、それによると刑場の六条河原に近づいた時、群衆をかきわけて一人の切支丹信徒が行長のそばにそっと近づき、イエズス会の神父たちはあなたに面会するため、あらゆる方策をつくしたが、それは許されなかったと告げた。行長はそれにたいし、

「私は自分の罪を告悔の秘蹟（カトリックの罪のゆるしを与える秘蹟のこと）によって浄めることを拒まれたので、その罪を男らしく償おうと努めてきた。私は神父たちの勧めと助言の通り、おそらく神父たちが私に忠告してくれるであろう償いを獄中にあって果そうと努力した……ここ数日来、私は自分の罪のため、神からこの上ない苦しみを受けている。しかし救いの確信を持ち、慰めを受けながら、悦んでこの世を去ることができるのだ」

この時、仏僧たちが現われ彼等に説教しようとしたが、行長は大声をあげてこれを断わり、「私は基督教徒だから仏僧たちと何の関係もない。私も天上に憧れているが、彼等の望む天上の生活と一緒になりたくない」こう言ってロ

ザリオを手にして大声で祈りを唱えた。

刑場についた時も一人の高僧（日本側記録によるとおそらく七条道場の遊行上人であろう）が供に囲まれて現われ、三成と恵瓊に経に接吻をさせ、ついで行長の頭にもこの経を戴かせようとしたが、この時も彼は体よく断わった。

今や鉄の首枷をはずす時が来た。彼はもうただ一つのことのほかは何も望まない。何も見ない。彼の鉄の首枷だった現世での野望も野心も消え去ったのである。今まで肌身から離さなかったキリストと聖母の絵（これはカロロ五世王の妹であるポルトガル王妃からの贈物だった）を行長は両手で捧げ、三度、頭上に頂き「晴朗なる顔をもってしばらく天上へ両眼を見据えてから御絵を眺め」（家入敏光訳）介錯人に首をさしだした。その首を介錯人は三太刀で前に落した。

カルバーリュは更に行長の遺体が信徒たちの手で絹の袍衣に包まれ、京都のイエズス会の住院に運ばれ、そこでカトリックの埋葬の儀式を受けたことを報告している。しかもその遺体を包んだ絹の袍衣には、行長が妻ドンナ・ジュスタと子供たちに宛てた次のような遺書が縫いこまれていた。

「今回、不意の事件に遭遇し、苦しみのほど書面では書き尽しえない。落涙おくあたわず、このはかなき人生で耐えられる限りの責苦をここ数日来、忍んできた。今や煉獄で受くべき諸々の罪を償うべく、苦しみぬいている。自分の今日までの罪科がこの辛い運命をもたらしたのは確かである。されど身にふりかかった不運は、とりもなおさず神の与えたもうた恩恵に由来すると考え、主に限りない感謝を捧げている。最後にとりわけ大切なことを申しのべる。今後はお前たちは心をつくし神に仕えるよう心がけてもらいたい。なぜなら、現世においては、すべては変転きわまりなく、恒常なるものは何一つとして見当らぬからである」（家入敏光訳）

「これが」とカルバーリュ神父は書いている。「アゴスティーニュ行長の最期でした」と。これがアゴスティーニュ行長の最期でした……。

「現世においては、すべては変転きわまりなく、恒常なるものは何一つとして見当らぬ」というこの遺書の一節は我々に行長の人生そのままを連想させる。彼を引きたてた秀吉は同じように「浪速のことも夢のまた夢」と辞世の句で呟いた。だが切支丹の行長にとってはすべて変転きわまりないのは彼がその眼で見た四十数年間の武将たちの栄枯盛衰や権力者の交替のみならず、彼自身の野心のむなしさ、はかなさであった。「恒常なるものは何一つ、見当らぬ」。彼はこの時、神のみが彼の頼るただ一つの存在であったことを妻と子に――自分の変転きわまりなかった人生の結論として――語ってきかせたのであろう。

四十数年間の彼の生涯はこうして幕を閉じた。彼はおそらく幼児洗礼によって神と関係を持ったが、その過半生ではその信仰はまだ右近のように本物と言えなかった。戦国の時代に生れた行長は他の英雄たちと同じように野心がありすぎた。野心は彼にとって神より大事だった。だが彼が神を問題にしない時でも、神は彼を問題にしたのである。「神は我々の人生のすべてを、我々の人生の善きことも悪も、悦びも挫折をも利用して、最後には救いの道に至らせたもう」。この聞きなれた言葉を行長の生涯のなかで我々も見つけることができる。神は野望という行長の首枷を使って、最後には「彼を捕えたもうた」からである。一度、神とまじわった者は、神から逃げることはできぬ。行長もまた、そうだったのである。

〔註一〕 彼の末期については松田毅一博士の御好意で天理大学助教授家入敏光氏の未発表の訳稿によるヴァリニャーノやカルバーリュの書簡を利用させて頂いたことを感謝したい。

〔註二〕 行長の死後の宇土城と、その遺族について簡単に記述しておきたい。

十月一日、行長が斬首されたあともその居城宇土ではその死を知らなかった。行長の弟、小西隼人の守るこの城は関ヶ原の戦いが終って五日後の九月二十日から加藤清正の八千五百余の兵に包囲されたからである。この時、城内には五人のイエズス会員たちがいて傷病兵の看護や戦死者の埋葬にあたっていた。カルバーリュ神父によると、清正は長崎滞留中のイエズス会巡察使を通してこれら城内のイエズス会員に連絡し、開城を説得させようとしたが拒絶されたという。だが、この頃、宇土に帰還した行長の家臣によって城兵は関ヶ原の敗戦を知り、降伏せざるをえなかった。十月二十三日のことである。小西隼人は切腹し、また当時城内にいた内藤如安は清正に召しかかえられている。

行長の妻ドンナ・ジュスタについては確実な資料がない。カルバーリュは彼女が最後には家康の赦免を得て助かったと伝えている。カルバーリュは十二歳になる行長の息子が毛利家にあずけられ、広島近郊に移されたが、まもなく小姓一人、家臣一人と共に大坂に連れていかれて殺されたと言う。

行長の娘マリアは既にのべたように宗義智と結婚したが、関ヶ原の戦いののち、夫の義智は家康の怒りを怖れて彼女と離婚した。彼女は侍女と共に長崎に送られ、イエズス会員の手で「女子修道院」にかくまわれた。一説にはその五年後、没したとも言う。

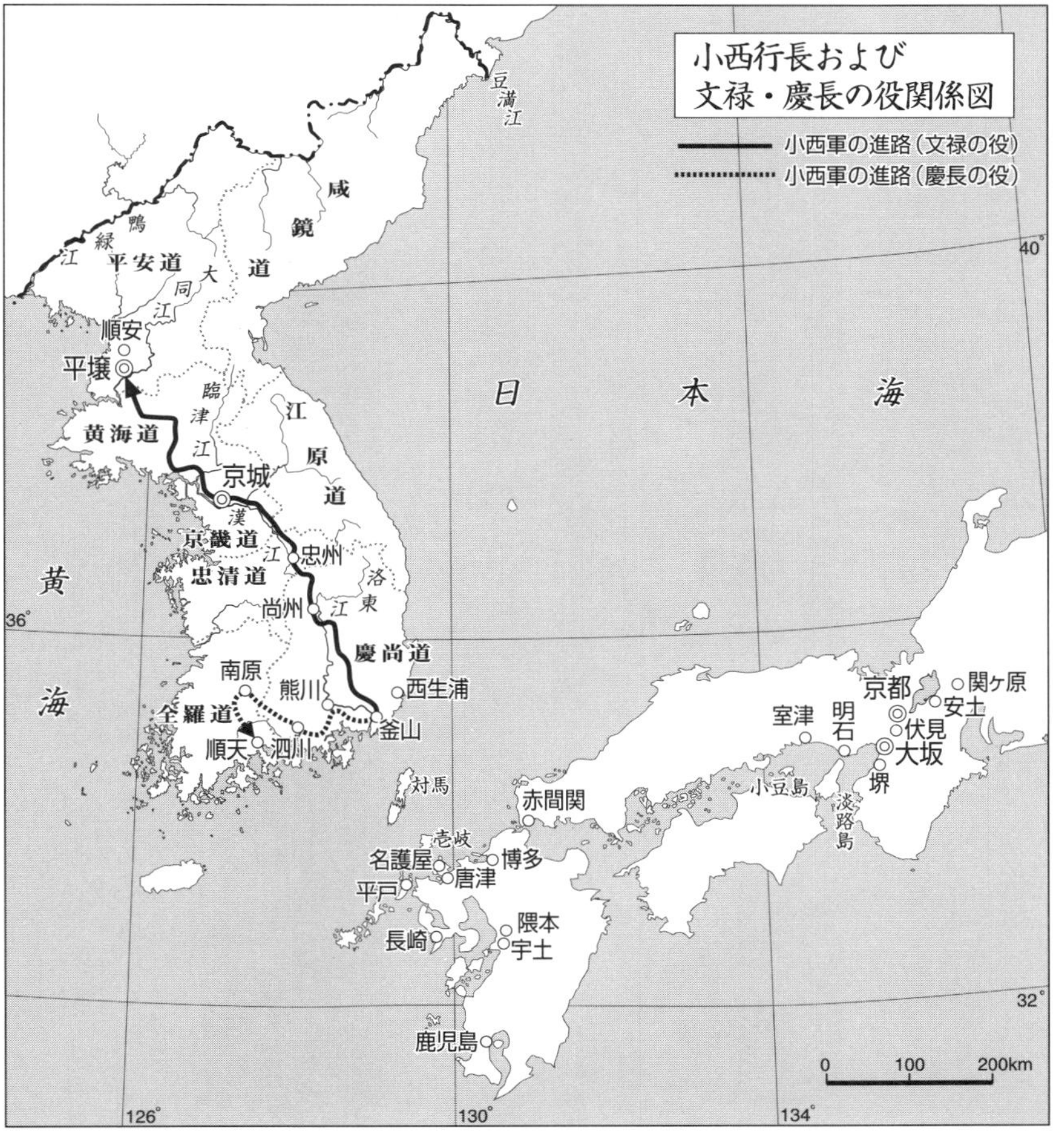
小西行長および
文禄・慶長の役関係図
小西軍の進路（文禄の役）
小西軍の進路（慶長の役）
豆満江
咸鏡道
鴨緑江
平安道
大同江
順安
平壌
臨津江
黄海道
江原道
京城
漢江
京畿道
忠州
忠清道
洛東江
尚州
慶尚道
南原
熊川
西生浦
全羅道
順天
泗川
釜山
対馬
壱岐
名護屋
唐津
博多
平戸
長崎
隈本
宇土
鹿児島
赤間関
室津
明石
京都
関ヶ原
安土
伏見
大坂
堺
小豆島
淡路島
日本海
黄海
40°
36°
32°
126°
130°
134°
0
100
200km

銃と十字架

青い小さな芽

日本の文化史のうえで貴重な価値を持ちながら、今もほとんどの日本人が顧みない一つの学校がある。その学校は一五八〇年（天正八年）に開校して三十三年の間存続したが、迫害のため閉鎖した。

学校がかつてあった場所――有馬の町は長崎県、島原半島の海べりにある。静かな、ささやかな漁港が点々とちらばるその海岸はしかし四百年前、日本人がはじめて西欧の匂いを嗅ぎ西欧の文化に触れた場所の一つだったのだ。

もし我々が長崎から雲仙に向けて車を走らすならば二時間で小浜の温泉につく。その小浜から海にそって進むと、まず加津佐の小さな町があらわれる。更に丘をこえると穏やかな入江が真下に見え、入江にそって口ノ津の町が俯瞰できる。この口ノ津の入江こそ、その昔、遠い海を渡って南蛮船がたびたび訪れた港であり、四百年前、さまざまな珍しい品物と共に中国人や南蛮宣教師が上陸した場所である。船がふたたび海の遠くに消えたあとも宣教師や中国人はこの町に住みつき、町の一角には切支丹の学校が建てられ、教会の鐘の音が流れた。加津佐や口ノ津は文字通り、国際的な町だったのである。

口ノ津から更に島原に向うと、穏やかな海がいつまでも続く。やがて遠くに、小さな、白い岬がみえる。その小さな、白い岬が、あの島原の乱で三万人の農民が戦い、殺された原《はる》の城の跡である。

我々が今から語る有馬はこの原《はる》の城の跡から遠くはない。それは、海岸から少し奥に入った小高い丘陵の麓に、眠っているように横たわる小さな村である。まひる、この村に入ると、陽にかがやく白い細い路にほとんど人影はなく、どこからか、間ぬけた鶏の声が時折、聞えるだけなのだ。

しかし、この有馬村は四百年前、この島原半島の領主だった有馬氏の居城、日之枝城があった場所である。フロイスの『日本史』を読んだ者は宣教師たちや南蛮商人たちが、その居城を訪れたことを知っているだろう。口ノ津や加津佐と同じように、この村にも西欧の匂いが至るところに流れていたのだ。

当時、この村はどうだったのだろう。幸いなことには我々はフロイスの『日本史』やそのほかの宣教師の通信文から、その面影を想像することができる。一五九四年の八月に日本にやってきたスペインの貿易商人、アビラ・ヒロンもまたここを訪れ、有馬氏の城をたずねているが、その記録によると、当時のこの村は現在と少し違っているようだ。

「長崎の市《まち》の南南東、八レグワ離れたところに有馬という市がある。この市は屋形とよばれた古い領主たち（有馬氏）と、市が大きいというより土地柄のよさ、肥沃さ、またその地形のために有名である。余り大きすぎるというほどでもなく、市を富ますような商取引もない。海辺にありながら、海岸は長く、平坦で低地のため海港でもない。だからこの市に行くには満潮の時を選ばねばならない。さもないと、どんなに舟が小さくとも、海辺に最も近い家にも行けないのだ。だが満潮時であれば、人家ばかりか、小川を上って城の傍に舟を横づけにすることもできる」（アビラ・ヒロン『日本王国記』会田由訳）

ヒロンが描いた当時の有馬と今のそれとが違うのは、昔は海が現在より、もっと間近に迫り、そして今はひろい稲田が拡がるあたりは干潮の時は浜となり、満潮の時は海と変る有明海岸によくみられる湿地帯だったことである。そしてこの湿地帯には長い橋がつくられ、その橋をわたって隣りの原《はる》の城にも行けるようになっていた。

満潮になると、その遠浅の浜が海にかくれる。そしてその海と有馬氏の居城のあった城山の麓との間に村があった。どんな村だったのだろう。ふたたびヒロンの記録を借りよう。

「まず城がある。その周辺か、近くに武士《イダルゴ》と侍、すなわち知行《レンタ》持ちの上級武士《セニョール》とその恩義を被る兵士たちの家があり、その一軒一軒が垣と濠とでとり囲《かこ》まれている。少し離れて住民や商人やその他の庶民らすなわち町人《まちんど》と呼ばれる連中の住んでいる市があり、その次に漁師たちが住む」（会田由訳）

この場合、ヒロンは日本の町一般について語っているのだが当時の有馬もこれとほぼ同じだったことは間違いない。海に面し、海の光にてりつけられる白い路とその片側に並んだ藁ぶきの侍たちの家。家にそって濠と石垣とが続いている。濃い影が路にくっきりと落ちている。すぐ背後に城のある樹木にかくれた丘が迫っている。その城をヒロンは日本に到着した翌年の一五九五年訪問しているが、彼の貴重な記録は、私がこれから語る学校の周辺を知る上でも役にたつだろう。

「この王国で私が初めて見た珍しい家は九五年、有馬で当時、ドン・プロタジオ、後にドン・ジョアンと呼んだその地の殿《との》（有馬晴信）の城中でであった。家は城のなかにあって殿の住居だった。まず私たち、イエズス会の神父と私とは、地面から四パルモ（一パルモは約二十一糎）高い廊下へはいったが、それは幅八パルモの板張りの床であった。そこで靴をぬぎ、すでに用意していたスリッパに履きかえた。それから広間に入ったが、その広間は長さ二十パーラ（一パーラは八十三・六糎）幅十パーラあった。この広間の床にはえんじ色のびろうどの縁をつけた極めて細かい畳が敷きつめてあった。……（襖には）金色やひどく薄い青色を使って、何千という薔薇の花や、まるで本物のような遠景や山、冬をあらわしたものでは雪をかぶった山脈、あるものでは夏景色を、あるものでは実に自然のままの木々を、あちらでは鷹を、こちらでは小鳥を、そちらの戸には二頭の鹿、その鹿の間にまるで本物そっくりに巧妙に描かれた草や、それと同じ技法でその他のものを描いてあるのだからすばらしい魅力と悦びとを与えた。

　この広間の戸を明けてくれたがそれは二十枚で一方に十枚、片方に十枚になった。そして前のものと同じ広さの、更に豪奢な美しい次の広間を見せてくれたが、しかしこれは一層の豪華さで、よしんば世界最大の君主でも大よろこびでこれを使われるだろうと思うほどの美しい広間にみえた。ついで目の前の戸を開くと今の広間よりさらに美々しい次の広間が現われた」（会田由訳）

　ヒロンがこの有馬の城を訪れた時は城主の晴信は秀吉の朝鮮侵略作戦に従って朝鮮にあり、当時少年だった直純の案内で、「小さいながらまことに優美な――そして小さな木々がたくさん植えられ、幾羽かの鴨が泳いでいる池のある」庭をみたり、また茶室や「かまども焜炉《こんろ》も実によく磨いて清潔だったので、見るだけで気持のよい」厨房や、掃除が行き届いて「悪臭も不快にさせるものが何ひとつない」厠にも案内されたりしている。

　今日、ヒロンが訪れたその城の跡はただ斜面に雑草が茂り、猫の額のような畑があるだけだ。そしてわずかに苔むした石垣があちこちに残っているが、この石垣が有馬氏時代のものか、どうかはわからない。だが夕暮そこにたたずむと満潮の時刻、海から小舟に乗ってこの有馬の村を訪れ、この丘をマントをひるがえして登ってくる宣教師やスペイン商人たちが眼にみえるようである。一群の少年たちが彼等を出迎えに駆けおりる。この少年たちは我々が語る有馬神学校《セミナリオ》の生徒たちである。

　フロイスはこの有馬領における基督教布教の変遷をかなり詳しく記述しているが、この地方がいわば切支丹王国になったのは一五七六年に有馬義直がその弟である大村の切支丹大名大村純忠の影響を受けて多数の家臣と共に受洗したことから始る。ついでその子、鎮貴（晴信）は一時は切支丹を憎み、迫害を試みたが、やがて龍造寺隆信の勢力がこの島原半島にも及ぶに至ると、宣教師を通じ、その軍事的援助を求める気持もあって、洗礼を受ける気持になっていった。（事実宣教師たちは食糧、弾薬や火薬を援助した。）

その頃、つまり一五七九年（天正七年）の七月、イエズス会の巡察師、アレッシャンドロ・ヴァリニャーノ神父がマカオからこの有馬領の口ノ津に上陸した。イエズス会総長から命ぜられた巡察使としての彼の仕事は日本布教の現状を観察し、それを報告するにあった。

　実務家としても優れた才能を持ち、後に天正少年使節団を遠くローマに派遣した彼は「すべてが異なった世界に思われる」この国に来ると、それまで在日宣教師たちの書簡で考えていた日本と現実の日本とが違うことをただちに知った。布教の方法の欠陥と不備も次々と眼についた。彼の慧眼は宣教師と日本信徒との間に起っているひそかな軋轢も見逃さなかった。というのは、それまで日本の布教長だったスペイン人のカブラル神父に代表されるように、宣教師のなかにはいわれなく日本人を蔑視しこの国の風習を無視する傾向の持主もいて、それが日本信徒の不平、不満をつくりあげていたからである。

　一五七〇年――つまりヴァリニャーノに先だつこと九年前に日本に来たこのカブラル神父は常々日本人を偽善的だと考えていた。彼には政治的目的、もしくは富国強兵策のために宣教師を利用しようとする日本領主たちの打算が鼻についたにちがいない。「日本人ほど傲慢、貪欲、不安定で偽装的な国民を見たことがない。彼等が共同の、そして従順な生活ができるとするならば、それは他に何等の生活手段がない場合のみである」とカブラル神父は書いている。「日本人（修道士）はラテン語の智識もなしに我々の指示に基いて異教徒に説教する資格を獲ているが、これがために我等をみさげたこと一再に留まらぬ。日本人修道士が研学を終えてヨーロッパ人と同じ智識を持てば、何をするであろう。日本では仏僧さえ二十年もその弟子に秘義をあかさない。日本人修道士もひとたび（教義を深く）知るならば、上長や教師を眼中におくことなく独立するであろう」（松田毅一訳）

　そう考えたカブラル神父はいかなる日本人も教会のなかで抜擢し、また将来、神父として育てるべきではなく、修道士や神父を助ける同宿（伝道士）程度の地位におくべきだと主張していた。

　日本に到着したヴァリニャーノ巡察使はこのカブラル的な考えに日本人修道士や日本人信徒が大きな不満を持っていることをいち早く見ぬいた。しかも彼の直接の眼を通して見た日本人は鋭い理解力を持ち、すぐれた才能に恵まれていた。「中国人は別として（日本人は）全アジアで最も有能で教育された国民であり、天禀の才能があるから、教育すれば、すべての科学を多くのヨーロッパ人以上に憶えるだろう」と彼はその『インド要録』のなかでのべている。「日本の新しい信者の大部分はキリスト教の信仰をその領主の強制によって受け入れたが、彼等は教えられたことをよく知っており、よく教育されており、才能があり……まったく悦んで教会に説教を聞きにくる。彼等は教育されると立派なキリスト教徒になる」

その意味で巡察使ヴァリニャーノは「東洋のなかで日本人ほど賢く、有能な国民はない」という意味の感想を洩らした日本最初の宣教師、フランシスコ・シャヴィエルと同じ考えの持主だったのである。

日本人蔑視論者のカブラル神父たちとヴァリニャーノ神父とはここにおいて当然、対立した。ヴァリニャーノはカブラル神父たちに、日本布教にきている宣教師たちに日本語を習得する機関も教師もなく、また彼等が日本人修道士に学問を授けてはならぬという偏見を抱いていることを難詰したが、受け入れられなかった。

「日本を指導する布教長（カブラル）がこの点、何等の理解を示さず、決して私の案を容れようとしなかったことは最も私を苦しめた。彼はこれを公言して、私にはそれまで如何なる言葉も彼に理解させることはできぬように思われた。私が私の理由をあげると彼は（日本の）イエズス会は没落するほかはなく、経験は私の方策が正しくないことを示すであろう、と言うのみであった」と彼は当時の心境を苦しく告白している。「私は誰にこの問題を信頼して打ち明けてよいか判らないのだ」

だが彼は怯まなかった。退かなかった。巡察師という特権を使い、彼はただちに口ノ津に司祭たちを招集し、日本布教の欠陥を是正する対策を論議した。その一つがカブラル神父たちの反対を押しきって実行された日本人にたいする教育機関の設置である。つまり、それまでカブラルたちが決して認めようとしなかった神父叙任の門を日本人に開き、「すべての科学を多くのヨーロッパ人以上に憶えるにちがいない」日本人たちを西洋風に教育する学校を創設することに踏み切ったのである。

この計画に基いてヴァリニャーノが渡日一年後の一五八〇年、まず有馬晴信の城下、有馬に神学校《セミナリオ》が、続いて翌年の一五八一年には大友宗麟の城下、臼杵に小神学校《コレジオ》が建てられることになった……

先にもふれたように切支丹に改宗した父を持ちながら一時は切支丹を迫害したものの、南蛮貿易と西欧の軍需品ほしさに改宗した有馬晴信は、このヴァリニャーノの乞いを入れ、それまで神父たちがもらっていた別の地面と交換する条件で神学校《セミナリオ》の敷地を与えた。それはヴァリニャーノの記述にしたがうと「城のなかにある」寺とその地所とである。

この神学校の場所が現在の有馬町のどこにあるかを示す

確実な資料はない。その理由はヴァリニャーノが書いた「城」という言葉は彼等西欧人にとって同時に「町」をも意味する場合があるからである。西欧のふるい城を訪れた者は、城壁のなかに町が存在しているのをしばしば見るだろう。だが、日本の場合、町は城の周囲にあり、「城」と「町」とはちがうのである。だから、ヴァリニャーノが「城のなか」という時、それは「町のなか」を意味するのか、それともアビラ・ヒロンが訪れた城の敷地のなかにあったのか判然としないのだ。

だが有馬の郷土史家、浜口叶氏の推定では、神学校は、今日、有馬町の背後にある小高い丘、日之枝城跡の本丸のすぐそばだと言う。勿論、その丘にのぼっても、神学校の跡をとどめるものは何ひとつないが。浜口氏は今は畑になっているこの地点が昔から「寺屋敷」あるいは「コンゴウ寺」（金剛寺？　金光寺？）の跡と言われたため、そう推定したのである。私は氏のこの推定を支持する。

いずれにせよ一五八〇年の復活祭から寺を改築してできあがったこの最初の神学校《セミナリオ》についてヴァリニャーノは幾らか満足げに次のように書いている。「有馬の城内に我等は非常に良好な場所を有しており、我等の部屋と立派な聖堂とのほかに、その地に貴族の子弟の神学校を設立した。これは三十人を収容するだけであるが、非常に便利で良く設計されている。資金と収入とが十分でなかったために、それ以上、大きく作れなかったが、増築が可能であり、事情が好転すれば拡張すべきである。この修院には目下、三名の司祭が、四、五名の修道士と同居している」（ヴァリニャーノ『日本要録』第四章）

こうして寺を改築して建てた学校の前面には広い運動場もあった。また数百米、離れた土地には休養のための別荘もあったという。（運動場というのは遠浅の有明海にできた浜のことを指すのだろう。なぜなら神学校の生徒たちはきびしい勉強生活のなかでも運動として泳ぐことを許されていたからである。）

学校の責任者は勿論、校長《レクトール》だった。校長の下には建物のこと、生徒の衣服、食事などを扱う監事《ミニストロ》、副監事をおいてその経営を助けさせた。教師のほか、生徒の告解（罪の告白）をきく特別司祭、また、寄宿舎の舎監もいた。

一五八〇年（おそらく四月から六月の間）、こうして、どうにか学校はできあがった。まだ教師の数は足りず、教えるべき教科書さえなかったが、ヴァリニャーノは開校を決断した。生徒は誰でも入学させるというわけにはいかない。ここはイエズス会の神学校《セミナリオ》だから、将来、司祭になる者の――少くとも一生を神の教会に奉仕する者の学校だからである。両親がそれを認め、当人もそれを決心した者しか入学できないのだ。のみならずヴァリニャーノは日本人に信用をえるため、当面、身分ある者の子弟のみを選抜することにした。

　日之枝城跡の一角にたつたびごとに、私はこの一五八〇年の初夏、えらばれてこの丘をのぼってきた二十二人の生徒たちの姿を空想する。どんな少年たちが、どんな気持でこの学校に集ってきたのであろう。不幸にして我々はそれを詳しく知る資料を持たないが、しかし、同じ頃に設立された安土神学校の例が多少、参考になるかもしれない。信長の城下町、安土に建てられた神学校は宣教師の報告（メシヤ一五八〇年十月二十日附書簡）によれば三階建の立派なものであり、安土では信長の安土城につぐ堂々たる建物だった。安土では生徒が最初なかなか集らず、高山右近などは半強制的に重臣の子弟を応募させている。おそらくこの有馬神学校の場合も長崎や大村の切支丹の子弟が司祭たちに奨められ、時には親の反対を司祭が説得して入学するようになったのかもしれぬ。

　開校式の光景を宣教師たちが書き残してくれていないのは残念だが、勿論ヴァリニャーノは出席したであろう。すぐそばの日之枝城から有馬家の重臣たちも姿をみせたであろう。陰暦六月の、おそらく暑い夏、樹々の葉がかがやき、海がつよく光っている日、十歳から十二、三歳の少年たちが次々と集ってくる。彼等はこの日から、他の日本人がまだ学んだことのない西欧の学問をその初歩から学ぶことになったのだ。それは日本の文化史にとっても記念すべき日だったのである。

　二十二人の少年たちは小ざっぱりした青い着物を着させられた。それがこの赫《かがやか》しい有馬神学校生徒の制服だったからだ。外出の時はその上に青か黒いマントを着用するよう命じられた。また、生徒たちは皆、髪を切っていたが、それはヴァリニャーノが彼等が生涯を教会に奉仕する約束として日本の僧侶と同じように剃髪し、俗界から離れる決心を持つことを命じたからである。

　式がすむと生徒たちは学校のなかにある寄宿舎に連れていかれた。そこには彼等の日常生活を指導する舎監と身のまわりの世話をする従僕が待っていた。

　部屋は小さな机を大部屋に半畳ごとにおいて仕切ってあり、その仕切った半畳が生徒一人の居場所に決められている。自分たちの衣類や持物は長持（皮籠《かわご》）に入れて棚か台におき、決して散らかしてはならないと言われた。

　日課は実にきびしく、規則正しいものだった。それは夏季（二月中旬以後、十月中旬まで）と冬季（十月中旬から二月中旬まで）とに別れていた。その大体の日課を書いておこう。

㈠午前四時半、起床。起床後、司祭たちと朝の祈り（冬季は五時半、起床。以下の日課は一時間ずつ、ずれる）

㈡五時〜六時、ミサ聖祭、祈り

㈢六時～七時半、学習、幼年者はラテン語単語の暗記
㈣七時半～九時、ラテン語教師に前日の宿題を提出。ラテン語学習（上級生は下級生を指導）
㈤九時～十一時、食事、休み時間
㈥十一時～午後二時、日本語学習、習字
㈦二時～三時、音楽の才能ある者は歌、楽器などの練習、他の者は休憩
㈧三時～四時半、ラテン語学習（作文、文章朗読）
㈨五時～七時、夕食、休憩
㈩七時～八時、ラテン語復習その他
(十一)九時、一日の反省と祈り

これが平日における生徒の日課だが、土曜には午前中はラテン語の復習を行い、午後は休養するか霊的指導を受けるかして過した。日曜や（基督教の）祝日だけは昼食後、別荘に行き自由に過すことができた。

この時間表をみると、我々はそれが西欧の神学校に準じていることにすぐ気づく。そしてまた学習の重点がラテン語の習得におかれ、あわせて日本語、日本文学の智識も与え、生徒たちを将来、日本人としても恥しからぬ教養を持つ人材に育てようとしたヴァリニャーノの意図もはっきりわかるのである。

ついでながら寄宿舎での食事、娯楽《リクリエーション》、その他にもふれておこう。食事は平日は日本人向きに一汁一菜（魚）だが、日曜と祝日には一皿をまし、果物などのデザートを食べられた。食事中は修道士がラテン語と日本語の読物を朗読し、それを生徒たちが食事しながら聞いたが、これは現在でも西欧の修院などで行っている習慣である。

各生徒の居場所は先にも書いたように、小さな机で仕切られた半畳だったが、夜もそこで眠った。ただし夜通し、蠟燭をともした。夏は八日毎、冬は二日毎、入浴し、洗濯物や縫物は外から来た婦人がやった。外出の際は列をつくり、二人ずつ並んで歩いた。特別の事情（両親の病気など）のない限りは帰宅は許されず、その時も学校の従僕、同宿など二名が同行せねばならなかった。

娯楽《リクリエーション》は祝祭日に散歩と有馬を流れる川や有明海で泳ぐことが許され、おやつには餅か果物を与えられた。ヴァリニャーノは生徒たちの教科書にも気をつかい、アリストテレスやその他の非キリスト教の著書を教材としないように教師たちに命じ、また音楽の才能ある生徒にはクラヴサン、ギター、モノコルディオのような西洋楽器の演奏を習得させている。

第一期生の二十二人の生徒たちが、日本人としてはじめて学ぶラテン語にどのように苦しんだか、はじめて使う西洋楽器の調べをどのような思いで聞いたかは我々にも想像がつく。（ただし、このような楽器を演奏しえたのは彼等がはじめてではない。フロイスの『日本史』をみるとそれ

以前、横瀬浦でヴァイオリンを弾く日本の少年がいたという。）たしかにこの第一期生たちが入学した時は日本人に向いた教科書もなく、教え方を熟知している教師も不足していて、ラテン語学習でよい成果があがらなかったことは事実である。これはこの第一期の在学生で、その翌々年「天正少年使節」の一員だった伊東マンショや原マルチニョなどのラテン語智識が意外に貧弱だったことからもわかるのである。

にもかかわらず、彼等二十二人は有明海の見えるこの丘の学舎で西欧と西欧の文化という果実を最初に味わった日本の少年たちだったのだ。もし、その少年たちの名を知ることができたら、と思うのは私一人ではあるまいが、残念ながら僅かに次の七名を除いて、他の第一期生の経歴は勿論、その名さえも摑むことはできない。

㈠伊東マンショ

言うまでもなくヴァリニャーノ神父が企てた天正少年使節としてローマに赴いた一人である。彼は日向の都於郡《とのくり》（現在の宮崎県、都於郡町）を本拠にして戦国時代まで勢力のあった伊東氏の血をひき、一五七〇年、都於郡城で生れた。だがその後、島津勢によって追われ、孤児同然の姿で臼杵の教会で保護されている彼を豊後に赴いたヴァリニャーノが拾い、有馬神学校に送った。十歳の生徒である。

㈡中浦ジュリアン

彼もまた天正少年使節の一員となった。一五六七年、大村純忠の領地中浦で生れ、十三歳の時、第一期生として入学している。

㈢原マルチニョ

やはり天正少年使節の一人であることは言うまでもない。一五六八年に大村の波佐見で生れ、十二歳でこの神学校に入学している。

㈣西ロマノ

有馬に一五七〇年に生れ、十歳で入学した。

㈤北ポーロ

同じく有馬に一五七〇年に生れ、西ロマノと同様、十歳で入学していた。

㈥溝口アゴスチニョ

大村に一五六八年に生れ十二歳で入学している。

㈦千々石《ちぢわ》ミゲル

雲仙の麓、千々石の出身。彼も言うまでもなく伊東マンショたちと天正少年使節の一人となっている。

だが名もわからぬ他の十五名の生徒も以上の七名と同じように十歳から十二、三歳であったろう。彼等はまず予備教育を受けた後、その成績の如何によって本科に進んだことは言うまでもない。

開校時には教師の不足や教科書の不備のためなどで、ヴァリニャーノが予期したような成果があがらなかったことは先にものべたが、巡察師はその欠陥を知ると、ただちにヨーロッパやインドから教師を呼びよせた。最初の校長はメルキオル・デ・モーラ神父で、彼はスペインのカラバカに生れ、一五七七年に日本に上陸した。一五八〇年の開校と同時に校長となった彼はその後十年間、この職で働いている。

生徒について詳しくわからぬように、残念なことには、開校時における教師の名はこのモーラ神父のほかは不明である。ただ、それから四年後には、このモーラ神父のほかポルトガル人のアントニオ・ディアス神父とジョン・デ・ミラン修士がラテン語を教え、ダミアン・マリーム神父が哲学をアントニオ・アルヴァレス修士が論理学を担当していたという名簿があるが、それから見ると、この一、二名かが開校時から教鞭をとったのかもしれない。十歳の少年には西洋論理学や哲学は理解できる筈はないから、彼等には原則的な基礎的教理《カテシズム》が教えられたのであろう。生れてはじめて教えられるラテン語を辞引もなく学びはじめた少年たちが、どれほどの苦心とどのような方法で毎日、習得したのかは興味があるが、それを知る正確な資料はない。また、彼等がどれほど西洋の音符を心得、ギターやクラヴサンなどの楽器を演奏しえたかを知ることもできない。ただ、この有馬神学校と同じ一五八〇年に創立された安土神学校に突然、織田信長が訪問した時の模様を書いたフロイスの筆によって、生徒たちの音楽学習成果をある程度、想像することはできる。

「信長は何の予告もなく、我等の家にあらわれた。彼は無秩序と不潔とを嫌っていたから、（学校の）秩序と清潔さをその眼で確めるため、突然、我等を驚かせたにちがいない。しかし家のなかが万事、清潔で整っていたから、彼は非難するものをひとつも見なかった。彼は……みずから最上階にのぼり……この家にある時計、クラヴサン、ヴィオラをつくづく眺め、そしてこれを聴かせてほしいと所望した。

調べは大いに彼の気に入ったようだった。クラヴサンを弾いたのは日向の王の子息（伊東祐勝、有馬神学校生徒である伊東マンショの従兄弟）だったが、それを褒め、ついでヴィオラを弾いた者を褒めた。……今まで日本にもたらされたもので、（日本人の）最も気に入るのはオルガン、クラヴサン、ヴィオラである。このために我らは既に二つのオルガンを安土と豊後にそれぞれ持ち、クラヴサンも色々な土地にあり、それを生徒が練習している」

その信長は、言うまでもなく自分の政治的目的のため仏教勢力を弱体化したかったことと、南蛮船のもたらす利益を得るために宣教師たちを歓迎し、保護したのであって、彼が基督教を信じたわけではない。しかしその信長の時代、日本の切支丹布教は花開いたことも確かである。ヴァリニャーノは、安土と有馬の神学校を創った翌年、大友宗麟の支配する府内（現在の大分市）と臼杵にも語学を専攻するコレジオを建てた。計画は着々と堅実に実現していったのである。

あまりに短き春

こうして一五八〇年（天正八年）の夏、開校となった有馬神学校はまずまず順調なスタートをきった。日本語もまだ怪しい外人教師たちが教えるラテン語は生徒たちを当惑させたろうし、それにくらべれば西洋楽器を操ることのほうがまだ少年たちにはやさしかったようである。それでも今の我々が目撃すれば笑いを嚙み殺さねばならぬような光景も時折、教室で起ったにちがいないだろう。

潮の匂いのしみこんだ小さな有馬の町の住民は、同じ青色の制服を着て、海べりに近い別荘に歩いていく神学校《セミナリオ》の生徒たちを七日に一度は見ることができた。彼等が通ると漁民も有馬家の家臣たちも好奇心こもった眼でふりかえった。

ただ神学校の外は当時、必ずしも平穏とは言えなかった。神学校設立の前から北方の佐賀を拠点とする龍造寺氏の勢力がこの有馬氏の島原地方に野火のように拡ってきたからだ。その結果龍造寺隆信は、有馬晴信の領国の中に手をのばし、領内にはそれに内通する者も出はじめていた。

「私が到着したあと」とヴァリニャーノは書いている。

「この主君（晴信）を基督教徒にする交渉が続いた。ところが……突如ある日、彼は少し前に占領した三つの城を失うという不幸にあい、敵（龍造寺軍）は彼の臣民の多数を殺した。その後、まもなく龍造寺と組んだ数名の豪族たちが晴信から国を奪うためにクーデターを起した……（その後）この領内で最も堅固な城の一つで家臣が謀反を起し、同城は龍造寺氏に引き渡してしまった」

さいわい五カ月続いたこの龍造寺軍の包囲も神学校ができた時には終り、一応、平穏な状態に復してはいたが、有馬領内は永久に安泰だとは言えなかった。世は文字通り、戦国時代だった。

まだ十歳かそれをこえたばかりの生徒たちは、しかし日常生活のなかで昨日、勝った者が亡び、今日、華やかだった者が落魄していくことをその目で見、その体で知っていた。たとえば第一期生として入学した伊東マンショは臼杵の修錬院院長ラモンの報告によると豊後王（大友宗麟）の外縁にあたるが、宗麟が島津勢と戦って敗北した時、父は殺され、母からは捨てられ、孤児となってただシャツのようなもの一枚を身につけていたのをラモン神父に拾われたのだと言う。この伊東マンショと同じような境遇だった者も在学生のなかにはいただろうし、そのような不幸を味わわなくても世の有為転変を生徒たちはいやというほど目撃してきた筈だ。「日本の少年たちは既に大人のようである」と前にふれたアビラ・ヒロンは感嘆しているが、有馬神学校の少年たちも人間と人生とのはかなさを身をもって味わっていたと言わねばならない。

龍造寺勢がいつ侵略してくるかわからぬ有馬の城内で少年たちだけが戦いとはまったく無縁のラテン語や西洋音楽を学んでいた。生れてはじめて嚙みしめる遠い国々の果実の味。神学校の教師たちは有為転変のこの世で何が恒久なのか、何が変らぬのか、何が永遠なのか、そして主君も親族も時として親兄弟さえも信じられぬ戦国の人間関係のなかで誰が信じられるかを、ひとつ、ひとつさとし、教えたであろう。少年たちはその言葉をそれぞれの過去の実感をもって、貪るように聞く。彼等の心に何かが吸いこまれ、染みこんでいく。不穏な日本全国にあってこの有馬の小さな神学校だけが外界から離れた独得の平和を持っていた。

一方、神学校を設立するとヴァリニャーノ巡察師はその一五八〇年の九月、教師や生徒たちに別れをつげて口ノ津から切支丹大名、大友宗麟とその息子、義統の支配する豊後に視察旅行に出かけた。当時の豊後はまた薩摩の島津と西の龍造寺の圧迫を受け、領内では仏教徒の武士団の不満を含んではいたが、まだまだ宣教師たちにとっては布教が成功した切支丹王国だった。

ヴァリニャーノはその豊後の臼杵で有馬神学校と共に開設した修錬院《ノビシア》を視察した。この修錬院ではこの年のクリスマスから六人の日本人がラテン語を学ぶことになっていた。ヴァリニャーノの日本人教育計画は着々と進んでいたのである。

巡察師は更に豊後から船で畿内にのぼった。畿内では高山右近とその父をはじめとする切支丹武将や信徒たちの歓迎を受けながら彼は京で織田信長の謁見を受けることになる。ヴァリニャーノ一行のなかにゴアから連れてきた黒人の召使がいたため、物見だかい京童たちは宿所の「都の教会《エクレジア》」に殺到し、怪我人さえ出る始末だった。謁見の折、冷静な信長さえ、生れてはじめて見る黒人に興味をもち、家臣に命じてその上半身を洗わせ、その肌の色が落ちないのに驚き、彼をゆずってほしいと申しこんだ。

当時の信長はまだ西欧の怖しさを知らなかった。西洋の東洋進出の力と西洋との外交を考えるにはまだ早い時期にあった。日本統一だけがさしあたって信長の目的だったからである。

彼を苦しめ、その自尊心をいたく傷つけた一向一揆と仏教勢力とを憎むあまり、彼は切支丹宣教師と基督教を利用しようと考える。もちろん、神仏など信じぬ戦国時代のこの近代人は宣教師の説く神《デウス》やキリストなど信じてはいなかった。彼の方針は「利用できるものはすべて利用し、利用できぬものは敝履のごとく捨てさる」プラグマチズムである。彼はだから利用できる限り宣教師も利用しようとしたにすぎない。

一方、ヴァリニャーノもまた日本布教のため、利用できる権力者は利用する政治的人間でもあった。この二人が内心、どのような気持を抱きながら最初の会見をしたかは我々には興味がある。信長は堂々たる体軀のヴァリニャーノがそれまで引見したフロイスやオルガンチーノなどの神父たちとはちがった傑物であることをひと目で見ぬいたにちがいない。ヴァリニャーノもまた、この信長が、それまで出会った九州の諸領主とは比べものにならぬ英雄だと感じた筈である。

信長はヴァリニャーノを都で行った四月一日の華麗な閲兵式に招き、更に彼の誇る安土城をくまなく案内させるなど優遇につとめた。更にこの巡察師の乞いをいれ、安土城のすぐ近くに修院と神学校《セミナリオ》を開設することも許した。

この許可のもとに安土の修院の工事は急速に進み、安土の町では安土城につぐ大きな建物になった。その三階建の修院の最上階が神学校に当てられた。畿内教区長のオルガンチーノ神父を校長として、ラテン語教授にカリオン神父、メスキタ神父を任命した。この学校の授業科目もまた生徒の日課もすべて有馬神学校と同じである。

信長がある日、鷹狩りの帰途、突然、この神学校にたち寄り、生徒の二人が演奏する西洋楽器を興味ぶかく聞いたことは先にふれたが、それからみると日本人の生徒たちには長い時間のかかるラテン語よりは、音楽のほうを早く習得できたにちがいない。

それはとも角、一年近く、豊後と畿内とをたずねたヴァリニャーノは堺から船に乗り、ふたたび豊後に寄った後、肥前を経て、有馬に戻った。大村の領主、大村純忠と、有馬晴信は巡察師の帰着を盛大に祝い、大村では演劇の催し、有馬でも有馬神学校で荘厳な聖祭と祝賀会が行われ、それには領主の晴信も出席した。神学校は絵や花で飾られ、生徒たちはミサで歌を歌った。更に一年ちかい不在の間の学課の進歩を見せるため生徒たちはヴァリニャーノの前でラテン語を暗誦してみせた。

「彼等が非常に鋭敏で、賢明で遠慮ぶかく、かつ、よく学ぶことは驚嘆するばかりである」とヴァリニャーノは書いている。「子供でも大人のように三、四時間もその席から離れないで勉強しているし、神学校では短期間に非常に困難な日本語の読み書きと共にラテン語を訳したり書いて読むことを習得し、多数の者が楽器を奏したり歌うことを学び、意味がわからなくても容易に暗誦した」

このように龍造寺隆信の侵略の野望はたえずこの有馬領内に暗い翳を落していたとはいえ、この一五八一年（天正九年）から一五八二、三年（天正十、十一年）までは領内はまだかりそめの平和を楽しむことができ、神学校《セミナリオ》の生徒もまずまずヴァリニャーノの指導のもとに順調に勉強できたのである。

イエズス会の忠実な会員であるヴァリニャーノはこの会の創始者ロヨラの盟友であり、日本最初の布教者でもあるフランシスコ・シャヴィエルの意図を継承しようと考えていた。シャヴィエルは最初の日本人留学生をヨーロッパに送っている。残念ながらその日本人の名は我々にはわからない。わかっているのは彼の洗礼名と薩摩の出身だということだけである。

日本人の優れた資質と頭脳のよさとを見ぬいたヴァリニャーノの心にも日本人留学生をヨーロッパに送る気持が渡日以来あったことは疑いない。いつかはこの有馬神学校の卒業生たちをスペイン、ポルトガルで学ばせようとする気持が後に天正少年使節をヨーロッパに送る計画を作らせた。

この計画が具体的にいつ頃からヴァリニャーノの心に芽ばえたかはわからぬ。しかし渡日以後、神学校を創設し、畿内への旅をつづけている間、京の文化に触れた彼は改めて日本人の優秀さを客観的に認識すると共に、あまりにヨーロッパを知らなすぎる日本人たちに直接、欧州の文化や華麗な都市や基督教の盛んな有様に触れさせたいと思ったのだろう。

ヴァリニャーノはこのため、大人ではなく有馬神学校から四人の少年を選んだ。第一期生の伊東マンショ、千々石ミゲル、原マルチニョ、そして中浦ジュリアンがそれである。大人ではなく少年を選抜したのは彼等がその曇りのない素直な眼で、ヴァリニャーノが示す「善きヨーロッパ」を見ることを希望したからだろう。ヴァリニャーノはこれら少年たちが「善きヨーロッパ」のみを見て「悪しきヨーロッパ」を見ることを好まなかった。そしてその眼で見た善きヨーロッパが少年たちの信仰の糧となり、ひいては神学生たちが将来、日本の布教に働く際の肥料となることを巡察師は望んだのである。

ヴァリニャーノはこれらの少年たちを、それぞれ大友宗麟、大村純忠、有馬晴信など切支丹大名の名代とした。まずしい孤児だった伊東マンショも大友宗麟と血のこい縁つづきのようにヨーロッパ側に偽りの報告をしているが、それは欧州の人間にはほとんど未知の日本の少年使節に少しでも箔をつけ、関心をひかせ、注目させようという善意と政治的意図からだったにちがいない。しかしこの彼の画策は後になって他のカトリック修道会や同じイエズス会の神父から非難を受けるようになった。だが四人の一期生が使者と選ばれて、まだ誰も見たことのないヨーロッパの国々に行きローマ法王に謁見する。この決定は創立まもない有馬神学校をゆるがせるような大事件だったにちがいない。神学校だけでなく日之枝城でもその領内でも驚くべき出来事として人々の話題になったであろう。選ばれた四人の少年は誇らしげな気持と言いようのない不安と心細さとを感じたであろう。教師の神父たちは彼等に世界地図を見せ、やがて訪れる国々を指し、その国々の話をする。だが選ばれた少年たちにはそれがどのような国なのか実感をもって想いうかべることはできなかった筈である。

選抜決定がなされてから出発まではそう日はなかった。なぜなら畿内の旅から十一月の終りごろ、有馬に戻ったヴァリニャーノは、二月の下旬、これらの少年をつれて早くも日本を離れるつもりだったからだ。少年たちの親は思いがけぬ出来事にただ仰天し、離別を永遠の別れのように歎き悲しんだようだ。千々石ミゲルの母親をヴァリニャーノ自身が説得せねばならなかったことでも、それが想像できるのである。

一五八二年（天正十年）の二月二十日、四人の有馬神学校の生徒はそれぞれ各領主の名代という名を与えられ、ヴァリニャーノ巡察師につれられて長崎の大波戸から船に乗りこんだ。少年たちに同行するのは巡察師のほか、安土の修院にいたディオゴ・デ・メスキタ神父やジョルジェ・デ・ロヨラという日本人修道士、二人の日本人従僕だった。

生れてはじめての旅はこの少年たちに決して楽ではなかった。今日でさえ、東支那海の船旅は海に馴れぬ者には辛い。まして当時の船の生活は現在の我々の想像をこえた苦しみを伴った。烈しい船酔い、なれぬ食べもの、疫病（マラリヤや伝染病）、嵐、そうした次々に起る苦しみに少年たちがどのような思いで耐えたかは我々には想像できる。しかしはじめて接する東南アジアの西洋諸国の植民地で彼等が見たこと、彼等が十四歳の正義感で感じたことは正確にはわからない。なぜならこの旅行を書いた『天正年間遣欧使節見聞対話録』は少年たちの率直で正直な感想記録というよりはヴァリニャーノ自身の編集によるものだからである。善きヨーロッパのみを見せよというヴァリニャーノの指令にもかかわらず、少年たちが旅の途上、植民地にされたアジア人の土地や町、白人に虐待される黄色人のあまりにみじめな姿を目撃しなかった筈はない。彼等は一方では神の栄光を感じながら、他方では基督教徒を標榜する者の悪と罪とをこの旅で見てしまったのだ。少年たちの一人、千々石ミゲルが帰国後、棄教して切支丹宗門は「表に後世菩提の理を解くといえども、実は国を奪うなり」と主張した理由の一つには、彼のかつて欧州に赴くまでの体験と目撃から出た気持が働いたのかもしれぬ。そしてこの問題は後々まで有馬神学校の卒業生が避けて通れぬ重荷になるのである。

ヴァリニャーノ巡察師と四人の学友とを乗せた南蛮船が長崎湾を離れ、水平線の彼方に消え去ったあとも有馬神学校では残った生徒たちが、ふたたび静かに勉強に戻っていた。だが正直いってラテン語の授業はそれが次第にむつかしくなるにつれ、初期ほどの成果があがらなくなってきた。不馴れな教授方法や教科書や辞引のないことが欠陥をさらけだしたのである。

とは言え、この頃はまだ有馬の海は陽に光り穏やかだった。領内もまた、かりそめの小康状態を保っていた。この年、第一期生に続いてあたらしい生徒たちが入学した。我々が知ることのできるこの第二期生の名は大村出身の大多尾マンショ、平戸出身の堀江レオナルド、大村出身のミナグチ・マチャスなどであるが、このうち大多尾と堀江とは特に音楽の成績が良かった。

だが、学校が創設されてまさに二度目の開校記念日を迎えたこの年の六月、突然、都から思いもかけぬ急報が届いた。有馬神学校の兄弟校とも言うべき安土神学校が破壊され、宣教師たちに好意を寄せていた織田信長が明智光秀のクーデターのため自殺したという悲報である。

「教会は信長の宿所からわずか一街はなれていた。早朝のミサを行うため祭服に着かえてきた私に、切支丹信徒があらわれ、信長本営で騒ぎがあり、重大な事が起ったようだから、しばらく待つようにと言った」と当時、京にいたカリオン神父は書いている。「その後、銃声が聞え、火があがった。騒ぎは喧嘩ではなく、明智が信長に叛いて彼を囲んだという知らせが届いた」

その日の夕方、知らせを受けた安土の衝撃は大きく、明智光秀が三日後、その安土に入った時は、ほとんどの住民は逃亡し、安土神学校も修院も掠奪され「窓、戸、各室の上張り、新しい教会を造るために集めた材木まで奪われ」（フロイス『日本史』）ていた有様だった。

校長のオルガンチーノ神父は生徒たちとまず沖ノ島に逃れ、その後、京の教会に移った。「だがこの（京の）地所は狭隘で、少年たちは窮屈な思いをし、何の娯楽もなく、彼等を収容するに足る設備とてなかったので、（オルガンチーノ）師はこれらの少年たちを（どこに）安全に、しかも楽々と収容しえようかと、その世話に大いに頭を悩ました」とフロイスはその『日本史』で書いている。「司祭はこの一件を（高山）右近殿ならびにその父ダリオに打ち明けたところ、一同は種々の観点から（彼等がいる）高槻以上に適した場所を見出すことは不可能であるということで意見の一致をみた」

ヴァリニャーノ巡察師と四人の少年たちはこの事件が起った時、既にマカオに到着していた。少年たちはマカオのイエズス会の司祭館に部屋を与えられ、神学校《セミナリオ》に在学中と同じようにラテン語、ポルトガル語、日本語、音楽を勉強していた。かつて親しく話をかわし、そして自分を優遇してくれた信長の死を知った時、ヴァリニャーノは特別な感慨をもって少年たちにこの報を伝えたであろう。

都の悲報は九州の宣教師たちを一時悲しませたが、それはこの有馬からはあまりに遠い場所での出来事だった。まもなく高山右近の保護のもと、高槻に安土から移転した神学校がその後、着々と成果をあげ、六、七人の新入生のなかには正親町天皇の従弟にあたる公卿の息子や、仏門出身の十九歳の青年までいた（フロイス『日本史』）という知らせを聞いて、九州の宣教師たちはようやく愁眉を開いた。

一方、有馬神学校についても一五八二年の年報では次のように副管区長コエリョ神父が誇らしげに書いている。

「今日、日本の教会にとっての大きな慰めと悦びであり、将来、少からぬ成果を期待させることの一つは、有馬のセミナリオに巡察師が集めた生徒たちである。彼らはほとんど身分ある家の子弟で、聖職者のように礼儀正しく、控え目で純潔であり、長上に迷惑をかけることなく、その指図に従う。彼らは巡察師が定めた日課を文字どおりに守り、時を浪費することのないよう、時間を区分している。彼等は文学のほか声楽、器楽を学び、一定の日に告解し償いの苦業を行う。休養のため外出する彼らのつつしみ深い態度をみるため人々は戸口に走り、未曾有のもののように感嘆する」

たしかにこの小さな有馬の城下町のなかで神学校だけが別天地だった。藁ぶきの家々が海と有明海特有の湿地のそばに集った町では、基督教の改宗者もいたが、改宗しない者のなかには神学校の校長モーラ神父を激怒させた人身売買を半ば公然に行う者がいた。これは漁業のほか頼るもののないこの城下町のひそかな財源だったからである。（後世もこの地方では「からゆきさん」と言われる人身売買が口ノ津を中心にして行われた。）そんな町のなかで神学校から少年たちの澄みきった聖歌の合唱が流れ、オルガンの響きとラテン語を習う声が聞えていた。それは戦国の日本のなかでも珍しい西洋の匂いのこもった小さな天国だった。

こうしてヴァリニャーノと四人の少年使節がこの神学校を去って二年目がきた。その二年目の一五八四年（天正十二年）の三月、小康を保っていたこの有馬領に突然、異変が起った。隣国の龍造寺隆信が遂に二万五千の大軍を率いて島原半島の北端の神代湊に上陸したのである。

有馬の日之枝城にあわただしく伝令の馬が往来した。城主、有馬晴信は薩摩の島津氏に救援をたのむと手兵のすべてを動員した。海ぞいの路を島原にむかい甲冑を陽にきらめかせた兵士の群が城を去っていく。彼等の隊列が消えたあと有馬の町は不気味に静かになる。城も突然空虚になった。城内には「門をとじるための病気か、または体の不自由な老人四、五名が残っている」（フロイス『日本史』）だけで、校長モーラ神父は「修道士一人と修院の従僕らをつれて終夜、城を警戒し、城中の婦人や神学校《セミナリオ》の生徒たちを危険から保護しなければならなかった」。城下町にいる他の神父たちは修道士と共に万一の場合は聖堂の鐘を警鐘とすることにして、もしその警鐘が聞えた時はモーラ神父も城の鐘で答えることに決めた。

有馬と島津との連合軍は島原に背水の陣を布いた。一方、龍造寺の軍は「島原から三会の城まで一レグワの間ことごとく兵をもって埋められ何ものも見ることのできぬ」（フロイス『日本史』）ほどの大軍で押しよせてきた。朝八時、戦いが遂に始った。有馬、島津連合軍はたくみに龍造寺の大軍を海ちかくの沼と細路のなかに誘いこみ、大砲やモスケット銃に似た銃で武装した敵を身動きさせぬようにした。大軍を自由に動かせぬ龍造寺勢は次第に追いつめられ、午後二時、敵将、隆信は島津軍の一兵の手にかかって殺された。

勝利の報告は早馬で有馬の城に伝えられた。島原の戦場から凱旋する晴信と将兵の帰着を知らせる城の鐘が誇らしげに鳴った。宣教師たちも神学校の教師や生徒たちも学校を出て、顔かがやかせながら戻ってくる軍勢を迎えた。

この頃、少年使節たちはヴァリニャーノ神父をコチンに残してアフリカ東岸を南下していた。コチンでヴァリニャーノは上司であるイエズス会総長から印度管区長として現地にとどまるよう命令を受け、少年使節と別れねばならなかったからである。その後、少年たちの面倒はメスキタ神父が代って見ることになった。烈しい暑さの海を航海する彼等は、あの有馬に近い島原で激戦が行われたことなど勿論知る由もなかった。

畿内では信長の意志をついで豊臣秀吉が着々と勢力をのばしていた。しかし有馬神学校はまるでこれらの出来事の圏外にあるように静謐だった。学校はあたらしい教師を迎え、あたらしい生徒を入れた。彼等はむしろ、この学び舎に在籍した少年使節が今、どこで、何をしているかに関心を持っていた。

少年使節たちはアフリカの南端、喜望峰を迂回して、一五八四年（天正十二年）の七月、遂に目指すリスボアに到着した。この華麗なポルトガルの首都を見た日本人は彼等がはじめてではない。既に彼等より前にフランシスコ・シャヴィエルの努力で一人の薩摩出身の留学生がこの地に送られ、学業の途中で客死している。だが少年たちは公式の外交使節としてはじめて外国を訪れたのだ。

生れてはじめて見る西洋。西洋の都市。すべてが今日の我々に想像もつかぬほど強烈な衝撃を少年たちに与える。彼等はポルトガルを統治するダウストリア殿下の引見をリベイラ王宮で受け、大司教を訪問し、リスボア郊外にあるシントラ城に遊ぶなど、日本にいた時の彼等には考えられぬ待遇を次々と受ける。毎日、毎日、めまぐるしい破格の招待や公式行事が続く。ポルトガルからスペインに入った彼等は国王フェリペ二世の謁見を賜り、日本から持参した奉書を捧げる。そしてそのスペインから伊太利に入り、一五八五年三月二十三日、宿願のローマ法王グレゴリオ十三世の謁見をヴァチカン宮殿「帝王の間」で受けた。

すべての夢のようなこれらの出来事は四人の少年たちの心に感激と悦びと興奮を起させたのはまちがいない。しかし彼等の旅行記である『天正年間遣欧使節見聞対話録』の美化された体験記で書かれなかったことも我々は想像しておかねばならない。彼等の感動、驚愕、そして選ばれてこの欧州に来たという誇りの背後に、どれほどこの少年たちが馴れぬ生活に耐え、人々の善意と称するものを重荷に感じ、肉体的精神的な苦痛や寂しさにいじらしいほど頑張ったかも察してやらねばならぬ。この旅行は少年たちにとって戦場に赴くのと同じぐらい必死だったのだ。そして彼等はその必死な体験のなかで西欧を目撃したのである。基督教の過ちではなく、基督教徒と称する人々の悪しき面をその善き面と共に旅の途上で目撃した筈である。

「少年たちはつねに案内者が伴うべきで、よいものだけを見せ、悪いものをまったく見せず、また学ばさないようにせよ。……重要なことは彼等がよく教化され、ヨーロッパ・キリスト教世界を大いに高く評価してもどってくることである」（松田毅一訳）

このヴァリニャーノの言葉を今日、我々が読む時、彼の少年たちにたいするふかい愛情と善意を充分、認めることはできても、他面、ヴァリニャーノのヨーロッパ第一主義と独善的な中華思想とを否定することはできまい。だが少年たちは決して何も知らぬ子供ではなかった。彼等は同じ黄色の人種の国々が基督教国によって蹂躙され、征服されていった跡を旅の途上、次々と目撃したのである。少年たちがそれをどのように感じたか『見聞対話録』はふかく考えようとはしていない。少年たちがこの問題を議論しなかった筈はないであろう。たとえ遠慮と抑制力とで議論をしなくても、一人の心のうちにひそかに考えることもあったであろう。

その点、帰国後の少年たちの運命がそれを暗示してくれる。さきにもふれたが四人の彼等のうち伊東マンショ、中浦ジュリアン、原マルチニョは終生、ヴァリニャーノが願っていたように聖職者として神に身を捧げた。だが千々石ミゲルは一度は有馬神学校に復学したものの、まもなく基督教を棄てている。棄教の動機や心理は軽々しく断定はできないが、私には少年使節として長い旅の間、彼が見たことが働いているような気がしてならぬのだ。もしそうならば、ヴァリニャーノの善意はこの千々石ミゲルには皮肉にもかえって逆の結果を招くにいたったのである。

三年半の長い旅を終え、彼等がやっと帰国の途につくためリスボアからサン・フェリペ号に乗船した一五八六年、日本では天下統一の大事業の半ばを達成した関白秀吉が九州征服の作戦にとりかかろうとしていた。

畿内の宣教師も九州の宣教師もかつて信長に持ったほどではなかったが、この関白に好意を抱いていた。秀吉が宣教師たちの布教をみとめ、またその家臣にも高山右近や小西行長などのような切支丹武将がいたからである。とりわけ一五八六年の五月、彼は上京したイエズス会副管区長コエリョたち三十人の聖職者を大坂城に手厚く迎え、自ら先頭にたってこの豪華な城内をくまなく見せ、また彼等を親しく饗応しながら次のように語ったことも宣教師たちは知っていた。

「(予はシナを征服した) 暁には、その地のいたるところに (キリシタンの) 教会を建てさせ、シナ人はことごとくキリシタンになるように命ずるであろう。そのうえで予は日本に帰るつもりである。……日本人の半ば、もしくは大部分がキリシタンになるであろう」「予は伴天連たちが (大坂城の) 河向うに住む大坂の仏僧 (本願寺の顕如ら) より正しいことをよくわきまえている。なぜなら貴殿らは仏僧とは異った清浄な生活を行い、(仏僧および) 他の僧たちのように汚れたことはせぬ。この点、彼より優れたことがよくわかり、予もまた (キリシタンの) 教えが説くところにことごとく満足している。もし貴殿らが多くの婦人をかかえることを禁じさえしなければ、予はキリシタンとなるのに別に支障ありとは考えておらず、その禁止を解くなら予も (キリシタンに) なるだろう」(フロイス『日本史』)

コエリョ副管区長の通訳をしたフロイスが直接、耳にしたこの秀吉の言葉は多分に政治的である。信長と同じように彼はすべての権力者と同じように自分に利用できるものはあくまで利用しつくし、利用できなくなれば敝履のごとく捨てるという政治家だったからだ。秀吉のこの甘い囁きの裏にはやがて敢行する朝鮮と中国侵略作戦に宣教師たちに外国船を提供さすことや自らの富国強兵策に南蛮貿易の利潤が必要だという計算もひそんでいたのだ。そしてまた他方では彼は麾下の切支丹武将に自ら言葉を聞かせることで、彼等を侵略作戦に充分、働かせようという考えもあわせ持っていたにちがいない。

宣教師たちと同席した右近はこの甘言にひそむ秀吉の怖

しさを充分、感じていた。だがコエリョもフロイスも右近ほど権力者の政治性を見ぬけなかった。そのことはこの会談の模様を記録したフロイスの文章からもはっきり窺えるのだ。

　利用できるものは、すべて利用しつくす、しかし利用できなくなった時は敝履のように捨てる。その方針を秀吉は旧主君の信長から学んだ。龍造寺隆信が戦死したあと、この宿敵を倒した島津氏と大友氏とが戦った。その結果耳川の会戦で大敗を喫した大友宗麟が天正十四年（一五八六年）、援いを求めて大坂城にのぼった時、秀吉の心に働いたものも、この方針である。それは彼が九州を征服するのに絶好の口実となったからである。秀吉がこの日向の坊主こと宗麟を厚く迎えたことを聞いて宣教師たちは悦んだが、そこに彼等の甘さがあった。

　そう、彼等はこの時代の権力者――信長、秀吉、そして後の家康がどれだけ武装した宗団の力を憎んでいたかに気づかなかった。これらの権力者を一番くるしめたのは自分たちと同じような戦国武将ではなく、信仰を中心として結集した一向宗門徒の一揆だった。一向一揆がどれほど信長を苦しめたかを身をもって知っている秀吉は、切支丹宣教師が少しでも彼等と同じになることを好まなかった。一向一揆の思い出は秀吉にとって切支丹に重りあっていた。だからこそ彼は大坂城でくりかえし、くりかえし「日本にいる伴天連の意図することは、基督の教えを説き、これをひろめること以外にないことを認め、称讃する」と間接的ながら重大な警告を発していたのだ。

　だがこの警告を鈍感にも無視し、また秀吉の怖しい政治性を見抜けなかったコエリョたち一部宣教師のために切支丹は間もなく弾圧される。その影響は有馬の一角の小さな神学校の運命にも重大な翳を落すのである。

迫害はじまる……

秀吉の大軍、来たる——この報が薩摩に届くと島津義久は勇敢にもこの挑戦を受けて立った。不幸にして日本の端にある島津勢は秀吉の実力を熟知していなかった。熟知したとしても長年、祖先と自分たちの血と汗によって拡張した領土を秀吉の命令で削られることに甘んじる筈はなかった。

義久だけでなく九州の諸勢力も動揺した。秀吉に屈するか、島津に味方するかを判定するのは彼等にむつかしかった。九州西部の切支丹領主たち——大村、有馬たちは一方では島津の圧迫を怖れながら、秀吉が自分たちの本領を安堵するか、否か、わからぬ不安に態度を決めかねたのである。

龍造寺隆信との乾坤一擲の戦いのあと、しばらく小康を得ていた有馬領内は、ふたたび騒然となった。移りかわる世とは離れて勉強を続けていた有馬神学校もまた、迫ってくる大きな戦いの波紋を受けざるをえなくなる。

有馬や長崎の宣教師たちは畿内の同僚とのたえざる連絡によって関白秀吉の権力がいかに大きいか、その武力がいかに強いかをかねてからよく知っていた。島津軍がいかに精悍でも、秀吉の大軍の前には鎧袖一触であることを予知したモーラ校長は、有馬晴信に関白に屈するよう進言した。有馬神学校の校長であり神父である彼は、長い間、宣教師を保護してくれた切支丹大名の大友宗麟と晴信とが戦うことを好まなかったのである。

だが晴信は龍造寺との決戦で支援を受けた島津勢を裏切るわけにはいかない。彼はモーラ校長の忠告に素直に従おうとはせず、二人の間は冷やかになった。

有馬神学校はこの晴信の態度に不安に陥った。晴信がもし島津に味方すれば、日之枝城内にある神学校が戦火を受けるのは当然である。モーラ校長と副管区長コエリョ神父とは協議の後、生徒の安全と勉学の継続のためにも神学校を安全な場所に移すことを決心した。

選ばれた場所は長崎にちかい浦上である。浦上は七年前、長崎、茂木と共に龍造寺隆信の進出を怖れた大村純忠の乞いによってイエズス会領となった土地であり、そこには宣教師たちの経営する癩病院があった。片岡弥吉教授の推定によると、その癩病院に有馬神学校が移転したとのことである。現在の長崎大学病院にちかい場所であろう。

いずれにせよ、神学校は来るべき大きな戦いから避難するため、一五八七年二月に教師、生徒ともども、七年間にわたって使ってきた学舎を捨てて浦上に向った。そして、戦火が鎮まるまでこの浦上に仮教場をみつけ、授業を続けることになった。

宣教師や神学校の生徒たちが去った領内が島津に味方をすることに決めた時、突然関白秀吉の命を受けて、小西行長が大村、有馬、天草の切支丹領主たちに宣撫工作をするためやって来た。同じ切支丹の行長から本領を安堵する約束を受けると晴信たちも態度を変え、島津を捨てて、秀吉に従うことを約束した。有馬領内が戦火にまきこまれる危険は一応、去った。

だが浦上に移転した神学校は、すぐには日之枝城には戻らなかった。モーラ神父は平和が確実に戻るまでは、イエズス会領の浦上で生徒を守るのを校長の義務だと考えたからである。

秀吉の大軍は宣教師たちの予想通り、島津勢を次々と撃破していった。精悍な島津勢は時には秀吉の軍団を苦しめたが、しかし大勢はもう決していた。ただ浦上の神学校ではこの時もその戦争から離れてラテン語の学習が続き、オルガンの音がながれた。教師も生徒も間もなく起る衝撃的な事件を何も予知していなかった……。

その衝撃的な事件――それは天正十五年（一五八七年）六月に九州を制圧して筑前の筥崎に凱旋した関白秀吉が諸将に論功行賞を行い、きたるべき朝鮮侵略作戦の基地とする博多町の復興計画を小西行長に命じた後、その十九日、ほとんどぬきうち的に切支丹禁止令を出したことである。

その夜、彼は右筆の安威五左衛門と小西行長の家臣一名を博多湾上のフスタ船に送った。二百トンで幾門かの砲を備えたこの船はイエズス会の所有する軍船だったが、その船にはその夜、日本イエズス会の副管区長のコエリョが眠っていた。

何も知らぬまま海岸に連行されたコエリョ神父は、関白の切支丹禁止令を告げられ、二十日以内に日本在住の全宣教師の退去を厳命された。

一方、秀吉は幕下の切支丹武将――小西行長、蒲生氏郷、黒田孝高、高山右近などに棄教を命じた。信仰を棄てて余に仕えるか、否かという二者択一の命令の前に小西、蒲生、黒田は棄教を誓い、ひとり高山右近のみが敢然として明石の所領と家臣とを関白にかえし、信仰者として生きることを宣言した。事実彼はその宣言通り、二、三人の従者だけを連れて淡路島に逃げた〔註一〕。

予想もしなかったこの関白の切支丹禁止令は、切支丹武将たちの領国だけではなく、宣教師のいるすべての地方に大打撃を与えた。領主の右近が追放されたという報をうけた明石の町は驚愕と混乱との渦に巻きこまれ、家臣たちの家族は家財道具を運ぶ馬車や手押車や小舟を探すため、深夜まで明石の城下をむなしく走りまわった。畿内でも有名な京都南蛮寺をはじめ、すべての教会が次々と破壊された。右近の助力によって安土から高槻に移転した後、更に大坂に移された旧安土神学校も解散せざるをえなくなった。校長のオルガンチーノ神父は生徒たちに退校して家もとに戻るか、それとも宣教師たちと行動を共にするか、自由意志に任せたが、四、五人の新入生を除いて二十五人の上級生すべてが「神父と共に死に赴くことを決心した。彼等はその決意でセミナリオに入学したのだと言った」(『イエズス会一五八七年年報』)

有馬から移転した神学校のある浦上も、またイエズス会領だった長崎も、茂木も没収されることになった。秀吉の眼には宣教師たちが日本の土地を所有することは、植民地に他ならぬとうつったからである。切支丹王国だった大村領も、秀吉の派遣した藤堂高虎の手によって多くの教会が破壊された。

宣教師の国外追放令がコエリョ神父によって長崎に届くと、「司祭たちは急遽、教会を片附け、祭壇の飾り板をはずし、夜分にできる限り注意を払いながら、より重要な家財と修院内の教会の道具を……平戸に送ろうとして二隻の舟につみこんだ。……コエリョ師はまた長崎の切支丹にたいし、娘や若い婦人、親族の美貌の女たちを人目につくところに出さぬよう、いかなることがあろうとも(関白の家臣が)教会にいる間は彼女らを教会に行かせぬようにと注意した」(フロイス『日本史』)

こうした大混乱のなかで、宣教師たちは国外退去の命令に従って一応、平戸に続々と集結した。コエリョ神父は、一方では派遣された秀吉の使者に賄賂を送って弾圧を緩和するよう工作すると共に、黒田孝高のような切支丹武将をはじめ、秀吉の正室、北政所に書状を送り、追放令の撤回を要請した。そのためか、秀吉は二十日以内に国外退去というきびしい条件をゆるめ、季節風が吹きマカオに向う定期船が出航できるまで期限を延期することを許した。

浦上の仮教場で勉強していた有馬神学校の生徒たちはどうしたか。我々はそれについて確実な史料を持たないが、高槻の神学校の場合と同じように、生徒たちは教師と行動を共にするか、自宅に戻るかはその自由意志に任され、行動を共にする者は平戸に向ったにちがいない。

九州作戦の途中までは基督教布教と宣教師たちに寛大だ

った秀吉がなぜ突如としてきびしい禁止令を出したかは、今日まで多くの学者たちによって論じられている。そのひとつ、ひとつをここにあげることはしないが、その複雑きわまる原因の一つとして、我々はヴァリニャーノ自身の次のような報告を引用しておきたい。

「何年もの戦争のため、有馬と大村の領主や豊後のフランチェスコ王（宗麟）が危険に曝されたのを機会にコエリョ神父は……彼等を助けるという口実でそこに余りに介入し、重大かつ無謀な行為に及んだ。就中、彼等は関白殿にたいし、龍造寺や薩摩の王を服従さすため、この下（九州）に遠征するように奨め、豊後のフランチェスコ王や有馬の王、及びその他の基督教徒の領主たちを全員結束させ、関白殿に味方させると約束した〔註二〕」

この報告書のなかでヴァリニャーノはコエリョ神父の軽率な振舞いが秀吉に、あの一向一揆という武装宗教勢力の怖しさを思い出させ、切支丹たちにたいし同じ不安を抱かせたと非難している。

コエリョ神父はポルトガルの生れ、一五七〇年に渡日しているから、宣教師のなかでも古参の一人である。彼の振舞いはすべて日本における布教成果を更にあげようという使命感から生れたものだったが、それにしてもあまりに自分たちの力を過信し、政治的に動きすぎた。彼が大砲をそなえたフスタ船に乗って筥崎に凱旋した秀吉を迎えたり、また明国と戦う場合はポルトガル船二隻を提供しようと申し出たりしたことは、関白の疑惑をますます深める原因となった。それは少くとも「日本にいる伴天連の意図することは、基督の教えを説き、これをひろめること以外にないことを認め、称讃する」と大坂城でくりかえし自らの寛大さの理由を説明した秀吉の気持とは、大きく違ったものだった。

博多湾の浜で二カ月以内の全宣教師の退去令を受けとったコエリョは、秀吉にたいして、前にものべたように、秀吉麾下の切支丹武将たちを通して切支丹禁止令の撤回を願い出ると共に、他方ひそかに一戦をまじえる決意をかためた。後年、日本に戻ったヴァリニャーノが書いた報告によると、コエリョ神父は平戸から有馬に行き、有馬晴信や小西行長などの切支丹武将にたいして秀吉と戦うよう工作し、そして彼はそれに必要な軍資金、武器、弾薬を提供するとのべ、「ただちに多数の火縄銃の買入れを命じ、火薬、硝石、その他の軍需品を準備させた」と言うのである。

コエリョのこの工作はたとえば平戸の松浦隆信の重臣であり、切支丹に改宗した籠手田安経などには功を奏した。「彼（籠手田安経）は、……もし何人かが切支丹に暴力をふるったり、教会や十字架に無礼を働くなら、自分と一族は全員、一体となって（それに抵抗するで）あろう。（彼等の総数は千名近くになるだろう。）そしてなんの異議もなく信仰の証しとして切支丹の名を守るため生命を投げうつであろうと言っていた。彼はそのことを司祭と語るため教会に来たが……司祭は彼の熱意を大いに賞讃する一方、時宜にかなった有益な助言を与え、その熱心さを加減させた」(フロイス『日本史』)

だが籠手田安経のような、小豪の動員力を動かしたところで、関白秀吉に刃向える筈はない。コエリョ神父は自分の政治力をあまりに過信しすぎていた。クーデターを奨められた小西行長は、かねてからコエリョ神父の過激な行動と無神経な振舞いを苦々しく思っていただけにその工作にのる筈はなく、有馬晴信も大友義統もまた、首を縦にふらなかった。こうしてイエズス会副管区長が計画した秀吉への反乱は、空しく失敗に終ったのである。

秀吉麾下の切支丹武将を結束させ反乱を起させる企てが実現しないことを知った時、コエリョ神父はフィリピンの総督、司教および司祭に手紙を送り、日本にスペイン兵二百乃至三百を派遣し、日本在住の宣教師のための独立保護地域をつくることを要請した。現実を無視したこの申し出をフィリピン総督が承諾する筈はない。ヴァリニャーノの言葉を借りるならば、「それを嘲笑し」婉曲に断わったのである。

以上の事実は、ながい間、日本人にはかくされていたことだが、当時の日本在住の宣教師たちには秀吉によって引き起された非常事態にたいし、コエリョと同じ過激な考えを持つ神父たちの一群がいた。たとえば、我々がその記述をたびたび引用しているフロイスがそうである。そしてまた我々にとって悲しいことだが、有馬神学校の初代校長だったモーラ神父も同様の考えを抱いていたのである。彼等は異民族である日本人に自分たちの信ずる宗教を教え、救おうとする善意を強く持つあまり、こうした過激な行動に出たのであるから、単純に侵略主義や植民地主義の持主だと批判するのは軽率であろうが、しかし、それが逆に日本人と日本人切支丹たちの自尊心を傷つけたことは否めない。

もちろん、こうした過激派の考えに反対する宣教師がいた。安土神学校の校長オルガンチーノがそうである。ヴァリニャーノ巡察師もまた、そうである。これら日本人の資質を認める宣教師たちが過激な行動に出ることに反対したと言えそうである。

秀吉がこれら過激派宣教師のひそかな企図をどこまで知ったかはわからない。おそらくそれらの企図は彼の耳に入らなかったであろう。先にも触れたように彼は二十日以内という宣教師の国外退去命令を一応、緩和して次の定期船が日本を出航するまで延期することを許した。その許しを与えたのは、北政所や側近のとりなしのためかも知れない。

宣教師たちにも折角、布教の成果をあげはじめたこの日本をむざむざ棄てる気持のない者がいた。彼等は表向き、二、三人の神父をマカオに帰しただけで、事態が更に緩和するためのあらゆる手をうった。フィリピンからスペイン兵を派遣できぬと知ると、別の方法で秀吉と戦うことを考えた。それは南蛮貿易によって経済的利益をあげようとする関白にこの貿易が宣教師の布教と一体であることを知らしめる作戦である。

当時、日本にくる南蛮船の商人は宣教師の仲介なしに日本人とは取引きできなかった。日本布教を独占するイエズス会の財源は生糸貿易であり、定期船でくる南蛮商人はイエズス会の仲介によって日本人から利益をあげえたからである。

秀吉はこれを知っていた。切支丹禁止令を出した翌年、彼は切支丹の堺商人であり、小西行長の父の小西隆佐を長崎に送り、折しも入港していた南蛮船から生糸の買占めを計り、宣教師の財源を断とうとしたが、失敗した。そしてかえって南蛮貿易にたいするイエズス会の力をいやというほど知らされたのである。

南蛮諸国とは貿易はしたいが、宣教師の来るのは拒む、という彼の矛盾した政策はこのために破れた。当時の秀吉はまだ西欧基督教会がいかに西欧の東洋進出の政治面、経済面に影響力を持っているか、知らなかったのである。

この事実に気づいた彼は以後、政治家として「見て見ぬふり」をする。表向きは禁教令を主張しながら、宣教師たちが九州に留っていることにもそしらぬ顔をするのだ。切支丹たちは緊迫した事態が春の雪のように少しずつ溶けるのを感じはじめた。

秀吉が九州から引きあげ大坂に戻ると、この緩和の動きを敏感に感じた切支丹領主たちは、ふたたび宣教師の領内居住を認めだした。大村喜前は十二人、大友義統は五人、天草は九人、五島は二人、そして残余の宣教師、修道士を有馬晴信がかくまっている。彼等はかつて味わった南蛮貿易の蜜の味が忘れられなかったのだ。

有馬神学校の校長メルキオール・デ・モーラ神父も閉鎖したセミナリオの開校にとりかかった。彼は平戸に避難していた有馬、及び旧安土神学校の生徒七十三人をつれ、なつかしい有馬に戻った。

陽にかがやく海も、その海に面した藁ぶきの城下町も一年前と同じである。だが、この有馬城内で公然と授業を行うことに不安を感じた宣教師たちは会議を開き、そこに有馬晴信を招いた。晴信は宣教師や修道士たちを必ず保護すると力説したが、宣教師たちは、日本の地方領主の安定のなさをもういやというほど知っていた。彼等はより慎重に行動するほうを選んだ。そして教会をひとまず閉じ、旧安土神学校と合併した第二次有馬神学校を日之枝城から一里はなれた北有馬の八良尾にひとまず移すことに決めた。

今日、ひくい山に囲まれたこの八良尾の神学校の跡は蜜柑畠になり、切支丹の墓がいくつか転がっている。晴れた日、そこからも海がみえ、原城がみえる。人目につかぬこの場所にたつと、我々はたえず警戒をしながら勉学を続けねばならなかった神学校生徒たちの姿をまぶたに浮べざるをえない。創設から七年間のみじかい神学校の春は終り、これ以後、学校は転々と場所を変えねばならなくなる。生徒たちは今後は日蔭者として生きていかねばならなくなったのだ。

秀吉の禁教令は緩和されたが、もちろん撤回されたのではない。間隙をぬって宣教師たちは九州各地に布教し、天草や有馬領内でかなりの改宗者をつくったが、彼等は昔日のように安心して活動できたわけではなかった。イエズス会の教育機関も有馬神学校にみられるように人目を避けて授業を続けねばならない。

自分たちを保護する約束をくれても地方領主たちの地位がいかに不安定かは、宣教師たちも今度の衝撃的な事件でいやというほどわかった。秀吉がもし緩和策を引きこめ、ふたたび厳しい条件を突きつければ大村、有馬、五島、大友のような切支丹領主も態度を豹変することはあきらかである。

ここまで努力して獲得した日本布教の成果を一挙に失いたくはない。一人の権力者の気分ひとつですべてを水泡に帰したくはない。それは日本在住の宣教師すべての気分であったろう。コエリョ副管区長はさきに切支丹武将を動かして秀吉へのクーデターを計画し、失敗したが、その意志をまだ捨てていたわけではなかった。彼は一度、火の手があがれば、それに日本信徒や、秀吉によって領地を削られて不満を抱いている九州の諸侯たちが自分に応じてくると考えた。

果せるかな、翌年の一五八九年（天正十七年）の二月、七人の主だった宣教師がコエリョの招集で秘密裡に九州高来に集った。議題の一つは、この二度目のクーデター計画である。彼等は折しも帰国する少年使節をゴアから伴い既にマカオに到着していたヴァリニャーノに使いを送り、フィリピンから兵士二百人と食糧、弾薬を用意して日本に戻るよう、要請することを決めた。また秀吉の暴力から日本の基督教会を守るため、スペイン国王やフィリピンとインドの総督に軍隊を送るよう、ヴァリニャーノに工作を依頼することにした。

六人の宣教師のうち、五人が賛成し、一人が反対した。賛成者のなかにはコエリョのほかフロイスがおり、また有馬神学校校長のモーラ神父がいた。一人、日本人を高く評価する旧安土神学校のオルガンチーノ校長がこれを拒んだが、多数決で押しきられた。

有馬神学校のモーラ校長がこの決議をマカオのヴァリニャーノに伝える役目を受けた。彼はこの会議があった同じ二月、マカオに向う船に乗った。

すべては秘密裡に行われた。秀吉もこの事実にまったく気づかなかった。秀吉麾下の切支丹武将がこの決議に賛成したかどうかはわからない。まして神学校の生徒たちにモーラ校長が日本を離れる理由を教える筈はない。校長不在の間は哲学を教えているスペイン人のダミアン・マリーム神父が事務を代行することになった。

モーラ校長がマカオに向うとコエリョ副管区長はひそかに武器弾薬を長崎に集めはじめた。彼はヴァリニャーノも自分たちの決議に従うと信じていたにちがいないのだ。

その頃、少年使節と共にマカオにいたヴァリニャーノは既に秀吉のぬきうち的禁教令を知っていた。だがコエリョ神父とはちがい、「日本の国民は非常に勇敢で、しかも絶えず軍事訓練を受けているので征服が可能な国でない」(『ヴァリニャーノ書簡』)と考えている彼は使節を伴って日本に戻るために、穏便な手段を考えていた。すなわち宣教師ではなく、インド総督の使節として日本を訪問するという方法である。この頃彼は少年使節が毎日つけていた日記や記録をもとに、そのヨーロッパ旅行を対話風にまとめた『遣欧使節見聞対話録』の編纂に力を注ぎ、やがてはこれを神学校の教材にする計画をたてていた。

だから、マカオについたモーラ校長の報告をきいたヴァリニャーノはあまりのことに愕然とした。モーラ校長がどのようにヴァリニャーノを説得しようと試みたか、わからないが、その意見は次のフロイスの手紙の内容とほぼ変りないであろう。

「日本においてイエズス会や基督教界を維持するためには、この地域に堅固な要塞を有し、何か迫害が生じたなら、そこに宣教師たちが避難でき、更に彼等が資産、衣服、及び生活に必要な物をそこに保存できるようにするのが絶対に必要だ……。フェリペ国王は武装した二〇〇乃至三〇〇人の兵士でもってこれを獲得できよう」

フロイスはまた秀吉が有馬、大村、天草などの切支丹領主から領土をとりあげれば、自分たちのいる場所はなくなると書いている。モーラ神父もヴァリニャーノにほぼ、これと同じことを語ったであろう。

後にヴァリニャーノは、この時受けた衝撃を書簡のなかで次のように語っている。

「私はそのあまりに向う見ずな無鉄砲さに驚いた。なぜなら、これらのことはすべて不可能、不適当、かつ危険なものだと判断したが、それればかりか、私には余りに無分別かつ軽率に思われ、これまで考えるたびに全く肝をつぶす思いがするほどだった。そして企てられた凡てを宣教師の全員、更に日本人修道士や多くの信徒までが知り、驚いたのである」

ヴァリニャーノにとって幸運だったのはこの翌年、過激派宣教師の中心人物だったコエリョ神父が亡くなったことだった。後楯を失ったモーラ校長は、ヴァリニャーノの命令に従わざるをえなかった。

ともあれ、少年使節たちも八年余ぶりでこのモーラ校長と再会した。彼等はこの長い旅の間少年から既に青年に成長していた。かつて自分たちを指導してくれたこの校長が、どのような目的でマカオにあらわれたかを彼等が見抜いたとは思えない。この点についてヴァリニャーノは沈黙していた筈だからである。使節たちはモーラ校長を見ることでもう日本の近さを感じた。

だが一行は翌年の一五九〇年まで船を待たねばならなかった。この七月、彼等はマカオをようやく出帆した。日本の島影が近くなるにつれ使節たちは万感の思いで八年の間離れていた祖国を遠くから眺めたであろう。船にはヴァリニャーノがインド総督の使節として関白秀吉に献上する品々のほかに、日本人が今まで見たことのない西洋の印刷機がのせられている。やがて、この印刷機によって外国語は勿論、日本語の出版物（『平家物語』『太平記』『倭漢朗詠集』など）が日本で印刷されるようになるのだ。

この時、ヴァリニャーノの方針は決っていた。彼は今後の日本布教はすべて慎重に、決して権力者を刺激しない決心をかためていたのである。

七月二十一日、長崎の入江は出迎えの人々でごったがえした。大村領主、大村喜前までが家臣をつれてあらわれ、また有馬晴信も翌日、舟で姿をみせた。

だが慎重なヴァリニャーノは秀吉の役人の目をはばかり、晴信の歓迎会の申込みも断わった。そして彼は使節たちと深夜、ひそかに有馬に戻るのである。

有馬領は使節たちにとっては勿論、ヴァリニャーノにとっても懐しい場所である。潮の匂いのしみこんだこの海べりの土地。そこの八良尾の山のなかには使節たちがかつて学んだ有馬神学校《セミナリオ》が移転していた。

ヴァリニャーノは日本に着くと、ただちに故コエリョ副管区長の無謀な企てを転覆させるために手をうった。コエリョが秘密裡に長崎に集めた武器弾薬をすべて売却するか、マカオに運ばせる手続きを行ったのである。

有馬領に戻った彼は、領内の加津佐で今後の対策を協議するために主だった宣教師を招集した。

この会議で宣教師の教育事業が議題となったかどうかはわからない。しかし、この年に有馬神学校が八良尾の山中から、海べりの加津佐にふたたび移転しているのをみると、それは生徒たちの不便さを考えたヴァリニャーノの英断だったかもしれぬ。

加津佐に移転した神学校の位置も確実にはどこか、わからないが、「そこは立派な家であって」とグスマンは書いている。「海辺に出口のある閑静なよいところである」。したがってそれは加津佐の海からほど遠からぬ場所だったのだろう。

一五九〇年、このセミナリオに天草にあった小神学校《コレジオ》が合併してきた。あたらしく肥後の領主となった小西行長に同じ切支丹の信仰を持つ天草の諸豪族が反抗し、切支丹の島といわれたこの島は戦火に包まれたからである。

神学校と合併したこのコレジオに使節たちが持って帰ってきた印刷機械がおかれた。印刷機械の使い方を習得していたのは、少年使節と共にヨーロッパに渡った日本人修道士コンスタンチノ・ドラードである。彼の日本名はわからないが、彼はヨーロッパ旅行の途中、ポルトガルにいる間、同じ日本人修道士ジョルジェ・デ・ロヨラ（これも日本名がわからない）と印刷術と活字の製造法を学んだ。この修道士の指導のもとで加津佐の日本人信徒たちは早速、教義書や典礼書だけでなく、『ラテン文典』『日葡辞書』『ロドリゲス・日本大文典』のような辞書のほか、『平家物語』『太平記』などの印刷にかかった。日本で最初の印刷機の使用は、実にこの加津佐の神学校で行われたのである。

主人公を登場させるまで、私はあまりに長く、有馬神学校の創設とその前半の歴史を書きすぎたようである。これ以後――秀吉の死、家康の天下統一、そして一六一四年の、その家康が秀吉より、もっときびしい切支丹禁制を布告し、宣教師の国外追放までの神学校の模様はあきらかではない。

一五九〇年の晩秋、ヴァリニャーノは使節四人たちと共に大坂にのぼった。慎重な彼が一行を二つにわけたのは関白を刺激しないためである。

秀吉はヴァリニャーノを大坂ではなく京の聚楽第でその翌年の一五九一年に謁見した。この謁見の折、秀吉は使節たちにチェンバロその他の洋楽器をひかせ、また伊東マンショと他の使節に仕官をすすめた。マンショは皆を代表して婉曲にこれを辞退している。

ヴァリニャーノたちをこのように優遇したが、しかしこの権力者には基督教禁制という宗教政策を撤回する意志はなかった。第一、この謁見の間も秀吉はこの問題を話題にすることを禁じていたのである。ヴァリニャーノもまた、畿内への海の入口である室津でさまざまな切支丹武将たちの来訪を受けてこのことを確認せざるをえなかった。彼が謁見を許されたのも宣教師としてではなく、インド総督の使節という資格によるものだった。

この謁見の成功は九州の宣教師たちにふたたび希望を与えたが、秀吉を熟知している麾下の切支丹武将の意見を聞いたヴァリニャーノは、警戒心を解いていなかった。

不安は的中した。謁見の成功を知った反切支丹派の施薬院全宗や加藤清正たちは秀吉に「このたびの使節の使命に関して関白を動揺させ、疑惑の念を起させるに至った」（フロイス『日本史』）。シュタイシェン師によれば、その疑惑とはヴァリニャーノの使命は、追放令を受けた筈の宣教師の日本滞在をのばすためにあるのではないか、と言うことだった。

噂が伝わると、ふたたび九州の宣教師たちに不安と恐怖を起させた。第二の危機がまた訪れたのである。反対派は秀吉に、ヴァリニャーノがふたたび日本に戻ってから力をえた宣教師たちは前と同じように布教を行い、教会に集っているという事実も教えたのである。激昂した秀吉は、一時はイエズス会全員の死刑さえ考えたほどだった。

その怒りを鎮めるためヴァリニャーノはあらゆる手をうった。加津佐に移した有馬神学校も目だたぬようふたたび八良尾の山中に戻した。彼は一時は宣教師たちを総引きあげして中国に避難させることさえ考えたが、天草、大村、有馬の諸侯が勇敢にもその保護を約束したために、考えを変えた。「デウスが我々を慰めたもうた第二のことは」とフロイスはその『日本史』に書いている。「この時期に切支丹諸侯にあえて自分たちの領内に我らを隠匿しようと試みる偉大なる勇気を授けたもうたことである。万人が関白にたいして、この上もなく恐怖心を抱いているのに鑑みて、それは彼らにとって一層、危険なことだった」

ヴァリニャーノが来ても日本基督教の危機は一向に去らない。有馬神学校はそのため、まるで日蔭者のように有馬から八良尾、八良尾から加津佐、加津佐から八良尾へと転々と移った。危機のなかでも日本ただひとつの西洋の文化と学問を伝えるこの小さな学校は、一度は途切れながら継続したのだ。一五八〇年の開校時の第一期生たちのなかには、この時期、まだ在学している者もあり、また同宿（伝道師）の仕事にたずさわる者もいた。彼等は日本人でありながら在日の外人宣教師とすべての運命を共にする決心をしていたのである。

少年使節としてヨーロッパに渡った伊東マンショ、中浦ジュリアン、千々石ミゲル、原マルチニョは、一五九一年、天草でイエズス会に入会する誓願をたてた。だがやがて千々石ミゲルは脱落し、旧友三人と師ヴァリニャーノの敵側にまわる。同じように有馬神学校の他の生徒たちもいつかは分裂していくようになっていく。昨日の師と弟子とが、昨日、机を並べた級友が今日、たがいに敵味方にわかれる運命が待ちかまえるようになるのだ。その嵐のなかで、私の書こうとする主人公たちがこの神学校に入校してきたのである。

〔註一〕 この間の事情については拙著『鉄の首枷』（中央公論

社）を参照されたい。

〔註二〕　これら長い間かくされていた宣教師の日本占領計画については、高瀬弘一郎氏の研究に負うところが多い。引用したヴァリニャーノ書簡の訳も高瀬氏の訳を使わせて頂いた。

岐部とよぶ兄弟

天下分目の関ヶ原の戦がはじまった一六〇〇年（慶長五年）、まだ十五歳にもならぬ兄弟が親と一族にわかれて、この有馬神学校に入学した……。

その有馬神学校はしばらく有馬領内の加津佐や有家で授業を続けていたが、慶長元年（一五九六年）の頃からふたたび転々と場所を変えねばならなくなった。

日本は――特に九州では人々はもう長い対外戦争に疲れ果てていた。秀吉の無謀な朝鮮侵略のため、領主たちも家臣も異郷にあり、その領土は人も物も戦いに供出されて疲弊しきっていた。神学校を保護してくれた有馬晴信も小西行長の指揮する第一軍団に加わって朝鮮に渡海している。侵略作戦に熱中する秀吉はそのため一時は切支丹弾圧を忘れたかにみえたものの、慶長元年、土佐の浦戸に座礁したスペイン船サン・フェリペ号の船員が船の捕獲と積荷の没収とを恨み、日本人に威嚇的な言葉を吐いたことに激怒して、ふたたび昔からの基督教憎悪を再燃させた。

サン・フェリペ号の船員はスペイン国と国王の強大なことを誇り、宣教師の宣教に赴く国は必ずスペインの版図に加えられるだろうと豪語した。この暴言は関白をいたく刺激し、即座に京、大坂に在住していた宣教師の逮捕を命令させるに至った。もし切支丹の小西行長の願いを受けた石田三成たちの説得がなければ、秀吉はこれら宣教師全員の処刑を命じていたであろう。三成たちの取りなしによってやっと二十六人の宣教師と信徒だけが長崎西坂で火刑となり、事件は一応おさまった。世にいう「二十六聖人の殉教」がこれである。

ふたたび始った迫害に怯えた宣教師たちは、まずその教育機関の一つであるコレジオを天草から長崎の唐渡山に移した。一方、有馬領、有家にあった神学校《セミナリオ》も一応、解散し、生徒の一部をマカオや国内に分散させ、他の一部だけを長崎に移動させた。

だがこの慶長三年、権力者秀吉は、大坂城で息を引きとった。太閤が死ぬと、その空白時を利用して長崎奉行、寺沢広高が弾圧を強化させたため、司教セルケイラはやむなく神学校生徒を天草の河内浦に移した。

やがて徳川家康が次第に勢力を握る。ために長崎の弾圧もゆるみ、司教セルケイラは神学校生徒を、まず天草の志岐で勉強させ、形勢をしばし窺うことにした。そしてやっと禁止令が有名無実になると、長崎の岬とよばれる場所――かつてイエズス会の所領地であった三方を海にかこまれた岬に司教館、管区長館、二つの教会、印刷所などと共にコレジオと神学校《セミナリオ》とを建設した。その場所は現在、長崎県庁のあるあたりである。


一六〇〇年、前記の兄弟が入学したのはこの岬に建てられた有馬神学校である。

兄弟は姓を岐部といい、大友宗麟が支配した豊後の国東半島がその故郷だった。半島の北端に現在も岐部とよぶ漁村があり、その一帯を支配する地侍が彼等の一族である。一族は平時は漁業、時には海賊となって遠い海を荒しまわり、戦《いくさ》がはじまれば浦辺水軍に加わって大友家のために尽した。残存する岐部文書にも彼等の功を窺わせる大友家の感状を読むことができる。

春になると梨の花が咲き、穏やかな海にかこまれたまるい小さなこの半島には、今日でも国東仏教と言われる独得の山岳仏教の寺々がある。と同時に宇佐八幡の末社がそれらの寺々とひそやかに並存もしている。そうした神々と仏との国に異国の基督教がながれこんだのは切支丹大名、大友宗麟の宗教政策のためである。彼の領国、豊後は一時は宗麟の切支丹保護に反対する仏教徒たちのため内紛がたえなかったが、巡察師ヴァリニャーノがここを訪れコレジオや修錬院、伝道所を設けてから、庶民だけでなく、武士にも基督教に改宗する者がふえ、天正十三年（一五八五年）には一万二千人、天正十四年（一五八六年）には三万人以上が信者になったという。

兄弟たちの父ロマノ岐部は天正十二年（一五八四年）に一族たち百五十人と共に受洗している。この天正十二年は国東に勢力を張っていた田原親貫のクーデターが大友宗麟の手によって解決され、宗麟の次男で熱心な切支丹だった親家がこの田原家を継いでいるから、おそらく、仏と日本の神々の土地だったこの国東にも基督教が布教されたのは、この親家の力によるものだろう。

海に親しんできた岐部一族は、狭い土地に執着する農民的気質の在郷武士よりは考え方も柔軟であったにちがいない。彼等の受洗には国東の支配者であり、大友家の次男であり、また熱心な切支丹でもあった田原親家に追従し、一族の繁栄を計ろうとする意図があったかもしれないが、しかし、ロマノ岐部の信仰はやがてそれを越え、個人の信仰に変っていった。彼の一族の総領である岐部左近大夫もやがて秀吉の九州作戦の折、主君、大友義統と共に基督教に改宗したが、その直後、秀吉が突如、禁教令を出したあと、義統が棄教してもロマノ岐部は変節しなかった。彼は司祭が姿を消したこの岐部一帯で伝道師の役割をなし、洗礼を施し、くじけた信者を励した。

この父親の剛毅な性格と一族の持つ海賊的な冒険精神とそして頑健な肉体とが一六〇〇年、有馬神学校に入学した兄弟にそのまま受けつがれていたことは、やがてその一人のペドロ岐部の生涯をみることによって明らかとなっていく。兄弟の血管には信念としたものを変えぬ父親ゆずりの強情さと、ひろい海や異国をあえて渡っていく冒険家の勇気とが流れていたのである。

こうしてその総領と共に基督教徒となった岐部一族が崩壊するのは関ヶ原の戦の時である。毛利輝元に奨められて西軍についた大友宗麟の息子、義統はわずかな兵を率いて東軍の黒田如水の軍勢と国東の石垣原で戦って敗れたが、岐部一族の総領、左近大夫もこの時、敗戦を覚悟で義統の軍に加わった。

敗戦後、岐部一族は解体したが、ロマノ岐部は長年、住みなれた国東半島を去り、肥後に移っていた。そして二人の子供、ペドロとジョアンとを長崎の神学校にあずけたのである。

だが、子供を神学校に入れること——それは今日、我々が子弟をある学校に入学させることと同じではない。なぜならこの一六〇〇年時代の有馬神学校は、日本の宗教政策に背いた教理を教える場所に変り、秘密結社的な学校になっていたからである。秀吉は既に世を去ったが、その切支丹禁教令はそのまま、後継者である徳川家康にも受けつがれていた。本質的に反切支丹的傾向をもったその家康がやがて天下統一を完成すれば、基督教に容赦ない弾圧を加えることは誰にも想像できることだった。

そのような時期に有馬神学校の生徒になることは日蔭者の生涯を選ぶことである。やがては来るかもしれぬ迫害、弾圧を覚悟することである。たとえ、迫害や弾圧がきびしくなくても、有馬神学校の卒業者にはおそらく世間的な栄達は許されないであろう。それはたとえば秀吉の禁教令以後、多くの切支丹の侍がその信仰を棄てたことでもあきらかである。

だが有馬神学校の生徒たちのすべてが、それを承知でこの学校に入学したのではない。戦争のため家を失い土地をなくした侍の子弟、侍になれぬため、出世を司祭になることで代えようとした者たちもこの学校に入学したのだ。しかし入学して次第に自分たちの学舎がいまわしい罪咎のある者のように、人眼をさけて有馬、天草、長崎と転々と移動せねばならなかった過去の歴史を知って、今、学んでいるものが世間に背き、権力者たちの嫌っている学問であることを感じることはできた。彼等は自分たちの未来が世俗的には「陽のあたる場所」でないことも予感することができた。教えてくれる教師や宣教師の表情を見るだけで、自分たちの今後にどのような困難がふりかかるかを予知することができた。一方では怯えながら、しかし他方ではある覚悟をもって生きねばならなかった毎日。戦争中、同じように圧迫された基督教徒の子弟だった少年の私が味わった以上の暗い陰鬱な心情が、これら有馬神学校の生徒の胸底にただよっていたのである。

慶長五年、岐部兄弟はそのような生徒たちの一員となった。

二人が入学した頃の長崎の有馬神学校は三方を海にかこまれた岬にあった。先にも書いたようにここには二つの教会やイエズス会の管区長館や日本司教館や印刷所、西洋画を教える画塾があったが、それを大きな建物と考えてはいけない。禁教令が一時的にゆるんだとは言え、宣教師たちがひかえ目に行動せねばならなかった日々である。粗末な藁ぶきや板ぶきの家が、学校や印刷所や画塾をすべて兼用していたと思ったほうがいい。神学校の生徒たちも目だたぬ服装をさせられ、そしてその授業も人眼につかぬように行われていたにちがいない。

残念なことに、我々はこの一六〇〇年当時の長崎にあった神学校の教師名や生徒名の正確なリストを持っていない。岐部兄弟の学業成績もわからない。だがこの兄弟のうち、少くとも兄のペドロがラテン語でおそらく優秀な成績をとったであろうことは、後年の彼のラテン語で書いた素晴らしい書簡から推測できるのである。

兄弟たちの神学校での生活は二十年前、ヴァリニャーノ神父が有馬の日之枝城内に創設した当時とほぼ変りなかったとするならば、それは朝まだ暗いうちに起きて祈りとミサにあずかり、六時から九時までラテン語を主とした勉強を行い、朝食後十一時から午後二時まで日本文の読み書き、そして午後三時から四時半までふたたびラテン語、夕食後、七時から八時までまたラテン語というように徹底した語学教育を受けた筈である。

学校のすぐそばに彼等にとって聖なる場所があった。五年前そこで二十六人の宣教師と信徒たちとが秀吉の命令で火刑に処せられたあの西坂の岬である。処刑の模様はまだなまなましく人々の記憶に残っていた。京都から耳をそがれてこの長崎に連れてこられた彼等は、木にくくられ、薪を足もとにおかれ、炎と煙とのなかで祈りを唱えながら焼かれていったのだ。

だから神学校の生徒たちは学校に隣接したその処刑の場所を毎日、目にしながら勉強したのである。岐部兄弟たちはその時、なにを考えただろうか。やがて自分たちの仲間がこの同じ場所で殉教する日がくることを、その日々、予感したたろうか。自分たちの勉強と毎日、行っている信仰生活が栄達のためではなく、死のため、拷問を受けるため、殺されるため、殉教するためにあることを覚悟したろうか。

彼等はまた人間には二種類あることを学んだだろうか。おのれの信念や信仰をいかなる苦しさにも決して歪めず貫き通す強い人間と、その弱さのゆえに捨ててしまう悲しい弱虫とがこの世に生きていることを知っただろうか。

それはともかく、兄弟たちが入学した翌年、長崎に大火が起こった。町のほとんどが灰となった。このため、神学校はふたたび移転することを決め、その創設場所である有馬が選ばれた。

関ヶ原の戦では小西行長のような有力な切支丹武将が石田側について亡びたが、有馬の有馬晴信は徳川方に参加したため、その本領は安堵された。切支丹を保護する晴信の政策は変らなかったから、有馬に神学校《セミナリオ》を移し生徒たちを安心させて勉強させることは充分、可能だったのである。こうして兄弟たちも他の生徒と共に日之枝城内にあたらしく作られた校舎に引越した。

この年、神学校にひとつの修養会が作られた。その会は「お告げの聖母会」とよばれ、それは三年前の一五九八年、三度目の来日で長崎に滞在していた巡察師ヴァリニャーノの指示でできたものである。選抜されてこのグループに入れられた生徒は毎日、食事の時、食を節して残した食べものを有馬の町の貧者に運んだり、また癩者の世話を行い、神学校内では最も賤しい仕事をするなど、謙遜と愛の修業をすることになっていた。

このグループに入れない年少者にも「準備会」という会がつくられた。この会のできた日、大きな祝いがあり、ミサや詩吟、討論などの行事が催されて有馬晴信夫妻も出席した。

生徒たちには毎日、ラテン語の集中学習が行われたが、この頃はかつてとちがってヴァリニャーノの努力により「アンブロシウス・カレピヌスの著書より編纂せるラテン、ポルトガル、日本語対訳辞書」「マヌエル・アルバレス編の語学階梯三巻、日本語の動詞変化註釈を附す」という辞書が印刷されていたし、既にラテン語を学んだ上級生、卒業生が年少の生徒の学習を助けたことなどで、次第にその成果をあげはじめていた。先にものべたように後年、ペドロ岐部はすぐれたラテン語で手紙を書いているが、その実力の基礎はこの神学校時代に養われたのだろう。

兄弟たちが在学した頃、彼等が共に学んだ上級生や学友のなかには、高山右近の家臣の子でミゲル牧という少年がいた。音楽と日本文学が好きだった。岐阜出身のアンドレ野間も日本文学に長じ、後には神学校で日本文学を教えるようになった。が、ただ不幸にしてこの少年は体が弱かった。

当時、生徒たちにラテン語を教え、補導もしてくれた先輩には伊予出身のジュスト伊予修道士がいた。おそらく岐部兄弟も、この日本人修道士からラテン語の勉学を手伝ってもらったであろう。一六〇四年頃、マカオでの留学を終えて帰国したディエゴ結城――河内の岡山の城主、結城一族の一人であるこの青年からも兄弟はラテン語を教わったにちがいない。このディエゴ結城のラテン語の実力も素晴らしく、その書簡は古典的な文体でつづられていると言われているが、このような日本人の先輩の助けで、兄弟、特にペドロの語学力は更に進歩したのである。

だがこの頃、兄弟たちは、あの天正少年使節として欧州に行った先輩たちをその眼で見ただろうか。少年使節の一員だった伊東マンショは帰国後、天草の修錬院に入りラテン語、自然科学、哲学を学んだ後、兄弟たちが有馬神学校に入学した一六〇〇年、マカオに留学し、一六〇六年頃、神学校の助手として働いているから、兄弟が伊東マンショに会ったことは大いにありうるのだ。

同じ少年使節だったジュリアン中浦も天草で勉強し、イエズス会修道士になった後、一六〇七年、有馬神学校で働いた。マルチニョ原もある一時期、神学校でラテン語を教えたことがある。

もし岐部兄弟たちが神学校在学中にこの少年使節だった彼等の誰かと会っているならば、当然、その先輩の口から自分たちのまだ見ぬヨーロッパの文化や文明の素晴らしさを聞いたにちがいない。これら先輩たちがその眼で見たポルトガル、スペイン、伊太利の風景や豪華な都市、宮廷や法王庁の話を兄弟は他の学友と眼をかがやかせ、むさぼるように聞きほれた筈である。一族の先祖から海の冒険の血を受けた兄弟たちはいつかは自分もそれらの国々に行き、何かを学んでみたいと願ったとしてもふしぎではなかったろう。

関ヶ原の戦のあと、まだ大坂城の豊臣秀頼を亡ぼしていない徳川家康は、反切支丹的な考えにもかかわらず、南蛮貿易の利をえるためにも一時的に切支丹にたいして寛大な態度をとった。もちろん胸中ではやがては切支丹を禁止する計画を持ちながら、彼は切支丹武将を大坂方にまわす不利を考え、布教を見て見ぬふりをした。ためにこのみじかい期間、切支丹の布教はふたたび活発となり、有馬神学校の生徒も平和に勉強を続けることができた。

かりそめの平和のなかで神学校の生徒たちは自分たちの教師や先輩、同級生たちの運命を予想もしなかった。やがて襲ってくる大迫害のなかで信念と信仰を貫き通して先輩の伊東マンショ、中浦ジュリアン、ジュスト伊予、ディエゴ結城などは「穴吊し」という最も残酷な拷問をうけて殉教するだろう。だが他方、兄弟たちに信仰を説いた教師のなかにも、それらの迫害と拷問とに怯えて棄教する者も出てくるのだ。

たとえば一六〇三年——つまり兄弟たちが神学校生徒になって三年目、日本文学の教師として彼等に読み書きから日本の古典を教えてくれた日本人修道士シメオン（日本名はわからない）は後に信仰を棄て、信仰を棄てただけでなくかつての仲間の敵対者になった。天正少年使節の一人だった千々石ミゲルもまた帰国後、一時は天草の修錬院にいたものの、やがて大村家の家臣に戻り、基督教を憎むようになる。

そうした一人一人の運命、一人一人の生きかたの違いはまだこの頃、誰にもわかっていなかった。誰も他人の運命を知ることができぬように自分のこれからを予想する筈はない。ただ彼等は自分たちの勉強が国法と相反するものであり、いつかはそれゆえに大きな苦しみが襲ってくるかもしれぬことだけは覚悟せねばならなかったのだ。

入学して四年目に、神学校に三十歳にちかい伊太利人神父が赴任してきた。ジョヴァンニ・バッチスタ・ポルロという若い神父で、渡日した宣教師の多くがそうだったように、彼もこの神学校で日本語を学びはじめた。おだやかで、読書好きなこの神父を日本人の生徒たちは遠慮がちな、しかし好意ある眼で遠くから眺めたであろう。まだ日本語もおぼつかぬ彼と岐部兄弟たちとは親しく話はできなかったが、毎日の生活は共にした筈である。やがて三年たつとこのポルロ神父も日本語を憶え、生徒に彼の専門である修辞学を教えるようになる。

人生でふと触れあった相手が、いつか自分にとって運命を共にする人間になるとは誰にもわかりはせぬ。ペドロ岐部もまた、有馬の学舎で出会ったこのポルロ神父と自分とが、いつか再会し、その人生の最後を共にするとはこの時、夢にも思っていなかったにちがいない。この神学校時代ポルロ神父は彼にとってたんに敬愛する宣教師《パードレ》の一人であり、自分に修辞学を教えてくれる師にすぎなかった。

在学中、ペドロ岐部は弟と共に何を学んだか。ラテン語、そして第二外国語としてポルトガル語。上級生になると基礎宗教学や倫理学がこれに加わった。そして入学の時の少年の体も今は、逞しい青年の肉体に成長していった。

慶長十一年（一六〇六年）、ペドロ岐部はようやく約六年の勉学を終えて有馬神学校を卒業した。兄弟は共に自分たちを教え、指導してくれた師たちと同じようにイエズス会に入会し、将来を司祭として神に捧げることを夢みた。だがこの時代、日本人が修道士《イルマン》ならば兎も角、神父《パードレ》になることは必ずしも容易なことではなかった。在日宣教師のなかにも布教長だったカブラル神父のように、「私は日本人ほど傲慢、貪欲、不安定で偽装的な国民を見たことがない。

彼等が共同の、そして従順な生活ができるとすれば、それは他に何等の生活手段がない場合である。……日本で修道会に入ってくる者は通常、世間で生計が立たぬ者であり、生計が立つ者が修道士になることは考えられない」と高言した神父もいる。そしてこのカブラルの考えに共感する宣教師も、当時、決して少くなかった。巡察師ヴァリニャーノはこのカブラル神父たちの偏見を打破するため、日本聖職者組織の改革にのりだし、神学校《セミナリオ》やコレジオを設立したのだが、しかし、それでもまだまだ日本人が神父になるには多くの障碍があった。

ペドロ岐部もまたその障碍の一つ、一つを乗りこえていかねばならなかった。神学校を卒えた十九歳のこの青年は、まずそのために「同宿」とよばれる下級伝道士に身を投じた。それは仏教の僧侶たちが将来、僧侶になる若者を呼んだ言葉だが、当時の切支丹教会でもこの言葉を採用して、教会に奉仕するため世間を捨てた者を同宿と呼ぶことにした。ヴァリニャーノの言葉を借りるならば「彼等のある者は修道士、または司祭になるつもりで勉学する。その仕事は……たとえば聖器室の係、使い走り、茶の湯の接待やミサの侍者、埋葬や洗礼その他の教会儀式の手伝いをして神父を助けるのである」

同宿たちは黒い長衣を着て、仏僧たちのように剃髪をしたが、イエズス会宣教師とはちがった服装をさせられていた。それは同宿が宣教師とはちがうことを示すためである。同宿は宣教師たちと同じように祈り、修行、奉仕の生活を行ったが、聖職者ではないから結婚することも認められた。だがそうした生活を行って、なお独身を誓い、聖職者になることを希望しつづける者のなかから修道士になる者、神父になる資格のある者が選ばれていった。こうして神学校を卒業しながら「同宿」という下級伝道士の仕事を命じられたペドロ岐部がその後、どこで働いていたのかを知る資料はない。おそらく彼は有馬、天草を中心にした地方で宣教師たちの手伝いをしながら教会をたずねまわっていたのだろうが、しかし司祭になりたいという夢は棄てることはできなかった。彼は自らの母校、有馬神学校の第一期生だったセバスチャン木村とルイスにあはらが神学校を卒えた後、マカオに留学して帰国し、一六〇一年の九月、長崎で司祭に叙階されたことを知っていた。共に平戸の出身であるこの二人は、日本人として最初に神父となった先輩であり、ペドロ岐部も在学中、一種の羨望の念をもって、布教を行っている彼等に会った記憶があったからである。やがてはこの両先輩と同じように神父になるために更に勉学を続けたい、そのために彼等のようにマカオやマニラの神学校で神父となるに必要な神学を修めたい、それが同宿時代のペドロ岐部のひそかな、しかし熱い夢だったのである。

このひそかな熱い夢を彼は八年間も抱きつづけた。だがその夢を神がいつ、いかなる形で実現したまうのかは彼にも予想できぬことだった。

この頃、国内では関ヶ原の戦で勝利をしめた徳川家康が徐々に、しかし確実に最後の敵対者である豊臣秀頼とその母、淀君とを締めつけ、大坂城にたいする戦いを慎重に準備していた。

ペドロ岐部が同宿になって六年目に彼にとっても、また有馬神学校に関係するすべての者にとっても驚くような事件が起った。それは有馬神学校のパトロンとも言うべき有馬晴信の上に思いがけぬ出来事が襲ったからである。

事件の遠因はその三年前の一六〇九年（慶長十四年）にはじまる。この年の六月、一隻のポルトガル船「マードレ・デ・デウス」号（聖母号）が長崎に入港した。家康は他国の船なら兎も角、ポルトガル船が日本に来ることを、この頃、悦んではいなかった。それは二年前、マカオで日本船とポルトガル人との間に争いがあって、積荷を奪われるという事件があったからである。

好ましからざるポルトガル船の入港を知った家康は、有馬晴信にその船を拿捕し、船長を逮捕することを命じ、晴信は兵を率いて長崎に赴き、ここに有馬の水軍とポルトガル船との戦いがはじまった。日本と外国との最初の海戦ともいうべきこの戦は三日つづき、ポルトガル船長は船に積んだ火薬に火をつけて自爆した。

それから二年後のことである。本多正純の家来で岡本大八という切支丹がその晴信に接触しはじめ、かつての海戦の功に酬いるため、有馬家の旧領で今は鍋島領となっている藤津、彼杵《そのぎ》、杵島《きじま》の三郡をふたたび晴信の手に戻すよう、本多正純に努力しようと申し出た。晴信がこの提案を悦ばなかった筈はない。彼は大八の甘言にのせられ、老中への運動費として数千両をこの男に手わたした。

一年ほどたってもまったく岡本大八から返事をもらえなかった有馬晴信は仕方なく、直接、本多正純に真相をただすべく、息子の直純夫妻を伴って京までのぼった。だが息子の直純はかねてからこの父、晴信に不満を持っていたので妻、国姫（家康の外曾孫《ひまご》）と共に駿府に赴き、父、晴信が老年なるにかかわらず家督をゆずらぬことなどを訴え出た。更に直純は本多正純を訪れ、例の岡本大八の提案を問いただしたところ、本多正純から、まったく知らぬと突き放されて驚愕した。

事件はあかるみに出た。家康は町奉行に命じ有馬晴信と岡本大八とを江戸で対決させた。大八の詐欺は発覚したが、晴信もまた大八から、かつて長崎奉行、長谷川藤広を暗殺しようとしたことなどを逆訴され、所領を没収されて甲斐の国谷村に預けられた後、斬罪に処せられることになった。死の近づいたことを知った晴信は祈りの生活にあけくれた。そして死の日を待った。

処刑の日、彼は「十字架の前にひれ伏して、大音声に己が罪を告白し……赦しを乞うた。家来の一人が彼の首を刎ねて最後の一撃を与えた。彼の夫人ジュタはその勇気と信仰とでこの苦難中、忍んできたのだが、その首を両手に取りあげて、いかにも大名の夫人に相応しく、いささかも取り乱さず、長い間、見詰めていた。……即日、彼女は髪を切り、三年の間、ひたすら夫の墓の側に蟄居し、喪に服した」（シュタイシェン『切支丹大名』）

こうして父晴信を訴え、父を見殺しにすることによって有馬家の家督をついだ有馬直純は日之枝城に戻ると、父とはまったく反対の宗教政策——切支丹弾圧を開始した。直純もまたかつては受洗もし、洗礼名をミカエルと言い、小西行長の姪マルタを妻としたこともある。しかし、行長が関ヶ原の戦で敗れ、家康からその曾孫女《ひまご》の国姫と婚姻することを命ぜられると、マルタと別れ、家督相続後は切支丹嫌いの国姫の意を迎えるためにも、切支丹追放にとりかかったのである。

教会がこわされ、寺が建てられ、仏教僧侶が領内によばれ、領民に切支丹を棄てることが命ぜられた。領内の多くの切支丹たちはこれに肯んじなかった。だがもはや日之枝城内に有馬神学校をおくことは不可能になった。

当時、神学校の校長はポルトガル、リスボア出身のマテオ・デ・コーロス神父だった。コーロス神父は生徒と教師たちとを連れて、日之枝城から長崎の唐渡山にふたたび移った。ふたたびと言うのは、むかしこの山に神学校が移転したことがあったからである。その長崎には有馬領内での迫害を逃れて切支丹の避難民たちが続々と流れこんできた。かつて宣教師たちにとって最も安心して布教を行えた有馬の領国は、一転して最も危険な土地の一つになってしまったのである。

間もなく九州の宣教師たちは有馬だけでなく、江戸でもきびしい禁教令が家康によって発せられたことを知った。家康はまず駿府城内と江戸の家臣を調査し、自らの命令にかかわらずなお、信仰を守ろうとする者の財産を没収し追放した。追放された家康の家臣のなかには、後に品川で火刑に処せられた原主水《もんど》、大坂城に入って東軍と戦って戦死した小笠原権之丞などがいる。

関ヶ原の戦以後も切支丹にたいしては寛大で、宣教師の布教を見て見ぬふりをしていた家康が基督教にたいし、いかなる感情を持っているかは、遂にこれではっきりとした。家康はさしあたってこの切支丹禁止令を徳川家の直轄領だけに適用し、他の大名には強制しなかったが、やがて彼が大坂城の豊臣家を倒し、天下の実権を握れば、秀吉以上にきびしい弾圧を実行することは明らかだった。

家康の反切支丹感情を知った九州の諸大名たちは、それに追従するかのように切支丹圧迫に踏みきりはじめた。それまで基督教に寛大だった小倉の細川忠興は、領内に宣教師と教会の存在することを禁じたし、大村の切支丹大名、大村喜前も、はっきりと棄教することを宣言した。五島の五島純玄もまた切支丹から仏教徒に戻った。父、晴信失脚後、有馬家を継いだ直純は日向に移封を命ぜられたが、その代り有馬は棄教者で長崎奉行の長谷川藤広が支配することになった。

秀吉の死後、しばらく一息ついていた宣教師たちは、ふたたび重くるしい空気のなかで身をひそめ、嵐が通過するのをじっと待とうとしていた。彼等はただ豊臣秀頼が家康を倒せば、自分たちに布教の自由が与えられるかもしれぬという、万に一つのはかない可能性に希望を託するより仕方なかったのである。

この時期、同宿だったペドロ岐部が何処で何をしていたのかはわからない。しかし彼もまたこの重い空気のなかで自らの未来を考えていた……

流謫の日々

「幼年の頃から日本人の間に育った私は、彼等に関して得た智識に基いて御報告いたします。私はきびしい選択と調査をせずに日本人を修道士にすることは、わが（イエズス）会のため適当ではないと考える者であります。日本人はヨーロッパ人に比べ、天賦の才に乏しく、また徳を全うする能力に欠けています。……それに聖なるわれらが宗教は彼等にまだ深い根を下さず、改宗も近来の事ですから、基督教についても根本的によく知らず、理解もしていません。こうした連中を我がイエズス会に入れることは良いとは絶対に思われません。

　その点、私自身、長年、次のような見解を抱いています。たとえ入会する日本人が百人以上ありましても、そのなかに信者を統制する才を備えた者なく、教義に通達した者なく、魂を救う道に大きな情熱を持っている者もありません。ましてそのなかから司祭になる能力を持った者は今日、一人もいないのです。……

　彼等の大部分は幼少から神学校《セミナリオ》で教育を受けましたが、イエズス会に入会して、何をするのか、また選ばれて入会する者の使命がどんなに重大なのかもわきまえぬくせに、神学校時代に教育をうけた教師に嘆願して、ある年は十三人もイエズス会修錬院に入ることを許されています。

　これらの日本人の特徴は偽善です。彼等は天性、外側は謙虚で冷静を装えますから、わが会士はそれに幻惑され、この連中の信仰心がヨーロッパ人ほど強くなく、修徳も不完全なことを知らず、また見抜けないのです」

　これは一五七七年（天正五年）に来日し、巡察師ヴァリニャーノが関白秀吉に謁見した折、その通訳をしたジョアン・ロドリゲス修道士の手紙の一節である。

　この手紙には有馬神学校など日本の神学校を卒えた日本人への手きびしい評価が書かれている。「教義に通達した者も、魂を救う道に大きな情熱を持っている者もない」「イエズス会に入会して、何をするのか、また選ばれて入会する者の使命がどんなに重大なのかも、わきまえていない」「外側だけを謙虚に冷静に装っている」「そのなかから司祭になる能力を持った者はいない」。要するにロドリゲスの考えによると有馬神学校を卒えた日本人たちは信仰心も足りず、基督教の神学をわきまえていない者が多く、聖職者になる資格はないと言うのである。

有馬神学校の創設者、ヴァリニャーノ巡察師は、将来の日本教会の支柱ともなるべき人材を養成するため、この神学校をつくった。にもかかわらず、創立以来十八年をへた後も、ロドリゲス修道士のように、神学校卒業生への手きびしい批判者が一人ならずいたことは忘れてはならぬ。ロドリゲスの批判が正しいか、否かはともかく、その日本人卒業生に司祭《パードレ》はおろか、修道士になる実力も信仰もないという気持がかなり多数の在留宣教師の心にあったことは、この手紙を見ただけでも窺えるのである。

たしかに外人宣教師の眼からみると、卒業生は司祭、修道士に必要なラテン語もたどたどしく、しかも基督教神学に根本的に通暁していないという欠点があったろう。だがこれは無理もないことで、当時の日本人には基督教を専門的に学ぶ大学もなく、また書籍にも恵まれていなかったのである。

けれども、ロドリゲスの手紙が一五九八年に書かれているのは注目に価する。一五九八年と言えば、ペドロ岐部兄弟が有馬神学校に入学する僅か二年前である。神学校卒業生への軽侮の眼は、兄弟が学業を卒えたあともそう変りなかったろう。というのはペドロ岐部は卒業後、同宿にはなったが、イエズス会に入会したいという彼の希望は認められなかったからである。それは彼もまたロドリゲス修道士のような宣教師の眼からみると「イエズス会に入会して、何をするのか、また選ばれて入会する者の使命がどんなに重大なのか、わきまえていない」一人にうつったであろう。あるいはペドロ岐部個人がまだイエズス会に入るほどの「教義に通達もせず、魂を救う道に大きな情熱を持っていない」と考えられたのかもしれぬ。

だがこうした一部の侮蔑的な眼を有馬神学校の卒業生たちは感じなかった筈はない。彼等のなかにはこれを一種の差別待遇と思い、ひそかな不満と不平を心に抱いた者もいたことも確かである。

世俗を棄てて信仰の世界に生きようとした彼等にもそれなりの俗的な野心はあった。それは宣教師たちと同じようにイエズス会に入り、聖職者になりたいという野心である。たしかに聖職者として一生を神に捧げると共に、人々の尊敬をもえたいという俗っぽい願いも、これら神学校卒業生の宗教心にまじりあっていたことは否定できぬ。この時期のペドロ岐部もまた、その一人だった。

だがそんな彼に与えられた仕事は同宿という仕事である。修道士でもなければ神父でもなく、教会の手伝いを行い、宣教師たちの雑用を果す使用人にすぎぬ。自分たちに教えてくれた宣教師たちの所属するイエズス会に入り司祭になりたいという野心は神学校を卒えた時から彼の心にあったが、彼の希望はまだ握りつぶされていた。

おそらく、この時期のペドロ岐部の心には暗い気分が鬱積していたにちがいない。宣教師たちのなかには前記のロドリゲスやあるいは前布教長のカブラルのように日本人がイエズス会に入ることを望まぬ者も多かったが、しかしそれでもある人数の神学校卒業生は入会を許され、更に勉学を続けるため、マカオに送られた者もいた。そうした好運やチャンスに恵まれぬのはこの青年にとって決して愉快ではなかった。

神から与えられた自分の生涯を謙虚に受け入れることが基督者の義務の一つだとは充分、承知していながら、彼はいつまでも同宿という下級な仕事に甘んじねばならぬことが不満だった。にもかかわらず、ペドロ岐部はやめようと思えばやめられるこの同宿の仕事を八年間も放棄していない。そして妻帯もしていないのだ。

同宿は聖職者ではないから、妻帯しようと思えば結婚できる。しかし、岐部が二十七歳までこの仕事にありながら妻をめとらなかったことは、この青年にいつの日か司祭になる夢がまったく消えていなかったことをはっきり示している。なぜなら、カトリック教会では聖職者になる者は妻帯してはならぬことが義務づけられているからだ。

こうして八年間、いつの日かイエズス会に入り、聖職者になることを心に誓いながら、岐部は教会や宣教師のための雑用を毎日働いた。その彼がどこで働いたのかはまったく資料がないが、おそらく長崎だったろうというのが上智大学のチースリック教授の推測である。家康が慶長十七年、有馬晴信の事件を契機として直属の家臣たちに禁教令を出して以後、有馬にも切支丹の迫害がはじまったが、長崎だけはまだまだ基督教は盛んだった。長崎とその附近には、当時、家康の眼をのがれて新しい教会さえでき、五万の人口のうち大部分が切支丹だったとさえ言われた。一時は「サンタ・マリアの時間(午後六時頃)には教会から子供たちの聖歌の声がながれ、町で遊ぶ子供もそれに応ずる」というほどだったから、他に行き場のないペドロ岐部もこの長崎にいたことはありうることなのだ。彼の卒業した有馬神学校もまたこの時期、長崎の唐渡山、それから「岬」で授業を続けていたのである。

誰にも自分の人生が突如として変る切掛も、その時期もわかる筈はない。神のひそかな意志がどのようにひそかに働くのか人間の眼には見えぬからである。ペドロ岐部の場合もそうだった。憂鬱な気持を胸ふかくかくしながら、同宿として教会と宣教師との雑用に走りまわっていた八年後の慶長十九年(一六一四年)、その生涯をまったく変えてしまう事件が突如、起った。

この慶長十九年の一、二年前から、江戸、京都、九州での切支丹迫害は次第にそのリズムを速めていた。先にものべたように慶長十七年には京都の教会が破壊され、家康の命令に服さない徳川家の家臣の制裁が行われた。有馬でも新領主、有馬直純の手で次々と家中の切支丹武士の処刑が行われた。大村でも天草でも家康の禁教令に追従する宗教政策がとられ、信徒にたいする締めつけは強化されていった。

だがこの慶長十九年の正月二十七日、家康は二度目の切支丹禁教令を公布した。これは第一回目の布告が駿府を中心とした局部的なものであったのにたいし、ひろく日本全国に発布されたものである。

本心では基督教に嫌悪感を持ちながら家康は秀吉と同じように南蛮貿易の利益を無視することができず、貿易と布教を不可分とするポルトガル人、スペイン人の要求を入れて最初は宣教師たちに寛大な態度をみせていた。ために関ヶ原の戦以後も宣教師も信徒も秀吉の弾圧以来、はじめてしばしの春を楽しむことができた。日本人受洗者の数が急速にふえたのもこの時であり、基督教側の報告によると慶長十五年（一六一〇年）には信徒数七十万にのぼったと言われる。

だがこの短い春は長く続かない。東洋貿易をめぐる旧教国の南蛮（ポルトガル、スペイン）と新教徒の北蛮（イギリス、オランダ）の世界的な争いの波が日本にも押し寄せてきた。その波のなかで日本も孤立しているわけにはいかなかった。慶長五年（一六〇〇年）大分に漂着したオランダ東印度会社の所有船リーフデ号の航海士、ウィリアム・アダムス（三浦按針）が家康に登用されてその顧問となると、家康の貿易政策に適切な助言を与えると共にスペイン、ポルトガルなど旧教国の領土的野心を強調し、これらの国の締め出しを画策した。

ポルトガルの東洋貿易がオランダに圧迫されて次第に日本でも衰えはじめると、家康は前よりは貿易と布教の不可分問題に悩まなくなった。慶長十五年（一六一〇年）の切支丹大名、有馬晴信と岡本大八事件を契機として彼は基督教禁制の決心をかため、第一回の布告の翌年、金地院崇伝に命じて長文の布告文を作らしめた。「爰《ここ》に吉利支丹《きりしたん》の徒党、適《たまたま》日本に来り、啻《ただ》に商船を渡して資財を通ずるのみには非ず、叨《みだり》に邪法を弘め、正宗を惑わし、以て城中の政号を改め、己が有と作さんと欲す。是、大禍の萌《きざし》なり」。この布告文には、前権力者秀吉と同じように、布教を利用した南蛮諸国の日本侵略への家康の恐怖がある。同時に、かつて信長や秀吉と同じように一向一揆の執拗な反抗を味わった家康が、宗教者の反乱がいかに怖しいかを思い出し、日本切支丹の団結が彼の統治政策に矛盾することを考えたこともはっきりわかるのである。

正月二十七日、発布された布告はかねてから予感されていたものとはいえ、日本中の切支丹教会と宣教師とを混乱に陥れた。秀吉の禁教令の日と同じように、これを一時的な嵐と考え、嵐の通過するのを待とうとする宣教師や信徒もいたが、事態はそう甘くなかった。京都では大久保忠隣が江戸幕府の命を受けてこの布告のきびしい実行にあたり、教会の破壊、信徒の逮捕と棄教の強制を開始した。棄教を肯んぜぬ者には拷問と威嚇とが次々と加えられ、宣教師とその援助者の名簿が作成された。そしてそのブラック・リストにのった外人宣教師たちと主だった信徒たちの国外追放まで決定されたのである。

追放命令を受けた宣教師たちは長崎に集るよう厳命を受けた。宣教師だけでなく、高山右近や内藤寿庵のような有力な切支丹武将までが日本に住むことは禁じられた。すべて秀吉の追放令とは比較にならぬ大規模で苛酷なものだったのだ。

長崎も混乱と興奮の渦に巻きこまれた。五万の人口のほとんどが切支丹であるこの宗教都市では、棄教する者と信仰を守ろうとする者、隠忍しようと主張する者と為政者に反抗しようとする者の二派に別れた。二月には、京から追われた宣教師が到着すると事態の重大さはますます、はっきりとした。イエズス会の宣教師は隠忍自重を説いて教会も閉じ、春の復活祭の行事も行わなかったが、フランシスコ会とドミニコ会アウグスチヌス会の宣教師はこれに反対して四十時間の祈禱大会を開いて気勢をあげた。彼等は自分たちの信仰の証《あかし》のためデモンストレーションを行うことを企て、復活祭のあと、受難を覚悟する大行列を次々と市中で行った。興奮は絶頂に達し、殉教の決心を叫ぶ彼等の大行進にさすがの奉行所もなす方法《すべ》はなかった。

だが、五月に入ると長崎奉行、長谷川佐兵衛と上使、山口駿河守との手で佐賀、平戸、大村の兵が集められ、長崎に戒厳令が布かれた。次々と教会がとりこわされた。しかし、有馬神学校だけは生徒たちを市中の富裕な信徒の家に寄宿させ、なお、授業をほそぼそながら続けようと試みた。その授業は十月のはじめまで続けられたようである。

追放令が出されたあと、集結した宣教師と有力信徒は二つのグループに分けられた。マカオに行かされるグループとマニラに追いやられるグループである。だが、彼等を乗せる船の準備が出来ていなかったので、季節風の吹く十月までこの二グループは長崎のそばの福田、木鉢、小善寺の三カ所に分散して藁小屋に抑留された。

それでも宣教師や修道士のなかにはひそかに迫害下の日本に潜伏し、なおも布教を続けようと計画をたてる者たちがいた。彼等は教会を失い、司祭を失った日本信徒たちの今後を考えると、甘んじて日本を去ることができなかった。彼等の最後の期待は緊迫した徳川と大坂城の豊臣家の戦いにあった。万一大坂城方が勝つならば、家康の切支丹禁止令は撤回されるかもしれぬ。それまで日本に潜伏し、情勢の変化を待ってみようと考えたのである。この決心をしたのは慎重なイエズス会員では総計百十二人のうち二十七名にすぎなかったが、熱狂的なフランシスコ会は十名のうちの六名が、ドミニコ会は九名のうち七名が、アウグスチヌス会では三名のうち一名が、実際、日本に潜み、当局の追及を逃れてその後も布教をひそかに行ったのである。

　国外退去の日が決った。十月六日と七日の両日である。既に夏に到着していたマカオからの船は積荷をまだ売り払っていなかったが、長崎奉行所はこれ以上の遅延を認めず、その代り五隻の中国のジャンクがマカオ行きグループを運ぶことになった。

　ペドロ岐部もまた宣教師や神学校時代の先輩たちと共にこのマカオ行きグループのジャンクに乗せられた。潜伏して残る者と日本を離れる者の二グループはこの日、永遠の別れをたがいに告げることになる。去る者がふたたび故国の地を踏むという保証はなかったし、潜伏した者はその日から危険と死とを覚悟せねばならなかった。

　ペドロ岐部がこの時、日本に潜伏するグループに加わらなかった心理は私には興味がある。たしかに彼はマカオに行けば自分には司祭になれる勉学が続けられると思ったのだ。マカオは有馬神学校の生徒たちにとって、明治期の学生がロンドンや巴里を夢みたように、憧れの留学地だったのである。ペドロ岐部は有馬神学校第一期の卒業生、セバスチャン木村やルイスにあらが一五九四年、マカオに送られてそこの神学校で勉強を続け、七年後、長崎で司祭に任命されたことを複雑な気持で長い間、思い続けてきたのである。

　そのマカオに行ける。彼にとって日本から追放されることは悲痛な別離だったが、同時にある希望も心に生れたことは確かである。迫害の嵐が吹く日本になつかしい人々を見捨て去ることは心苦しかったとしても、そのために司祭になるチャンスが与えられるとするならば、彼はこう神に誓わねばならなかったであろう。「主よ、私が彼等を一時、見捨てることをお許しください。司祭になりたいのは私の個人的な野心のためではない。彼等のためなのです。だから私はふたたび、この日本に必ず戻って参ります」。この帰国の誓いがなければ、彼はおそらく、マカオに去ることに心の苛立を感じたにちがいないのだ。

　五隻のジャンクに二十三人の宣教師、それから二十九人の修道士、それに岐部のような同宿たちが五十三人も乗りこんだ。船が長崎湾を出た時、潜伏を決意していた二人の神父が脱出を手伝いに来た信徒の小舟に乗り移ろうとした。一人が失敗し、一人は成功した。成功したのは有馬神学校の校長、ロドリゲス神父（前記のジョアン・ロドリゲスとは別人である）である。危険はもう始っていた。ジャンクに残った者は小舟で去っていくロドリゲス神父を見送ったが、気持は悲壮なものだった。

五隻のジャンクには、岐部を有馬神学校で教えてくれた教師も先輩も同級生もまじっている。初代校長のモーラ神父は別の船でマニラに追放されることになっていたから、そこにはその顔はなかった。二代目校長のラモン神父は四年前、既に長崎で他界していた。ペドロ岐部が神学生時代、薫陶を受けたカルデロン神父も見あたらなかった。彼もまたマニラ行きのグループに入れられていたのである。

だが、この五隻のジャンクには岐部にラテン語を教えてくれたポルトガル人のディアス神父やラテン語と共に音楽の教授だったリベイロ神父がまじっていた。ラテン語の補習をしてくれた日本人修道士で諫早生れのコンスタンチノ・ドラードや伊予ジュスト、日本仏教に詳しいルイス内藤の顔もみえた。あの天正少年使節の一人だったマルチニョ原も神父として乗りこんでいた。

先輩では一期生の西ロマノや三期生の大多尾マンショ、四期生の進士アレキシス、ペドロ岐部より五年先輩の辻トマスや山田ジュスト、後輩では小西行長の孫の小西マンショや美濃出身のミゲル・ミノエス（日本名不明）もいた。生徒の身のまわりの世話をしてくれた守山ミゲルが加わっていた。

見なれたこれらの顔のなかで、そのうちの何人かがやがてペドロ岐部の数奇な運命を横切っていくのだが、それはまだ彼にはわからない。この追放の日、彼は自分より十七歳も年上で有馬出身の西ロマノと将来、あのシャムのアユタヤの日本人町で再会するとはこの時、夢にも考えなかったろうし、また、自分たちのグループとは別にマニラに追放される日本人たちにまじったミゲル松田と危険きわまりない帰国を共にするとも思わなかった。更に自分たちとは袂《たもと》をわかち、長崎のどこかに潜伏したポルロ神父が、いつの日か自分を裏切るとは夢想だにしなかったのだ。

船が湾を出ると海は荒れた。かつて天正少年使節たちも苦しんだあの南支那海の波濤を船酔いに耐えながら、六十名以上の追放者はマカオに向っていったのである。

一方、マカオ追放者の出発一日後、フィリピンに流される宣教師、信徒の船も日本を離れた。そのなかには高山右近や内藤寿庵のような切支丹武将とその家族もまじっていたが、船は小さく、乗客は多く、ためにその三十人が甲板や廊下に寝起きする始末だった。一カ月以上もかかったこの船旅は悲惨で、病人や死者が続出し、また大波の浸水を受けるなど文字通り、辛苦の旅だったのである。

だが、兎も角も二つのグループはそれぞれの目的地であるマカオとマニラとに向っていた。岐部にとってもはじめての海の旅であり、はじめて見るであろう異国だったのである。

一六一四年頃のマカオは今の衰微したこの町の面影からはほど遠い繁華な貿易港である。エドゥアルド・デサンデ神父の編纂した『天正年間遣欧使節見聞対話録』（東洋文庫）は使節の一人に「そこはポルトガル人のみならず、基督の教えに改宗した中国人もまた多く住んでいた。中国のすべての州から異教の商人が商品を携えて多く集り、ポルトガル人にとって殷賑《いんしん》な商業地であり、東洋のあらゆる国々からの多くの商人の来往する町である」とのべさせているが、その繁栄の最大理由は、日本に生糸を輸出し、日本から銀を輸入する日本との貿易にあった。したがって、町には中国人、ポルトガル人だけでなく、日本人の商人、留学生、奴隷、労働者などもあまた流れこんでいた。日本を離れてマカオの繁栄はなかったのである。

貿易だけではなく、この町は日本と中国との基督教布教の最大の根拠地にもなった。天正少年使節がここに往路と帰還の途中、滞在したのはよく知られているが、使節派遣の立案者である巡察師ヴァリニャーノは町の丘に修道院と学院《コレジオ》をつくり、そこを日本布教を志すイエズス会員の大養成所とした。学院では人文科学、芸術、神学の講義が行われ、セバスチャン木村のような有馬神学校の卒業生が留学したのもこの丘の学院である。

丘の学院は聖ポーロ学院とよばれ、二階建てで、教会を四方から囲む五角形の建物だった。不幸にしてこの学校と教会とは一八三五年の大火で消失し、今日、マカオを訪れる者はその大火に黒く焦げた前面壁を見るだけである。だが、日本人切支丹たちもその建設工事に協力したといわれるこの建物は、一六〇二年の完成時にはうつくしいアーチ型の屋根を持ち、金箔と朱と青の壁を持ち、海上からマカオの丘を見あげる者の眼に何よりも早くうつっただろう。

一六一四年十一月、南支那海の苦しい旅を終えてやっとマカオに近づいたペドロ岐部たちも、この学院と教会とを舟から指さして声をあげたにちがいない。なぜなら、そこはこれから彼等の住家となる場所であり、ペドロ岐部たちには憧れの学校だったからである。

いつの日か司祭になりたいと願う岐部は聖ポーロ学院の名を神学校の教師やそこに留学した先輩たちから聞かされていた。不測の追放令によって日本を離れ、こうして見知らぬ異国に流されてきた彼だったが、このマカオの聖ポーロ学院で学べるという希望が苦しみをいやしてくれた。追放の地は同時に希望の地にもなった。海から、マカオの丘にそびえる教会と学院とを眺めた時、ペドロ岐部の心は悲しみと悦びとの入りまじった複雑なものだった。

だが、岐部たち日本の追放切支丹の気持とは裏腹に、マカオのイエズス会は当惑していた。彼等はやむをえぬとは言え、この日本人たちを受け容れたくなかったのだ。正直いってこれら追放日本人たちは「招かれざる客たち」だった。二十三人の神父、二十九人の修道士、五十三人の同宿を迎え入れるには聖ポーロ学院と教会との施設は狭すぎた。そして彼等をすべて養うことも経済的にむつかしかった。

　こうした受入れ体制の不備のほかに、当時、マカオのイエズス会を当惑させたのは、町の中国人、ポルトガル人の反日感情である。かねてから倭寇の暴虐に悩まされていた明《みん》朝廷は、その前年（一六一三年）、広東の官憲に命じてマカオのポルトガル政庁に在住日本人の退去を要求し、事実、九十余名の日本人を追放している。その矢先にあまたの日本人がたとえ基督教徒であるとは言え、無許可でマカオにあらわれたことは、この町のイエズス会にとっては迷惑だった。

　他方、マカオ在住のポルトガル人たちも、この頃、必ずしも日本人にたいして好意的ではなかった。特に先にもふれたように慶長十四年（一六〇九年）にマカオで有馬晴信の朱印船の乗組員がポルトガル人と喧嘩した事件や、ポルトガル船マードレ・デ・デウス号が長崎沖で有馬水軍に撃沈された出来事もあって、ポルトガル人の反日感情がくすぶっていた矢先だけに、聖ポーロ学院としては日本人たちを受け入れることは彼等を無用に刺激することになりかねなかった。

　追放された外人宣教師たちはとも角、日本人たちはマカオのこの雰囲気をよく知らない。彼等にはマカオは骨を埋める第二の故郷になるべき町だった。日本を追われた自分たちを暖く迎えてくれる、と当然考えていた。ペドロ岐部のような青年はここで自分が司祭になる路も開けると空想していたのだ。

　マカオに到着した追放者たちは上陸した日から自分たちが「招かれざる客」であることを知った。受入れ側がいかに努力しても気まずい感情が両者の間に生れはじめた。日本人たちは馴れぬ外国生活に神経質になり、受入れ側の善意さえ素直には受けとれなくなりはじめた。自分たちがマカオのイエズス会にとって「迷惑な居候」であることを彼らは次第に感じるようになった。

　その上、マカオのイエズス会が悲鳴をあげたのは、この一六一四年の第一回の追放者につづいて、日本を逃れた日本人切支丹たちが次々とここに避難してくることだった。彼等に仕事を与え、最小限度の生活を保障することはここのイエズス会にはできないことだった。

　日本人たちは市中の中国人やポルトガル人を刺激しないよう、できるだけ宿舎の聖ポーロ学院から出ないよう命ぜられた。一種の拘禁生活が若い岐部たちの神経をいらいらとさせた。

しかし最初の頃はまだ良かった。マカオのイエズス会は日本から追放された外人宣教師と相談の上、やがて日本に禁止令が解かれる日にそなえ、旧有馬神学校の日本人生徒や卒業生のために授業を行うことを決めたからである。アルヴァロ・ロベスというポルトガル人の家が教室のかわりに使われ、約五十人の日本人青年がそこで勉強することになった。ペドロ岐部も勿論、この授業に加わった。

教師のなかには彼が日本で神学校生徒だった頃、ラテン語と歌唱を教えてくれたヴィセンテ・リベイロ神父がいた。ラテン語担当である。日本人修道士のコンスタンチノ・ドラードもラテン語の補習授業をやってくれた。同じ修道士で摂津出身で、内藤寿庵の親戚にあたる内藤ルイスは日本の宗教批判の講義を行ってくれた。

自由を許されない毎日でも、とも角もこうして司祭になるために勉強が続けられている間はペドロ岐部たちはまだ夢があった。その上、マカオに着いてから宣教師も日本人切支丹たちも、いつか故国にたいして空想的な希望を持つようになっていた。それは前にもふれたように、徳川家康と大坂城とがやがて戦争をはじめ、もし豊臣側が勝ったならば、切支丹の禁制も解かれ、自分たちは日本に戻れるのではないか、というあの夢想だった。こうした希望的観測は追いつめられた人間の特有な心理によるものであり、同じような心理体験を戦争中、味わった我々はそこからも当時のペドロ岐部たち、追放された日本人の必死の心情を知ることができるであろう。

当時、このマカオにはイエズス会に所属しない一人の日本人神父が偶然滞在していた。岐部たちが日本から追放されてこの町にたどりつく三カ月前の八月に、彼はヨーロッパの留学を終えて長い船旅の後マカオに帰国の便船を探すため上陸したのである。

あとで詳しくのべるが、おそらく日本人としては二番目の欧州留学生であるこの男の名は荒木トマスという。前歴を知る資料もなく、有馬神学校の卒業生でもないこの男がどのような方法でヨーロッパに行けたのかもまったく不明だが、ローマの神学校で優秀な成績をあげた彼は、偶然このマカオで日本追放の同胞神学生や同宿に出あったのだった。

ヨーロッパに留学し、しかも彼の地で神父に叙品されたこの荒木トマスの存在は岐部たちにとってまぶしく、羨望にたえぬものだったろう。彼は岐部たちにヨーロッパに独力で行く方法を語っただろうし、またローマで神父になる手づるも教えただろう。

だがこの日本人神父は岐部たち追放切支丹にとって不気味な発言をするようになる。彼は自分の目で直接見た基督教国の東洋侵略の模様を語り、それを烈しく非難したのである。侵略の実態と教会との関係、教会がその侵略を黙認していることも語ったのである。この荒木トマスの発言に日本人切支丹がどのような反応を示したかはわからない。反撥する者もあれば沈黙する者もあったろう。だが問題は彼等にとって切実だった。なぜなら彼等をこのマカオに追放した日本の為政者たちは基督教の布教をヨーロッパの侵略主義と結びつけて禁制にしたからである。しかし宣教師たちはこの侵略主義を事実無根と主張する。為政者たちが正しいのか、宣教師たちが正しいのか。日本人切支丹は荒木トマスの発言にひとつの重大な問題をつきつけられたのだ。

この時岐部がこの問題にどのような考えを持ったかは資料がない。おそらく彼はそれについて沈黙を守らざるをえなかったのだろう。だがやがて結論を出すことを避けたこの問題は彼自身の問題にもなる筈だ。

マカオで出会ったこの荒木トマスは岐部たちにまぶしい存在であると同時に不気味な存在になった。だが荒木トマスはその翌年、このマカオから日本に密入国を企て成功している。基督教国の侵略を肯定できなかった彼だが、この時、まだその信仰をも捨てたわけではなかったことは密入国後四年にわたって日本で潜伏布教を続けていることでもわかる。

荒木トマスは岐部たちにヨーロッパへの独力留学もできるのだということを教えた。その言葉は岐部たちにまた、あたらしい夢を与えた。

日本を見すてて

マカオのイエズス会からは「招かれざる客」と迷惑がられたが、それでもペドロ岐部たちマカオに逃れた追放日本人たちはまだ倖せだった。この町である程度の屈辱や不便を味わわねばならなかったにせよ、生命の安全は保障され、その信仰を守ることができたからである。のみならず、これら神学校の卒業生や生徒はわずか一年の間にせよ、勉学を続けられたのだ。

マカオを訪れ、黒く焦げた聖ポーロ教会の前面壁の前にたたずむたび、私はペドロ岐部たちが故国の日本人信徒の苦しみをどう思って、ここに住んだのか、といつも考えざるをえない。彼等は信仰と身の安全が許されたこの学院に住みながら、長崎や有馬に残した日本人信徒に後めたさを感じなかったのか。

いかに弁解しようともペドロ岐部たちは日本の信徒を見すて、このマカオに来たのだ。家康の国外大追放令に従わねばならなかったとは言え、彼等の先輩や外人宣教師のなかには敢然として日本に潜伏することを決意し、それを実行した者たちがいた。この宣教師や同宿たちはやがて始る迫害のなかで、孤立している日本人信徒を放棄することができなかったのだ。安全のなかの信仰の保障よりも、苦しみのなかの連帯を彼等は選んだのである。

これらの人々と自分たちとを比べあわせた時、ペドロ岐部たちが後めたさを感じなかっただろうか。事実、この後めたさに耐えかねて、マカオからふたたび迫害下に戻ろうとした何人かの外人宣教師や日本人たちがいる。たとえば伊太利宣教師のアダミ神父はマカオに着くとただちに日本に戻っている。イエズス会のパセオ神父やゾラ神父、日本人の修道士ガスパル定松もマカオから間もなく日本に引きかえしている。彼等は残した日本信徒を遂に見すてることができなかったのだ。

安全な場所でおのれの信仰を守りつづけるべきか。それとも切支丹禁制の日本に引きかえし、日本人信徒と苦しみを分ちあうか。それは当然これらの帰還者を見送るペドロ岐部たちの心の問題になった筈である。

だが、ペドロ岐部は頑なに帰国しない。マカオに残っている。彼もまた、その気にさえなれば日本に戻る外人宣教師や日本人修道士の舟に乗り、九州に潜行することはできたのだ。

けれども岐部たちがこの行動に出なかった心理が私の興味を引く。そして、この時の心理がその後の彼の生涯にどういう影響や痕跡を残したかを見逃すわけにはいかない。いずれにせよ、岐部たちは安全なマカオで勉学を続ける余裕はあったのだ。

岐部たちにくらべ、大追放令のあとの日本の基督教徒たちの生活にはそんな余裕などなかった。幕府は日本在住の宣教師がすべてマカオ、マニラに移ったと信じていたが、実は四十六人の神父、修道士たちが日本に潜伏していた。信徒たちにひそかに助けられて彼等は村の納屋や山中の洞窟のひそかな隠れ家にひそんだ。「忍び出ようとして、入口を覗けば、窓は二つの拳ほどの大きさしかなかった。私はここに六十日間、むしむしする暑さのなかに留っていた。町に出かけても発見される危険があったので、また洞窟に戻った」とある潜伏神父は書いている。「司祭たちは……囚人のような生活をして、ほとんど空気も日も届かぬ隠れ場所にひそみ、……湿気をうけ……小量の米と数匹の魚と塩菜という実のない食事で、ようやく露命をつないだ。足は血にぬれ、身体は痩せほそり、ならず者のように、夜、外に出るのだった」（レオン・パジェス『日本切支丹宗門史』吉田小五郎訳）

信徒たちもこれらの潜伏神父たちに自分のまずしい食事をさき、その行動を助け、警吏たちの探索があれば、ただちに隠れ家の神父に通報した。日本の基督教史のなかでこれほど聖職者と信者とが一心同体となり、原始基督教会にも似た強い団結力でおのれの信仰を守ろうとした時期は他にないだろう。

だが迫害者も決して手をこまねいてはいなかった。大追放令直後の迫害の度合は各地方によって違ったが、そのうち最も苛酷だった地方の一つは、ほかならぬ有馬領内である。かつては大村、長崎と共に領主、有馬晴信の保護を受け、切支丹王国の観があったこの有明海の土地は晴信の息子、直純と長崎奉行、長谷川藤広（左兵衛）の手によって大追放令以後も更に烈しい弾圧が行われた。

有馬では棄教の強制と拷問が行われたのは日之枝城内の有馬神学校《セミナリオ》があった場所である。領内の庄屋や乙名《おとな》がここに出頭を命じられた。「兵士たちがその周囲をかため、中央には一束の縄の鞭を持った二十人の警吏が待っていた。切支丹たちは鉄の鉤《かぎ》で髪や耳を押えられ、引きずられ、殴打され、素裸にされ、足をくくられ、挫かれ、泥まみれの草履で顔まで打たれた。これは日本の習慣では一番ひどい侮辱だった」（前出『日本切支丹宗門史』）

昔、そこで神学校《セミナリオ》の生徒たちがラテン語を習い、聖歌やオルガンの響きが流れていたその同じ場所が、今や虐待と拷問とで血まみれの場所に変った。それにも耐えてなお棄教を肯んぜぬ者七十人は両足を板にはさみ、締めつけ、踏みつけるという別の拷問が加えられた。棄教する者となおも信念を棄てぬ者。信念を覆さぬ者は裸にされて斬首された。

有馬神学校が一時、避難したあの有家村でも同じような地獄絵が展開された。指を切られ、鼻をそがれ、曝され、引きまわされ、そして最後は首をはねられた信者もいた。

巡察師ヴァリニャーノがそこで有馬神学校の創設を提案した口ノ津でも、そのヴァリニャーノが住んだ教会の跡で三日の間、すさまじい拷問が行われた。骨を折られる者がいた。大きな石を頭につるされ、逆さづりにされる者もいた。額に熱した金属で烙印を押される者もいた。足の筋をぬかれる者もいた。そしてある者たちはそのために死んでいった。

信徒だけでなく、有馬直純たちは自らの家臣にも容赦なく刑罰を加えた。重臣四人は指と鼻とをそがれ、十字架の烙印を額に押された。怯えた信徒たちは山中に逃げた。

長崎地方に潜伏していた神父たちはこれらの信者たちを励すため、ひそかに有馬に赴こうとしたが、どの街道も厳重な見張りがあり、彼等と連絡をとることはむつかしかった。わずかに船で海に逃れた信徒たちとようやく接触できただけだった。

潜伏宣教師たちのなかには勿論、有馬神学校の教師だった神父やその卒業生たちもまじっていた。伊太利名門のスピノラ家の出で、有馬神学校では教師としてではなく、日本語を学ぶために在籍したスピノラ神父は、大追放後も長崎にかくれた。先にふれた有馬のすさまじい迫害の報告書を書いたのもこの神父である。四年の間、彼はさまざまな危険な目に会いながら、幸運にも助かったものの、四年後の一六一八年の冬、遂に逮捕されている。

天正少年使節の一人で有馬神学校の卒業生でもある中浦ジュリアンもまた同僚や神学校の先輩たちとマカオに赴かず、日本に潜伏した。彼は口ノ津にひそみ、また九州南部に潜行して、ひそかに布教を続けた。一五八五年にやはり神学校に入学した島原出身の石田アントニオ修道士も中国地方に行き、広島を中心に警吏の眼をかすめて信徒たちをたずね歩いている。

そしてペドロ岐部が弟と共に有馬神学校に在学していた頃、日本語を習得するためにこの学校に在籍し修辞学の教師にもなったポルロ神父もまた長崎を脱出して大坂に向った。豊臣秀頼と淀君の住む大坂城にはかなりの切支丹信徒がいたため、その信徒たちと連絡をとり、彼等のなかで布教を続けるためである。

これら潜伏宣教師たちは、各自勝手には行動せず、少数ながらも追放以前と同じような秩序ある組織を作り、上司の命に従って行動をした。だがその毎日は、先にもふれたように当局の追及を逃れるために、ある者は洞穴や土中の穴に忍びかくれ、たとえ家に住むことがあっても二重壁を作り、外部にわからぬように生活せねばならなかった。

「私たちはいつも壁の中の暗がりにかくれている」とその一人の神父は書いている。「私たちの生活は夜になると、昼いた家を出て次の家に行くが、どの家にも一夜以上はいないことにしている。呼ばれた家に行くと、まず病人の罪の告白をきく。またその家に信徒が集ってくると、彼等の罪の許しを与える。それは町の木戸のしまる時刻、夜の十時頃まで続く。そしてその夜をすごす家で眠る」

だが彼等はいかに注意を払っても、いつ警吏に襲われるかもしれなかった。拷問に耐えかねた信徒のなかに、神父たちの居場所を白状する者もいるからである。潜伏神父たちには信徒の誰が信じられ、誰が信じられぬかを前もって予想などできなかった。信じられると思った者も拷問にいつ転ぶかもしれない。連帯感と共に警戒心も持たねばならぬ同志のなかで、神父はただ信徒に自らの運命を託するほかは仕方がなかったのである。

この時期、信仰を守ることとはもはや戦いと同じだった。潜伏宣教師たちは信徒たちに永遠の至福は拷問にも耐え、死の恐怖にもうち勝って棄教しなかった者に与えられ、一方その理由が何であれ、敵側の威嚇に屈して信仰を否定した者は地獄に墜ちるとさえ、はっきりと教えていた。「武士は戦場に命を捨て危きを省みずして所領を求む、況や天の国に於てをや」（『殉教《マルチリヨ》の勧め』）

信者の棄教はたとえ、表面的、便宜的なものでも日本の教会は決して認めなかった。「切支丹を転びたる重科、損失、御罰などは、真実より転びたる者も、面向きばかりに転びたる者も、御罰にへだてあるべからず。是に付いては、イエスの御言を聞け。人の前にて吾を陳ずる者をば、吾もまた父なる神の御前にて汝を見知らずと云うべき、と宣うなり。またその御言に、誰も二人の主人に仕えることを叶わずと見えたり。

面向きばかりに転ぶことも切支丹のためには、大きに悪しき鏡となり、ゼンチョ（非基督教徒）の為には神《デウス》の御法の深き瑕瑾となるものなり。……また多くの人、面向きばかりには転ぶと雖も、ゼンチョはその心中の臆病をば知らずして、貴き基督の御宗門を浅く思いなすなり。もし、この基督の宗門に於て、たしかなる後生の助りを見付けたるにおいては、この僅かなる現世には代ることあるべからず……面向きにばかり転ぶ切支丹とても、御法に大いなる恥辱を懸け、イエスの貴き御名を汚したてまつる重罪は更に遁れがたきなり」（『殉教の勧め』）

迫害者側の迫害もすさまじかったが、宣教師の信徒にたいする要求もこのように苛酷で厳しかった。いかなる責苦にも耐え、殉教によって天国《パライソ》を獲るか、それともそれ以外の生き方をして地獄《インフエルノ》に堕ちるか、この二つしか切支丹の今の生き方はないのだ、と日本の信徒たちは教えられたのである。「今、このごとく覚悟、確かにして死することは、かえって、かたじけなき主《デウス》の御恩なりと思いとりて、この死するを科《とが》おくり（罪の償い）の捧げ物とせば、その成敗は即ち科《とが》おくりとも、又は大きな功力ともなる事なり」

（『殉教の勧め』）

　こうして二つの人間が分れた。おのれの信念を貫き通すために拷問に屈せず死も怖れぬ強者と、拷問と死に怯えておのれの信念を棄てる弱者と。大追放令以後、日本の切支丹は強き信仰者になるか、弱き転び者になるかのいずれかに生きねばならなかった。彼等には救いの希望のほかに心を励す武器はなく、祈ることのほかに身を守る武器はなかった。

　彼等はもはや十年前、二十年前の信徒のなまやさしい生き方はできなかった。静かに祈り、静かに神を考えることもできなかった。神《デウス》はなぜ、このような苦痛を与えたのか、神《デウス》はなぜ、黙っているのか、という思いだけがすべての信徒たちの心を苦しめた。潜伏宣教師たちはそれでも彼等の疑問に、それこそ神《デウス》の愛であり、慈愛なのだと教えた。

　この時期、信徒たちに語る潜伏宣教師の説教は殉教の心得に集中している。「殉教に逢うべき時、人間の力ばかり頼むに於ては、いかでか荒けなき苦患を耐うべきや。さりながら殉教者《マルチル》になることは自力に非ず、ただ主《デウス》の御力らを頼み奉らずして叶わざることなり。御奉公の道には、命をも捧げ奉ると思い切って、御合力に頼みをかけ奉るに於ては、いかでか主《デウス》より放し給うべきや。この頼《たの》もしきさえ、あるに於ては、耐え難きと思う苦しみはあるべからず」

（『殉教の勧め』）

　宣教師たちは基督もまた責苦と十字架上の苦しみを味わったことを強調する。「苛責を受くる間は、ジェズス（イエス）の御受難《パッション》を目前に観ずべし。主《デウス》をはじめ奉り、聖母《サンタ》マリア、諸の安如《アンジョ》（天使）聖者《ベアト》、天上より我が戦を御見物なさん、安如（天使）は冠をささげ、わが魂《アニマ》の出《い》ずることを待ちかね給うと観ずべし。このみぎりに及んでは主《デウス》より格別の御合力あるべければ、深く頼もしき心を持つべし」

（『殉教の勧め』）

　だがこのような厳しい要求と励しにもかかわらず、拷問と死との恐怖に耐えかねた信徒のなかには転ぶ者も続出した。信徒たちは言うまでもなく、宣教師たちが最も期待した神学校出身の者にも、いや、神父のなかにさえも棄教する者がいた……。

マカオにいるペドロ岐部たちにも日本の迫害の模様はかなりにわかっていた。マカオにはペドロ岐部たち以後にも続々と日本信徒たちが避難してきたからである。彼等や、また潜伏宣教師たちが送る手紙からマカオでは日本の情勢をある程度までは摑んでいた。

有馬や長崎でその学業生活を送った岐部たちは昨日まで自分と信仰を共にしていた人々が今日、どんな責苦に会っているかをその都度、知らされた。しかも自分たちが学んだ有馬神学校の学舎が拷問や処刑の場所になったことを聞かされた時、彼等は胸をしめつけられる思いであったろう。神学校は一転して呻き声と恐怖の場所に変ったのである。

にもかかわらず、彼等はそれら迫害を受けている日本信徒の遠くにあった。繰りかえすがマカオに生活するペドロ岐部たちは、日本と日本信徒を見すてたのである。安全な場所に逃れたのである。いかに自己弁解しようと彼等は基督教の言う「苦しみの連帯」を日本信徒と断ち切ったのである。

彼等は帰国すれば、自分たちにどんな運命が待っているかを知っていた。帰国すれば彼等もまた潜伏宣教師と同じように、洞穴や壁のなかにかくれ、昼は息をひそめ、夜になってから蝙蝠《こうもり》のように動きまわる生活をせねばならぬ。たえず追手の眼をくらまし、逮捕される危険と闘いながら生きていかねばならぬ。

だが、生活上の不便やある程度の屈辱はあってもここマカオではペドロ岐部たちに日本の信徒が味わっている危険はなかった。死の恐怖もなかった。安全も保障されていた。そしてペドロ岐部たちは今、この安全圏内に生活することができたのである。

ペドロ岐部たちは日本に戻る生きかたを選ばなかった。はっきり言えば、彼等は同胞の苦しみに眼をつぶった。殉教の機会を遠くに追いやったのである。

おそらく、この時の彼等の心には次のような自己弁解が起こっただろう。「自分たちはまだ同宿にすぎない。同宿として日本に帰国しても、信徒たちのために何をしてやることができよう。神父たちのように彼等に罪の許しを与える資格もなければ、臨終の秘蹟を授ける権限もない。彼等の苦しみにたいして実際的な助けは何ひとつ、できないのだ。だから自分たちはやがて神父となる日まで帰国を延しているだけだ」

たしかにこれは事実である。ペドロ岐部たちはまだ聖職者にはなれぬ日本人同宿にすぎなかった。故国に戻っても彼等は、死にたえず曝されている信徒たちに力と勇気とを与えるあのミサもたてられねば、また棄教を悔いる転び者たちに罪の許しを与える資格もなかった。彼等が日本に引きあげても神父たちのような形では信徒たちを助けられなかったのだ。

だがそれにしても自己弁解は自己弁解だった。ペドロ岐部たちが同胞の苦しみから遠ざかり、その連帯から離れた事実は否定できないのだ。第一にそれはマカオの上司や聖職者たちの命令によるものではなかった。先にもふれたように、マカオの聖職者たちは万が一、日本の状勢が変る日があるかもしれぬと考え、一時は旧有馬神学校の生徒や卒業生にマカオ市内の一信徒の家で勉学を続けさせたこともあった。状勢が変るのは大坂城の豊臣家と徳川家康の戦いが起り、豊臣家が勝った場合である。だが元和元年、大坂城が落城し、その希望がまったく裏切られた時、授業は停止され、生徒、卒業生はマカオで持て余された存在になったのである。彼等がどうしても帰国しようとすれば、必ずしも上司はそれを妨げたり、とめたりしなかっただろう。

のみならず、これも先にのべたことだが、迫害下の日本に次々と宣教師たちが潜入している。大追放の後、一、二年の間に日本に密入国した宣教師の数は記録に残っているだけでも二十人近くいる。二十人近くも密入国したということは、きびしい探索や監視にもかかわらず、日本人信徒たちが必死になって彼等を助けたからにちがいない。このように帰国の可能性はあり、潜入は不可能ではなかったにかかわらず、ペドロ岐部たちが日本に戻らなかったのは上司命令ではなく、彼等の自発的な気持からだった。

ペドロ岐部たちがマカオに追放されたその年の十一月から、日本では徳川家康の大坂城攻撃がはじまった。戦いは一時、中断した後、翌年の四月に再開し、五月には太閤秀吉が長年の歳月をかけて築いた巨城は炎に包まれ、大坂城夏の陣は家康の徹底的な勝利に終った。

この半年の間、切支丹にとって幸運だったのはそれまできびしかった追及の手が一時的にゆるんだことである。

マカオやマニラの宣教師たちは切支丹を弾圧する家康がこの戦いで敗れることを、ひそかに望んでいた。大坂城のなかには切支丹大名、大友宗麟、高山右近、そして小西行長の家臣たちが加わっている。また黒田長政の家臣で切支丹ゆえに追放された、明石掃部のような熱心な切支丹武将もまじっている。もし、大坂方が勝利をしめれば、ふたたび布教の自由が許されるかもしれぬ——その一縷の望みをマカオやマニラの宣教師たちはこの戦いに賭けたのである。大追放令後、マニラから潜入した宣教師のうち二名が四名の潜伏宣教師にまじりその大坂にかくれ住んだのもそのためである。この一人がかつて有馬神学校でペドロ岐部たちを教えた伊太利人司祭ポルロ神父だった。

だが彼等の期待はすべて裏切られた。城も町もすべて煙と炎に包まれ、市中に略奪、暴行、虐殺がはじまった時、これら神父たちもまた逃亡する避難民にまじって脱出を試みた。トルレスという宣教師は明石掃部の屋敷から逃げ、暴行と略奪に酔う徳川軍の雑兵のため丸裸にされ、従った同宿を殺され、六マイルの間、死体を踏んで岸和田に逃れている。ポルロ神父もこの火災の間、一切支丹の告解をきき、一人の未信者に洗礼を授けたが、明け方、やっと郊外に逃れた時は既に衣服は奪われ、ぼろになった襦袢を身にまとっているだけだった。奇蹟的にも彼は徳川軍の陣営を通過して、当時、まだ切支丹に寛大だった伊達政宗軍に保護を求めることができた。

一方、この戦いのニュースは不幸にも間違ってペドロ岐部たちのいるマカオに伝わった。いや、間違ってというよりは事実が秀頼方の勝利をひたすら望んでいる日本切支丹たちの幻影のなかで歪曲されたのである。大坂側が勝ったという誤報を聞いた時、ペドロ岐部たちは歓声をあげたであろう。宣教師たちにもふたたび日本に戻り、自由に布教できるという希望が甦ったのである。

彼等は有馬神学校の校長だったコーロス神父をただちに日本に送り、勝利を獲た豊臣秀頼を訪問させる手筈をととのえた。一六一五年の夏、コーロス神父はマカオを発し、長崎に潜入した。そして事実を知って愕然とした。

徳川政権が確立した以上、切支丹弾圧が更に強化されることはもう明らかだった。コーロス神父の報告に絶望したマカオの聖職者たちはもはや日本にたいする積極的な布教を断念せざるを得なかった。巡察師ヴィエイラ神父と管区長カルヴァリオ神父とは日本人神学生や同宿をこれ以上、司祭にする必要はなしと考え、日本人五十人のうち、四人だけに勉学を許して他の者は放置することに決めた。アルヴァロ・ロペスの家で行われていた授業はただちに停止された。こうして長い間の逆境に耐えながら続いていた有馬神学校は日本ではなく、このマカオで完全に廃校となった。そして二度とこの学校は再建されない。残るのはただこの学舎で学んだ日本人たちの運命だけである。

こうして放りだされた日本人たちのなかにペドロ岐部もまじっていた。岐部たちは鬱々とした気持のなかで毎日を送った。自分たちが不当な処置を受けたと不満を抱く者もあれば、神父になる希望を断たれたことに怒りを感ずる者もいた。そうした日本人たちの気分を察知したマカオの聖職者たちも彼等に批判的な眼をむけた。

将来の路は二つしかなかった。ひとつは日本に戻ることである。戻って日本に潜伏し、同胞信徒と迫害の苦しみを分ちあう生き方である。もうひとつは、もはやマカオの外人聖職者たちに頼らず、あの荒木トマスのように自力で神父になる勉学の路を見つけることである。

二つの路のなかからペドロ岐部は後者を選ぼうと思った。彼はまたしても帰国し、死の危険に身を曝すことを回避したのである。殉教を遠ざけたのである。故国にあって同じ信仰ゆえに迫害されている同胞に一時、眼をつむる路に進んだのだ。それは先にものべた同宿にしかすぎぬ彼等の無力感がこの路を選ばせたことは確かであろう。まず神父となり、神父となってから同胞信者を助けるのだという自己弁解も彼の心に起ったことは推測できる。しかし結果の上では彼が故国にいる信徒たちから離れたことも事実なのだ。

ペドロ岐部たちのこの時の心理を右のように分析することは苛酷かもしれぬ。しかし、彼がたとえ純粋な気持で神父になるまでは日本に戻ることを欲しなかったとしても、それはマカオの聖職者や上司には世俗的な野心、個人的な野望とうつったことは確かである。当時の巡察師ヴィエイラ神父はペドロ岐部たちを手きびしく報告書のなかで批判している。

「この若者たちは神父になり、それからその身分で日本に帰るつもりでいる。神父であることは日本では名誉であり、利益でもあるからである……。しかし彼等は新信者であり自尊心強いあたらしがり屋だ」

巡察師ヴィエイラ神父はこの報告書のなかでペドロ岐部たちの信仰をあまり信用していない。名誉と利益とのために神父になった者がたとえ故国に戻っても、その信仰はぐらつきやすく、もし、ぐらついた場合は迫害に苦しむ信徒に及ぼす悪影響はあまりにも大きいだろうとさえ指摘している。

これはヴィエイラ神父の誤解だろうか。事実日本にふたたび戻った前記の有馬神学校の校長コーロス神父はマカオの聖職者がマカオの旧有馬神学校生徒たちを本当は理解していないとその手紙のなかで訴えている。だが、たしかに多くの誤解があったにせよ、ペドロ岐部たちがそう見られたことは事実である。そして彼等の心にも「神父であることは日本では名誉であり、利益でもある」という個人的、世俗的野心がまったくなかったとは誰も言えないであろう。巡察師ヴィエイラ神父の批判は部分的に当っていたかもしれないのだ。

いずれにせよ、マカオでは旧有馬神学校の生徒や卒業生はもう学ぶべき場所も働くべき場所も失った。ペドロ岐部はごく少数の仲間とこのマカオを離れ、自力で神父になる路を切り開こうと相談しあった。だがマカオを去って何処へ行くべきか。彼等はここの上司たちが自分たち日本の同宿を批判的な眼で見ていることを知っていた。その眼がある限り、たとえマニラに移ったとしても、彼等は快く迎えてはもらえないだろう。推薦状と許可書がない以上、彼の地で神父となるべき勉強を続けることは不可能だった。

ならば方法は一つしかない。あの荒木トマスに教えられたようにまず印度のゴアに行く。ゴアには司祭養成の学院があるからである。そしてゴアでも見込みがないのならば、あの聖都ローマにまで赴こう。ローマならば、たとえイエズス会からの推薦状がなくても、荒木トマスのように神父になる勉学の路はみつかるかもしれない。

おそらく若い彼等はこの時、充分な見通しも周到な準備もなく、溺れる者、藁をも摑む気持で最後にはヨーロッパに行こうと話しあったにちがいない。

そう、誰の支援ももらえない彼等には、綿密な計画などたてようにもたてられなかったのだ。ゴアに行き、そこで駄目ならヨーロッパに行く。彼等はそのヨーロッパまでの路のりがどんなに困難な旅であり、その途中、どんな危険に遇うかもあまり気にしなかった。それは行きあたり、ばったりの冒険留学だった。だがいつの時代の若者も同じように、冒険だから彼等を興奮させ、昂揚させたのである。

ヨーロッパに留学した日本人。それは彼等の前に既に二人いた。最初の日本人留学生は洗礼名ベルナルドという鹿児島の青年で、あのフランシスコ・シャヴィエル神父が日本に来た時、この青年を見つけ、欧州に留学させている。もう一人は前述した荒木トマスである。

ヨーロッパがどんな場所か、ペドロ岐部たちも、この時は多少は知っていた。有馬神学校の先輩には天正少年使節として派遣された伊東マンショや中浦ジュリアンがいたし、この先輩や外人教師の口からスペイン、ポルトガル、ローマの有様は耳にしていたからだ。あるいは自分たちもそれらの国、その都に行けるかもしれぬという思いはペドロ岐部たちにふたたび希望を与えた。国東海賊の血を祖先から受けた岐部には、海を渡って遠い国に行くことは血が騒ぐ思いだったであろう。

だが、そうした昂揚した気持と同時に後めたさもそれなりにその心につきまとった。彼等は日本信徒を見放して、祖国とは反対の国々に赴こうとしているのだ。この後めたさは後にペドロ岐部の生涯に大きな影を落したように私には思われる。

豊臣一族を滅亡させた徳川政権は日本統一政策のためにも切支丹禁制令を更に強化する方針をきめた。大坂冬の陣、夏の陣の終結から家康の死まで、やや、この禁止令が緩和された一時期もあったが、家康のあとを継いだ秀忠は断乎として禁教令をきびしく施行することを諸侯に命じた。ペドロ岐部たちがゴアに出る船を待っていた一六一七年の頃、日本には外人、日本人あわせて五十人ほどの潜伏宣教師が相変らず死の危険に身を曝しながら、ひそかに布教を続けていた。しかもそのうち何人かは捕えられ、次々と殉教していたのである。そのような日本を見すて、おそらく一六一七年か一六一八年のはじめ、ペドロ岐部たち数人の同宿はマカオから船に乗った。

砂漠を横切る者

鬱々としてマカオに滞在していたペドロ岐部たち日本人同宿が意を決してこの町を離れたのがいつかは、正確にはわからない。それは前章でふれたようにおそらく、それは彼等がもはやマカオで勉学を続けることができなくなった一六一七年か、その翌年の一六一八年のことだろう。わからないといえば、その脱出した同宿たちの名も、岐部のほかは美濃出身のミゲル・ミノエス（日本名不明）と小西行長の孫と推測される小西マンショのほかは不明である。勿論、人数もはっきりしない。

日本を追われた彼等に、印度まで向う充分な旅費があったとはとても考えられぬ。のみならず彼等が勝手にマカオを去ることを上司たちはとめはしなかったものの、快く許したわけでもなかった。おそらくその出発をマカオの聖職者は冷やかな眼で見ていただろうし、旅費のない日本人たちは印度に海路、向ったにせよ、旅客としてではなく臨時の下級船員として船に乗ったにちがいない。

このように資料の欠乏はペドロ岐部たちが印度に渡ったことだけは伝えてくれても、彼等が印度の何処で何をしたかを、まったく知らせてくれない。しかし当時の状況や神父になりたいというこの連中の悲願から見ても、一行がまず印度のゴアを目指したことは確実である。

東洋のリスボアと言われたポルトガルの東洋進出のこの根拠地は人口、最盛期が三十万、当時の西洋の大都市に匹敵する盛況を示していた。街はマンドヴィとよぶ大河に面し、幾つもの丘を持ち、丘と平地は故国ポルトガルを思わせる教会、宮殿、修院とがあまたの人家にとり囲まれて建っていた。回教徒が長い間、支配していたこの町が一五一〇年にポルトガル領になってから基督教の宣教師たちがリスボアから来る印度洋艦隊に同乗して布教のため渡ってきたが、最初はフランシスコ会がその活動にあたり、後に、イエズス会がそれを受けついだ。ここを東洋布教の根拠地としたフランシスコ・シャヴィエルは、フランシスコ会が建てた聖ポーロ学院という学校を自分たちのイエズス会の管理におき、有馬神学校よりももっと高度の教育をヨーロッパ人と現地人とに行った。一五四七年に、そのシャヴィエルがマラッカで出あった日本人ヤジロウもその聖ポーロ学院でしばらく基督教を学んでいる。

　ヤジロウだけではない、ペドロ岐部たちよりも前にこのゴアを訪れた何人かの日本人がいる。シャヴィエルが日本から帰国した一五五一年の十一月、彼の船には大友宗麟がゴアのポルトガル総督に派遣した上田玄佐という使節が同乗していたし、シャヴィエルの弟子となり、日本最初のヨーロッパ留学生としてスペインに赴いた鹿児島出身のベルナルドや、山口出身のマテオとよぶ日本人も一行にまじっていた。彼等は共にゴアに滞在したのである。それから三十年後、ペドロ岐部たちにとっては有馬神学校の先輩にあたる天正少年使節たちがヨーロッパ旅行の往復にこのゴアに寄り、かなり長く居住していたことはよく知られている。

　有馬神学校で先輩にあたるこの天正少年使節や教師の宣教師たちからペドロ岐部たちはゴアの聖ポーロ学院の話は聞いていただろうが、哲学、神学、音楽、ラテン語、美術、科学の部門を八十人の教授が教え、三千人の学生を持つこのポーロ学院は日本の片隅の小さな有馬神学校などとは比べものにならぬ大学だった。

　ゴアまでの海路、日本人同宿を乗せた船がどの国、どの港をまわったかは不明だが、彼等は生れてはじめてアジアの国々と、自分たちと違った民族と人種とを見た。亜熱帯の強烈な光と色彩とは彼等を陶酔させただろうが、それと共に彼等は自分たちより先にここを通過した荒木トマスと同じように「見るべきではなかったもの」も目撃した。

「見るべきではなかったもの」かつてヴァリニャーノ巡察師が天正少年使節の少年たちを同じ航路で異国に送った時、この「見るべきではないもの」を見させぬよう苦心したことはその書簡からも窺える。だが少年使節の一人、千々石ミゲルはその「見るべきではないもの」を目撃して後に背教者となった。

　見るべきではないもの。それは基督教国の東洋侵略の具体的な姿である。マカオで荒木トマスが語ったことは本当だったのだ。たとえばこのゴアも一五一〇年、ポルトガルのアルグケルケ将軍が占領し、回教徒六千人を殺してこの島をポルトガル領としている。そしてゴアが植民地となると、フランシスコ会やイエズス会の宣教師が渡来して、住民の布教にあたった。この順序は他の植民地の場合も同じであり、侵略を基盤としてヨーロッパの基督教が世界各地に拡がった一つの例だった。

　布教のために侵略があったのか。勿論、そうでないことは明らかである。しかし当時のヨーロッパ教会が、布教の拡張のため、東洋や新大陸やアフリカの各国侵略を黙認したことは否定できぬ。この時代の宣教師たちには独立して異端の宗教を信ずる国民よりも、基督教国に征服されて改宗する民族のほうがはるかに幸福だ、という考えがあったからである。

だが侵略される側、征服される側の国民にとっては、侵略と布教とは不可分のもののように見えたとしてもふしぎではない。欧州への旅の途中、その帰国の途中、天正少年使節の一人の少年の眼に基督教は侵略を肯定しているという疑念が起った時、彼の信仰は崩れた。それは必ずしもまだ年若い彼の責任ではなかった。またトマス荒木のような欧州留学生の一人に同じ不安と恐怖が起ったとしても、その点だけで彼を基督教会が非難するのは間違いである。

だが、ゴアまでの旅の間、あるいはたどりついたゴアで、岐部たちが「見るべきではないもの」を目撃した時、彼等の反応はどうだったろうか、彼等はこの問題について、どう考え、どう自分たちの信ずる基督教と政治的現実とを調和させただろうか。

資料の完全な欠如は彼等の反応を教えてくれない。彼等は政治的現実に眼をつぶり、事実を見て見ぬふりをしたのか、あるいは何も考えまいとしたのか。だがそれは不可能だった筈である。なぜなら彼等が見すてた日本の為政者たちも、ある意味で西洋の東洋侵略と基督教布教との因果関係を阻むため、切支丹禁制に踏みきったと言えるからである。

基督教の東洋布教を是認すること、それは一面においてただ一つの神《デウス》と基督への信仰が同じ肌の色を持った人間たちに拡るのを悦ぶことである。だが他面においては当時の欧州教会がとっていた布教方法――つまり征服し、侵略し、植民地を作ることを肯定することなのだ。それは自分たちの日本がたとえポルトガルやスペインに屈服しても基督教を拡げるべきだということを認めることになる。ペドロ岐部たちは、この問題がわからぬほど愚かではなかった。なぜなら彼等は、有馬神学校に学んだ日本のインテリだったからである。

ゴアにたどりつくまで、あるいはゴアに到着してから「見るべきではない」矛盾を次々と眼のあたりに目撃した日本人同宿が問題をどう解決したのか、それは私たちがとりわけ知りたいことだが、ペドロ岐部が残したごくわずかな手紙は、それについて何ひとつ触れてはおらぬ。けれども触れていないからといって、何も考えなかったとは言えまい。むしろ私にはそこに彼の後半生の秘密のひとつがあるような気がする。だが、さしあたって、その秘密の推測は横においておきたい。確かなのはこれら日本人同宿が「見るべきではなかった」信仰と現実との矛盾を見たあとも、なお神父になる気持を失わなかったことである。なぜなら彼等はゴアでも自分たちが神父になる路が閉されていることを知ると、無謀にもヨーロッパに赴く計画をたてはじめたからだ。

ゴアで彼等がなぜ聖ポーロ学院やその附属の神学校に入れなかったか。理由は二つあった。一つは彼等にはマカオの上司からの証明書も推薦状もなかったからである。マカオの聖職者たちがこれら日本人同宿の行動を、不快な眼で見ていたことは既にのべた通りである。許しもなく勝手にマカオを飛び出たペドロ岐部たちに、マカオ教会が紹介状や推薦状を与える筈はなかった。それどころか、「この連中」は「百千の嘘をつくりあげるような放浪者」だと巡察師ヴィエイラ神父はローマのイエズス会に書き送ったのである。

第二にはこの聖ポーロ学院は、十七世紀の初期まではポルトガル人の子弟以外は神父にしない規則を持っていた。ペドロ岐部たちがゴアに着いた一六一八年、規則が緩和されたかどうかは不明だが、たとえ緩和されたにしろ「百千の嘘をつくりあげるような放浪者」に入学がたやすく許可されはしまい。ペドロ岐部たちは、先輩の天正少年使節のように聖職者たちから身分も資格も保証された学生ではなかったのだ。

椰子の密林に覆われたマンドヴィ河を遡って、やっとゴアに到着したペドロ岐部たちは失望を味わい、ふたたび同じ河を戻らねばならなかった。

だがこれは彼等にもあらかじめ予想できたことである。マカオのイエズス会聖職者たちから快く思われていないことを百も承知している彼等は、同じイエズス会の経営する聖ポーロ学院にたやすく入学できるとは考えなかっただろう。ゴアが駄目ならばペドロ岐部たちは次の目的地であるローマまで、何としてもたどり着かねばならなかった。途中でその志を放棄することはもうできない。なぜなら彼等は迫害の日本を見すててまで、ここまで来たのである。どうしても神父になるまでは旅を続けねばならぬ。でなければ彼等はたんなる放浪者にすぎぬ。そして日本の各地で追われ、捕えられ、責められ、殺されている潜伏宣教師や信徒たちに今更、顔むけできない筈である。これら切支丹の信仰の戦場から離脱しているという負い目は、ペドロ岐部たちの心に何時もあったのだ……。

その日本では地方によって程度の差こそあれ、迫害と弾圧はますます厳しくなった。ペドロ岐部たちがおそらくゴアに滞在していたであろう一六一八年の長崎およびその附近の殉教者の表をみると、潜伏した外人宣教師二名が逮捕され斬首され、牢死している。たとえば有馬神学校の関係者についてだけ言えば、前章でもふれたスピノラ神父はペドロ岐部とその弟が在学中、渡日してこの学校で日本語を学んだ宣教師だが、彼もまた、長崎にひそんでいるところを逮捕されている。ややその事情を詳細に語ると、一六一八年の十二月、裏切者の自白によって、宣教師たちの匿れ家を知った奉行所は二隊にわけた警吏たちでこの家を襲った。三人の外人宣教師、一人の外人修道士、そして彼等をかくまっていたポルトガル人とが検挙された。スピノラ神父もこの時、つかまった一人である。

スピノラ神父はその後、四年間、大村に近い鈴田の牢に幽閉されたのち、平戸で裁判を受け、かつて有馬神学校が一時、移転していた岬の西坂で火刑を受けて殉死するが、その残した幾つかの貴重な書簡は、この頃の潜伏宣教師の心境や信仰をいきいきと語っている。そのうち、その牢獄の報告部分をここに引用するのは、当時の迫害の雰囲気がよりよく、わかるからである。

「牢は幅十六パルモ、(一パルモは掌ほどの長さ)、奥は二十四パルモあり、天上の鳥籠のような角材で作られていて……辛うじて人の通れるほどの小さな戸があり、錠がかけられ、そのわきに日本の飯茶碗ほどの大きさの窓があり、そこから私たちに食事が与えられます。

周囲には八パルモの幅の通路があり、それは先端が鋭く削られた高い太い杭の二重の柵で覆われ、その二重の柵の間には茨がいっぱい詰められ、柵には牢の小さな戸に面してただ一つの扉があり、扉は朝食と夕食の時のみ開かれます……この場所の周囲は頑丈な木柵で囲まれ、本門で閉められますから、私たちは当分長い間、長崎に手紙を送ることも受けることもできず、食物も何も手に入れられないでしょう。

日常の食物は水だけで炊いた米が二杯、野菜の粗末な菜一椀と、生か塩漬けの大根小量、時には二尾の塩漬けの鰯で、飲物は湯か水です。私たちのなかには既にこのような貧しさを経験した者がいるので、米と塩だけで食べていました。

ナイフや鋏を持つことは許されません。だから秘かにそれを持ってきてくれた者に迷惑をかけないため、隠者のような頭髪と髭とをしています。シャツや衣類も外で洗うことも干すことも許されません。だから甚だ不潔であり、用便も牢内でしなければなりませんから悪臭に充ちています。夜は灯も与えられず、それで心身の全感覚が苦しみを受けています。

夏は四方から空気と涼しい風が入って楽に過せますが、雨や嵐の季節がはじまり、またその後に寒さと雪とが来ると、防ぐ方法がないので、私たちは主に捧げる数多くの苦しみを味わいます。

九月十二日、私は高熱に襲われ、十一月四日まで続きましたが……医者も薬もないのに治りました。病中、二度、皆は私の最期の時が来たと思い、私もこのように人間的なあらゆる扱いから見離されて死ぬことに満足し、主が戸口で私を待ち給うと考えると大きな悦びにたえませんでした」(佐久間正訳)

一度、捕えられた以上は、もし棄教を誓わなければ生きのびられない。棄教するということは潜伏宣教師にとって、霊魂の生命を永遠に棄てることである。だが信徒のなかにも神父のなかにも死の恐怖に負け、あるいは信念と信仰を貫きえぬ弱さのため棄教する者もいた。スピノラ神父もやがて平戸で裁判を受けた時、棄教したトマス荒木と顔をあわせねばならなくなる。マカオでペドロたちの眼にまぶしい存在としてうつった荒木は一六一五年に日本に密入国した後、四年ほど潜伏活動を続けていたが、一六一九年捕えられて大村の牢に入れられ、二十日後には棄教を役人に誓ったのだ。彼の心にあった疑問——教会が東洋侵略を黙認していることの苦しみがその棄教を促したのか、あるいは拷問と死の恐怖とがその心を弱くしたのかはわからない。いずれにしろその時のトマス荒木にはかつて日本最初のヨーロッパ留学生の一人として、ローマで勉強した時の華やかな姿はなかった。トマス荒木は「日本の着物を着せられ、手をくくられた縄を人目からかくすため、外衣をまとっていた」とスピノラ神父は書いている。そしてこの転び神父は一方では役人たちに「棄教した以上は釈放してほしい」とたのみ、他方ではスピノラたちにイエズス会についての不満をのべ、自分にはまだ基督教の信仰があるように振まい、あるいは自分の救いのため「祈り《オラシヨ》をたのみまいらする」とそっと小声で頼むのである。更に奉行が今後は長崎に住むようにと命ずると「長崎には行きたくない。長崎だと子供さえ私に石を投げつけるから大村の町にいるほうがよい」とかなしく哀願しているのだ。

ゴアで希望の勉学が不可能と知った日本人同宿たちは、ローマを目指して更に放浪の旅を続ける決心をした。さて、ローマに赴く方法は二つしかない。一つは彼等の先輩だった天正少年使節のようにアフリカ南端、喜望峰をまわって更に北上し、ポルトガルのリスボアにたどりつき、そこからローマに向う旅行である。天正少年使節の場合は一五八三年（天正十一年）の十二月二十日にゴアを発ち、その翌年の八月十日にリスボアに到着しているから、この船旅は当時、半年以上もかかったことが大体わかる。船旅は時には平穏無事なこともあるが、暑さや嵐や食糧、水の不足、そして疫病に見舞われ、必ずしも楽とは限らなかった。

もう一つの路はまず船でペルシャ湾の入口ホルムズに入り、そこからペルシャを経てシリア砂漠を横断し、更に地中海に出て船に乗り、伊太利に向う方法である。この旅行は前者よりも距離的に短いにせよ、砂漠を横切るという危険を伴い、アフリカをまわる海旅よりもっと辛い。むしろ、この旅のほうが更により困難な方法と言えるだろう。

いずれにせよ日本人同宿たちもゴアでどの路を選ぶかを真剣に相談したことは疑いないが、ここでも我々は日本人同宿たちのうち、ミゲル・ミノエス、小西マンショたちがどちらの路を選んだか、まったくわからない。ただペドロ岐部がアフリカを迂回する海路を棄てて、アラビア砂漠を横切る旅をとったことだけは知っている。

彼は一人で出発したのだろうか、それとも他の者とこの路を選んだのか。その行程はどういうものだったのか。この事情を語る資料も何ひとつ、我々の手に残されてはいない。

けれども国東半島の岐部海賊の子孫であるこの青年には、見知らぬ土地、見知らぬ国々を踏破したいという、烈しい冒険心があったにちがいない。彼はその点、やはり海外に進出しようとする戦国時代から安土桃山期の日本人の血を烈しく持っていた一人だったのである。

それだけではない。彼は自分がこれから横切る国々のなかに、あの主、イエス・キリストが生れ、歩き、そして十字架にかけられたエルサレムの町のあることを知っていた。ローマにたどりつく途中に、そのエルサレムがある。それを耳にした時、彼がこの聖都を訪れようという情熱に烈しく駆られたのは当然だろう。思えば彼は遠い日本に生れながら、他の日本人たちとちがい、キリストを信ずる切支丹の家に育った。彼の過半生はすべてそのキリストによって生き、キリストによってふりまわされてきた。そのキリストの歩かれた土地をわが眼で見、わが足で踏みたいという欲望はこの不屈の青年には抑えることができなかったのである。

そう——その意味で彼のローマまでの旅は巡礼の旅でもあった。聖地パレスチナを経てエルサレムを訪れ、永遠の都でありローマ法王のいるローマに至る、という巡礼だったのだ。だが、その旅は今日の我々には、とても考えもつかぬほど苦しいものだったであろう。言葉も通じず、身分、国籍を保証する何ものもなく、旅費さえ持ちあわせていなかったこの日本人の青年が三百五十年前、どうして、どのような方法でペルシャやパレスチナを通過できたのかを考えると眩暈のするような感じにさえなる。チースリック教授は彼がその時、この日本人としては最初の中近東の冒険旅行の記録を何ひとつ残さなかったことを残念がっておられるが、我々もそれを知る一つの手がかりのないことがあまりにも口惜しいのである。

地図をひろげるとゴアからエルサレムに行くには船でオーマン湾に入り、アラビア湾からペルシャのバクダードに入って、あとは陸路でシリア砂漠を横切らねばならぬ。チースリック教授はおそらくペドロ岐部は船でオーマン湾に入り、当時ポルトガル領だったオルムズ（現マスカット）からペルシャを経てパレスチナに向う隊商の群に加わったと想像されている。事実、三百年後に日本人としてペドロ岐部に続いて第二番目にこの中近東を踏破した志賀重昂は、一九二四年、マスカットからアバダン、バグダードを経てシリア砂漠を渡りアンマンにたどりついている。しかし志賀重昂の場合は日本国民としての身分は保証されていた。ペドロ岐部にはそのような身分の保証もなかった。彼が言葉ひとつも通じない回教徒の隊商にどうして加わり、どのように誤解や生命の危機を逃れて旅ができたのかは、まったく奇蹟的としか言いようがない。

　一八七六年、ダマスカスからメダーイン、サリーフまでの砂漠をメッカ巡礼団や単独で横断して体験談を書いたモンタギュー・ダウディの古典的な冒険記録『アラビア砂漠』を読むと、基督教徒（アラビア人の回教徒たちはナスラーニー、ナザレ人と蔑んで呼んだ）であることをかくさずに回教徒と旅をする辛さ、困難がつぶさにわかる。基督教徒《ナスラーニー》であるがゆえに馬鹿にされ、盗まれ、時には殺意さえ感じながらダウディはこの苦しい旅を果したのだが、その一八七六年から更に二百年前に一人の日本青年が同じようにナスラーニーと蔑まれながら隊商の群に身を投じ、強い陽光のなかを駱駝の背に乗って砂漠を渡ったとするならば、これはもう冒険心だけだとは言えぬ別のものがあったにちがいない。日本信徒や潜伏宣教師が命をかけて戦っているあの戦場から離脱しているという負い目が、彼にこの苦しい巡礼を敢行させたのだ。「我々の行くところは、ただ石ころだけの一木一草もない砂漠だ。見るものは何ひとつなく、前には一本の道もない」とダウディは書いている。夜になればベドウィン族に襲われる恐怖も味わわねばならぬ。言葉も通ぜず、約束をたがえることを平気に思っている人間たちを相手にせねばならぬ。荒涼とした砂漠を横切りながらペドロ岐部は、日本のことを思い出したろうか。あの有馬の海や雲仙の山々のことを心に甦らせただろうか、自分がなぜ、このような苦行にも似た旅をせねばならぬのかと不図、疑惑に捉われたろうか。

　闇の砂漠の静かさを味わった者は、その夜がどんなに怖しいかも知っている。肉体的な危険ではなく信仰の疑惑に突然、捉えられるのも虚無だけを感じさせるあの砂漠の夜である。永遠にこの世が無意味で空虚だという感覚になるのも、砂漠の夜である。ペドロ岐部の信ずるイエスもまた死海のほとり、ユダの砂漠でこの虚無を味わった。聖書はそのことをイエスに襲いかかった悪魔の誘惑という形で書いているが、ペドロ岐部もこの巡礼の間、同じ誘惑を受けなかったと、どうして言えよう。自分たちのこの苦しみはなんのために意味があるのか。迫害下の故国で日本信徒たちがあれほど苦しんでいるのは、どんな意味があるのか。それなのになぜ神は沈黙しているのか。ひょっとすると神はいないのではないか。ひょっとするとイエスが説いた神の愛は存在しないのではないか。夜の砂漠とは宗教を信ずる者に、その根本的な疑惑を次から次へと起させる。永遠の沈黙にも似た夜。それをペドロ岐部はどう切りぬけたのだろうか。

エルサレムにどの路をたどって到着したのかは、私たちは知らないが、夜の砂漠で虚無の闇をくぐりぬけた彼の眼が、ある朝、やっとエルサレムの町を遠くに見た時の感動だけは、はっきり想像できる。

エルサレムを訪れた者には、それがどの方角からであれ、この聖都が忽然としてあらわれた記憶がある筈だ。特にユダの砂漠をぬけてベタニヤの村を通り、オリーブ山にたどりついた瞬間、眼下に淡紅色の城壁に囲まれたこの街が突然、姿をみせる。それは黎明《しののめ》、金色の朝の光が地平線の向うに急にあらわれるのに似ている。光は糸のようにのび、次第にその幅もひろげ、やがて薔薇色に変っていく。エルサレムは旅人にそのような形で出現するのだ。キデロンの谷に城塞のようにそびえたこの街。ヘロデ大王が巨石を積み重ねて造った城壁。その城壁の幾つかの門に乳のように流れこんでいく白い羊の群。神殿の塔から回教徒たちの祈禱がひくい歌声のようにひびいてくる。今日でも我々が眼にできるあのエルサレムの光景を三百五十年前、ここを訪れた最初の日本人、ペドロ岐部は丘の上から凝視したのである。

彼が訪れたエルサレムは記録によると、当時、回教徒の支配下にあったが、一六〇〇年代のこの町の人口は約一万であり、ユダヤ人の数は数百人にすぎない。他はトルコ人、アラブ人を主体とする異民族たちだった。

当時のエルサレムを今日のエルサレムから完全に想像することはむつかしいかもしれぬが、しかし現在、この旧市街《オールド・シティ》をとりまく城壁の大部分はスレイマン大王（一五二〇―一五六六）が築いたものだから、町の大きさはそれほど変ってはいない筈である。今日、見られる陽光にきらめく神殿の眼のさめるような八角堂《ドーム》もこのスレイマン大王の修復したもので、ペドロ岐部は当然見ている筈である。羊や山羊、駱駝や驢馬が人の群と歩きまわる狭い、きたない路は当時も今も、そう変っていない筈だ。

回教徒に支配されていたが、この街は当時も基督教徒の巡礼が許されていた。イエスが処刑されたあとに建てられた聖墳墓教会にも信者は税金を払えば、とも角も礼拝できた。一五五三年、ここを訪れたスペイン修道士の手記の一節にこう書いてある。「聖墳墓教会の入口で巡礼者は九カルテラニを払った。すると四、五人のトルコ人の門番が書記をつれてあらわれ、巡礼者の名や国籍をたずね、仰々しい手つきで門を開いた。門の内側でここに住む修道士たちが我々の挨拶を受ける。するとトルコ人たちは門を閉じ、一日か、二日後まで戻ってきてくれないのだ、彼等が戻ってくるまでの二日間、我々は何度も教会の聖なる場所を訪れて、無聊を慰めた」（Théodore Kollek et Moshe Pearlman,

Jerusalem)

ペドロ岐部がこの聖墳墓教会を訪れた時もこのスペイン修道士の経験とほぼ同じだっただろう。そしてまた今日でもエルサレム旧市街には、十字架を背負わされたイエスがその時歩いたと言うよごれた細い石畳道が残っていて、その石畳道は岐部がここを訪れる前に既に作られているから、彼がそこを祈りながら歩いたと想像できる。

最初の日本人としてこのエルサレムをたずねたペドロ岐部が何を思い、何を考えたか、私は切に知りたい。それについて何ひとつ彼自身は書いていないが、この青年の心にエルサレムの街でイエスの死の意味がのぼらなかった筈は絶対にない。イエスは彼が愛した者に裏切られて死んだ。イエスは彼が愛した者たちに命を捧げて死んだ。基督信者なら当然、知っているこのイエスの死の模様を、処刑場ゴルゴタの跡である聖墳墓教会のなかでも繰りかえし繰りかえし考えたならば、彼は日本の信徒を見棄ててここまで来た自分の心を、ふたたび嚙みしめた筈である。

彼の目的は神父になることである。だが神父になるということはイエスに倣うことであり、イエスの跡を追うことである。イエスに倣うことが神父の使命ならば、ペドロ岐部もいつの日か日本信徒のために命を捧げねばならぬ。つまり神父になったその日から、彼の運命ははっきりと決るのである。彼は迫害下の日本に戻らねばならぬ。そして潜伏宣教師と共に日本信徒たちに勇気を与え、その苦しみを慰め、そして場合によってはイエスのように苛酷な死を引き受けねばならぬのだ。

この決心がエルサレムを訪れたペドロ岐部の胸に起ったか、どうかはわからない。いずれにせよ、彼はこのパレスチナから「神父になるため」に第二の巡礼地であり、目的地でもあるローマを目指してふたたび旅を続けたのである。

彼は聖ポーロと同じように海路ギリシャの島々を経て伊太利に向ったのであろう。後に彼が帰国の途中、シャムの日本人町に上陸した時は船乗りの姿をしていたと言うが、それは偽装のためでなく実際に彼が下級船員として船の雑用をしながらその旅を続けたことは充分、想像できるのだ。でなければ旅費もなく何ひとつ身分保証もなかったこの男が、伊太利までたどりつけた筈はない。彼の体内には岐部水軍の血が流れており、海や船の生活は幼少の頃から親しんできた世界だったのである。

ゴアを発ったのが一六一八年とするなら、それから二年を経た一六二〇年、彼は遂に永遠の都にたどりついた。誰の助けももらったのではない。誰の援助も受けたのではない。彼は日本人最初のヨーロッパ留学生ベルナルドのようにイエズス会の保護のもとに、このローマに来たのでもなかった。有馬神学校の先輩である天正少年使節のように人々に悦び迎えられて、この永遠の都に足を踏み入れたのでもなかった。一人ぽっちで多くの海とアラビアの砂漠とを横断したその顔は陽に焼け、その体も痩せこけてしまっていたのだ。

留学の日々

ローマ。ローマはマカオやゴアとは違っていた。ローマは彼を迎え入れてくれた。迎え入れてくれただけでない。日本やマカオで聖職者が岐部たち日本人同宿には許さなかった、あの神父叙品への門まで開いてくれた。

それは、ローマ教会がこの日本人青年の味わった辛苦に感動したからである。迫害の日本を追われながらも、なお単独で多くの海を渡り、アラブの砂漠を横切り、あらゆる障害をのりこえてやって来た東洋の神学生《セミナリスト》。マカオのように日本人に偏見を持ってはいないローマの聖職者たちは、ペドロ岐部の熱意に文字通り圧倒されたのである。

その上、ローマ教会はペドロ岐部の前に波濤万里、この都を訪れた何人かの日本人留学生や使節を知っていた。これら留学生や使節を通して、日本人基督教徒に好奇心と好感を抱いた聖職者たちもかなりいた。ペドロ岐部がローマで厚遇されたのは、それらの人々の尽力があったためであろう。

日本人で最初にヨーロッパとローマとに留学したのは前章でもふれた鹿児島出身の一青年だが、本名ではなく、ベルナルドという洗礼名しかわかっていない。フランシスコ・シャヴィエル神父が一五四九年、日本にはじめて基督教を伝えに渡日した際、彼は鹿児島で洗礼を受け、その後はこの宣教師の従者となって日本の各地を共に歩いた。シャヴィエルは自分と労を共にしてくれたこの日本人青年に限りない友情を持ち、彼をヨーロッパに留学させることをひそかに考えていた。

一五五一年（天文二十年）シャヴィエルはベルナルドたちを連れて日本を去り、印度ゴアに戻った。ベルナルドはここでシャヴィエルの指示に従い、ポルトガルの印度洋艦隊に乗船して、アフリカ喜望峰を迂回、リスボアに向った。辛い船旅のため彼は極度に健康をそこね、後の留学生活中もしばしば病に苦しむようになる。それでもシャヴィエルの意図を受けたイエズス会の好意で、ローマのコレジオ・ロマノ（現在のグレゴリオ大学）やポルトガルのコインブラ大学で学ぶことはできたが、弱い肉体は馴れぬ異国の生活のため、ますます悪化し、留学四年にしてコインブラで息を引きとらねばならなかった。この日本最初のヨーロッパ留学生の墓は、今日でもコインブラのイエズス会学院の墓地に人知れず残っている。

ベルナルドのあと、我々が知る限りでローマに留学したのがトマス荒木である。前にもふれたように彼がどこの出身で、どのような方法でローマで勉強できたのかは残念ながらまったくわからない。しかし彼が非常な秀才であったことだけは、ローマ留学中、枢機卿ベラルミノの知遇を受け、伊太利各地で人々の歓迎を受け、そのラテン語が実に巧みだったことからも窺えるのである。だがその彼は帰国の途中、スペイン、ポルトガルの東洋侵略と植民地政策とを黙認している基督教教会の布教方針に憤激し、次第にその信仰を失っていった。迫害下の日本で彼は棄教し、潜伏信徒からは蔑まれ、奉行所の手先となった。そのみじめな生きざまは、前章で引用したスピノラ神父の書簡に語られている通りである。

だがベルナルドやトマス荒木以上にローマの教会の記憶にまだ、はっきり残っていたのは、あの天正少年使節の少年たちと、伊達正宗が派遣した支倉常長とであろう。岐部にとって有馬神学校の先輩であるこの少年使節たちが、ポルトガル、スペインを経てローマ法王グレゴリオ十三世に正式謁見したのは一五八五年三月二十三日である。その日、彼等は宿舎であるイエズス会本部を出て、三色のビロードと黄金の馬具で飾られた馬にまたがり、沿道のローマ市民の歓呼に送られながらヴァチカン宮殿に向った。行列は「ローマでは未曾有の、最大の行事の一つのようだった」、「ローマはことごとく歓喜に湧きたった」と言われている。法王もまた波濤万里、長い旅を経てローマにやってきた日本人少年たちを心から手厚く遇し、それを見る者すべてを感動させた。少年たちもまたその礼節やその控え目な態度で、遇する者に好感を与えた。

少年使節のイメージは、ローマの聖職者たちとイエズス会士の心に、日本人について強い印象を残した。だからペドロ岐部がその使節たちと同じ神学校の卒業生であり、彼等の後輩にあたると言うだけで、好意と関心とを抱いたとしてもふしぎではない。その好意がペドロ岐部の神父叙位に、大いに役立ったのだ。

更に岐部がローマにたどりつく五年前の一六一五年、伊達政宗が派遣した支倉常長もメキシコ、スペインを経てこの都に到着し、聖ペトロ大教会で法王ポーロ五世の謁見を受けている。常長の渡欧の真意は日本とメキシコ（ノベスパニヤ）との通商の許可を、スペイン王とローマ法王に求めるものであったため、法王庁としては必ずしも歓迎できぬ使節だったが、それでも盛大な謁見式が行われ、その式の思い出は、ローマ聖職者たちの心にまだはっきりと残っていた。

このように日本留学生たちや使節との関係を持っていた

からこそ、ペドロ岐部をローマ教会は何ら警戒することなく、むしろ感動と同情をもって迎え入れた。岐部がローマ到着後わずか一年たらずで、待望の神父に叙階されたのはそのためである。

ローマは彼を迎え入れて、一六二〇年の十月十八日の日曜日、彼は剃髪の式を受け、翌月の十一月一日の日曜ポーロ・デ・クルテ司教によって聖マリア・マジョーレの聖堂の香部屋で助祭の資格を与えられた。そして遂に十一月十五日の日曜日にはラテラノ大聖堂で念願の神父に叙品されたのである。

思えば有馬神学校を卒えてから十四年、この日をどれほど夢みたであろう。その時聖壇の前にひれ伏したこの三十三歳の男の脳裏には十四年間のさまざまな思い出がかすめた筈である。同宿として鬱々としていた時、マカオに追放された日々、そのマカオでも望みが適えられず、ふたたび船に乗ってゴアに行かねばならなかったこと、隊商たちにまじり砂漠をわたり、遂にエルサレムを見た朝。それらのひとつ、ひとつが彼のまぶたを横切ったにちがいないのだ。

だがペドロ岐部にはこの瞬間、忘れてはならない事実があった。それは彼が迫害下の日本を見すてたということである。今、彼が神父に叙階されたこの瞬間、日本では信徒たちが捕えられ、潜伏宣教師が処刑され、拷問を受ける者の呻き声がきこえ、多くの血が流れている。そして、その日本の教会をペドロ岐部は理由が何であれ、見すてたことは確かなのだ。なんのために？　神父になるため。長崎から追放された時、マカオに向う船で心に言いきかせた誓いを彼は忘れてはいない。――私が日本を離れるのは神父として、ふたたび戻ってくるためである。――もしこの誓いを忘却するならば、彼は迫害下の日本から逃避して身の安全を保った男にしかすぎぬ。たとえ彼が神父としてその後、いかに多くの魂を救おうとも、日本に戻らぬ限りは、心に自分が卑怯者であるという汚点がいつまでも残るだろう。

だから一六二〇年の十一月十五日の日曜日、この三十三歳の日本人が神父になった心構えは、同じ日に同じように神父叙階を受けたであろう他のヨーロッパ神学生たちのとまったくちがっていた。後者はこれから神父として自分たちの安全な教区や修道院で働き、教えを説き、秘蹟を与えながら生涯信仰と祈りとのなかで生きていくだろう。だがペドロ岐部は日本に戻るために神父になったのだ。そしてその日本で彼を待っているのは安全な教区でもなければ、静かで平和な修道院でもない。迫害であり、拷問であり、殉教しかない。死しかないのである。

それゆえ、彼の今後のヨーロッパでの修行は死の準備であり、やがて確実にくる処刑の日を迎える覚悟を作ることになるだろう。

「私の名はペドロ・カスイ。ロマノ岐部とマリア波多の子。

現在、三十三歳。生地は日本。豊後の国、浦辺」
ペドロ岐部はこの年の十一月二十一日、イエズス会に入会を許可されたが、その時、そう書いている。「主の恵みと言えば私は数知れぬ、そして自分に特に与えられた主の恵みを感じる。多くの苦しみ、多くの危険を経た後、私はついにイエズス会の兄弟の一人に加えてもらったのだから。そしてこの道を選んだのも、まったく私の意思によるものである。十四年前、私は進んでこのような願いをたてたのだ」

殉教の準備と死の覚悟。そのために彼がどのような修行をしたかはその数少い手紙にも書かれてはおらぬ。だがこの時期、彼が自分の信ずるイエスもまた同じように、十字架での死を予感し苦しみぬいたことに慰めを得たことは当然、推測できるのだ。ミサの間、聖書を開き、受難を前にしたイエスの苦悩をたどる時、ペドロ岐部が苦悶するイエスにおのれの姿を見つけなかった筈はない。なぜならイエスもまた、その最後の年の紀元三〇年、自分が敵対者たちから殺されることを感じ、殉教の決意をするまで心の動揺と怖れとを同時に味わったからだ。「わたしには（これから）受けねばならぬ（死の）洗礼《バプテイスマ》がある。そしてそれを受けてしまうまで私はどんな苦しい思いをするだろう」。三〇年の過越祭が近づいた時、イエスは自分の気持をそう弟子たちにうち明けている。あるいはまたゲッセマニの園で血のような汗を流しつつイエスは神に祈る。「父よ、思召しならばこの（死の）杯を我より取り除き給え。さりながら、我が心の儘にあらで、思召しの如く成れかし」

日本に戻れば自分を待ち受けているのは死である。それを思う時、さすがペドロ岐部の心も恐怖に震えたにちがいない。だが主イエスもまた受難を前にして同じように苦悶しているのだ。イエスもまた同じように苦しんだことは彼の心に慰めを与える。

もちろんこうした彼の心の苦闘は、ただ一つの資料であるその書簡にもうち明けられてはいない。私たちはただ一六二〇年から一六二二年までの二年間、彼がローマのキリナーレ丘にあるイエズス会の聖アンドレア修錬院で生活し、かたわら、かつて最初の日本留学生ベルナルドも在学したコレジオ・ロマノで倫理学とラテン語を学んだことを知るのみである。

この一六二二年の三月、法王庁内の聖ペトロ聖堂でフランシスコ・シャヴィエルとイエズス会の創立者イグナチオ・ロヨラの列聖式が行われた。列聖式とは文字通り、聖者として教会が認める儀式である。極東の日本に最初に基督教を布教したシャヴィエルは中国の広東に近い上川島《サンシャン》で死去したが、その彼を聖者とする列聖式にペドロ岐部は出席した。この列聖式を見たことがペドロ岐部に何を考えさせ、何を感じさせたかは容易に想像できる。なぜなら彼はそれから三カ月後、まだ修行のすべてが終っていないのに突然イエズス会の総長、ヴィテレスキ神父に日本に帰国する願いを申し出ているからだ。列聖式の間、シャヴィエルを讃える聖職者たちの声に日本《ジャポン》という発音を耳にするたび、ペドロ岐部は彼をよび求める遠い同胞信徒の悲しみの叫びを聞いたのである。まぶたには彼がしばしば離れた日本の山河とイメージとが鮮かに甦ったのである。

彼の日本のイメージ。それは暗く陰惨なものである。彼と同じ宗教を信じた者が追われ、捕えられ、責められ、殺されていく国のイメージである。彼等の信ずる宗教はこの国では秩序を攪乱する邪宗であり、為政者たちが国土を侵す企てを持つものとして死を以て禁じている宗教である。あの国には教会に集う悦びもなく、おのれの信仰を口にする誇りもなく、人眼をはばかり、怯えながら祈りを唱えねばならぬ。神父たちは潜伏し、生命の危険を冒さねば、彼の仔羊たちのもとに行くこともできぬ。それら日本の信徒たちはペドロ岐部を呼んでいる。彼はシャヴィエルの列聖式でその声を聞いたからこそ、帰国の決心をしたのだ。

もちろんペドロ岐部がこの決定をすぐ行ったとは、思われない。なぜなら、もし彼が望むならば、このまま安全なヨーロッパのイエズス会に残れたかもしれなかったからである。あるいはゴアやマラッカやフィリピンやシャムなどの国々で布教することもできたからである。事実それらの地方にはイエズス会員の働く余地があり、日本人の町があって、岐部がそこに派遣されることも不可能ではなかったからだ。

にもかかわらず、彼は日本だけに戻ることを願い出た。七年前、その日本を棄て、苦しむ日本信徒を棄てて、潜伏した有馬神学校の教師や仲間を棄ててマカオに逃げたという後めたさがなかったならば、彼にもこの決心ができなかったかもしれぬ。彼はシャヴィエルの列聖式で、自分を呼ぶそれらの同胞の声を聞いた。「人、その友のために命を捨つるほど、大いなる愛はなし」。そのイエスの言葉も同時にその心に甦った。

ローマのイエズス会は、この日本人神父の願いを聞きいれた。二年間の修行とコレジオ・ロマノの勉学を途中でやめ、彼はリスボアに赴くことにした。当時、東洋にヨーロッパから赴くにはリスボアから年に一度、印度にむけて出航するポルトガルの印度洋艦隊を利用するのが一番、便利だったからだ。

リスボアに向う途中、彼はマドリッドに寄っている。そのマドリッドで彼は日本に潜伏している宣教師がひそかに送ってきた一六二一年度の報告書――イエズス会通信文を読むことができた。マカオを去って以来、はじめて知る日本のなまなましい情報である。

想像していた以上に日本には、迫害の嵐が吹きまくっていることを彼は知った……。

彼がローマで神父に叙位され、イエズス会に入会を許され、コレジオ・ロマノで倫理学を学んでいたいわば安全な日々の間、日本の切支丹信徒と潜伏宣教師とは、相変らず、地獄さながらの苦しみに生きていた。

徳川家康は既に死んだが、二代将軍、秀忠は切支丹禁止令を更に強化し、全国諸大名にこの実行をきびしく迫った。もはや日本の何処でも信徒が自由に信仰を守り、潜伏宣教師が死を覚悟せずに歩ける場所はなかった。

潜伏宣教師たちはそれでも町はずれの洞穴や信徒の家の二重壁のなかなどにひそみ、日が暮れてから聖服やミサ用具を背負って、ひそかに家を出た。外人であることが発覚しないように医者、中国人などに変装する場合もあった。雪や雨の日は警戒が弱まるから、こうした日を利用して信者たちを励し、慰め、秘蹟を与えるため歩いたのである。

有馬神学校の関係者について二、三の例をあげるならば、たとえばこの時期、天正少年使節の一人だった中浦ジュリアンは依然として有馬を中心に秘密伝道を続けている。彼は在日宣教師とペドロ岐部たちがマカオに追放されたあとも日本に残り、有馬を根拠地として天草、肥後、薩摩、筑後、豊前の各領を歩きまわり、信徒たちと接触していた。「この口ノ津だけでも二十一人の殉教者がありました」と彼は一六二一年（ペドロ岐部がマドリッドにいた年）に書いている。「私は神のおかげで、常に健康であり、また気力も強く残っています。当国地方で私は毎年、四千以上の罪の告白をききました」

近畿地方ではペドロ岐部より十四年前に有馬神学校に入学した、ディエゴ結城が伝道を続けていた。彼はラテン語に熟達し、有馬神学校が長崎に移った時、後輩のラテン語教師となったが、一六一四年の大追放のためマニラに切支丹大名、高山右近たちと流された。ここで神父に叙階された彼は二年後の夏、ひそかに日本に戻り、京都を根拠地に北陸、東北にまで足をのばし、希望を失った信者を励していた。伊予ジュストも有馬神学校で岐部の先輩にあたるが、彼もまた四国を中心に、九州と四国のかくれ切支丹たちと接触をはかっている。

だが当局はこうした潜伏宣教師や修道士を、なすがままにはさせなかった。執拗で巧妙な捜査方法で追及の輪が縮められ、裏切り、密告には賞金が与えられ、あるいは捕えた信徒に苛酷な拷問を加え、神父たちのかくれ家を白状させた。捕えられた宣教師は棄教しない限り、処刑されるのだが、処刑までの獄中生活も悲惨をきわめていた。前章でその書簡の一部を引用した不屈のスピノラ神父さえも、大村の牢獄は汚水と臭気とが充ちみち、ために「私はついに天井にむかって息を吐く」と語ったほどである。

宣教師たちだけでなく、一般信徒も同じような苦しみを毎日、なめねばならなかった。彼等は潜伏宣教師を守るため、たえず周りを警戒し、自分たちの貧しい食をさいて神父たちを養った。捕えられれば容赦ない拷問が加えられた。小さな子供さえ、許されなかった。豊前では捕えられた五歳の子供さえ、切支丹ゆえに処刑されている。

「日本ではまだ迫害が荒れ狂っている。いや、むしろ悪化の傾向にあるらしい」とペドロ岐部はマドリッドで日本の潜伏宣教師からのひそかな報告を読んだ感想を、ローマの友人にリスボアから書き送っている。「一軒一軒が捜索され、ために神父たちは絶対にかくれることはできぬ。このようなことは以前なかったのだ。フランシスコ会士が法王ポーロ五世時代にローマへ使節（支倉常長）を送った奥州でも新しい迫害が起った。それは領主であり、使節の主君である伊達政宗が、いかなる理由からかは知らないが命令を発し、領内すべてのキリスト教徒は武士、商人、あるいは他の職業であれ、棄教しないかぎり、すべて追放することにしたからである。このためフランシスコ会員も我らの会の者もこの地方で説教することが不可能になった」

この書簡の一節から推測すると、ペドロ岐部は日本帰国後、万一の場合は他の地方よりは安全な東北地方で布教することを前もって考えていたようである。東北地方、特に伊達政宗の領内では江戸幕府が禁教令を布いたあとも、比較的、切支丹に寛大であったため、関東の切支丹信者の避難場所となっていたためである。それは政宗の有力家臣のなかには、後藤寿庵のような切支丹武士がいて保護を獲られたことや、また仙台藩が採金のための労働力をこれら逃亡切支丹信徒に求めたからだった。だが徳川政権が確立し、威令が全国に行きわたると、政宗のような大大名さえも、切支丹禁止令に服さざるをえなかった。幕府から睨まれぬために、弾圧は人の領国よりもきびしく実行せねばならなかった。

マドリッドでペドロ岐部がこの通信文を読んだ時、彼は自らが戻る日本ではもはや生命の危険なしには住めぬことを確実に知った。それまで心に残っていたかすかな希望も楽観も、すべて砕かれた。たとえ、いかに巧妙に身をひそめ、逃亡を続けても、やがては捕えられ、責められ、処刑されることは確かだった。だが、それでも彼は帰国を断念しようとはしなかった。

マドリッドからリスボアに着くと、彼はイエズス会の修錬院で二カ月間、主として肉体労働を命じられ、若い修道士たちと屋内の作業や畑仕事に従事させられている。これは彼には辛いことだった。辛いのは三十四歳の神父の身で肉体労働をさせられることではなく、さし迫った心の準備をする時間がここではないためである。他の平和な修錬士たちとペドロ岐部はちがっていた。彼に今、必要なのは殉教の心がまえである。やがては必ず襲いかかってくる拷問や処刑にたいする覚悟である。そんな彼の胸中を誰もわかってくれない。ペドロ岐部は孤独だったのだ。彼は上司に肉体労働ではなく、瞑想と祈りをさせてほしいと願い出て、やっと許された。

出発前の瞑想と祈りの間、彼は何を考えたか。言うまでもない。受難と死を前にしたイエスの孤独と肉体的な苦しみである。「父よ、思召しならばこの（死の）杯を我より取り除き給え。さりながら、我が心の儘にあらで、思召しの如くなれかし」。ふたたびイエスのあの苦悶の祈りが、ペドロ岐部の唇から洩れる。主イエスさえも、死と殉教を前にしてこのように苦しみ、血のような汗を流してこみあげてくる恐怖と戦わねばならなかったのだ。イエスも我々と同じような人間の弱さに苦しんだことは、この時、ペドロ岐部をどれほど慰めただろう。

受難のイエスの姿を彼はいつも思いうかべる。なぜなら、そのイエスの姿は帰国した暁の自らの似姿と理想像とになるからだ。イエスが死を決意して過越祭のエルサレムに戻ったように、ペドロ岐部も死を覚悟して日本に帰るのだ。イエスがその予感通り、彼を迫害する大祭司やサドカイ派に捕えられたように、ペドロ岐部も切支丹を迫害する日本の権力者に捕縛されるだろう。だがイエスが愛した弟子の一人ユダから裏切られたように、ペドロ岐部も愛した誰かから、裏切られるだろうか。

この時期のペドロ岐部には誰が彼を裏切るか、まだ、わかっていなかった。ましてそれが彼と同じ信仰を神から与えられた者の一人だとは、夢にも考えていなかっただろう。

こうしてペドロ岐部がリスボアで最後のヨーロッパ生活を送った一六二三年のはじめ、テージョ河には印度洋艦隊がゴアに向う出航の準備を終えてしずかに待機していた。この年、艦隊の中心になるのは、新任印度総督の乗る総督乗船艦《ナオ・アルミランテ》、サン・フランシスコ・シャヴィエル号と、艦長の乗船する旗艦《ナオ・カピタン》、サンタ・イサベル号の二隻だった。

毎年、出航日が近づくと、テージョ河畔は騒がしくなった。だが、とりわけこの一六二三年には、エチオピアに多数の宣教師を送ることに決定したため、港はごったがえしていた。出航日前に乗客は乗船を終えていた。ペドロ岐部もまたエチオピア宣教団の宣教師たちにまじりサン・フランシスコ・シャヴィエル号かサンタ・イサベル号のいずれかに乗船したらしい。

三月二十五日、聖母のお告げの祝日、艦隊は錨をあげ、褐色の河を静かに動きはじめた。河岸のベルム要塞から砲声がひびき、見送る者、見送られる者はたがいに声をあげ、手を振りあった。祝砲のひびきや歌声のなかで、ペドロ岐部は孤独だったであろう。他の者たちとちがい、彼一人がこの瞬間から確実に死に向って出発していたからであり、それを彼だけが知っていたからである。彼は出発前にローマ時代に知りあったオリヴェル・ペンサ神父宛に書いた遺書にも似た手紙の末尾の言葉を憶えていた。「私は神のお助けと殉教者の功徳とを信頼している。そしてかつてローマの初代教会でも他の国々でも証明されたことが、殉教者の血によって日本でも起ることを望み、キリストを知る人がふえることを願っている」。それは彼の希望であり、覚悟だったが、とりわけ傍点の「殉教者の血によって」という言葉は我々の心をうつ。彼は本当はこう書きたかったのであろう。「私の血によって」、「私、ペドロ岐部の血によって……」と。

多くの人々の歓声と祝福の声のなかで送られたこの一六二三年の印度洋艦隊の旅は、苦渋をきわめた。出航の午後、既に第一回目の烈しい嵐に見舞われ、総督乗船、サン・フランシスコ・シャヴィエル号の柱は二つに折れ、護衛のガレオン船は座礁した。艦隊はやむをえず、ガリザという港に避難せねばならなかった。

数日後、やっと再出航できた艦隊はその後一カ月ほど順調に航海し、四月六日にはカナリヤ群島に着いたが、その後、たえ間ない雨と凪《なぎ》に苦しめられ、ために三百人以上の病人が出た。艦隊乗組員はもとより、宣教師たちも床に伏した。船がやっと風を得て、赤道をこえたのは五月下旬である。

病死者まで出しながら船はその二カ月後、喜望峰をまわったが、間もなく第二回目の嵐に会った。嵐のあとは長い凪である。飲料水の不足と食糧の欠乏もはじまった。病人は更に続出し、護衛艦コンセイサン号の艦長まで急死してしまった。

出航後、六カ月の九月、息もたえだえに第一の目的地アフリカ東岸のポルトガル植民地モザンビークに近づいた時、今度はサン・フランシスコ・シャヴィエル号が暗礁に乗りあげて横倒しになり、竜骨近くに穴をあけるという不測の事態に見舞われた。艦隊はやむなくモザンビーク港に長期碇泊して、翌年の春の季節風を待つことにした。だがこの碇泊期間にさえも、艦隊はメノモカヤと呼ばれる暴風に襲われ、ほとんどの船が損傷を蒙った。そして一六二四年の三月、ふたたび出発した艦隊は五十八日後、やっとの思いで印度のゴアに到達したのである。

艦隊が泥のようなマンドヴィ河を遡り、やがて河岸の椰子林が尽きて、ゴアの美しい街、教会の塔が見えた時、宣教師たちも乗組員も甲板に集り、やっと救われたという思いだったろう。だが彼等にまじり、ペドロ岐部は岐部で、別の感慨にふけったであろう。思えば数年前、彼はマカオからこのゴアに同じ志を抱く日本人同宿たちと暗い気持でたどりついたのだ。彼等は共に神父になるための勉学をこのゴアで続けたいと思ったが、結局は希望は入れられなかった。そしてペドロ岐部はここで一同と別れ、単身、シリアの砂漠を横断しエルサレム巡礼に旅だったのだ。

別れた日本人同宿のうち、小西マンショやミゲル・ミノエスがその後、海路、ヨーロッパに到着したことはペドロ岐部も知っていた。事実、彼は出発前、リスボアでローマのペンサ神父宛の手紙に小西マンショのことを「霊的にも世俗的にも、よろしくお願いする」と書いている。

小西マンショはおそらく小西行長の娘マリアの子であろうというのが、チースリック教授の説である。彼はペドロ岐部より十三歳年下で、有馬神学校でもはるか後輩だった。彼はペドロ岐部がエルサレムに単独で出発してから一、二年後、ヨーロッパに向っている。一六二三年にローマのイエズス会に入り、岐部の学んだコレジオ・ロマノで神学を勉強している。やがて彼もこの先輩のように帰国する決意を持ち、事実、一六三二年(寛永九年)に日本にひそかに戻るのである。

もう一人、ミゲル・ミノエスについては残念なことにその日本名はわからない。だが、ミノエスという名から美濃の出身であることは窺えるのだが、彼もまたゴアからペドロ岐部より遅れて船でヨーロッパに向い、ポルトガルのエヴォラ大学で学び、日本人として最初の学位をとった。その後ローマに赴き、イエズス会に入会したが、一六二八年、帰国を決意しながらポルトガルで客死している。

これらの同宿の友人たちが自分より遅れてヨーロッパに行き、今、それぞれの修錬院で神父としての修行を行っていることを考えた時、ペドロ岐部は自分が彼等のために橋頭堡を築く先鋒だと自覚せざるをえなかった。先鋒がもし挫折すれば、あとに続く者は戦意を喪失するかもしれぬ。彼はその意味でも、あとの者たちのために足がかりを築かねばならないのだ。だがこの戦いほど外面的勝敗がはじめから明らかなものはない。帰国する。潜伏する。だが、いつかはその潜伏は発覚し、捕えられ、殺されることは確実なのだ。

しかし、その短い期間、一人でもよい、よろめきかかった日本人信徒を励し、勇気づける。一人でもよい、神を知らぬ日本人に主の教えを伝える。一粒の種を日本の土壌に落す。それが彼の使命でなければならなかった。

ふたたび訪れたこのゴアに、ペドロ岐部がどのくらい滞在していたかはわからぬ。同船していたエチオピア行きの宣教師団と彼はここで別れねばならなかった。エチオピアへ向う神父たちの大半はここで新しい船を待ち、その一部だけは中国に向うことになっていたが、おそらく岐部は単独でマカオに向うため、その便船をゴアで半年以上、待っていたのであろう。

その半年の間、ゴアで彼はふたたびヨーロッパ人の東洋侵略の実態をつぶさに見た。侵略という土台の上にたって布教を行っている教会の実状もあらためて見た。侵略を黙認している基督教教会。それは当然、イエス自身の教えとは背反している行為だった。彼の先輩だった天正少年使節の一人、千々石ミゲルや、またヨーロッパ留学生として彼より先にローマで学んだ荒木トマスも、帰国の途中この実態を知り、この矛盾に気づき、基督教への信頼感を少しずつ失った。前述したようにペドロ岐部もそれに眼をつぶったとは私には思えないのだ。

山田長政とペドロ岐部

かなしいことだが、十六、七世紀、ヨーロッパ基督教団のすさまじい領土拡張慾をローマ法王庁が黙認したことは否定できぬ。

スペインやポルトガルの冒険者たちは探険と征服のために新大陸をアフリカを東洋の諸国を蹂躙し、そこに住む原住民の土地を奪い、追いたてたが、その不当な暴行と虐殺が「異教徒を改宗させるため」という名のもとに行われたこともまた事実である。

イエスの教えとはあまりに矛盾したこういう行為をヨーロッパ基督教国が基督教の布教拡大を口実に行い、しかもそれをローマ法王庁が認めたことを私も認めたくないが、事実を歪める権利はない。教会は、こうした侵略に直接、手は貸さなかったにせよ、自己の領土の拡張を競うスペイン、ポルトガル両国の勢力範囲を指示し、その植民地政策を是認した点では共犯者だったとも言えるのだ。当時の教皇が発した是認の勅書には侵略を唆すような言葉はなく、貿易の発展と原住民の教化、改宗を願うことを力説してはいるものの、しかしこの身勝手な征服慾を非難してはおらぬ。中世時代に十字軍の侵略を認めた教会の思考方法は十六、十七世紀にもまだまだ残っていたのだ。

当時、基督教国の学者は正当戦争（聖戦）として三つの条件を認めていた。それはまず、基督教国が異教徒たちに不当な侵略を受けた時、あるいはそれによって失った領土を恢復する時である。第二に布教対象国で宣教師たちが布教を妨げられ、迫害、圧迫を受けた時である。そして第三に異教徒の国や土地で彼等が基督教の考える人間的道徳を守らない場合である。

これは誰の目から見ても侵略を正当化する口実にすぎない。またこれは明らかに基督教国が領土拡大のために何時、いかなる場合も異邦人の領土に兵を送れるということに他ならない。

こうしてこの正当戦争の口実のもと、スペイン、ポルトガルは神の光の届かぬ異教徒の国に征服者を派遣し、原住民の血を流し、その土地を我がものとすることができた。そして宣教師たちもこの正当戦争の条件を是認していたことは、彼等の一部が、豊臣秀吉の切支丹禁止令に際して、反乱を計画し、長崎に武器弾薬を集めたという事実によってもわかるのである。

我々のペドロ岐部がこうした事情や条件を当時どこまで知り尽していただろうか。留学時代、コレジオ・ロマノの教師や指導神父や級友が彼に基督教国の東洋侵略をどれほど正当化して説明したとしても、ペドロ岐部はスペインやポルトガルに生を受けたのではなかった。彼は侵略を受けている東洋の人間であり、日本人であり、その日本がなぜ基督教を禁止したかの理由は承知していた筈である。

彼が有馬神学校を卒えて同宿だった時、秀吉による最初の切支丹禁止令が発布された。おそらく在日宣教師たちはこの時、禁止令の一因となったポルトガル、スペインの東洋侵略の事実を日本人信徒には弁解したであろうし、ペドロ岐部もその言葉をその儘、信じたかもしれぬ。基督教の布教はまったく純粋な愛の行為であり、そこには西欧基督教国の政治的、領土的野心などふくまれていないと素直に考えたかもしれない。

だが今、彼はその西欧へ向う旅、西欧から戻る旅であのヴァリニャーノ巡察師が天正少年使節たちに「見せてはならぬもの」と考えた事実を見てしまった。有馬神学校の彼の先輩であり、彼より先にヨーロッパを往復した千々石ミゲルに疑惑を起させたもの、また同じようにローマに留学した荒木トマスに信仰を失わせたものを見てしまったのだ。

日本の為政者たちがひそかに怖れていたことは妄想でも偏見でもなく、事実であったことを認めざるをえなかったのだ。西欧の基督教国は布教拡大の名のもとに有色人種の土地を奪い、しかもそれを教会が黙認しているという悲しい現実を知ってしまったのである。

ペドロ岐部は動揺した筈である。彼は日本人であることと基督者であることとの矛盾に苦しんだ筈である。彼が基督教の神父として教会や法王の絶対性を認めることはこの侵略を土台として拡がる東洋布教を肯うことになる。だがペドロ岐部は有色人種の一人として、東洋人として、日本人として、それを黙認している法王や教会の方針を承認することはできなかった。たとえそれが烈しい信仰の熱情から生れたものであろうと、奪った土地の上に教会を建て、原住民の悲しみや恨みのなかでイエスの愛を説くことの偽善をペドロ岐部は日本人として痛切に感じた筈である。

しかし彼は先輩の棄教者、千々石ミゲルや荒木トマスと同じ路をとっておらぬ。現実に眼をつぶったのではない。彼は帰国の旅の途中、はっきりと教会がイエスの教えとはちがう過失を犯していることを見抜いていた。しかしそれがペドロ岐部の信仰に決定的な動揺を与えなかったのは、この時期、基督教と基督者の行為とを明確に区別したためである。歴史的に基督信者や教会の行為が、そのままイエスの教えを具顕していたとは限らない。教会の行動もイエスの教えから知らずして隔ることとさえ数多くあったのだ。しかも教会が信仰の名のもとに他人を苦しめ傷つけたこともある。だがそれはイエスの教え、本当の基督教を歪めるものであり、イエスの教えも基督教も決して、そのようなものではなかった筈である。中世の十字軍の行動は神の名のもとに行われたが、それはイエスの教えから実は遠いものであり、布教の拡大のために、暴力的侵略を黙認した教会は、実はイエスから遠ざかっていたのである。このように基督者や教会の行動が歴史的にいつもイエスの教えと一致したとは、誰も自信をもって言えはしない。

ペドロ岐部が千々石ミゲルや荒木トマスの轍を踏まなかったのは、この基督者の歴史的行為と基督教との明確な区別を認識したためだと思われる。不幸にして千々石ミゲルや荒木トマスは十六、七世紀の西欧基督教会の行動を基督教の教えそのものと混同した。この世紀の教会の過失を、基督教自体の性格と錯誤したのである。彼等は基督教会もまた歴史的に数多くの過ちを犯しながら、より高きものに成長していくのだという「教会の成長」という考えを持ちえなかったのだ。千々石ミゲルや荒木トマスは、この時代の教会の過失を基督教そのものと同一視して、信仰を放棄した。だがペドロ岐部は彼等二人よりも、よくイエスを知っていた……。

長い旅の間、ペドロ岐部はひとつの結論に達した。彼の先輩である千々石ミゲルや荒木トマスが教会の過失をそのまま基督教の本質と混同したように、日本の為政者たちもこの宗教を危険なものとして見なしている。つまりスペインやポルトガルは基督教布教という名目で彼等の国の宣教師を日本に送り、侵略の橋頭堡を作っていると考えているのだ。この誤解を解くためには何よりも外人宣教師ではなく、日本人神父が日本で布教することだ。そしてその日本人神父は西欧教会の過失とイエスの教えとが何の関係もないことを、身をもって同胞に証明せねばならぬ。イエスの福音とイエスの愛の思想は、このような西欧国家の領土的野心とはまったく次元を異にしていることを、為政者にも日本人にもはっきり示さねばならぬ。それが今の日本人神父の義務であり使命だ。ペドロ岐部はそのように結論を出したのである。

だからこそ彼はどうしても日本に戻らねばならぬと思った。他の国や他の安全な場所で布教をすることは、もはや日本人神父である彼には許されぬと思った。この決心は帰国の旅の間、彼の心のなかで日ごと、強まっていったのである。

けれども、そう決意しながらもペドロ岐部はその日本に戻れば、当局の追及、苦難の潜伏生活、逮捕、拷問、処刑が待っていることは熟知していた。日本が近づくにつれ、怖しい予感が現実のものとなって心を苦しめたことも疑いないのだ。もとより彼は祈った。自らの心を励した。イエスの受難を自らのそれに重ねあわそうともした。にもかかわらず、募る恐怖のため心怯むことがあったとしても決してふしぎではないのだ。彼がゴアから日本を目前にするマカオにたどりついたあと、ふたたびシャムに引きかえしたのは、その心の怯みのためではなかったかと私は考える。

十年ぶりで見るマカオ。十年前、彼はこのポルトガル領の町に有馬神学校の教師や仲間たちと共に長崎からここに追放された。そして神父になりたいという夢が、日本の政治状勢と上司の偏見のために挫折した苦い思い出が、この町に残っていた。

ペドロ岐部がたどりついた一六二五年のマカオは、日本との貿易を独占しようとするオランダとポルトガルとの死闘の渦にあった。この時期、日本人が北蛮と呼んだプロテスタント国オランダは、しばしば南蛮カトリック国のポルトガル船を襲い、その貿易に打撃を与えようと試みていた。日本の平戸に商館をおくオランダは、依然として自分たちよりも多くの利益を日本貿易からあげているマカオを衰弱さすために、東支那海に多くの艦船を待伏せさせ、日本に向うポルトガルの定航船を攻撃した。一六二二年には十七隻の軍艦がマカオを砲撃し、上陸を敢行して、失敗したこともある。と同時に幕府にたいしても日葡貿易を断絶しない限り、カトリック宣教師の潜入は防げぬことや、カトリック国の植民地政策を中傷してやまなかった。

そのような状勢下のマカオに着いたペドロ岐部は、ふたたび日本から共に追放された昔の上司や先輩に会った。かつては彼を快く思わなかったイエズス会の上司たちも、独力でヨーロッパまで渡り、遂に神父となったペドロ岐部の熱意には打たれざるをえなかったろう。昔、共に追放された神学校時代の旧友、先輩のなかにはジュスト山田のようにカンボジヤや、アンナン、トンキンの教会に派遣された者もおれば、ロマノ西のようにまだマカオに残っている者もいた。ただ十年前とちがっているのは、多くのポルトガル人と日本人との混血児がここで生活していたことである。幕府はオランダ人の忠告を入れて、この時期、ポルトガル人の日本永住を禁じ、彼等と日本人との混血児たちをすべてこのマカオに追放したからである。一六二五年のマカオにこうした混血児や故国を追われた日本切支丹の男女がかなりいたことは、ペドロ岐部が十年前住んだ聖ポーロ学院の隣に、日本人のための聖イグナチオ神学校が新設されたという記録からもよくわかる。

岐部はこれら日本人から、むさぼるように祖国の状況や迫害の実態を聞いた。切支丹にたいする弾圧がいちじるしく強化されたことは帰国前、マドリッドで既に知っていた岐部だったが、それがどれほど大規模で組織的で峻烈かをここで彼は具体的にひとつ、ひとつ教えられたのである。

日本では徳川秀忠は既に死に、その子、家光が一六二三年（元和九年）から将軍となっていたが、この新将軍は祖父、家康や父、秀忠以上に徹底的な切支丹撲滅を命じた。いかなる大名、いかなる身分の者もこの捜査の眼から逃れることはできなかった。江戸処刑場の札の辻では、幕府の旧臣だった原主水をはじめ、二人の潜伏宣教師をふくむ五十人の基督教徒を火刑する煙がたちのぼった。更に三百人近い容疑者が捕えられ、きびしい訊問の後、その三十七人が火炙り、磔刑、膾切りの処刑を受けた。この一六二三年の全国殉教者の数は不明だが、幕府天領だけでも四、五百人と言われている。

一六二四年は、それまで切支丹たちや宣教師が潜伏しやすかった東北の各地でも、虱つぶしの捜索が行われ、仙台藩、秋田藩、南部藩などでおびただしい信徒が処刑された。一例をあげるなら、この年の夏、秋田の久保田では七月二十六日、五人の切支丹が斬首、八月四日には十四人斬首、八月十六日は横手で十三人斬首という有様である。

マカオの教会ではこうした日本の弾圧と迫害の模様が、手にとるようにわかっていた。迫害の状況は潜伏宣教師からひそかに手紙で報告され、追放された混血児や日本から戻った定期貿易船の船員の口からも伝えられたからである。

ペドロ岐部もここマカオで、すさまじい迫害の模様をつぶさに知ることができたのだ。このマカオから彼がマドリッドにいる旧友の日本人神父ミゲル・ミノエスに手紙を送り「この一年（一六二四年）に日本では五百人の殉教があった」ことや「日本に潜伏しているイエズス会神父はわずか十五人」しかいないこと、そして「日本人修道士さえ、日本には潜入することは不可能らしい」と報告していることでもペドロ岐部がかなり日本の迫害状況を知ったことがわかる。そして彼は、日本に密入国する良いチャンスをここで待っているとも書いている。

だがこの一六二四年、日本に潜入することはペドロ岐部が手紙で書いたように、不可能だったのではない。勿論、幕府はあらゆる方法を使って、宣教師や日本人神父が日本に密入国することを防ごうとしていた。しかし日本のすべての海辺にたえず厳重な見張をおくことは実際的に出来はしない。

事実、一六二〇年以後を例にとっても何人かの宣教師はマカオやマニラから、日本にひそかに上陸している。たとえば元和七年（一六二一年）にはイエズス会のポルトガル人神父カストロ、伊太利人神父コンスタンツォ、スペイン人神父ボルゼスの三宣教師がマカオから日本に潜入。同じ年、フィリピンからもドミニコ会のワスケス神父とカステレト神父及びイエズス会のカルヴァリオ神父がひそかに上陸している。

更に元和九年の五月にはマニラから十人の宣教師たちが舟にのって薩摩の久志に到着、その後も捕縛されるまでかなりの期間、長崎附近で潜伏布教を行っていたという事実がある。

こうした事情を見ると、いかに警戒網がきびしく張りめぐらされていても、日本に密入国すること自体は絶対的に不可能ではなかったことがよくわかる。そしてこれら潜伏宣教師の行動を見ても、潜入よりも潜入以後の危険な生活と布教とのほうがはるか困難だったと言えるだろう。

ペドロ岐部がこの事情をマカオで調べなかった筈はない。日本潜入が必ずしも不可能でないことを知りながら、彼がマカオで帰国を一時延期し、シャムのアユタヤまで引きかえした事情は一体、何なのだろうか。

チースリック教授はこの理由は当時、マカオに到着したペドロ・モレホン神父の奨めによるものだろうと推定されている。モレホン神父とは一六一四年の家康の切支丹大追放令まで二十七年間、主として京都を中心にして布教していた宣教師である。彼は秀吉政権下の切支丹武将から深い信頼を受けたが、大追放令の時には高山右近たちと共にマニラに避難せざるをえなかった。神父は一時、ヨーロッパに戻っていたが、一六二五年、マニラにふたたび戻った時、フィリピン総督から依頼を受けて、シャム・アユタヤに拘留されているスペイン人の釈放交渉のためシャムに向う途中、打ちあわせのためマカオに寄ったのである。

モレホン神父とペドロ岐部とがどれほど日本で旧知の間柄だったかはわからぬが、マカオで二人が会ったことが、岐部の日本潜入計画を一時、変更させたことは確かであろう。モレホン神父によってペドロ岐部はマニラやマカオと同様、シャムのアユタヤにも日本人町があり、そこには追放された日本の切支丹たちがかなり住んでいることを知ったのであろう。

それにしてもモレホン神父がもしペドロ岐部にシャムに行くことを奨めたとしたならば、それはどのような忠告だったのだろうか。慎重なこの上司は日本人神父に絶望的な帰国を急がずに、時機の来るのを待てと言ったのだろうか。逮捕と処刑とがほとんど確実な日本で布教する無意味さを説き、それよりシャムに住む日本人信徒のために働くほうが神の意志にかなうと言ったのだろうか。

だがモレホン神父の考えが何であれ、自分自身の運命を決めるのはペドロ岐部である。彼の決意である。日本潜入は必ずしも不可能ではなかったのに、これを口実として帰国を延期したペドロ岐部の行動の裏には、実は心のひるみがあったのではなかったか。

リスボアからこのマカオまでの旅の間、彼は彼なりに殉教の決心、死の覚悟はしてきた筈である。だがこのマカオで彼はあたらしく追放されてきた日本人たちから、幕府の峻烈な訊問と拷問の方法をあまりにもなまなましく知った。火あぶり、水責めはもとより、雲仙の煮えたぎる熱湯につける拷問、弾圧者側はあらゆる残忍な手段と責苦とで切支丹信徒に棄教を迫っている。ペドロ岐部はこのマカオで、はじめて自分が果してそうした拷問に耐えうるかどうかを、現実の問題として考えこまざるをえなかったのである。いかに信仰を持っても、いかに意志を貫こうとしても肉体的な苦痛に耐えきれず、万が一「転んだ」としたならば、今日までの労苦はすべて無になる。徒労に帰す。なぜなら一度、転んだ神父は信徒たちからも蔑まれ、見放され、転びバテレンの汚名は生涯、消えぬのが当時の日本切支丹の状況だったからである。

この時、彼はたじろいだ。絶対に自分は拷問に耐えうると言いきれなかったのだ。彼は、自分の誇りである神父の名を傷つけることを怖れた。よろめいたその心に、モレホン神父の良識的な説得は効果があった。ペドロ岐部が日本の信徒たちの苦しみのなかに飛びこむのをやめ、安全なシャムの日本人町に行こうとしたのはそのためだと私は考える。そして、それを一時的な帰国延期だと考えようとする。人間は自分の弱さにいつも適当な自己弁解をつくれるが、ペドロ岐部の場合もこの時、事情は同じだったのだ。このマカオでは日本に赴く船が見つけられぬから、自分はアユタヤに移るのだ、そこで帰国の手段を講じるのだ、と人にも語り、自分にも言いきかせたのだ。

私の観察では、強固な意志そのものだったペドロ岐部がその生涯のなかで、弱さを見せたのはこれが二度目である。一度目はあの大追放令の時、日本信徒たちを見すててマカオに逃げた時である。二度目は目前に日本を見ながらアユタヤに引きかえしたこの瞬間である。だがそのような弱さをここに至って見せたペドロ岐部を、誰も責められぬ。彼の信ずるイエスさえも、十字架での自分の死を予感した前夜、血のような汗を地に落して苦しんだ。イエスはその苦しみのあと、自分の運命を神の意志として引き受けたが、ペドロ岐部はすぐには引き受けられなかったのだ。

これは一つには彼が自分の神父としての立場を考えたためであろう。迫害下の日本に戻り、神父として万が一、拷問の苦痛に耐えかねて転ぶようなことがあれば、それは彼を信じ、彼を範としようとしている信徒たちにも大きな衝撃を与えることになる。衝撃だけではなく、彼等が持ちこらえてきた信仰や勇気、そして希望まで彼等に失わせるかもしれぬ。一人の神父が転ぶというのは、一人の信徒が転ぶことと同じではないのだ。敵方には勝利の快感と自信とを与え、信者にはとりかえしのつかぬ幻滅と敗北感とを味わわせる。そう考えた時、「自分が日本を離れたのは神父になるためであり、神父として日本に戻るためである」という信念で今日まで生きてきたペドロ岐部は、流石に動揺したにちがいない。

こうしてペドロ岐部はモレホン神父の説得に従い、マカオからシャムのアユタヤに赴く気になった。

マカオ滞在が二年をすぎた一六二七年の二月、ペドロ岐部はようやくマラッカ行きの船をみつけている。これまでも多くの場合、そうだったように彼は客としてではなく、下級船員の一人として船で働きながらこのポルトガル帆船に乗ったのである。

この時期のポルトガル船のマカオ、マラッカ間の航海は決して安全なものではなかった。先ほどものべたようにポルトガルの東洋進出を阻もうとするオランダ艦隊がたえず獲物を狙う鮫のように、この航路の何処かに待伏せしているからである。

ペドロ岐部の乗ったポルトガル船はしばし穏やかな旅を続けたが、シンガポール水道にさしかかった時、突如、四隻のオランダ船が青い水平線にあらわれた。積荷を満載して速度の遅いポルトガル船に襲いかかった。勝敗は既に明らかだった。ポルトガル船は戦意を失い、乗組員は捕虜にならぬために先を争って海にとびこみ、ペドロ岐部もまた聖務日禱書、着物、神父たちから託された手紙などを持って船を捨てた。

たどりついたのは無人の浜で、それから二週間、マラッカまでペドロ岐部は盗賊の出没するジャングルを、雨にぬれ、三日間、食べるものもなく歩きつづける。頑健な彼もこの間にマラリヤにかかり、やっとマラッカに到着すると忽ち烈しい熱と悪寒とに悩まされた。だがアラビア砂漠を横断した頑健な体の持主は、五月にはシャムに赴く船をみつけて乗船している。

このマラッカからシャムのアユタヤ王国まで、二カ月もかかった。普通は一カ月か四十日で行けるこの船旅も折からの天候不順で遅れたとペドロ岐部は書いている。やがて七月の末、船は泥水のメナム河を遡った。椰子の密林が両岸を覆い、その密林のあちこちにシャム人の竹づくりの民家がみえる。畑では黒い牛が働いている。そしてその河と椰子の林が尽きると、首都アユタヤが出現する。壮麗な王宮の塔とそれを囲む仏教の寺院の塔とが陽にきらめく。ペドロ岐部は日本に帰るかわりに、また新しい異国の町をひとつ見たのである……。

ペドロ岐部がやっと上陸できた一六二五年のアユタヤ。それはプラ・インタラジヤ王、別名ソンタム大王の都であり、濠のようにメナム河が街を流れ、街をかこみ、シャム人だけではなく種々雑多な国から移住民が流れこんでいた。『新旧東印度誌』の著者であり、当時この都を見聞した仏人、フランソア・フランタインの報告によると、ここにはシャム人、ペーグ人、中国人、マカッサル人、マレー人、コーチ支那人、カンボジヤ人、ポルトガル人、オランダ人と日本人がそれぞれ居留地を持ち、それぞれの統率者の下で生活していたという。

日本人の町はアユタヤ王城の南、メナム河の東岸にあって、対岸にはポルトガル人居留地があり、オランダ人居留地とも近かった。慶長の末年頃から故国を追われた切支丹や貿易商人たちがこのアユタヤに定住しはじめ、再三、火事にはあったが、ペドロ岐部がこの町に着いた頃はその全盛期にあたり、岩生成一教授の推定では、日本人の数は、千人乃至千五百人ぐらいだったようである。

町はフランタインの報告しているように、選任された統率者が日本的な法律や習慣で在留邦人を率い、ソンタム国王の任命したシャムの官吏の指示は受けていたが、一種の条件つき治外法権をもった自治居留地だった。

ペドロ岐部の居留した一六二七年頃の日本人町の統率者は、あの有名な山田長政である。元和二年（一六一七年）か四年の頃、日本からこのシャムに渡った長政は、最初は商売に手を出していたが、次第に頭角をあらわし、ソンタム国王からオコン・チャイヤ・スンという爵位を与えられ、日本人傭兵隊長として王宮に出入りするようになった。彼はシャムの鹿皮、鮫皮、蘇枋木等の産物を日本に輸出する貿易も一手に握って、徳川幕府の信頼も篤かった。その麾下には七、八百人の日本兵がいたと言う。

岐部はアユタヤに上陸後、ただちにモレホン神父たちと連絡をとった。マカオで別れたモレホン神父は一度、マニラに戻ったあと、岐部に先だつ一年前にシャムに向って出発し、先にこの地に滞在していたのである。神父はフィリピン総督の依頼を受けて、当時、この町で捕虜になっていた三十人のスペイン船員の釈放をソンタム王に求めていたが、この交渉はあまり思わしい成功は収められなかった。しかし、シャム王宮から自由な布教活動を行う許可をえたモレホン神父は、マカオから連れてきたロマノ西修道士と、アントニオ・カルディム神父にこの布教の仕事を命じていた。

ロマノ西はペドロ岐部にとって有馬神学校の八年先輩にあたり、共にマカオに追放された修道士《イルマン》である。三年前、日本帰国を決意してマカオまでやっとたどりついた岐部は、そのロマノ西が依然として然るべき仕事もなく居残っている姿を見たが、ふたたびこのアユタヤでやっと布教の場所を見つけた彼に再会した。ロマノ西とカルディム神父は着のみ着のままの水夫姿で、しかも病みあがりの岐部を日本人町の有力な信者の家に下僕として働かせることにした。

ペドロ岐部は、しかし自分が神父であることをかくしていた、とその手紙に書いている。「(ロマノ西やカルディム神父たち)の住居はヨーロッパ人の町にあり、私は日本人町の立派な信者の家にいた。両者は二哩離れている。私が神父たちと毎日または頻繁に交際するとあまり目立つので週に一、二度、訪れるだけでその機会にはミサを献げた」(一六三〇年五月、ローマ宛書簡)

日本人町の切支丹信者たちにさえ、神父であることを出来るだけかくしていたというのは、当時のペドロ岐部に一度は鈍った帰国の意志が再燃したことを示している。なぜならこの時期、日本＝アユタヤを往復する御朱印船や貿易船は、幕府の厳命によって詳細な乗員名簿とその宗派を届け出ねばならず、帰国の機会を狙うペドロ岐部には、公然と神父であることを皆に教えるわけにはいかなかったのである。この一六三〇年の彼の手紙の一節は、ペドロ岐部が一度は動揺した自分の行動に、やはり満足できなかったことを暗示している。

そう、日本人神父でありながら迫害と弾圧にあえぐ同胞信徒を見すて、このアユタヤに来てしまったこと。西欧諸国の侵略や植民地主義とは全く違うイエスの福音を日本人たちに命を賭けて示す使命を今怠っているという意識は、アユタヤに来たペドロ岐部をやはり苦しめたのである。

やはり日本に戻ろう。そのためにはフィリピン経由でマカオにふたたび引きかえそう。ペドロ岐部はアユタヤで、そう考えはじめる。だがマカオに行くための便船はあっても、日本人が船員として雇われるためには、きびしい身元調査が行われたため、一六二七年から一六三〇年の間、ほぼ二年半をペドロ岐部は、このアユタヤで日本人切支丹の下僕として働いただけで、ほとんど無為に過している。

彼が日本人町の統率者、山田長政と会ったという記述は、その手紙にも他の資料にもない。しかしペドロ岐部が、この悲劇的な英雄である山田長政の最も波瀾万丈だった生涯の一時期を、その眼ではっきりと見たことだけは疑いない。

ペドロ岐部が滞在した一六二七年から三〇年のアユタヤでは、王宮では血みどろの権力闘争がくり展げられた。一六二八年、ソンタム大王は病にかかり、その死は間近になったが、宮廷内ではその王弟を継承者としようとする派と、大王の王子ゼッタを後継にしようとする両党派が陰謀術策をめぐらして、争っていたからである。この闘争が山田長政に有利な立場を与えた。両派とも、日本兵を率いる山田長政を味方にひきこもうとして、それぞれ工作を続けたからである。だが長政は王子派に与しながら、その態度を曖昧にしていた。

一六二八年の十二月、ソンタム大王が崩御すると、王子派はただちに行動を起した。王弟派の高官は逮捕され、その邸宅、財産は没収、有力者たちは首と手足を斬って処刑された。

　この時、王子ゼッタ派に与した山田長政はその後も王子を擁立した宰相（オマ・カラホム）と手を握った。彼の率いる日本人兵たちは、宰相の忠勤な親衛隊となった。長政は宰相の命に従って、王子派にとって癌となった王弟の暗殺を企て、謀計をもってこれを捕え、洞穴に閉じこめている。

　山田長政と日本人たちはあくまで故ソンタム大王にたいする忠誠心から王子派についたのだったが、宰相オマ・カラホムのひそかな野望を見ぬけなかったところに、彼等の悲劇がはじまった。狡猾な宰相カラホムはその後も長政と日本人たちを利用して力を蓄え、やがて自分が擁立した新王ゼッタをも殺害し、新王の弟でわずか十歳のアチチアオンをたてて、国政を掌握した。はじめて宰相の陰謀と術策に気づいた長政は、懸命にこれに抵抗しようとするが、かえってその術中に陥った。宰相はリゴール（六崑）の王という栄位を長政に与えて、これを籠絡し、長政は一六二九年日本兵を率いて任地に赴くが、この地で宰相のために毒殺されるとは夢にも考えなかった。彼は戦国時代の男として、自分の王国を持つことに悦びを感じていたのである。

　ソンタム大王の死から山田長政の死までの三年間は、文字通り、王宮内で息つく暇もないほどの闘争がくり展げられ、反対派や反主流派が殺され、長政とその統治する日本人町もその渦中に巻きこまれた期間である。それなのにアユタヤ生活をローマの友人に語るペドロ岐部の手紙には、これについて一行として触れていない。まったく、ここに住む日本人たちの運命にさえ無関心だったようにみえる。だがペドロ岐部は三年間のアユタヤ滞在中、山田長政という一人の男が異国にあって、次第に出世し、栄達していく過程をつぶさに目撃したのである。長政が勝利を獲るたびに起る日本人町の歓声も、リゴール王として出陣していくその晴やかな姿も耳で聞き、眼で見たのである。しかし、ペドロ岐部はその光景にも眼をつぶる。興味も抱かない。関心も寄せない。まるで長政を、自分とはまったく違った世界に住む別の人間のように考えている。

　けれども長政とペドロ岐部とは、あの十七世紀初頭の日本人として同型の人間である。彼等は共に日本を捨て、日本の外に走った。彼等は共に日本をこえた国際人であろうとした。彼等は共に自分の創る国を夢みた。だが長政が地上の栄達を考え、日本を離れた場所に日本人の王国を得ようとしてリゴールに赴いたのにたいし、ペドロ岐部は日本に戻って神の国をそこに築こうとした。長政がその地上王国のために死を賭けたように、岐部もこの神の国に死を賭けた。地上の王国と神の王国。二人の夢みたそれぞれの王国はあまりに離れ、あまりに次元を異にしていた。

　アユタヤという暑いシャムの都で長政とペドロ岐部が、一度でも言葉を交したかどうか、知るよしもない。しかし二つの運命は、この都でかすかに触れあい、そして永遠に別れたのである。

リゴールで、山田長政が宰相カラホムの罠にかかり、毒を傷口にぬられて死んだ一六三〇年、ペドロ岐部はようやくフィリピンに向う船を見つけ、アユタヤを離れている。長政が知らずして死のリゴールに出陣したとするならば、ペドロ岐部は死を覚悟して日本に戻るべく、フィリピンに向っていたのだった。

地獄の長崎で

「約二年、上記の町（アユタヤ）に滞在し、主の御名において日本に渡る幸便を見つけようと手を尽したが無駄でした……。そこでマカオに戻ろうと機会を求めていた時、ちょうど二年前のドン・フェルナンド・シルヴァの船（シャムによって抑えられたスペイン船）の荷の返却を求めマニラ総督から船が送られてきました。この機会に私はフィリピンに渡り、そこからマカオに行くことにしたのです」
（一六三〇年五月、マスカレニャス神父宛、ペドロ岐部書簡）

一六三〇年アユタヤからペドロ岐部が行ったマニラは――当時、日本人が呂宋《ルソン》という字をあてはめたこのスペイン領の島のマニラは、ポルトガル植民地のマカオと並んで日本との関係が最も深く、日本人が最も多く住んでいる街だった。貿易商人はもとより、一六一四年の大追放令で日本を追われた切支丹信徒たちが、マニラ郊外のディオラ村とサン・ミゲル村を中心にして町を作り、その数は最盛時の一六二〇年から一六二三年の間には、実に三千人にも達したと報告されている。

切支丹禁教令以来、年々ここに避難してくる日本人信徒の数がふえるにつれ、フィリピン当局はマカオと同様その処置に困《こう》じ果てた。自尊心の強い日本人たちのなかにはここを支配するスペイン人に必ずしも同調せず、時には暴動を起したり、時にはスペイン、ポルトガルの仇敵であるオランダに内通する者も出て、必ずしも両者の関係は友好的ではなかったからである。

にもかかわらず、追放切支丹の信徒たちはこの街では故国とちがって安全に自分たちの宗教的な義務を守ることができた。だがマカオやアユタヤの日本切支丹と同じように、彼等も二度と故国には戻れぬ運命を背負わされていた。ここで骨を埋めるか、あるいは危険を覚悟で日本に密入国するより方法はなかったのだ。

マニラの日本切支丹を掌握していたのは、岐部の所属するイエズス会ではなくフランシスコ会である。またドミニコ会も日本人信徒のため教会を作るほか、イエズス会の有馬神学校にも似た日本人子弟のための学林を一六二〇年にマニラ市に創設している。徳川幕府の基督教弾圧に絶望したイエズス会が日本布教を諦めかけた時、フランシスコ会やドミニコ会はむしろ積極的にこうした学林で教育した日本人子弟を、日本に密行潜伏させようという大胆不敵な計画をたてていたのである。

マニラに着いたペドロ岐部がこのディオラとサン・ミゲルの日本人町にただちに赴いたことは疑いない。なぜならそこには十五年前の大追放令で彼と共に日本を追われた、「マニラ組」の旧有馬神学校の旧友たちがいることは確かだったからだ。

追放の日、「マカオ組」に属したペドロ岐部たちが比較的、無難な航海をしたのにたいして、「マニラ組」は小さな船に寿司詰めにつめこまれ、しかも嵐にあい病死者まで出しながらマニラ港にたどりついている。これら乗客に高山右近や内藤寿庵のような切支丹大名もまじっていた。

その後、有馬神学校の卒業生のなかには、ここで神父になった者もいる。また神父になった後、ペドロ岐部と同じように死を覚悟で帰国する決意をかため、事実、日本に戻って殉教したディエゴ結城のような者もいる。

おそらくサン・ミゲルの日本人町であろう。ペドロ岐部は予想通り、なつかしい顔を発見することができた。追放の長崎で別れてから十五年、かつて若かったお互いの顔は壮年のそれに変ったが、一目見ただけで思い出す先輩の一人である。それは神学校が一六一二年から追放のあった一四年まで長崎に移った頃、ラテン語文法の教師をしていた先輩のミゲル松田だった。

ミゲル松田はこのマニラで神父となった。だが彼もまた日本に潜伏布教することを志し、一度はその途上、船が難破して中国人の捕虜となり、長く中国の牢につながれていたこともある。この話はマカオに戻った時、ペドロ岐部も耳にしていただけに、無事なその顔を見て悦びはひとしおだった。

ペドロ岐部は松田神父が依然として迫害下の日本に戻る決意のあることを知って悦んだ。二人は共に帰国する計画をたてることにしたが、この計画にやはりマニラに住む伊予ジェロニモ神父が加わった。伊予もまた有馬神学校の卒業生だったが、当地では、フランシスコ会に属していた。

マカオやアユタヤでは帰国の希望を断たれたペドロ岐部は、このマニラに住んで、雰囲気がすべて違うことにすぐ気がついた。イエズス会と異なり、ここの日本切支丹を指導しているフランシスコ会は、日本人神父が迫害下の日本に戻ることを勇気ある行動と見ていたし、日本人町の同胞信徒にもそうした計画を支持する者がいたからである。これらの信徒はフィリピンで叙品された日本人の神父を迫害下の故国に送ることを教会に具申したこともある。

こうした雰囲気のなかでペドロ岐部たちは計画を進めた。まず日本人信徒のなかから信頼できる船乗りたちと船とを雇った。船乗りたちもこの同胞神父の死を覚悟の帰国に興奮し、自分たちも殉教を決意して船に乗ることを承諾してくれた。ひとつの小さな共同体ができあがった。

だが万一でもこの計画が外に洩れることがあってはならぬ。密告者はどこにでも存在するが、このマニラにも幕府の放ったスパイがいないとは限らない。三人の神父はごく少数の上司にだけ計画をうちあけ、その許可を求めた。マニラ管区長のブエバ神父、スペイン総督の聴罪司祭コリーニ神父、そしてアユタヤからここに戻って神学校の院長となったモレホン神父などがその計画を知っていた上司だった。

三月二日、ペドロ岐部と松田ミゲルの両神父と日本人船員たちはマニラを去って、マニラ湾に近いルバング島に移った。最初に計画に加わった伊予ジェロニモ神父は別の船に乗ることになり、とりあえず岐部と松田とが先に出発することになった。後年、小野田少尉がかくれ住んだあのルバング島に彼等が移動したのは、出帆が人眼につかぬためであり、航海に適した六月の季節風を待つためだった。

「主の慈愛が我々の航海と計画とを祝し給い、守り給わんことを」とペドロ岐部はこのルバング島で次のような手紙を書いている。「我々は何よりも我々の父（イエズス会の創立者）聖イグナチオと使徒のフランシスコ・シャヴィエルの助けを絶えず乞うている。我々が彼等にふさわしい子供でなく、そのためにこのような大事業をなしとげることを、我々の罪のため神がその御助けを拒み給わぬように」

三カ月の間、海べりの小屋で航海の準備と祈りとの共同生活が続いた。死を覚悟するため、二人の神父は勿論、日本人船乗りたちも共に祈り、共に励しあう毎日を必要としたのだ。出陣にも似た熱気と興奮とがこの小さな共同体を異様なまでに包んだことは、次のモレホン神父の手記でもよくわかる。「出帆準備ができあがったある日のこと、神父たちは私のところにやってきた。彼等は元気のない声で、また出発に支障が起きたと言った。それによると、ただの船乗りとして同行する日本人たちが船長、水夫長など格のある肩書きをもらえねば乗船しないと言いだしたのである。それはこの数年間たびたびあったことだが、日本到着の折神父が発見されると、水先案内人、船長、船長補佐も捕えられ、処刑され、ただの船員はそのまま見逃されると言うのが、その理由だった。つまり彼等はキリストのために血を流し、生命を捧げたいと望んでいたので、事情を知ってこうした肩書きや役目なしには行きたくなかったのだ」

だが出発を前にしたその六月、彼等は「人間の計画がいかにはかなく、もろいものかを知らされた」（ペドロ岐部書簡）。「既に万端の準備ができあがった時、船が白蟻というより、虫にまったく喰いつくされ、今は手の施しようもないまでになっていることがわかった。なぜかと言えばこの地方には鉄、瀝青、その他すべてがないからである。おま

けに僅かの間にすべてを完了させねばならない」（同上書簡）

六月を逃しては季節風にのることはできぬ。あせった彼等に思いがけぬ援助者があらわれた。ルバング島の主任司祭マルチン・デ・ウレタ神父である。彼は船の修理に智慧を貸し、虫の喰った船の内側から板で目張りをして一応の応急措置をすることができた。

不完全だが、これで出航するより仕方がなかったのだ。

ルバング島を出帆した後、バシー海峡を無事通過し、黒潮にのったペドロ岐部たちの船は、日本を目指してよろめくように北上しつつあった。十六年の間はなれていた日本。その日本は間近である。ペドロ岐部にとっては遂に彼の生涯の約束を果す時が近づいたのだ。迫害の日本信徒を一時見すてたのは神父として戻るためであり、神父となった現在、彼は帰国の誓いを守らねばならない。彼は見すてられた日本信徒のために生き、苦しみを分ちあわねばならない。

航海ははじめは順調だった。白蟻の喰った船だが熱意に燃えた船員の努力で、一同は峨々たる台湾の山を西にみながら日本の南端を目指して進んだ。やがて琉球の島々があらわれる。琉球を通過すれば薩南諸島が姿をみせる。

雲行きが怪しくなった。波が荒れはじめた。薩南諸島を通った時、遂に烈しい嵐の渦にペドロ岐部たちの船は巻きこまれた。巻きこまれた船は口之島の岩礁にぶつかった。

この時、口之島の前之浜の漁師たちがこの難破船を目撃していた。救助の作業にのりだした漁師たちは勿論、助けた連中のなかに禁制の切支丹神父が二人まじっているとは夢にも知らない。純朴な彼等は二人を貿易船の商人だと思ったのである。親切にも彼等は嵐がおさまれば、自分たちの舟で薩摩まで送り届けることを約束してくれた。

日本を前にして船が難破したことは、ペドロ岐部と松田ミゲルとのこれからの運命にとっては不吉な暗示だったかもしれぬ。だが彼等は決してそうは考えなかった。やがて日本で受ける試錬にくらべれば船の難破など物の数でもなかったのだ。

嵐が去り、海がまぶしい夏の光に穏やかにかがやくと、二人の神父は口之島の漁民の漕ぐ舟に乗りこんだ。薩摩の坊ノ津に——十六年ぶりで踏む九州に向って彼等は今、出発する……

日本。ペドロ岐部と松田ミゲルが到着しようとしている一六三〇年（寛永七年）の日本は相変らず徹底的な切支丹捜索と苛酷な拷問、処刑とが各地で続いていた。その一つ一つを語る余裕はないが、やがてペドロ岐部が潜伏する長崎地方について言えば、前年（一六二九年）切支丹たちの墓まであばき、その死骸を見せしめに曝すほど厳しい態度をもってのぞんだ新奉行竹中重義（采女）は日本人信徒を処刑するよりも棄教させることに重点をおき、いかなる説得にもかかわらず棄教せぬ者を雲仙に連れて行き、有名な「熱湯責め」という拷問にかけていた。

この熱湯責めは今日雲仙で「雲仙地獄」といわれている硫黄の熱湯が噴出する谷間で行われた。連れてこられた信徒たちは首に大きな石を吊され、裸にされて、熱湯をかけられ、その熱湯に漬けられるのである。

「山上に着いた時、噴火口と悪臭の熱湯が噴出するのが見えた。空中にただよう硫黄の蒸気によって、我々が後に体験した熱湯のすさまじさを感じとることができた」とこの拷問の体験者デ・ヘスス神父は書いている。「それは金曜日の午後三時頃だったが、五人の奉行は部下と兵卒とを率いて、我々を拷問の場所につれていく用意をし〝地獄〟のそばの小高い所に我々を立たせた。硫黄の熱湯は飛沫が一米以上も高くはねあがるほど烈しく噴出している。熱湯は一人、もしくは数人を並べてかけられたが（これはしばしば行われた）、かけられると忽ち骨がほとんど露出するほどのすさまじいもので、二度目には骨がむき出しになった」

後に穴吊しという拷問で棄教したイエズス会のクリストヴァン・フェレイラ神父の報告によると、雲仙に連れて行かれた信徒たちには女もまじっていたという。彼等はそれぞれ四人の警吏に押えられて、その裸の体に四分の一リットルほどの熱湯を三回かけられる。しかも苦痛が長びくよう、柄杓《ひしゃく》の底に穴をあけ、ゆっくりと垂らす方法がとられた。拷問は一日で終るのではなく、数回にわたって行われることもあった。

拷問のあとまだ棄教しない信徒は小屋に連れて行かれ、足と手を鎖でつながれ、藁の上に寝かされ医師の手当を受けた。助けるためではなく生かして第二回目の熱湯責めを行うためである。信徒たちは一日に一椀の飯と鰯しかもらえなかった。

竹中重義の考案したこの拷問はある程度は成功した。苦痛に耐えかねた信徒のなかには遂に棄教する者も出たからである。だが他方毅然としてあくまで自分の信念、自分の信仰を貫き通す強い者たちもいた。拷問に転んだ者には神がその愛にかかわらず、かほどの責苦を受けている自分たちを助けようともせず、沈黙を守っていることが耐え切れなかったのだ。神がなぜ、これほどの苦患を信徒たちに与えるのか、その意味をはかりかねるようになったのである。一方、あくまで拷問に屈しなかった者はこの責苦をやがて自分たちが受ける永遠の至福のための試錬と考えた。彼等はその時、イエスもまた同じような肉体の苦痛を生前、味わったことを思い出し、イエスの受難に倣おうとしたのである。拷問のなかで神のおそろしい沈黙を感じた者は棄教し、神もまた自分と共に今、苦しんでいるのだと考えた者はこの責苦に耐えぬこうとしたのである。

日本。ペドロ岐部と松田ミゲルが口之島の漁民たちの漕ぐ舟で今、上陸しようとする日本は切支丹信徒にとって血みどろの戦場だった。転び者となって生きながらえるか、それとも信仰を貫いて死ぬかの二つしか路のない戦場だった。

口之島を出て数日後、二人の神父はようやく薩摩の山々を見た。七月の烈しい陽光は油をとかしたような海に反射し、山も浜もうだるような暑さのなかでひそまりかえっている。だがそのひそまりかえった静寂は二人にとって、かえって不気味である。

やがて舟は小さな湾にすべりこむ。坊ノ津である。往時、中国や琉球の船が、またこの時代、時折、ポルトガルの船が入港する港である。入国審査の役人たちは口之島の漁民の言葉をそのまま信じた。ペドロ岐部と松田ミゲルを商人だと思い、入国を許可した。第一の難関はこうしてどうやら突破できた。今、十六年ぶりで踏む日本の土。マカオにいる時もゴアにいる時も、アラブの砂漠を渡りエルサレムを訪れた時も、そしてヨーロッパで学んだ間も片時も念頭から離れなかった日本。その日本が今、足の下にある……。

上陸後、岐部と松田がどこに長期潜伏しようと考えていたのかは、よくわからない。一六三一年に書かれたジョアン・デ・プラエスの報告によると、岐部は日本で出会ったポルトガル人の有力者に自分の過去を語り、京都に向う気持だと語ったとのべられているからだ。しかしこのポルトガル人と彼が坊ノ津で出会ったのか、それとも、しばし潜伏していた長崎で会ったのかは不明である。

いずれにせよ、上陸後の岐部と松田とはなつかしい長崎に赴いている。これは当然のことで長崎ならば迫害下にもかかわらず、何とか潜伏宣教師や信徒とも連絡がとれ、上司に自分たちの帰国を報告し、その後の指令を仰ぐことができると二人が考えたからであろう。

考えていた通り、この一六三〇年でも長崎とその周辺にまだ潜伏神父たちがひそんでいた。前年十一月、新奉行、竹中重義による一斉検挙によって何人かの聖職者が捕えられたことは大打撃だったが、残った潜伏神父たちは信徒たちの命を賭けた協力のもとに、洞穴や山中、あるいは秘密のかくれ家に身をかくし、組織的な地下活動を続けていたのである。

これらの神父たちの潜伏生活の一端はその前年の十一月に逮捕された石田アントニオ神父の手記の一節からもうか

がえる。この神父はペドロ岐部よりも十五年早く有馬神学校に入学し、卒業後は天正少年使節だった伊東マンショ、中浦ジュリアンたちとマカオに留学した後、帰国してイエズス会の神父となった。一六一四年の切支丹追放令後も彼は日本に潜伏して主として中国地方で地下活動したのち、長崎で捕縛されたのである。

「私はすぐ（危険の少い）大村に戻るつもりで長崎に出かけたのだが、告解をする信者が多く、六日間留まらねばならなかった。ようやく大村に帰ろうとした時、奉行の下役人が多数、大村の私の隠れ家に向ったという知らせを受けた。修道者がそこにひそんでいるという噂を彼等は聞きつけたのである。私は事の成行を窺うため、長崎に残った。

ところがアウグスチヌス会のグチエレス神父が捕縛された。ために長崎の私の宿主は私に家を出てほしいと言った。そこで私は翌晩ディエゴ久兵衛の家に行った。この人は私が前の宿主から追い出されたのを聞き、自分の家を提供してくれたのだ。だが私は彼にも迷惑をかけたくなかったから、翌日、私の同宿を別の家に行かせた。

四日目、ミサをたてながら私は神に心から自分の命を捧げようとした。朝食が終った時、外が騒しくなり、竹中采女の家来が刀をおびてあらわれた。彼は私に石田かとたずね、私はすべてを理解して答えた。『私は神父で修道者です』『お前を逮捕する』その言葉が終ると取手が雪崩こんできた」

こういう危険きわまりない長崎にペドロ岐部は松田神父と共に姿をあらわした。日本切支丹の戦場に遂に参加することができたのだ。苦しんでいる信徒たちを力づけ、拷問と死とを怖れて信仰を棄てようとする者を励し、秘蹟を授け、告解をきき、彼等と共にその苦悩をわかちあう潜伏神父の一人となったのである。

当局の捜索にもかかわらず、潜伏宣教師たちは統制のある組織を持っていた。岐部たちの属するイエズス会は管区長を持ち、その指図に従って行動し、また迫害下の日本の状況について報告と連絡とをかわしていた。当時イエズス会日本管区長は日本滞在、実に四十三年のマテオ・デ・コーロス神父であり、一六〇九年から有馬神学校の校長だった人である。彼は当時、深江に潜伏していたから、ペドロ岐部は当然、かつての恩師の一人に自分たちの帰国を報告したに違いないし、その指図を受けて長崎にかくれたと思われる。

潜伏神父たちは細心の警戒を払ってはいたが、なかには「伴天連金鍔」と呼ばれる一人の日本人神父トマス落合のように大胆きわまる行動をとった司祭もいる。彼はペドロ岐部よりもずっとあとに有馬神学校に入学し、あの追放令の時、岐部たちと共にマカオに送られた一人である。ペドロ岐部がヨーロッパ留学を目指して小西マンショ、ミゲル・ミノエスたちとゴアに向って旅だったあと、トマス落合は日本に戻り、同宿として潜伏生活をつづけた。しかし岐部と同じように神父になりたいという熱願を捨てられなかった彼は更にマニラに赴き、そこでアウグスチヌス会に入会、勉学の後、ようやく神父になった。しかし彼もまた岐部と同様、日本に戻る決意をして岐部に遅れること一年後の一六三一年に日本にひそかに戻ったのである。

長崎に潜伏したトマス落合は大胆不敵にも長崎奉行、竹中重義の馬丁となっている。この仕事の利点を利用して奉行所に捕えられている宣教師と接触し信者たちとの連絡を勤め、自分のわずかな日当をさいて牢内の神父を援助したのである。だがこうした大胆な行動が実行できたのも、神父とそれを援助する信徒によるひそかな地下組織があったからである。だが逆にこの地下組織の一員がもし捕えられ、転んだとするならば、その組織の秘密はすべて奉行側に筒ぬけとなる。奉行側もまたこの転び者をスパイにするように努めていたから、潜伏宣教師たちの大半はこのスパイの密告で捕えられたのである。

岐部たちもそれら潜伏司祭と共にこうして長崎で危険きわまりない潜伏生活を続けた。この間の彼の行動について詳しく知る資料はない。しかし飢えと洞穴での生活と危険とは岐部たちにとっては苦しいが耐えることができただろう。岐部の頑健な体はまだそれを越える力を持っていた。だが信じていた信徒に転び者が出て、その転び者が密告するのを見るのは耐えられなかった。転び者の密告で信徒たちが捕えられるのを知っても、それを助けることができぬのは耐えられなかった。

こうして一年たった。二年たった。二年後の一六三三年（寛永九年）、前将軍秀忠が没し、一六二三年（元和九年）から将軍職にあった家光の独裁が始った。家光は祖父家康以来の切支丹禁止令にかかわらず、なお潜伏宣教師が日本の各地にひそみ、信徒が残存することを激怒して徹底的根絶を命じた。長崎奉行、竹中重義はその厳命を受け、かねてから大村、長崎の牢に入れておいた神父、信徒たちに西坂刑場で、次々と火刑、斬首の刑を執行した。たちのぼる火と煙のなかに死んでいくこれらの殉教神父のなかには、前記の石田アントニオ神父がいる。更にあのルバング島で帰国計画を共にたてた伊予ジェロニモもまじっていた。伊予は岐部や松田と同じ一六三〇年に、別の船で日本に密入国したのだが不幸にしてこの一六三二年に逮捕されたのだ。

それらの先輩、同僚を火刑にする炎と煙とを、群衆にかくれてペドロ岐部は凝視しただろう。その時、彼は何を考えたか。やがて来る自らの最後の光景を考えなかっただろうか。だがそれがいつ、来るのかはわからないのだ。確実なことは遅かれ早かれ、自らもまたあのように殺される。それまで生きのびねばならぬ。生きて信者たちの支えとならねばならぬのだ。

だが悲しみもあれば悦びもあった。悦びというのはこの同じ年、小西マンショが神父となってマカオから中国人のジャンクに乗り、実に五カ月を要して日本にたどりついたのである。小西行長の孫にあたるこの小西マンショは、岐部と共に十八年前にマカオに追放され、その後共に神父たらんと志してゴアまで渡った仲間の一人である。小西は岐部に遅れてローマで学び、たがいに誓いあった通り、日本に戻ってきたのだ。死ぬための帰国。帰国した時、小西の髪は航海の労苦のため白くなっていたと言われている。

だがこの一六三二年はまだ良かった。翌年の一六三三年(寛永十年)こそ長崎とその周辺との潜伏宣教師にとっては最も怖しい年になった。この年の三月、奉行の竹中重義が幕府から解任され、その子と共に自決を命ぜられる事件が起った。長崎奉行の権力を利用した収賄の容疑があったからだ。後任の奉行は曾我又左衛門と今村伝四郎の二人が任命されたが、この二人の着任と同時に竹中時代にもまして徹底的な切支丹捜査が開始された。新奉行たちは切支丹を虱つぶしに発見するために、五人組連座という制度と絵踏みとを住民全員に命じた。

五人組連座とは長崎住民を五人を単位として組を作らせ、たがいに監視しあう制度である。もしそのなかの一人でも切支丹だったり、潜伏宣教師と関係する者が出れば、その家族は勿論、五人組の他の四人も同罪にするという方法である。この方法はたしかに効果があった。これ以後捕えられた神父たちの多くは、密告によって居場所を発見されているからだ。一方、絵踏みとは切支丹でないことを証明するため、正月、切支丹の住民のすべてを寺に登録させ、基督もしくは聖母マリアの絵(後に銅板になった)を踏ませる方法である。当時の切支丹信徒は純朴そのものだったから、「たとえ足かけても上気し、鼻息あらくなり」そのためにその心がわかったと言う。

敵も味方も必死だった。新奉行の徹底化したこの心理作戦に潜伏宣教師たちは追いつめられ、かくれ場所を失った。彼等は今日までの味方だった信徒さえ何時、転ぶかわからぬという不安に襲われた。何よりも辛いのは、信頼すべき信徒まで疑わねばならないことだった。「この年、日本では各会の聖職者三十四人と日本切支丹信徒四十六人とが落命した」とパジェスは報告している。その三十四人の聖職者のうち、二十四人が岐部の所属するイエズス会員だった。

捕えられた者はただちに拷問にかけられるとは限らない。あの「熱湯責め」を行った竹中重義でさえ、逮捕した宣教師たちを理をもって説得するため、仏僧などを使って理論的に折伏しようとしている。それに肯んじぬ時は、はじめて拷問、拷問に屈せぬ時は処刑を行った。竹中時代の拷問は雲仙の「熱湯責め」だったが、二人の新奉行は「穴吊し」という新方法を採用した。犠牲者を長時間、地獄のような苦しみにあわす方法である。まず縄で体を幾重にも縛り、汚物の入った穴に逆に吊す。勿論、水も食物も与えない。逆流した血は眼や鼻から流れ、意識混濁する。長崎で使われたこの拷問は、以来幕府も採用し、これ以後、潜伏宣教師にとって最も辛い試錬となった。穴吊しの最初の犠牲者はイエズス会修道士で近江出身の福永慶庵で、彼は四日間、穴に吊され絶命した。

長崎は有馬と共にペドロ岐部には思い出深い町である。一六〇〇年、この長崎に一時移転した頃の有馬神学校に、彼は弟と共に入学したのだ。その学舎で共に机を並べた仲間、親しく勉学を助けてくれた先輩、ラテン語と宗教学を教えてくれた恩師たちが、次から次へとこの年捕えられていった。

たとえば岐部の神学校時代の先輩で有馬神学校の頃、ラテン語の教師をしていた修道士伊予ジュストは潜伏していた伊予で逮捕され、長崎に護送されてこの年穴吊しにあって死んでいる。

あの天正少年使節の一人で岐部が神学校の生徒だった頃、補導教師だった中浦ジュリアン神父も豊前の小倉で捕えられ、長崎に送られて同じく穴吊しの拷問のため息を引きとった。「我はローマに赴きし中浦ジュリアン」というのが彼の最後の言葉だった。

鼠のように追いつめられ、昨日一人、今日一人と言うようにそのかくれ家から引きずり出される神学校時代の恩師や先輩、友人たち。そして彼等が奉行所に引きたてられると、もう消息はわからなくなる。はなばなしい殉教の場面を見ることもできぬ。穴吊しの拷問は暗い奉行所のなかで隠微に行われるからだ。何十時間もつづく殉教者の苦しみを、生き残っている岐部たちは励し慰めることもできない。奉行所は孤独なみじめな死を、捕えた神父たちに与えようとしているからである。

この一六三三年の十月、潜伏宣教師たちにも信徒たちにもあまりに衝撃的な出来事が起った。コーロス神父のあとを継いでイエズス会管区長となったフェレイラ神父が捕えられ、穴に吊されたのである。同じ拷問をこの日受けたのは、前記の中浦ジュリアンのほか三人の神父と三人の修道士である。これら神父と修道士たちは苦しいこの責苦に耐え、信仰を棄てず穴のなかで息を引きとった。しかし管区長フェレイラ神父だけは五時間後に遂に棄教してしまったのだ。

管区長という指導的地位にあり、日本在住二十三年、あの追放令後も潜伏して布教を続けたこの五十四歳の神父が信仰を棄てたという知らせは、長崎とその周辺すべての潜伏宣教師と信徒とにただちに伝えられた。彼等は打ちのめされた。人々は今更のようにこの「穴吊し」という拷問の苛酷さを思い知ったのだ。これは言いようのない陰惨な出来事だった。

フェレイラ神父ほどの信仰の持主でも耐えられなかった穴吊し。ペドロ岐部は彼もいつか捕えられれば、この拷問を受けさせられるだろうと思った。耐えられるかどうか、彼にも確信をもって答えられぬ。確信がないだけに何時かは来るその日が彼には怖しかっただろう。祈ること、ひたすら神の助けを求めること、そのほかにこの拷問に耐える方法はないのだ。

フェレイラ神父は棄教を約束した後、穴から出され、奉行所の手先となった。奉行所はあくまで残酷だった。生ける屍のようになったこの元宣教師に死刑囚沢野某の妻子を押しつけ、沢野中庵と名のらせたのである。そして潜伏宣教師が捕えられればその取調べに立ちあわせ、通訳や棄教の勧告という仕事をさせた。かつての同僚、かつての弟子にフェレイラ神父はその屈辱的な姿を見せねばならない。その惨めきわまるフェレイラ神父を信徒たちはイエスを裏切ったユダに重ねあわせた。だがユダになる可能性はこの頃、すべての宣教師にも信徒にもあったのである。その可能性にうち勝てるとは誰も自信をもって言えなかった。そして神は沈黙している。沈黙しているようにみえたのだ……。

この暗い陰惨な年。フェレイラ神父の棄教と共に、もうひとつ、ペドロ岐部の心を引き裂いた事件が起った。彼と共にルバング島から薩摩に上陸した松田ミゲル神父が十月、かくれ家から追い出され、行き場所も食べものもなく、折からの暴風雨のなかを三日間、歩きつづけた揚句、行き倒れて死んだのである。

もう岐部も長崎に残ることはできなくなった。おそらくこの十月、彼は長崎のかくれ家を出ねばならなかったのであろう。五人組連座の制度のため、信者たちはもう、その意志があっても神父たちをかくまうことができなくなった。神父たちも宿主にこれ以上、迷惑をかけたくはなかった。岐部は松田ミゲルと同じように長崎を出て、この年、行方をくらますより仕方がなかった……

逮捕の日

逃亡。だが逃亡とは生きながらえるためであり、追手の眼を逃れて生命の安全を計るためである。

けれどもペドロ岐部が長崎から逃亡したのは、生きながらえるためではない。生命の安全な場所を見つけるためでもない。遅かれ早かれ、逮捕され、訊問と拷問を受け、処刑されることは彼にはわかっていた。その死までのみじかい間に、一人の信徒でも力づけ、慰め、勇気を与えるのが潜伏司祭としての使命だったから逃亡したのである。

一六三三年の大検挙のため、長崎に潜伏していたイエズス会員の秘密組織は文字通り崩壊した。十九年前の追放令以後も細心につくられた潜伏宣教師たちの本拠、長崎はもはや活動不可能なまでに粉砕された。とりわけ、長崎のリーダーとなった管区長フェレイラ神父が拷問のためとはいえ棄教したというあの事件は、ペドロ岐部のような潜伏神父と信徒に癒しがたいほどの衝撃を与えてしまった。迫害者は少くとも長崎に関する限り、勝利を得たのである。

長崎の組織が壊滅した以上、岐部はそこにとどまって司祭としての義務を遂行することが不可能になった。単独で身勝手に行動することは許されない。なぜならそれはより危険であり、また他の宣教師たちに見えざる迷惑をかけるからである。彼はイエズス会上司の指令に従って、東北に逃亡することとなった。東北にはまだイエズス会の秘密組織が細々ながら残っていたからである。

ペドロ岐部が長崎から逃亡した仙台藩は元和年間の初期には、伊達政宗の寛大な宗教政策のため、九州につぐ日本切支丹の温床となっていた。野望に燃えた東北のこの梟雄《きょうゆう》は自藩を海外貿易で富ませるため、基督教の布教を黙認する政策を長くとり続けた。関ヶ原の戦以後、切支丹嫌いの家康や秀忠が江戸とその直轄領で弾圧を実行した時でも、政宗はフランシスコ会宣教師のソテロ神父を仙台に招き、大幅な宣教を許す代りに、彼にノベスパニヤ（メキシコ）との貿易を斡旋させ、家臣、支倉常長を大使として太平洋を渡らせた。ために江戸に居住できなくなった切支丹信徒は続々と政宗の領地に逃れ、また伊達家の重臣のなかにも後藤寿庵のような熱烈な信仰者を出すに至っている。

だが支倉常長がその使命を果しえず、むなしく帰国した一六二〇年からは、政宗の宗教政策は変った。切支丹禁止令は藩内にも施行され、それまで陽のあたる場所で布教できた宣教師も日本の他の場所と同じように潜伏せねばならず、信徒たちも棄教するか、当局の眼をあざむいて信仰をひそかに守らねばならなくなった。

一六二三年（元和九年）家光が将軍職をつぐと、弾圧はいちじるしく強化された。まず仙台地方の布教で活躍したアンゼリス神父が江戸で逮捕されて火刑、同じく切支丹の有力家臣だった後藤寿庵の知行地、見分《みわけ》を中心に活発な宣教活動を続けていたカルヴァリオ神父も、見分の背後の下嵐江《おろしえ》の山中で信徒たちと雪のなかにひそんでいるところを捕縛された。

カルヴァリオ神父は東北地方はもとより、蝦夷《えぞ》に至るまで布教の足跡を残した有名な宣教師である。その彼は逮捕後、仙台に送られ、寒中の広瀬川につけられて凍死させられた。また彼等潜伏宣教師や信徒たちの保護者だった後藤寿庵も政宗の勧めにも首をふり、知行地と家臣とを棄てて姿をくらました。

こうした弾圧、迫害、検挙、処刑にかかわらず、ペドロ岐部が長崎から脱走した一六三三年にも、まだ二人のイエズス会員と四人のフランシスコ会員とが地下にもぐりこんでいた。外人宣教師もふくむこの小さな秘密組織が、この時期もなお存続しえたのは、幾つかの理由がある。ひとつはこの東北の地にはまだまだ未開の土地が多く、追手の眼から逃れやすかった。更に時にはアイヌ人の血を受けた日本人も住むこの領内では、宣教師とアイヌ的容貌の日本人とが見わけがつかぬ利点もあった。また一定居住地のない犯罪人も働くことのできる領内の鉱山は、切支丹たちにとって絶好の逃げ場所となった。

ペドロ岐部がどのような路すじで、長崎からこの仙台までたどりついたかは正確にはわからないが、もし彼が海路を利用しなかったとしたならば当然、北陸からではなく北関東から東北に向ったにちがいない。というのはこの迫害時代になると西日本の信者が東北に逃れたし、また足尾、佐渡、東北の諸鉱山にもぐりこんだため、その経路にあたる北関東には意外に潜伏信徒が住んでいたからである。ペドロ岐部もおそらくこうした信徒たちにひそかに助けられながら、東北に潜行できたのであろう。

なんのためにこのような苦しい旅を続けるのか。彼が今やろうとしていることは、勝目のない戦いに向うようなものだった。仙台にたどりつけたとしても、そこでも長崎と同じように危険で秘密の生活が待っているだけである。そして当局はその長崎でも実行したように、やがては徹底的捜索にのりだしてくるだろう。いつかは摑まることは明らかであり、いつかは殺されることも確実なのだ。そしてそのまま生活がどんなに苦しくても、また逮捕されたのちどんな苛酷な拷問にかけられても、ペドロ岐部には自殺は許されない。教会は自殺という安易な人生放棄を禁じている。いかに苦渋にみちても、いかに醜悪なものでも、人生を最後まで味わいつくすことを要求している。処刑場に向うイエスは人生というその重い十字架を最後まで決して放棄しなかった。神父たる者はイエスに倣い、自殺によってその肩から人生の十字架を棄ててはならぬのだ。

　にもかかわらず、ペドロ岐部がこの勝目のない戦いのため東北に逃亡したのは、第一に彼が信徒たちと苦しみをわかちあうためだった。第二には自らの無償の生涯と酬われざる死によって、本当の基督教とはただ愛のためにだけあることを証明したかったのだ。当時の多くの日本人が誤解しているように、本当の基督教は異邦人の国や土地を蹂躙し、奪うような宗教ではないことを示したかったのだ。そして植民地獲得に狂奔するヨーロッパの基督教国民の行動とイエスの教えとは何の関係もないことを残り少い自分の人生を賭けて同胞に見せたかったのである。

　そう。これが切支丹迫害下の日本人神父の使命であり義務だった。少くともペドロ岐部は長い世界への旅の往復、この考えを持つに至った。それがあの植民地主義時代、そのために基督教弾圧が起った日本での邦人神父が証明せねばならぬ使命だと考えたのである。

　こうして彼は東北の仙台藩にもぐりこんだ。かくれているイエズス会の同僚たちがどこにいるかは、行く先々の信徒たちからそっと教えられていた。当時仙台藩で、まだ信徒たちがひそかに信仰を守りつづけている場所は四つあった。ひとつは追放された切支丹武士の後藤寿庵の旧領だった水沢である。他の三つはヨーロッパから帰国した支倉常長の所領地だった黒川の一部であり、また伊具の筆甫や鉱山のある大籠、馬籠の村々（現在の登米町）にも信者たちのいることはわかっていた。いやこうした公儀の眼の届かぬ僻地だけではなく、城下町の仙台にさえも何人かの有力切支丹が大胆にも住んでいたのである。

　それらの信徒たちの住家を二人の潜伏イエズス会神父が、偽名を使い変装して歩きまわっていることもペドロ岐部は知っていた。その二人とは、かつて有馬神学校で知りあった伊太利人のジョヴァンニ・バッチスタ・ポルロ神父とあの追放令の時、共にマカオに追われた神学校の先輩のマルチニョ式見神父とだった。この二人のイエズス会員のほか、四人のフランシスコ会の神父も仙台藩に潜伏していたのである。

　色々な事情を綜合してみると、これらの潜伏神父たちは水沢にちかい見分村を第一の本拠地としていたようである。熱心な切支丹であり、政宗自身の棄教勧告にも頑として応ぜずに姿をくらました後藤寿庵のこの旧領には、十一年前カルヴァリオ神父逮捕事件はあったものの、かなりの切支丹信徒が、表は棄教したようにみせかけながら実はさまざまな方法を使って、その信仰を守りつづけていた。寿庵の旧領は主人が行方不明になったあと、古内伊賀という者の知行地となり、旧臣は古内氏の足軽組に編入されたが、これらの旧臣たちは観音堂をたててマリア像とフランシスコ・シャヴィエルの像をほりつけたメダルをかくし、それを礼拝していたことが昭和初めの調査で発見されている。水沢とそのちかくの見分村とは迫害が行われたあとも、まだ宣教師たちにとって数少い避難場所だったのである。

仙台藩に入った岐部はすぐに水沢と見分とに直行し、そこで前記のポルロ神父と式見神父とに再会したにちがいない。

既にのべたように、ポルロ神父は岐部が有馬神学校に入学してから四年目にマカオから渡日して、日本語を勉強するため神学校に入学し、やがて生徒たちの聴罪司祭となり、修辞学の教師となった人であり、ペドロ岐部にとっては忘れがたい恩師の一人である。この神父は強健な体を持っていたが勉学、読書を愛好する温和な学者タイプだったという。だがその温和な外見にかかわらず、彼はあの一六一四年の大追放後も日本にひそみ、主として上方地方をひそかに布教し、後に中国地方や四国をまわり、そしてこの東北地方に姿をあらわしたのだった。

二十八年ぶりで再会した師弟は水沢のかくれ家で何を語りあっただろう。二十八年前、ペドロ岐部はまだ十八、九歳の少年であり、ポルロ神父もまた二十九歳の青年神父だった。だがこの再会の時、岐部は四十七歳となりポルロ神父も既に老いていた。

再会の日、岐部がマカオに追放されたあと、自分がどのような辛酸をなめてローマまで赴いたかを語れば、ポルロ神父はポルロ神父で長い潜伏生活の苛酷な体験をしゃべったろう。大坂夏の陣でポルロ神父は燃える大坂の町を命からがら脱出したが、その冒険談も岐部は聞かされたろう。そうした過去の思い出を語りあったあと、この水沢と見分とで十一年前に起ったカルヴァリオ神父逮捕事件も、ポルロ神父の口から教えられただろう。それは一六二三年（元和九年）のクリスマスが終ってまもなくのことだった。かねてからこの見分を探索していた伊達藩の警吏が突然、村を襲ってきた。イエズス会副管区長で当時、この見分を根拠地として東北でひそかに布教していたカルヴァリオ神父は、急をきくと二人の信者と見分の西北二十八キロの下嵐江の山中に逃亡した。だが極寒の雪に覆われたこの山中にまで警吏たちは追跡し、雪上に転々と足跡をつけた柴小屋を発見した。神父はそこにかくれていたのである。彼は下嵐江の信者に累を及ぼさぬため進んで縛につき、同じように逮捕された数人の信者代表たちと共に仙台に送られ、陰暦二月の凍りついた広瀬川に長時間漬けられて殉教したのである。

これらの話を語り、聞きながらペドロ岐部もポルロ神父も、このカルヴァリオ神父と同じ運命が、いつかは自分たちのそれに重ることを感じたにちがいない。だがその逮捕と死の日が確実に来るにしても、何時なのかは予想できぬ。そしてそれがどのような形で襲ってくるかも知ることはできぬ。だからこそ見分での夜、ペドロ岐部には目をさまし、恐怖と戦わねばならなかった時もたびたびあっただろう。彼がこの時、苦しんだのは処刑されることではなく、あの穴吊しという最も苛酷な拷問に自分が耐えられるかという問題だった。なぜならこの拷問は長崎管区長のクリストヴァン・フェレイラ神父までが転んだほど苦痛きわまるものだからである。

だがこの一六三四年もそれに続く一六三五年も、彼も他の潜伏神父も警吏に発見されずに過すことができた。おそらくそれはこの時期、江戸幕府の命令にかかわらず、伊達藩が切支丹捜索に積極的になれなかった事情があったのではないかと思われる。事情は軽々しく推測できないが、ひとつには藩主、政宗の気持に依然として対外貿易による富国政策が残っていて、切支丹迫害に踏みきれなかったためだろう。だが、だからと言ってペドロ岐部たちが公然と行動できる筈はなく、蝙蝠のように隠れ家に身をひそめ、夜になるとようやく外に出て待っている信徒の集落に密行し、罪の告解をきき、ミサをあげ、幼児に洗礼を授け、慰め、励す日々を送ったのである。ペドロ岐部の潜伏生活を知る具体的資料はないにせよ、彼がこのような毎日を送ったことは疑いないのだ。

日がながれた。二年目の一六三六年（寛永十三年）に藩主、伊達政宗が江戸屋敷で癌のため世を去った。一時は切支丹保護政策をとり、それ以後の弾圧でもそれほど積極的ではなかった政宗が死に、その子、忠宗があとを継いだが、迫害が特に強化される気配もなく、潜伏宣教師たちも信徒も、ひそかに胸をなでおろした。

だが嵐はいつ襲うかわからない。果せるかな、予想もしなかった大事件が政宗の死から一年後に起った。九州の一角、島原で天草の農民たちが一斉に蜂起し、徳川政権を驚愕させたのである。

これは切支丹の反乱ではなかった。事実は天草における代官、寺沢堅高の失政と苛斂誅求に耐えかねた農民一揆だったのだが、不幸にしてその大部分が切支丹だったこと、彼等が十字架《クルス》の旗をかかげて団結したため、幕府はこれを基督教徒の反乱と混同したのだ。幕府の重臣たちはかつて一向宗門徒の一揆がどれほど信長、秀吉、そして家康を苦しめたかをなまなましく記憶していたから、その轍を踏まぬため徹底的な殲滅を決意した。

　老若男女を含む三万の天草農民は、島原の廃城「はるのしろ」こと原城にたてこもり、凄惨な死闘をくりかえした後、糧食、銃弾つきた後、幕府の包囲軍によって文字通り全滅させられた。原城に余煙がたちのぼり、城内が血の海となったあと、幕府は日本全土に徹底的な切支丹弾圧を命じた。一人の切支丹も日本に存在させてはならぬ。草の根をわけても彼等を探し出すことが、各藩に命じられたのだ。

　東北の潜伏切支丹や宣教師たちにとっても、この島原の乱は思いもかけぬ大事件だった。考えてもみなかった状勢の変化が、まだひそかに信仰を守れたこの仙台藩の一角にどういう影響を及ぼしてくるのか、皆目、見当もつかない。だがこの頃、政宗のあとをついだ伊達忠宗は友人の熊本領主、細川忠利から幕府の指令を伝えられ、藩内の徹底的捜索を決心したのである。

「きりしたんの儀に候間、いか様の才覚も遠国に仕る可く存ぜず候間、」と島原の乱の直後に細川忠利は仙台藩主の伊達忠宗に書き送った。「御国の内もその御分別を加えられ、落候きりしたんに心を付け候え」これはたとえ転宗、棄教した元切支丹も厳重、監視の眼を光らせよ、という勧告である。

　仙台藩も、それまでの手ぬるかった切支丹捜索を強化する方針をかためた。藩はあの長崎で効果をあげていた五人組連座の制度を寛永十二年（一六三五年）から採用していた。先にものべたように、五人組連座とは五軒の家を一組として、たがいに監視しあい、もしその家の一人でも切支丹に関係した場合に他の四軒がそれを知って訴えないならば、すべてを同罪として処分するという制度である。もちろん、五人組といっても必ずしも五戸を単位とせず、七戸、八戸、十戸の単位とした場合もあった。

　島原の乱が終ると、仙台藩はこの五人組連座を徹底化するため、領民のすべてに所属する檀那寺、神社などの守り札を着物につけることを命じた。それは檀那寺を持たない行商人や浮浪者などを、ただちに取調べるためだった。

　訴人にたいする賞金も幕府がとりきめたもののほか、神父《パードレ》にたいしては金十枚、修道士《イルマン》にたいしては金五枚、信徒を訴えれば金一枚が追加して与えられることになった。従来、領内の武士だけに行われていた宗門改めも、領民すべてに行われることになり、詳細をきわめる人別帳が作られると、それに基づいて徹底的な捜査が実行された。文字通り、草の根わけても切支丹を根絶しようとする作戦である。

　これらの触書は伊達家の重臣、津田近江、茂庭周防、石母田大膳の名で発布された。布告は切支丹信徒がまだひそかに信仰を守りつづけている領内の水沢、黒川、大籠、馬籠の村にも勿論、伝達された。

ペドロ岐部たちにとっても覚悟せねばならぬ時が訪れた。彼等にはもはや夜の外出も不可能となった。所属する檀那寺を持たない神父たちは、胸につける宗門証明書の守り札がない以上、だれかにその姿を発見されれば、疑われるにきまっていた。彼等はまた一段と強化された五人組連座の制度で、前とは比べものにならぬ危険に身を曝さねばならなかった。いつ、誰が訴人となるかわからない。だから信徒さえ信ずることもできなくなった。そしてこの状態が続く以上、彼等は神父として信徒たちの家々に密行し、彼等に秘蹟を授け、励し、慰めることも不可能となった。最後のアジトだった仙台藩も、ペドロ岐部がそこを脱出せねばならなかった一六三三年の長崎と同じように、切支丹たちには手も足も出ない場所になったのである。

この絶望的状態のなかで今後、潜伏神父たちはどうすべきか。このまま身をかくし続けて時期を待つか、それとも探索の手の届かぬ遠い蝦夷に脱出するか、あるいは信徒たちに累を及ぼさぬため自首してでるか、必死で考えねばならぬ時が来た。五十になったばかりのペドロ岐部はとも角、式見神父は既に六十二歳であり、ポルロ神父は六十四歳だった。その上、彼は老齢と辛い生活とのために病にかかっていた。

この間、藩の鼠とり作戦は着々と功を奏しつつあった。遂に訴人が出た。訴人の名はわからないが、かなり切支丹の内部事情に通じているところをみると、彼は水沢、もしくは見分に住む転び信徒だったようにみえる。

訴人は自分の名が発覚するのを怖れたのか、藩に直訴せず江戸の奉行所に訴え出たのである。ポルロ神父とその仲間のかくれ場所を、仙台に住む渡辺吉内という者が知っていると教えたのである。渡辺吉内は仙台に住む熱心な信徒で、後の調査でその兄、孫左衛門は同宿、その子、太郎作も熱烈な切支丹であることがわかっている。

幕府はただちに仙台藩にこの訴えを連絡した。吉内を逮捕し、拷問にかけてもポルロ神父とその一味の同宿たちのかくれ家を見つけよと厳命したのである。

驚愕した仙台藩は吉内を捕縛すると拷問を加えたが、吉内は白状しようとはしない。業をにやした仙台藩は彼を江戸に送り、直接、取り調べてもらうことにした。だがこの事件によって幕府と仙台藩は、領内に住む九人の切支丹たちの住所や名は知ることができた。

周到につくりあげていた潜伏神父と信徒との秘密組織の一角がここで遂に崩れた。一角が崩れれば、あとは芋づる式に次々と組織の他の部分が暴《あば》かれる。仙台藩は小おどりをし、切支丹たちは恐怖に震えた。ペドロ岐部も他の神父たちも、もう身をひそめることさえ不可能となった。逮捕は時間の問題となり、最後の時が遂に来た。

　イエスの生涯に自分のそれを重ねあわせて生きることが神父の夢であり、願いであるならば、今、彼は迫りくる受難の恐怖と戦い、「血の汗を流した」というゲッセマニのイエスの姿を思いうかべただろう。「父よ、思召しならばこの（苦しみの）杯を我より取り除き給え、さりながら、我が心の儘にあらで、思召しの如くなれかし」

　思えばこの瞬間のためにこそ、長い長い半生の労苦があった。そしてこの瞬間は、彼が日本の信徒たちを見すててマカオに脱出した時から決っていたのである。あの時、彼は同胞信徒と袂をわかったこと、日本に潜伏しなかったことを後悔したが、しかし、同時に彼はこの脱出を神父になるためだと考え、神父になった暁は、死ぬために帰国することを心に誓っていたのである。困難にみちた海外の旅行。ローマでの勉強。その留学は華々しい目的のためではなく、みじめに死んでいくために賭けられていたのである。

　彼にとって今、怖しいのは死ぬことではなかった。「穴吊し」という拷問だった。フェレイラ神父や他の宣教師もそれに耐えられなかったあの拷問と絶命するまで戦うことができるか。それは彼には予想できなかった。わかっていることは、万一この拷問に屈して棄教を一度でも口走れば、彼の今日までのすべての努力は根底から覆り、無意味になると言うことだった。それは彼の上司であるフェレイラ神父の棄教後のみじめな生活が証明していた。フェレイラ神父は奉行所の手先にさせられ、反基督的の書物を書かされ、死刑囚、沢野の名を与えられ、生ける屍のような毎日を送っていることはペドロ岐部も知っていた。フェレイラ神父は日本のすべての切支丹信徒たちにとって、侮蔑と苦痛の対象となっている。その長い布教の功績を、今は誰も評価しなかった。潜伏神父となった努力も今は誰も認めなかった。すべては彼が「穴吊し」に耐えられず、棄教を約束してしまったからなのだ。だからペドロ岐部はどのように苦しくても、あの拷問に負けることはできないのである。

　寛永十六年（一六三九年）の春、岐部は遂に仙台で捕えられた。式見神父もまた逮捕された。二人の逮捕の具体的な模様はまったくわからない。同時につかまったのか、別々に捕えられたのか知ることもできない。

　病に衰弱したポルロ神父の場合は、多少は判明している。この年の四月一日、白石（現、白石市）と宮村（現、蔵王町）の間の山路で、一人の盲人が藩の重臣、片倉景綱の家来に逮捕された。盲人は喜斎といい、かねてから手配中の切支丹信徒で、喜斎がポルロ神父の居どころを知っていることを藩はわかっていた。

　喜斎逮捕から十日後に、突然このポルロ神父自身が自首して出た。自首を受けたのは伊達家の重臣、石母田大膳であり、見分の有力切支丹だった後藤寿庵と親交のあった人物である。ポルロ神父は喜斎が捕えられたことを聞き、おそらく、これ以上身をかくすことも無駄であり、更に喜斎が自分のために拷問にかけられるのを救うため進んで自首したのであろう。大膳は疲れ果て、病にかかっているこの南蛮の老宣教師を医師に治療させ、ただちにその処置を江戸に問うた。

こうして、かつて有馬神学校で教え、学んだ師も弟子たちも、共に最後の時間を迎えた。最後の時間――今から生涯のうちでもっとも苦しい試錬が待っている。訊問、追及、手を変えた棄教の奨め、説得、甘言、それらにはうち勝つことができるだろう。だがそれらにうち勝てば、今度はあの「穴吊し」の拷問を受けねばならない。汚物を入れた穴のなかに逆さに吊るされ、何時間も放っておかれる。言語には尽しがたい苦痛と死ぬまで戦わねばならぬ。そして死以外、その苦痛を解放してくれるものはないのだ。

捕えられた三神父にはこの「穴吊し」の苦痛にどこまで自分たちが耐えられるか予想もつかない。六十歳をこえたポルロ神父と式見神父とは、弱った体に早く死が訪れることを願ったろうが、まだ頑強なペドロ岐部は自分が長時間、穴のなかで生き続けるだろうと思った。彼は他の二人の神父よりももっと長く苦痛と戦わねばならないのだ。

幕府と協議の上、仙台藩は三人のイエズス会神父を江戸に送ることにした。それほど潜伏神父たちは国をあげての重要犯罪人だったのである。幕府の閣老たちが直々《じきじき》にこの三人を調べることになったのである。

仙台から護送された彼等が江戸についたのは初夏である。その初夏伝馬町の牢屋に入れられた後、訊問が評定所で始った。そしてその席上にはじめて連れだされた時、三人の神父は驚くべき出来事にぶつかった。

評定所の屋敷に並んだ役人たちの端に日本人の服装こそしているが、髪も面貌もあきらかな一人の南蛮人の男が坐っていた。その顔は忘れようとしても忘れられぬフェレイラ神父の顔だった。三人にとってイエズス会の上司であり、在日すること二十数年でありながら、遂に六年前、長崎で捕えられ、「穴吊し」に耐えかねて棄教したあのフェレイラ神父がそこに坐っていたのである。

この瞬間、岐部たちがどれほどの衝撃を受けたか。そして昔の同僚に屈辱の姿を曝さねばならなかったフェレイラ神父の苦痛がどんなものであったか。両者は息をのむ。そしてたがいに眼をそらせる。お互いの視線があわぬようにする……。

幕府がこの転びバテレンをかつての同僚、後輩の前に立ちあわせたのは通訳の仕事のためではなく、訊問にたいする返事の真偽を確めさせるためだったが、しかしそこに出席させられたフェレイラ神父の悲しさを思うと我々の胸は痛くなる。今は沢野中庵という元死刑囚の名をつけさせられた彼が、この三人の神父に何を言ったのかはわからないが、パジェスによるとペドロ岐部はこのフェレイラを、席上で烈しく非難したとある。非難したのは、おそらくフェレイラが三人の神父に棄教を奨めたからである。うつむいたまま、途切れ途切れに日本布教の無意味さを呟き、これ以上、多くの信徒を苦しめぬよう転宗を促すフェレイラにたいして、ペドロ岐部は怒りをこめて反駁したのだ。彼は自分を励すために反駁したのだ。本当の基督教が西欧の植民地主義と関係がないことを、日本人神父として示すためにも反駁したのだ。そして信徒たちとの苦しみの連帯こそ、神父の使命であることを力説するために反駁したのだ。

訊問は失敗に終った。「評定所へ四度出で申し候えども御穿鑿きわまり申さず」と日本側資料は書いている、あらゆる棄教の勧告も三人の神父には無駄だった。

異例のことだがこの取調べに将軍家光までも一度出席をしている。家光は老中、酒井讃岐守の下屋敷に赴き、そこに三人の神父をよび、政治顧問の沢庵、柳生但馬守も同席して「宗門の教えを尋ね」その後二、三日すぎて大目付の井上筑後守だけに取調べを一任したとある。将軍が直々に訊問に立ちあったことから見ても、切支丹根絶が家光国政の重要課題だったことがわかる。

井上筑後守は宗門奉行だけではなく、後に鎖国を実行するにあたり、外務大臣のような役目をした幕府官僚だが、若かった頃に切支丹だったという説もある。そのためか彼の訊問方法は切支丹には理論をもってまず説得を試み、それが無駄だった時、はじめて拷問にかけた。彼が後任の北条安房守のために記述させた「契利斯督記」を見ると、実に能吏だっただけでなく、切支丹の心理もよく観察していたことが窺える。

十日間、この井上筑後守は一人で三神父を取り調べたものの、いかなる説得も三人の心をひるがえさせることはできなかった。勿論、東北の切支丹たちの名も自白はする筈もなかった。遂に筑後守は彼個人としては好まぬあの「穴吊し」の拷問に三神父をかけることを決心した。

拷問にかけると宣告された時、ペドロ岐部は来るべきものが来た、と思った。耐えられるか、どうか。彼にはまだわからない。だが死が彼を解放してくれるまで耐えねばならないことは確かだった……。

わが事なれり

ペドロ岐部たちにたいする宗門奉行井上筑後守の訊問と棄教の勧告。そしてあくまで首を横にふる三人の神父に「穴吊り」が宣告される――。

この時の情景を目撃して記録した資料はないから想像するより仕方がないのだが、幸いなことに想像を助けてくれる貴重な報告が一つある。

それは岐部たちが裁判を受けた寛永十六年（一六三九年）から四年後の寛永二十年、同じ江戸評定所で取調べを受けたオランダ人船員たちの体験記録である。これらオランダ人はこの年、二隻の船で日本の陸中海岸にたち寄ったところを逮捕されて江戸に送られ、訊問を受けた。彼等はまず井上筑後守の下屋敷（現、文京区小日向町）に連行されたが、その時、四人の眼にうつったのはイエズス会宣教師たちが筑後守と長崎奉行の取調べを受けている光景だった。

これら四人のイエズス会宣教師とは勿論、岐部やポルロ神父や式見神父ではない。この寛永十六年、九州の福岡附近で日本に潜入しようと試みて失敗した伊太利人のキャラ神父たちである。この時オランダ人たちは宣教師たち全員が日本人の服装をさせられ手には鉄枷をはめられ、足は鎖でしばられているのを目撃した。

オランダ人たちはまた数日後、江戸に連れて行かれ、筑後守から二回目の訊問を受けた。「市の近く庭あり。オランダの大いなる村、あるいは小さき町のごとし。ここに入りて二三の路筋を通れば暗き牢獄の前に出《い》ず。その格子の前に四人の有罪となれるイエズス会神父、他の日本の基督信徒と共に繋がれてあり。それより中庭に導かる。ここには幾つかの穴と水を湛えたる桶のおかれてあり。あまたの人は群り居れり。砂石を敷きたる主なる入口に各種の官吏、その従者、処刑人など彼方此方に往来し、我等は命令を待ちたり。ついにイエズス会神父、日本人信徒は獄より引出され、判事の前に引出されたり。判事、その審問にこの日の大部分を費やせり」。オランダ人たちは江戸評定所の宣教師訊問の状況をこのように描写している。

おそらくペドロ岐部たちが井上筑後守の訊問を受けた時も、これとまったく同じ光景だったろう。岐部もポルロ神父も式見神父も動物のようにつながれ、手枷をはめ筑後守の面前に引き出されたにちがいない。

　筑後守は、おそるべき有能な取調官である。取り調べる者の心理をただちに見ぬく眼を持ったこの観察者は時には彼等を慰め、同情を示し、時には恐怖を与えるという緩急自在の訊問方法を試みた。彼は拷問を用うることはあまり好まなかったようだが、いかに理をもって説得しても宣教師や信徒がなお棄教しなければ、やむをえず、最後の手段としてあの穴吊しにかけたことは前章でのべた通りである。

　穴吊しが宣告された瞬間、岐部が何を思ったか。想像するに難くない。なぜなら迫害時代、宣教師たちは信者たちに拷問にかけられる折は何よりも主イエスの御受難をまぶたに思いうかべよ、と常々教えてきたからである。ゴルゴタ処刑場まで、重い十字架を肩に背おわされて連れて行かれたイエスの姿を岐部もまたこの時、思った筈である。そしてその十字架に、四肢を釘づけにされたイエスの痛みを思った筈である。釘づけにされたまま十字架で長時間、死を待ったイエスの苦痛も思った筈である。今、彼は彼が生涯をかけて信じてきたイエスの死に、自らのそれを重ねあわせようと考えたのだ。

　穴吊しの苦しみがどんなにすさまじいかを、東北での潜伏時代、彼は繰りかえし繰りかえし思いつづけていた。死ぬことよりも凄惨な苦痛にどこまで耐えられるかが、彼の毎夜の恐怖だったのだ。逆さに吊られ、穴のなかの汚物の臭いと逆流する血のために、言語に絶する頭痛がはじまる。混濁した意識のなかで、穴の上から聞えてくる棄教への甘い誘い。その甘い言葉に、もし一言でも肯けばその一言で彼の誇り、ヨーロッパへの旅、艱難辛苦の後にやっと神父となった努力のすべてが消え去るのだ。彼は転び者の汚名を生涯受けるのだ。

　いや、それだけではない。その瞬間、彼は日本のみじめな信徒たちすべてを棄てるのである。神父が棄教したと知った時、みじめな信徒たちがどれほど衝撃を受け、どれほど落胆するかはあの長崎管区長フェレイラ神父事件でも余りにあきらかだった。転んではならぬ。甘い誘いにのってはならぬ。だがどこまで穴吊しの苦痛に抵抗し耐えられるのか、ペドロ岐部にも全くわからない。

　迫害者たちは基督教の宣教師をヨーロッパの侵略主義の手先と信じこんでいる。しかしペドロ岐部はその長い旅の間日本人の神父としてイエスの教えが基督教国のこれらの罪過とまったく関係のないことを身をもって日本人に示す使命を感じつづけてきたのだ。すさまじい拷問にも耐え、無惨な死をあえて遂げるのもヨーロッパ基督教国やその教会のためではなく、ただただイエスの教えを信じてきたからだと、同じ日本人たちに証明しようと考えてきたのだ。

　思えば日本を追放されて今日までの長い歳月は、彼にとって「死の準備」だった。ヨーロッパでの勉強さえも、ペドロ岐部には「死支度」だった。生涯の三分の二を彼は「死支度」のために費し、「死支度」のために辛酸をなめつづけてきた。そして今、その死の瞬間がやってくる……。

ポルロ神父、式見神父と共に彼が穴吊りの場所に連れていかれた日、穴吊りにあったのは三神父だけではなく、他の日本人の信徒や同宿も加えられていた。その日本人信徒や同宿とは神父たちをかくまってくれた仙台の渡辺吉内たちであろう。井上筑後守の報告書である「契利斯督記」によると岐部は同宿二人と同じ穴に吊されたとある。だが彼の穴のそばで、ポルロ神父や式見神父もこの拷問を共に受けたのだ。

穴吊りは囚人の体を縄で強く巻き、汚物の入った穴に逆さに吊す拷問であることは先にも書いた通りだが、目的はただちに殺すことではなく、苦痛をできるだけ長引かせ、転ばすことにあったから、血が頭に一時に逆流して即死することを防ぐため、囚人のこめかみを切りひらいたり、毎日、少しの食物を与えることもした。

今、彼等は吊された。穴の上からは、監視人がたえず囚人たちを見つめている。囚人が死なないか、あるいは棄教を口にしないか、注意ぶかく見守っている。囚人がかすかでも棄教の言葉を口にすれば、ただちに転んだものと認め、穴から引きずりあげるためである。

最初は囚人たちは頑張っている。祈りを唱え、たがいに励しあう。だがやがて彼等に言語に絶する苦痛が襲いかかる。呻き声が穴のなかから聞えてくる。監視人は時折交代するが、囚人たちはそのままに放っておかれる。やがて声も途切れ途切れになっていく。この時、囚人たちはただ死のみを願う。死だけが自分の信仰を守り、文字通り生地獄のこの苦痛から解放してくれるただ一つの方法だからだ。だが当時の彼等は舌を嚙みきり、自殺することは基督教信者として許されぬ、と考えていた。教会は自殺を禁じていたからである。

最初、この苦しみのなかで、十秒は一時間よりも、一時間は一日よりもはるかに長く思われる。それから、もう彼等には時間の感覚もなくなる。逆流した血はこめかみの傷から流れ、眼や鼻の穴からも吹き出てくるのだ。最初、彼等は主イエスの最後の苦しみを思い起そうとするが、やがてそれさえも考えられなくなってしまう。祈りの言葉も胸から出てこなくなる。主はなぜ、このような苦しみをお与えになるのか。なんのために。なぜ。混濁した意識のなかで、この怖しい疑惑だけが黒々と大きく交錯する。主よ。もうお許しください。これ以上、耐えられませぬ。主よ。はやく死を与えてください。でなければ私は転んでしまいます。

それは信念とか、信仰だけの問題ではなかった。全身が激痛の塊りとなり、激痛が全身に摑みかかり、眼や鼻から血が吹き出るこの息もできぬ状態では、いかなる強い意志を持つことも至難だった筈だ。このすさまじい苦痛を味わわなかった者に穴吊りで転んだ者を非難する資格など、まったくないのだ。

ながいながい苦闘が続く。苦闘は永遠の地獄のようだった。幾つかの穴から呻き声だけがたちのぼってくる。遂に転び者が出た。岐部とは別の穴に吊されていた式見神父が力つき果てたのである。彼は棄教の意思を頭上の役人に示し、血だらけの顔で穴の上に引きあげられた。ポルロ神父も転ぶことを示す動作をした。六十歳をこしたこの二人は、もう耐えられなくなったのだ。

この瞬間、見分以来、苦難を共にした三人の潜伏司祭の連帯が破れた。恩師とその先輩が今、棄教したのである。岐部との約束、殉教の誓いを破ったのである。

この瞬間ほど、逆さになった岐部が衝撃を受けた時はないだろう。信じていた師と先輩に彼は今、裏切られた。見棄てられた。烈しい肉体的苦痛に加えて、ペドロ岐部は絶望の感覚さえ味わわねばならなかった。役人たちは頭上からポルロ神父も式見神父も転んだ以上、お前も無意味な苦しみを味わい続けるなとやさしく言う。この甘い誘きは彼の心をゆさぶる。自分もまた助りたいという慾望が、岐部の胸に起ったとしてもふしぎでない。

だがペドロ岐部はその誘惑にうち勝った。何がそうさせたのか。世界を踏破したあの頑健な体力と、海をこえ、アラビア砂漠をわたり、ヨーロッパに留学したという誇りか。それだけではない。イエスの死に自分の死を重ねあわせようとした彼は、この時、信じていた弟子たちにすべて裏切られ、見棄てられたイエスのみじめさと孤独を一瞬だが思い浮べたであろう。彼はこの時、ただ一人、死に赴いたイエスの苦しみを共に味わったのである。

ポルロ神父と式見神父とが棄教したのを知った日本人同宿たちは動揺した。彼等が受けた衝撃も大きかったのである。それを感じとった岐部は気力をしぼり声をあげ、同じ穴に吊された同宿二人を励した、と井上筑後守の報告書は書いている。イエスもまたゴルゴタの丘で二人の政治犯と十字架につけられたが、その時イエスは彼等に天国を約束した。ペドロ岐部もまたこの時、二人の同宿にその時のイエスの言葉を言ったであろう。「今日、汝、我と共に楽園にあるべし」(「ルカ」廿三、四三)

同宿たちを励す岐部を見た役人たちは彼を殺すことに決め、穴から血まみれになった彼を引きずり出した。『平戸オランダ商館日記』にはその凄惨な殺害状況が次のように書かれている。

「彼の裸の上におかれた小さな乾いた薪にゆっくり火がつけられた。やがてその腸がほとんど露出し……」

穴吊しのあとのこの火あぶりの拷問の間も、役人は棄教を奨めつづけている。だが岐部は次のように答えたという。「あなたに私の基督教は理解できぬ。だから何を言っても無駄なのだ」と。そしてペドロ岐部は遂に、死んだ……。

そしてペドロ岐部は遂に、死んだ。千六百年前、彼の信ずるイエスがゴルゴタの丘で十字架にかけられ「わが事、なり終れり」と叫び息をひきとったように。わが事、なり終れり。主よ、すべてを御手に委ね奉る。岐部の死もまたそうだった。彼は自分の死をイエスの死の上に重ねあわせた。ペドロ岐部の波瀾にみちた劇は幕をとじた。

火あぶりの拷問を受けた彼の死体がどうなったかはわからぬ。おそらく焼かれ、灰にされ、捨てられたのだろう。岐部と同じ穴に吊されていた二人の同宿はこの直後、転んでいる。岐部の死を賭しての励しも無駄だったのである。

既に棄教を口にしたポルロ神父と式見神父とは井上筑後守の下屋敷を改造して作った牢に入れられ、再度の訊問、追及を受けた。拷問前はあれほど棄教を拒んだこの両神父は、棄教したという絶望に打ちのめされ、すべての気力を失っていた。彼等は問われるままにかつての自分たちの子羊――彼等が教え、彼等にかくれ家を与えた信徒たちの名を白状してしまう。

ポルロ神父は自分の身のまわりの世話をしてくれた藤助、与助という同宿の名をはじめ何人かの信者の名を役人に教えた。そのなかにはかつての遺欧使節、支倉常長の息子、常頼の名も含まれている。常頼はために切腹を命じられる。

式見神父もまた何人かの切支丹武士の名を白状してしまう。その一人が捕えられると、彼が更に別の信者の名を口にする。たとえば次の図を見るとよい。

ポルロ神父白状
- 田村長門、子二人
- 富樫平治、子
- 藤助
- 与助
- 七兵衛
  - 山田善四郎
  - 原田孫作
  - 宮崎彦八郎
- 孫左衛門
  - フランシスコ・バラヤス神父
  - 源内（バラヤス神父宿主）
    - 甚内
    - 半三郎
    - 長三郎

式見神父白状
- 横沢藤左衛門
- 鎌田弥三郎
- 渡辺内記
- 宮崎彦八郎
- 山田善四郎

（『宮城県史』による）

こうして芋づる式に仙台藩の切支丹は根こそぎに刈られていった。ポルロ、式見の両神父はユダのように自分の弟子たちを一人一人、売ったのである。一人を売るたびに苛責は胸をえぐり、その痛みを誤魔化すため、もう一人を売る。彼等は棄教したという辛さをまぎらわすために、自分たちの弟子や仲間も共犯者にせずにはいられなかったのだ。その心の苦しさは言いようのないものだったにちがいない。

その後の二人は切支丹牢に放置され、身心共に弱り果て数年後に死んでいる。前記したようにこの切支丹牢は井上筑後守の下屋敷を改造したもので、その後も日本に密行して布教をしようとして発見され、棄教したキャラ神父たちをはじめ新井白石の時代、屋久島に上陸して逮捕されたシドッチ神父が生涯、幽閉された場所でもある。

老齢だったとは言え、わずか数年後にこの両神父が死亡したのは、肉体の疲労よりも苛責と絶望とのためであろう。そして数年間の牢生活もまた穴吊しと同じほど、彼等には辛いものだったろう。彼等は自分の救いについての希望も失ったのだ。自分が神から罰せられる人間だと思いつつ、毎日を生きねばならなかったその余生は、文字通りこの世の地獄だったのだろう。

二神父のみじめな末路を考えると、私の眼に泪がにじむ。いかなる信者でも、彼等の苦闘と彼等が受けたすさまじい拷問を考える時、非難や批判の言葉を言える筈はない。この二人の神父もまた岐部と同じように、神の御手に抱かれたと私は信じたいのだ。

秋の日の午後、小さな有馬町を通りすぎる。鶏が遠くで鳴いている。背後の丘は、かつて有馬氏の居城、日之枝城があり、そして有馬神学校が建てられた丘である。その山径をのぼると烏瓜《からすうり》の実が赤く色づき、雑草と灌木のなかで虫だけが鳴いている。人影はまったくない。中腹に白く苔むした廃城の石垣がまだわずかに残っていて、小さな畠がある。

神学校がかつてあった場所にたつと、前面に有明海が見える。針のようにきらきらと光るこの海は有馬神学校が創設された十六世紀の終り頃は、町のすぐそばまで寄っていた。だが、かつて干潮の時は泥沼のようになる浜は今は埋めたてられ、有明海もはるか彼方に見えるけれども、背後をふり向くと雲仙は昔のままの姿で、しずかに煙を吐いている。神学校の生徒たちも宣教師たちも、この雲仙を毎日、眺めてここで生活していたのだ。

秋草の上に腰をおろし、ここで学んだ少年たちの運命を思う。たとえば、天正少年使節だった伊東マンショは、幸福にもそれほど苛酷な迫害が開始されぬうち、一六一二年、神父として長崎で死んでいる。しかし彼と共にヨーロッパに赴いた中浦ジュリアンは、あの大追放令のあとも日本に潜伏して二十年間九州で働きつづけ、小倉で逮捕されたのちに長崎で一六三三年、穴吊しにあった。「我はローマに赴きし中浦ジュリアン」と彼はこの拷問の折絶叫した。

その同じ年、同じ場所で、ペドロ岐部の先輩であり、有馬神学校でラテン語の助教師をした伊予ジュスト神父も穴吊しの刑を受けて殉教した。

そう、そういえば、岐部の後輩で一六〇八年頃に神学校の生徒だったトマス落合神父も、岐部が江戸で惨殺される前年に長崎で水責め、針責め（指の爪のなかに針を入れる拷問）の後に穴吊しを二度受け、西坂の刑場で殺されている。前にも書いたように、この豪胆な神父は奉行所の馬丁となって情報をつかみ、それを信徒に連絡し、自分もまた神出鬼没、容易に役人の手に摑まらなかったが、密告者のために遂に捕えられたのである。彼の死体は石をつけて長崎の海に捨てられた。

卒業生のなかにはまた別の方法で殺された者も何人かいる。岐部より七年前に入学した石田アントニオは雲仙の煮えたぎる熱湯につけられた後、西坂の刑場で火刑を受けた。神学校の最初の入学生徒だった木村セバスチャンも大村の刑場で火あぶりにされた。その死の状況があきらかではないが、あきらかに殉教したと思われる神父には、小西行長の孫で岐部と共にヨーロッパに留学した小西マンショもいる。迫害のため、逃げ場所を求めて行き倒れた松田ミゲルのような卒業生もいる。あるいはまた日本に戻る途中、海難にあって死亡したルイスにあはら（日本名不明）のような者や、海外の土地で布教につとめ死んでいった何人かの卒業生もいる。

殉教した卒業生の顔は誇りと栄光とに美しく赫いている。彼等のある者はその死後、ローマ法王から聖者に次ぐ福者の称号を与えられた。現在でも日本人の信徒たちはその福者をほめたたえ、その力添えを求めて祈る。

けれどもその一方、これら誇りにかがやく卒業生のかげに、力なく苦しくうなだれている一群の卒業生や元教師がいる。それは拷問や他の理由で、自己の信念を貫けなかった宣教師や卒業生である。彼等の陰気な生涯は、日本切支丹史のなかで教会によってできるだけ控え目に記録され、声たかく語られはしない。

だが彼等もまた闘ったのである。彼等もまた、苦しみ、生きたのだ。有馬神学校のこれら棄教組のことを考える時、私はこの人々を従来のように闇のなかに見捨てる気にはなれぬ。彼等がなぜ転んだかという事情を問いつめる時、そこに見逃せぬ問題が残っているからである。

有馬神学校は日本人が最初に西洋を学んだ学校である。だがその西洋とは幕末や明治の西洋ではない。また今日、我々が考える西洋でもない。切支丹時代の西洋とはあくまで基督教であり、基督教を中核として動いてきた西洋である。その西洋から南蛮の船が彼等の文明の生んだ鉄砲、火薬、時計、織物、その他の珍奇な品々を日本に運び、日本人が彼等からある程度の技術を学んだとしても、それは副次的なものにすぎなかった。これらの品々や技術は、明治のように日本人の生活を根底的に変えはしなかったからである。

だが、その代り、切支丹時代の日本人は西欧の坩堝《るつぼ》で鍛えられた基督教とそれを信ずる国と正面から対決せねばならなかった。当時の日本人にとって西洋とは、基督教もしくは基督教国のことだったのだ。その意味で有馬神学校は、西欧の文明技術を学ぶ学校ではなく、当時の西欧の中核思想である基督教を知る学校だったのである。だからこそ生徒たちは、まず基督教の言葉であるラテン語を徹底的に教えられた。ハープシコードやオルガンという西洋音楽の授業は、基督教のミサやグレゴリアン聖歌に必要な楽器であり、音楽であるから学ばされた。日本語と日本文学の授業も彼等を教養人にするためではなく、日本の文化人に布教する際に必要だから授業があったのである。要するにすべて基督教を日本人が知るために、そしてその卒業生が布教に役だつ者となるために、この学校は創設されたのである。

だが不幸にしてここの学生と卒業生とは、間もなく大きな矛盾した問題にぶつからねばならなかった。それは基督教の問題ではない。当時の切支丹信者は一部の例外を除いて「西欧の基督教と日本」とか「日本的基督教とは何か」という問題に苦しみはしなかった。戦国時代という危険な時代に生れた日本人には衰弱した仏教にその心を充すことができない者も多かったから、このあたらしい西欧の宗教に素直に耳を傾けられたのだ。

だから有馬神学校の生徒や卒業生がぶつかった問題は、西欧基督教の教理の矛盾ではなかった。それは基督教と基督教国との矛盾だった。愛を教える基督教を信奉する国々が東洋を侵略し、その町や土地を奪っているという問題である。のみならず、この侵略と植民地政策とを基督教会が黙認し、占領した地域に宣教師を送っているという事実である。

当時の教会もしくは宣教師側から言えば、それは折伏の方法でもあった。異端の宗教にそまり、霊魂の救いを失っている民族にただ一つの神の教えをひろめるため、武力征服もやむなしという考え方が宣教師にもあったのだ。宣教師たちは征服した土地に教会、病院、学校を建て、原住民の基督教教化を行うこともポーロのいう「異邦人への伝道」だと考えていた。

だが侵略される側、侵略の危険を受ける国ではこの善意はまさに偽善である。有馬神学校の生徒や卒業生は、宣教師たちの沈黙にかかわらず、この矛盾を彼等なりに知り、苦しまねばならなかった。自分たちの師の国々が、侵略的意図をかくしながら基督教の布教を行っている。この矛盾は当初こそ表面に出なかったものの、やがてその実体を海外に送られた生徒の一部が直接目撃するに従って、大きく露呈した。

使節として波濤万里、日本とヨーロッパとを往復した少年、千々石ミゲルも行く先々で西欧の侵略主義をその眼で見た一人である。帰国後、彼は恩師ヴァリニャーノ神父や神学校の教師たちやこの長途の旅行を共にした伊東マンショや中浦ジュリアン、原マルチニョたちから離れ、信仰を放棄するに至った。要するに彼は裏切ったのである。大村喜前の家臣となった千々石ミゲルは基督教には侵略の意図ありとのべ、基督教を罵倒するに至ったと伝えられている。

千々石ミゲルの問題は、背教者の荒木トマス神父の場合にもはっきりとあらわれている。有馬神学校の卒業生ではないが日本最初の西欧留学生だったこの神父は、帰国前から西欧基督教国の植民地政策に深く傷つけられ、日本に戻ると棄教した。彼の悲劇は棄教を奉行所に約束しながら、なおイエスの教えを忘れられぬことだった。後めたさと屈辱感は転んだあとも荒木トマスの心に何時までも残った。

有馬神学校の卒業生が苦しんだもう一つの問題は宣教師たちの一部が持つ、ひそかな日本人不信感と軽蔑感である。宣教師たちには日本を愛し日本人を高く評価したヴァリニャーノ神父のような司祭たちと、日本人を野蛮にして狡猾とみなす管区長カブラル神父のようなグループとの二派があった。この対立のために日本人卒業生たちは神学校を卒えた後も彼等の望む聖職者に進めず、たんに外人宣教師たちの走り使いや雑用をする同宿として働かされる時が多かった。自分たち日本人の能力や信仰が蔑視されているという意識はやがて不満となり、不平と変り、ために基督教そのものにも懐疑を抱いて棄教するに至った者もいる。神学校で日本文学を講じたシメオン修道士（日本名不明）がその一人である。有馬神学校の卒業生ではないが、同じ修道士として非凡の文才を持ちながら後に反基督教論を書いた、不干斎ハビアンの次の言葉もこの鬱積した不満をよくあらわしている。

「慢心は諸悪の根元、謙遜は諸善の基礎であるから謙遜を専らとせよと人に勧めるが、生れ国の風習なのであろうか、彼等（宣教師）の高慢は天魔も及ぶことができぬ……。日本人を人とも思わない。それで日本人もまたこれを納得いかぬと思うから、本当に交わるということもない。（中略）今後は日本人を神父《バテレン》にしてはいけないということで、みな面白くない」（海老沢有道訳『破提宇子』）

日本人を神父にはすまいという一部宣教師のこの感情には、あきらかに自分たちヨーロッパ人を優位と考える中華思想的なものがある。この考えは彼等の独善を生んだ。ペドロ岐部たちが神学校を卒えたあとも、神父になる道を閉されたのはそのためなのだ。

基督教国の侵略と植民地政策、そして宣教師の日本人蔑視の感情。有馬神学校の卒業生たちはイエスの教えを学びながら、その教えとはあまりに矛盾したこの西洋教会の現実と直面せねばならなかった。そして棄教した卒業生はこの矛盾を克服できなかったから基督教から離れたのである。一部卒業生の棄教の原因は必ずしも棄教者側にだけあったのではない。当時の教会や宣教師にもあったのだ。

この矛盾は当時の西洋の矛盾にほかならなかった。この過失も当時の西洋の過失にほかならなかった。だから有馬の海べりに創設されたこの小さな学校には基督教という西洋の中核思想と共に、西洋の罪過と過失も同時に含まれていたのだ。そしてその小さな学校で、はじめて西洋を学んだ日本の生徒たちは、基督教やラテン語、オルガンと同時に西洋の欠陥をも知らねばならなかったのである。彼等ほど西洋の善意、美点と罪過をまともに受けねばならなかった生徒たちはその後の日本にはなかった。彼等のその後の運命が苦渋にみち、師弟も親友もそれぞれ離反せねばならなかったのはそのためである。

ペドロ岐部の波瀾と冒険にみちた生涯にも、この西洋を学んだ最初の若い日本人の苦悩がすべて含まれている。有馬神学校で彼が触れた西洋の基督教はこの男の魂をひきつけたが、その西洋の欠陥が同時に彼を苦しめつづけた。彼は誰にもたよらず、ほとんど独りでこの矛盾を解こうとして半生を費した。その殉教は彼の結論でもあった。彼は西欧の基督教のために血を流したのではなかった。イエスの教えと日本人とのために死んだのだ……。

しめった秋草の下はかつて有馬神学校があった場所である。寺を改造した小さな校舎がそこに創られた。口をそろえ、宣教師の教えるラテン語を発声するペドロ岐部たち生徒の声がまだ聞えるようである。はじめて弾くオルガンのつたない響きもどこからか、耳に伝わってくる。紺色の着物を着て校舎から出てくる少年たちも眼に見えるようである。やがて自分たち一人一人に危険な悲劇的な運命が訪れるとは、これら少年たちも教師である宣教師たちもまだ気づいていない。

いつ来てもこの廃墟は静かだった。訪れる人影もなかった。むかしここに小さな学校があり、ここそ日本人がはじめて西洋を知った場所だったとはほとんどの日本人は知らない。ここで学んだ者たちがその学んだことゆえに迫害され、殺されていったこともほとんどの日本人は知らない。ここで学んだ者たちのなかに我国最初のヨーロッパ留学生の何人かがいたことも、ほとんどの日本人は知らない。だからすべてが静かである。

解　題

本全集は、遠藤周作氏の純文学作品を長篇小説、短篇小説、戯曲、評伝、評論・エッセイなどのジャンル別に分類し、それぞれを発表順に収録した。すなわち第一巻〜第五巻が長篇小説、第六巻〜第八巻が短篇小説、第九巻が戯曲、第十巻・第十一巻が評伝、第十二巻〜第十四巻が評論・エッセイ、そして第十五巻が日記・年譜・書誌である。なお第十四巻には翻訳、未刊行長篇小説を付加した。また第五巻（長篇小説Ｖ）と第十巻・第十一巻（評伝Ⅰ・Ⅱ）は、それぞれ一巻毎に内容上からまとめ、そのなかで発表順に収録した。

底本には、原則として、一九七五年に刊行された新潮社版『遠藤周作文学全集』全十一巻を使用した。全集未収録の作品については、単行本に収録されているものは著者生前最後の版を、単行本未収録のものは初出の雑誌等を用いた。

文字表記は、原則として新漢字、新仮名づかいに統一した。

純文学作品といわゆる中間小説と呼ばれる作品との内容による区別は付け難いものもあるが、主として初出の発表雑誌により線引きをした。ただし、第五巻の「おバカさん」「わたしが・棄てた・女」及び第十四巻の「満潮の時刻」は例外として収録した。

なお本全集に収録された作品の中には、現在の観点からは差別的と受け取られかねない語句や表現がある。しかし著者の意図はそうした差別を助長するものではないこと、作品自体の文学的価値、著者が故人であるといった事情を考慮し、底本どおりの表記とした。

第十巻には「評伝Ⅰ」として、長篇評論「堀辰雄覚書」及び日本史上の人物を取り上げた長篇評伝二作を発表順に収めた。

堀辰雄覚書

「高原」一九四八年三、七、十月号に「堀辰雄論覚書」と題して発表。以後、以下の各巻に「堀辰雄覚書」と改題して収録された。一九五五年、一古堂刊『堀辰雄』。一九六五年十二月、角川書店版〈堀辰雄全集〉10『堀辰雄案内』（「花あしび論（汎神の世界）」のみ収録）。一九七二年七月、山梨シルクセンター出版部刊『堀辰雄論』（限定版）。一九七五年七月、新潮社版〈遠藤周作文学全集〉9『イエスの生涯・サド伝』。一九七七年三月、講談社刊〈遠藤周作文庫〉Ｂ２『宗教と文学』。

著者は一古堂刊『堀辰雄』の「あとがき」でこの評論への思いを次のように述べている。

これらの評論のうち『神々と神と』と『堀辰雄覚書』と

は、ぼくが大学を卒える年に平行して書いたものだ。ともに処女作品であり、神西《じんざい》清氏の御推薦で、雑誌『四季』と『高原』とに発表された。

八年もたった今日、一本として上梓する機会をえて、その校正に眼を通しながら、ぼくは時には力みかえった弟の姿をみるように微笑し、時にはその青くさい衒学ぶりに思わず顔をあからめた次第である。

にも拘らず、あの頃二十才そこその黄嘴児がただ一人で囀っていた唄は、結局、今も考えているものの骨子だったのである。ぼくが今日、堀辰雄論を書くならば、やはり同じ方向でこの詩人を追求したであろう。

このまずしい評論を、神西清氏に捧げさせて頂く。

一九五五年晩秋

また、山梨シルクセンター出版部刊『堀辰雄論』の「限定版のあとがき」ではさらにこの評論に触れてこう語っている。

「一人の作家の処女作は彼のその後に書くべきすべての作品を決定する」という言葉があるが、私の場合も同じことが言える。大学の卒業を前にして卒業論文よりもこの処女作を書くために机にしがみついていた自分の姿は今なお、はっきりと憶えてはいるが、自分がその時、書いていることがその後の作家としての人生をきめているのだとあの時、知っていただろうか。ともあれ、毎夜、毎夜、私はこれを書くのが苦しく楽しく、そして書き終って、故神西清氏におわたしし、一ヵ月後、氏から雑誌『高原』に発表するという御返事を頂いた時の嬉しさも忘れてはいない。

著者は、エッセイ「出世作のころ」(「読売新聞」一九六八年二月五日〜十三日)のなかで、慶應義塾大学三年の時、同じ仏文科の学生で角川書店のアルバイトをしていたS(佐藤三郎)という友人から、角川書店の顧問をしていた神西清先生が「新人の原稿でいいものをみたい」と言っていると伝えられ、二十枚ほどのエッセイを書いて渡したのが処女作「神々と神と」で、それが雑誌「四季」に掲載されることになった後、〈神西先生はもっと長いものを書いてみなさいとSを通して指示され、私は『堀辰雄論覚書』という二百枚ほどのエッセイを書きはじめた。堀辰雄を論ずるというより、自分の『神々と神と』のテーマを一人の日本人作家の作品を土台にして、もっと詳しく発表してみたいと考えた〉と、この評論を書くきっかけについて触れ、さらにこう述べている。

ちょうど卒業論文に忙殺されている時だったので、こちらの方は遅々として進まなかった。

(中略)

『堀辰雄論覚書』がやっとできあがった時は、さすがに疲れ果て、発熱をして五日間、寝てしまった。疲労からきた急性肝炎だと医者は言った。

病気がなおって半月ほどしてから、鎌倉の神西先生の自宅におそるおそる伺った。極楽寺の谷に面したお宅で先生は書物にうずもれた書斎で私の原稿の再考すべき部分を指摘してくださった。

書きなおしたその原稿は当時、山室静氏がやっておられた「高原」という雑誌に発表されることになった。それも神西先生のお口ぞえによるものだった。

ここで著者がこの評論と平行して書いていたという卒業論文については、エッセイ「詩を書けなかった小説家」(「三田評論」一九六四年十月号)のなかで、

〈詩は書けなかったが、私の仏文科における卒論は詩論だった。それも「ネオ・トミズムにおける詩論」という我ながらいかめしい題だったが、それは主としてジャック・マリタンとライサ・マリタンの詩論を基として書いたものである。(中略)この卒論を書くことによって、私はカトリシスムと文学との関係というものを別な形で考えることができた。この時の勉強はやはり非常にためになり、ある形で自分の小説観に影響を与えていると思っている〉

と書いているが、明らかにこのネオ・トミズムから学んだ詩論が、堀辰雄を詩人としてその作品を詩的見地から論じることを試みたこの評論に多大な影響を及ぼしていることは間違いなかろう。

なお、著者と堀辰雄との関係に触れておくと、著者が慶應義塾大学予科生だった一九四四年の春に、著者の入っていたカトリック学生寮の舎監の吉満義彦の紹介で、杉並の成宗にいた堀辰雄を訪ねたのを皮切りに、その後も信濃追分に移った病床の堀を毎月のように訪ねている。著者はその頃の想いを、エッセイ「堀辰雄氏のパイプ」のなかで、

〈召集令の赤紙がやがて来ることも予想していたし、毎夜の空襲でいつ死ぬかわからなかった。そんな切迫した生活の中で、私は月に一回は朝暗いうちから起きて駅の行列にならび、やっと手に入れた切符をもって、信濃《しなの》追分《おいわけ》に行くことをただ一つの救いのようにしていた。(中略)

私にはたった二十四時間の滞在時間のあいだ、堀辰雄氏の話を少しでもうかがえるのが精神のよりどころだったからである〉

と語っており、さらに「作家の日記」では自らの二十歳代を振り返る記述のなかの二十歳の頃で〈堀辰雄氏との会合は当時のぼくに決定的な影響を与えたと思う〉(一九五一年十一月二十日)と記している。また、筑摩書房版『堀辰雄全集』に収められた堀からの著者宛書簡三通及び著者からの堀宛書簡二通によると、著者は堀に頼まれて、神田の出版社に校正刷を取りに行ったり、野村英夫(堀に愛された四季派の詩人で、著者が吉満義彦に堀への紹介状を書いてもらう前年の一九四三年には吉満を代父にカトリック高円寺教会で受洗しており、また著者の書簡形式の処女エッセイ「神々と神と」の宛主で

もあるが、一九四八年に三十一歳で夭折している）の遺稿を整理したりしている。また吉満が亡くなったときには、堀は書簡の中で〈君たちには吉満君の亡くなつたことは大きな損失だらうが、あの人の立派な精神が死後も君たちの上に働きかけることを望んでやまない〉（一九四六年一月十四日）と慰め、また〈モオリアツクの研究はフランスの文学の伝統をよく知つてからでないと危険なところがあるから十分に用心したまへ〉（同）と当時仏文科に進学してフランスのカトリック文学を研究しようとしていた著者に忠告を与えている。著者が仏文科進学を決めたのは佐藤朔の『フランス文学素描』との出会いによってだが、堀は佐藤とも親しく、佐藤のエッセイ「『アデンまで』まで」によれば、著者が佐藤を個人的に訪ねるのは、堀の紹介によっている。

また、その堀からの文学的影響については、後年、エッセイ「二つの問題――堀辰雄のエッセイについて」（「文學界」一九九二年二月号）のなかで、初めて堀を訪ねたとき、〈「君たちはカトリックですか。西洋人の作家が色々な思想をさまよったあと、カトリックにすうっと戻る人がいるでしょう。ああいう風にすっと還るところが日本人にあるとすれば何でしょう」〉と話された問題は、〈その後、私にとって大きな文学的宿題となった〉、一応はカトリックであるゆえに私には日本人が還るアニミズムや汎神的な世界が前面にたちはだかった気がしたのである〉と言い、〈私は堀さんのこの最初の話や「花あしび」に刺激されて「神々と神」という小さなエッセイを書き、（中略）この私にとっての処女作には堀さんから突きつけられた宿題のようなものがあった〉と述べているが、この堀からの宿題に真っ向から取り組むことが、この長篇評論「堀辰雄覚書」の主眼であったことは間違いなかろう。また、堀から受け取ったもう一つの宿題については、〈堀さんがモウリヤックを通してエッセイで私に教えてくれたのは「混沌として明晰に分析しがたい」人間の深層心理についてであった〉とあるが、この文学的宿題もその後の著者の文学的生涯を貫く課題となったものであるということができよう。

なお、著者のこの評論以降の堀辰雄論としては、堀辰雄の文学を三期に区分して詳細に論じた〈日本の文学〉42『堀辰雄』（一九六四年九月　中央公論社）の「解説」がある。

鉄の首枷　小西行長伝

「歴史と人物」一九七六年一月号から翌年一月号まで連載。以後、以下の各巻に収録された。一九七七年四月、中央公論社刊『鉄の首枷　小西行長伝』。一九七九年四月、中公文庫『鉄の首枷　小西行長伝』。

著者は連載に先立って「歴史と人物」一九七五年十二月号に「小西行長伝（仮題）」の新連載予告として次の言葉を掲げている。

数年前から伝記、もしくは伝記文学に心ひかれるようになって外国のそういう作品を少しずつ読みはじめた。読んでいくうちに自らもまたそのジャンルに手をそめてみたい気持が起り、心にうかぶ数人の人物に思いをはせるようにもなった。小西行長はその数人の一人である。

だが周知のように小西行長という数奇な運命に弄れた武将について資料乏しく、研究もまた少い。そのため私はなかなか筆をとることが出来なかったが、今思い切って足を踏みだすことにした。伝記というものは勿論、その人物と自分とのつながりがなければ書けないが、私はそのつながりを大事にしつつ、できるだけ彼の本来の姿に近づこうと願っている。

初版本には「小西行長および文禄・慶長の役関係図」と「年譜」および「あとがき」が付してあるが、次に「あとがき」を載せておく。

ほとんどその記録が日本側において抹殺され、その完全な伝記もない小西行長の生涯を書くことは至難である。にもかかわらず、この男の面従腹背の二重生活をわずかな文献によって断片的に読み、つなぎ合せているうち私の心のなかに彼のイメージが何時か形をつくるようになった。いつの日か彼の暗い孤独な一生を書きたいと思ううちに歳月が流れたが、機会をえて多年の思いを果すことができた。

この仕事にはあまたの資料を使ったが、特に堺や日本と朝鮮の関係については豊田武教授、中村栄孝教授、石原道博教授、池内宏教授、田中健夫教授の御労作に学ぶことが多かった。とりわけ、貴重なフロイスその他の未発表の訳稿を私のために見せてくださった松田毅一教授と直接さまざまな御教示を頂いた豊田武教授の御好意がなければ、この伝記は不完全なものになっていたであろう。

最後に中央公論社の春名徹氏の御協力を心から御礼申しあげねばならぬ。一年にわたって春名氏と共に考え、共に論じあいながら私はこの本を書いてきた。執筆者と編集者がこれほど共同作業をしたことは私には今までなかった。写真の上で力を貸してくれた泉秀樹氏と三人での取材旅行は忘れられぬ思い出である。なお、巻末の年譜は『歴史と人物』編集部が本文に従って作製してくださったものである。この伝記を連載してくれた雑誌『歴史と人物』および出版部の間瀬光彦氏にも厚く御礼申しあげる。なお、本書について更に御教示頂ける箇所があれば何卒、御知らせ頂きたいと思う。

『侍』の解題で触れたように、著者は『死海のほとり』がよく理解してもらえなかったのを契機に、〈フィクションというものについてちょっと疑問を抱いて、フィクションを書くのがいやになってきてね、評伝とか歴史的なものに気持があったもんですから、立て続けにそういうものを書いていた〉(「対談　小説作法」「文學界」一九八二年十月号)という時期があり、その最初の作品がこの評伝である。

さらに著者は『人生の同伴者』のなかでこの時期、〈自分たちの祖先の私と同じいろんな問題にぶつかった人たちが、どうそれを処理していたかということ、つまり私と同じ血のつながった日本人の先達を調べてみようと考えたんです〉と述べている。実際に著者は、この評伝の連載中の一九七六年二月一日から翌年一月三十日まで「毎日新聞」に「走馬燈――その人たちの人生」と題して、日本人でありながらイエスと関わった歴史のなかの人物たちの足跡を訪ねたエッセイを連載しており、そのなかには小西行長の評伝の取材のために旅した折のエッセイ「博多」「室津にて」「岐阜県・春日村」「対馬《つしま》・厳原《いずはら》」「韓国・熊川《コマンガイ》」「韓国・釜山《ふざん》市」等が含まれている。またこの評伝のための一九七六年六月の対馬と韓国の取材については、エッセイ「五日間の韓国旅行」(「海」一九七六年九月号)を発表している。

また、この評伝の題名について、歴史家の豊田武との対談「小西行長をめぐって」(「歴史と人物」一九七七年五月号)のなかでこう語っている。

> 私の考えでは当時のキリシタン大名には、皆、右近コンプレックスがあったと思うんです。信者としてはあまりにも立派だけれど、自分がそうなることはとても大変ですもの。だから秀吉に棄教を迫られて、右近はあっさりと現世をあきらめて信仰に生きる道をえらぶ。しかし、行長はわっと泣いただけで、右近にはなれない。そこがわれわれに親近感をあたえる。だからぼくは行長伝に「鉄の首枷」と題をつけたわけなんです。

なお、著者が実人生のなかで、キリスト教徒であることが敵性宗教を信じる非国民として弾圧される戦争中にそれを隠す二重生活を送ったことや、あるいは結婚して独立するまでの青年期にキリスト教を嫌う父のもとに身を寄せて経済的援助を受けながら内面では母とつながるキリスト教信仰を捨てずにいたことなどが、面従腹背の二重生活を生きた小西行長への親近感となっていたと考えられる。

著者は、「新たな決意」(「波」一九七五年十二月号)のなかで、自分の文学を顧みて、自分対イエス、個人対イエスという内側の問題を書いてきたこれまでの第一期は『死海のほとり』『イエスの生涯』で終わって、これからの第二期は個人対教会という組織、個人対人間の集団という外側の問題にも、今までの問題をふまえつつ手を拡げてゆきたいと語っているが、この評伝はその最初の試みであると考えられる。さらにそのなかで著者は、〈それともう一つ、齢が齢のせいかもしれませんが、伝記というものに非常に興味を持ち始めていてね。森鷗外なども晩年になって『澀江抽斎』を書いたけれども、他人の一生を見てやりたいという気が出てきた。それで少し伝記を書こうと思って準備をしていて、その手始めとして来年『小西行長』を一年間書く予定です〉と語っている。

著者はこの評伝を書き上げた後、エッセイ「伝記のなかの

X」(「海」一九七七年八月号、後に「人間のなかのX」と改題)のなかで、伝記を書く難しさと悦びについて次のように述べている。

ある人物の伝記を書くということはその人物の人生に秩序を与える行為である。(中略)だがその時、伝記作家に書かれた人物も地下のなかでやはりこう叫ぶにちがいない。「自分はそれだけではない。自分にはもっと別のXがあった筈だ」と。

だがそのXとは何だろう。Xとはひょっとすると当の人物も死の直前まで意識しなかった自分の姿であり、まさに息を引きとろうとした時、はじめて自覚するものなのかもしれない。(中略)

神だけが見抜くことのできるこの魂のX。それを神ではない伝記作家が見通すのは困難である。しかしこのXを対象の人物とその人生とから見抜けぬような伝記はたんなる史伝にすぎないのだ。(中略)

資料のすべては鏡にうつった左右あべこべの当人の顔のようなものである。それは一見、当人らしく見えるが、本当の顔ではないのだ。そのなかから彼の生涯の底にひそんでいたXを見つけること、それが神にしかできぬとは知っていながら、神に代わろうとすること、それが伝記を書く者の悦びなのかもしれぬ。

銃と十字架

「中央公論」一九七八年一月号から十二月号まで「銃と十字架——有馬神学校《セミナリオ》」と題して連載。以後、以下の各巻に副題の「有馬神学校」は除かれて収録された。一九七九年四月、中央公論社刊『銃と十字架』。一九八二年七月、中公文庫『銃と十字架』。

初版本の「あとがき」を次に掲げる。

十数年前にふと読んだチースリック教授の論文が私にペドロ岐部という、人々には知られていないが、あまりに劇的な生活を送った十七世紀の一日本人の存在を教えた。以来、私は東南アジヤやヨーロッパを旅するたびに彼の足跡をたずねるようになった、九州島原の一角を訪れるたびに彼や彼の友たちがはじめて西欧を学んだ学校に杖引くようになった。彼は私の心のなかで成長し、動き、歩きだしたのである。彼は今日まで私が書きつづけた多くの弱い者ではなく、強き人に属する人間である。そのような彼と自分との距離感を埋めるため、やはり長い歳月がかかった。

本書のために多くの参考文献を持ったが、とりわけチースリック教授には直接間接に多くの御教示を頂いた。フロイスやヴァリニャーノの書簡(第三章のヴァリニャーノ書簡を除く)と著書の引用はいつもながら松田毅一教授の翻訳を使わせて頂き、またペドロ岐部の書簡はチースリック教授訳を引用したことを附記し、厚く御礼申しあげる。そしてこの連載を発表し、単行本にしてくれた『中央公論』編集部と中央公論社書籍編集局とに心から感謝したい。

著者はこの連載の前年五月に刊行した『走馬燈——その人たちの人生』の「あとがき」のなかで次のように述べている。

有馬神学校の廃墟——今は雑草に埋もれた日之江城の山腹に腰をおろすと、聞こえるのはただ沈黙の声だけである。その沈黙の声は三世紀の間、見棄てられ、誰も訪《おとな》わぬこの山腹を支配していたのだ。ここで育ち、学んだ者はすべて日本人だった。日本人でありながらイエスと関わってしまった。ここを卒業した者はすべて日本人だった。日本人でありながらイエスの名を知ってしまった。「卒業生」という三文字がその時、私の頭に浮かんでからもう長い歳月が経ってしまった。「卒業生」——いつの日か私はその題で彼等のことを小説に書くつもりだった。が、それは今日まで未完の仕事となり、彼等についての多少の勉強も他の多くの人物と同じようにただ創作ノートのなかに書きこまれただけである。

その創作ノートを出して、一枚一枚、頁をひろげ、書きえなかった人物、また書くに至っていない私の主人公たちの話をこの「走馬燈」で語ってきた。だが彼等を沈黙の灰から甦《よみがえ》らせ、ふたたび歩かせることができるのは何時《いつ》の日かわからない。

ここで「卒業生」という題の小説として描こうと当初考えていた素材が、その有馬神学校の卒業生、なかでも最も劇的な生涯を生きたペドロ岐部を中心に語るこの評伝「銃と十字架」となったと考えられる。それは、この作品に「有馬神学校《セミナリオ》」という副題が連載時には付いていたことからも察せられる。この「走馬燈」の連載のなかでは、「国東《くにさき》半島」「アユタヤ」「長崎県・北有馬」でペドロ岐部および有馬神学校について触れられている。

また、著者はエッセイ「世界史のなかの日本史」(「文學界」一九七八年一月号)のなかで、歴史家の上原和との会話で〈これからの日本史は明治以前の場合でも、世界史のリズムのなかで考えなおさねばならぬ〉と言われてまったく同感で、〈今、ある雑誌に十六世紀末に九州島原半島にできた小さな神学校《セミナリオ》の歴史を書こうとしている私は、その準備をしながら、ひとしお同じ考えを持ちはじめていた〉と言い、日本の戦国時代は、ヨーロッパでは大航海時代とよばれる〈すさまじいヨーロッパのエネルギイが東洋にまで及んだ時代〉で、〈私が今、調べている島原半島の小さな神学校はこの時代のそうした世界のエネルギイとリズムとに最も敏感に反応した学校だった〉と述べている。そして〈そこで学び、そこを卒えた日本の青年たちはまた、日本人として最初にヨーロッパに留学したパイオニヤーでもあった〉と言い、〈私が彼等に興味をもったのは、昔、私自身が戦後、最初の留学生の一人

装画　舟越保武
装幀　新潮社装幀室

だったためでもあろう〉と語っている。こうした世界史のリズムのなかで日本の人物を捉えて語るという作家としての試みは、この評伝刊行の翌年に発表される純文学長篇『侍』の土台となったと考えられる。

なお、著者は一九七三年に発表した戯曲「メナム河の日本人」のなかですでにペドロ岐部（作中ではペトロ岐部）を登場させており、また一九八一年に発表する歴史小説『王国への道——山田長政』でも再び登場させている。

山根道公

遠藤周作文学全集 全15巻

Shusaku Endo Literary Works

1	長篇小説Ⅰ	青い小さな葡萄／海と毒薬／火山
2	長篇小説Ⅱ	留学／沈黙
3	長篇小説Ⅲ	死海のほとり／侍
4	長篇小説Ⅳ	スキャンダル／深い河《ディープ・リバー》
5	長篇小説Ⅴ	おバカさん／わたしが・棄てた・女
6	短篇小説Ⅰ	アデンまで／白い人／最後の殉教者ほか
7	短篇小説Ⅱ	船を見に行こう／影法師／ユリアとよぶ女ほか
8	短篇小説Ⅲ	母なるもの／日本の聖女／夫婦の一日ほか
9	戯曲	黄金の国／薔薇の館ほか
10	評伝Ⅰ	鉄の首枷／銃と十字架ほか
11	評伝Ⅱ	イエスの生涯／キリストの誕生ほか
12	評論・エッセイⅠ	神々と神と／文学と想像力ほか
13	評論・エッセイⅡ	一枚の踏絵から／あの人、あの頃ほか
14	評論・エッセイⅢ 翻訳 未刊行長篇	私の愛した小説／満潮の時刻ほか
15	日記 年譜ほか	作家の日記／『深い河』創作日記ほか

遠藤周作文学全集

第十巻　評伝Ｉ

発行　二〇〇〇年一二月一〇日
二刷　二〇〇七年一一月一〇日
著者　遠藤周作（えんどうしゅうさく）
発行者　佐藤隆信
発行所　株式会社新潮社
東京都新宿区矢来町七一
〒一六二—八七一一
電話　編集部〇三—三二六六—五四一一
読者係〇三—三二六六—五一一一
http://www.shinchosha.co.jp
印刷所　大日本印刷株式会社
製本所　加藤製本株式会社
株式会社岡山紙器所

価格は函に表示してあります。
乱丁・落丁本は、ご面倒ですが小社読者係宛お送り下さい。
送料小社負担にてお取替えいたします。
ISBN978-4-10-640730-7　C0393